1960년대 한국 현대소설의 유목민적 상상력

이화연구총서 20

1960년대 한국 현대소설의 유목민적 상상력

송 주 현 지음

혜안

이화연구총서 발간사

이화여자대학교 총장 최 경 희

　128년의 역사와 정신적 유산을 가진 이화여자대학교는 '근대', '여성', '교육'이라는 측면에서 역사의식과 책임의식을 견지하며 한국 사회의 변화를 주도해 왔습니다. 우리 이화여자대학교는 이러한 역사와 전통을 바탕으로 세계적인 경쟁력을 갖춘 대학으로 거듭나고자 연구와 교육의 수월성 확보라는 대학 본연의 과제에 충실하려 노력하고 있습니다. 구체적으로 다양한 학제간 지식영역 소통과 융합을 비전으로 삼아 폭넓은 학문의 장 안에서 상호 협력하는 개방적이고 민주적인 소통을 지향하며, 고등 지성의 연구 역량과 그 성과를 국내외적, 범세계적으로 공유하는 체계를 지향합니다. 아울러 학문연구의 영속성을 확보하기 위해 젊은 세대에게 연구자의 지적 기반을 바로잡아주는 연구 기능을 갖춤으로써 연구와 지성의 가치를 구현하는 그 최고의 정점에 서고자 합니다. 대학에서 연구야말로 본질적인 것으로 그것을 통하여 국가와 대학, 사회와 인류에 기여할 수 있는 것이며 연구가 있는 곳에 교육도 봉사도 보람을 찾을 수 있는 것입니다.
　이화의 교육은 한 개인의 역량을 강화하는 데 머무는 것이 아니라 타인과 약자, 소수자에 대한 배려 의식, 다른 사람과 소통하는 공감 능력을 갖춘 여성의 배출을 목표로 합니다. 이러한 교육 속에서 이화인들의 연구는 무한 경쟁의 급박한 현실에 안주하지 않고, 섬김과 나눔이라는 이화 정신을 바탕으로 21세기 우리 사회와 세계가 요구하는 사회적 책무를 다하려 합니다.

학문의 길에 선 신진 학자들은 이화의 도전 정신을 바탕으로 창의력 있는 연구 방법과 새로운 연구 성과를 낼 수 있는 중요한 자산입니다. 따라서 신진학자들에게 주도적인 학문 주체로서의 역할에 대한 기대가 매우 큽니다. 그들로부터 나오는 과거를 토대로 새로운 것을 창조하는 '法古創新'한 연구 성과들은 가까이는 학계의 발전을 이끌어 내고, 나아가 '변화'와 '무한경쟁'으로 대변되는 오늘의 상황에서 사회와 인류에 발전적으로 이바지할 수 있는 저력이 될 것입니다.

특히 이화가 세계적인 지성 공동체로 자리 매김하기 위해서는 이 학문 후속세대를 위한 지원과 연구의 장을 확대할 필요가 있습니다. 이에 따라 이화여자대학교 한국문화연구원에서는 세계 최고를 향한 도전과 혁신을 주도할 이화의 학문후속세대를 지원하기 위해 '이화연구총서'를 간행해 오고 있습니다. 이 총서는 최근 박사학위를 취득한 신진 학자들의 연구 논문 가운데 우수논문을 선정하여 발간하는 것입니다. 총서의 간행을 통해 신진학자들의 논의가 보다 많은 사람들에게 제공되어 이들의 연구 성과가 공유될 수 있는 기회를 줌으로써 이들이 미래의 학문 세계를 이끌 주역으로 성장하는 데 도움을 주고자 합니다.

앞으로도 '이화연구총서'가 신진학자들이 한발 더 높이 도약할 수 있는 발판이 되기를 희망합니다. '이화연구총서'의 발간을 위해 애써주신 연구진과 필진 그리고 한국문화연구원의 원장을 비롯한 모든 연구원들의 노고에 진심으로 감사드립니다.

책머리에

"무섭다 그러나 나는 나를 이끄는 매혹에 최선을 다해 복종하였으므로
내 고요한 세상에 피고 지는 아름다운 모반을 주시하였다."
▎이장욱, 〈꽃잎, 꽃잎, 꽃잎〉 중에서 ▎

　불안 속 매혹에 이끌려 문학공부라는 것을 시작했다. 매혹의 시간은
짧고도 달콤하였으나 그 향락을 탐한 죄의 대가는 참으로 가혹했다. 이는
황홀한 낙인의 형벌로 돌아왔는데 나의 무지와 무능을 절감한 이후에도
문학을 떠나지 못했음이 그것이다. 학부시절 한 선생님께서는 "문학공부
10년을 하면 아무리 악한 인간이라 할지라도 선해질 수밖에 없다"고 말씀하
셨다. 그러나 그 말을 듣고 문학공부를 한 지 10년, 아니 그 이상을 훌쩍
넘긴 이후에도 나는 여전히 악하고 때로는 치졸하기 그지없다. 나 자신에
대해 얼마나 더 절망해야 정화(淨化)될 수 있으려나. 기약은 없을 듯하다.

　이 책은 필자의 박사학위논문(「생성(devenir)의 측면에서 본 1960년대
소설의 장(場) 연구」, 이화여자대학교 박사학위논문, 2013)을 다듬은 것이다.
1960년대 한국 현대 소설 문학사에 나타난 다양성과 복합성을 고찰함으로써
총체적인 문학사기술에 기여하고자 하였다.
　1960년대는 문학의 소재 및 기법, 세계사적 인식에 있어 그 전대(前代)에
비하여 많은 변화와 발전을 보인 시기였다. 이에 '1960년대'를 들뢰즈·가타
리가 제시한 '생성(devenir ; becoming)'의 시대로 상정하였다. 1960년대를

8

자유로운 탈주의 상상력·유목민적 상상력이 작용하는 시대로 파악한 것이다. 또한 다양한 문학적 현상과 사건 및 작품들이 다양한 강밀도(intensité ; intensity)에 따라 '배치(agencement ; assemblage)'되는 '장(場)'으로 보았다. 이를 바탕으로 1960년대 소설의 다양한 문학적 현상들을 검토함으로써 우리 소설 문학의 가치와 의미를 재조명해 보았다.

1960년대는 문학 및 사회적 환경으로서 전쟁의 상흔이 중첩되고, 일상으로 경험되는 근대화와 산업화의 현실 속에서 진정한 '자기세계'를 갖춘 근대인들이 등장한 시기였다. 또한 그 어느 때보다도 문단 내외적으로 문인들의 자각과 성찰이 두드러진 시기이자 비평사에 있어서도 하나의 '씨앗'이 될 만한 시기였다. 즉 당시에는 구세대와 신세대, 전전(戰前)세대와 전후(戰後)세대, 비(非)한글세대와 한글세대, 반(反)근대주의자와 전(前)근대주의자, 근대주의자로서의 문인들이 혼재하였다. 뿐만 아니라 리얼리즘과 모더니즘의 대립적 구도 속에서, 낡은 것과 새것, 전통의 계승과 단절에 관한 논의와 논쟁들이 가열차게 오가면서 비평의 양감과 질감 또한 풍부하고도 섬세해졌다.

현재까지 어느 정도의 집적된 연구 성과들을 바탕으로 이제 1960년대의 소설들은 새로운 가치평가와 의의로써 재정리·배치되어야 할 필요가 있다. 이 책은 1960년대 소설의 장(場)에 대한 총체적인 조망과 시각을 제시하는 데에 있어 하나의 시론(試論)적 시각을 제시할 수 있을 것이다.

이 책이 세상에 나오기까지 많은 분들의 도움이 있었다. 지도교수 김미현 선생님 앞에 서면 나는 늘 어떤 수사(修辭)이전, 긴 침묵과 휴지(休止) 사이를 서성이게 된다. 학문을 향한 선생님의 뜨거운 열정과 끝을 알 수 없는 그 깊이가 주는 아찔한 현기증 때문일 것이다. 그러한 점에서 선생님은 내가 아는 한 세상에서 가장 아름답고도 젊은 사람이다. 이런 선생님으로부터 운 좋게도 나는 참으로 많은 가르침을 받았다. 한없는 사랑과 지지 또한 받았다. 그러나 본격적인 문학공부를 시작하면서 만나게 된 이후 내가 우리 선생님께 가장 많이 드린 말씀은 아마도 '죄송합니다'가 아닐까 한다. 공부를 못해서 죄송했고 열정이 없어서 죄송했고 게을러서 죄송했다. 무엇보다 너무 오래 방황해서 죄송했다. 이제 앞으로는 선생님께는 '감사합니다'만 말씀드리며 살고 싶다.

박사논문을 심사해 주신 선생님들께 또한 고개 숙여 감사드린다. 섬세하고 배려심 깊은 지적과 격려로 논문의 허점들을 보완하도록 도와주신 정우숙 선생님, 문학에 대한 선생님의 시선이 그러하듯 날카로움과 예리함, 그리고 한없는 따뜻함으로 논문을 보완해 주신 신수정 선생님, 연구의 여정에서 근대성과 서사성이라는 큰 맥을 잡을 수도 있도록 도와주신 홍혜원 선생님, '서사'라는 것이 얼마나 크고 힘이 있는 것인가를 알고 느끼게 해주신, 앞으로 학자로서 해야 할 일과 갈 길에 대한 방향을 잡아주시고 격려해 주신 우찬제 선생님께 더없는 감사를 드린다. 덧붙여, 학부시절부터 많은 가르침과 깨달음을 주셨으나 나의 긴 방황과 게으름으로 인해 정작 논문 심사 때에는 뵙지 못했던 김현숙 선생님께 감사의 말씀과 함께 깊은 사죄의 말씀을 드리고 싶다.

나의 공부여정에서 절대 빼놓을 수 없는 분이 또 계시다. 문학의 세계, 시의 세계가 얼마나 아름답고 따뜻한 것인지 알게 해 주신 이은정 선생님. 나는 선생님을 뵐 때면 아직도 첫사랑에 빠진 청춘처럼 눈물겹고 가슴이 떨린다. 선생님을 통해서 문학으로 통하는 문은 참으로 아름다웠고 그 문을 지나면서 혼탁한 내 가슴은 잠시나마 정결한 것이 되었다. 언젠가 나도 선생님처럼 누군가에게 그런 사람, 그런 선생이 될 수 있을까.

일일이 열거할 수 없지만 수많은 선행 연구자들에게, 또한 곁에 있어주었던 선후배님들께 존경과 감사의 마음을 전하고 싶다. 낯설고 어려운 철학 용어와 이론들, 그것의 문학적 형식과 의미들을 밝혀가는 데에 있어 그들의 과감한 모험과 시도, 그 치열하고도 풍부한 연구가 없었더라면 이 책은 나오지 못했을 것이다.

마지막으로 내 존재의 출발이자, 사랑의 밑그림을 알고 배우게 해 주신 부모님(송재만, 하경애)께 감사의 말씀을 드린다. 무엇보다도, 미욱한 막내딸의 외롭고 고된 여정이 안타까워도 말 한 마디 못 붙이고 가슴앓이 하신 나의 어머니, 슬픔과 환희의 순간을 모두 홀로 견뎌내신 하경애 님께 모든 보람과 기쁨을 드리고 싶다.

학문적 성향에도 나름의 유행이 있어 논문을 구상하고 공부하던 시기로부터 많은 시간이 지난 지금, 본 연구의 키워드가 된 '들뢰즈'는 어쩌면 너무나 올드하고도 식상하다. 유행의 속도는 더욱 빨라져서 이론과 방법론, 작품의 생산과 공유과정 역시 빛의 속도로 나아가는 요즘인지라 이 느린 걸음의 연구자는 초조하고 불안하다. 또한 지나온 과정에서 나의 미숙함으로 인하여 너무 많은 실수들을 한 것은 아닌지, 선배와 동료 연구자들에게 본의 아니게 민폐를 끼친 것은 아닌지 염려스럽기만 하다. 그럼에도 불구하고 글을 묶으며 다만 소박하게 다짐해 본다. 다시 한 번 '나를 이끄는 매혹에 대해 최선을 다해 복종'할 것.

아울러 이 글을 '이화연구총서'로 선정·출판해 주신 이화여자대학교 한국문화연구원과 도서출판 혜안에도 감사의 말씀을 드린다. 수상과 출판은 나의 지난 과오에 대한 빚잔치의 기회이니 탕감받은 자의 심정으로 정진, 또 정진하련다.

2014년 2월
저자 송주현

목 차

이화연구총서 발간사 5

책머리에 7

Ⅰ. 서론 13

   1. 1960년대 한국 현대소설에 대한 재조명 13

   2. 유목민적 상상력과 생성의 문학사 27

Ⅱ. 세계의 성찰과 미세 균열의 접선 그리기 58

   1. 전쟁 경험의 성찰과 현재적 서사화 58

     1) 집단적 제의와 차연의 액자 형식 58

     2) 근대의 공포와 반(反)오이디푸스화의 알레고리 85

   2. 도시성의 경험과 주체의 행동학 103

     1) 분열적 근대인식과 관찰자의 윤리학 103

     2) 직선적 시간관과 증언 형식 126

Ⅲ. 전통의 재인식과 반동의 탈주선 그리기 143

   1. 민족성에 대한 재인식과 탐구 143

     1) 동양적 세계관과 감각학의 방법론 143

     2) 한국적 인정(人情)과 조화의 미학 175

   2. 공동체의 재구와 병렬의 서사 194

     1) 고향의 의미와 귀향 형식의 안과 밖 194

2) 생활로서의 모성과 구조적 긴장 216

Ⅳ. 입체적 세계 인식과 탐색의 탈주선 그리기 237

  1. 역사 차용의 의미와 재발견 237
    1) 역사 구성의 의미와 영웅의 소환 237
    2) 민족담론의 가능성과 사제관계의 구조층 261
  2. 언어적 실험 형식과 서사성의 해체 276
    1) 지식인적 정체성 탐색과 과학의 서사화 276
    2) 파편적 현실 인식과 언어유희 300

Ⅴ. 생성의 측면에서 본 1960년대 소설의 문학사적 의의와 한계 329

Ⅵ. 결론 340

부록_ 1960년대 발표작품 목록 346

참고문헌 350

찾아보기 361

I. 서론

1. 1960년대 한국 현대소설에 대한 재조명

1960년대는 한국사회에서의 근대가 일상적 차원으로 경험되고 한국의 경제 또한 본격적인 자본주의의 질서와 궤도에 진입한 시기였다. 또한 6·25 전후(戰後)의 혼란상을 극복하고 새로운 시대와 사회에 대한 열망이 움트는 시기이기도 했다. 문학적으로는 1950년대 문학의 주요 주제였던 전쟁에 대한 직접적·체험적 차원의 형상화에서 벗어나 다양한 소재와 방법론, 세계사적 인식에 있어 많은 변화와 발전을 보인 시기였다. 새로이 부상한 한글세대 작가 및 비평가 그룹의 약진 속에서 진정한 자율적 미적 주체들이 구성되는 시기이기도 했다.

1960년대 소설에 대한 연구는 현재까지 연구대상으로서의 시간적 거리를 확보해 옴에 따라 양적·질적으로 상당한 성과를 보여 왔다.

초기의 논의는 주로, 1960년대 문학을 '새로움'으로 규정하여 전대(前代)의 문학과 변별되는 지점에서의 의의를 고찰하는 경우가 많았다. '영도의 좌표'[1]로 비유되는 이 시기에는 6·25전쟁의 폐허를 딛고 '산업화 시대'라는 사회적 환경 속에서 새로운 문학적 경향이 나타나게 되었다는 것이 그 핵심이다. 이러한 논의는 구체적으로 '4·19세대 작가'로 거론되는 이청준, 김승옥, 최인훈 등의 작품에 대한 것으로 주로 수렴되었다. 이러한 연구는

---

1) 김윤식, 『한국현대문학비평사』, 서울대학교 출판부, 1988, 271면.

14

그 이전 세대, 즉 전후(戰後) 세대2)와 변별되는 지점에서의 몇몇 작가의
작품론이 대세를 이루었다.3) 이와 같은 세대론적 시각은 산문시대(1962년
여름 창간) 동인이었던 신세대 비평가 김현 등4)의 그룹의 활동과 맞물려
힘을 얻기도 했다.

　이후 연구 대상으로서의 시간적인 거리를 확보해 감에 따라 1960년대

---

2) "전후 세대(1950년대)는 오영수, 김성한, 손창섭, 장용학, 한무숙, 유주현, 정한숙,
　강신재, 박연희, 손소희 등 전쟁 이전에『예술조선』,『백민』,『신천지』,『문예』
　등으로 등단한 작가와, 전쟁 이후,『사상계』,『문학예술』,『현대문학』및 신춘문예
　를 통해 등단한 이호철, 김광식, 오상원, 서기원, 최상규, 하근찬, 박경리, 송병수,
　선우휘, 이범선, 전광용, 추식, 강용준, 한말숙, 박경수, 오유권, 곽학송, 최인훈
　등을 가리킨다. 전쟁이 끝난 후『현대문학』,『문학예술』,『자유문학』등의 문예지를
　무대로 본격적으로 펼쳐진 그들의 작품을 통해 비로소 전후 문학이 성립된다."(김윤
　식·정호웅,『한국소설사』, 문학동네, 2000, 361면 참조.)
3) 신세대의 정체는 시대마다 다르다. 1950년대의 신세대들은 일제 식민지 시대를
　유년의 기억으로 가지고 있으면서 전투를 직접 경험한 세대였다. 이들은 1960년대
　전후 세대, 혹은 기성 세대로 불린다. 박태순은 1969년 현재를 구성하고 있는
　세대를 ① 60대 이상의 독립운동 세대, ② 40대 이상의 6·25전쟁 세대, ③ 그리고
　젊은 20대 이상의 시대로 구분하기도 하면서, 신세대들은 전후 세대에 비하여
　현실에 대한 책임을 회피하려고 하며 정치 현실에 대해 무관심하다는 기성 세대들의
　지적에 대하여 대응한다. 한편 비평계에서는 ① 식민지 시대 때 카프 운동의
　현장에 있었던 백철, 해방기에 본격적 활동을 펼치기 시작한 우익계 비평가 조연현
　을 구세대로, ② 1950년대 활동을 시작한 이어령, 이철범, 최일수, 원형갑, 정창범,
　김양수 등을 전후 세대로, ③ 스스로를 4·19세대라고 명명하면서 전후 세대와의
　차별성을 강조했던 김현, 백낙청, 김주연, 염무웅, 구중서 등을 신세대로 보고
　있다. 한편, 4·19를 경험하고, 민주주의에 대한 열망과 새로움, 그 자신감을 자기
　정체성으로 삼은 새로운 경향의 문인 그룹을 칭하여 '4·19세대'라는 용어도 함께
　사용된다.(박태순,「젊은이는 무엇인가」,『아세아』2, 1969 ; 김현 외,『한국현대문
　학의 이론』, 형설출판사, 1974.)
4) 김현, 최하림, 강호무, 서정인, 김치수, 염무웅, 곽광수, 김승옥 등이『산문시대』
　창간(1962년) 동인에 해당되며 그들의 선언은 다음과 같다.
　"태초와 같은 어둠 속에 우리는 서 있다. (…) 우리는 이 투박한 대지에서 새로운
　거름을 주는 농부이며 탕자이다. 비록 이 투박한 대지를 가는 일이 우리를 완전히
　죽이는 절망적인 작업이라 할지라도 우리는 우리 손에 든 횃불을 던져버릴 수
　없음을 안다. 우리 앞에 끝없이 펼쳐진 길을 우리는 이제 아무런 장비도 없이
　출발한다. 우리는 그 길 위에서 죽음의 팻말을 쉬임없이 떠난다."

소설은 연구대상으로서의 객관성을 획득하기 시작했고 점차 문학사의 한 부분으로 조망5)되기 시작했다. 이러한 연구는 1990년대 이후 더욱 활발한 성과물을 내기 시작하였는데 대표적인 것으로『1960년대 문학 연구』를 들 수 있다.6) 이 연구는 60년대 문학을 주로 70년대 문학의 전사(前史)로서 파악한다. 이는 60년대의 문학을 70년대 민족·민중 문학으로 가는 과도기적 성격으로 규정하는 것이라고 할 수 있다. 한편『1960년대 소설의 근대성과 주체』7)는 근대성과 주체의 문제를 중심으로 1960년대 문학현실을 다각적으로 조망한 연구서들을 담아냈다. 이 논의는 1990년대 이후 국문학 연구에서 중요한 테마가 되어온 근대성에 대한 논의를 종합하는 역할을 했다.

이후 1960년대 소설에 대한 연구는 그 독자성을 재조명하는 가운데 더욱 활기를 띠고 최근까지도 다양한 관점과 시각으로서의 담론과 해석의 성과물을 내왔다. 이는 크게 근대성 및 현실 변형에 관한 연구 및 주체 생산에 관한 연구, 탈식민주의 관점으로서의 연구 등으로 정리할 수 있을 것이다.8)

조동숙은 1960년대 소설을 '이데올로기'의 '극복과 저항'이라는 관점에

5) 정한숙,『한국현대문학사』, 고려대학교 출판부, 1982 ; 이재선,『한국현대소설사』, 홍성사, 1979 ; 이재선,『한국소설사 : 1945-1990』, 민음사, 2000 ; 김윤식·정호웅, 앞의 책.
6) 문학사와 비평연구회 편,『1960년대 문학연구』, 예하, 1993 ; 민족문학사연구소 현대문학분과,『1960년대 문학연구』, 깊은샘, 1998.
7) 상허학회,『1960년대 소설의 근대성과 주체』, 깊은샘, 2004.
8) 조동숙,「1950, 60년대 소설에 나타난 이데올로기 연구」, 고려대학교 박사학위논문, 1993 ; 권오현,「1960년대 소설의 현실 변형 방법 연구」, 계명대학교 박사학위논문, 1997 ; 이호규,「1960년대 소설의 주체 생산 연구」, 연세대학교 박사학위논문, 1999 ; 구재진,「1960년대 장편 소설 연구」, 서울대학교 박사학위논문, 1999 ; 김민수,「1960년대 소설의 미적 근대성 연구」, 중앙대학교 박사학위논문, 1999 ; 임경순,「1960년대 지식인 소설 연구」, 성균관대학교 박사학위논문, 2000 ; 김영찬,「1960년대 한국 모더니즘 소설연구」, 성균관대학교 박사학위논문, 2001 ; 정주일,「1960년대 소설에 나타난 근대화 담론 연구」, 공주대학교 박사학위논문, 2009 ; 김정남,『한국소설과 근대성 담론』, 국학자료원, 2003.

서 읽어나갔다. 1950년대 소설과 비교해 보았을 때, 60년대 소설은 반공 이데올로기에 대한 비판 여부로 가름된다는 것이 논의의 핵심이다. 이 연구는 1960년대 소설이 갖는 자유정신과 저항정신을 부각시켰다는 점에서 의의가 있다. 그러나 1960년대 소설이 갖는 다양한 형태와 의미들을 이데올로기적 측면으로만 접근·서술했다는 점에서 한계가 있다. 또한 이데올로기에 대한 개념 규정이 명확하게 이루어지지 않았을 뿐 아니라, 그 이데올로기의 영역 또한 '반공(反共)'에만 초점이 맞추어져 있다는 점에서 다소의 한계를 보인다. 이데올로기와 그것이 놓인 사회적 함의, 작품화 되는 과정과 그 담론 관계의 양상들을 좀 더 치밀하게 고찰할 필요가 있다.

권오현은 1960년대의 소설을 현실에 대한 하나의 '반응태'로서 파악하며 그 현실변형 '방법'에 대해 논의했다. 현실에 대한 문학적 형상화의 방법론에 대해 집중하는 것이다. 이는 거대한 정치·사회적 담론의 내용을 구체적인 문학작품과 작가의 작품으로 확인하려는 시도이다. 그러나 실제 분석에 있어서는 각 작가 혹은 작품에 대한 소재적인 차원의 논의와 접근에만 머물러 있어 아쉬움을 남긴다.

구재진과 이호규는 사회와 작품 간 상관관계의 축으로서 '주체'의 문제를 다루었다. 이들의 연구는 사회적 담론이 구체적인 문학작품과 어떻게 교호하는지에 대해 집중하며 그 서사화 과정을 면밀하게 고찰해 나갔다는 점에서 의의가 있다. 이호규는 1960년대의 소설을 '주체 생산'의 관점에서 논의하면서 이호철을 분단 현실에 대응하는 소시민적 주체로, 최인훈을 이데올로기의 문제에 대응하는 지식인적 주체로, 김승옥을 근대화 현실에 대응하는 일상인적 주체로 규정했다. 이 논의는 1960년대 우리가 겪었던 근대의 복합적인 양상을 '분단현실', '이데올로기', '근대화의 일상'으로 구분하고 이에 대응하는 주체의 양상을 명쾌하게 구분·유목화 했다는 점에서 의의가 있다. 그러나 각 근대 현실의 복잡성과 각 작가별 주체의 다양성을 다소 단선화(單線化)시켰다는 점에서는 한계가 있다. 또한 논의 대상 역시 기존의 4·19세대에 해당하는 작가에서 크게 벗어나지 않았다는 점에서 아쉬움을 남긴다. 구재진 역시 근대라는 타자에 대응하는 주체의 다양한 양상을 고찰하였다. 기존의 근대성 논의에서의 이데올로기가 하나의 '고정된' 대상이었다면, 구재진의 논의에서 이 근대 이데올로기는 그것과 관계하는 주체와의 관계에서 다양한 양상으로 '구성되는' 것으로 파악되었다. 이에 그 관계의 역동성을 고찰해 볼 수 있다는 계기를 마련한다는 점에서 의의가 있다고 하겠다. 그러나 논의 대상이 네 편의 장편 소설, 즉 장용학의 『원형의 전설』, 최인훈의 『광장』, 박경리의 『시장과 전장』, 이호철의 『소시민』에 국한되는 바, 60년대에 발표된 장편 소설이라는 점 외에 작가와 작품 선택의 기준이 무엇인지 뚜렷이 나타나 있지 않아 아쉬움을 남긴다.

임경순은 1960년대 소설의 근대적 주체의 문제들을 '지식인'이라는 범주로 논의했다. 그는 1960년대 문학에서 논의되어온 주체의 문제가 막연하고 보편적인 상황에서의 일반론으로 풀이되고 있음을 지적하면서, 지식인 소설로서 1960년대를 바라볼 것을 제안했다. 그러나 이 연구 역시 기존의 4·19세대 작가 일반에 대한 논의에서 크게 벗어나지 않는다.

정주일의 논의 역시 근대화 담론에 초점이 맞추어져 있다. 그의 연구는 모더니즘 계열의 작가뿐 아니라 리얼리즘 계열의 작가, 즉 김정한, 이호철, 남정현을 통해 근대성 담론의 의미와 서사화 과정을 추출해 냈다는 점에서 의의가 있다. 그러나 그의 근대화 담론 역시 '모더니즘 대 리얼리즘'이라는 대결 구도 아래에서 논의되었다는 점에서는 기존의 시각 구도에서 크게 벗어나지 않는다.

이러한 관점은 큰 맥락에서 '근대성'에 관한 논의로 수렴된다고 할 수 있다.[9] 이때의 근대성은 역사적 사회적 자본주의적 시대환경으로서의,

---

9) 근대성은 '모더니티(modernity)'의 역어(譯語)인데, 논자에 따라, 이를 '현대성'으로 번역하기도 한다.(관련된 논의로는 김성기 편, 「세기말의 모더니티」, 『모더니티란 무엇인가』, 민음사, 1994 ; 김윤정, 『황순원 문학 연구』, 새미, 2003 ; 강소연, 『1960

18

즉 부르주아 근대성에 대한 논의뿐 아니라, 이에 저항하는 미적 근대성의
논의 또한 포괄한다.10) 근대성 논의가 점차 폭과 깊이를 확장해 감에 따라
연구자들은 이러한 미적 근대성에 대한 정치한 분석을 시도해 나가기 시작했
다. 김영찬은 최인훈과 이청준의 소설을 통해 한국의 근대를 의식화하고
문제 삼았던 한국 모더니즘 소설의 이념과 방법, 역사적 성격, 의미 및
공과에 관하여 논의했다.11) 덧붙여 김영찬은 기존의 논의에서 단순 '저항'의
방법론으로 이해 되어왔던 미적 근대성의 영역을 조금 더 면밀하게 고찰한

년대 사회와 비평문학의 모더니티』, 역락, 2006.) '모더니티'는 한 시대를 특정한
시대로서 규정하는 규범적 방향성이라고 볼 수 있는데, 역사적이며 통시적인
맥락에서 이해할 때는 '근대성'이라는 용어를, 사물이나 문학을 바라보는 일정한
입장이나 가치관, 즉 사회·문화적 현상의 의미로 해석할 때는 '현대성'이라는
용어를 사용한다는 것이다. 김성기는 '근대성'이라 번역을 할 경우에 문제점이
있음을 설명한다. 그는 시대 구분 개념으로서 근대라는 용어가 너무 포괄적이라는
점과 서구의 논의에서도 초기 근대(19세기 말)와 후기 근대(19세기 말~20세기
초 이후)를 구분하는 이유를 든다. 김윤정은 이러한 논의를 바탕으로 근대문학과
현대문학이 확연히 구분되는 개념임을 이유로 '현대성'이라는 용어를 선택하였으
며, 강소연 역시, 문학에 대한 비평가들의 태도와 가치관을 고찰한다는 점에서
'현대성'이라는 용어를 선택했다. 그러나 본서에서는 근대성에 대한 성찰과 가치관
의 태도를 담는다는 '미적 근대성(혹은 심미적 모더니티)'이라는 용어가 통상적으로
사용되어 온 바를 고려하여 좀더 일반적으로 통용되는 '근대성'이라는 용어를
선택한다.
10) 전술(前述)한 바와 같이, 모더니티란 사회적 삶의 독특한 형태로서, 근대 사회의
특성을 나타내는 복합적인 개념이다. 이러한 모더니티는 부르주아 모더니티와
심미적 모더니티로 구분이 될 수 있는데(마테이 칼리니쿠스, 백한울 외 역, 『모더니
티의 다섯 얼굴』, 시각과 언어, 1998.), 전자(부르주아 모더니티)의 경우는 역사적
사회적 자본주의적 모더니티, 즉 과학과 기술의 진보, 산업혁명, 자본주의에 의해
야기된 광범위한 사회 경제적 변화의 산물을 일컬으며, 후자(심미적 모더니티)의
경우는 이러한 부르주아 모더니티에 대한 심미적 저항을 담지하는 개념이다.
즉 부르주아 모더니티가 진보의 원리, 과학과 기술의 유용한 활용 가능성에 대한
신뢰, 이성 숭배와 같은 근대 역사 초기에 두드러진 전통들을 계승하는 반면,
미적 모더니티는 이러한 부르주아 모더니티에 대하여 비판적 거리와 저항적 포즈를
드러낸다. 근대성(모더니티)의 큰 개념항 안에서 부르주아 모더니티와 미적 모더니
티는 그 방향성과 지향점 면에서는 적대적인 관계를 유지, 형성하고 있다.
11) 김영찬, 「1960년대 한국 모더니즘 소설 연구」, 성균관대학교 박사학위논문, 2001.

다.[12] 이 논의는 '모더니즘'이라는 큰 구획의 연장선상에 있으면서도, 근대에 대한 양가적·분열적 시선을 포착함으로써 근대에 저항하는 미적 방법론의 의미를 좀더 풍부하게 했다는 점에서 의의가 있다. 그러나 논의 대상이 여전히 김승옥·이청준·최인훈의 범주를 벗어나지 못했다. 이 세 작가들로써 한국 모더니즘 전체를 일반화하기에는 무리한 부분이 있는 것이다.

근대성의 논리가 세계사적 차원으로 확장되고 지배와 억압의 이데올로기가 되었을 때 이에 대한 저항성은 탈식민주의의 관점으로 나타날 수 있다. 1960년대 문학에 있어 탈식민주의의 논의[13] 또한 근대성의 연장에서 이해될 수 있는 것이다.

최근에는 1960년대 소설에 대한 연구가 좀 더 정교하고 다각적으로 시도되고 있는 것으로 보인다. 초기의 시대성(근대성) 담론이 정치성에 초점이 맞추어져 있었다면 이제 그것은 어느 정도 다양한 주제론 혹은 미학적 방법론으로 확장되고 있는 것이다.[14]

이명귀와 김지혜는 '몸'의 테마로 1960년대 소설을 논의했다. 이명귀는

---

12) 김영찬, 『근대의 불안과 모더니즘』, 소명출판, 2006.

13) 차미령, 「김승옥 소설의 탈식민주의적 연구」, 서울대학교 석사학위논문, 2002 ; 박필현, 「1960년대 소설의 탈식민주의적 양상 연구 : 김승옥·박태순·이청준을 중심으로」, 이화여자대학교 석사학위논문, 2004 ; 김윤정, 「남정현 소설의 탈식민주의적 담론 연구」, 이화여자대학교 석사학위논문, 2005.

14) 이명귀, 「1960년대 여성 소설에 나타난 몸과 근대성 연구」, 경희대학교 박사학위논문, 2005 ; 김지혜, 「최인훈, 김승옥, 이청준 소설의 몸 인식과 서사 구조 연구」, 이화여자대학교 박사학위논문, 2010 ; 오양진, 「1960년대 한국 소설의 비인간화 연구」, 고려대학교 박사학위논문, 2005 ; 강유정, 「1960년대 소설의 나르시시즘」, 고려대학교 박사학위논문, 2006 ; 박영준, 「1960년대 한국 장편 소설 연구」, 고려대학교 박사학위논문, 2006 ; 오창은, 「한국 도시소설 연구 : 1960-70년대 작품을 중심으로」, 중앙대학교 박사학위논문, 2005 ; 김주현, 「1960년대 소설의 전통 인식 연구」, 중앙대학교 박사학위논문, 2007 ; 백지연, 「1960년대 한국 소설에 나타난 도시공간과 주체의 관련 양상 연구」, 경희대학교 박사학위논문, 2008 ; 박찬효, 「1960-70년대 소설에 나타난 고향의 의미 연구」, 이화여자대학교 박사학위논문, 2010.

20

한국 문학사 서술에서 주로 다루어지지 않았던 여성작가, 즉 손소희, 한무숙, 강신재, 박경리, 한말숙, 정연희 소설에 나타난 여성들의 근대체험을 문제 삼고 이에 대한 저항의 방법론으로 몸 담론을 가져온다. 이 논의는 동어반복 에 그쳐왔던 60년대의 소설을 '몸'이라는 새로운 담론으로, 또한 그 대상을 여성 작가들로 확대하여 논의를 전개했다는 데에 의의가 있다. 1960년대의 작가들이 근대에 대한 성찰과 회의를 드러낸다면 그 사유와 논의 방식에 있어서도 새로운 틀이 요구되는데, 근대비판 혹은 탈근대를 지향하는 독해에 있어 몸 담론은 매우 유의미한 해석의 준거가 될 수 있다. 비슷한 맥락에서 김지혜는 최인훈·김승옥·이청준의 소설을 몸 담론으로써 읽어냈다. 또한 이러한 인식과 사유가 구체적인 서사형식으로 나타나고 있음을 확인하여 보여주었다. 그러나 이 논의 역시 4·19세대의 대표적인 세 작가만을 대상으 로 하고 있다는 점, 그 논의의 결론 역시 기존 논의의 맥락에서 크게 벗어나지 않고 있다는 점에서 아쉬움을 남긴다.

백지연과 오창은은 '도시성'의 테마로 당대의 작가와 작품을 논의했다. 이들의 논의는 근대적 도시의 여러 양상과 그 의미를 구체적인 문학 텍스트를 통하여 확인함으로써 작품 속에 형상화된 도시와 사람들의 모습을 면밀하게 보여주었다는 점에서 의의가 있다. 특히 오창은은 근대화의 문제를 도시 '하위 주체'의 관점에서 읽어 나감으로써 새로운 시각을 보여주었다. 기존의 지식인, 혹은 소수의 모더니스트들에 의해 구현되고 관찰된 도시가 아닌, 소외된 하위 계층에 의해 구현되고 경험된 도시의 의미들을 추적해 감으로써 근대화 담론의 내용을 더욱 풍부하게 해 주었다고 볼 수 있다.

이러한 '도시성'이 외부적이고도 새로운 것에 대한 관심이라면 김주현은 우리 문학사 연구 시각과 방법론을 내적이고도 오래된 것에 대한 관심을 통해 드러냈다. 그것은 바로 '전통'에 대한 관심이다. 그는 전통의 개념을 근대와 대립하는 개념이 아니라 상보적인 것이라고 본다. 이러한 전통 논의가 가능케 된 조건은 4·19를 겪으며 폭발적으로 성장한 민족주의라고 본다. 그는 우리의 근대가 전통 계승론의 관점에서 형성된 것임에 주목하여 1960년대 소설에 나타난 전통 인식의 양상을 분석하였다. 이러한 관점은 기존 연구에서 배제되어 왔던 다양한 작가들과 관점들을 포괄할 수 있도록 해 준다. 그러나 그가 제시하는 전통의 개념은 다소 광범위하고 포괄적이어서 당대 작가들의 다양한 경향성을 모두 담아내기에는 다소 무리가 있어 보인다.

박찬효는 1960~70년대 소설을 '고향'의 모티프로 독해하였다. 당시 사회적 현상으로서의 이촌향도와 더불어 작가들의 소설적 경향으로 나타났던 탈향과 귀향의 과정, 그 이미지의 변용과정을 구체적으로 분석하고 있는 것이다. 1960~70년대가 '근대화·산업화'의 시대였다면, 그 구체적인 문학적 형상화의 방법론을 '고향'이미지의 변용으로 추출하여 당대의 문학적 성격과 경향을 통일성 있게 규명해 낸 것은 중요한 의의가 있다. 그러나 '고향'이라는 테마 아래, 1960년대와 70년대의 차이성이 크게 부각되지 않은 채 기술이 되고 있는 바, 두 시대가 갖는 문학적 환경에 대한 대응의 방식 및 특성들이 변별적으로 구분되지 않았다는 점에서 아쉬움을 남긴다.

오양진은 '비인간화'라는 관점에서 김승옥, 최인훈, 박상륭, 서정인, 이청준의 소설들을, 강유정은 '나르시시즘'이라는 관점에서 최인훈, 김승옥, 서정인의 작품을 읽어냈다. 이러한 최근의 연구는 기존의 이데올로기, 근대성이라는 거대담론의 측면보다는 그것이 작품화되는 경향에 있어서의 작가적 성향과 작품의 형상화 과정 및 양상에 주목한 결과이다.

박영준은 '장르'적 차원에서 1960년대 소설에 접근한다. 이에 1960년대에 발표된 장편 소설들을 대상으로 그 논의를 진행하였다. 1970~80년대가 대하·장편 소설의 시대라는 것은 주지의 사실이거니와 이 시기에 대한 장편 소설 연구는 상당부분 축적되어 왔다. 그러나 학계에서 1960년대의 장편 소설에 대한 연구는 미흡한 편이었다. 실제로 1960년대에는 많은 수의 장편 소설이 발표·출간되었음에도 이 시기의 연구들은 단편 소설에 대한 것들이 대세를 이루어왔다. 이에 연구자는 기존에 논의되지 못했던 작가, 가령 정한숙, 박경리, 방영웅, 김원일, 김용성, 이동하 등의 작가들을 포괄하여 그들의 장편 소설에 대한 논의를 폭넓게 진행했다. 그의 연구는 장편소설론에서 1960년대는 공백의 시대로 여겨지던 통념을 깨고 1960년대 장편 소설의 존재 양상과 의미를 논하였다는 점에서 의의가 있다. 그러나 작가 및 작품의 분류를 '전쟁 장편 소설', '신문연재 소설', '신세대 장편 소설'이라는 기준으로 수행하여 그 분류 기준에 대한 의문점을 남긴다. 대상 장편 소설의 작가와 목록을 일정 기준이나 논리에 따라 다시 재배치 해야 할 필요성이 있다고 하겠다.

한편, 당시의 대표적인 작가였던 최인훈, 김승옥, 이청준 등에 대한 개별 작가론 또한 최근까지 지속적으로 나오고 있음을 지적할 수 있다.[15] 이러한 개별 작가론의 경우 그 논의의 대상이 1960년대에만 한정되는 것은 아니다. 다만 본서에서는 1960년대적 의미와 중첩되는 지점에서 그 논의의 성과들을 참조해 나갈 수 있을 것이다.

연남경은 최인훈 소설의 특징을 '자기반영성'으로 보았다. 구체적으로는 최인훈이 1994년에 쓴 메타픽션『화두』를 최종 심급으로 두면서 작품이 쓰이게 된 이전의 과정들을 통시적으로 역추적해 나갔다. 이 연구는 연구의 관점을 포스트모더니즘으로 이동시킴으로써 최인훈 소설 세계가 갖는 의미의 폭을 확장시킨다. 또한 최인훈의 다양한 작품 세계를 하나의 통일성 있는 언어로 규명·종합한다는 점에서도 의의가 있다. 차미령은 최인훈의 소설을 '정치성'이라는 테마로 논의하였다. 이 논의는 기존의 이데올로기의 대립 문제로 그의 작품을 읽어나갔던 기존의 경향성을 탈피했다는 점에서

---

15) 이수형, 「이청준 소설에 나타난 교환 관계 양상 연구」, 서울대학교 박사학위논문, 2007 ; 오은엽, 「이청준 소설의 공간 연구」, 이화여자대학교 박사학위논문, 2008 ; 연남경, 「최인훈 소설의 자기 반영적 글쓰기 연구」, 이화여자대학교 박사학위논문, 2009 ; 차미령, 「최인훈 소설에 나타난 정치성의 의미연구」, 서울대학교 박사학위 논문, 2010.

의의가 있다. 그는 이데올로기보다 광의의 개념인 '정치성'이라는 용어로 최인훈 작품을 읽어나갔다. 이 연구 역시 최인훈 소설을 좀더 포괄적이고도 통일적으로 규명·종합하려는 시도라고 볼 수 있다.

오은엽은 이청준의 소설에 나타난 공간의 의미를 기호학적으로 접근하여 논의했다. 이 연구는 기존의 이청준에 대한 연구가 상당 부분 진척·집적되어온 바, 소설의 공간화 양상을 기호론적 방법으로 분석하여 텍스트의 미적 요소를 체계적이고 정치하게 고찰했다는 점에서 의의가 있다. 이수형은 이청준 소설의 의미를 '교환 관계' 양상으로 보았다. 이청준 소설에 나타난 갈등의 구조를 교환 관계에 내재된 비대칭성에 대한 불안으로 상정하여 그 구조의 양상을 고찰하고 있는 것이다. 이는 이청준 소설의 의미를 인물의 다양한 욕망과 관계의 구도로 읽어나감으로써 그 해석과 의미의 폭을 다양화했다는 점에서 의의가 있다.

한편, 위와 같이 4·19세대를 대표하는 작가뿐 아니라 기존의 세대론적 관점, 혹은 리얼리즘 대 모더니즘의 구도에서 조명 받지 못했던 작가들에 대한 관심과 연구 또한 진행되어 왔는데 이에 관해서는 박상륭에 대한 연구가 주목할 만하다.[16] 변지연은 90년대 이후의 박상륭에 대한 재조명과 관심에 대한 동기로 탈근대·근대비판의 관점에 주목했다. 이러한 문제의식을 바탕으로 박상륭 소설의 난해성을 철학적 담론에 대한 깊이 있는 성찰로써 정치하게 풀어나갔다. 비슷한 관점에서 원은주는 박상륭의 소설을 '비극성'이라는 관점에서 읽어나가면서 이것이 구체적인 그의 소설언어와 서사화 과정에 나타나 있음을 밝혔다.

본서는 선행 연구의 업적과 미덕을 수용하면서도 다음과 같은 점에서 그 한계와 연구의 필요성을 지적하고자 한다.

---

16) 변지연, 「박상륭 소설 연구」, 동국대학교 박사학위논문, 2002 ; 원은주, 「박상륭 소설의 비극성 연구」, 이화여자대학교 박사학위논문, 2012.

첫째, 연구의 시각이 분절적이고 대립적이라는 점이다. 다시 말한다면 연구 시각의 한편에서는 60년대의 문학의 새로움, 즉 '독자성'에 지나치게 집중하고 있는 반면 다른 한편에서는 이를 무시하고 70년대 민중·리얼리즘 문학으로 가는 매개로서의 특성, 즉 '과도기성'에 주목하고 있는 것이다.[17] 전자의 경우는 60년대의 문학을 50년대 전후(戰後 문학, 구세대 문학)의 극복 양태로서의 새로움에만 집중하는 관점이고, 후자의 경우는 70년대 민족·민중 문학으로 가는 과정적·수단적 대상, 즉 70년대 문학을 위한 전사(前史)로서의 의미에만 집중하고 있는 관점이다.

이는 우리 문학의 존재 양상을 모더니즘과 리얼리즘의 대결 구도 양상으로만 파악하는 태도에서 기인한다. 이를 상징적으로 보여주고 있는 것이 비평계의 순수·참여논쟁[18]이라고 할 수 있을 것이다. 이는 60년대를 대표하는 논쟁으로서 이 시기 비평에서 상당한 비중을 차지한다. 그러나 이 논쟁에서와 같이 문학의 존재 방식에 대한 질문을 양자택일(兩者擇一)식으로 할 경우, 동일한 문학 현상에 대해서도 상반적이고 대립적인 관점과 해석이 도출될 수밖에 없다. 이는 당대 문학의 총체적 양상을 확인하는 데에 어려움을 겪게 한다. 또한 이러한 관점은 단순 대결 구도와 질서 안에서 해결되지 않는 다양한 문학적 현상과 징후들을 도외시할 가능성을 갖는다는 점에서 문제가 있다.

문학사 기술은 당대 문학현상에 대한 고찰을 기반으로 한다. 하지만 그것이 '역사'로서의 의미를 지니려면 그 전대(前代)와 후대(後代) 사이에서

---

17) 권영민, 『한국현대문학사』, 민음사, 2002.
18) 이 논쟁은 ① 1963~64년에 걸친 김우종·김병걸과 이형기 간의 논쟁, ② 1967년 '작가와 사회'라는 주제 하에 김붕구의 논문과 그것을 둘러싸고 벌어진 여러 문인들의 주장과 논쟁, ③ 1968년 이어령과 김수영 간의 공방전 등으로 나타났다. 1960년대의 순수 참여 논쟁의 자세한 의미에 대해서는 백낙청, 「새로운 창작과 비평의 자세」, 『창작과 비평』 창간호, 1966 ; 오양호, 「순수, 참여의 대립기」, 『현대문학』 2, 1989 ; 우찬제, 「배제의 논쟁, 포괄적 영향」, 『문학사상』 7, 1995 참고.

의 '연속성'과 그 시대만이 갖는 상대적 '독자성'을 동시에 염두에 둔 것이라
야 한다. '태초의 어둠 속에서 새로운 거름을 주는 농부이며 탕자'로 자처하는
신세대 비평가 그룹의 상징적인 선언처럼 문학 현상에 대한 기술은 '새로움'
으로써 어느 정도 의미지어질 수 있지만, 그 새로움만이 1960년대 소설
전체를 대표할 수는 없다. 또한 한 시대를 통해 배태된 작품은 그 시대에
자족적으로 끝나는 것이 아니라 그 이전과 이후의 대화적 관계에서 다양한
의미를 새로이 부여받을 수 있는 것이다. 따라서 본서는 1960년대 소설사
전반에 대한 균형적이고 총체적인 시각을 마련하고자 한다. 덧붙여 당대
문학에 대한 정당한 문학사적 평가를 확보하기 위해서 모더니티, 리얼리티의
준거가 아닌 좀 더 포괄적인 준거로서의 개념이 필요하다고 보았다. 1960년
대의 연구대상으로서의 그 시간적 거리(50여 년)를 확보한 현재 상황에서
모더니즘과 리얼리즘이라는, 즉 1960년대 당대적 당위로서의 기준에 근거한
문학사 기술은 지양되어야 한다고 본다.

　둘째, 1960년대는 소설사를 기술하는 데에 있어 대상 작품 및 작가가
제한적이라는 점이다. 이러한 문제점은 앞에서 지적한 바, 연구 시각의
'배타성'에서 기인한다. 1960년대는 소설사에서뿐 아니라 비평사적인 관점
에서도 매우 문제적인 시기라고 할 수 있는데 단적으로 이는 신세대 비평가
그룹의 등장과 활약으로 증명된다. 이 신세대 비평가들의 존재는 우리
문학사의 양감을 드러내고 지적으로 세련된 풍토를 만들어 문학의 존재
영역을 확장하고 그 활력을 불어넣었다는 점에서는 의의가 있다. 그러나
이들에 대한 집중은 이 비평가 그룹의 세례를 받지 못한 작가들, 즉 근대성의
문제를 표면화하지 못하고 있던 상당수의 작가들, 소위 구세대 작가들이나
반(反)근대 혹은 전(前)근대의 작가들을 배제하는 결과를 낳기도 했다. 이들이
관심을 가졌던 작가로는 최인훈, 김승옥, 이청준 등이었으며 연구의 다양성
이 확보된 이후에도 이호철, 남정현, 박상륭, 서정인 정도를 넘지 않는
것이 대부분이었다. 이러한 연구들은 주로 '새로움'에 초점을 맞추어 그

논의를 진행한 것들이다. 최근에 들어 개별 작가론이나 작품론의 경우는 상대적으로 다양하게 진척되고 있기는 하다. 그러나 문학사 기술에 있어서는 여전히 배제된 작가와 작품들이 많다. 다양한 세대와 경향성의 작가를 1960년대 소설사라는 '총체적'인 구도 아래에서 기술한 경우는 협소하다는 것이다. 본서는 당대에 활발한 활동을 보였던 많은 작가와 작품들이 '소설사(小說史)'적 구도 하에서는 충분히 논의되지 못했다는 한계를 지적한다. 또한 최근까지의 연구의 집적 성과물을 보았을 때, 섬세하게 분석된 개별 텍스트들에 대한 연구나 작가·작품론은 매우 많지만 이것은 하나의 장(場) 안에서 설명되지 못한 부분이 많았음을 지적하고자 한다. 1960년대에는 구세대와 신세대, 전전(戰前)세대와 전후(戰後)세대, 비(非)한글세대와 한글 세대, 반(反)근대주의자와 전(前)근대주의자, 근대주의자로서의 문인들이 혼재하였다. 뿐만 아니라 리얼리즘과 모더니즘의 대립적 구도 속에서, 낡은 것과 새것, 전통의 계승과 단절에 관한 논의와 논쟁들이 가열차게 오고 가면서 비평의 양감과 질감 또한 풍부해졌다. 현재까지 어느 정도의 집적된 연구 성과들을 바탕으로 이제 1960년대의 소설들은 새로운 가치평가와 의의로써 재정리·배치되어야 할 필요가 있다.

셋째, 논의의 대부분이 사회와 현실 문제에 착목한 나머지 구체적인 문학 방법론에 충분히 집중하지 못했다는 점이다. 최근의 논의에 있어서는 그 관점이나 방법론에 대한 모색이 다양하게 시도되고 있으나 목표한 바에 대한 실제 기술은 충분하지 못한 감이 있다. 근대라는 시대환경(내용)에 대한 '방법'론적 탐색보다는 그 '내용'을 반복·재생산해오고 있다는 것이다. 물론 그 논의가 전대(前代)에 비하여 상당부분 정교화 되고 세밀화 된 부분은 있으나 문학적 방법론에 대한 고찰은 여전히 충분치 않다고 본다.

이에 본서는 위와 같은 연구사의 한계를 지적하면서, 신세대 작가의 새로움과 관련된 기존의 논의와 비평적 힘에 가려 충분히 고찰되지 못한 작가 및 작품들을 모두 포괄하여 논의하고자 한다. 1960년대 소설의 내용과 흐름의 양상들을 포괄적으로 다룸으로써 1960년대 소설의 장(場)을 전체적으로 조망해 보고자 하는 것이다. 분석과 논의의 초점은 당위로서의 이념이나 사상, 혹은 비평가적 이론이 아니라 구체적 현상으로서 나타난 작품들의 내용과 형식이 될 것이다.

2. 유목민적 상상력과 생성의 문학사

본서에서 문제 삼고 있는 1960년대 소설은 다음과 같은 점에서 문제적이라고 할 수 있다.

첫째, 시대 '환경'으로서의 1960년대가 갖는 복합성의 측면이다. 1960년대는 한국이 일제 식민지하의 파행적 근대에서 벗어나, 일상으로서의 근대를 본격적으로 경험하기 시작한 시기였다. 또한 6·25전쟁의 혼란이 빚은 전후(戰後) 사회의 원조경제와 빈곤이라는 세계적 특수성에서 벗어나 나름의 일상적 삶을 회복한 시기기도 하다. 경제적으로는 근대 자본주의 질서체제의 기본궤도에 본격적으로 진입하기 시작한 시기이다. 이러한 근대성 논의는 1930년대 문학에 대한 고찰에서도 이루어져 왔는데, 이때의 근대는 식민현실을 등에 업은 형태로서 파행적으로 이식된 형태의 것이었다. 1930년대 조선의 근대화는 강제적으로 근대성을 제도적, 물질적으로만 이식받은 채로 진행되어 이성, 합리성 등은 도외시된 채 근대성의 부정적 측면만이 극대화되는 양상을 띤 것이다.[19] 진정한 자율적 주체로서 존립하지 못하는

---

19) 식민시대의 조선의 근대화의 한계점에 대해 다음과 같은 지적을 참고해 볼 수 있다.
"조선의 근대화는 인간의 자기 이해의 변화에 바탕하여 자연스럽게 뿌리를 내리지 못한 채로 진행되었기에, 근대성의 원리에서 가장 중요한 중심축이라고 할 수 있는 자율적 주체의 이상은 전혀 실현되지 못했다. 그리하여 봉건적 질서가 철저하게 극복되지 못했고, 어떤 계급의 이익도 통치정책에 위배되지 않을 경우 쉽게

식민지 시대의 문인과 지식인들에게 근대화와 민족독립의 문제는 분열적 고뇌의 대상이 될 수밖에 없었다. 그렇기에 1930년대는 진정한 의미에서의 근대적·자율적 미적주체가 등장할 만한 환경적 여건을 갖추지 못했다고 볼 수 있다.

그러나 1960년대에 들어서 비로소 우리의 근대는 일상과 성찰의 측면에서 경험되기 시작했다. 이로써 근대적 주체들 역시 미적 자율성을 확보할 수 있는 기반과 여건을 마련해 갈 수 있었다.[20] 또한 이 시기는 4·19를 통해 얻은 자유와 민주주의에 대한 자신감과 열망이 바로 5·16을 통해 좌절되고 굴절되는 시기이자, 6·25전쟁이라는 트라우마가 겹쳐지고 있는 시기이다. 뿐만 아니라, 정치·경제적(외적)으로 경험되던 근대가 사회·문화적(내적)인 일상으로 경험되면서 시대와 환경에 대한 예민한 감수성을 촉발시키기 적절한 시기이기도 했다.

둘째, 그러한(上述한 바의) 시대 환경에 대한 '문학적 대응'이 갖는 복합성의 측면이다. 시대 환경으로서의 1960년대의 복합성, 그리고 그것이 주는 긴장과 불안은 정치적 선동이나 이념적 구호의 양식이 아니라 '문학적' 방식으로 매우 다양하게 표출되었다는 것이다. 사회현실에 대한 문학적

관철되었다. 따라서 그 과정에서 근대성의 긍정적이고 적극적인 의미라 할 수 있는 해방의 측면은 극소화되고, 억압의 측면이 극대화됨으로써 오히려 반(反)근대적인 양상을 띠게 되었다. 식민체제는 조선인으로 하여금 체제가 부여하는 정상인의 상, 공통감각을 받아들일 수 없게 함으로써 조선인들을 타자화하는 것이다. 이러한 상황에서 과학적 인식과 이성적 사유를 존재 근거로 삼는 지식인은 당연히 중심·주체로 자리잡지 못하고 타자로 배제되고 말기에 끊임없이 자신의 자리를 되묻지 않을 수 없는 것이다."(곽승미, 『1930년대 후반 한국 문학과 근대성』, 푸른사상사, 2003, 59면.)

20) 물론, 1960년대의 우리의 근대화가 국가주도의 기획 아래 진행된 것임을 감안하면, 엄밀한 의미에서의 자율성을 확보할 수 있는 근대라고 하기는 어려우리라 생각한다. 다만 1930년대 우리의 근대가 극복해야 할 대상으로서의 식민현실을 담지하고 있었음을 생각해 볼 때, 1960년대 경험한 우리의 근대는 그 자율성의 폭과 자장이 훨씬 크고 다양하다고 볼 수 있다.

표출의 방식과 양상은 어느 시대나 공히 있어온 것이기는 하다. 즉 어느 시대와 환경을 막론하고 작가는 당대의 현실에 대하여 나름의 문학의 방식으로 반응한다. 그러나 1960년대는 그 복합성의 양상이 다른 어느 때보다도 두드러진 시기라고 볼 수 있다.

우리 근·현대 문학의 시발점으로부터 해방기까지는 일본이라는 타자의 존재, 즉 식민현실의 극복 문제가 작가들에게 주어진 나름의 커다란 숙제였다. 대표적으로 1930년대의 경우 근대의 논리는 일제에 의해 이식된 지배체제와 상동관계를 이룸으로써 당대 지식인들에게 근대는 분열적 대상이 될 수밖에 없었다. 식민지 지식인으로서의 죄의식이 내재되어있는 것이다. 따라서 형상화되는 모더니티의 방식 역시 상당부분 심리적 강박과 분열의 형태, 극단적·병리적 현상으로 나타나는 경우가 많았다.[21] 미적 자율성을 확보한 자율적·개인적·독자적인 기준이 마련되지 못한 까닭이다. 미적 주체가 구현되는 면에 있어서 그 한계가 지적되는 것이다. 한편 1950년대의 경우 전후(戰後)의 충격적 상황상 역사와 현실, 문학의 존재방식과 의미에 대한 객관적이고 다각적인 성찰이 어려울 수밖에 없었다.

이로 보건대, 진정한 의미의 근대적 자율성을 담지하고 이에 대한 다양한 문학적 논의가 가능했던 것은 1960년대라고 할 수 있을 것이다. 김병익이 지적한 대로 60년대의 문학은 50년대의 문학적 화석화(化石化)를 극복하고, "경악에서 성찰로, 체험에서 언어로, 실존주의에서 시민의식으로, 패배감에서 극복에의 의지"[22]로 그 방향을 돌린 것이다. 여기에서 본격 문학의 출발을 알리는 신세대 비평가 그룹의 역할 또한 중요한 의미를 갖는다. 다만 본서에서 문제 삼는 '복합성'이란, 새롭게 등장한 작가 및 비평가 그룹의 논의뿐 아니라, 전쟁의 트라우마를 여전히 다루고 있는 구세대 작가 및 리얼리즘·모더니즘 대결 구도상에서 배제된 작가들과 작품들의

---

21) 대표적인 논의로 문흥술, 『한국 모더니즘 소설』, 청동거울, 2003.

22) 김병익, 「60년대 문학의 가능성」, 『현대 한국문학의 이론』, 민음사, 1978, 164면.

양상까지를 포괄하는 것이다.

위와 같은 문제의식을 전제로, 본서는 다음과 같은 연구 방법을 지향한다.

첫째, '1960년대'라는 시대를 보는 틀로써 본서는 들뢰즈·가타리가 제시한 '생성(devenir ; becoming)' 개념을 가져온다.[23]

이 '생성(devenir ; becoming)'의 개념은 '존재(être ; being)'와는 구별되는 것으로서 존재가 사물의 상태를 나타낸다면 생성은 사물의 상태가 아니라 어떤 상태에서 다른 상태로의 변화를 나타낸다.[24] 이 생성은 고정화된 의미나 일자(一者, I'Un, the one ; 로고스 logos)로 환원되지 않는 다양한 가능성을 함의한다. 여기에는 위계나 서열이 없으며, 강밀도(intensité ; intensity)의 차이에 따른 다양한 '배치(agencement ; assemblage)'가 있을 뿐이

---

23) 미셸 푸코는 이들의 책『앙티 오이디푸스』(1972)의 머리말에서 이 책을 반파시스트적인 삶의 입문서라고 이야기하였다. 이들 철학은 다음을 통해 단적으로 확인할 수 있다. "① 모든 일원적이고 총체화하는 편집증으로부터 정치적 행위를 해방시켜라. ② 확산, 병치, 해체를 통해 행동, 사상, 그리고 욕망을 개발하라. ③ 부정의 모든 범주들(법, 제약, 거세, 결핍 등)로부터 벗어나라. 생산적인 것은 정태적인 것이 아니고 유목민임을 믿어라. ④ 현실과 욕망을 접속시키면 혁명적인 힘이 생긴다. ⑤ 개인은 욕망의 산물이다. 필요한 것은 복잡화, 전위, 다양한 결합을 통해 "탈개인화"하는 것이다."(정정호, 「중간 문학론, 사이버 유목공간 그리고 영미 문학론」,『들뢰즈와 그 적들』, 우물이 있는 집, 2006, 64~65면.) 한편 본서의 '생성' 및 들뢰즈의 이론적 바탕에 대한 해설은 이진경의『노마디즘』(휴머니즘, 2002)에 상당부분 기반하고 있다.

24) être는 영어의 be 동사, 독일어의 sein 동사에 해당되는데, '…이기, …임, 존재' 등으로 번역된다. 들뢰즈는 이 말을 사물의 상태에 대응하는 어떤 것을 가리키는데 사용했으며 따라서 복수(les être)로도 사용된다. devenir는 영어의 becoming, 독일어의 werden에 해당하며 '…되기, …됨, 생성' 등으로 번역된다. 그 뒤에 다른 명사나 형용사가 붙어 '동물되기(devenir-animal)', '광인되기(devenir-fou)', '소수되기(devenir-mineur, 소수화)', '지각 불가능하게 되기(devenir-imperceptible)' 등으로 다양하게 사용된다는 점에서 '…되다'라는 동사의 부정법(不定法, infinitif)으로 번역하는 것이 더 적당할 수도 있다.(이진경, 「들뢰즈 : '사건'의 철학과 역사유물론」,『탈주의 공간을 위하여』, 푸른숲, 1997, 25면 참조.)

다. 강밀도는 '강도', '강렬도' 정도로 생각할 수 있는데 이는 말 그대로 힘의 강도, 힘이 집약되거나 응축된 정도를 의미한다.[25] 이 강밀도에 따라 대상은 다양한 형태로 배치(agencement ; assemblage)된다. 이때의 배치는 접속되는 항들에 따라 그 성질과 차원 수가 달라지는 다양체를 생산한다.

　이 배치 안에서 각각의 항은 이웃항과 접속하여 하나의 기계(machine)[26]로 작용한다. 이러한 개념은 대상의 비위계적인 '다양성'을 낳는다. 이는 대상의 차이가 하나의 중심인 일자(一者)로 포섭되거나 동일화되지 않는 다양성이다. 들뢰즈·가타리는 이를 구체적으로 '리좀'[27]적 다양성이라고 명명했는데, 이는 하나의 척도·하나의 원리로 환원되지 않는 이질적인 것의 집합이라고 볼 수 있다. '리좀'은 '수목'(뿌리형) 모델과는 대비되는 것으로, 중심화된 사유 및 동일화된 논리를 파괴하여 새로운 다양체를 생산하고 새로운 삶의 방식을 만드는데 사용되는 개념이다. 리좀의 특징은 다음과 같이 요약할 수 있다.[28]

　　① 접속(connexion)의 원리
　　'이접(離接, A냐 B냐의 선택)' 및 '통접(統接, 다양한 요소들이 결합하여 하나의 통일체 구성)'과는 구별된다. 이접과 통접이 관련된 항들을 어떤 하나의 방향으로 몰고 간다면, 접속은 두 항이 등가적으로 만나 제3의

---

25) "실체적 속성들의 형식적 다양체 그 자체는 실체의 존재론적 단위로 구성된다. 하나의 동일한 실체 아래 강밀도의 모든 속성 내지 종류의 연속체가 있으며, 하나의 동일한 유형 내지 속성 아래 특정한 종류의 연속체가 있다."(질 들뢰즈·펠릭스 가타리, 김재인 역, 『천개의 고원』, 새물결, 2001, 191면.)

26) '기계(machine)'는 '기관(organe)'과는 대비되는 개념으로, 유기체의 일부에 대상을 귀속시켜버리는, 전체적 통일체를 지향하는 유기체적 관념과 절연하기 위해 사용되었다.

27) '리좀(rhizome)'은 '뿌리줄기'라는 뜻을 지니고 있는데, 수목형(뿌리형) 모델과는 대비되는 것으로, 들뢰즈·가타리의 책 『천개의 고원』 전체를 관통하는 '내재성(immanenece)'을 이 용어를 통해 풀이하고 있다.

28) 특징에 대한 정리는 들뢰즈·가타리, 위의 책 ; 이진경(2002), 앞의 책 참조.

어떤 것, 새로운 것을 생성한다. 귀결점이나 호오(好惡)의 선별도 없다.

② 이질성의 원리

이질적인 모든 것에 대해 새로운 접속 가능성을 허용한다. 어떠한 동질성도 전제하지 않으며, 다양한 종류의 이질성이 결합하여 새로운 것, 새로운 이질성을 창출한다.

③ 다양성(multiplicité)의 원리

차이가 차이 그 자체로서 의미를 갖는 것, 동일자의 운동에 포섭되지 않는다는 의미에서의 다양성이다. 즉 '일자'로 포섭되거나 동일화되지 않는 다양성인 것이다. 리좀적 다양성은 하나의 척도, 하나의 원리로 환원되지 않는 이질적인 것의 집합이다. 따라서 하나가 추가되는 것이 전체의 의미를 크게 다르게 만드는 다양성이다.[29]

④ 비의미적 단절(asignifiante rupture)의 원리

'비기표적인(asignifiante)' 단절이라고도 한다. '단절(rupture)'은 '절단(coupure)'과 대비적인 의미를 갖는다. 후자, 즉 절단이란 어떤 대상이나 흐름을 일정한 규칙에 따라 자르는(cut) 것이다. 이는 '의미적인(signifiante)'이란 형용사와 함께 사용되는데, 통상 언어적인 '분절'은 '의미적인/기표적인 절단'이다. 반면 '단절(rupture)'은 어떤 주어진 선과 연(緣)을 끊는다는 것이고, 그 선에서 벗어나는 것이며, 그 선 안에서 만들어지는 의미화의 계열에서 벗어나는 것이다. 즉 기존의 기표적인 계열에서 벗어나 다른 계열의 일부가 되는 것이다. 이러한 단절은 '탈영토화(déterritorialisation)', '탈주(fuite)'의 상관적인 개념으로 사용된다. 여기에서 그 '단절'이 '비의미적(비기표적)'이라는 것은 '의미화하지 않는다'는 것인데, 어떤 소리가 기표가 되어 다른 기표와의 사슬이나 연쇄 속으로 들어가지 않음을 뜻한다.

---

29) 리좀은 접속하는 선의 수가 늘어나면 그에 따라 차원수가 증가하고, 그 증가분만큼 다양성 내지 복잡성이 증가한다. 그런 면에서 일종의 프랙탈한 다양체라고 볼 수 있다.

⑤ 지도그리기(cartograohie)와 전사술(décalcomanie)

지도란 우리가 행동의 경로와 진행, 분기 등을 표시하여 행동의 지침으로 삼는 다이어그램이다. 지도는 반드시 길의 형상과 지표면의 형상을 정확하게 재현할 필요는 없다. 지도그리기와 전사술이라는 개념은 현실에 따라 지도를 그리지만 그려지는 지도에 따라 변형되는 현실의 특성을 보여준다. 지도 제작법을 알려주고 그것으로써 사람들이 생산적이고 긍정적인 삶의 지도를, 행동과 실천의 지도를 만들도록 촉발하는 것이 중요하다.

루카치의 고백처럼 소설이란 '자신을 입증하기 위해 길을 나서는 영혼의 이야기'라면, 즉 서사문학이 하나의 여로이자 여행의 과정이라면 이러한 과정은 들뢰즈가 말한 '계열화된 사건의 선'이 만드는 궤적과 같다고 할 수 있다. 들뢰즈는 문화적 삶을 '선(線)의 형식'으로 설명한다. '계열화(mis en séries)'30)란 '의미(sens)'와 관련된 개념으로서 하나의 대상이 다른 것과 하나의 계열을 이루면서 연결되는 것을 뜻한다. 그에게 사건의 의미는 '계열화'의 관계에서 획득된다. 계열 안에서 각각의 항은 오직 다른 항들과의 상대적 위치에 의해서만 의미를 갖는다. 들뢰즈는 사건의 의미를 지시나 의도, 혹은 기호작용이 아니라 이웃한 항들과의 관계에서 설명한다. 이때 사물의 의미는 권위적인 의도나 중심에 의해 고정되는 것이 아니라 주변 관계, 즉 배치되는 방식에 의해 유동적이고 가변적으로 변화할 수 있다. 계열화를 통해 형성되는 사건의 의미는 그 안에 포함된 어떤 항이나 요소들의

30) '계열화'라는 개념은 그의 저서 『의미의 논리』에서 제시된 것으로, 어떤 대상의 '의미'를 '사건'과 '생성'으로 보려는 그의 구상의 산물이다. 들뢰즈는 일단 '사고'와 '사건'의 개념을 구분한다. 사고란 사물의 상태가 시·공간적으로 유효화한 것이며, 사실에 관한 범주이다. 반면 사건이란 어떤 사물의 상태나 사실을 다른 상태나 사실에 연관짓는, '관념적' 성격이 개입된 범주이다. 이 사건의 의미는 플라톤적인 의미에서 '시뮬라크르'의 의미를 지닌다. 이러한 사건의 개념을 이해하는 데 있어서 중요한 것은 그것이 '계열(série)'을 통해서 정의된 것이다. 어떤 사실이나 사고는 계열화(mis en série)를 통해서 하나의 동일한 사실이나 사고가 상이한 사건이 될 수 있다.

34

개별적 의미로 환원되지 않으며 그것과 다른 차원에서 형성된다. 반대로
각각의 요소나 항이 갖는 의미는 그것이 갖는 어떤 지시체나 연관된 논리적
명제들, 혹은 주관적인 의도가 아니라 오히려 계열화를 통해 형성되는
사건을 통해 구성되는 것이다. 의미는 특정한 지시나 의도, 혹은 기호
작용의 결과물이 아니라 이웃한 항들과의 이웃 관계에서 생성된다.

따라서 이 때 중요한 것이 계열들의 '배치(agencement ; assemblage)'이다.
"배치란 접속되는 항들에 따라 그 성질과 차원 수가 달라지는 다양체"31)이다.
또한 배치 안에서 각각의 항은 다른 이웃 항들과 접속하여 하나의 '기계'로
작동한다. '기계'는 '유기체적인 기관'과 대별된다. '유기체적 기관'이 하나
의 전체성과 통일성을 지향한다면, '기계'는 개별적 기능에 따른 독자성을
강조한다. 이 '기계'가 만들어지는 곳은 '기관없는 신체'(다양한 욕망들이
존재하는 곳, 그 욕망에 따라 신체와 힘의 분포를 움직여 필요한 기관을
만들어 내는 곳)이다.32)

선(線)의 사고는 고정된 의미체계, 유기적 통일성을 지향하지 않는다.
생성의 과정, 배치의 상태 및 기능('되기'의 과정) 자체가 중요하다. 통일된
심급을 향한 목적론적 고정 체계를 거부하는 것이다. 의미는 '배치'에 따른
'계열화'의 '선'에 따라 자유롭게 생성된다. 의미 해석에 관한 역동적 다양성

---

31) Gilles Deleuze and Félix Guattari, *Mille Plateaux : Capitalisme et schizophrénie*, paris :
Minuit, 1980. ; Gilles Deleuze and Félix Guattari, p.5(이후 불어판 표기는 MP로
표기한다) ; 이진경·권혜원 외 역, 『천개의 고원』, 연구공간 너머 자료실, 2000, Ⅰ,
12.

32) "기관없는 신체는 기관들이 제거된 텅빈 신체가 아니다. 오히려 그것은 기관으로서
봉사하는 것(늑대들, 늑대의 눈, 늑대의 발톱)이 브라운 운동을 하면서, 분자적
복수성의 형태로 무리적 현상에 분배되는 신체다. (…) 기관 없는 충만한 신체는
복수성으로 가득 찬 신체다. 무의식의 문제는 확실히 생식과 무관하며, 오히려
증식(peuplement), 서식(population)과 관계가 있다. 그것은 유기적이고 가족적인
생식의 문제가 아니라, 대지의 충만한 신체 위에서 이루어지는 세계적인 서식의
문제다."(Gilles Deleuze and Félix Guattari, op. cit, 1980, p.43. ; Gilles Deleuze and
Félix Guattari, 이진경·권혜원 외 역(2000), 앞의 글, Ⅰ, 36.)

과 복수성을 최대한 인정하는 것이다.

한편, 근대의 인식론은 진·선·미의 가치체계의 분화를 가져왔으며 지식은 과학의 형식을 갖추게 된다. 그 지식은 지시적 진술에 대해서 뿐 아니라, 인간의 삶과 도덕, 미학적 감수성의 기준을 결정하는 능력까지 포함한다. 즉 근대적 인식론은 인생이나 윤리, 미학에 관한 지식조차 과학을 지향하는 경향을 내포하게 된다.[33] 대상에 대한 관찰과 실험을 일삼는 자연과학은 물론, 인간과 사회에 관한 인문사회학의 영역에서도 과학적 방법론과 지식이 그 영향력을 행사하게 된 것이다. 이러한 지식은 인간을 대상화하며 객체로 격하시킨다는 맹점을 갖는다. 또한 개인을 넘어선 진정한 공동체적 유대의 맥락에서 주체의 위치를 고려하지 않는다. 지식이 서사와 유리되고 과학에 특권이 부여되면서 체계화된 지식(과학)은 공동체의 유대와 무관한 담론이

---

33) 리오타르는 '포스트모던'을 대서사에 대한 불신과 회의로 정의한다. 그는 과학적 지식과 서사적 지식을 구분하면서 '서사'를 전통적 지식의 가장 핵심적 형식이라 본다. 이러한 서사의 특징은 다음과 같다. ① 긍정적 또는 부정적 교육의 측면을 다룬다. ② 서사형식은 여러 가지 언어 게임에 적합하다. ③ 서사는 대개 전수의 화용법을 규정하는 규칙들을 따른다. ④ 서사형식은 하나의 리듬을 따른다. ⑤ 서사의 지시 대상은 과거에 속하는 것처럼 보이지만 사실은 언제나 암송행위와 동시에 존재한다. ⑤ 서사형식을 우선시하는 문화는 과거를 기억할 필요가 없는 것처럼 그 문화의 서사에 권위를 부여하는 특수한 절차도 필요로 하지 않는다. 그러나 한편, 이러한 과학적 지식과 서사적 지식은 배타적 관계에 있는 것이 아니라고 그는 설명한다. 과학지식은 서사지식에 의존하지 않고는 자신이 진정한 지식이라는 사실을 알 수도 없고, 알릴 수도 없다는 것이다. 이에 서사지식은, 과학적 지식에 의해 폐기되는 것이 아니라, 오히려 서구에서 새로운 권위를 정당화 하는 문제를 해결하는 방식으로 부활한다는 것이다.
전통지식의 바탕에 깔려 있던 대서사는 19세기와 20세기를 거쳐 칸트적 의미의 '이데아'에 의해 규제되면서, 해방이라는 이데아를 덧입고 존재하게 된다. 기독교 서사는 사랑이라는 이데아를, 계몽주의 서사는 앎의 이데아를, 사변적 서사는 변증법적 보편 실현의 이데아를, 마르크스적인 해방서사는 착취와 소외로부터의 해방을, 자본주의는 가난으로부터의 해방을 지향한다. 이 해방은 '우리(we)'라는 개념과 함께 특정 목적('해방'이라는 심급)의 당위성을 담지하면서 제국주의·파시 즘적 요소를 갖게 되는데, 이러한 현상에 저항하려는 움직임이 바로 '포스트모던'이 라는 것이다.(리오타르, 유정완 외 역, 『포스트모던의 조건』, 민음사, 1992, 참조.)

된다. 지식의 영역에서 사회적 유대에 침묵하는 과학의 발전은 루카치가 말한 대로 '총체성을 상실'한 근대 세계의 일면을 이룬다. 그의 지적처럼 잃어버린 총체성을 찾아가는 모험은 소설을 통해서만 가능해 진다. 과학의 발달은 전통적인 서사가 수행해왔던 사회적 유대와 삶의 문제를 다루어왔던 서사적 담론의 역할을 재고하게 만든다. 전자를 '과학적 담론', 후자를 '서사적 담론'으로 규정34)해 본다면 '과학적 담론'은 지시대상에 부합하도록 논리적 체계를 세우는 데 전력하며 타자와 대화하는 언어게임은 배제한다. 반면 담론의 대상을 사회적·우주적 맥락의 주체로 보는 '서사적 담론'은 본질적으로 대화적 특성을 지닌다. 서사적 지식은 담론의 대상을 공동체 내의 또 다른 주체로 보아, 그 또 다른 주체로서의 타자의 말에 응답하는 형식을 갖게 된다. 이는 고정되고 권위적인 의미와 해석이 아닌, 다양한 목소리와 양식을 허용하는 형식으로 존재케 하는 이유가 된다. 이는 바흐친의 '대화성'으로도 설명할 수 있을 것이다. 바흐친은 '대화성'을 소설의 담론적 특성으로 이야기하면서 '독백적' 소설과 '대화적' 소설을 구분하고 서사의 '대화성'에 주목했다. '독백적' 소설은 작가의 사상(담론)이 인물들을 지배하고 작품 안의 세계와 정신의 구석구석에까지 스며들어 모든 것을 통합하는 소설을 말한다. 반면 '대화적' 소설은 작가의 사상에서 이탈하는 인물들의 사상과 담론이 나타나며, 독백적인 통일성을 파괴하는 다성적인 흐름이 제시된다.35)

　　이러한 '과학적 담론'과 '서사적 담론'을 들뢰즈·가타리는 '사실-점'과 '사건-선'으로 비유한다.36) '사실'이란 지시 대상을 담론에 일치되는 '점'으로 보는 형식이다. 반면에 '사건'이란 지시대상을 공동체 내에서 의미를

---

34) 이상의 과학과 서사, 담론의 관계에 대하여는 나병철, 『소설과 서사문화』, 소명출판, 2006, 제1장 참조.

35) 바흐친, 김근식 역, 『도스토예프스키 시학』, 정음사, 1988.

36) 들뢰즈·가타리, 앞의 책, 367~394면 참조.

갖는 '선'의 생성으로 보는 형식이다. '사실'은 사물을 점의 상태로 고립시키지만, '사건'은 어떤 사물을 다른 사물들과 접속되는 선의 관계 속에서 파악한다. 사건의 선이 만들어내는 공동체 내에서의 의미란, 어떤 사물들을 어떻게 접속시키느냐에 따라 달라지는데 그것은 선의 기울기의 방향과 궤적으로 나타난다.

〈그림 1〉 담론의 형식과 점 · 선의 관계37)

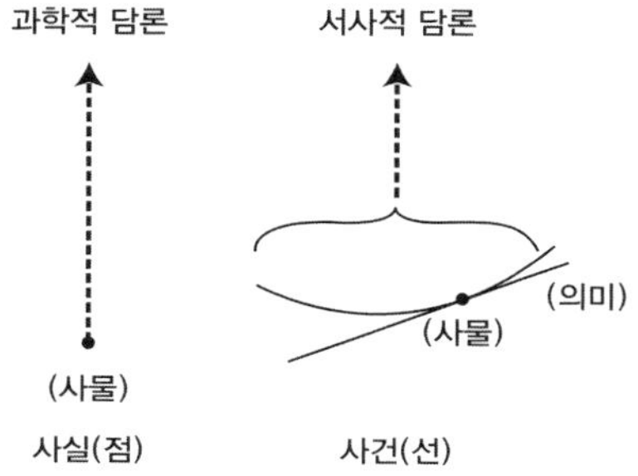

과학적 담론

서사적 담론

(의미)
(사물)

(사물)

사실(점)   사건(선)

사물을 점으로 고립시키는 관점은 그 같은 선의 의미를 만들 수 없다. 점들(과학적 사실의 형식)을 연결해 만들어내는 선은 점들 사이를 가장 효과적으로 잇기 위해 경직된 목적론적 서사를 낳게 된다. 반면 사물을 점(사실)으로 고립시키지 않고 점을 지나는 선(사건)으로 파악

하게 되면 가변적이고 유연한 선으로 된 서사가 만들어진다. 이 경우 점(사실)으로 고착되지 않은 어떤 사물(지시 대상)의 의미는 점(사실)이 아닌 선(사건)의 형식을 통해서만 얻어질 수 있다. 이 같은 사실과 사건, 점과 선, 그리고 과학과 서사의 차이는 다음과 같다.38)

본서는 들뢰즈의 논의와 같이 1960년대의 문학을 과거에 존재한 사실(점)으로가 아니라, 사건(선)으로서 파악하고자 한다. 당대의 다양한 문학적 현상들을 과거에 고정된, 비평적 논리로써 규정·완결된 것으로 파악하지 않는다는 것이다. 과거와 현재가 다양하게 소통하고 대화하는 관계에서 1960년대의 소설들을 읽어나가며 그 존재양상과 의의에 관하여 이야기하고자 한다.

이러한 개념과 의미항들을 전제했을 때, 1960년대 소설은 당대 비평가들

---

37) 나병철(2006), 앞의 책, 41면 참조.
38) 나병철(2006), 위의 책, 40~41면 참조.

에 의해 상당부분 힘을 얻었던 작가·작품뿐 아니라 그간 배제되어 왔던 작가와 작품들을 포괄할 수 있게 된다. 1960년대에는 익히 논의되어왔던 세대론적 관점에서 포섭되는 작가(4·19세대 및 신세대 작가) 이외에도 상당 수의 많은 작가들이 공존해왔다. 이들은 각자의 자리에서 나름의 방법으로 시대에 대한 고민, 문학적 방법론에 대한 고민을 해왔으며, 실제로도 많은 작품으로써 그 모색과 실천의 양상을 보였다. 이렇듯 이들이 발표한 작품의 양적·질적인 측면에서 나름의 존재가치와 의미를 가지고 있음에도 불구하 고, 그에 관한 문학사적 관점에서의 연구와 논의는 매우 협소했다는 것은 주목해 보아야 할 점이다.

둘째, 여러 작가의 작품의 의미를 규정하는 준거이자 작품 형상화의 원리로서 '상상력'의 개념을 사용하고자 한다.[39]

'상상력(imagination)'은 고대의 경우 '환상'이라는 개념과 딱히 구분되지 않았으나 아리스토텔레스로부터 그 철학적 접근이 시도되었다.

이후의 본격적인 논의로는 칸트의 견해를 참고할 수 있는데, 그는 상상력 을 이성과 대등한 위치에서 바라보면서 두 가지 개념으로 정리했다. 하나는 『순수이성비판』에서 논의된 것인데 그는 상상력을 '적극적인 종합력'으로 정의하고 모든 지식의 형성에 상상력이 결정적인 역할을 한다고 보았다. 즉 상상력이 이성적 사고를 돕는다는 것이다. 다른 하나는 칸트의 『판단력 비판』에서 논의된 것으로, 여기에서 그는 상상력을 '자유로운 행위'로 정의 했다. 자유로운 행위로서의 상상력은 연상의 법칙에 따라 사물을 재생할 뿐만 아니라 정신 자체의 고유한 능력에 따라 새로운 사물을 생산할 수도 있다는 것이다. 이러한 견해를 토대로 그는 재생적 상상력과 생산적 상상력 을 나누고 그 이상의 단계로 미학적 상상력을 상정했다. 또한 이성적 사고는

---

39) 상상력 개념에 대한 역사적인 정리는 하영선, 「문학적 상상력 신장을 위한 소설 지도 방법 연구」, 중앙대학교 석사학위논문, 2006, 6~11면 참조.

상상력을 돕는다고 보았다.[40] 칸트는 언어를 매개로 촉발되는 상상력을
이성과 정서를 함께 포괄하는 매우 폭넓은 것으로 파악했다.

코울리지(S. T. Clerige)는 공상과 상상력을 구분하면서 상상력의 위상을
예술의 창조성이라는 이름으로 불렀다. 그는 시공간의 질서에서 벗어난,
즉 현실과 괴리된 것은 상상력이 아니라 공상이라는 점을 지적하고 1차적
상상력에서의 '직관성'과 2차적 상상력에서의 '창조성'을 언급했다.[41]

프라이(Northrop Frye)는 상상력을 "인간의 경험을 토대로 하여 있음직한
본보기(model)을 구성하는 힘"[42]으로 정의했다. 그는 코울리지와 마찬가지
로 프라이 역시 상상력의 주요 동인으로서 현실의 문제를 고려했다. 상상력
은 현실 너머의 세계를 꿈꾸는 힘이지만 현실을 토대로 한다는 것이다.

칸트는 상상력을 일종의 '종합적 구성력'이라고 보았는데 이와 비슷한
맥락에서 리오타르의 이론을 참조할 수 있다. 리오타르는 상상력을 '따로
분리되어 있던 것을 접합하는 능력'으로 본 것이다. 더불어 그는 근대
예술의 특성으로 '숭고(숭엄)'으로 상정[43]하면서, '재현'으로서의 예술 및

---

40) 이상의 논의는 하영선, 위의 글 참조.(이승훈, 『시론』, 고려원, 1992 ; 이승훈,
『시작법』, 문학과 비평사, 1988 ; R, L Bett, 심명호 역,『공상과 상상력(Fancy and
Imagination)』, 서울대학교 출판부, 1979.)

41) Duraund, G, 진형준 역,『상상력의 과학과 철학』, 살림, 1997, 18면.

42) Northrop Frye, 이상우 역,『문학의 구조와 상상력』, 집문당, 2000, 10면.

43) 리오타르는 "아마도 숭엄은 근대를 특징지을 수 있는 유일한 예술적 감수성의
양식일 것이다."라고 이야기하면서(리오타르, 유정완 외 역,「숭엄과 아방가르드」,
앞의 책, 210면.) 칸트의『판단력 비판』의 다음 부분을 인용한다.(리오타르, 유정완
외 역,「기호로서의 역사」, 앞의 책, 258면.)
"상상력은 이성 속에 있는 무한한 것 즉 절대적 전체라는 이데아에 일치시키려고
하지만 실패하고 만다. 거기서 고통이 발생하고 우리는 그 고통 속에서 어떤
목적성을 본다. 즉 이성의 이데아에 부합되기 위해 또 그 이데아를 불러일으키기
위하여 상상력이 획득해야 하는 비목적성 속에서 목적성을 발견하게 되는 것이다.
(…) 숭엄은 고통을 통해서 비로소 가능해지는 기쁨 속에서 이해될 수 있다."
이는 가장 광범한 '상상력'도 이데아를 구현하고 유효화 할 수 있는 대상을 제시할
수 없으며 거기에서 숭고의 미학이 나온다는 것이다. 재현할 수 없는 것을 재현하기
위해 상상력은 구속받아서는 안 되며, 이에 '열정'이 광기처럼 발휘되어 상상력에

역사로부터 벗어나 비결정성과 기표로서의 역사를 논의하였다.

　　최고의 수행성은 자료를 새로운 방식으로 배열하는 데 달려 있다. 정확히 말하면 이것은 '수'를 구성하는 것이다. 이 같은 새로운 배열은 이전에는 따로 떨어져있던 일련의 자료를 함께 결합함으로써 가능해진다. 따로 분리되어 있던 것을 접합하는 이 능력을 '상상력'이라 부를 수 있다. 속도는 상상력의 속성 가운데 하나이다. 모든 전문가가 자료를 이용할 수 있다는 의미에서 완벽한 정보게임에 의해 지배되는 포스트모던적인 지식의 세계를 생각해볼 수 있다. 거기엔 과학적 비밀이 없다. 능력이 똑같다면 여분의 수행성은 결국 '상상력'에 달려 있게 된다. 상상력은 게임 참여자가 새로운 수를 두게 할 수도 있고 게임규칙을 바꾸게 할 수도 있다.[44]

　위와 같은 논의를 바탕으로 상상력의 개념은 다음과 같이 정리할 수 있다.[45]

①　칸트의 견해에서 보듯 상상력은 인간의 '인식'을 바탕으로 작용한다. 인식은 사물과 세계 사이에 교량 역할을 하는 종합능력이다. 이 종합능력을 통해 상상력은 인과성이라는 기본적인 구조를 통해 의식을 시간 속에서 응집시키고 통일시킨다.

②　프라이의 견해에서 보듯 상상력은 현실을 반영한다. 또한 현실을 반영한 상상의 산물은 코울리지의 견해에서 보듯 다시 현실의 복잡한 현상과 결합하고 현실을 적극적으로 변화시키는 힘으로 작용한다.

③　코울리지의 견해에서 보듯 상상력의 산물은 반드시 '구조화'된다. 코울

　　자유를 부여한다.
44) 리오타르, 위의 책.
45) 정리는 하영선, 앞의 글, 9~11면 참조.

리지는 '상상력(imagination)'의 개념과 말한 '공상(fancy)'의 개념을 구분한 바 있는데 상상력(imagination)이 되는 조건으로서의 '구조화'된 현실을 들었다.

④ 상상력은 경험의 내용들을 가시화한다. 즉 문학적 형상화를 가능케 하는 적극적인 힘이라는 것이다. 가시적인 것으로 전도시키는 작업은 표상에 근접하고자 하는 노력이며, 여러 가지 표상을 하나의 공통된 표상 하에 간추리는 과정이다. 그러면서도 표현에 대한 의지는 우리의 경험에 새로운 구조를 형성시키고, 기존의 형식을 고쳐서 새로운 의미를 창출하게 한다. 상상력은 경험의 반영일 뿐 아니라 그것을 다시 재구성하는 적극적인 힘으로 작용할 수 있다는 것이다. 이는 실재의 영역에 시·공간적인 깊이를 제공하는 작업[46]을 가능케 하는 매우 역동적인 힘이 될 수 있다.

종합적으로 보았을 때 상상력은 대상을 예술로 구체화하는 구성적 힘이자, 현실을 반영하는 문학적 형상화·추동의 계기라고 볼 수 있다. 또한 이미 존재하는 것들을 새로이 접합하고 재배치할 수 있는 힘이 된다.

본서에서는 이러한 상상력 일반론에 관한 논의를 바탕으로 한다. 즉 기존의 문학 논의에서 작가들이 보여준 미적 모더니즘·리얼리즘의 경향성, 작가적 형상화의 원리를 '상상력'의 개념에 포괄하고자 한다. 본서에서 사용하는 상상력이라는 개념은, 현실의 문제를 도외시하는, 진공 상태를 전제하는 개념이 아니다. 오히려 당대 현실과의 역동적 긴장관계를 함의하는 문학적 형상화의 원리이자 추동력이라고 할 수 있다. 기존의 '근대성'이라는 개념적 틀은 '근대성'의 자장(磁場) 안에 들지 못했던 상당수의 작가와 작품을 논의 대상에서 배제하는 결과를 낳았다. 본서는 '상상력'이라는 개념을 사용함으로써 기존의 미적 근대성의 개념을 포괄한다. 또한 근대성의

---

46) 미켈 뒤프렌, 김채연 역, 『미적 체험 현상학』, 이화여자대학교 출판부, 1991, 598~599면 참조.

42

개념 안에서 설명되지 못했던 작가들과 작품들을 논의할 수 있는 여건을 마련하고자 한다.

　매우 보편적인 차원의 용어인 '상상력'의 개념을 가져오는 데에 있어 문제가 되는 것은 상상력 자체가 아니라, 그것을 어떻게 규정하느냐의 문제일 것이다. 즉 '어떤' 상상력이냐의 문제라는 것인데, 여기에서는 들뢰즈·가타리가 제시한 '선(線)'의 여러 형태들을 원용하여 논의를 진행할 것이다.

　들뢰즈·가타리는 사건(혹은 서사)의 선을 경직된 몰적 선분, 유연한 분자적 선분(미세 균열의 접선), 탈주선[47]으로 구분했다.

　사실로서의 점은 과학화 담론, 지시적인 의미로서의 기술을 뜻한다. 서사 담론에 해당하는 사건으로서의 '선'은 경직된 몰적 선분성의 선, 미세 균열의 접선(유연한 분자선), 창조적 탈주선으로 나누어 생각해 볼 수 있다.[48]

　몰적 선분은 동일성의 이념에 지배되는 목적론적 서사로서 인물과 환경의 상호작용에 있어 인물이 환경에 동화되는 경우에 해당한다. 환경, 혹은 사회적 이념을 향한 삶의 여로를 보여주는 목적론적 서사이다. 이러한 목적론적 서사는 권력(초월적 이념이나 국가, 자본)에 의해 조직화되고, '홈이 패인' 길을 이탈하지 않고 지나가는 여로를 보여준다. 이러한 서사는 흔히 이항대립의 의미구조(선/악, 개화/미개화)와 하강-상승의 플롯을 지니는데, 이념에 대립되는 항목(악, 미개화)이나 하강-상승의 구성은 목적론적

---

47) 들뢰즈·가타리가 제시하는 이 탈주선은 프로이트나 라캉의 철학적 사유와도 대비되는 개념이다. 가타리는 라캉적인 구조 개념에 대비되는 '기계' 개념을 통해 무의식을 정의하고, 욕망을 결여가 아니라 생산적인 힘으로 정의하며, 그런 만큼 모든 종류의 제한과 경계, 구획을 넘어서는 흐름으로, 이른바 '탈주선'을 그리는 일차적인 힘으로 보는 것이다.(이진경, 앞의 책, 48면.)

48) 들뢰즈의 세 가지 선(線)과 서사양식의 관계에 관한 이하의 논의는 나병철(2006), 앞의 책 참조.

서사에 정당성을 부여하기 위한 미학적 장치이다. 서사의 진행은 대립되는 항목에 의한 위기(하강)를 극복하고 이념에 부합하는 우월한 가치(선, 개화)로 삶을 동일화하는 방향으로 나아간다. 작가의 이념성이 작품 서사의 축을 압도하는 경우라고 할 수 있다. 그 의미를 규정할 수 있는 특성은 '경직성'이라고 할 수 있다.

  미세 균열의 접선(유연한 분자선)은 환경에 대응하는 인물의 움직임과 대결·긴장관계가 발생하는 지점에서 그어진다. 들뢰즈·가타리가 말한 경직된 몰적 선분성의 삶을 살아가는 동안 몰적 선분의 흐름에 가려져 '잘 지각되지 않는 미시적인 탈영토화'가 나타나는 것이다.[49] 작품의 인물은 환경에 맞서면서 예속적인 삶과 이탈의 방향에서 머뭇거리며 갈등한다. 그는 감춰져 있는 잠재적인 이탈의 가능성을 지닌 상태에서 몰적인 선분의 삶을 살아가는 동안 자신도 모르게 이탈하는 아이러니적인 경험을 한다. 이러한 인물의 행동은 다양한 진폭을 가지고 존재하며 여기에서 발생하는 '아이러니'는 이탈(해체)의 잠재성을 의미한다. 들뢰즈·가타리는 그런 아이러니적 해체의 잠재성을 '몰적인 선분의 벽에 잘게 균열된 금을 그리는' '미세 균열의 접선(유연한 분자선)'이라고 명명하였다. 의미 규정의 특성은 '유연성'이라고 할 수 있다.

  마지막으로 탈주선은 새로운 인간관계와 생활양식을 창조하는 행위로 나아가게 한다. 즉 자본주의 근대 사회의 몰적 선분에 균열을 내는 데 그치지 않고 탈주선을 그리는 데까지 나아갈 수 있는 것이다. 아이러니가 경직된 몰적 선분에 균열을 내는 선이라면, 탈주선의 서사는 그것을 넘어서서 창조적인 선으로 나아가는 것이다.

  몰적 선분이 대서사와 관련된다면 분자적 선분(미세 균열의 접선)과 탈주선은 미시 서사(소서사)의 흐름이다. 또한 몰적 선분이 거시정치학의

---

49) 들뢰즈·가타리, 앞의 책, 378~382면.

대상이라면 분자적 선분과 탈주선은 미시정치학의 대상이다. 이를 아래의
표와 같이 정리해 볼 수 있다.

〈표 1〉 서사와 점·선의 관계 및 의미[50]

사실과 사건	의미	문화의 위치
사실의 점	지시적 의미	논리 중심적 공간 물질과 물질표면의 인과론
몰적 선분	상징계 내부의 코드화된 의미	상징계 내부 (닫힌 공동체)
분자적 선, (미세 균열의 접선) 탈주선	미결정적인 창조적 의미	상징계와 실재계 사이 (열린 공동체 지향)

이에 본서의 '상상력'은 '사실의 점', '몰적 선분', '미세 균열의 접선',
'탈주선' 등의 수식어를 통하여 설명될 것이다. 앞에서 말한 바, 매우 '보편적'
개념인 상상력은 '어떤' 상상력이냐에 대한 규정에 따라 그 구체성과 특수성
을 확보할 수 있을 것이다. 여기에서 '탈주'란 부정적인 도피도, 무책임한
외면도 아니다. 탈주선은 기존의 선에서 벗어나는 이탈의 성분(클리나멘[51])
을 통해, 이탈의 최소각을 갖는 생성과 창조로서 정의된다. 그것은 긍정적인
창조이자 적극적인 해석이다. 다시 말하면 탈주선은 단지 '도망'치고 도주하
는, 혹은 파괴하는 부정적인 것이 아니라, 관성·타성·중력에서 벗어나는
적극적이고 능동적인 힘을 만들어내는 것이다. 도피 혹은 파괴 등의 부정성

---

50) 관련 내용 정리 및 표는 나병철(2006), 앞의 책, 「제4장 소설의 '여로'와 서사의
'선'」참조.

51) '클리나멘(clinamen)'이란 에피쿠로스의 개념으로, 주어진 관성적인 운동에서 벗어
나려는 성분을 지칭한다. 가령 중력에 의해 낙하하는 것은 아무리 빨리 떨어진다고
해도 속도를 갖지 않는다. 다만 중력에 의해 끌려 내려갈 뿐이다. 자신의 속도,
자신의 고유한 속도는 그 중력을 이기는 힘, 중력에서 벗어나는 힘에 의해 정의된다.
중력이나 관성에서 벗어날 수 있는 힘을 가질 때, 거기서 벗어나는 성분을 '클리나멘'
이라고 한다. 이 '클리나멘'은 관성에서 벗어나는 성분, 기존에 존재하는 것과
다른 것을 창조하는 성분이다.(이진경, 2002, 앞의 책, 600~601면 참조)

을 제거하고 긍정성과 능동성을 강조하자는 것이다.[52]

이러한 개념항을 전제로 본서는 1960년대 소설의 장(場)을 현실에 대한 미세 균열의 접선을 그리는 방식(II장)과 그것을 탈주하는 선을 그리는 방식(III, IV장)으로 설명하고자 한다. 탈주선의 방식은 두 가지 방향으로 그려진다. 현실의 구체적인 세목을 소거함으로써 인간 근본의 보편성을 추구하는 방식(III장)이 그 하나이고, 새로운 현실과 방법론을 제시함으로써 그것을 뛰어넘는 방식(IV장)이 나머지 하나이다. 구체적인 현실(사실, 점)에 대한 다양한 미분계수는 바로 그것을 사건화 하여 서술하는 서사의 몫이다. 본서는 그러한 미분계수의 양태들을 상상력의 세 가지 발현 형태로 유목화하여 기술한다. 그 구체적인 상상력은 각각 사실주의적 상상력, 보편주의적 상상력, 비판주의적 상상력이다.

셋째, 작품 중심으로 기술한다는 원칙이다. 소설사의 그물을 엮는 데 있어 벼리가 되는 것은 작가가 아니라 작품이다. 소설사 기술이 '작품' 중심으로 되어야 하는 이유에 대한 다음의 지적은 본 논의에 중요한 참조점이 된다.

> 소설사의 의미망은 작품을 중심으로, 작품들이 형성하는 관계의 총체로 구성된다. 전에는 없던 새로움을 지닌 작품이 나타나면, 그 작품은 모방과 극복의 대상이 된다. 아류작이 생겨나 그 작품을 중심으로 계열체를 형성하고, 한편으로는 그것을 극복하는 작품들이 솟아나 다른 성격의 계열체를 구축한다. 중심 작품과 그 아류로 구성되는 '모방의 계열체'는 한 시대 문학의 공통된 성격을 담고 있다는 점에서, 앞선 작품에 새로움을 더해주는 작품들로 구성되는 '극복의 계열체'는 소설사의 진전하는 궤도를 드러내 보여준다는 점에서 소설사 구성의 중심항이다.[53]

---

52) 이진경, 위의 책.
53) 김윤식·정호웅, 앞의 책, 8~9면.

46

본서에서는 각 작품을 논의하는 데에 있어 작가론적 차원의 논의를
어느 정도 수용·반영하면서도 각 작품이 갖는 의미와 다른 작품들간의
공통점과 차이성을 변별해 나가면서 논의를 진행하도록 한다. 여기에는
1960년대를 대표하는 작가군뿐 아니라 구세대 작가로 분류되던 작가의
작품들, 비평가들의 이론적 틀에 의해 정당하게 평가되지 못하거나 누락된
작가 및 작품들까지 모두 포함될 것이다. 기존의 논의에서 중심항이 되었던
작가들은 주로 최인훈, 김승옥, 이청준 등 정도였고, 연구의 다양성이 확보된
이후에도 이호철, 남정현, 서정인 등을 넘지 않는 것이 대부분이었다. 이러한
대상의 한정은 당시 소설의 경향성을 '새로움'의 시각으로만 접근한 데서
기인한다. 본서는 이러한 '모더니즘' 계열의 작가들의 작품뿐 아니라, '사실
주의'의 계열의 작가와 작품들을 포괄하도록 할 것이다. 또한 '전(前)근대,
혹은 반(反)근대주의자'로서 폄하되어왔던 작가와 작품들, 서정소설의 작가
및 여성 작가들이라는 이유로 도외시되어왔던 작가와 작품들 또한 포괄하도
록 한다. 1960년대는 구세대와 신세대, 전전(戰前)세대와 전후(戰後)세대,
비(非)한글세대와 한글세대, 반(反)근대주의자와 전(前)근대주의자, 근대주
의자로서의 문인들이 혼재하였다. 뿐만 아니라 리얼리즘과 모더니즘의
대립적 구도 속에서, 낡은 것과 새것, 전통의 계승과 단절에 관한 논의와
논쟁들이 가열차게 오고 가면서 비평의 양감과 질감 또한 풍부해졌다.
본서는 이러한 복합적인 상황들을 고려하면서 작품 중심의 논의를 진행하고
자 한다.

넷째, 본서는 작품 고찰의 측면에서, 내용뿐 아니라 그것이 표현되는
형식, 즉 '서사성' 중심으로 접근하고자 한다. 아도르노는 예술은 사회의
안티테제이며, 외부 세계에 대한 반영은 '형식'에서 찾아야 한다고 하였다.[54]

54) 김유동, 『아도르노 사상』, 문예출판사, 1993, 189면 참조.

본서는 이러한 지적을 참고하면서도 내용과 형식의 배타적 관계 상정을 지양한다. 본서에서 중점을 두는 형식이란 '주제 : 기법'으로 치환되는 '내용 : 형식'의 이분법에 기반한 것이 아니라, 내용 및 주제가 포괄하고 체화하여 구체화된 행태로 보여주는 '내적 형식'[55]이다. 들뢰즈·가타리는 '내용 : 형식'의 이분법을 비판하면서 '표현'이라는 용어를 사용한 바 있다. '내용 : 형식'의 이분법은, 내용이 형식을 규정한다는 점에서 형식에 대한 내용의 우위성을 강조하는 것이기 때문이다. 이 '표현'이라는 용어는 문학적으로 풀이했을 때 '서사성'이라는 용어로 치환될 수 있겠다. 본서는 60년대 문학의 특이성이 '서사성 회복'이었다는 점에 초점을 두며 논의를 진행한다.

본서는 서사성의 측면에서 당대의 소설 지형도를 살핀다. 홍혜원은 이광수 소설이 갖는 '내용'으로서의 근대성이 '형식'으로서의 서사성으로 나타난다는 것에 착안, 그 구체적인 요소의 내용과 의의를 분석·논의한 바 있다.[56] 근대성의 문제를 의식의 문제, 혹은 내용의 문제로 국한시키지 않고 방법의 차원으로 본 것이다. 본 연구의 대상과는 차이를 이루지만 이러한 관점과 방법론은 본서의 내용을 기술하는 데 하나의 참조점이 된다. 서사성 연구는 소설에 나타난 서술적 장치가 단순히 형식적으로 취급되는 것이 아니라 작품의 의미구조까지 해석할 수 있는 근거를 마련해 주기 때문이다. 또한 이는, 나아가 그 작품이 놓인 당대적·사회 및 문학사적 의미까지 통찰해 볼 수 있는 계기를 마련해 줄 수 있다. 작가 혹은 작품별로 나타난 서사성의 양상은 당대의 정치나 이념성을 보여주는 하나의 표지이자

---

55) "소설사적 의미가 큰 작품이란 새로운 내적 형식을 창출한 작품이며, 중심 작품과 그 아류작들을 하나로 엮을 수 있게 하는 것은 곧 공통된 내적 형식이다. 소설사는 내적 형식의 역사인 것이다. 우리 국문학계나 비평계의 일반적인 글쓰기 방식은 형식과 분리된 내용 편향이거나 내용과 분리된 형식 편향에 기울어져 있는 것으로 생각되는데 내적 형식에 대한 관심은 이 점에서 큰 의미를 갖는다."(김윤식·정호웅, 앞의 책, 9면.)

56) 홍혜원, 「이광수 소설의 서사성 연구」, 이화여자대학교 박사학위논문, 2000 ; 『이광수 소설의 이야기와 담론』, 이화여자대학교 출판부, 2002.

48

증거가 될 뿐 아니라, 예술로서의 문학의 존재 의미와 가치를 가늠케 하는 핵심적 지표가 될 수 있기 때문이다.

'서사'는 사건을 언어로 재진술(recounting) 또는 전달(telling)하는 것으로, 서사대상 및 스토리는 서사에 의해서만 중개된다.[57] 제럴드 프랭스[58]에 의하면, "서사는 하나 또는 그 이상의 실제 또는 허구적 '사건들'이 하나, 둘 또는 그 이상의(드러나 있거나 숨겨진) '서술자'에 의해서 하나, 둘 또는 그 이상의(드러나 있거나 숨겨진) '피서술자'에게 전달되는 재진술"을 뜻하는 것이다. 이때 서술자의 위치는 매우 중요한 의미를 가지며 내포작가[59]의 이데올로기와 사상은 서사화 과정에 핵심적으로 작용한다. 내포작가

---

57) 코핸과 샤이어스는 사건의 조직화를 '스토리(story)', 사건의 말하기의 조직화를 '서술(narration)'이라는 용어로 표현했고, H. 포터 애벗도 이와 유사한 맥락에서 '스토리'와 '서사담화'라는 용어를 사용하였다.(H 포터 애벗, 우찬제 외 역, 『서사학 강의 : 이야기에 관한 모든 것』, 문학과 지성사, 2010.) '스토리'와 '서사(담론)'에 대한 용어 선택 및 정의는 학자들마다 다소 차이를 보이는데 이를 비교하여 정리해 보면 다음과 같다.

아리스토텔레스	logos		mythos
쉬클로프스키(1921/1965)	fabula		
토도로프(1966)	historie		
주네트(1972)	historie	recit	narration
발(1977)	historie	recit	text narratif
채트먼(1978)	story		discourse
주네트(1980)	story	narrative	narrating
프랭스(1982)	narratived		narrating
리몬-케넌(1983)	story	text	narration
발(1985)	fabula	story	text
코핸/샤이어스(1988)	story		narration
튤란(1988)	story	text	narration
오닐(1994)	story	text	narration	textuality

(노승욱, 『황순원문학의 수사학과 서사학』, 지식과교양, 2010, 46면 ; Patrik O'Neil, *Fictions of discourse : reading narration theory*, Toronto : University of Toronto Press, 1994, p.20.)

58) Gerald Price, *A Dictionary of Narratology*, 1987.

59) 웨인 부스(Wayne C. Booth)는, "모더니즘시대에 접어들면서 권위적인 저자가 사라지면서 작가는 설명(telling)이 아닌 제시(showing)의 방식으로 서사체를 구현하려 하지

의 정서적 태도, 윤리적 가치관, 이데올로기적 지향성에 따라 서술자와
초점화자, 초점화 대상은 멀어지기도 하고 가까워지기도 하기 때문이다.[60]
이러한 관계망이 바로 소설의 구성체가 되는 것이다. 이 서사성은 그 작품이
놓인 작가 및 사회의 세계관과 이데올로기가 중첩하고 그 '잠재성(virtuality)'
이 '현행(actualize)'[61]되는 장(場)이 된다. 다음과 같은 리오타르의 지적은

만, 실제 작품 분석에 있어 설명과 제시를 구분하는 것은 부적절하다"고 주장하면서,
"내포작가"라는 새로운 개념을 창안해 낸다. "내포작가"는 작품에 내포된 작가
자신의 변형으로서 "제2의 자아", 혹은 "공식적 기록자"이다. 내포작가는 작가의
수사적 의도가 작품 전체에 실현될 수 있도록 문체와 어조와 기법 등의 방법으로
통해 유기적으로 작용하며, 소설 작품의 전체 형식에 의해 표현된다. 한편, 시모어
채트먼(Seymour Chatman)은 웨인 부스의 내포작가와 내포독자의 개념 사이에 서술자
와 피화자를 위치시킴으로써 : 《실제작가→ <내포작가→ 서술자→ 피화자→ 내
포독자>→ 실제독자》, 의사소통 관계를 새롭게 정의한 바 있다.(Wayne C. Booth,
The Rhetoric of Fiction, Chicago : The University of Chicago Press, 1983 ; Seymour
Chatman, *Story and Discourse*, Ithaca, N.Y. : Cornell University Press, 1978.)

60) 웨인부스가 '내포작가'의 개념을 내세워 실제 저자와 서술자와의 거리를 중시했다
면, 헬무트 본하임은 이 의사소통 과정에서 여타의 주체들(저자, 서술자, 작중인물,
독자)간의 거리까지 다각도로 고찰한다. 다시 말한다면 웨인 부스는 '서술태도'에
대해 관심을 가졌다면, 본하임의 경우 '서술상황'에 대한 관심을 보인 것이다.(여기
에서 서술태도란 작가가 독자를 매개하면서 서술을 이끌어 나가는 화자의 성격이나
태도를 말하며, 서술상황이란 작가-화자-독자의 관계가 형성되는 상황을 말한다 :
위르겐 슈람케, 원당희·박병화 역,『현대소설의 이론』, 문예출판사, 1995 참조.)
본하임은 소설 내에서 발생할 수 있는 거리를 다음과 같이 정리하였다.(헬무트
본하임, 오연희 역,『서사양식-단편소설의 기법』, 예림기획, 1998 참조.)

표에서 그려진 관계(화살표)에 따라 각 주체 간의 거리가 형성된다. 이 거리의
정도에 따라 그 서술효과가 달라지게 된다. 참고적으로 웨인부스의 경우는 ①과
②(저자↔서술자)의 관계와 거리를 중시했다면("서술자와 저자는 일치하지 않으며,
서술자는 저자와 다른 나름의 나이, 성, 시간, 사회 계급, 정치적 입장, 언어적
능력을 가진 허구적 구성물이다."), 우즈벤스키의 경우는 ②와 ③(서술자↔작중
인물)의 관계와 거리를 중시하여 논의한 바 있다.("서술자는 작중인물과 다른
심리적 이데올로기적 입장들을 가질 수 있기 때문이다") 그러나 발화의 하위
양식들을 정의하려는 목적에는 ③과 ④(작중인물↔독자)의 거리 또한 흥미롭다.

'서사성'에 대한 논의와 연구의 중요성을 다시금 확인시켜 준다.

　담론의 조건들을 그 조건에 관한 담론들에서 정의하려는 현대적 경향에는 서사 문화에 대한 새로운 존엄이 수반되어 있다. 서사문화에 대한 이런 존엄은 르네상스 휴머니즘에서 이미 뚜렷하게 나타나며 계몽주의와 질풍노도, 현대 독일 관념철학과 프랑스의 역사학파에서도 다양하게 나난다. 서사는 더 이상 정당화 과정에서 나타나는 우연한 실수가 아니다. 지식의 문제틀에서 공공연히 서사에 호소하는 현상은 부르주아 계급이 전통적 권위에서 해방되는 것과 동시에 나타난다. 서사지식은 서구에서 새로운 권위를 정당화하는 문제를 해결하는 방식으로 부활한다.[62]

　리오타르는 '포스트모던'의 조건으로서 '대서사'에 대한 회의를 지적했다. '서사성'이라는 것이 시대와 이념성의 문제를 포괄하는 지표가 되기 때문이다. 이러한 리오타르의 지적을 통해 우리는 '서사'의 문제가 내용-형식 간의 배타적 영역에서의 단순 '기교'의 문제가 아님을 확인하게 된다. 서사는 내용(작품의 주제의식 및 이념, 사상 및 현실 의식)을 포괄하는

---

61) 들뢰즈는 '가능성(possibility)'과 '현실성(reality)'을 구분하고, 그 '현실성'을 또 다시 '잠재성(virtuality)'과 '현행성(actuality)'이란 개념으로 풀이한다. '가능성(possiblity)'이란 사실상 실현 불가능한, 직설적으로 표현하자면 허무맹랑한 공상과도 같은 실현불가능한 정도의 가능성이라면, '현실성(reality)'이란 실현 가능하고 도달 가능한 범위에서의 가능성이 될 것이다. 이러한 '현실성'이, 물질세계에서 구체적으로 구현되어 나타나 드러나는 것이 '현행성'이고, 그것이 잠재적(potential) 상태의 에너지로 존재할 때 그것을 '잠재성'이라 칭한다. 이를 도식화해서 보면 다음과 같다.

가능성(possibility)	
현실성(reality)	잠재성(virtuality)
	현행성(actuality)

관련 내용은 이진경, "개념으로 만나는 들뢰즈" 강의록, 아트앤스터디 강의 <개념으로 만나는 들뢰즈(http://www.artnstudy.com)> 참조.

62) 리오타르, 앞의 책, 91면.

중요한 지표가 되는 것이며, '내용-형식'으로 분리되어왔던 기존의 근대성 논의를 총체적 차원에서 접근할 수 있는 계기가 되는 것이다.

따라서 서사성에 대한 고찰은 1960년대의 문학을 내용성 차원에서 집중되어왔던 근대성의 논의를 방법적 차원에서 포괄할 수 있는 기초를 제공한다. 문학사는 서사의 양태와 변이과정에 따라 기술되어야 한다.

다섯째, 논의 작품의 의미를 산출해 내는 데에 있어 당대 중심으로 떠오른 비평사적 관심과 논쟁과정의 의미들을 참고하여 소설사와 비평사가 함께 상응·조응해 나가는 양상을 살피도록 한다. 어떤 작품이 비평사적인 관점 혹은 비평 논쟁 과정에 있어 중심항이 되었다는 것은 그 자체가 그 시대를 가름하는 문제적 위치에 있음을 뜻한다. 그것이 설령 부정적 의미로 해석되고 극복·지양되어야 할 대상으로 취급되었을 경우에도 마찬가지이다. 1960년대에 크게 부각되었던 비평사적 논쟁은 크게 전통 논쟁, 지식인 논쟁, 소시민 논쟁, 역사소설 논쟁, 순수·참여 논쟁 등이라고 할 수 있다. 본서에서는 각 작품의 의미를 산출해 나가는 데 있어서 이러한 논쟁과 비평사적 의미를 참조해 가면서 서술해 나가도록 한다.

위와 같은 방법론에 입각하여, 본서는 1960년대에 발표된 구세대·신세대 작가 및 전후 세대, 4·19세대 작가들의 작품들 전반을 포괄하여 논의를 진행하고자 한다. 여기에서는 문학사적으로 충분히 검토되지 못한 작가의 작품들 또한 포괄하게 될 것이다. 이러한 작가 및 작품 선별에 있어 다음과 같이 1960년대 문학의 지형도를 그리는 김병익의 지적은 유의미한 참조점이 될 수 있을 것이다.[63]

---

63) 김병익, 앞의 글, 264~265면.

① 전후파의 작가로서 50년대 비평가로부터 혹평을 받았던 황순원, 안수길
의 심화된 작품 세계
② 전후파 작가들의 관념 소설, 역사소설로의 전환
③ 전후파 작가들에 의해 한층 적극적으로 추구된 현실 참여적 세계
④ 김승옥, 서정인, 이청준, 박태순 등 언어미학에 역점을 두는 60년대
작가들의 대거 진출
⑤ 위의 작가들의 문학 의식을 옹호한 김현, 김주연, 김치수 등과, 문학의
내용을 중시하며 김수영, 신동엽을 내세우고 참여의식을 고조하는 백낙
청, 염무웅, 조동일, 임중빈 등 60년대 평론가들 사이의 예리한 대립
⑥ 중간 세대인 최인훈의 부각

비슷한 맥락에서, 김경수는 리얼리즘과 모더니즘의 양분된 구도 아래
충분히 고찰되지 못했던 1960년대 소설 연구사의 허점을 다음과 같이
지적하였다.

1960년대에 들어서 비로소 강담(講談)의 수준을 넘어서고자 했던 역사소
설의 대두라든가, 박상륭으로 대표되는 신화적 세계의 추구, 그리고 전후의
일상적 현실을 토대로 장편 창작에 집착했던 황순원이라든가, 과감하게
리얼리즘의 방법론을 거부하고 환상적면서도 메타픽션적인 서사의 방법
론을 구사했던 허윤석 등의 다소 이질적인 작업들 또한 간과돼서는 안
된다.64)

하정일 역시 이 시기의 문학사 보완에 관해 다음과 같이 지적하고 있다.

60년대 문학의 기본 구도를 잡는 일이 이루어져야 한다. 60년대는 리얼리
즘의 새로운 진출이 본격화되고 모더니즘이 다양한 분화를 겪으면서
양자 정립 구도가 형성되기 시작하는 시기이다. 이 틀을 바탕으로 당시의

---

64) 김경수, 「1960년대 문학의 이해를 위하여」, 『소설·농담·사다리』, 역락, 2001, 312면.

다양한 흐름을 정리하고 체계화하는 것이 여러 측면에서 효율적일 것이다. (…) 60년대와 70년대를 가르는 원리가 무엇인지를 따져야 한다. 이 부분은 70년대 문학에 대한 치밀한 점검이 전제되어야 할 터인데, 아직 거기까지 나아가지 못한 상태이기 때문에 무어라 분명하게 말하기는 어렵다. 다만 민중의 발견, 현실에 대한 구조적 인식, 한국 사회의 변혁 가능성에 대한 적극적 모색 등이 60년대와 70년대의 차이가 아닐까 하는 정도의 판단은 가능하다.[65]

  본서는 선행 연구자들의 이러한 지적을 참고하면서, 1960년대에 일어났던 다양한 문학적 현상과 반응의 혼종형태까지 모두 다루게 될 것이다. 이로써 기존의 문학사 기술에서 생략되거나 의미를 평가받지 못했던 작품이나 작가에 대해 나름의 문학사적 평가를 시도하고자 한다. '문학사 기술'이라는 명제 아래, 당대의 문단의 지형을 가능하면 충실하게 그려보려는 것이다.
  본서의 논의에 구체적으로 참고된 작가와 작품, 작품집 목록은 다음과 같다.[66]

  강무학, 『단군』(1967)
  강신재, 『강신재 소설선』: 「젊은 느티나무」(1960), 「파도」(1963~1964)
  김동리, 『김동리 작품집』: 「등신불」(1961), 「무녀도」(1963), 「심장 비 맞다」(1964), 「늪」(1964), 「유혼설」(1964), 「까치소리」(1966), 「윤사월」(1966), 「송추에서」(1966), 「꽃피는 아침」(1968)
  김승옥, 『김승옥 소설 전집』: 「생명연습」(1962), 「건」(1962), 『환상수첩』(1962), 「누이를 이해하기 위하여」(1963), 「무진기행」(1964), 「서울 1964년 겨울」(1965), 「다산성」(1966), 『내가 훔친 여름』(1967), 「60년대식」(1968)

65) 하정일, 「주체성의 복원과 성찰의 서사」, 『1960년대 문학연구』, 깊은샘, 1998, 15~16면.
66) 출판사와 출판년도, 수록 작품은 참고문헌 목록 참조.

김정한, 『김정한 소설집』 : 「모래톱 이야기」(1966), 「유채」(1968), 「수라
도」(1969), 「뒷기미 나루」(1969), 「지옥변」(1970)

남정현, 『남정현 문학전집』 : 「부주전상서」(1964), 「분지」(1965), 「너는
뭐냐」(1965)

박경리, 『시장과 전장』 1-2(1964)

박상륭, 『박상륭 소설집』 : 「아겔다마」(1963), 「열명길」(1968), 「남도」
(1969)

박태순, 『박태순 소설집』 : 「공알앙당」(1964), 「연애」(1966), 「동사자」
(1966), 「생각의 시체」(1967), 「무너진 극장」(1968), 삼두마차(1968), 「이
륙」(1967), 「뜨거운 물」(1967)

박용구, 『연개소문』(1960)

방영웅, 『분례기』(1967)

서기원, 『한국대표문학전집 : 혁명』(1964)

서정인, 『서정인 소설집』 : 「후송」(1962), 「물결이 높던 날」(1963), 「미로」
(1967), 「강」(1968), 「나주댁」(1968), 「원무」(1969), 「가을비」(1970)

안수길, 『북간도』 1~2(1959~1967)

오영수, 『오영수 소설집』 : 「은냇골 이야기」(1961)

유주현, 『조선총독부』 1~5(1964~1967)

이문구, 『이문구 전집』 : 「백결」(1966), 「지혈」(1967), 「야훼의 무곡」
(1967), 「부동행」(1967), 「생존허가원」(1967), 「두더지」(1968), 「담배 한
대」(1968), 「몽금포 타령」(1969), 『장한몽』(1970~1971)

이병주, 『이병주 전집』 : 「소설 알렉산드리아」(1965), 「쥘부채」(1969), 「매
화나무의 인과」(1966), 『관부연락선』(1979~1970), 「망향」(1970)

이제하, 『이제하 소설 전집』 : 「손」(1961), 「기적」(1964), 「태평양」(1964),
「소경 눈뜨다」(1965), 「유원지의 거울」(1966), 「조」(1967), 「한양고무공
업사」(1967), 「유자약전」(1969), 「임금님의 귀」(1969), 「스미스 씨의
약초」(1969), 「비」(1969), 「초식」(1972)

이청준, 『이청준 전집』 : 「퇴원」(1965), 「줄」(1966), 「별을 보여드립니다」
(1967), 「매잡이」(1968), 「병신과 머저리」(1968), 「씌어지지 않은 자서전」
(1969), 「소문의 벽」(1971)

이호철, 『이호철 소설 전집』 : 「권태」(1960), 「아침」(1960), 「용암류」
　　(1960), 「판문점」(1961), 「닳아지는 살들」(1962), 「등기수속」(1964), 『소
　　시민』(1964~1965) 「부시장 부임지로 안 가다」(1965)
장용학, 『장용학 소설 전집』 : 「현대의 야(野)」(1961), 『원형의 전설』(1962),
　　「상립신화」(1964)
정을병, 『정을병 작품집』 : 「반모랄」(1963), 「아테나이의 비명」(1967)
정한숙, 「이여도」(1960)
최인훈, 『최인훈 전집』 : 「Grey구락부 전말기」(1959), 「라울전」(1959), 『광
　　장』(1960), 「우상의 집」(1960), 「구운몽」(1962), 「웃음소리」(1966), 「춘
　　향뎐」(1967), 「소설가 구보씨의 일일」(1970)
최정희, 『인간사』(1960~1964)
하근찬, 『하근찬 소설집』 : 「분(糞)」(1961), 「왕릉과 주둔군」(1963), 「산울
　　림」(1964), 「붉은 언덕」(1964)
한무숙, 『한무숙 소설 전집』 : 『빛의 계단』(1960) 「대열 속에서」(1961),
　　「축제와 운명의 장소」(1962), 『유수암』(1963)
허윤석, 『구관조』(1966)
황순원, 『황순원 전집』 : 『나무들 비탈에 서다』(1960), 「가랑비」(1961),
　　『일월』(1964)

　비중의 편차는 있으나 당대에 발표된 기타의 여러 작품 또한 포괄적으로
수렴하여 논의해 보고자 한다. 개별 작품론이나 개별 작가론적 차원보다는
서사성의 내용과 형식을 규명해 가는 가운데 공통적인 특성을 유형화하면서
연구대상의 폭과 자장을 최대한 확대해 보고자 한다.

　여기에서 문제가 되는 것은 대상 시기에 대한 기계적인 시대 제한(1960~
1969)과 대상 작가 및 작품의 질적 편차라고 볼 수 있다.
　일단, 대상 시기 제한의 문제이다. 어떤 작품의 발표년도는 그 작품의
의의를 규정하는 데에 있어 상당부분 중요한 의미를 갖는다. 작품은 작품

자체로서 의의를 부여받아야 하는 것이기도 하지만 작가론적 차원에서도 그 의의를 부여받을 수 있다. 이 때 아무리 1960년대 작가라 할지라도 고려해야 할 것이 있다. 한 작가의 작품 활동은 1960년대뿐 아니라 그 이전과 이후의 연계선 상에서 생각해 보아야 하는 것이 그것이다. 한 작품을 논의하더라도 그 작품을 쓴 작가가 그 이전과 이후는 어떤 변모양상을 거쳐 왔는가는 작품 해석의 중요한 기준이 될 수 있기 때문이다. 이에 본서는 각 작품을 논할 때에 1960년대 작품들을 중심 항에 두지만, 그 작가의 작품이 갖는 의미를 조금 더 유연하게 고찰하기 위해 다소 유동적으로 그 전후의 작품까지도 포괄할 수 있는 가능성을 열어두고자 한다. 이는 마치 우리 문학사 연구에 있어 그것이 10년대 단위로 진행되는 것이 관례이지만 기계적인 숫자의 구획보다는 각 시대가 갖는 의미망이 더 중요하다는 것과 비슷한 이치이다. 본서의 연구 대상은 기계적으로 1960년부터 1969년의 발표 작품만 한정하지 않는다. 1960년대에 발표된 작품을 중심으로 잡되, 논의의 중요성에 따라 그 전후(前後)로 그 발표 년도의 범위 폭을 어느 정도 유동적으로 허용하고자 한다.

다음으로, 대상 작가 및 작품의 질적 편차 문제이다. 본서가 1960년대에 발표된 모든 작품들을 대상으로 고찰한다고 했을 때 이것이 각 작품을 동일한 수준의 비중과 무게로써 평가를 한다는 뜻은 아니다. 본서는 당대에 발표된 작품들을 최대한 수용하면서도 그 질적 편차를 어느 정도 인정한다. 문학적 완성도, 혹은 문학적 성과 및 연구·논의의 적극적 가능성을 보여주는 작품 및 작가에 더 무게를 두어 고찰하고자 한다.

1960년대 문학의 지형도는, 현실과의 관계에서 보았을 때 그 현실에 접선을 그리는 방식(Ⅱ장)과 그것을 탈주하는 선을 그리는 방식(Ⅲ, Ⅳ장)으로 설명될 수 있다. 탈주선의 방식은 두 가지 방향으로 그려진다. 현실의 구체적인 세목을 소거함으로써 인간 근본의 보편성을 추구하는 방식(Ⅲ장)

이 그 하나이고, 새로운 현실과 방법론을 제시함으로써 그것을 뛰어넘는(IV 장) 방식이 나머지 하나이다.

덧붙여, II III IV 장, 각 장의 논의 전개는 소설의 내용과 기법상 '발전적' 프로세스 혹은 '선형적(線形的)·진화적(進化的)' 관계가 아님을 밝혀 둔다. 각 장은 1960년대 문단에 대한 공시적·동시적 고찰이다. 들뢰즈·가타리는 내용과 표현의 상이한 형식들에 '진화적 단계'를 설정하는 것은 불가능하다고 본다. 이는 그들이 말한 "서로 간에 아무런 관련이 없는 존재들 간의 비평행적 진화"[67]로 설명될 수 있다. 이러한 리좀적 모델은 진화론적 도식들, 즉 가장 덜 분화된 것에서 가장 분화된 것으로 진행하는, 후손에 관한 수목형의 모델을 벗어난다. 이질적인 것 안에서 직접적으로 이동하고 이질적인 것 안에서 직접적으로 작동하며 이미 분화된 선에서 다른 선으로 비약하는 것이 리좀적 모델(MP, p.17)인 탓이다. 두 지층, 즉 일정한 층상(層狀)을 이루면서 분절(articulation)된 두 대상은 각자 동시적으로 나란히 간다(만나지 않는다). 하지만 서로 닫혀있지 않기 때문에 일종의 '관계'를 형성하면서 의미를 획득하고 소통할 수 있다(상응한다). 진화론적 도식, 즉 덜 분화된(미발전된) 것에서 가장 분화된(발전된) 것으로 진행하는 수목형의 모델을 탈피하려는 것이 리좀적 모델이다. 이 리좀적 모델에 따라 본서는 본론의 각 장(II, III, IV장)의 관계가 진화·발전적 관계가 아님을 밝혀 둔다.

이러한 논의와 고찰을 바탕으로 V장과 VI장에서는 '생성'과 '배치'로서의 1960년대 한국 소설의 문학사적 의의를 밝히고자 한다. 계열 안에서의 위상(位相)적 가치를 통해 어떤 항의 의미를 탐구해 나가려는 이러한 시도는 1960년대 소설의 장(場)을 새롭게 조망하여 그 의의와 가치를 확산시키는 데에 기여할 수 있을 것이다.

---

67) Gilles Deleuze and Félix Guattari, *Mille Plateaux : Capitalisme et schizophrénie*, paris : Minuit, 1980, p. 17.

II. 세계의 성찰과 미세 균열의 접선 그리기

1. 전쟁 경험의 성찰과 현재적 서사화

1) 집단적 제의와 차연의 액자 형식

1960년대는 새로움의 시대이기도 하지만 당시에 발표된 많은 작품들의 내용은 1950년대에 머물러 있었다. 작가들에게 있어 6·25전쟁이 여전히 작품의 주요한 소재 및 형상화의 대상이 되었기 때문이다. 그러나 방법론적인 측면에서는 전대와 구분되는 질적 변화가 감지되는데, 이는 대상에 대한 객관적 성찰이 가능해 짐에 따라 나타난 결과이다. 1950년대의 소설은 '감정의 과잉, 구체적인 사물에 대한 냉철한 인식보다는 추상적 당위에 대한 무조건적인 찬탄'[1]으로 채워져 있었다. 또한 50년대의 전쟁 소설은 현실에 대한 '미학적인 소화불량' 상태였으므로 강한 목적성의 원리에 의해 언어예술적인 가치나 탐색의 성숙도에 있어서는 그만큼 제한될 수밖에 없었다.[2] 반면, 1960년대에 발표된 전쟁 소설들은 자기 체험적·혹은 직접적인 이야기로서의 소설, 혹은 주관의 과잉이나 추상적 관념의 유희로서의 소설적 범주를 넘어선다. 경험한 전쟁의 이야기들을 객관 현실과 변증법적인 작용으로써 매우 다양하게 굴절·변용·형상화하고 있는 것이다.

---

1) 김현, 「테러리즘의 문학」, 『현대 한국 문학의 이론, 사회와 윤리』, 문학과 지성사, 1991, 242면.
2) 이재선, 앞의 책, 83면.

과거는 고정된 실체로 존재하는 것이 아니라 현재의 생각으로 끊임없이 재기록되고 재구성된다. 기억이란 의미를 추구하고 얻는 일종의 구성 행위이며 연상 행위이다. 과거의 사건은 '사후적(事後的)으로' 다시 쓰여지는 것이다. 프로이트의 꿈 이론은 이러한 사후성(事後性)의 원리를 통해 인간 심리를 이해함으로써 도출된 결과이다. 프로이트는 1차 사건의 의미는 2차 사건의 지연된 행위를 통하여 드러남을 보여주었다.[3] '기억 흔적'으로만 남아 있던 1차 사건은 새로운 시각으로 다시 읽히고 쓰여진다. 과거의 사건은 현재적 의미에서 소급되어 다시 해석되고 조명된다. '기억 흔적'으로 존재하는 소재가 시간이 흐르면서 새로운 관계에 따라 재조정되고 재기록 되는 것이다. 케트너(Matthias Kettner)는 이러한 사후적·주관적인 회상 행위를 '재해석(re-interpretation)'의 행위로 파악했다. 기억은 어떤 대상의 재발견이 아니라, 과거에 어떠한 방식으로 이해한 대상을 현재적 관점에서 '새롭게 이해한' 것이다. 회상기억이란 재생의 수동적인 성찰이 아니라 새로운 지각 생산의 행위이기도 하다.[4] 기억은 축적이 아니라 '구성'이고, 기억의 내용은 '행위'이며 '현실적 사건'이다.[5] 호미 바바는 "기억하기(remembering)란 현재라는 시대에 아로새겨진 정신적 외상에 의미를 부여하기 위해서 조각난 과거를

---

3) 프로이트는 '늑대인간 : 유아기적 노이로제 역사' 사례 보고서를 통하여, 한 살 반 때 보았던 사건을 이해하지 못하고 있다가 '사후적으로' 그 의미를 이해했음을 보여준다. 부모의 성교 장면은 그것을 이해할 수 없는 아이에게는 아무런 의미가 없는 것인데, 네 살 때 꾼 늑대 꿈을 통해 일차적으로 기억되고, 그것은 20년 후 분석 현장에서 이차적으로 기억되면서 새롭게 해석이 되었다는 것이다. 이는 기억흔적으로만 남아있던 1차 사건이 성장과정에서 나타난 새로운 시각에 의해 다시 읽히고 쓰여졌음을 의미한다. 기억 흔적으로 존재하는 소재가 시간이 흐르면서 새로운 관계에 따라 재조정되고 재조명 된다는 것이다. 이상의 논의는 프로이트, 김인순 역, 『꿈의 해석』, 열린책들, 2003 및 김현진 「기억의 허구성과 서사적 진실」(최문규 외, 『기억과 망각』, 열린책들, 2003.) 참조.

4) 알라이다 아스만, 변학수 외 역, 『기억의 공간』, 경북대학교 출판부, 2003, 133면.

5) 김현진, 위의 글, 224면 본문 및 인용(45번 ; Matthias Kettner, 「사후성, 프로이트의 전복적인 기억론」, 『과거의 어두운 흔적, 역사 의식에 대한 정신 분석적 접근, 기억 역사 정체성』) 참조.

60

다시 일깨워(re-membering) 구축하는"6) 작업임을 밝힌 바 있다. 또한 '이야기 하기(narrating)'는 과거의 '사건'을 '현재'의 '나'의 '이야기'로 끌어 옴으로 써 새로운 자아를 만들 수 있게 해 준다 이야기하기를 통해 자아는 발견하는 것이 아니라 새로이 만들어가는 것이다.7) 들뢰즈·가타리도 "-되기란 반(反)기억(혹은 대항 기억)"이라고 표현하였다. 즉 현재는 과거의 사로잡는 기억에 대항하여 그 기억을 지우면서 다른 것이 '된다'고 하는 것이다. 이는 새로운 삶을 구성하는 능력으로서의 망각능력을 이야기한 것이기도 하다. 이때 중요한 것은 기억 능력인데 이것이 바로 의미를 끌어내는 해석 능력이 된다. 이러한 과정은 '이야기하기'를 통해 가시화된다. 서사화 과정과 관련하여 주네트는 이를 두고 '서사적 자의성'이라는 용어를 사용하였다.8) 스펜스에 의하면 이러한 서사적 자의성에 의해 구축된 '서사적 진실'은 '역사적 진실'과는 구별되는 것이다.

1960년대 소설에서 주목할 점은 전쟁이 남긴 상처에 대한 성찰로부터 그 서사가 시작된다는 것이다.9) 그것은 60년대 소설의 출발점이기도 하다. 또한 50년대 문학과는 변별되는 지점이라고 할 것이다. 르네 지라르의 『폭력과 성스러움』에 의하면 하나의 공동체 혹은 집단은 그 집단의 유지를 위해 하나의 공적인 '제물(祭物)'을 필요로 한다. 그 제의의 관심은 응당 현재적 삶에 대한 정당화에 있을 것이다. 1960년대 소설 속에 나타난 전쟁들은 현재의 삶을 영위하고 유지해 나가기 위한 하나의 성스러운 제물이자

6) L. Gandhi, 이영욱 역, 『포스트식민주의란 무엇인가』, 현실문화연구, 2000, 13~17면 (Homi. K. Bhabha, *The Location of Culture*, London. ; New York : Routledge, 1994, p.63.) 참조.
7) 손운산, 『용서와 치료』, 이화여자대학교 출판부, 2008, 238~248면 참조.
8) 제럴드 프랭스, 최상규 역, 『서사학』, 문학과 지성사, 1988, 230~236면.
9) 하정일은 60년대 문학을 '주체성의 복원과 성찰'로 규정하면서, 그 성찰이 가능한 외적 조건으로 '① 전쟁으로부터의 시간적 거리 확보, ② 반독재 민주화 운동 등의 시민운동의 본격화, ③ 경제위기의 심화'를 들었고, 내적 요건으로 '합리주의의 회복'을 들었다.(하정일, 앞의 글.)

제의로서의 성격을 띤다.

　황순원의『나무들 비탈에 서다』는 6·25전쟁을 배경으로 한 작품이다. 이미 시인으로 등단10)하여 주로 서정성을 담은 단편 소설을 썼던 황순원은 해방과 6·25전쟁을 겪으며 나름의 변화 양상을 보인다.11) 1960년의 벽두, 1월에『사상계』를 통하여 발표된 황순원의『나무들 비탈에 서다』가 그 표지가 될 것인데 이 작품은 황순원이라는 작가를 단편 작가에서 장편 작가로, 주관적 서정성을 형상화하는 작가에서 객관 현실의 반영에 눈을 뜨는 작가로 자리매김하게 해 주었다. 작가 개인적으로는 그러하지만 또 다른 한편, 이 작품은 6·25전쟁을 형상화하는 여타의 작가들의 흐름과 대별해 보았을 때에도 중요한 의미를 갖는다. 즉, 당대 한국 소설계는, 4·19가 있었고 60년대가 시작되기는 했지만 여전히 6·25를 '상처'와 '역사 불신'의 논리, 냉전 이데올로기, 체험문학 등의 차원에서 서술하고 해석12)하려 한 바가 많았다. 당시의 작가들에게 아직 6·25는 객관 지향적인 접근 의지보다는 주관적인 보상 심리가, 이론적 차원에서의 재조명 욕구보다는 직접·간접 체험을 통한 억압 관념이 여전히 훨씬 더 큰 힘으로 작용하는 대상이었던 것이다.13) 그러나『나무들 비탈에 서다』는 이러한 흐름과 변별점을 갖는다. 이 작품에서 전쟁은 1960년대에 남겨진 이들에게 '현재적' 관점에서 다시 '재구'되고 '기억'되는 것이다. 이러한 과정에서 중요한 것은 서술자의 권력이다.

---

10) 1931년 7월『동광』을 통해 시「나의 꿈」을 발표하면서 시인으로 등단한 그는 그로부터 6년 후, 단편「거리의 부사」를『창작』제3집(1937년 7월)에 발표하면서 시인에서 소설가로 변모한다.
11) 60년대 이전 그의 작품 세계가 삶의 한 단면을 제시함으로써, 고유한 토속적인 세계에 집중되어왔다면, 60년대 이후 그의 작품은 구체적인 사회현실을 반영하면서도 그에 대한 깊이 있는 성찰을 담아내고 있다는 것이다.
12) 조남현,「나무들 비탈에 서다, 그 외연과 내포」,『문학정신』, 1989.
13) 조남현, 위의 글.

총 7회에 걸쳐 연재[14]된 황순원의 『나무들 비탈에 서다』는 크게 작중인물 '동호'의 서사(제1부)와, '현태'의 서사(제2부)로 이분된다. 1부의 시간적 배경이 '전쟁 중'이었다면 2부의 배경은 '전쟁 후'라고 할 수 있다.[15] 각 부별로 서사의 초점이 다른 개성적 인물을 설정되고 그들이 상징하는 의미의 차(差)를 생각해 보았을 때 1부와 2부는 대립적 관점에서 해석되기도 한다. 그러나 이 작품은 1부(동호의 서사)는 2부(현태의 서사)를 쓰기 위한 전제로 기능한다는 점에 주목해 볼만한 필요가 있다. 작가적 관점이 '전쟁 중'의 동호가 아니라 '전쟁 후' 살아남아 구체적 생활을 영위해 가야만 하는 현태의 고뇌에 초점이 맞추어져 있다는 것이다. 이러한 고뇌는 전쟁 중(1부) 현태의 시선에 이미 나타나 있다.

> 살아남은 사람이 죽은 동료에 대해 어두운 그늘을 나타내고 그 밑에 번지는 자기네들의 삶에 대한 희열을 삼가 숨긴다는 것은 하나의 인정에서 오는 예의였다. 그러나 그것은 어디까지나 살아남은 사람들이 지어낸 예의니만큼 언제고 산 사람들에 의해 깨어질 수 있는 성질의 것이었다.
> (황순원, 『나무들 비탈에 서다』, 218면)

인용문은 서사 주체의 측면에서 작가의 목소리가 그대로 드러난 것으로서 그 목소리는 인물 현태에게 투영되어 기술된다. 1부에서 예고된 이 '살아남은 자들의 슬픔'이 2부의 서사적 핵이 된다. 함께 전쟁을 겪은 동호, 현태, 석기, 윤구 등은 전쟁이 끝난 후 진공 상태에 놓인 듯한 '생활'을 영위해 나가야 하는 과제 앞에 서게 된 것이다. 전쟁의 직접적 상처는 이미 1부에서 동호의 자살로써 종결되었다. 그 상흔은 현재의 젊은이들에게 다시 반추되고 기억되는데, 동호의 죽음은 그들 삶을 정당화하고 새로운 삶을 구축해

---

14) 『사상계』 1960년 1월~7월.
15) 이를 두고 조남현은 전자를 '전장소설(戰場小說)'로, 후자를 '전후소설(戰後小說)' 혹은 '후방소설(後房小說)'로 이분하여 명명했다.

나가기 위한 하나의 집단적 제의가 된다.

이러한 의식은 이청준의 「병신과 머저리」에서도 동일하게 확인된다.

> 비로소 몸 전체가 깨지는 듯한 아픔이 전해 왔다. 그것은 아마 형의 아픔이었을 것이다. 형은 그 아픔 속에서 이를 물고 살아왔다. 그는 그 아픔이 오는 곳을 알고 있는 것이다. 그리하여 그것을 견딜 수 있었고, 그것을 견디는 힘은 오히려 형을 살아 있게 하고 자신을 주장할 수 있게 했다. 그러던 형의 내부는 검고 무거운 것에 부딪혀 지금 산산조각이 나고 있었다. (중략) 나의 아픔은 어디서 온 것일까. 혜인의 말처럼 형은 6·25의 전상자이지만, 아픔만이 있고 그 아픔이 오는 곳이 없는 내 환부는 어디인가. 혜인은 아픔이 오는 곳이 없으면 아픔도 없어야 할 것처럼 말했지만, 그렇다면 지금 나는 엄살을 부리고 있는 것인가.
>
> (이청준, 「병신과 머저리」, 194면)

6·25를 겪은 전상자로서의 상처를 가진 형과, 그것을 겪은 적도 그래서 환부도 없는 나는 다른 세대의 사람들이다. 그러나 그 경험과 환부의 유무와는 상관없이 '고통'을 느낀다는 점에서는 동질적이다. 그럼에도 불구하고 '병신과 머저리'의 타이틀을 지니고 살아갈 수밖에 없는 괴로움은 '현재'를 살아가고 있는 '나'의 몫이다.

상기(上記)한 바의 문제의식은 작품의 서사 형식으로서 구현되는데, 서사화의 측면에서 보았을 때 그것은 '액자형식'[16)]의 방법을 취한다. 일반적으로

---

16) 췔베르트 자이들러는 액자의 형태를 ① 도입적인 것, ② 한 액자 속에 여러 내부 이야기가 포함되는 액자, ③ 한 액자 속에 한 내부 이야기의 형태, ④ 서로 뒤섞인 球根的 기법 등의 방법을 들고 있다. 그리고 그는 액자의 기능에 대해서도 상당히 구체적인 해명을 가하고 있는데, 이를 요약하면 "① 액자 자체는 내부 이야기를 위한 원인을 제시한다. ② 액자는 내부 이야기가 이야기되어지느냐의 가장 단일하고 외적인 점에 있어서의 목적의 진술이다. ③ 액자는 거리화(距離化)에 봉사할 수 있다. ④ 각성의 형태일 수도 있다. ⑤ 액자의 원래의 예술적 의미는

액자소설은 현실과 허구의 경계를 만드는 화자의 담론이 특별한 필요에
의해 또 다른 이야기로 구성된 형식17)이다. 이야기가 나오게 된 경위를
또 다른 이야기로 말함으로써 허구와 현실의 완충 공간을 형성하는 것이다.

작품 속에서 외화(外話)의 화자는 내화(內話)의 현실에 끊임없는 객관화와
성찰의 계기를 마련한다. 직접적으로 그려지던 전쟁 체험은 현재의 관찰하는
화자 및 대상물에 의해 끊임없는 성찰과 객관화의 대상이 된다. 이 성찰이
충분히 이루어졌을 때 대상, 즉 내화와 외화는 완결·고정된 의미를 벗고
다각도적인 의미와 내용으로 확산된다. 이에 내화와 외화는 새로운 의미를
형성한다. 또한 액자 내/외의 경계 역시 모호해진다. 서로 조응하며 관계하는
것이다. 액자 안 이야기가 액자 밖 서술주체의 의식상황을 직접적으로
지시하는 자기 지칭적 알레고리가 되기도 하고, 액자 내부와 외부가 상호침
투함으로써 새로운 의미들이 생성된다. 재해석된 과거는 과거의 시간에
머물러 있는 것이 아니라 현재의 시간으로 침투한다. 현재로 침투한 과거는

예술작품의 밀집과 압축이다.”라고 설명할 수 있다. 또한 액자소설은 작가의 자아를
억제하는 원근법적 객관성과 사건 과정의 거리화 및 전체의 현실 인식의 표현을
인간의 수준에 두고 있는 것이며, 액자소설은 자신과 작중인물 사이에 엄정한
거리를 유지하여 독자의 신뢰감을 획득하려는 작가의 의도에서 비롯된 것이다.(이
재선, 「액자소설론」, 『한국문학의 원근법』, 민음사, 1996, 76~101면 ; 이재선,
「한국 단편소설의 서술 유형」, 『한국 단편소설 연구』, 일조각, 1993, 99~100면.)
17) ‘액자 소설’이라는 용어는 대부분의 연구에서 합의·통용되고 있는 바이기는 하나
논자에 따라 이에 대한 회의감을 드러내기도 한다. 김경수는 ‘frame story’라는
말이 성급하게 ‘액자소설’이라는 말로 일반화되었기 때문에 혼동의 여지가 있음을
지적한다. 소설 속에는 늘 크고 작은 틀(프레임 frame)이 존재하는데, 그 프레임의
내부에 해당하는 것으로 시구나, 노래가사, 사진이나 그림, 인물이 경험한 환시나
꿈의 장면, 장문의 편지나 무가사설, 유인물, 청각적인 진술 같은 것 일체를 포함시킨
다.(김경수, 「구조주의적 소설 연구의 반성과 전망」, 『한국현대소설연구』 19호,
한국현대소설학회, 2003.) 이러한 지적은 주네트가 ‘속이야기 서술(intradiegetic)’에
작품 속의 작품, 쓰인 텍스트, 꿈과 같은 내적 서사, 회상, 시각적 재현, 형상학적
자료 등까지 포함하는 입장과 상통한다. 그러나 이러한 경우 서사물 내에 ‘삽입’된
모든 재료들을 총 망라하는 것이 되므로 그 범위가 너무 광범위해진다. 본서에서는
서사의 흐름과 의미 생성에 있어 필수적인 의미작용을 하는 서사의 틀로서 ‘액자
소설’이라는 용어를 선택하도록 한다.

다시 새로운 의미를 획득한다. 의미는 결정(決定)되어 있지 않다. 데리다(J. Derrida)는 궁극적 의미의 결정 불가능성과 끝없는 해석의 불가피성을 밝히기 위하여 '차연'의 개념을 고안하고 기존의 모든 철학적 텍스트를 해체전략에 따라 독해한 바 있다.18) 이러한 '차연(différance)'은, '차이화하다(difference)'와 '연기하다(deferral)'에 해당하는 두 단어 사이에 있는 말인데, 1960년대 소설 속 전쟁은 액자 형식을 통해 과거와 현재는 계속 '차이'를 형성하고 '지연'된다. 그 과정에서 그 의미는 새롭게 만들어지고 만들어진 의미는 다시 미끄러진다.

  이청준의 「병신과 머저리」는 액자식 서사 구조가 부각되는 작품이다. 전쟁이라는 외상(外傷)이 확연한 '형'과 환부 없는 아픔을 가진 '나'는 형이 쓰다 만 소설을 매개로 같은 시간(6·25전쟁)을 경험한다. 서술 대상19)(파불라, 사건들의 논리적·연대기적 연속체)은 형이 전쟁 중 경험한 극악한 현실과 살인사건이지만, 주목해 보아야 할 것은 그 서술 대상보다는 그에 대한 서술 및 담화이다. 과거의 사건은 현재의 고민을 위한 하나의 매개일 뿐이다. 이는 주네트가 말한 '서사적 자의성'의 발로로서, 과거 사건에 대한 사후적·퇴행적·목적론적 진술의 의도가 과거의 사건을 규정함을 뜻한다. 기본적으

---

18) 이성중심 사유체계로서의 구조주의를 비판하기 위해 해체의 전략을 사용하는 데리다는 대상의 의미는 차연되고 산종(散種)한다고 주장하였다. 그에 의하면 의미는 절대적이고 고정적인 것이 아니라, 기호들의 연쇄적인 운동인 차이와 지연을 통해서만 이루어진다. 해체에서 주요한 개념은 differance(차연)이다. différance는 différer의 명사형이다. différer는 라틴어 differre에서 비롯된 말로 différre는 to differ='같지 않은' '별개의', '닮지 않은', '다른' 것과 to defer=put off '연기하다', '지연하다', '미루다' 뜻을 가지고 있다. 전자는 공간성을 후자는 시간성과 연관된다. différer의 명사형은 différence이며, 이는 공간적 차이만을 의미하기 때문에 différance라는 신조어를 만들어 낸다. différance는 시간과 공간에 관련 있으며, 차연을 의미한다. 차이와 연기를 함유하는 이중적 능동성을 함의한다.
19) 프르더닉은 여러 이론가들의 서사수준을 다음과 같이 분석적으로 비교한 바 있다.

로 서사물은 기본적으로 존재론적 논평의 특권적 양식이며 시원론(genesis)과 종말론(eschatology)의 경향이 매우 강하다. 주네트는 서사적 자의성이란 "최후의 것은 다른 모든 것을 지배하며, 다른 무엇에 의해서도 지배받지 않는다"고 하는 "최소한 텍스트 자체의 내재성"[20]을 말한다고 했다.

일단, 「병신과 머저리」는 형의 전쟁 경험 및 살인 사건에 대한 이중의 액자로 구성되어 있는데 이를 도식화 하면 다음과 같다. 하나의 내화에 두 겹의 외화가 설정되어 있는 것이다.

〈표 2〉「병신과 머저리」의 이중 액자 구조

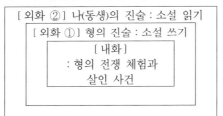

작품은 이러한 이중의 액자 구조를 통하여 내화, 즉 형의 이야기(6·25 사변 때 강계 근방에서 패잔병으로 낙오된 적이 있었으며, 낙오된 동료들을 죽이고, 천 리 가까운 길을 탈출해 나온 이야기)를 풀어가고 있는데, 여기에서 이 이야기를 풀어가고 있는 화자의 설정을 눈여겨 볼 필요가 있다.

	사건의 연대기 순서	사건의 인과 순서	사건의 미화된 순서	언어표시로서 텍스트	발화로서 서술
주네뜨	이야기		담론		서술 (목소리+ 초점화)
채트먼	이야기		담론		
리몬 케넌	이야기		텍스트		서술
발	파블라	스토리와 초점화		서술(언어와 목소리 포함)	
프랜스	서술대상			서술행위	
슈탄젤	이야기			화자나 반영자의 중재 (화자 양상일 때 발화 추가)	

(한국소설학회 편, 『현대소설 시점의 시학』, 새문사, 1996.)

20) 제럴드 프랭스, 최상규 역, 『서사학』, 문학과 지성사, 1988, 230~236면 참조.

먼저, 외화①의 설정에서 형은 형대로 소설쓰기를 통해 과거의 상처를 치유[21]하고자 한다. 그가 겪은 오관모와의 경험 및 김일병의 죽음은 전쟁을 겪은 형의 것이며, 그 치유의 시도 또한 오롯이 형의 몫이다. 전쟁을 통해 확인한 인간의 비인간성과 잔인함을 형은 소설쓰기를 통해 풀어가고 있는데, 그에게 있어 역시 치유의 출발은 과거 경험 자체가 아니다. 형의 소설쓰기의 출발이 달포 전 열 살배기 소녀의 수술 실패에 대한 자책감에서 비롯된 것이었으므로 형의 관심과 치유의 초점은 현재 즉 60년대를 살아가는 현재의 자신에게 있는 것이다. 길에서 구걸하는 소녀의 손을 의도적으로 밟고 지나감으로써 자신의 내면에 도사리고 있는 비인간성·무자비함을 확인하면서, 그와 겹쳐지는 과거의 일을 다시 꺼내게 되는 것이다.

이 서사의 실마리가 현재적 사건이라는 점은, 이야기를 소개하는 두 번째 액자층(외화②)에 나타난 나의 이야기에서 다시 한 번 확인된다. '나'는 형의 이야기에 대해 무심하게, 혹은 객관적 거리로써 바라보지 않는다. 그는 끊임없이 형의 소설 속 이야기에 자신의 목소리를 투영시키고 있다. 자신의 요약적 진술로써 형과 형의 소설에 대한 이야기를 풀어내고 있는 것이다.

　① 형은 자신의 말대로 외과 의사로서 째고 자르고 따내고 꿰매며 이십

---

21) 치유에 있어 '이야기하기'는 매우 중요한 의미를 지닌다. 이야기하기는 인간이 가진 본래적 특성으로, 문제를 이해는 방법으로서, 또한 상처에 대한 치유의 기법으로서 매우 핵심적인 역할을 담당하는 것이다.
　　"치료는 상처를 이야기하는 것으로부터 시작된다. 피해자들에게는 이야기하지 못하는 것 자체가 고통이기 때문에 이야기하기가 곧 치료가 된다. (중략) 어떤 형태의 아픔이든 그것이 이야기되어야 치료가 시작된다. 이야기되지 않으면 그는 그 상처의 피해자로 계속 남게 된다. 치료는 아픔을 이야기하고, 그리고 같은 사건에 대해 다르게 이야기할 수 있는 능력이 생길 때 일어난다. 그러나 어떤 이유에서든지 아픔을 전혀 이야기할 수 없거나, 한 사건에 대해 같은 방식으로만 이야기하면 그 사건이나 이야기의 포로가 되었다는 증거다."(손운산, 앞의 책, 239면.)

68

년 동안을 조용하게 살아온 사람이었다. 생(生)에 대한 회의도, 직업에
대한 염증도, 그리고 지나가버린 시간에 대한 기억도 없는 사람처럼
끊임없이, 그리고 부지런히 환자들을 돌보아왔다.

(이청준, 「병신과 머저리」, 12면)

    ② 소설의 서두는 이미지가 선명한 하나의 서장(序場)으로 시작되고 있었다.
그것은 형의 소년 시절의 회상이었다.

(이청준, 「병신과 머저리」, 18면)

    두 인용문(①과 ②)은 각각 ① 형에 대한 소개, ② 형이 쓴 소설에 대한
소개 부분이다. '나'는 형에 대해서나 형의 소설에 대해서나 표면적으로는
무심한 듯한 태도를 취한다. 형에 대해 '아는 것이 없음' 또한 재차 강조한다.
하지만 표면적 진술과는 별개로 실제 서사에서는 본인의 서사적 자의식을
매우 적극적으로 개입시키고 있음을 확인할 수 있다. 서술 대상에 대한
자신의 판단과 요약적 진술로써 형의 서사에 끊임없이 침투하고자 하는
일종의 '서사적 권력(narrative power)'22)을 드러내는 것이다. 이러한 욕구는
마침내, 그로 하여금 형의 소설쓰기에 직접적으로 개입하도록 만든다. 한편,
형의 이야기는 끊임없이 '쓰이는' 과정 중에 있다는 점뿐 아니라, 일련의
연속적 서사의 흐름을 가지지 않고 파편적으로 제시되고 있다는 점에 주목해
볼 필요가 있다. 형의 이야기는 완결된 하나의 이야기로 제시되지 않으며,
그것이 새로 쓰이고 읽히는 와중에, 부분 부분 제시된다는 것이다. 또
그 이야기가 단절되는 동안, 그 사이 사이를 현재 나(동생)의 이야기와
사건과 고민들이 끊임없이 침투하고 있다. 그것은 바로, 그림을 그리는
'나'의 현실적 무능과 괴로움, 사랑했던 여인 혜인과의 관계와 고뇌이다.

---

22) 서사적 권력이란, 작가가 어떤 사사체를 가지고 허구라는 장치를 통해 현실적인
    문제를 비판하고 징벌할 수 있는 힘을 뜻한다.(한용환, 『소설학 사전』, 문예출판사,
    1999, 242~245면 참조.)

혜인은 그의 애인이기는 하였으나, 결혼이라는 현실 앞에서 그를 포기한다. 그러한 그녀를 보면서 현실 앞에 놓인 '나'의 고통, 그러나 실체를 알 수 없는 그 '얼굴'에 대한 추구, 의미 찾기가 그 고심의 핵이라고 할 수 있다.

결국 이 소설의 서사적 자의식은 '병신과 머저리'로 불릴 수밖에 없는, 1960년대를 살아가는 젊은이의 고뇌와 탐색으로부터 발생한 것이다. 형의 전쟁 이야기는 이러한 서사적 자의식이 끌어당긴 하나의 계기에 불과하다. 그렇기 때문에 전쟁 속 이야기 또한 전쟁 자체의 참상을 사실적으로 드러내는 데에 역점을 두지 않았던 것이다.

이 작품의 서사적 자의식은 '60년대를 살아가는 젊은이의 고뇌'이며, 이는 형에게 있어서도 마찬가지이다. 전술한 바와 같이, 형의 전쟁 이야기는 '현재' 그의 인간적 비정함과 잔인함을 확인해가는 과정에서 도출된 것이기 때문이다. 그리하여 동생(나)는 형과 나를 같은 관점에서 파악할 수밖에 없다. 동생의 문제의식 속에 형의 이야기가 흡수되는 까닭이다.

> 그렇다면 형은 가엾은 사람이었다. 그리고 미웠다. 언제나 망설이기만 할 뿐 한 번도 스스로 행동하지 못하고 남의 행동의 결과나 주워 모아다 자기 고민거리로 삼는 기막힌 인텔리였다. 자기 실수만이 아닌 소녀의 사건을 자기 것으로 고민함으로써 역설적으로 양심을 확인하려 하였다. 그리고 자신을 확인하고 새로운 삶의 힘을 얻으려는 것이었다. (중략) 악질인 체 했을 뿐 지극히 비루하고 겁 많은 사람이었다. 영악하고 노회한 그의 양심이 그것을 용납지 않는 모양이었다.
> (이청준, 「병신과 머저리」, 35면)

이는 형에 대한 동생의 판단과 논평이지만, 비루하고 겁이 많은 사람은 '병신과 머저리'라고 조롱 받는 자기 자신에 대한 것이기도 하다. 또한 그것은 형이 자기 자신에 대해 갖는 자조와 괴로움의 표현이 될 수 있다. 결국 형은 나의 또 다른 모습이며, 이는 나의 의식 속에 하나로 통합되는 것이다. 몸은 하나지만 선과 악의 얼굴을 가진 야누스(로마 신화에 나오는, 성과 집의 문을 지키며 전쟁과 평화를 상징하는 두 얼굴을 가진 신)적 본질로써 형과 나의 관계를 해명하는 까닭이 여기에 있다.

> 나의 아픔은 어디서 온 것일까. 혜인의 말처럼 형은 6·25의 전상자이지만, 아픔만이 있고 그 아픔이 오는 곳이 없는 나의 환부는 어디인가. 혜인은 아픔이 오는 곳이 없으면 아픔도 없어야 할 것처럼 말했지만, 그렇다면 나는 지금 엄살을 부리고 있다는 것인가. (중략) 어쩌면 그것은 나의 힘으로 는 영영 찾아내지 못하고 말 얼굴일지도 몰랐다. 나의 아픔 가운데에는 형에게서처럼 명료한 얼굴이 없었다.
>
> (이청준, 「병신과 머저리」, 50면)

이와 같이 60년대의 소설 속 전쟁은 60년대를 살아가는 현재의 서사적 자의성 속에 녹아, 전쟁 자체에 대한 성찰보다는 그것을 매개로 현재의 고민과 고뇌를 풀어가는 하나의 계기로 작용하는 경우가 많다. 이청준의 소설은 두 겹의 액자 구성과, '진행 중'이면서도 끊임없이 '침투'하는 다양한 목소리 및 서사수준의 활용을 통해 이러한 작가적 의도를 실현하고 있다. 또한 그 대상에 마주하게 되었을 때 그것은 '얼굴 없는' 환부로, 명쾌하지 않은 대상으로 인지된다는 점은 주목해 보아야 할 지점이다.

이러한 현재의 의미, 즉 서사적 자의성에 의해 해석된 전쟁의 의미는 최인훈에 이르러 좀 더 관념화되어 나타난다. 최인훈의 『광장』은 주인공 이명준이 6·25전쟁을 겪은 후 포로 송환 과정을 나타낸 소설이다. 인도로 가는 배(타고르호)에 몸을 싣고 있는 그는 '현재' 속에서 과거를 회고한다. 그의 과거는 액자-회상을 통하여, 남과 북의 대립적 공간 속에서 제시되고 있다. 또한 이는 각 공간에 상응하는 여성 인물(윤애와 은혜)과의 중첩으로 이루어진다.

그에게도 전쟁은 현재의 관념 속에서 재해석되고 '현재적'으로 진술된다. 회상의 내용과 방식, 그리고 액자 형식은 안팎을 구분하지 않으며 넘나든다. 작품에서 짙게 배어나오는 관념성은 이러한 넘나듦을 더욱 용이하게 해준다. 이 소설에서 인물(이명준)의 과거는 '현재적 의미'로 흡수되어 있어 현재의 의식 속에서 과거와 현재가 파편처럼 투영되고 성찰되는 것이다. 모든 사건은 현재 이명준의 의식의 체를 거쳐 진술되고 있기 때문에 사건의 인과성은 뚜렷이 부각되지 않는다. 그의 경험 또한 철저히 관념화 되어 있다.『광장』의 경우는 이러한 액자의 기능적 측면을 바탕으로 하면서, '현재'라는 '서사적 자의성'에 의해 서사가 추동되어 있는 것이다.

또한 이 소설은 청년 이명준의 자아가 눈을 떠가는 과정을 그리는 성장소설이기도 하다. 이는 작가 최인훈의 꾸준한 개작과정[23]을 통해서도 확인이 되는데 전집판에 이르러 이명준의 죽음은 단순히 이데올로기의 포기만을 의미하는 것이 아니라 사랑에 대한 하나의 선택 행위로 해석된다. 이명준이 투신하는 바다는 "자신에게 기쁨과 생명을 준 시원(始原)이자 모성, 사랑의 원형"으로서의 의미[24]를 지닌다. 60년대의 명준에게 중요한 것은 이데올로기 자체가 아닌 탓이다. 오히려 이데올로기 '외부'에 존재하는 개인의 감정과 자아의 확인이 중요하다. 이것이야말로 바로 60년대식 젊은이들이 던질 수 있는 '현재적' 질문인 것이다.

---

23) 1960년『새벽』600매 중편 소설로 발표한 이래, 정향사 판 첫 장편(800매)으로 출간. 신구문화사 판『현대한국문학전집』출간에 이어 민음사판 및 전집판으로 개작되었다. 이에 총 여덟 개의 판본은 다음과 같다. ①『광장』,『새벽』7권 11호, 1960. ②『광장』, 정향사, 1961. ③『광장 : 현대한국문학전집16』, 신구문화사, 1968. ④『광장』, 민음사, 1973. ⑤『광장 : 최인훈 전집1』, 민음사, 1976. ⑥『광장/구운몽 : 최인훈 전집1(개정 2판)』, 문학과 지성사, 1989. ⑦『광장 : 최인훈 전집1(개정3판)』, 문학과 지성사, 1994. ⑧『광장 : 최인훈 전집1(개정4판)』, 문학과 지성사, 1996.
24) 이에 김현은『광장』개작에 대하여 "사랑의 재확인"이라는 표현으로 그 개작과정의 의미를 규정하였다.(김현,「사랑의 재확인－광장 개작에 대하여」,『광장/구운몽』, 문학과 지성사, 1994.)

허구적 현재의 의식을 통해 회상·투영되는 과거는 현재에 침윤되어 있다.

> 바다는, 크레파스보다 진한, 푸르고 육중한 비늘을 무겁게 뒤채면서, 숨을 쉰다. 중립국으로 가는 석방 포로를 실은 인도 배 타고르호는, 흰 페인트로 말쑥하게 칠한 삼천 톤의 몸을 떨면서, 물건처럼 빼곡이 들어찬 동지나 바다의 훈김을 헤치며 미끄러져 간다.
>
> (최인훈, 『광장』, 21면)

인용부분은 시간상 현재(타고르 호 선상)에 해당하는 부분이다. 과거의 여러 경험과 의식의 파편들은 이러한 현재에 침윤되어 진술되고 있다. 과거의 회상 진술 역시 현재의 사건처럼 같은 시점에서, 즉 '현재화 되어' 진술된다.

> 대학에서 종로로 나오는 길가에 늘어선 플라타너스 잎사귀는 거의 다 지고, 가지 끝에 드문드문 매달린 나뭇잎새가, 바람이 불면 망설이듯 하늘거리다가, 그제는 선선히 바람에 몸을 맡기고 팔랑개비처럼, 빙글빙글, 떨어져 온다. 늦은 가을이, 옷깃을 여미고, 조용히, 한숨을 쉬고 있다. 이명준은, 겨드랑이에 낀 책 꾸러미 속에서 대학 신문을 펼쳐든다. 그런 글이 실리는, 맨 뒷장에 자기가 보낸 노래가 칸막이로 짜여서 실려 있다.
>
> (최인훈, 『광장』, 30면)

인용문은 이명준이 남한 대학생 시절이었던 장면에 대한 기술 부분이다. 그 대상은 진술되고 있는 시점보다 선(先)시제의 대상임에도 현재처럼 표현되어 있다. 또한 대상에 대한 내포 작가의 서술은 인물(이명준)에게 초점화되어, 내포작가의 서술과 인물의 의식이 구분되지 않고 서술되어 있다. 내포 작가는 인물 외부의 시점과 내부 시점을 자연스럽게 교차하여 기술함으로써 다각적인 성찰의 계기를 마련해 주는 것이다.

　　다음은 S서에서의 취조 장면이다. 이를 계기로 그는 월북을 결심한다. 그는 남한에 대한 회의와 아버지에 대한 생각을 다음과 같이 드러낸다.

　　①눈물이 주르르 흐른다. ②분하고 서럽다. ③보람을 위함도 아니면서. ④아버지 때문에? ⑤어쩐지 아버지를 위해서 얻어맞아도 좋을 것 같다. ⑥몸이 그렇게 말한다. ⑦멀리 있던 아버지가 바로 곁에 있다는 것을 깨닫는다. ⑧그의 몸이 거기서부터 비롯한 한 마리 씨벌레의 생산자라는 자격을 빼 놓고서도, 아버지는 그에게 튼튼히 이어져 있었다.

(최인훈, 『광장』, 69면)

　　①은 내포 작가(서술자)의 외부적 시점에서의 서술이다. 그런데 그 다음 (②-⑤)은 서술자의 서술이 인물 이명준의 관점으로 초점화 되어 나타난 내적 독백이고, 후반부(⑥-⑧)는 다시 내포 작가에 의한 외부적 진술이다. 이러한 시점의 교차 속에서, 내포 작가는 인물의 내적 독백을 서술자의 언어로 표현하는 '자유간접화법(style indirect libre)'을 구사한다. 자유간접화법이란 언술행위의 특정 지시인 부가 표지 없이 인물의 사고를 드러내는 방식으로 화자의 보고에 의해 인물 특유의 말이나 목소리가 섞여서 진술되는 화법이다.25) 자유간접화법은 허구적인 인물의 비전과 서술자(작가)의 비전

---

25) 수잔 랜서는 담론을 진술적(diegesis) 담론과 모방적(mimesis) 담론의 양 축으로 나눈다. 진술적 담론의 극에는 자신의 시점으로 이야기하는 공적화자가 놓인다. 자유간접화법은 진술적 담론과 모방적 담론의 중간에 놓이는데 랜서는 자유간접화법을 화자의 말이 인물의 담론 속에 스며들기 때문에 모방적 담론에 더 가까이 놓인다고 보았다.

Susan Sniader Lancer, *The narrative act : point of view in prose fiction*, Princeton University Press, 1981, p.187.

을 통합해 인식하는 것이기 때문에 허구적 인물의 견해를 드러내면서 동시에 서술자(또는 내포 작가)가 이 견해를 검토해 볼 수 있는 '미적 거리(aesthetic distance)'26)를 형성한다. 에드워드 블로우는 심리적 거리의 효과에 대해 "대상과 그 대상의 매력을 자기 자신으로부터 격리하고 실제적인 필요나 목적과는 어긋나게 함으로써 획득되는 것"이라고 밝힌 바 있다. 이 심리적 거리의 정도는 우리가 성찰하는 미적 대상의 성질 여하에 따라, 또 그러한 거리를 유지할 수 있는 개인의 능력 여하에 따라 변화한다. 이 '미적 거리 (aesthetic distance)' 혹은 '반어적 거리(ironic distance)'로 말미암아 서술자의 잠재적 감정이입이 가능해진다.27) 이러한 자유간접화법 내의 여러 목소리의 공존은 텍스트 내의 다성성(polyphony)을 만들어 내는 요소로 작용할 수 있다.28)

자유간접화법은 객관적인 서술을 하면서도, 간접화법의 노골성과 직접화법의 경직성을 피할 수 있다는 이점을 가진다. 따라서 자유간접화법은 '객관화된 내면이며, 명료하게 진술된 주관'이라고 할 수 있다.29) 『광장』의 서술자는 작품 전반에 걸쳐 이러한 자유간접화법을 구사하면서, 대상에 대한 '미적 거리' 혹은 '반어적 거리'를 형성하여, 인물뿐 아니라, 독자로 하여금 끊임없는 성찰의 계기를 마련하고 있다.

---

26) 문학 비평에 있어서 미적 거리는 모든 문학적 미적 경험의 성질을 정의하기 위해서뿐만 아니라 어떤 작중인물의 행동이나 운명과의 독자와의 거리, 또는 초월(detachment)의 정도, 거꾸로 말한다면 독자의 연루(involvement) 또는 관심의 정도를 통어(通御)하기 위하여 작가가 사용하는 여러 가지 수법을 분석하는 데에도 흔히 사용된다.(M. H. Abrams, 최상규 역, 『문학용어사전』, 대방출판사, 1985, 70면 참조.)

27) 이는 간접적 내적 독백 또는 체험화법, 대용 서술로 불린다. 이에 대하여 S. 리몬-케넌 은, 직접화법과 간접화법을 결합한 이상을 주는 자유간접화법은 발언자와 태도의 복수성을 가능화하기 때문에 그 발언의 주인공을 다중화하는 데 유리하다고 본다.

28) S. 리몬-케넌, 최상규 역, 『소설의 시학』, 문학과 지성사, 1996, 161~170면 참조.

29) 김천혜, 『소설 구조의 이론』, 문학과 지성사, 1990, 151~152면 및 임환모, 『한국 현대소설의 서사성과 근대성』, 태학사, 2008, 177~178면 참조.

한편, 남과 북의 과거 경험이 서사화되는 과정을 면밀히 살펴보면, 남과 북에 대한 작가적 무의식이 다르게 작용하고 있음을 확인할 수 있다. 이명준 은 남과 북에 대한 자신의 관점의 차이를 서술태도 상의 차이로 보여주고 있다.

① 남녘에 있을 땐, 아무리 둘러보아도, 제가 보람을 느끼면서 살 수 있는 광장은 아무데도 없었어요. 아니, 있긴 해도 그건 너무나 더럽고 처참한 광경이었습니다.

(최인훈, 『광장』, 115면)

② 이남에는 그런 정열이 없었습니다. 있는 것은, 비루한 욕망과, 탈을 쓴 권세욕과, 그리고 섹스뿐이었습니다. 서양에 가서 소위 민주주의를 배웠다는 놈들이 돌아와서는, 자기 몇 대조가 무슨 판서 무슨 참판을 지냈다는 자랑을 늘어놓으면서, 인민의 등에 올라앉아 외국에서 맞춘 아른거리는 구둣발로 그들의 배를 걷어차고 있었습니다. (중략) 젊은 사람 치고, 이상주의적인 사회 개량의 정열이 없는 사람이 어디 있겠습니 까? 다만 그들은, 남조선이라는 참으로 이상한 풍토 속에서는 움직일 자리를 가지지 못했다는 것뿐입니다. 저는 그런 풍토 속에서 성격적인 약점이 점점 커지더군요.

(최인훈, 『광장』, 115~116면)

③ 코뮤니스트들은 속속들이 무릿말을 만들려고 했다. 그들의 말에는 색깔의 바뀜도 없고 냄새도 없었다. 어느 모임에서나, 판에 박은 말과 앞뒤가 있을 뿐이었다. (중략) 월북한 지 반 년이 지난 이듬해 봄, 명준은 호랑이 굴에 스스로 들어온 저를 저주하면서, 이제 나는 무얼 해야 하나? 무쇠 티끌이 섞인 것보다 더 숨 막히는 공기 속에서, 이마에 진땀을 흘리며, 하숙집 천장을 노려보고 있었다.

(최인훈, 『광장』, 113면)

76

④ 개인적인 '욕망'이 터부로 되어 있는 고장. 북조선 사회에 무겁게 덮인 공기는 바로 이 터부의 구름이 시키는 노릇이었다. 인민이 주인이라고 멍에를 씌우고, 주인이 제 일하는 데 몸을 아끼느냐고 채찍질하면, 팔자가 기박하다 못해 주인까지 돼 버린 소들은, 영문을 알 수 없는 걸음을 떼어놓는다.

(최인훈, 『광장』, 123면)

위의 인용문들은 각각 남(①, ②)과 북(③, ④)의 현실에 대한 이명준의 회의감을 드러낸 것이다. 그런데 남한에 대한 서술(①, ②)은 내포 작가의 서술이 아니라, 인물의 말을 통하여 객관적으로 나타나고 있다. 서술자의 목소리는 사라지고 인물의 말이 극화되어 있고 구체적인 장면들이 현재화되어 나타난다. 그러나 북한에 대한 서술인(③, ④)의 경우는 이와 다르다. 인물이 아닌 서술자의 존재가 부각되어 진술되고 있으며 그 체험의 진술은 과거화로 나타나는 것이다.

대상(남과 북)에 대한 이러한 서술상의 차이는 남과 북에 대한 작가의 무의식적 관심의 차이에서 기인한 것으로 보인다. 환언하면 이는 작가가 놓인 현재적 관점에서 연유한 것으로 볼 수 있을 것이다. 이러한 점은 표면적으로는 작가가 남과 북 어느 쪽도 동조하지는 않지만, 현실적으로는 남한에 존재하는 작가라는 사실과도 상통한다.

이와 같이 과거의 기억을 다시 해석하고 의미를 부여해 나갈 때, 새롭게 맞이한 삶은 새롭게 의미를 획득하고 자리잡을 수 있게 된다. 그 현재적 삶의 뿌리 내리기의 양상이 이호철의 소설에서 대표적으로 나타난다. 이호철은 통상 '전후 세대'의 작가로 분류되어 왔다. 그의 등단작 「판문점」(1955년 『문학예술』)이 문제 삼은 한국의 분단 상황 및 그의 월남 체험 때문이다. 그렇기에 이호철은 손창섭, 장용학 등과 더불어 1950년대 2기에 해당하는

작가, 즉 50년대 작가로서 규정되어온 바가 많았다. 그러나 이호철 소설의
힘은 1950년대 작가들이 보여준 문제의식에서 출발, 1960년대의 소설적
문제의식을 그의 장편『소시민』을 통하여 비로소 본격적이고도 다채롭게
보여주었다는 점에 있다. 그에게 중요한 것은 전쟁 '이후'의 삶이기 때문이다.
이에 정호웅·권영민 등은 이호철 소설의 중심 키워드를 '삶에 뿌리내리기
작업'[30]으로 명명하기도 했다. 전쟁 이후의 삶에 뿌리 내리기, 그 핵심이
바로 소시민의 일상적 삶이 될 것이다.

　이호철의『소시민』은 1951년 부산의 피난 시절을 배경으로 한, 제목
그대로 '소시민'적 삶을 살아가는 사람들의 이야기이다. 구체적으로는 '제면
소'라는 일상적 공간에서 다양한 삶의 군상(실향민, 떠돌이, 몰락한 좌익
분자 등)들을 보여줌으로써 당시 삶의 실상을 확인케 해 준다. 그 서술시점은
전쟁을 겪은 15년이 지난 후이다. 이 시점은 주인공 역시 소시민적 삶에
어느 정도 뿌리를 내리고 구체적 생활과 삶에 편입한 이후의 것이다. 이러한
시간적 거리 설정은 형상화의 대상을 담담하면서도 객관적인 필치로 그려내
게 한다. 전쟁 이후, 그리고 그로부터 15년 이후라는 두 겹의 시간적 거리가
대상에 대한 객관적 성찰을 가능케 한 것이다.

　이 작품에서 등장하는 인물들은 삶의 뿌리와 고향을 잃은 사람들이다.
부박한 현실에 적응해 나가야 하는 이들은 '소외'의 표상이다. 일본 명문학교
출신이자 좌익 운동가(하지만 결국 자살로 생을 마감한) 강영감, 남로당
출신의(하지만 현실 적응에 대한 고뇌와 괴로움을 안고 사는) 정씨, 남편을
전쟁터에 보낸 후 (혼자 삶을 꾸려가다가) 김씨와 살림까지 차리게 되는
천안 색시, 적극적인 현실 순응자 김씨, '나'의 먼 고향 친척 광석이 아저씨
등이 그들이다.[31]

---

30) 정호웅,「서늘한 맑음, 감각의 문학」,『이호철 문학 앨범 : 탈향에서 귀향까지』,
　　웅진출판, 1993 ; 권영민,「닫힘과 열림의 변증법」,『한국근대작가연구』, 문학사상
　　사, 1991.

두 겹의 시간적 거리를 상정하면서, 관찰자로 제시된 인물 '나'는 철저히 객관적인 태도를 고수하면서 대상을 그려낸다.

> 질금 질금 내리는 늦봄 비가 며칠이 계속되어 남포동 선창가 일대는 엉망으로 질퍽해져 있었다. 길 가생이의 가스불, 포장 달구지에서 와글와글 피어오르는 연기, 똑딱선이 그득히 정박한 올망졸망한 바다를 향해 쭈그리고 앉은 사람들, 불결하게 짠 바람, 짤막한 먼 뱃고동 소리, 기름이 진하게 깔린 바닷물이 뱃전에 부딪혀 철썩대는 소리, 거기 엇비치어 스멀거리는 배의 등잔 불빛들… 이 무렵의 부산 거리는 어디서 무엇을 해먹던 사람이건 이곳으로만 밀려들면 어느새 소시민으로 타락해져 있기 마련이었는데, 더구나 아침 저녁으로 부두 노동자들이 들끓고 있는 남포동 일대는 서민의 살갗을 짙게 느끼게 하였다.
>
> (이호철, 『소시민』, 11면)

작품의 초반 배경 묘사에서 보이는 서술자의 태도는 작품 말미까지 동일한 균형감각으로써 유지된다. 이러한 그의 태도는 부산 제면소 및 현실 묘사에서 나타날 뿐 아니라, 각 인물에 대한 묘사와 서술에서도 나타난

---

31) 이러한 인물군에 대하여, 현실의 적응과 부적응 이라는 맥락에서 '상승'과 '전락'의 구조로 인물군을 분류하여 분석하는 논의(정호웅, 「서늘한 맑음, 감각의 문학」, 『이호철 문학 앨범』, 웅진출판, 1993 ; 이호규, 「1960년대 주체 생산 연구 — 이호철, 최인훈, 김승옥을 중심으로」, 『1960년대 소설 연구 — 일상, 주체 생산, 그리고 자유』, 새미, 2001.)도 있으나, 본서에서는 이러한 명명 및 분류를 지양하고자 한다. 그 이유로는 첫째, '상승'과 '전락'이라는 용어를 사용했을 때, 과연 '상승'과 '전락'이라는 방향성의 기준(출발점)이 무엇인가에 대한 회의감 때문이다. 무엇으로부터의 상승이며, 전락인지 그 기준점이 애매하다. 둘째, '상승'과 '전락'이라는 용어가, 일정의 가치 평가적인 부분을 함의하고 있어, 해석자의 관점에서 보았을 때 '상승'이라는 개념 및 그에 속하는 인물군에 대한 정당성을 부여하는 결과를 낳을 수도 있기 때문이다. 이 작품의 서술자는 철저히 객관적인 입장에서 각 인물군을 관찰하고 보여주고 있다. 실제 작품에서 서술자는 상승군과 전락군의 인물군의 분류와는 상관없이, 각 인물에 대한 친밀도와 거리감을 적정 거리에서 보여주고 있는 것이다.

다. 구체적으로 서술자는 도덕이나 이념, 혹은 현실이나 이상, 어느 것에도 특별한 의미부여나 가치 평가를 하지 않은 채 철저히 '보여주기'의 방식으로 여러 인물들에 대한 태도를 드러내고 있다.

　여러 인물들 중 가장 대조적인 현실 적응 방식을 보이는 인물은 바로 김씨와 정씨이다. 과거 두 사람은 같은 활동, 즉 남로당 활동을 한 전적이 있으나 현재의 모습은 판이하게 다르다.

> 　생활 그 자체의 화신으로 화해 버린 듯한 김씨는 언제나 그랬지만 술이 취하자 얼굴빛이 더욱 번들번들해 왔다. 그리고 이 김씨 앞에 정씨는 더욱 꺼칠꺼칠하게 늙고 마르고 왜소해 보였다.
>
> 　　　　　　　　　　　　　　　　　(이호철, 『소시민』, 131면)

　김씨는 가장 적극적으로 소시민적 삶의 생리를 체득하여 현실에 순응한 사람이다. 현실에 대한 강한 적응력을 기른 사람인지라 과거로부터 15년이 지난 지금까지도 가장 강력한 생존자로 남아 있다. 한편 정씨는 자신이 가진 이념과 사상·이상에 대한 미련으로 현실적으로 고뇌하고 회의하는 사람이다. 사후(事後)적으로 알게 된 사실이기는 하지만 이러한 정씨는 그 아들의 증언대로 '추하게' 우물에 빠져 죽어 버린 채이다. 서술자는 과거를 회상한다. 그는 현실순응자인 김씨보다는 비참한 희생자 정씨에 대하여 우호적인 감정과 동정심을 느낀다. 하지만 그것은 표면적으로 드러나지도, 적극성을 발휘하지도 못한다. '나'는 어디까지나 한 발 물러서서 그를 바라볼 뿐이다.

> 　운동화, 하이힐, 뚜꺽뚜꺽 소리가 우스웠던지 순간 정씨는 씽긋 웃었다. 간접적으로 내 얘기를 시인하듯이 나를 건너다보았다. 솔직한 얘기가 나는, 그들 나름의 순정으로 받아들이고 있는 그들의 체계와는 관계없이, 다만 모든 사람이 미치기 시작하고 무너지기 시작하는 마당에서 어느

모서리 아직 냉엄하고 건실한 것을 견지하고 있는 듯한 정씨의 그 어느
면인가에 반해 있었고 의지하고 싶었던 것이었다.

(이호철, 『소시민』, 69~70면)

정씨에 대한 이러한 나의 감정은 그를 향해 직접적으로 표현되지 못할
뿐 아니라, 나의 적극적인 행동을 추동하는 계기 역시 되지 못한다.

"나는 참 변덕이지요. 전차를 타고 왔는데요. 그 돈 임자인 김씨에게
감격하구, 그 김씨에게 마구 휘둘리구, 그가 최고라고 생각했거든요. 그런
데 이렇게 당신과 마주 앉으니까, 그 자가 얼마나 비천한가 하는 걸 확실하게
알게 됐어요."

(이호철, 『소시민』, 143면)

그는 다만 소극적으로 자신의 감정을 드러낼 뿐이다. 그는 정씨가 추구하
는 순수 이상의 세계에 반(反)하는 현실에 대해 환멸을 느낀다. 그러나
그마저도 '인내하며' 참아내고 있을 뿐이다. 한편 '내'가 경험하는 것은
이제 스무 살 초입의 아직 미숙한 자아가 겪는 현실이다. 그러므로 '나'는
사회의 추악함과 비루함을 총체적인 관점에서 파악하지 못한다. 현실에
대한 환멸은 나에게 있어 그다지 강력하거나 지속적이지는 못한 것이다.
현실 속에서 '나'는 그저 무심한 듯 자신의 감정을 감추는 정도이다. '생활'이
라는 과제 앞에서 이데올로기와 신념 따위는 의미가 없기 때문이다. 작품
속의 '나'는 정씨의 소시민적 삶의 뿌리 내리기와 그 부적응성을 바라보며
안타까움과 괴로움을 느낀다. 하지만 그것을 직접적으로 진술하거나 나타내
지 않는다. 그것은 괴로운 악몽과 알 수 없는 울음 정도로 표현될 뿐이다.
본인 스스로 현실에 논리에 순응해야 함을 알기에 그러한 괴로움을 자기
안에 억압하고 있는 것이다. 그에 대한 시선을 끝까지 냉철하게 견지할
수 있는 이유이다. 그것이 때로 견딜 수 없는 악몽과 환영, 괴로움과 슬픔,

뜻 모를 눈물로 발현될지언정 그는 끝까지 그러한 자세와 시선을 고수한다.

> 나는 외면을 하며, 무엇인가 귀찮은 듯한 부담이 되는 듯한 느낌을
> 씹어야 했다.
>
> (이호철, 『소시민』, 280면)

그리고 그 아들의 입을 통해 그의 비극적 말로를 확인하면서 자기 안의
괴로움 또한 해소한다. 이로써 '나'는 과거의 그에 대한 부채감과 죄의식으로
부터 벗어난다. 그것은 '내'가 완전한 어른의 세계의 진입한 후의 일이다.
한편, 스물 여섯 살의 M대학 정치학과 졸업생인 정씨의 아들은 그 아버지
정씨만큼이나 신념과 확신에 차 있다. 하지만 '나'는 끝까지 그 누구에게도
동화되지 않는다. 소시민적 삶에 대한 날카롭고도 선명한 비판적 태도를
보이는 정씨의 아들에 대하여도 쉽게 감화되지 않는다.

> 지나간 나날들을 그들 나름대로 저렇게 단순 적절하게 이야기하기는
> 쉬울 것이다. 이야기란, 말이란 그런 것이다. 이 청년도 이미 너무 심하게
> 그런 맛에 맛들여 있는 것이나 아닐까. 말의 힘 같은 것을 지나치게 과신하고
> 있는 것이나 아닐까. 그런 위태위태한 생각이 분명히 스쳐갔다. 오냐,
> 너 옳다, 너 옳다 하고 한 손을 절레절레 내흔들고 싶어졌다.
>
> (이호철, 『소시민』, 287~288면)

이는 '말'이 함의하는 명료한 이성, 그것이 포괄하는 이념성, 이데올로기,
관념의 허상을 알기에 할 수 있는 발언이다. 그것은 이념이나 허상적 관념으
로는 표현될 수 없는 것이다. '삶 그 자체'의 논리만이 포괄할 수 있고
설명할 수 있다. 작가는 그 어떤 이데올로기나 확신, 혹은 관념의 유희로써도
1960년대적 삶을 지탱해 갈 수 없음을 알고 있었던 것이다. 그 무엇도
생활의 논리에 선행할 수 없는 까닭이다. 살아가야 하는 삶의 과제 앞에

논리와 이성, 지식과 관념의 소산들은 어디까지나 공허한 것임을 확인해 주고 있는 것이다.

이 작품은 1950년 전쟁 이후 구체적인 삶의 뿌리 내리기가 현실의 과제였던 우리의 당대 현실을 객관적으로 잘 보여주고 있다는 점에서 소설사적 의의가 있다. 이에 대해 긍정도 부정도 내릴 수 없는 객관적·관찰자적 시점은 대상에 대한 미숙함, 혹은 미달 형태[32]라기 보다는, 이것이 바로 당대적 삶을 살아가야 하는 구체적 과제였음을 보여주는 하나의 증거가 된다. 이 소설은 부정도 긍정도 아닌, 당위적 삶으로 받아들여져야 했던 당시의 현실적 고민을 구체적이고도 객관적으로 보여주었다는 점에서 의의가 있다. 또한 그것은 두 겹의 시간적 거리를 확보하는 가운데 서술되고 있다는 점은 주목을 요한다. 이러한 관찰자적인 면모로서의 특징은 이호철의 다른 소설들, 가령 「백지풍경」, 「판문점」 등에서도 동일하게 나타난다.

이렇듯 1960년대 소설 속의 전쟁의 서사화는 현재의 삶을 영위해 나가기 위한 하나의 집단적 제의의 성격을 띤다. 그것은 회상, 액자 형식으로 구현되어 있으나, 명쾌한 의미로 환원되거나 산출되지 않는다. 그것은 정체

---

32) 김윤식·정호웅(앞의 책)은 이호철의 소설에 대하여 "한계는 분명하다. 전체를 통찰하는 시각의 불충분함이 그것이다. 「소시민」의 화자이며 관찰자이며 주인공인 '나'는 세계를 추상할 수 있는 능력을 지닌 인물이다. 그같은 능력이 그로 하여금 단정적인 진단을 지나칠 정도로 남발하게끔 한다."고 지적한 바 있다. 그러나 이는 서술자의 상황에서 기인한 것이지 '시각의 불충분함'은 아니라고 본다. 이 작품의 서술시점은 '세계를 추상할 수 있는 능력을 지닌', 즉 사건의 경험 시점 15년 이후이다. 서술자의 시각이, 15년 전의 인물(화자)에게 주로 초점이 맞추어져 있어 주로 그 인물 시각에서 작품의 서술이 이루어져 있으나, 때때로 15년 이후의 회상적 시각으로 서술자의 시점이 옮겨지기도 한다. 액자 층위의 작자적 서술담론 (15년 후), 내부 이야기 층위의 서술담론(15년 전)의 서술 담론이 수시로 교차되고 있는 것이다. 이러한 서술시점의 차이로 인해 서술의 일관성이 파괴되는 듯한 인상을 남기도 하지만, 이를 '시각의 불충분함, 불균형'이 아니라, 서술시각의 '다양성'으로 해석해 본다면 오히려 서술층위의 다양성에 근거하여 긍정적이고 생산적인 의미를 찾을 수 있으리라 생각한다.

를 알 수 없는 '얼굴 없는 환부(이청준)'이자, 아무 말도 하지 않는 '백지(황순원)'로 상징화된다. 혹은 남과 북도 아닌 '중립국(최인훈)'으로 나타나거나 냉철한 관찰자의 시선(이호철)으로 그려진 세계로 나타난다.

　1960년대의 전쟁 소설들은, 역사적 실체로서의 전쟁, 즉 과거의 '이기(être ; being)'를 현재의 '되기(devenir ; becoming)'의 양상으로 서사화하고 있다. 들뢰즈·가타리는 생성, 즉 '-되기'의 과정을 살핀다. '되기(devenir ; becoming)'는, 고정되거나 명시·확정적 동일성을 갖지 않는 생성이다. 그것은 지배적인 척도와 가치, 규제, 동일자의 운동으로부터 벗어나는 운동이다.33) '이기'가 대상에 대한 동일성·정체성(identity)을 상정·명시한다면, '되기'는 끊임없이 변화하고 새로운 자리바꿈을 하는, 고정할 수 없는 다양성을 의미한다. 새로운 배치 안에서 기억된 것들을 이용하는 것은, 주어진 기억의 재영토화된 지대에서 벗어나 새로운 배치로 탈영토화 함으로써 가능하다.34) 이러한 관점에서 1960년대의 소설에 나타난 기억으로서의 전쟁은 1950년대의 전후문학에서 추구되는 의미와 다른 의미를 갖는다. 1960년대의 소설들은 기억된 것, 6·25전쟁을 새롭게 배치함으로써 탈영토화 한다. 그것은 과거 역사에 대한 재현이 아니라 현재의 삶의 의미를 구성하고 재배치해 나가기 위한 하나의 방법론이 된다. 그렇기에 그들은 전쟁의 실체나 원인에 대해 천착하지 않으며, 데리다적 의미에서 그 의미는 '차연'된다.

　1960년대 소설에서 전쟁의 의미는 작가들에 의해 고안된 액자와 회상의 형식을 통해 나타난다. 또한 그것은 끊임없는 성찰의 대상이 되면서도 미결정(未決定)의 상태에 놓임으로써 지연된다. 전쟁에 대한 의미는 겹구조로 형성되어 있으면서 차이성을 보이는 것이다. 그러나 그것은 또 다시 해석되고 쓰인다. 의미의 환원될 수 없는 이러한 생성적 다양성을 데리다는 '산포(dissémination)'라는 말로 표현했다.35) 1960년대의 소설에서 전쟁은

33) 이진경, 「문학-기계와 횡단적 문학」, 『문학과 경계』, 2001, 112~113면.
34) 이진경, 위의 글.

이제 시간적 거리를 두고 새로운 시대 의식과 현실 감각에 맞추어 재조명
된다. 이러한 의식과 서사적 형식은 구세대 작가라 불린 황순원에서부터,
4·19세대 작가로 대표되는 최인훈, 이청준 등에 이르기까지 공통적인 특성으
로 나타난 것이다. 이렇게 현실의 객관적 조망과 성찰을 다각적으로 제시했
을 때 과거의 사건, 즉 전쟁의 상흔은 현재의 작가들에게 있어서 무거운
죄의식을 덜어내고 과거에 대한 나름의 빗잔치를 끝낼 수 있도록 도와준다.
이러한 빗잔치, 제의가 끝난 후에라야 '개인 의식'에 대한 본격적인 천착이
가능해질 것이며 이후 '자기 세계', 즉 근대적 개인으로서의 입지기반 또한
확보할 수 있게 된다. 이 때 새로운 삶의 방식을 나타내는 인물의 유형인
'소시민'의 의미 또한 비로소 의미 있게 다가올 수 있다. 그것은 이호철의
소설을 통해서 확인이 되거니와 비평계의 '소시민 논쟁'36)으로 구체화될
수 있었다.

---

35) 박진, 『서사학과 텍스트 이론』, 랜덤하우스 중앙, 2005, 241면 ; Jacques Derrida,
   Positions, Paris : Minuit, 1972, pp.120~121.

36) 소시민 논쟁은 김주연, 백낙청의 논쟁을 시작으로 김치수, 김병걸, 천이두 등에
   의해 논의가 다각적으로 이루어졌다. 김주연은 60년대 문학의 새로운 감수성과
   세대의식, 개인성과 관련하여 '소시민 의식'이라는 개념을 도출하여 60년대 문학의
   중요한 지표로 상정한다. 그러면서 그는 50년대 문학은 주체적 인간을 형상화하는
   데 실패했다고 평가하였는데, 이에 백낙청이 「시민문학론」을 통해 반론을 제출하고
   나서면서 대립 구도를 구축, 이를 계기로 소시민 논쟁은 본격화된다. 관련된 글로
   다음을 참조.
   김주연, 「새 시대 문학의 성립―인식의 출발로서 60년대」, 『아세아』 창간호, 1968 ;
   김주연, 「60년대의 시인 의식―소시민과 낭만주의의 가능성」, 『상황과 인간』,
   박우사, 1969 ; 김주연, 「계승의 문학적 인식―'소시민 의식' 파악이 갖는 방법론적
   의미」, 『월간문학』, 1969 ; 백낙청, 「시민문학론」, 『창작과 비평』 여름호, 1969 ; 김
   치수, 「반속주의 문학과 그 전통―60년대 문학의 성격, 역사적 위치 규명」, 『한국
   소설의 공간』, 열화당, 1969 ; 김치수, 「'소시민'의 의미―69년 作壇의 문제작」,
   『월간문학』 12, 1969 ; 구중서, 「역사의식과 소시민의식―60년대의 문예비평」,
   『사상계』 12, 1969 ; 김병걸, 「60년대 문학의 이슈」, 『월간문학』 12, 1969 ; 천이두,
   「문학사적 위치―교훈과 유희」, 『월간문학』 12, 1969.

2) 근대의 공포와 반(反)오이디푸스화의 알레고리

1960년대 소설 속의 전쟁은 60년대적 관점에서 재해석 될 뿐 아니라, 다양한 방식과 의미를 전제로 상징화되어 나타난다. 1)장에서 논의한 대로, 1950년대의 전쟁 소설이 '전쟁에서 무슨 일이 일어났는가'에 초점이 맞추어 졌다면 1960년대의 전쟁 소설은 '전쟁은 무엇이었는가'에 초점이 맞추어져 있기 때문이다.[37] 또한 현재적 관점에서의 서사적 자의성은 그것을 현재의 문제를 풀어가고 문제의식을 만들어가는 하나의 계기로 활용하기도 했다. 이제 그것은 더 나아가, 세계의 폭력성을 드러내는 하나의 알레고리이자 메타포가 된다. 이 때의 폭력성은 사회성과 역사성을 담지한 구체적 실체로 서의 6·25가 아니다. 사회성과 역사성을 강조하는 한국소설사의 전통에서, 특히 전쟁소설사에서 주류적인 경향은 6·25전쟁을 체험 및 전시 상황으로서 매우 사실적으로 보여주는 것이었다. 그런데 이제 전쟁은 새로운 시대를 맞이하는 공포에 대한 알레고리로 변용·치환되어 나타난다. 그것은 새로이 맞이할 근대적 질서에 대한 공포이자 두려움이다. 이는 마치 '오이디푸스화' 의 과정에 놓인 소년이 갖는 극도의 불안·공포와도 같다. 1960년대 소설에 나타난 전쟁은 세계에 대한 알레고리로서 그 미학적 변용의 양상을 보이는 것이다.

먼저, 통상 50년대 작가로 알려진 장용학의 소설에서 전쟁의 의미를 살펴볼 필요가 있다. 1950년대에 등단, 대표작들을 대부분 1950년대에 발표했다는 점에서 장용학은 통상 전후세대, 혹은 50년대의 작가로 논의되 는 바가 많았다. 이러한 점에는 그의 개인적·작가적 이력 및 성향이 개입되어 있음을 부정할 수는 없다. 50년대 발표된 그의 작품[38]과의 연계성 및 그의

---

37) 이와 비슷한 관점에서 박영준은(『장편미학의 주류와 속류』, 고려대학교 출판부, 2008.) 1960년대의 장편 소설에 나타난 전쟁의 형상화 방식을 다각도로 논의한 바 있다.

86

개인적 성향으로서의 관념성의 의미망들을 고려하면서 1963년에 발표된 장편 『원형의 전설』을 1960년대적 의미에서 파악해 보자.

먼저, 그의 작품에는 '사실성'보다는 '허구성', '윤리성', '도덕성' 등에 대한 천착이 두드러지게 나타난다는 것을 지적해 볼 수 있다.

『원형의 전설』은 액자 형식의 구성을 띠고 있는데, 외부 이야기는 전후 현실을 인식하는 비평적인 시각의 목소리로 서술되어 있으며, 이 서술자는 액자 내부의 인물과 분리되어 있다.

> 이것은 세계가 自由와 平等, 이 두 진영으로 갈라져서 싸우고 있던 시절, 조선이라고 하는 조그만 나라에 있은 한 私生兒의 이야깁니다. 조선이라는 나라는 동양에 있은 나라였고, '자유'와 '평등'은 서양에서 생긴 물결이었습니다. 이 自由와 平等이 核戰爭을 일으켜 결국 人類前史에 終焉을 고하게 하는데, 六·二五 動亂이라고 하는 그 前哨戰과 같은 전쟁이 벌어진 곳이 바로 이 조선이라는 곳이었습니다. 그런데 족보를 따지자면 르네쌍스를 어머니로 하는 佛蘭西 革命이 낳은 男妹라고 할 수 있는 '자유'와 '평등'이 어찌하여 생면부지라고 할 수 있는 조선이라는 엉뚱한 나라에 가서 충돌하게 되었는가 하는 것을 이해하기 위하여 우리는 世界史의 흐름을 더듬어볼 필요가 있겠습니다.
>
> (장용학, 『원형의 전설』, 95면)

이야기 내부는 사생아 '이장'의 이야기로 제시된다. 외부의 비평적 목소리는 담론 주체의 이념을 나타내면서 6·25가 일어나게 된 배경과 당대 역사·사회 현실에 대한 비판적·해석적 시각을 보여주고 있다.

내부의 이야기는 전쟁 중의 사생아(私生兒) 즉 이장의 이야기인데, 그의 서사적 축, '핵사건'[39]으로서의 모티프는 크게 둘로 요약된다. 하나는 이장

---

38) 등단작 「지동설」(1950), 단편 「요한시집」(1955), 중편 「비인탄생」(1956), 「이성서설」(1959).

39) 서사적 사건들은 관계의 논리뿐만 아니라 중요도에 따른 서열의 논리를 가지고

의 역사·정치적 편력, 다시 말하면 공적(이데올로기적) 차원의 궤적이며, 다른 하나는 가족 및 애정 관계 등과 관련된 사적 차원의 궤적이라고 볼 수 있다. 최인훈 식의 도식을 따르자면, '광장'과 '밀실'의 모티프라고 할 수 있다.

　작품의 주인공 이장은 경성제국대학생으로 인민군(의용군)으로 차출되었다가 국군에 편입되고 다시 1·4 후퇴를 계기로 인민군의 포로가 되었다. 이후 포로 교환 때 북을 선택함으로써 탄광에 보내진다. 그는 대학원에서 공부를 하게 될 것을 명령 받았다가 비리에 연루된 정교수를 고발, 시골 농민학교 교사 생활을 한다. 이후 그는 간첩교육을 받고 남파되어 대학에서 학생들을 이념화(적화)시키는 일을 담당한다. 그러나 그는 자신의 역할을 제대로 해내지 못한 채 포로 수용소에서 함께 있던 국군 제대병을 만나 신분이 발각되어 쫓기는 신세가 된다. 그는 주변에 도움을 요청하지만 오히려 자결할 것을 요구 받고는 인연을 끊는다.

　이러한 서사의 축은 그의 이념적 편력이다. 그러나 그것은 그의 의지나 신념과는 상관없는 것이다. 자발적 선택이 아닌 것이다. 그는 부유(浮游)하듯 상황에 쫓겨 인민군이 되었다가 국군이 되었다가 다시 포로가 되기도 하고 선생이 되었다가 이념의 선동자가 되기도 한다. 그러나 그에 대한 역사·철학적인 신념과 고뇌는 없다. 맞닥뜨려진 정치·역사 현실에 따라 휩쓸렸을 뿐이다. 그렇다면 이는 무엇을 의미하는가? 이렇게 부유하듯 휩쓸리고 떠돌 수밖에 없는 것은, 바로 6·25전쟁이 낳은 '아버지 부재'의 상황이

─────────

있다. 바르트에 따르면 주요한 사건들인 '핵사건'은 정해진 방향으로 서사적 진전을 이끌어나가는 계기들로, 문제를 일으키고 또한 충족시키면서 플롯을 발전시켜 나간다. 반면 '주변 사건'은 핵사건들에 의해 만들어진 선택을 보충하고 완결지을 뿐, 제거되더라도 플롯의 논리를 혼란시키지 않는다. 비슷한 맥락에서 채트먼은 사건을 핵사건과 위성사건으로 구분하고, 핵사건과 위성사건은 내러티브가 주는 긴장감과 명백한 연관성을 가진다고 말한다.(시모어 채트먼, 한용환 역, 『이야기와 담론』, 푸른사상, 2003 ; 시모어 채트먼, 김경수 역, 『영화와 소설의 서사구조』, 민음사, 1990.)

준 결과이다.

　프로이트에 의하면 어린아이는 처음에는 자신의 부모가 세상에서 유일한 권위자이자 신뢰의 근원이라고 생각하지만, 점점 자라면서 부모의 권위를 의심하게 된다. 자라는 동안 자기 부모보다 더 나은 사람들, 즉 다른 부모들을 알게 된 후 절대적이라 믿었던 부모의 위치를 재고해 보는 것이다. 그런 상황에서 아이는 자기 부모가 친부모가 아니며 진짜 부모는 훨씬 더 지위가 높은 사람이라고 상상한다. 그처럼 자신을 고귀한 신분의 사람이라고 생각함으로써 복수를 감행한다. 이러한 욕망은 아버지를 제거하려는 의도가 아니라, 오히려 더 어린 시절 행복했던 때의 아버지를 갈망하려는 의도이다. 이러한 가족로망스에 대하여 로베르는 세계의 공적 차원에 대응시켜 소설의 유형화에 기여한다.40) 프로이트의 가족로망스가 아버지의 부정이 아니라 더 나은 아버지를 구축하기 위한 오이디푸스화에 대한 긍정이라면, 로베르의 이러한 논의는 아버지의 부정의 계기와 과정 즉, 반(反)오이디푸스적 계기(반항과 거부의 계기)에 집중한 결과이다. 들뢰즈 역시 문학의 오이디푸스화에 문제를 제기하며 이에 대항하는 앙티 오이디푸스 문학을 제시한 바 있다.41) 들뢰즈는 글쓰기에 있어, 문자의 선형적 나열에서부터 이미 오이디푸스화의 작용이 있다고 본다. 이는 역사 최초의 오이디푸스화이다. 이러한 오이디푸스는 뜻의 해석에도 관여하는데, 실재계로 충만한 원시사회의 대지적(大地的) 기호와는 달리 전제군주적 기호는 실재계와 분리된 기호의 기호, 즉 기표이다. 따라서 문학을 어떤 뜻에 복속시키는 것, 기표와 기의의 이중구조로 간주하는 것은 문학을 오이디푸스화한다는 것이다. 들뢰즈에 의하면 문학의 오이디푸스화는 작가나 독자를 개인적으로 오이디푸스화하는 문제

---

40) 프로이트-로베르의 가족 로망스에 관한 논의는 나병철,『가족 로망스와 성장소설』, 문예출판사, 2004 참조.

41) 들뢰즈·가타리, 최명관 역,『앙티 오이디푸스』, 민음사, 1994 ; 김지영,「들뢰즈의 언어와 문학」,『들뢰즈와 그 적들』, 우물이 있는 집, 2006 참조.

가 아니라, 문학 작품 자체를 종속시키고 지배코드에 따라 이데올로기를 발산하는 오이디푸스적 형식의 문제이다. 따라서 오이디푸스화하는 문학은 기존의 질서에 순응하며 아무런 해도 끼치지 못하는 소비대상으로 축소하는 데에 중요한 역할을 한다고 본다. 덧붙여 그는 오이디푸스 문학을 거스르는 앙티 오이디푸스 문학을 제시한다. 그것은 기표 이전의 비기표적인 (nonsignifying) 기호의 힘을 되돌리는 일, 문학을 궁극적 기의의 추구에서 벗어나게 하는 것, 문학을 소비대상인 상품으로 보는 시각을 거부하는 일, 문학에서 개인적 발화가 아닌 집단적 발화의 비인칭의 힘을 발견하는 것[42]이다.

세계사적 맥락에서 보았을 때 6·25는 제2차 세계대전의 연장선상에 놓여 있으며, 그것은 강력한 '아버지'(이념성)의 자리 굳힘이자 대결의 표상이다. 그러나 아이러닉한 것은 그러한 강력한 아버지로서의 이념과 전쟁이, 다시 그 강력한 아버지의 대결로 인하여 무너지고 만다는 것이다. 이에 전쟁을 경험한 이들에게 남겨지는 것은 이 부조리한 아버지에 대한 반항의식, 곧 '사생아'적 의식이다.

아버지 부재의 상황인식, 그것은 혼란 자체일 수밖에 없다. 게다가 우리의 전쟁은 더 나은 아버지를 만들기 위한 목적을 가지고 자발적인 형태로 자행된 것이 아니었으므로[43] 지향해야 할 최종 심급, 새로운(혹은 진정한) 아버지를 기대할 수 없다. 따라서 작가와 인물은 또한 작품 속 인물들은 현실적 전망과 힘을 가지지 못한다. 자신의 의지와 신념을 발휘하지도

---

42) 김지영, 위의 글.
43) 이러한 점에서 한국전쟁시의 아버지 부재, 고아의식은 식민지의 고아의식과 상통한다. 건강한 아버지상, 강력한 아버지상을 구축하지 못하는 것이다. 식민지 시기의 우리의 근대문학은 서구문학의 모방으로 시작되었지만, 그것은 '식민지'적 상태의 것이었기 때문에 분열의 대상이 될 수밖에 없었다. 그것은, 3·1운동을 전후로 한 근대 초기 소설들에 나오는 신경증을 호소하는 주인공들이 나오는 작품들을 통해 확인해 볼 수 있다. '식민화'라는 특수 상태에서의 오이디푸스 구조의 경험은 '정신적 부적응'으로밖에 표현될 수 없는 것이다.

무언가를 선택하지도 못한다. 할 수 있는 것이 있다면 현재 '아버지 부재'의 상태의 혼란상을 보여주는 것뿐이다. 그러한 아버지 부재의 상황에서 다시 더욱 강력하게 등장한 아버지는 복종과 규율을 강요한다. 이러한 과정에서 저항하고 거부할 수 없는 반(反)오이디푸스화의 문제의식이 서사를 끌고가는 추동력이 된다. 장용학에게 공산주의와 자본주의라는 두 가지 이형태(allomorph)로 등장하는 근대성[44]은 추구되거나 모방되어야 할 영역이 아니다. 당위적으로야 더욱 강력한 아버지를 승인하고 그 아버지에 복종해야 하지만 그것은 쉽게 승인·복종할 수 있는 대상이 아니다. 이에 소년은 공포와 두려움의 세계에서 분열을 일으킨다. 할 수 있는 것은 사생아로서의 의식을 구체적으로 드러내는 일뿐이다.

사생아라고 하면 여러분은 무엇인지 모를 것이지만 아버지가 없는 아이를 私生兒라고 하였습니다. 이렇게 말하면 그럼 그것은 세포 동물이었느냐고 묻는 사람이 있을지 모르겠지만 아무렇기로 그런 것은 아니고 아버지가 정말 없달 수는 없지요. 그렇지만 아버지가 없는 아이라고 했습니다. 호적 때문입니다. 그 당시에는 어머니에게는 아무 권리도 없는 부계시대였는데 호적이라는 제도가 있어서 거기에 오르지 못하면 인간 취급을 받지 못했습니다. 정식으로 결혼을 한 부부 사이에서 태어난 자식이라야 그 호적이라는 데에 올릴 수 있게 되었습니다. 어린이들에게는 이 '아버지 두 모르는 자식'이라는 말이 제일 쓰라리고 분한 욕이기도 했습니다.
그러나 여기에 나오는 이장이라고 하는 사생아는 그런 욕을 듣지 않고 자랐습니다. 자기가 사생아라는 것을 스스로도 모르고 자랐으니까요. 자기가 사생아라는 것을 확실히 알게 된 것은 위에서 말한 육이오 동란이 일어나고 얼마 지나서였으니까, 그의 나이 열아홉 살 되던 때입니다.
六月이라고 하면 그 당시에는 전쟁을 하기에 알맞은 때로 쳐졌습니다. 雨期도 끝날 무렵이고 삼사 개월 후면 추수를 할 수 있으니까 싸움을 거는

---

44) 서영채, 「알레고리의 내적 형식과 그 의미」, 『민족문학사 연구』 3, 민족문학사학회, 1993, 189면.

측으로 보면 꿩도 먹고 알도 먹을 수 있는 시기라 하겠습니다. 그 六月
二十五日 반도의 북반부를 차지하고 있었던 공산군은 새벽 네 시를 기하여
일제히 삼팔선을 돌파하고 파도처럼 남쪽으로 쏟아져 내려왔습니다.
　　그것은 탱크와 장갑차의 전쟁이었습니다.

　　　　　　　　　　　　　　　　　　　(장용학, 『원형의 전설』, 82~83면)

　작가적 논평, 서사 외적 목소리의 진술은 서사 내부의 인물 즉 '이장'이
사생아였음을 밝히고 있다. 여기에서 중요한 것은 이장 본인 스스로는
자신이 사생아라는 것을 모르고 자랐다는 점이다. 6·25를 계기로 하여,
아버지 부재의 상태를 경험하는 것이다. 그러나 '부재'하는 그 아버지(오택
부)는, 본인의 여동생(오기미)과 근친상간을 통한 것이기에 역시 허약한
것일 수밖에 없다. 이에 나는 어린 시절의 행복했던 시절, '더 나은' 강력한
아버지를 그려볼 수 없는 것이다. 그렇다고 자신을 키워준 현실의 '아버지(이
도무)'라고 해서 다르지 않다. 그는 공산군이 서울에 입성한 지 스물네
시간도 안 돼서 팔에 붉은 완장을 두르고 길에 나선, 지극히 현실주의적이면
서도 출세지향적인 인물이다. 그 역시 평범하고 허약한 대상이기에 이상적
모델로서의 아버지는 결코 될 수 없다.
　그리하여 이장은, 그 대안으로 어머니를 그려보기도 하는데,[45] 그것
역시 너무나 허약한 몸짓에 불과하다. 그의 어머니 역시 아버지와 별반
다를 바가 없기 때문이다. "아버지와 어머니는 마치 범행 이전의 공범자처럼
손발이 맞고 다정한 부부"라는 진술처럼 어머니 역시 아버지의 공모자이다.

　중학교 2학년 되던 때의 일이 생각나기도 했습니다.
　《어머니를 찾아서 삼만리》라는 책을 읽고 있는데 아버지가 왈칵 그것을

---

45) 1920년대 소설에서 낭만적 사랑과 연애의 모티프가 등장하는 것 또한 비슷한 맥락에서
　　이해할 수 있다. 식민지적 구조에서의 '아버지 부재'를 경험한 젊은이들에게 연애와
　　사랑은 식민지적 오이디푸스화에 대한 일종의 저항의 방법이자 형식이었다.

뺏으면서 소리를 질렀습니다.

　"저기 뼈젓한 네 에미가 있는데 무슨 에미를 또 찾는 거냐! 삼만 리가 아니라 만만 리를 찾아봐라. 어디 있는가구…"

　서럽고 의아해서, '이것이 내 부몰까'하는 생각까지 하게 하는 일도 얼마든지 더 있었지만 그것이 습관이 되어 그저 '내 부모는 세상 부모와 다르구나'하는 정도로 해 두고 모든 것을 그렇게 흘려보냈는데, 그리 대단하지도 않은 이 '삼만리'의 일만은 지워지지 않고 마음 한 구석에 언제까지나 새겨져 있는 것이었습니다.

(장용학, 『원형의 전설』, 87면)

　그저 자신의 부모가 부모임을 확인하는 것은 다만 그들이 나에게 용돈을 넉넉히 주는 것에 근거할 뿐이다. 여전히 세계는 부조리하고 거짓말로 가득 차 있다.

　이에 대하여 작가적(외부 비평적) 목소리는 인물의 서사에 다음과 같은 발언을 하면서 힘을 실어준다. 프로이트적 의미에서의 개인의 역사가 로베르적 의미에서의 공적 차원으로 치환되는 것이다.

　우리가 인류 전사를 이해하는 데 있어서 알아두지 않으면 안 되는 가장 중대한 열쇠의 하나는 그들이 거짓말을 잘 했고 거짓말에 잘 속았다는 바로 이 점에 있습니다. 이 인간의 습성을 무의식적으로 이용해서 크게 성공한 것이 지금 말한 예수의 사당이 되는 교회였고, 이 습성을 의식적으로 그리고 계획적으로 활용한 것이 말하자면 '소비에트'였던 것입니다. 인류 전사를 몰락시킨 핵전쟁은 바꾸어 말하면 이 교회의 거짓말과 쏘비에트의 거짓말 즉, '정말'과 '거짓말'의 싸움이었다고 할 수 있는 것입니다.

(장용학, 『원형의 전설』, 100~101면)

　'교회'로 상징되는 서구 자본주의의 이데올로기든, '쏘비에트'로 명명되는 공산주의 이데올로기든 그것이 아무리 강력한 아버지일지언정 그 가운데

놀아나고 이용당한 자들의 입장에서는 다 '거짓말'일 뿐이다.

그렇다면 이러한 오이디푸스화에 저항할 수 있는 방법은 무엇인가? 그것은 아버지 질서로 구축된 가족질서를 와해시키는 것이다. 그 방법이 구체적으로 나타난 것이 바로 '근친상간'이다. 『원형의 전설』에는 세 가지의 근친상간 이야기가 나온다. 첫째는 이장의 아버지와 어머니 사이의 근친상간(오택부와 오기미 : 남매 관계), 둘째는 털보 영감과 윤희의 근친상간(부녀 관계), 셋째는 이장과 안지야의 근친상간(이복 남매 관계)이다. 이 셋은 '근친상간'으로서의 표면적 형식은 같다. 그러나 그 내재적인 의미를 살펴보면 앞의 두 근친상간과 세 번째의 근친상간은 차이성을 이룬다. 앞의 두 근친상간은 여성에 대한 남성의 폭력적·일방적인 가해와 파괴로서의 의미를 갖는다. 그러나 세 번째 이장의 근친상간은 핵전쟁 후 '복숭아 열매를 맺게 하는' 생산적이고 미래적인 의미에서의 것이다. 즉 앞의 두 근친상간이 세계의 부조리성을 상징하는 것이라면, 후자의 것은 이러한 부조리한 세계, 자본주의의 오이디푸스화에 저항하는 하나의 방법으로 고안된 것이라고 볼 수 있다.

『원형의 전설』은 6·25전쟁을 한반도의 동족상잔의 비극과 대결이라는 현실적·현재적 차원을 넘어서서 인류사적·세계사적 보편의 맥락에서 조망하여 그 의미를 상징적으로 보여주었다는 점에서 그 의의가 있다. 리얼리즘의 준거로써 보았을 때 그것은 '객관현실의 탐구'에 못 미치는 것일 수도 있다. 그러나 다른 한편으로는 그러한 현실을 상징과 알레고리 등 다양한 미학적 방법을 통해서 구현함으로써 6·25전쟁의 다각적 의미를 성찰해 줄 수 있게 한다는 점에서도 의의가 있다.

이러한 성찰의 계기들을 작가는 비평적 서술자의 전체적인 조망과 비판 및 해석을 통해서, 서사 내적으로는 인물의 서사담론을 통해서 다층적으로 보여주고 있다. 액자 외부의 작가적·비평적 담론과 액자 내부 이야기의 허구적 서사 담론은 독자로 하여금 당대의 사회문제와 현실에 대한 입체적이

94

고 총체적인 인식을 가능케 한다. 또한 서사 내적(액자 내부)으로 보았을 때, 한국 사회의 이념 대립과 그것의 혼란상을 반(反)오이디푸스화와 그 저항의 미적 방법론으로 보여주었다는 점에서 중요한 의미를 갖는다.

한편, 이항대립의 세계를 넘어선 '원형'의 세계는 '복숭아 나무의 열매'가 열리는 세계인데, 그것은 역사와 현실이 아닌 '전설'로 제시될 수밖에 없다. 현실성을 담보한 당당한 역사 '내부'에 진입하지 못하고 역사의 외부에 놓일 수밖에 없는 것이다. 이는 뚜렷한 전망을 기대할 수 없는 당대 현실에서 연유한다. 막연한 이상향에 대한 전설이 역사의 내부로 진입할 수 있는 것은 조금 더 시간적 거리를 확보한 이후라야 가능할 것이다. 반(反)오이디푸스화에 대한 적극적 의지 및 탄력적 힘과 미래에 대한 구체적 전망은 그 이후인 1970년대[46]의 소설을 통해 적극적으로 추구될 수 있었다.

이제하의 작품에서 역시 전쟁은 아버지의 표상이 된다. 작품 속 인물들에게 전쟁은 오이디푸스적 외상의 형태로 깊이 각인돼 있다. 이제하의 소설에 등장하는 인물들은 정신적인 불안 상태에 휩싸여 있는 경우가 많은데 무의식에 각인된 그들의 상처의 근저에는 6·25전쟁이 놓여 있다.

이제하의 단편 「손」은, 주인공 '나'가 군대에서 탈영을 한 후 지난 시간을 반추·회고하는 형식으로 되어 있다. 서술자아는 이미 성인의 것이지만 경험자아는 소년시절의 것이다. 그는 자신의 '탈영'에 대해 무감각한 상태이며, 다만 꿈을 통해 자신의 혼돈스러운 상태의 근저를 찾아간다.

그 기억의 중심에는 어릴 적 친구 욱이가 있었다. 소년시절의 나에게 있어 욱이는 우정과 사랑의 대상이자 신앙의 대상이었다. 그러나 그런 욱이가 전쟁으로 인하여 나에게는 너무나 멀고 낯선 대상이 된다. 결국

---

46) 1960년대의 이러한 고아들과 소년들은 1970~80년대를 거쳐 세계와 역사에 대한 전체적이고 총체적인 전망을 지닌 청년들로 성장한다. 이에 1970년대를 지나면서 청년 및 민중들의 연대가 꽃피는 '민중문학'의 시대가 열리는 것이다.

그는 군대 상사의 폭력으로 죽고 말았다. 나는 그의 죽음을 목도하며 세상에 대한 증오를 표출한다.

> 그 욱이의 죽음. 동란으로 풍비박산이 되었다가 국군의 평양 입성이 전해지던 무렵 그는 엉뚱하게 군인이 되어 내 앞에 나타났지만, 보이지 않는 쇠고리에 묶인 듯 철모와 군복 깃 사이에 살피는 듯한 기미쩍은 조그만 얼굴을 내 놓고, 그는 줄창 웅크리고만 있었다. (중략) 욱이는 깍두기 그릇을 만지작거리면서 여전히 그 살피는 듯한 의심쩍은 얼굴로 나를 빤히 바라보았다. 나는 탁자 위에 팔을 괴고 팔 속에 얼굴을 묻었다. 나는 소리를 지르고 싶었다. 이건 욱이가 아니다. 무엇인가 깨어지고 변했다. 폭격에 우리 집도 물론 폭삭 날아가고 말았지만, 그래도 나는 아무 것도 변하지는 않았다. 나는 설사 총알이 내 창자를 누비고 파편이 두개골을 들부숴놓는 한이 있더라도 우정이니 사랑이니 하는 그런 것은 아직도 믿을 수밖에 없다. 그런데 너는… 너는 어딘가 깨어지고 말았구나….
>
> (이제하, 「손」, 283~284면)

변한 욱이의 상태를 보면서 나는 '두려움'의 감정을 경험한다. 프로이트에 의하면 이러한 두려움은 상상계 세계의 애정으로도, 상징계 세계의 질서로도 보호막도 갖지 못한 채 외로움과 거세공포에 시달리는 상태에서 발생하는 것이다. 이런 상태에서 나는 결국엔 욱이의 죽음을 목도한다. 살인의 주범은 욱의 군대 상사였다. 나는 욱이의 죽음을 목도하며 분통함에 젖지만 자신이 살아가야 할 현재와 미래를 바라본다. 결국 나는 사랑과 충만함의 세계였던 상상계로부터 법과 질서의 엄격한 상징계, 즉 아버지의 세계로 편입해 나간다. 그것은 '자발적'인 진입이자 승인이다. 이에 대한 상징적 의미가 '자원' 입대이다. 어머니의 세계로부터 쫓겨난 나는 이제 더 이상 두려움의 상태에만 머물러 있을 수는 없는 것이다.

욱이의 죽음에 대한 기억은 내가 어렸을 때 경험한 누이의 죽음과 유비적 관계에 놓인다. 누이의 세계는 폭력적 세계의 질서에 의해 깨어질 수밖에 없는 애정과 사랑의 세계, 상상계를 상징한다. 어렸을 때 나는 한 없이 '퍼 주기만'했던 바보 같던 누이의 사랑을 시험하기 위해 일부러 물에 빠진 적이 있다. 그녀는 삼대독자인 나를 구하다가 결국 죽고 말았다. 사건 이후 나의 반응은 매우 의미심장하다. 커서 뭐가 될 거냐는 동네아주머니들의 물음에 나는 다음과 같이 반응한다.

> "너 커서 뭐가 될래?"
> 나는 아버지를 쳐다보았다. 아버지는 언제나 성난 얼굴을 하고 있었다.
> (중략)
> "판사가 되겠습니다."
> 나는 모기만한 소리로 중얼거렸다.
> "더 크게!"
> 아버지가 재촉했다. 아버지는 언제나 시뻘건 무서운 얼굴을 하고 있었다.
> "판사가 되겠습니다."
> 나는 울먹울먹하면서 더 크게 말했다.
> "판, 사, 가, 되, 겠, 습, 니, 다."
> 아버지는 돈을 꺼냈다.
> "여 있다."
> 어머니가 옆에서 거들었다.
> "호콩 사 먹어라. 사탕 사먹지 말고."
>
> (이제하, 「손」, 288~289면)

삼대독자의 외동아들로서 아버지의 법을 이어야 하는 나는 사랑의 대상인 누이도 욱이도 잃어버렸다. 아버지 세계의 알레고리인 전쟁으로 욱이를 잃고 자기보존의 논리와 이기심으로 누이를 잃은 내가 이제 할 수 있는 것은 다시 아버지의 법에 순종하는 것이다. 그것은 이성과 법, 제도에 대한 충성일 것이다. 그렇기에 무섭게 노려보는 아버지 앞에서 소년인 나는 "판, 사, 가, 되, 겠, 습, 니, 다"라고 복창을 하는 것이다. 그러나 그것은 여전히 나에게 있어 아픈 상처이자 트라우마로 남아 있다. 죽은 누이를 쥐어박는 아버지에게 "때리지 마라… 때리지 마라…"라고 중얼거리는 정도가 그가 할 수 있는 최대의 저항이다. 아버지만큼의 강력한 힘을 가지지 못한 내가 할 수 있는 최선의 방법이란 그 정도일 뿐이다. 이러한 소극적 반항의 몸짓을 하다가도 나는 그것을 견디지 못해 졸도하고 깨어나기를 반복한다. 깨어난 순간의 나는 이제 아버지 질서의 폭력성을 목도할 수밖에 없다. 결국 나는 또 엄청난 공포의 반복 속에서도 그 세계를 승인할 수밖에 없음을 깨닫게 된다. 결국에는 스스로 아버지의 세계를 모방하고 스스로 그것을 추구하게 된다.

> "됐어!"
> 아버지가 신호를 하자, 검둥이는 담 위로 끌려올라갔다.
> "됐어!"
> 아버지가 다시 소리를 질렀다. (중략) 나는 정거장 대합실에서 아버지에게 뒷덜미를 잡혀 집으로 돌아왔다.
> "먹어!"
> 아버지가 소리를 질렀다. 동네 아주머니들은 깔, 깔, 깔 웃어댔다. 한 아주머니가 국그릇을 잡아당기는 시늉을 했다.
> "안 묵으면 내 묵는다, 그마?"
> 아주머니들은 줄곧 깔깔깔 웃고들 있었다.
> "먹어라, 얘야." 어머니가 옆에서 거들었다.
> "먹어!" 아버지가 다가앉았다. 나는 숟갈을 잡았다.
> "먹어! 어서!"(중략)
> "이 병신 새끼야!" 소리를 들으면서 나는 기절했다.
> (이제하, 「손」, 289~290면)

'탈영'이라는 나의 현재적 상태를 설명하는 과정에서 나는 욱이의 죽음과 그 연원을 거슬러 올라간다. 그러면서 어릴 적 '폭력적'이었던 아버지에 대한 기억을 떠올린다. 그것은 바로 그가 경험한 '전쟁'이, 무자비하고 폭력적인 이성과 법의 질서인 '아버지'로 상징되는 까닭이다.

이제하 소설에서의 전쟁은 한국의 구체적인 역사적 실체라기보다는 근대적 이성과 계몽 질서의 폭력성을 '상징'하는 도구로 쓰인다. 다시 말한다면 전쟁은 자기보존의 논리(작품에서는 '삼대 독자')와 도구적 이성에 의거, 타인에게 폭력을 행사하는 근대적 계몽의 폭력성에 대한 알레고리인 것이다. 이제하 소설에서 전쟁은 폭력적이고 악한 아버지로 제시되며 이는 물신주의의 일면을 상징하는 도구이기도 하다.

이러한 아버지를 떠올린 후 작품 말미에 이르러 '나'는 욱이의 죽음과 나의 현재의 고통의 원인을 정확하게 확인한다. 그것은 세계의 폭력성이다. 이는 구체적으로 전쟁의 또 다른 이름이며 내가 어렸을 때 수 없는 졸도와 공포를 통해 경험한 아버지의 세계이다.

> 이제야 증오는 내 속에, 한 개인 개인의 마음 속에 찾아드는 것이었다. 욱이를 때려 죽인 놈, 내 친구를 때려 죽인 놈, 나를 놀려 먹은 놈, 전쟁을 만드는 놈들, 이것이 우리들이며, 죽음의 맛을 알고 죽음 앞에 주의와 사상과 모든 어설픈 제도를 헌신짝처럼 던질 줄 아는 놈들, 이것이 동포, 민족, 그리고 전통이라는 거다. 이것이 우리들 곪아터진 전쟁의 희생자들, 돼지 같은 정객(政客)들의 꼬붕, 이것이 나다.
>
> (이제하, 「손」, 301면)

이제하의 소설에서의 전쟁은 체험이나 경험의 것이 아니다. 그것은 근대적 계몽 이성의 폭압적 상황을 담지하는 아버지의 질서에 대한 상징이다. 이러한 아버지에 대한 극복, 반(反)오이디푸스화가 이제하 소설 세계 전반을 이끄는 주요 동력이 된다. 폭력적인 아버지 질서는 근대가 상징하는 물질주의·물신주의와 결합하고 그에 대한 서사화는 근대 세계 자체에 대한 회의와 비판의 가능성을 제시해준다.

> 지금은 한갓 커피 파는 곳, 혹은 술 파는 곳, 혹은 당구를 치는 곳 따위를 알리고 있을 따름인, 다만 그럴 따름인 네온의 간판들이, 저 허망하고 텅텅 빈 공중에 걸려 번쩍대면서 흐르고 있었다… 그 순간 나는 개새끼처럼 내동댕이쳐진 듯한, 모든 것이 끝났다는 느낌과 함께 내 몸뚱이의 온갖 부분들이 털실뭉치처럼 풀려나가는 것을 느꼈다. 그것이 내 세계, 내가 태어난 이 세계였다… 나는 설명할 수 있다. 너희들이 소원이라면 마구 껄껄껄 웃어대며 설명해 주마. 이 세계, 태어날 때부터 어떤 놈에게 조롱당하고, 원대로 놀리우고, 붙잡혀 묶이고, 죽을 때까지 꼭두각시 춤을 추어야 하는 이 세계, 어쩔 수 없는 이 세계의 실체를 설명해주마. 그렇다. 너희들은 한결같이 제대하기를 바라고, 여자와 자기를 원하고, 따뜻한 가정과 웃는 자식들과 돈을 원한다. 그러면서 한결같이 너희들은 꼭두각시 춤을 추고, 놀리우고, 뱉는 침에 얻어맞고, 마지막에는 한 평도 못 되는 땅바닥에 쪼그라져 죽어버린다. 뭐냐? 너희들은 누구냐? 나는 왜 여기 있느냐? 그것을 설명해 주마….
>
> (이제하, 「손」, 299면)

이러한 회의와 문제의식들은 이제하의 다른 소설들에서 다양한 미학적 방법론으로써 서사화하고 있다. 이제하 소설은 통제적 권력으로서의 근대를 전쟁이라는 메타포로 형상화하면서 그 의미를 재구성하고 있다는 점에서 의의가 있다. 그의 서사의 추동력은 앙티 오이디푸스화의 알레고리이다.

김승옥의 소설에서도 역시 전쟁은 하나의 폭력이자 아버지의 질서이다. 그런데 그것은 '형'의 세계로 나타난다. 이 형은 의사(擬似) 아버지이다. 형의 세계 앞에서 소년이 느끼는 것 역시 끊임없는 공포와 두려움이다.

김승옥의 소설은 유소년 화자의 단편들이 상당 부분을 이룬다. 이성에 의해 구축되는 로고스의 세계를 해체하는 철학적 사유에서 '어린 아이'의 이미지는 노회한 이성에 의해 구축된 '어른'의 세계를 초월하려는 움직임을 담고 있다. 들뢰즈에 따르면 '어린아이는 순결이고 망각이며, 시작이며 유희이고, 스스로 돌아가는 바퀴이고 성스러운 긍정'이다.[47] 그러한 이런 '어린 아이'가 완벽한 초월과 비판의 통로가 될 수 없음은, 이 유소년 인물(화자)들이 오이디푸스화의 과정에 있기 때문이다. 즉 이 인물들은 '어른'의 세계를 경험해 나가는 성장 소설의 면모를 띄고 있는 것이다. 이들이 경험하는 '어른'의 세계는, 상상계의 질서가 상징계[48]의 질서로 깨어지고 아버지의 법을 배우고 승인하는 과정으로 되어 있다.

> 그곳은 지옥이었고 형은 지옥을 지키는 마귀였다. 마귀는 그곳에서 끊임없이 무엇을 계획하고 계획은 전쟁이었고 전쟁은 승리처럼 보이나 실은 패배인 결과로서 끝났고 지쳐 피를 토해냈고 마귀의 상대자는 물론 어머니였고 어머니는 눈에 불을 켠 채 이겼고 이겼으나 복종했다. 형은 그 다락방에서 벌레처럼 끊임없이 부스럭거리는 소리를 내고 있었다.
> (김승옥, 「생명연습」, 32면)

어머니, 누이의 세계가 상상계적 질서의 세계라면, 이와 반대되는 세계는 아버지의 세계, 폭력과 이성의 세계라 할 것이다. 막연한 공포와 두려움은 대상에 대한 환멸(「서울 1964년 겨울」)로부터 어지러움증(「건」)과 배앓이(「차나 한잔」), 구토증(「염소는 힘이 세다」, 「야행」)으로 치환된다.

---

47) 김상환, 『예술가를 위한 형이상학』, 민음사, 1999, 118~127면.
48) 라캉은 생후 6개월에서 18개월 된 어린 아이가 거울을 보며 좋아하는 모습과도 같이, 주체의 형성에 원천이 되는 모형으로 거울단계(상상계 the imaginary)를 상정한다. 이 형태는 정신 분석학적으로 이상적 자아(ideal-I)라 불리우는데 타자에 의해 보여짐을 모르는, 객관화되기 이전의 '나'이다. 이러한 상상계는 상징계(the symbolic)로 진입하면서 사회적 자아로 굴절된다. 이러한 상상계와 상징계가 뫼비우스의 띠처럼 변증법적으로 연결되어 있는 것이 실재계이다.(자크 라캉, 앞의 책, 15~16면.)

살펴본 바와 같이, 1960년대 소설에 있어서의 전쟁은 그들이 겪어야 할 새로운 세계에 대한 공포와 두려움을 상징하는 하나의 도구이다. 그것은 반(反)오이디푸스, 앙티 오이디푸스화의 방법론이다. 이는 당시 구체적인 서사의 유형을 만드는 하나의 추동력으로 작용했다. 이 두려움에 대한 공포를 이제하와 김승옥의 소설에서는 일종의 누이들의 희생과 훼손으로써 해소해 나간다. 누이의 훼손, 혹은 죽음을 통하여 서서히 오이디푸스화에 공모해가는 것이다. 장용학이 아버지 질서를 교란하는 근친상간의 방법론으로 그 공포에 저항해 나갔다면, 이제하와 김승옥은 전근대(사랑과 낭만의 세계, 상상계적 세계)의 상징들을 희생의 제물로 바치면서 그 공포의 심연을 건너 현실의 질서에 편입해 나갔다.

들뢰즈에게 있어 문학은 감각의 경험이다. 그 감각은 다음과 같이 표현된다.

> (예술작품이라는) 하나의 기념비는 과거에 일어났던 어떤 일을 기념하거나 환영하는 것이 아니라, 그 사건(the event)을 내포하고 있는 지속적인 감각들을 미래의 귀에 위임하는 것이다. 즉 남자와 여자의 끊임없이 새로운 고통, 그들의 재창조된 저항들, 그리고 그들의 재형성된 갈등을 미래의 귀에 위임하는 것이다.[49]

1960년대 소설에서 형상화된 전쟁의 의미는 그들이 이미 경험한 바에 대한 반추로 끝나는 것이 아니다. 그것은 들뢰즈의 표현처럼 '미래를 향한' 의미로 상징화되어 있다. 4·19로 개화된 민주주의에 대한 열망이 다시 5·16 군사 쿠데타로 좌절되었을 때 당대인들이 경험한 절망감과 환멸,

---

49) Gilles Deleuze and Félix Guattari, Trans. by Hugh Tom Linson and Graham Burchell, *What Is Philosophy?*, New York : Columbia University Press, 1995, pp.176~177. ; 장시기, 「들뢰즈와 가타리의 예술(문학)론」, 『들뢰즈와 그 적들』, 우물이 있는 집, 2006, 48면.

또 그만큼의 어리둥절함은 앞으로 경험할 새로운 근대적 질서에 대한 두려움을 안은 것이기도 하다. 그것은 전쟁으로서, 즉 아버지 세계로서 상징화되었음을 확인할 수 있었다. 소년으로 설정된 인물들은 그 두려움을 서사화한다. 이러한 미학적 저항은 소수-되기의 방법론인 아이-되기를 통해 일정부분 실현이 되었다는 점에서 주목을 요한다. 그러나 그것은 완전한 해방이자 저항은 될 수 없다. 이 소년들에게 아버지는 현재로서는 겪어내고 감내해야 할 대상이지만 미래의 언젠가는 모방해야 할 대상이기 때문이다. 길항하면서도 언젠가는 공모할 수밖에 없는 모순된 상황은 미래에 대한 불안감을 더욱 증폭시킨다. 이제 현실의 질서로, 일상으로 경험되는 근대는 거부할 수 없는 대상이 되었기 때문이다. 설령 현재 시점에서 잠시나마 저항의 포즈를 취한다 해도 언젠가는 승인하고 받아들여할 대상이다. 그에 대한 거부는 성장을 거부하는 소년의 그것과도 같다. 그의 두려움은 현재보다도 미래를 향해 있다. 거부하려는 소년의 의지와는 상관없이 소년은 아버지로, 성인으로 성장해 갈 것이다. 이러한 세계관과 인식이 1960년대 소설에서는 '전쟁'의 알레고리화·상징화를 통해서 드러났다고 볼 수 있다. 그렇기에 서사의 경험자아는 '소년'으로 설정되었다. 성인으로서의 서술자아는 그에 대한 의미를 부여하며, 개인 경험의 영역을 공적 차원으로 확대해 나갔다. 그 상징이 '소년'의 경험으로 표현된 데에는, 근대의 현실이 이제는 거부할 수 없는 삶의 조건이자 기반이 된 일상이 되어버렸음을 감지했기 때문이다. 성장을 하지 않는 소년은 존재할 수 없는 것처럼 이제 현실의 괴로움과 미래에 대한 두려움은 어쩔 수 없이 감내해야 할 영역이다. 이렇듯 1960년대 소설에서 '전쟁'은 단순히 과거적 의미가 아니라, 미래를 향해 열린 개념으로서 그들이 겪어야 할 폭력적 세계를 의미하는 것으로 존재한다는 점에서 의의가 있다.

2. 도시성의 경험과 주체의 행동학

1) 분열적 근대인식과 관찰자의 윤리학

1960년대는 그 어느 때보다도 도시화가 급격히 일어난 시기였다.[50] 도시화는 근대화의 다른 이름이었다. 근대의 경험은 대표적으로 '도시성'에 대한 경험으로 나타나는데 이러한 도시는 단순한 배경 이상의 역할을 한다. 레비(Diane W. Levy)는 도시소설의 의미를 규정하면서 도시 자체를 현대 생활에 대한 하나의 기호(sign)로 상정했다. 도시는 행위를 위한 배경의 역할뿐 아니라, 행위의 능동적인 구성요소로 역할을 하게 한다는 것이다.

> 19세기 초 소설에서의 현실적인 도시는 배경으로 기능할 뿐 아니라, 주인공이 통과하거나 낙방하는 객관적 시험으로 기능하였다. 도시는 고차 원적인 상징적인 관점에서 성공 혹은 실패를 표현하였다. 도시는 점점 자율적으로 되어 갔다. 도시는 인간의 창조물이라기보다는 인간의 창조주로서 보이게 되었다. 도시는 인간의 리얼리티를 산출하고 인간의 무의식적인 두려움과 환상을 자극하였다.[51]

이렇듯 근대 도시는 당대 문학에 있어 많은 의미의 소재이자 예술 활동의 구심점이 되었다. 근대 도시에 대한 경험은 시각성의 지배를 축으로 하고 있다. 이때 작동되는 '시선'은 매우 중요한 의미를 가진다. 시선은 중립적인 지각의 통로가 아니라 '보는 방식'을 구성하는 것을 통해 세계와 자아의 관계를 의미화 하는 것이기 때문이다. 푸코는 담론의 장에서 권력이 작동하

---

50) 통계에 따르면 서울인구는 1953년에 101만 명이던 것이, 1960년 244만 명으로 두 배 이상 증가했고, 이후 1963년에는 325만 명, 1966년 379만 명, 1968년 433만 명, 1970년 543만 명, 1973년 628만 명으로, 10년 사이에 여섯 배 이상 증가했다. 도시 인구의 평균 성장률은 7.42%에 육박했으며, 매년 수십만 명의 인구가 서울(도시)로 유입되었다.(서울시 정보기획단, 「서울통계연보」, 서울특별시, 2008.)

51) 이성욱, 「한국 근대문학과 도시성 문제」, 연세대학교 박사학위논문, 2002, 22면.

는 방식과 마찬가지로 시각 장에서도 권력에 의한 시선의 배치가 일어난다고
보았으며 주체는 이 가시성의 형식 속에서 주어지는 것이라고 보았다.[52]
한편 타자로서의 현실 역시 시각의 상관자로 주체의 발생에 개입하게 된다는
점에도 주목해야 한다. 이런 점에서 주체에 대한 관심은 시각의 문제,
또 시각을 매개로 한 타자, 곧 현실에 대한 관심으로 확대될 수 있다.[53]

당대 경험의 현실은 인물의 측면에서 '산책자' 모티프의 활용으로 구현된
다. 도시의 산책자는 근대의 도시화와 밀접한 관계를 갖는다. 발터 벤야민에
의하면 19세기 유럽에서는 산업의 발달로 급격한 도시화가 이루어진 후,
거대한 건물과 익명성을 가진 군중들이 등장한다. 이들은 주체와 세계의
상호작용을 깨고 풍경을 불가해한 괴물로 만들게 된다. 군중들은 교통
신호, 기계적인 걸음 등에 빠져 서로에게 전혀 관심을 가지지 못하고 지적
폐쇄 속에 안주하는 비도덕적 군중으로 전락한다. 이 자기 소외의 회복을
위해서는 자기 침체의 과정이 필요한데 이런 자각을 가진 자가 바로 근대
산책자의 개념[54]이다. 벤야민은 이 '산책자'의 개념을 '구경꾼'과 차이를

---

52) 주은우, 「현대성의 시각 체계에 관한 연구」, 서울대학교 박사학위논문, 1998.
53) 서동욱, 「들뢰즈의 주체 개념」, 『현대비평과 이론』 가을, 1997.
54) 발터 벤야민은 보들레르의 시와 포우, 디킨즈, 발자크의 소설, 파리에 대한 역사적
    기록 등을 검토하며 19세기 대도시의 역사적 현상으로 나타난 산책자 인물형에
    집중한다. 산책자는 외부세계를 하나의 '풍경'으로 관찰하며 배회하며 자기존재의
    망각을 즐긴다. 근대에 이르러 도시에서 생활하는 인간은 사물에 대한 총체적
    지식과 경험에서 해체되어 단편적인 반응과 체험에 머물게 된다. 반면 거리를
    배회하는 인물은 그 안에서 생활하지 않는 낯선 존재이기 때문에, 도시를 풍경으로
    관찰하며 상황의 문제점을 파악한다. 다시 말하면, 그는 생존적 욕구에 따르는
    '체험'을 인정하면서도 그것을 무조건 수긍하는 평범한 일상인과는 달리 외부
    세계에 대한 자신의 전적인 개방인 경험을 갈구하는 이중성을 가지고 있다. 이러한
    이중성에 대하여 보들레르는 시인의 죽음과 같은 자기 상실의 감정, 영혼의 사물화
    와 상품화를 역설적으로 폭로한다. 이로써 오히려 사회의 모습에 부정하는 저항성의
    의미를 담지하게 되는 것이다. 즉, 도시의 제도 및 일상에 참여하지 않는 아웃사이더
    가 됨으로써 도시의 모습을 그대로 관찰할 수 있는 것이다.(발터 벤야민, 이태동
    역, 『문예비평과 이론』, 문예출판사, 1987 ; 최혜실, 「한국 현대 모더니즘 소설에
    나타나는 산책자의 주제」, 『한국문학과 모더니즘』, 한국현대문학연구회, 1994

들어 이야기하는데, "순수한 산책자는 항상 자기 개성을 충분히 확보하고 있다"라고 이야기 하였다. 산책자는 도시의 구경거리에 자신을 잃어버리고 군중이 되는 존재가 아니라 그 의미에 대해 거리감을 가진 존재들이다.

1960년대의 소설에서, 도시라는 공간을 통해 경험되는 근대는 관찰자적 시선으로 견지되며 그것은 철저한 보여주기의 방식으로 실현된다. 그러나 그것은 구체적인 행동력을 담보하지 않은 것이다. 근대는 공모와 저항의 두 가지 양가 감정을 불러일으키기 때문이다. 이는 근대의 산책자로 하여금 내적 분열감을 일으키도록 만든다. 여기에 개인의 결단과 선택의 문제가 개입되며, 이것은 각 개인으로 하여금 상황에 대한 나름의 윤리학을 요청하게 된다.

김승옥과 박태순이 보여주는 1960년대 도시의 모습은 주목할 만하다. 이들에 앞서 이호철 역시 변화하는 세상의 다양한 모습을 작품을 통해 형상화 해 낸 바 있었다. 그는 변화하는 시대의 다양한 모습과 현장을 감각 있는 필치로 보여줌으로써 '세태 소설'의 내용과 방법론을 제시하였다. 이호철이 철저한 객관주의로서 대상과의 거리를 유지했다면 이제 김승옥, 박태순 등에 의해 그려진 도시소설은 그보다 조금 더 나아간다. 풍속과 세태의 차원에 대한 객관적 제시에 끝나는 것이 아니라 이에 대한 깊이 있는 '성찰'로 나아가는 것이다. 소설의 인물들은 관찰자적 시선을 견지하며 당대의 여러 모습을 포착하여 보여 준다. 이러한 시선은 작중 인물의 여행이나 거리 활보를 통하여 드러난다. 배회의 모티프는 다시 이동과 여행 모티프로서 확장·구현된다. 구체적으로 60년대의 많은 소설 속 인물들은 도시 속을 혹은 도시의 안과 밖을 이동하고 여행하면서 그 현실의 세목을 살피고 있음을 확인할 수 있다. 이러한 배회의 모티프는 서정인의 「미로」, 최인훈의 「소설가 구보 씨의 일일」에서도 동일하게 나타난다.

참조.)

106

1964년 「공알앙당」으로 『사상계』 신인상을 수상[55]한 박태순은 '서울'이라는 도시 공간에 대한 감각적인 형상화를 통해 관찰자적 소설가로서의 면모를 보여주었다. 그의 작품은 서울 대도시에 대한 형상화와 성찰을 다각도로 보여준다. 서울에서 성장, 청년시절을 보낸 박태순에게 서울은 자신의 성장과 생활의 자연스러운 공간이었다. 그에게 서울은 강박적인 귀향 충동을 불러일으키거나 고향과 전근대의 향수를 자극하는 투쟁의 공간이 아니라 일상의 공간이었던 것이다. 르페브르에 의하면 근대성과 일상성은 오늘날의 시대정신의 주요한 측면이 된다.[56] 박태순은 차분한 관찰자적 시선으로 서울의 생리와 삶의 단면들을 보여주고 있는데, 그의 여러 인물들 또한 김승옥의 소설들과 같이 서울의 거리를 끊임없이 배회한다. 「서울의 방」, 「연애」, 「동사자」 등의 작품에서 인물은 서울 대도시의 한 자락에 머물면서 도시의 여러 문물과 사람들을 관찰하며 보여준다.

「생각의 시체」는 주인공이자 서술자인 '내'가 도시적 일상의 공간에서 만나는 사람들과 바라보는 여러 장면들을 관찰자적 시선으로써 그 이동 경로를 따라 보여주는 작품이다. 이를 정리해 보면 다음과 같다.

1 K를 만났다.
2. 진삼이에게 갔다.
  2.1. 진삼이가 없었다.
3. 거리로 나왔다.
4. 한낮의 도시를 걸었다.
5. 전화를 걸러 갔다.

55) 필명 '권중석'으로 가작 당선. 그의 등단은 네 번에 걸친 신인상 수상을 통해 이루어졌다. 『사상계』 당선 이후 1966년 경향신문, 한국일보 가작에 당선, 『세대』 공모 '제1회 신인문학상'에 당선되었다.
56) 앙리 르페브르, 박정자 역, 『현대세계의 일상성』, 세계일보사, 1990, 58~63면.

5.1. K에게 전화를 걸었다.

5.2. 진삼이에게 전화를 걸었다.

5.3. 동전이 없어졌다.

6. 담배를 한 갑 샀다.

7. 전화기 있는 곳으로 다시 왔다.

8. 통화를 했다.

8.1.나의 소설 집필에 대해 생각했다.

9. 다시 걸었다.

신호등이 바뀌어 건너갔다.

10. 결혼식에 갔다.

10.1. 진삼이를 만났다.

10.2. 음식점에 갔다.

10.3. 사람들의 식사하는, 한낱 동물에 불과한 모습을 보았다.

11. 버스를 탔다.

12. 홍윤표 씨를 만나러 갔다.

12.1. 허탕을 쳤다.

13. 다방에 갔다.

13.1. 홍윤표 씨를 만났다.

14. 바깥으로 나와 거리를 배회했다.

15. K와 진삼이에게 전화를 걸었다.

16. 바깥으로 나와 걸었다.

16.1. 오늘 결혼 한 친구집이 가깝길래 가봤다.

17. 다시 거리로 나왔다.

18. K의 집에 찾아갔다.

19. 집 근처 목욕탕에 갔다.

20. 집에 돌아왔다.

20.1. 나의 글과 낙서, 일기를 보았다.

20.2. 잠자리에 들었다.

여기에는 서사를 이끌고 가는 중심 모티프가 존재하지 않는다. 연쇄의 대부분은 인과 관계 없는 행동을 나타내는 표지로 나타난다. 서사의 긴밀한 축이 존재하여 그것을 특정 인과 관계에 따라서 끌고 가는 것이 아니다. 다만 주인공의 배회의 경로에 따라 대상이 포착되고 관찰될 뿐이다. 이러한 배회의 모티프는 서정인과 최인훈의 작품에서도 동일하게 나타난다. 서정인의 「미로」에서 '나'는 기차역, 학교, 운동장, 거리, 기차역 부근, 심포지움 강연장, 산 등 6개의 여러 장소를 종횡무진 이동한다. '나'는 다양한 사람들과의 만남을 통해 다양한 현실의 풍경들을 경험하면서 그것을 서사화한다. 최인훈의 「소설가 구보 씨의 일일」에서도 예술가 구보 씨는 학교, 커피숍, 잡지사, 다방, 술집, 거리 등을 배회하며 당대의 풍속과 풍경을 보여준다. 이 과정에서 그는 자신의 내면적 행적과 삶과 문학에 대한 자신의 관념과 생각을 끊임없이 노출한다. 한 작가의 일상을 통해 그 시대를 '견디듯' 살아갈 수밖에 없는 예술가의 우울한 자의식을 확인시켜 주는 것이다.

또한 박태순은 당시의 풍속 일반뿐 아니라 '다방'이라는 구체적 공간 속에 구현된 당대의 청년 문화의 일면까지 매우 세밀하게 보여준다.

내가 폴 앵카 뮤직홀에 도착했을 때에는 다섯 시 이십 분 전이었다. 다섯 시 반에 약속이었으니까 삼십 분 이상의 여유가 있었다. 나는 느긋한 기분으로 유리문을 밀고 들어갔다. 기도 보는 녀석이 인상을 북 긁고 있었다. 그렇게 인상을 긁고 있는 것이 "어서 오슈" 하는 인사인 듯 했는데 나는 그녀가 아직 안 나왔으리라 단정하여 문 입구가 잘 바라보이는 좌석에 가서 앉았다. 나는 파고다 담배를 물고 나서 제법 여유를 가지노랍시고 실내를 이윽히 굽어보았다. 주위에는 잔뜩 시끄러웠는데 그렇게 시끄럽다는 것이 이 뮤직홀의 성립을 위한 전제 조건일 듯 싶었다. 이곳은 전혀 내가 처음 와보는 곳이었고, 나는 분위기에 동화되어 간다기 보담은 분위기를 이해하려고 애쓰며 앉아 있었다. 담배 연기가 석탄 연기처럼 들어차 있었고, 열댓 명은 됨직한 레지들이 불난 곳에 간 소방서원처럼 쉴 사이

없이 쏘다니고 있었다. 실내장식은 아주 호화스러웠다. 여기저기에 빨강 파랑 전등이 박혀 있었고, 황금빛의 벽, 격자창과 초록빛의 커튼은 음악이 시끄럽게 번질 때마다 마냥 들썩이고 있는 듯 했다.

(박태순, 「연애」, 77~78면)

다소 경박한 물질적 상징성의 공간인 '다방'은 근대적 일상을 살아가는 청년들에게 '무위'로써 그 소극적 환멸을 대신할 수 있는 출구로 작용한다. 그 안에는 다소의 퇴폐와 향락이 끼어 있지만 이는 그다지 적극적일 것도 극단적일 것도 없다. 그들의 연애에는 낭만적 정열[57]의 기미조차 없다. 다만 기분전환을 위한 하나의 취미 행위로서의 사랑 역시 말장난 혹은 거짓말에 불과하다.

　　나는 시를 쓴다는 주일이에게 말을 걸었다.
　　"주일이두 나를 이상한 놈이라고 생각하는 거야?"
　　"이상하냐구? 이상하다기 보다두 속셈을 알 수 없는 인간이라는 느낌인데?"
　　"그래, 시인. 이 쪼다한테 얘기 좀 해줘. 이 쪼다의 사랑을 위해서."
　　옆에서 빤히 나를 주시하고 있던 억근이가 말했다.
　　"사랑을 위해서라? 그건 어려운 주문인데?"
　　주일이는 킬킬거리며 웃었다. (중략)
　　"아이 그렇게 복잡해질 이유가 어딨냔 말야? 난 저래서 시 쓴다는

---

57) 이는 1920년대 청년들에게 나타났던 연애 담론과 비교해 보았을 때 대조적인 의미를 지닌다. 1920년대 젊은이들에게 연애는 당대의 '근대'에 대한 비판적 자각의 소산이었다. 또한 일제 식민화를 통한 파행적 근대경험에 대한 저항의 형식이었기에 그것은 민족적인 당위의 문제가 되었다. 그렇기에 당시 연애의 문제는 사적(私的) 영역일지언정 당대 젊은이들에게 강력한 열망의 상태로 분출되고 유행될 수 있었다. 3·1운동 직후 동인지 작가들의 사랑의 열정은 식민화된 오이디푸스 구조에서 탈주하려 한 3·1운동의 청년들의 연대와 근본적으로 동질적인 것이었기 때문이다. 당시의 사랑에 대한 열정은 식민 시대를 살아가는 청년들의 자율적인 해방 공간에 대한 열망만큼이나 강력한 것이었다.

치들은 싫더라.”

　선희가 말했다. (중략)

“지환아 네 사랑 얘길 계속 해라 마.”

　억근이가 말했다.

“그래 계속할게.”

　나는 말했다. 그러나 나는 사랑 얘기를 계속할 수가 없었다. 나도 거짓말
인 줄을 알고 듣는 쪽에서도 거짓말인 줄을 번연히 느끼고 있는 얘기를
계속할 수는 없었다. 나는 입장이 아주 거북했다. 스피커에서는 레이
찰스의 울부짖음 같은 노래가 흘러나오고 있었고, 실내는 탐욕에 불타고
있는 지옥처럼 시꺼멓게 달아오르고 있었다. 나는 새로 담배를 물었다.
그리고 나는 사랑 얘기를 계속했다.

(박태순,「연애」, 92~97면)

　서사성의 측면에서, 이야기를 이끌어 가는 화자의 주관성은 지워지고
관찰자적인 면모의 서사화 방식이 실현된다. 이는 체험과 객관적 현실이
변증법적 상호작용을 통해 객관 현실의 리얼리티를 구현할 수 있는 주요
요인이 된다. 주네트는 그의 서사담론 이론에서 ‘법(mood)’이라는 항목
아래, 서술의 ‘거리(distance)’와 ‘시각(perspective)’을 논의한 바 있다. 서술의
‘거리’를 이야기하면서 ‘디에게시스(diegesisis, 서사)’와 ‘미메시스(mimesis,
모방)’를 설명했는데, 디에게시스에서 작가는 스스로가 화자이고 결코 자기
이외에 다른 자가 얘기한다는 태도를 취하지 않는다. 한편 미메시스에서
작가는 말을 하는 자가 자기가 아닌 다른 사람인 것처럼 말들을 전달한다.
즉 화자가 작중의 한 인물인 것처럼 말들을 전달한다. 두 형식은 서술자의
출현여부로 구분된다. 수잔 랜서 역시 담론의 양 축을 진술적(디에게시스,
diegesis)담론과 모방적(미메시스, mimesis)담론의 양 축으로 나누어 서술
내의 담론을 세분화 하여 논의한 바 있다.[58] 1960년대 소설에서 근대현실에

---

58) 수잔 랜서, 앞의 책.

대한 구체적 묘사는 '미메시스'의 방식을 따라 실현된다. 서술자가 뒤에 물러서서 자신을 드러내지 않음으로써 서술자 부재의 형식을 보여주는 것이다. 이는 서술자 없이 이야기를 직접 제시하는 환상을 불러일으키기도 한다. 이는 서술의 강도와도 연관이 되는데, 주네트는 이러한 서술자의 출현 여부와 강도에 따라 서술형식의 구별에 활용할 수 있는 공식, 즉 '정보＋제보자(information＋informer)＝상수C'를 만들었다. 정보는 이야기, 제보자는 서술자를 뜻한다. 이 공식에 따라 미메시스는 '극대의 정보와 극소의 제보자'로, 디에게시스는 '극소의 정보와 극대의 제보자'로 특징지어 진다. 작품 속 인물들은 이제 대상에 대한 판단을 중지하고 대상을 철저히 관찰하여 보여준다. 이러한 관찰자적 자세는 서술자의 주관을 극도로 표백시 킨다는 점에서 객관화되어 있지만, 그것은 독자의 판단을 요구하는 계기로 작용하는 서사적 효과를 갖는다.

주네트는 또한, '시각'의 측면에서 이야기가 제시되는 방식으로서 '초점 화(focalization)'를 제시하였다. 초점화는 하나의 인식주체, 즉 초점화자가 어떠한 일정한 대상을 향해 자신의 시각(perception)을 보내고 그것을 인식하 는 행위, 혹은 그러한 지향 자체를 의미하는 것이다. 초점화는 ① 초점이 맞춰질 작중 인물이 없는 제로 초점 맞추기(zero focalization), ② 초점인물이 있는 내부 초점 맞추기(internal focalization), ③ 초점 인물이 있지만 서술자가 외부에서 초점 인물을 보는 외부 초점 맞추기(external focalization) 등으로 유형화할 수 있다.[59] 또한 내적 초점화의 경우는 a. 초점이 한 사람에게 '고정'된 경우, b. '가변적'인 초점화의 경우, c. 복수(multiple) 초점화인 경우가 있다.[60]

---

59) 초점화는 서술의 시작부터 끝까지 한 인물에만 지속되는 것은 아니다, 특정 초점화는 대단히 짧은 제한된 서술 단위에 영향을 미칠 뿐이다. 이외에 이상의 초점화 양식이 뒤섞여 있는 것을 중첩(다중)양식이라 부른다.(제라르 주네트, 『서사담론』, 교보문고, 1992, 177~189면.)

60) 주네트, 위의 책.

112

1960년대 소설에 있어 근대 경험의 묘사는 초점화 경향에 있어 '내부초점
맞추기'[61]에 의해 상당부분 실현되고 있다. 초점화 인물은 배회하는 탐정,
관찰자로서의 인물이다. 이러한 서술자의 유형을 화자가 속하는 서술 수준에
따라 S. 리몬 케넌은 '상위'와 '하위'로 구분하였다. 상위의 화자는 스토리
외적 화자이고, 하위의 화자는 스토리 내적 화자이다. 스토리 외적 화자는
전지(全知)의 권위를 가지며 인물 및 스토리 자체 내에 전지적 논평, 요약,
논평 서술이 가능하다.

---

61) 인칭과 관련한 서술은 다음과 같이 도식화 할 수 있으며

3인칭 서술 상황	화자 시점 서술
	인물 시점 서술
1인칭 서술 상황	

이를 다시 초점화(주네트)와 관련 슈탄첼, 프리드먼과 비교·도식화 해 보면 다음과
같다.

	주네트	슈탄첼		프리드먼
		(1인칭 주인공서술)		
서술>경험 1인칭	비초점화	화자-인물	1인칭	1인칭
화자 시점 서술	외적초점화	반성자-인물 1인칭	외부 시점	편집자적 전지
				중립적 전지
인물 시점 서술				선택적 전지
1인칭 경험>서술	내적초점화		내부 시점	
경험-서술		1인칭 주인공	서술	1인칭

제라르 주네트, 위의 책 ; F. K. 슈탄첼, 김정신 역,『소설의 이론』, 문학과비평사,
1990 ; 노먼 프리드먼, 최상규 역,『현대소설의 이론』, 대방출판사, 1983 ; 나병철,
『소설의 이해』, 문예출판사, 1998.

위에서 언급한 1960년대의 소설들에서 이러한 서술자의 역할은 내부의 인물의 시각으로 초점화 되어 나타난다. 서술자의 존재는 축소된다. 화자가 서술의 시각을 맞추는 초점화 대상으로서의 초점 인물을 상정하되 서술자가 '내부에서' 필요한 경우에만 그 초점인물들을 바라볼 뿐이다. 독자는 작중 인물이 말하거나 행동하는 것을 인지할 수 있지만 그 인물의 생각이나 느낌을 바로 알 수는 없다. 서술자의 목소리가 커질 경우에는 '미성숙'의 상징성을 담지한 서술자가 등장한다. 그들의 무지·미성숙의 표지는 독자의 숙고와 성찰을 요구한다. 서술자는 초점인물이 아는 것보다 적게 말하기 때문이다.

> 다방, 약방, 미장원, 여관, 다방, 약방, 다방, 다방, 다방, 미장원, 여관, 비어홀, 대중식사, 대중식사, 대중식사, 자동차 부속품상, 약방, 병원, 병원, 미장원, 이발소… 잠깐만 훑어보아도 이 모양이다. 하기야 도인은 아직까지 신문에서 밖에는 울산공업지대를 구경한 적이 없다. 더 정확하게 말하자면, 영등포 공업지구도, 호남평야도, 남해어장도, 강원도 탄광지대도, 학생 시대의 짧은 여행에서 훑어본 것밖에는 자세히 본 적이 없다. 그러기 때문인지 그는, 서울의 어느 거리에서건 가장 많이 눈에 띄는 것은 그러한 간판들이 조마조마해서 견딜 수가 없었다. 온통 먹어치우고 멋을 내고 수기하기만 하면서 살아가고들 있는 것 같은 것이다.
>
> (김승옥, 「60년대식」, 292~293면)

관찰자의 시선에 포착된 도시의 모습은 주어진 광경의 나열로 표현된다. 서술자는 관찰자의 시선에 초점화되어 대상을 표현한다. 자신의 시선으로 대상을 포착하여 철저히 객관화된 시각으로 보여주는 이러한 방식은 인물 및 초점화자의 목소리를 최대한 낮추며 그 정보성을 극대화하는 표현이다. 이러한 보여주기의 방법론은 독자의 성찰을 요구한다. 일반적으로 서술자가 매개된 전통적인 서술방식(요약 제시)이나 간접화법적 서술은 서술자의

114

가치평가를 동반함으로써 내포 작가의 지향성(intentionality)을 분명하게
드러낸다. 반면에 서술자의 매개가 거의 없어지는 극적 담론의 방법은
그러한 내포 작가의 가치평가를 동반하는 지향성을 숨기거나 아예 그 평가를
독자의 몫으로 남겨둔다.[62]

한편, 독자에게 관찰된 세계, 그 서울을 지배하는 논리는 근대적 이성의
폭압적인 질서가 작동하는 세계이다. 사물이나 대상이 가진 본래적 가치는
상실되고 그것의 상품·교환가치가 작동하는 세계이다.

> 전봇대에 붙은 약 광고판 속에서는 이쁜 여자가 '춥지만 할 수 있느냐'는
> 듯한 쓸쓸한 미소를 띠고 우리를 내려다보고 있었고, 어떤 빌딩의 옥상에서
> 는 소주 광고의 네온사인이 열심히 명멸하고 있었고, 소주 광고 곁에서는
> 약 광고의 네온사인이 열심히 명멸하고 있었고, 소주 광고 곁에서는 약
> 광고의 네온사인이 하마터면 잊어버릴 뻔 했다는 듯이 황급히 꺼졌다간
> 다시 켜져서 오랫동안 빛나고 있었고, 이젠 완전히 얼어붙은 길 위에는
> 거지가 돌덩이처럼 여기저기 엎드려 있었고, 그 돌덩이 앞을 사람들은
> 힘껏 웅크리고 빠르게 지나가고 있었다. 종이 한 장이 바람에 휙 날리어
> 거리의 저쪽에서 이쪽으로 날아오고 있었다. 그 종이조각은 내 발 밑에
> 떨어졌다. 나는 그 종이조각을 집어들었는데, 그것은 '美姬 서비스, 特別廉
> 價'라는 것을 강조한 어느 비어 홀의 광고지였다.
>
> (김승옥, 「서울 1964년 겨울」, 212면)

이러한 세계는 자본주의 세계의 기계화되고 획일화된 삶의 질서를 여실히
보여준다. 그것은 자본주의 사회에서 매겨진 교환가치[63]에 의한 삶이다.

---

62) 작가가 극적 담론의 방법을 소설 담론에 적극 활용하여 사건이나 서사정보를
담론 주체인 인물을 통해 직접 드러내도록 하는 것은 담론 주체와 담론 대상
사이의 거리를 독자가 충분히 체험하도록 하기 위한 전략이 된다.(임환모, 앞의
책, 164면.)
63) 이러한 논의(추상적 개념화와 사물화 현상, 교환 원리의 상호 연관성)들은 마르크스
이래로 아도르노, 데리다 등에 의해 계승·전개되어왔다. 학문적 개념화와 사회적

화폐체계는 차이를 지닌 대상에 대한 일정한 값을 매김으로써 대상의 고유한 사용가치를 없애고 교환가치를 만들어 낸다. 이 과정에서 개별 생산물은 화폐로 계산될 수 있는 등가적 상품이 된다. 이 때 생산과정에서의 주체적인 요소들, 노동 등의 매개는 생략이 되고 생산물은 다만 물질적 등가물인 상품으로만 여겨진다. 생산물과 생산관계 사이의 주-객 관계는 소멸되고, 물질적 사물 관계만 남음으로써 이는 결국 인간을 소외시키는 사물화 현상을 낳는다. 화폐로 인해 매겨진 교환가치의 삶은 생산물과 주체의 상호작용을 지워내고 기계적인 반복만을 남긴다. 여기에 주체의 작용은 없으며 대상에 대한 창조성 또한 끼어들 여지가 없다.

> 누님은 술집 작부노릇을 시작했고 매형은 시장의 장사꾼들에게서 푼돈을 뜯는 깡패가 됐습니다. 형님은 군대에 들어가서 직업군인이 되었고 전 구두닦이, 신문팔이, 양담배 장수, 그리고 틈틈이 소매치기도 하면서 학교엘 다니고 있었습니다. 제가 어떤 분위기 속에서 자랐나 하는 것을 상상해 주시기 바랍니다. (중략) 지금하고 달라진 게 있다면, 지금은 모두들 장사꾼은 장사꾼대로 갈보는 갈보대로 제법 전문적으로 분화하여 틀이 잡혔다고나 할 수 있습니다만.
>
> (김승옥, 「60년대식」, 310면)

자본주의 근대사회의 전문화(專門化)는 상층 계급에게 부를 축적하기 위한 권력의 무소불위 체계를 만드는 데 기여했다. 그러나 하층 계급에게 있어서는 영속적인 노예화, 계급이동이 불가능한 상태의 전문화를 가져왔다. 이러한 상황에 대한 통찰이 심화되면서 서사화에 있어 1960년대 소설들은 이제 한나 아렌트가 말한 '관찰자적 관조'의 논리를 구사[64]하게 된다.

사물화, 자본주의의 교환 원리는 '이성 중심적 근대화의 논리'라는 점에서 같은 선상에 위치한다.(마이클 라이언, 나병철·이경훈 역, 『해체론과 변증법』, 평민사, 1994, 276~278면 참조.)

64) "오직 관찰자만이 전체를 볼 수 있는 위치에 있다. 행위자는 사태의 한 부분이기

116

여기에는 시선에 의한 재현(리얼리티)보다는 '응시'의 욕망이 표현된다고
볼 수 있다. 여기에는 경험에 대한 안정적·반성적 시선의 언어가 아니라
도발적·유혹적 응시의 언어가 작용한다. 응시는 대상의 타자성을 낯설게
드러내는 실재계와의 만남을 가능케 한다.[65] 이는 벤야민이 말한 산책자의
모습에 드러난 '감시자의 긴장된 주의력이 숨이 있는' '탐정의 시선'[66]이기
도 하다. 이러한 탐정의 시선이 견지되어 있을 때 산책자는 당대의 미적
근대성을 드러내는 존재가 된다. 바로 여기에 '성찰'의 문제가 개입될 수
있는 것이다. 이 응시와 욕망, 그 성찰의 의지는 서술자가 자신의 서사적
권력의 포즈를 최대한 낮추고 객관적인 보여주기의 방식으로 실현된다.
이 미적 거리는 독자의 참여와 성찰을 유도한다. 이러한 여건 하에서 이제
서술자(혹은 관찰자)는 자신의 성찰을 언표화한다. 서술자는 인물의 목소리
에 힘을 실어 대상에 대한 태도를 구체적으로 표현하는 것이다. 이러한
언표의 내용은 일종의 독자에게 일종의 서사적 효과를 발휘한다.

　　정말 이렇게들만 살아가고 있다고 생각하면 답답해지지 않을 수가
　없다. 돈은 그야말로 돌고 돌기만 할 뿐 탄생하지는 않으니 말이다. 마치
　모주꾼 두 사람이 술장사를 시작했다가 결국 술 두 동이만 비워버리고
　돈이라고는 처음에 그 중 한 사람이 가지고 있던 동전 한닢만 남았더라는

　때문에 자신의 부분을 연출해야 한다. 그는 정의상 부분적이나 관찰자는 정의상
　부분적이지 않다. 관찰자에게는 맡겨진 부분이 없다. 그러므로 직접적인 참여에서
　물러나와 게임 밖에서 어떤 관점을 갖는 것은 모든 판단의 필수 조건이다."(한나
　아렌트, 김선욱 역, 『칸트 정치 철학 강의』, 푸른숲, 2002, 93~125면 참조.)
65) 자크 라캉, 민승기 외 역, 『욕망이론』, 문예출판사, 1994, 186~255면 참조.
66) "산책자의 모습 속에는 이미 탐정의 모습이 예시되어 있다. 산책자는 그의 행동
　스타일을 사회적으로 정당화해야 한다. 이를 위해서는 무심한 모습이 그럴듯하게
　보이도록 하는 것보다 더 안성맞춤인 것도 없을 것이다. 하지만 실제로 그러한
　무심함의 이면에는 아무 것도 모르는 범죄자로부터 한시라도 눈을 뗄 수 없는
　감시자의 긴장된 주의력이 숨어 있다."(이광호, 『도시인의 탄생』, 서강대학교 출판
　부, 2010, 16면 ; 발터 벤야민, 조형준 역, 『도시의 산책자』, 새물결, 2008, 61면.)

꼴이 되어버리는 것이다. 정말 이렇게들만 살아가고 있다고 생각하면
왜 답답해 하지 않을 것인가!

(김승옥, 「60년대식」, 292~293면)

또한 이는 인물들 간의 대화를 통하여 나타난다. 인물들 간의 비판적인
목소리가 서로 부딪히고 그 입장에 대한 진술들이 다양하게 드러난다.
이는 독자에게 비판과 성찰의 계기를 마련해 준다.

"서울이 어떤 바닥이간디? 사시미 해 먹고 볶아 먹고 지져 먹는 바닥인디.
하여튼 그 바닥으로 낭군 만나러 간 거라. 그저 미운 생각 같아서는 지야
똥갈보가 되든 양갈보가 되든 내버려두려고 했지만, 어디 또 그럴 수
있어야지. 서해에 조기 잡으로 가는 배도 안 타고 부랴부랴 서울로 쫓아간
기라. 하지만 넓은 바닥에서 이년이 어디 숨었는지 알 게 뭐여."

(김승옥, 『내가 훔친 여름』, 63면)

결국 다방 주인과 약방 주인과 식당 주인과 여관 주인과 병원 주인들
중에서 자기 물건을 팔기만 할 뿐 남의 것을 사지 않는 사람이 그 중에서는
가장 부자가 될 것이다. 바꿔 말하면 절약만이 부자가 되는 것이다. 그런데
만약 그들이 모두 절약가라면 물건은 도무지 팔리지 않아서 그들은 모두
궁색을 면하지 못할 것이요, 만일 그들 중에서 어떤 한 사람만이 절약가라면
나머지 다른 사람들은 얼마 후엔 거지가 되어버릴 것이다. 그렇다, 절약이란
절약할 수밖에 없는 경제구조라면, 그것은 얼마나 악한 것이냐!

(김승옥, 『내가 훔친 여름』, 294면)

위와 같은 관찰자적 보여주기와 응시의 욕망은 현실에 대한 자각은
박태순의 「이륙」에도 재현된다. 일상을 규칙적으로 잘 체화해 나가고 있는
나에게, 세계와 부조화한 채 무능하게 살아가고 있는 친구 '진땅'은 안타까움
이자 체념의 대상이다. '생활'이 없는 이상주의자 진땅은 몸 하나 둘 곳

없는 거지이자 잘해 봤자 기인(奇人) 정도일 뿐이다. 서술자는 '나'의 입장에
초점화되어 응시의 시선을 보여준다.

> 그는 자기 능력을 주체하지 못하는 인간이었다. 그럼에도 불구하고
> 자기 능력에 대한 자애심은 철저하여 바로 그것으로 해서 언제나 자기를
> 비범한 인간이라고 굳게 믿고 있었던 것이다.
> 현대의 세계가 바로 천민(賤民)들의 세계라는 것을, 또는 평범한 소시민
> 들의 세계라는 것을 어찌하여 그가 깨닫지 못하고 있나 생각하면 다만
> 놀라울 뿐이었다.
> 재벌들은 능력이 비범해서 돈을 번 것이 아니며, 정치가들은 어떤 '비전'
> 이 있어서 정치를 하는 게 아니며, 예술가들은 별다른 재능도 없이 눈치껏
> 예술을 하고 있다는 점을 그는 한 번도 생각해 본 적이 없는 모양이었다.
> 다들 이 모양 이 꼴의 크고 작은 세속인, 소시민이라는 것을 암만해도
> 그는 깨달아내지 못한 것이었다.
>
> (박태순, 「이륙」, 122~123면)

그러나 한편, 이들의 성찰과 비판은 현실, 혹은 그에 대응하는 주체에
대한 적극성을 담보하지 못한다. 그들의 응시는 응시 그 자체, 성찰 그
자체로서 의미가 있을 뿐 어떠한 방향성을 가지고 구체적인 행동으로 나아가
지는 못한다는 것이다. 그들이 경험하고 감내하는 새로운 도시적 삶은,
도피의 대상이 아닌 순응해 나가야 할 대상이기도 한 까닭이다. 근대는
공모와 저항의 분열적 대상이 될 수밖에 없다. 그들의 탐색과 응시의 시선이
극대화되었을 경우라도, 그것은 성찰의 표지 이외에 어떠한 방향성을 담지하
지 않는다. 이는 소설의 주체로 하여금 어떤 적극적인 결단을 내리지 못하도
록 만든다. 이러한 분열 상황 앞에서 각 개인은 스스로에게 나름의 윤리감각
을 요청할 수밖에 없게 된다.
여기에서, 당시 소설들에 자주 등장하는 '청년' 인물들에 대해 주목할

필요가 있다. 이들은 청년이라 할지라도 완전한 어른으로의 입사의식을 거치기 전의 인물이다. 1960년대의 소설에서 상당부분 청년 대학생이 등장하는 이유도 같은 맥락이라고 볼 수 있다. 이들은 대상에 대한 '중간자'적 논리를 띤다. 이들은 근대에 대한 분열적 감정을 중간자적 상태에서 경험한다. 중간자 인물은 작품 내적인 갈등 구조를 기반으로 하여 성립되는 제3의 인물 유형이다.[67] 즉 중간자는 포로타고니스트와 안티고니스트라고 하는 두 대리적, 상극적 인물 사이에서 제3자로서 개입하는 작중인물이다. 그래서 이 중간자는 부수적 인물이면서도 어느 한 쪽에 대해 일방적 예속을 인정하지 않는 개별적 자아로서의 성격이 강한 존재이며, 중심인물들에 의해 성립되는 갈등의 체계 내에 직접 개입해서 다양한 형태로 이바지한다. 사회의 모든 조직이 궁극적으로는 양자 사이의 '상호작용'의 과정이 확대된 것에 지나지 않는다고 한 짐멜은 두 사람의 기본적인 관계가 제3자의 개입으로 인해 '삼자(三者) 관계'로 나아가게 되면 반드시 관계의 질적 변화를 가져온다고 한 바 있다. 이 제3자가 담당하는 역할로는 ① 공평한 중개자, ② 어부지리(漁 父之利)자, ③ 분배 및 지배자 등 세 가지를 들었다. 이에 의거하여 중간자는 이 삼자 관계를 통해 나타나는 질적 변화에 따라 ① 안내자(guide), ② 화해자(peacemaker), ③ 이간자(mischief-maker), ④ 비판자(critic), ⑤ 방관자 (onlooker), ⑥ 방조자(baker) 등이 있다.[68]

근대의 일상 속의 개인은 적극적인 비판자로서의 기능을 하지 못한다.

---

67) '중도적 인물'로 표현되기도 한다. 중도적 인물(주인공)이란 소시민이나 지식인, 미지각 상태의 민중처럼 근대적 삶의 이중성을 두드러지게 보여주는 인물로 통용된다. 그러나, '중도적'이라는 표현은, 길-무언가를 향해서 나아간다는 일정의 방향성을 전제한다는 점에서 '중간자'라는 용어가 함의할 수 있는 다양성을 축소시킨다. 본서에서 '중도적'이라는 용어 대신 '중간자'라는 용어를 사용하는 데에는, 대상에 대한 양가적 시선을 담지하고, 그 발전이나 극복 등의 방향성을 전제하지 않는다는 점에서이다.

68) 곽정식, 「한국 소설에서의 여성 중간자 인물의 서사적 기능과 사회적 의미」, 『한국문학논집』 17호, 한국문학회, 1995.

자신의 현재 삶의 기반이 근대적 일상 속에 녹아 있기 때문이다. 특히나 1960년대 소설 속 도시 내 인물들을 방관자, 혹은 방조자로서 기능하고 있는 부분이 많다. 혹은 알고 있음에도 무지를 가장하거나(「무너진 극장」) 숨긴다.(「서울, 1964년 겨울」) 혹은 무책임을 수반한다.("우리는 그날 너무도 피곤하여 바깥에 나가지 않고 집구석에 틀어박혀 잠만 잤다." 「무너진 극장」)

　방조와 방관의 논리는 그 소극성에 대한 죄책감을 불러일으킨다. 근대는 은밀한 공모이자 저항의 대상인 까닭이다. 이러한 과정에서 각 개인에게 요청되는 것은 윤리감각이다. 이에 대한 어떤 적극적 포즈를 취하지 못했을 때 인물들은 나름의 개인적 선택과 반응을 하는 것이다. 이러한 상황들은 작중인물들의 강박적 배회로, 아니면 정신분열과 같은 말장난으로, 위악의 제스처로, 부끄러움의 윤리로 나타난다. 혹은 구토와 배앓이 등의 신체적 질병으로, 피로와 잠으로 구체화되어 나타나기도 한다.

　작중인물의 끊임없는 부끄러움과 냉소, 위악, 자기모멸의 윤리감각은 일종의 '반성'과 '성찰'의 표지이기도 하지만, 그에 일정 부문 공모할 수밖에 없다는 자기 인식의 결과이다.

　　한 번만, 마지막으로 한 번만, 이 무진을, 안개를, 외롭게 미쳐가는 것을, 유행가를, 술집 여자의 자살을, 배반을, 무책임을 긍정하기로 하자. 마지막으로 한 번만이다. 꼭 한 번만, 그리고 나는 내게 주어진 한정된 책임 속에서만 살기로 약속한다. 전보여, 새끼손가락을 내밀어라. 나는 거기에 내 새끼 손가락을 걸어서 약속한다. 우리는 약속했다. (중략) 덜컹거리며 달리는 버스 속에 앉아서 나는 어디쯤엔가 길가에 세워진 하얀 팻말을 보았다. 거기에는 선명한 검은 글씨로 '당신은 무진읍을 떠나고 있습니다. 안녕히 가십시오'라고 쓰여 있었다. 나는 심한 부끄러움을 느꼈다.

(김승옥, 「무진기행」, 152면)

　　"우리가 너무 늙어버린 것 같지 않습니까?"

　　"우린 이제 겨우 스물다섯 살입니다." 나는 말했다.

　　"하여튼…"하고 그가 내게 손을 내밀며 말했다.

　　"자, 여기서 헤어집시다. 재미 많이 보세요."하고 나도 그의 손을 잡으며 말했다.

　　우리는 헤어졌다. 나는 마침 버스가 막 도착한 길 건너편의 버스 정류장으로 달려갔다. 버스에 올라서 창으로 내다보니 안은 앙상한 나뭇가지 사이로 내리는 눈을 맞으며 무언지 곰곰이 생각하고 서 있었다.

(김승옥, 「서울 1964년 겨울」, 224면)

　　인물들은 표면적인 차원에서는 대상에 대한 차가운 무책임과 무관심의 태도를 취한다. 그러나 인물들은 대상을 끊임없이 생각하고 부끄러워한다. 혹은 위악을 통하여 자기모멸, 혹은 위악의 태도를 취하는 것이다. 이청준의 소설에서도 '전깃불의 공포'로 상징되는 근대 세계에 대한 공포는 두고 온 고향과 어머니에 대한 그리움을 상기시킨다. 하지만 '자기보존'의 논리에 따라 살아갈 수밖에 없는 근대 세계의 개인들은 그 괴로움의 무게를 감내하고 해소해야 한다. 여기에 '위악(僞惡)'이 존재한다. 이에 「별을 보여드립니다」의 주인공은 시골에 계신 늙은 어머니가 돌아가시게 된 사실에 대하여 "비실비실 웃어대며 기다리던 일이 겨우 이루어졌다. 아주 홀가분하게 되었다"라며 위악성을 보일 수 있는 것이다. 또한, 「병신과 머저리」의 형 역시 본인도 전쟁시절 경험했던 오관모의 폭력성에 대한 상처를 가지고 살아가면서도, 즉 본인이 피해자이면서도, 구걸하는 거지 앞에서는 무자비한 가해자가 되어 손을 '의도적으로' 밟고 가는 등의 위악성을 보이는 것이다.

　　이를 통해, 그들은 거짓으로 화해하고 타협한다. 또한 거기에는 그러한 모랄을 택한 자신에 대한 조롱과 자조가 들어있다. 김승옥의 소설 속에 나오는 인물들의 자기 분열적 말장난과 냉소 역시 이러한 자의식에 기반한 것이라고 볼 수 있다.

  박태순에게 있어 이러한 감정들은 조금 더 적극적으로 언표화 된다. 물론, 일상과 도시적 삶의 생리에 완전히 침윤되어 무기력함과 무심함을 드러내기도 하지만(「연애」, 「이륙」), 그는 여기에서 더 나아가 그 대상을 구체적인 '허무'와 '환멸'로 명명한다. 「생각의 시체」에서, 두 달간의 하숙생활을 했던 청년 '나'는 자신이 전전한 서울 하숙집 방에 대한 '퇴락'의 경험을 형상화한다. 서울의 삶을 회의하는 젊은이는 생(生)에 대한 감각을 잃어버리고 '박제'된 감각으로 세상을 바라볼 뿐이다. '졸음이 오는' 나른한 시선으로, '실감나지 않는' 현실을 바라보는 것이 그가 할 수 있는 전부이다.

> 바깥으로 나왔다. (찻값을 두 사람분 내고 있을 때의 멍청한 기분이여.) 복잡한 거리나 나 혼자만을 완전하게 무시해 놓고 있는 듯하였다. 그래서 어떤 자는 키가 크고, 어떤 자는 일부러 뭉툭한 코를 가지고 있고, 어떤 여자는 화려한 옷을 입고 있는 듯하였다. 저들은 다 유지되고 있다. 그런데 나는? 소년 하나가 종이쪽지를 굳이 내 손에 쥐어 주었다. 읽어봤다. 임질 매독…에는 재생 한의원으로. 나는 그 종이를 무시해 버리는 데에 너무도 극심하게 마음의 경비를 들였다. 내 약점을 포착한 저들은 이렇게, 저렇게, 악랄하게 나를 파괴시키려 드는 것이 아니냐. 아아 제기랄. 약방에 들어가서 사리돈 두 알을 사 먹었다. 그래도 여전히 골치가 아팠다. 마침 아는 사람이 다가오고 있었다.
>
> (박태순, 「생각의 시체」, 44면)

> 하늘은 약간씩 흐려들고 있었다. 바람이 세차졌다. 다시 추워지는 모양이다. 조그만 네거리에 왔을 때, 갑자기 바람과 함께 날고 있던 조그만 돌멩이가 눈 속으로 들어갔다. 손을 갖다대어 부벼보고, 눈꺼풀을 찔끔거려 봤으나 그것은 빠져나오지 않았다. 아렸다. 눈물이 나왔다. 손수건을 꺼내어 눈을 가린 채 골목길로 접어들었다. 계속 손수건으로 눈알을 뒤집어

보았지만 아픔만 더할 뿐 조그만 돌멩이는 빠져나오지 않았다. 어이없게도 자꾸 눈물이 흘러내렸다. 지나가던 사람들이 쳐다본다. 저들은 나를 동정하고 싶어진 모양이다. (바로 저들이 건강하다는 것을 그런 식으로 확인하고는 행복감에 젖을 것이다.) 바람이 계속 얼굴을 때렸고 어처구니없이 흘러내리는 눈물은, 그러나 슬픔을 가져다 주었다. 나는 슬퍼졌다. 그래서 눈물은 아픔 때문에 나오는 것인지, 슬픔 때문에 나오는 것인지 불분명하여졌다. 애드벌룬이 몹시 흔들리고 있었다. 그것은 애드벌룬이 땅으로 매어저간 줄을 벗어나려고 안타깝게 몸부림치고 있는 것으로 보였다. 그리고 사이렌 소리가 들렸다. 그것이 차츰 사라져갔을 때, 또 새로운 커다란 사이렌 소리가 들렸다. 불자동차가 지나가는 것인지 경찰백차가 지나가는 것인지 알 수 없었다. 드디어 나는 눈물 흘리기를 멈추고, 다시 걸어갔다.

(박태순, 「생각의 시체」, 45면)

　　그리고 바깥으로 나오니까 아주 추웠다. 온몸이 떨렸다. 순간적으로 어찌나 추운지 그대로 내 몸뚱이가 얼음이 돼 버리는 것이 아닐까 싶을 정도였다. 나는 바삐 포도를 걸어갔다. 행인들이 많았음에도 나는 나 혼자였다.

(박태순, 「생각의 시체」, 48면)

　1960년대 소설에 나타난 소설 속의 도시경험은 관찰자의 논리와 관조 속에서 실현된다. 그들은 끊임없이 대상을 관찰하면서 대상에 자신의 목소리를 투영하지만, 그에 함몰되지도 않는다. 또한 그들은 인물의 내부의 초점으로 이야기한다. 그러면서도 그들은 관찰자로서 보일 수 있는 탐정과 응시의 시선을 견지한다. 이러한 응시의 시선은 객관적인 보여주기의 방식에 대상에 대한 서술자 및 인물의 비판적인 시선을 녹여 그 발언을 가능케 한다.
　하지만 그들의 태도는 적극적이지 못하다. 그것은 일정한 방향성이 없다는 점에서 무력하거나 무기력한 인물, 혹은 소시민의 모습으로 보일 수 있다. 응시의 정도, 다시 말하면 탐정의 시선이 부족한 경우에 그들은

124

소시민으로 형상화 된다.[69] 이들은 근대적 시간관, 즉 발전과 진보의 이데올로기를 대변하고 동일화하는 차원은 아니지만, 그 안에서 자기보존을 유지해갈 수밖에 없는 상태로 대상을 탐지하기 때문에 나타나는 것이다. 이들은 현실을 비판할 안목이나 관점이 부족하다. 작품의 서술자가 상당부분 '미성숙한' 인물들로 설정되기 때문이다. 그들은 근대의 일상에 대한 회의감을 느낄 것이지만 그 안에서 성장해야 한다. 이는 그들이 일종의 '분열적' 상태를 경험할 수밖에 없는 이유이기도 하다. 이것은 각 개인으로 하여금 일정 부분의 윤리 감각을 확보하고 자신의 모랄을 설정하게 만든다. 그것은 부끄러움, 자기모멸, 대상에 대한 환멸로 치환되어 나타난다. 그 분열의 극단에는 '자살'이 있다. 당시 소설에서는 유독 자살 모티프가 반복적으로 나오는데(황순원, 김승옥, 최인훈, 이호철, 이제하 등), 이 자살은 근대성에 대하여 저항할 수도 공모할 수도 없는 양가적이고 분열적인 상황에 대한 개인의 윤리적 감각의 극단적 상징이 된다. 폴 리쾨르는 윤리감이란 절대로 동일하지 않은 심리적인 나(Moi)에 속하는 것이 아니라, 이 내(Moi)가 자기(soi-meme)와 맺는 관계에서 비롯된다[70]고 하였다. '내가 나와 맺는 관계'에

69) 1960년대의 서기원, 김주연, 김현 등에 의해 벌어졌던 소시민·시민 논쟁의 의미는 다음의 김현의 발언을 통해서 확인해 볼 수 있다.
"소시민의 문학이란 그(서기원)에 의하면 현실을 안이하게 거부하고 수용하려는 문학이다. 말을 바꾸면 이 시대에 쓴 작품은 절로 현실에 참여하고 있는 셈이 된다는 따위의 현실 수용태도를 내보이는 문학이다. 소시민문학을 이러한 식으로 규명하는 것은 공격을 위한 것에 지나지 않는다. 왜냐하면 김주연 씨가 사용하고 있는 어휘는 소시민 의식이며, 그 소시민 의식 역시 상황의식에 대한 새로운 준비로서 파악되고 있기 때문이다. 소시민문학이라는 말로 서기원 씨가 의미하고자 하는 나태한 문학, 상황이라고 불릴 수 있는 것을 무시하려는 문학은 60년대의 문학과는 아무런 상관도 없다.
김주연 씨가 말하는 소시민 의식이라는 상황 혹은 현실에 대한 자기 관련성을 확인하는 태도를 말하기 때문이다. 그러므로 소시민의식을 드러낸다는 것은 자기 자신의 왜소함을 인정함에도 불구하고 자기가 사회 혹은 상황에 참가되었다는 확인하는 행위를 말하는 것이다."(김현, 「오히려 그의 문학작품을－서기원 씨의 '대변인들이 준 약간의 실망'의 실망」, 『서울신문』, 1969.5.29.)
70) 폴 리쾨르, 김웅권 역, 『타자로서의 자기 자신』, 동문선, 2006 참조.

서 생겨난다는 것이다. 이러한 의미들을 전제로 들뢰즈의 차이의 철학으로 들어가 보자. 들뢰즈에 의하면 어떠한 종류의 원칙이나 법칙도 이 체제 안에서는 부차적이다. 그러므로 중요한 것은 원칙이나 법칙을 찾는 것이 아니라, 오히려 그 차이가 놓인 구체적인 상황을 자체를 즉자적으로 이해하고 그에 맞는 고유한 윤리를 찾는 것이다.71) 위의 소설들에서 나타난 개인의 선택은 이중적이고 분열적 개인들이 할 수 있는 윤리적 대응의 한 방법이었다고 볼 수 있다.

1960년대 소설에서 도시는 일상적 삶의 배경으로 제시된다. '일상'의 문제는, 개별적 삶의 양식을 드러내는 현상적인 요소가 아니라, 은폐된 근대의 이데올로기를 체험하고 매개하는 방식으로 이해될 수 있다. 일상은 근대에 대한 작가의 사유방식을 드러내주는 계기이자 통로로 읽힌다.72) 이 때 관찰자로서의 인물 유형은 매우 유의미한 존재가 될 수 있다. 1960년대 소설에서는 근대 산책자로서의 인물들이 하나의 유형으로 나타난다. 그들은 철저하게 객관화된 시선으로 대상을 보여주면서도, 독자의 성찰과 참여를 요구하는 '응시'의 시선을 견지한다. 그러나 그들은 한편 분열적 근대를 인식하며 무력감과 무책임을 느낀다. 그들의 시선은 대상에 대한 자신의 비판적 관점을 최대한 투사시켰다 하더라도 구체적인 방향성과 행동력을 담지하지 못한 것이기 때문이다. 그에 대한 괴로움은 자기 자신에 대한 성찰과 투사로 나타난다. 여기에서 일종의 부끄러움, 자기모멸, 위악과 환멸 등의 윤리감각이 요청된다.

들뢰즈·가타리는 미세 균열의 접선(유연한 분자적 선)이 갖는 위험성으로

---

71) 윤리의 관건이 되는 개별적 차이에 대한 존중은 이미, 스피노자의 에티카(Ethica)의 개념에서 확인된다. 들뢰즈는 스피노자의 이러한 개념들을 염두에 두면서『스피노자 실천 철학』을 집필했다.
72) 근대를 읽는 주요 키워드로 '일상'의 의미를 밝힌 논의로서 한수영, 「'일상성'을 중심으로 본 김수영의 시와 사유 방법」,『작가연구』5, 1998 참조.

서의 '양의성'을 지적한 바 있다. 유연한 움직임을 포착하는 '자세히 보는 자'처럼, 유연한 선분성을 그리는 경우 한편으론 몰적인 선분성에 분자적 움직임을 가두고 포획하는 방향과, 다른 한편으론 그 동요와 진동을 따라가면서 공감하고 그것이 새로운 삶의 싹을 틔울 수 있도록 하는 방향을 동시에 향하고 있기 때문이다. 가능성은 두 방향으로 열려 있는데 이러한 양의성은 위험하다. 왜냐하면 이 양의성은 경직된 선으로 재영토화할 위험, 혹은 경직된 선으로 탈주선을 연결시킬 위험, 혹은 한없는 방황과 도피 속으로 끌려 들어갈 위험에 노출되어 있기 때문이다. 1960년대의 소설에서 나타난 도시성과 그것을 관찰하는 인물에는 이러한 양의성이 포함되어 있다. 이 양의성의 위험은 1960년대 문학에서 소설의 인물들로 하여금 자신이 놓인 현실을 끊임없이 분열적 대상으로 고민하게 만든다. 그 결과 소설 인물들은 근대 산책자로서의 미적 근대성을 보여주면서도 끊임없는 '배회'와 '이동'하는 행동들을 강박적으로 보여주게 된다. 그 분열의 극단에서 자기 자신에 대한 윤리적 물음과 방법론이 고안된다.

2) 직선적 시간관과 증언 형식

근대의 개념은 '시간화(temporalization)'의 변증법이다.[73] 근대는 근대 문물에 대한 질시와 매혹의 시선, 발전과 진보에 대한 낙관 등을 드러내는 직선적 시간의식[74]을 보여준다. 근대적 시간은 그 구획이 표면적으로는

---

73) 오스본에 의하면 근대는 ① 역사적 시기구분(periodization), ② 사회적 경험의 질(quality), ③ 미완성의 기획(project)이 혼재하는 것으로, 이러한 것들이 지속적으로 사회·정치·문화적으로 이질적인 다양한 변화과정을 겪으며 그 개념이 형성된다.(P. 오스본, 김경연 역, 「사회-역사적 범주로서의 모더니티 이해」, 『이론』 여름, 1993, 30~31면.)

74) (근대) 시계의 보급은 시간에 대한 관념을 크게 변형시킨다. 고대에 시간은 천체적 순환적 운동에서 발견되는 리듬이었고, 따라서 순환적이고 반복적인 시간 개념을 갖고 있었다. 기독교는 이러한 시간 개념을 바꾸어 놓았는데, 최후의 심판이라는 종말을 설정한 이상 시간은 더 이상 순환적일 수 없었고, 분명한 종말을 갖는

직접적·등질적 시간이기도 하지만 질적인 측면에서는 '앞으로의 도약'에 극단적인 강조가 주어져 있는 시간이다. 근대인은 정해져 있지 않은 암울한 미래를 향하여 무슨 일인가를 '기도(企圖)'한다. 미래를 향한 '투기(投企)'는 불확정적인 암울한 것으로 비약하기 때문에 '투기(投機)'이며 도박이다. 이 '기도(投企)=투기(投機)'의 관념은 전진, 발전, 향상, 완성가능, 진보 등의 관념들을 거느리고 있다. 역사의식으로서의 진보사관, 발전사관은 이 전망적 시간의식의 귀결이다.[75] 근대의 직선적 시간관은 과거회귀가 불가능한 시간이다. 이 시간은 순환하는 시간과는 대비되는 선조적(linear time) 시간이지만, 과거-현재-미래라는 단순한 연결, 혹은 연장의 시간이라는 뜻은 아니다. 이 '직선'에는 '발전과 진보'라는 방향성이 전제되어 있기 때문이다. 그렇기 때문에 현재는 현재로서 경험되는 것이 아니라, 과거에 대한 부정과 초월 및 발전된 미래의 지평으로 포착된다. 현재의 경험이 미래라는 기대지평 속으로 포섭되는 것이다.[76] 미래에 대한 기대 지평을 담고 있는 진보와 발전의 개념은 근대적 시간의 중심 개념으로 떠오른다.[77] 이러한 시간관에 근거한 발전과 진보의 논리는 개발과 독재를 정당화하는 철학적 기반을 마련했지만, 이는 다시 개인의 삶을 억압하고 무력한 개인을 만들어 냈다. 1960년대, 이러한 직선적 시간관은 서사화 과정과 일종의 상관관계를 가지고 나타났다. 근대의 일상인들을 표방하는 작중인물들이 이러한 시간의식에

만큼 시작도 갖는 선형적 시간으로 바뀌었다. 하지만 그것은 종교적 시간이기에 시간의 각 부분은 결코 동질적이지 않았다. 시계는 이러한 직선적인 시간을 무한히 등분될 수 있는 것으로 만들었고, 그 결과 등분된 시간은 원판 사이의 숫자 간 거리로 표시되는 동질적 양이 되었다.(이진경, 『근대적 시공간의 탄생』, 푸른숲, 1997, 47~48면 참조.)

75) 진기행, 「근대성의 역사 철학적 탐구」, 『새한철학회 논문집』 19호, 1999 참조.
76) R. Koselleck, 한철 역, 『지나간 미래』, 문학동네, 1999.
77) 여기에 '비동시적인 것의 동시성'이라는 문제가 제기된다. '비동시적인 것의 동시성'이란 블로흐의 개념으로서, 논리적인 차원에서는 비동시적인 것들이 현실적인 차원에서는 역사성을 간직한 채 동시적으로 공존하는 양상이다.(R. Koselleck, 위의 책.)

상응하며 일정한 방향성을 가지고 서사화된 것이다. 소설의 인물들이 근대의 논리를 내면화·동일화 한다는 의미에서가 아니라, 근대의 '직선'의 논리에 그들 역시 '직선'의 논리로, 혹은 일정한 전망과 방향성을 가지고 반응했다는 것이다. 그들 역시 일정한 전망과 방향성을 가지되, 당대의 현실의 논리와 평행을 보이거나 혹은 저항하는 의미에서의 이동과 움직임을 보여주었다는 것이다. 이러한 인물들은 앞장에서 논의한 끊임없는 배회와 성찰의 표지를 보여주는 관찰자적 인물과는 일정 부분 차이성을 가진다. 관찰자 인물들은 탐색과 성찰 이외의 어떠한 방향성을 견지하지 못한 채 자신의 윤리적 선택의 문제로써 해결의 돌파구를 삼았다. 이러한 점은 적극적인 방향성을 제시하지 못한다는 한계를 노정할 수 있다. 그러나 이러한 한계를 보완하려 는 소설적 움직임이 당대에 동시에 나타나고 있었음을 주목할 수 있다. 이들이 갖는 방향성은, 이러한 작가들을 70년대에 이르러 사실성과 민중성 을 담지하는 작가들로 변모케 하는 가능성이 된다.

　일반적으로 서사는 서술자의 개입 정도에 따라 독자의 참여가 달라진다. 서술자의 개입이 적을수록 독자는 보이는 정보에 집중한다. 또한 초점화된 인물이 갖는 다층적 시각은 대상을 총체적으로 파악할 수 있게 해준다. 그러면서도 독자는 이것이 허구적 서사물이라는 인식을 전제하고 있기 때문에 대상에 대한 정보를 사실 그대로 받아들이지만은 않는다. 이러한 맥락에서 당시 현실의 상황을 직접적으로 노출하는 형식, 기록 서사물로서의 작품의 의미를 살펴볼 수 있다. 그것은 증언과 보도의 형식이다.

　1960년대의 소설에서 특징적으로 생각해 볼 수 있는 것이 박태순의 '르포소설'이라고 할 수 있다. 르포는 '신문이나 잡지 등에서 현지보고기사 또는 현지탐방기사'를 뜻하는 말로서 여기에서 르포문학의 개념과 의미가 파생된다. 르포문학이란 기록문학의 대표적인 장르로서 작가, 곧 리포터가 직접 보고 듣고 체험한 내용을 목격자나 증인의 관점에서 있는 그대로 기록하는 저널리즘적 특성을 지닌 형식을 의미한다. 기록(documentation)이란 경험적으로 증명 가능한 기록물(document)을 만들어 내기 위한 부연설명이나 주석이 없는 사실 기술이거나 또는 기록물이나 자료의 짜깁기, 편집, 활용을 의미한다. 이때 '부연설명이나 주석이 없다'는 말은 기록자의 사적인 견해나 주관적인 감정이 철저하게 배제된다는 뜻이다.[78] 기록문학이라고 일컬어지는 장르들은 매우 다양한데 르포, 프로토콜, 인터뷰 등 순수한 저널리즘 형식으로부터 여행기, 기록소설, 기록극, 기록시 등 예술적 성격이 강한 장르에 이르기까지 서로 거의 관련성이 없어 보이는 형식과 장르가 모두 이 기록문학의 범주에 들어간다. 기록문학의 정의에 대한 어려움은 장르의 다양성으로부터도 유래하지만 기록문학이 저널리즘과 예술의 경계에 위치하고 있어 이중적 특성을 지닌다는 사실 때문에 발생하기도 한다.[79]

박태순의 「무너진 극장」은 작가 스스로도 '르포소설'을 자처한 바 있거니와, 작품이 대상에 대한 증언의 형식으로 기술되어 있다는 점에서 주목해볼 필요가 있다. 작품에는 작중인물이 만들어내는 특정한 사건이 존재하지 않는다. 서술시점은 4·19가 일어난 지 엿새 후이다. 작중 인물은 화자인 나, 광득이, 용만이 정도인데, 이들은 허구적 인물로 고안되기는 하였으나 이들이 만드는 허구적 세계는 지극히 미미하다. 작품은 다만 4·19가 일어난 상황과 장면들을 긴박하게 보여줄 뿐이다. 4·19로 대표되는 민주주의에 대한 승리와 자신감은 5·16과 박정희 정치체제로 대표되는 당시의 폭력적인 독재 정치체제 아래에서 다시 좌절될 수밖에 없었다. 이에 대한 허무와 좌절감이 박태순의 르포소설 「무너진 극장」안에서 경험 자아의 철저한 '증언'의 형식으로 기술되어 있는 것이다.

---

78) 기록문학, 르포문학에 대한 정의와 특성은 강태호, 「기록문학과 기록영화의 장르 특성 비교 연구—독일의 르포문학과 르포 다큐멘터리를 중심으로」, 『독어교육』 43, 한국독어독문학교육학회, 2008. 참조.

79) 강태호, 「독일 기록문학 개관」, 『독일 현대문학의 이해』, 서울대학교 출판부, 2006, 87~113면.

그 날은 사월 십구일의 데모가 일어난 지 벌써 엿새가 흐른 사월 이십오
일이었다. 경미한 부상을 당했던 나의 몸은 어느 정도 나아져서 기동할
만했다. 나와 광득이는 아침 열 시쯤 바깥으로 나가다가 용만이를 만났다.
(중략) 맑은 날씨였으나, 시내의 풍경은, 우리가 전혀 낯선 도시에 마악
닿았을 적에 받는 서먹서먹한 인상을 우리에게 줄 만큼 바뀌어져 있었다.
군인들이 거리마다 도열해 있었으며, 곳곳에 바리케이드가 쳐 있었다.
불타버린 건물들, 탄흔(彈痕)이 남아 있는 포도에서 우리는 마치 전쟁이
한바탕 휩쓸고 지나가기라도 한 느낌이었다.

(박태순, 「무너진 극장」, 296면)

이 소설은 르포 형식 중에서도 '프로토콜'의 형식을 취한다. 프로토콜의
형식은 전적으로 특정인물과의 인터뷰 녹취록을 토대로 만들어지는 고백의
형태이다. 이때 일반적으로 인터뷰 질문은 삭제되고 인터뷰 상대자가 이야기
한 내용만 1인칭 시점의 자서전적 독백산문형태로 나타나게 된다.[80]

여기에서 서술대상은 '과거화'되어 있는데, 이는 경험자아와 서술자아의
시간적 거리(엿새 후)라는 데서 기인하며, '증언' 즉, 자신의 경험을 경험자의
입으로 생생히 전달하는 프로토콜의 형식을 취한 데서 기인한 것이다.
서술자는 실제 경험을 서술하듯이 대상을 내부자의 관점에서 보고하거나
이야기한다. 서술자는 실제 사실로서의 자신의 경험에 대해 주관적 감정이나
주석을 덧붙이지 않고 보고할 뿐이다. 대상에 대한 감정이나 평가는 배제되
어 있다. 서술 대상에 대한 객관적 묘사는 있지만 대부분은 사건의 줄거리를
요약하는 방식으로 기술된다. 대상을 서술해주는 진술은 사건의 진행과정을
보여주는 데에 할애되어 있다. 이를 요약하면 다음과 같다.

1. 우리는 도심지대를 벗어났다.

---

80) 강태호, 「자기 이해 과정으로서의 기록 : 동독의 프로토콜 문학」, 『독어교육』
35, 한국독어독문학교육학회, 2006, 191면.

2. 중랑교까지 시내버스를 타고 가서, 거기에서 서울을 벗어났다.
3. 망우리 입구에서 시외버스를 내려 걸어 올라가기 시작했다.
4. 전차를 타고 가다가 종로 5가에서 내렸다.
5. 서울 의대 부속 병원에서, 데모 중 중상 입은 친구들을 문안했다.
6. 서울 문리대쪽으로 걸어갔다.
7. 밤이 되어 술을 마셨다.
8. 흥분한 데모 대열을 보고 경찰이 잠복한 평화극장 앞에 이르렀다.
9. 대치한 데모대와 경찰의 대열 속에서 데모대에 합류했다.
10. 아비규환 속에서 극장이 파괴되고 데모대는 불을 질렀다.
11. 틈을 타서 극장의 물건들을 훔치는 치들도 있었다.
12. 군인들은 데모를 진압했다.

(박태순, 「무너진 극장」, 296~315면)

서사의 핵심은 서술의 대상이 되는 '정보성'이라고 할 수 있다. 여기에서 인물 혹은 인물의 갈등이나 개성은 사건을 이끌어가는 핵심이 되지 못할 뿐더러 그가 관찰한 세계 역시 '허구세계'가 아니다. 그의 서술은 신문의 일면을 보여주는 듯한 장면들의 나열과 묘사에 초점이 맞추어져 있다. 또한 서술자는 그 어떤 장면에 대해서도 평가를 내리지 않는다. 그는 자신의 경험을 충실하게 서술할 뿐이다. 다만 사건에 대한 의미를 부여하기 위해, 그 앞뒤로 프롤로그와 에필로그의 형식을 덧붙이는 정도이다.

1960년대에 접어들자마자 일어났던 4·19 사태에 대하여 우리가 갖는 정직한 느낌은 과연 무엇이었을까? 우리는 그것을 알지 못했다. 때는 바야흐로 비상시국이었으며, 일차 모든 기성의 질서들이 무시되는 혼란의 시기였다 오도된 질서에 대한 반발이 극심하게 표현되었던 시기였다. 기성 질서의 테두리 속에서 비겁한 안정을 꾀하던 지배자층이 총알에 맞아 많은 사람들이 죽었다. 붙잡힌 학생들은 고문을 당했다. 계엄령이 선포되었으며 통금 위반에 걸린 사람들은 얻어터졌다. 경찰은 여관과 가택을 수색했다. 병원마다 젊은이들은 빵꾸가 난 육체를 가누지 못해 죽음과 고통을 함께 느끼며 신음하였다. 때는 비상시국이었으므로, 무슨 일이든 발생할 수 있는 것이었다. 그랬으므로 그 당시 우리는 그 사태의 전모를 알고 있지 못했다. 더욱이 외아들을 죽이고 만 평길이 아버지의 심정이 어떠했는지, 마포 형무소에 끌려 들어간 우리 친구들이 어떤 상념에 빠져 있었는지 알지 못했다.

(박태순, 「무너진 극장」, 295~296면)

사건 증언 이전에 제시되는 프롤로그는 서사의 원인을 제공한다. 그리고 서술자는 대상에 대한 어떤 판단도 없이, '알지 못함'의 상태로 서술자의 지위[81]를 확인한다. 서술자는 1인칭으로, 즉 스토리 구성에 참여하는 동종 서술자로 설정되어 있으나 서술대상은 그 내적 면모나 의식이 아닌, 당시의 사건 자체에 초점이 맞추어져 있다. 또한 서술대상에 대하여 서술자와 인물은 자신이 보고 경험한 객관적 상황만을 알고 기술할 뿐이다. 그 이상의 정보를 제공하거나 대상에 대한 자신의 입장과 논평을 제시하지 않는다. 작품의 말미는 다음과 같은 에필로그로서 마감된다.

우리는 몸과 마음을 대가하여 그 아침을 얻은 것이었다. 바로 그날 사월 이십육일은 이승만 정권이 무너진 날이었으며 이십세기 들어온 이래 한국에 있어서 가장 긴 하루 중의 하나였다. (중략) 어떤 시인의 말마따나 좁은 골목길에서 지평선이 나타난 것처럼 느껴졌던 것이었다. 아마 사람들은 일종의 시민혁명이라고까지 생각되는 그들의 승리의 의미 가 무엇인지를 알았다고 믿었을 것이며, 그것이 어찌하여 고귀한 것인지를

---

81) 화자(서술자)는 크게 ① 화자가 속하는 서술 수준, ② 화자의 스토리 참여 범위, ③ 그의 역할을 지각할 수 있는 정도, ④ 화자의 신빙성에 따라 유형화할 수 있다. 여기에서 화자의 스토리 참여 범위에 따라, 동종(homodiegetic)화자와 이종 (heterodiegetic)화자로 나눌 수 있는데, 화자가 작중인물로 등장하는 경우를 동종 화자, 그렇지 않은 경우를 이종 화자라고 할 수 있다(리몬 케넌, 최상규 역, 『소설의 현대 시학』, 예림기획, 1999, 108~169면.)

마음 놓고 얘기하였을 것이다.

그러나 우리는 얼마 안 가서 어떤 철학자의 말처럼 '한 순간의 흥분을 너무 과대평가하여 기억하는 것의 무의미함'을 어느덧 배우기 시작하였으며 그리하여 우리가 힘들여 끌어올렸던 그 무질서의 위대한 형식이 역사성 속의 미아처럼 다만 한순간의 고립에 불과하고 말았다고 주장하는 세력이 여전히 의연히 버티고 있음을 보았다.

(박태순, 「무너진 극장」, 314~315면)

'무질서'의 '위대한' 형식으로서 4·19는 명명된다. 이 아이러니적·모순적 진술을 서술자는 '보여줄' 뿐 특정한 평가는 내리지 않는다. 다만 에필로그의 마지막 한 문장은 이러한 증언형식에 대한 의의를 부여한다. 즉 이 증언이 독자들에게 어떤 방향으로 읽혀져야 할지에 대한 방향성의 단초를 제공하는 것이다.

그것이 마치 그날 밤에 우리가 이룩하였던 그 놀라운 긴장감의 파괴를 부정하고 모든 변혁과 가치를 부정하는 것처럼 보이는데, 물론 우리는 결코 속아 넘어가지 않을 뿐 아니라 혁명은 의연히 계속 진행 중임을 도리어 확인하는 것이다. 그러니까 인생의 사회와 역사에 대한 우리의 시련이 도리어 그때부터 출발되고 있었던 듯한 느낌으로…

(박태순, 「무너진 극장」, 315면)

이렇듯 1960년대의 소설에서는 사회현실의 문제를 고발하는 데에 있어 서술자가 자신의 존재를 숨긴다. 혹은 아무런 가치평가를 하지 않는 철저한 경험자아의 진술로써 자신을 드러낸다. 서술자의 침묵을 통해 정보성만을 극대화한 이러한 서술은 진술된 정보에 대하여 독자가 그 대상을 판단하고 개입할 수 있는 여지를 최대한 확보할 수 있게 해 준다. 이러한 맥락에서 에필로그의 마지막 문장에 담긴 서술자 및 작가의 태도를 이해할 수 있다.

1960년대 박태순의 르포소설에서 나타나는 서술자의 '침묵'은 반동일화·

134

비동일화(혹은 미세 균열의 접선 그리기와 탈주선 그리기)가 될 수 있다. 또한 이 르포소설은 70년대 박태순의 소설적 변모의 과정을 설명할 수 있는 하나의 계기가 될 수 있다. 1960년대의 이러한 소설적 경향을 전제로 70년대의 박태순은 자신의 소설의 정체성을 새롭게 구축해 나갔기 때문이다. 박태순은 60년대(등단 초기)에 김승옥, 김치수, 김주연, 김현, 염무웅 등과 함께 『68문학』을 통해 그의 문학적 활동의 방향성을 잡아갔다. 그러나 70년대에 이르러 그는 문지파(『문학과 지성』 김현, 김치수, 김병익, 김주연 등)로부터 결별, '자유실천문인협회'로 대표되는 사회 실천 운동에 참여했다. 그러면서 그는 날카로운 풍자의 칼날을 보이며 민중적 가치를 구현하는 쪽으로 자신의 작품의 방향을 견지해 나갔다. 이러한 변모 과정의 단초가 그의 60년대 르포소설 형식에서 나타났던 것이다.

이러한 증언의 방법론으로서 이문구의 초기소설[82]들을 살펴볼 수 있다. 흔히 『관촌수필』 연작의 대표작가, 혹은 농민작가로 불리는 이문구가 등단 초기인 60년대에는 주로 도시 하층민들의 모습을 적나라하게 그린 작품들을 발표했다는 점은 주목할 만한 점이다. 그의 초기 단편 「백결」, 「야훼의 무곡」, 「생존허가원」, 「두더지」, 「지혈」, 「몽금포 타령」, 「금모래빛」 등에는 도시빈민의 밑바닥 인생과 그 삶의 현장에 대한 고발과 증언이 생생하게

---

82) 이문구는 1965년 김동리의 추천으로 「다갈라불망비」를 『현대문학』에 발표하며 등단하였는데, 그의 작품세계는 초기(1965~1972년), 중기(1972~1990년 초), 후기(1990년 이후)로 구분·대별된다. 초기는 데뷔 이래 그의 대표작 『관촌수필』이 창작되기 이전의 시기로, 이 시기의 작가적 시선은 도시적 삶의 체험과 형상화에 있었다. 중기는 『관촌수필』과 『우리동네』연작이 집필·발표되는 시기로 이때의 작가는 도시와 농촌, 현재와 과거의 긴장 관계 속에서 당대의 근대성과 현실의 문제를 타개해 나가고자 했다. 마지막 후기는 『우리동네』 이후의 시기로 이 시기의 작가는 그 관심과 시선을 일상적 현실에서 문화적인 영역으로 이동시켜 주제의식을 확장했다고 볼 수 있다. 본서의 대상은 도시적 삶의 형상화를 그 주제로 삼았던 초기작이라고 할 수 있다.

나타난다. 등장인물들은 판자촌에 사는 도시빈민, 범죄자, 대부업자, 넝마주이, 임시노동자 등 소위 도시의 하위 계층들이다.

> 도십장, 김춘희, 정간난, 세 사람이 시야가 어지럽게 맴돌았다. 이윽고 부지 작업을 하는 이백삼십 원짜리 사내들, 백이십 원으로 하루가 계약된 부녀자들, 뿐만 아니라 쇄석기층(碎石基層)을 다지는 롤러와 크레이더의 둔중한 소음, 트레일러 앞에서 숨 쉴 틈도 없이 군수품을 뒤로 실어 앉는 지게차와, 흑인 졸병들이 나무 그늘에 모여 고창하는 재즈 가락… 한결같은 금속성 소음이 겹치고 깨어지면서 고막을 찢어내는 동안 찬섭은 현기증 뒤에 외로움을 느끼고 있었다.
>
> (이문구, 「지혈」, 121면)

그의 초기 소설에는 상위 계층으로의 진입이 가능한 이들, 즉 근대적 대학교육을 받은 인물들 뿐 아니라, 도시 빈민으로 전락한 소위 '하위 계층' 인물들과 그 소외의 현장이 적나라하게 그려져 있다. 부랑아와 같은 그들은 모두 고향을 떠나와 도시 변두리를 전전하고 배회한다. 그들에 의해 인식·경험된 현실은 객관적 성찰과 미학적 변용의 산물이라기보다는 르포 식의 증언에 가깝다.

> 이 산 9번지 일대는 몇 해 전부터 판잣집으로 좁다. 유지로 덮인 야틈한 지붕들은 구름이 스쳐간다거나 벼락이 떨어질 염려 없어 좋을 게다. 돈벌이로 해서는 물 없이 고생하며 이 높은 데에 살지 않아도 되건만. 그는 "늘 하늘이 가까워 좋다"고 했다. 판자 벽마다 광고물 장터였다. 귓병, 콧병, 기침, 치질, 침뜸, 이런 크고 검은 글자들만 내세운 작은 광고물이다. 고등공민학교, 미용이용학원, 신인남녀배우 따위 울긋불긋한 모집 광고도 더러 있지만 눈이 한번 더 가지도 않는다.
>
> (이문구, 「야훼의 무곡」, 58면)

이 골목에서 유일하게 집 모양을 갖추고 있는 혜민당 약국 앞의 세거리에 이르니, 동네 조무래기들이 약국의 외등 아래에 모여서 흙장난이 한창이었다. 이 동네는 쓰레기통마다 치쌓이는 연탄재와 맞먹을 정도로 아이들이 흔했다. 집집이 마당 한 뼘이 없는 판잣집이라 아이들이 날만 새면 세거리로 몰려나오기 때문이었다. 철로가에 사는 집은 자다가 깨기가 예사라 자식도 많을 수밖에 없다는 것이었다.

(이문구, 「생존허가원」, 87면)

홧김에 내처 걷다보니 굴레방다리였다. 신촌고개 마루턱의 도로 공사장은 여전히 크레이더로 잔토(殘土)를 밀어내고 있었다. 형님에겐 이 먹자판을 젖혀두고 중국집 외진 방에 엉거주춤 무릎을 들어 옆방 연놈들 방아 찧는 것 구경이 신맛은 더한 모양이다. (…) 일반 토목회사가 시공한 공사장에 개인 중기가 아닌 도로사업소의 중기가 후생사업을 하고 있는 것이다. 시청 직영 공사장에 배치받은 크레이더가 장비 없는 영세 건설업자 현장에서 일해 주고 적잖은 보수를 받아간다는 사실을 진흙칠로 가려진 '건설○○호'란 관용넘버가 증언하고 있었다. 나 이런 사람이란 위조 신분증이라도 있으면, 운전수, 하청업자, 현장 감독, 배차 계원, 도로사업소장 등 여러분을 두루 만나 걸게 먹게끔 물 좋은 판이었던 것이다.

(이문구, 「야훼의 무곡」, 58면)

도시의 빈민, 하위주체들이 도시 주변부로 밀려난 삶의 현장들은 살아 있는 그대로 보도되고 증언된다. 그의 초기 소설에서 보이는 이러한 모습들은 작가 개인의 직접 체험과도 관련이 있다.[83] 이문구는 어린 나이에 상경하

---

83) 그는 충남 대천 관촌에서 자라 1959년, 그의 나이 18세에 상경했다. 그는 이미 한국전쟁으로 인해 가족들(부친, 조부, 형들)을 잃고 1956년 모친마저 세상을 떠나보내, 이른 나이부터 가장 역할을 해야 했다. 서울로 올라온 이후 행상과 잡역부, 공사장의 날품팔이로 생계를 꾸렸다. 그는 이를 다음과 같이 회고하고 있다.
"내가 이 바닥에 첫 발을 디딘 것은 19세 때인 1960년 여름이었으며, 그 현장은 10여 년 전에 쓴 단편 소설 「지혈(地血)」에 그려진 그대로 어느 미군부대의 영내 도로포장 공사장이었습니다. 하지만 본격적인 노가다 생활은 2년 동안 학교를

여 도시 주변을 떠돌면서 건어물 행상, 공사장 잡역부, 공사장 십장 등 밑바닥 인생을 전전했다. 1963년 서라벌 예술대학 문예창작과를 졸업한 후에는 공사장에서 본격적으로 일했다. 이러한 체험이 바탕이 된 그의 초기 소설이야말로 "각성된 자기인식 위에서 수행되는 세계의 새로운 비판 작업이라기보다, 우리가 몸담고 있는 현실 속에서 저절로 솟아오르는 체험의 목소리"[84]들의 증언인 것이다. 이 초기 단편들을 바탕으로 이문구는 1960년 대 중반의 서울 변두리 삶의 풍경을 그린 장편 『장한몽』을 집필하는데 이 작품 역시 그의 공사장 막노동판의 체험을 고스란히 그려내고 있다. 작품은 당시의 삶의 풍경 역시 날 것 그대로 나타낸다. 그의 소설이 현장 체험을 그대로 보여주고 증언하는 형식에 있었음은 다음의 회고를 통해서도 확인할 수 있다.

"그 무렵의 그 동네(서대문구 연희동)는 드넓은 공동묘지와 밑거름내 짙은 논밭, 여년 묵어 썩은 새더미가 다 된 초가와 함께 대물린 고가 몇 채가 띄엄띄엄 물러나 있고, 갈 데 없이 된 여남은이 북망산 기슭에 흙담 위로 넝마를 들뜨려 꾸민 옴팡 속에서 새삼스레 유명(幽明)을 가릴 바 없이 살던 무인지경 그대로였습니다. 『장한몽』에서 소개한 그대로 2천 3백여 채의 유택(幽宅) 철거작업은 검정 옷을 즐겨 입던 옴팡집 사내들의 노동으로 이루어졌고, 나는 드난이 들무새로서 옴팡집 사내들을 감시하는 십장질에 겸하여, 새로 짠 관 속에 덜 썩은 것들을 추려서 담는 입관작업에 매달리지 않으면 안 되었습니다."[85]

다닌 뒤인 1963년 4월이며, 그로부터 5년이라는 짧지 않은 세월을 바닥에서만 허우적거리게 되었습니다. 오래 전에 쓴 단편 소설 「몽금포타령」이나 「금모랫빛」에 도 그려 있듯, 때로는 노가다 중에서도 윗길로 치던 건축공사 일판에서 질통으로 자갈을 져나른 적도 없지 않으나, 나의 현장은 거의가 서울 시내의 길바닥이었습니 다."(이문구, 「장한몽에 대한 짧은 꿈」, 『지금은 꽃이 아니라도 좋아라』, 전예원, 1979.)

84) 김주연, 「서민 생활의 요설록(饒舌錄)」, 『한국문학 대전집』 22, 태극출판사, 1976, 559면.

이러한 증언을 함에 있어 그는 박태순과 같이 르포소설이라는 '장르'를 '의식'하고 쓴 것은 아니다. 하지만 작품의 형상화 양상의 측면에서 보았을 때, 도시 하층민의 모습과 실상을 적나라하게 증언하고 보여준다는 점에서 박태순의 경향성과 동궤의 논리에 있다는 것이다. 이는 "사실(事實)을 사실(査實)한 대로 사실(寫實)하기로 작정했다"[86]라는 그의 진술을 통해 확인되는 문학관이기도 하다. 이러한 문학관에 기초한 도시의 부랑아, 날품팔이, 빈민, 잉여들의 삶은 무엇이며, 그들이 경험하는 세계는 무엇인가?

> 바깥세계는 제도적인 생활과 틀이 분명한 의식으로 인하여 함정 속보다도 공간이 더 좁았다. 따라서 바깥 세계는 적색 지대이며, 결국 아줌마는 다시 이 함정으로 되돌아올 수밖에 없는 것이다. 바깥 세계는 지뢰밭이나 다름이 없었다. 그 지뢰는 자칫 잘못하여 건드리기만 해도 연쇄적으로 터져버릴 것이다. 경고판을 잔뜩 세웠다고 해도 진작에 시력이 쇠퇴해버린 자에게는 소용이 없다. 무릇 세상에 있는 것들은 서로가 필요한 것들끼리만 필요한 존재인 것이다. 자기나 아줌마는 함정 속에서 사는 것만이 최선이며, 이는 수정할 수 없는 명우의 한 신념이기도 하다.
>
> (이문구, 「두더지」, 156면)

그런데 여기에서, 현실을 통해 여러 인물들을 드러내는 작가의 서술적 전략에 주목해 볼 필요가 있다. 이문구 소설 속의 인물들은 삶의 모습과 방식, 언어 역시 생생하게 드러내지만 서술자는 이에 대한 어떠한 판단도 하지 않는다. 윤리적인 물음을 할 만한 상황에서도 그러한 물음은 유보하며 삶의 현장, 그리고 그 안에서 살아있는 삶의 실체와 군상을 생생하게 보여주는 데에만 주력하는 것이다. 대상에 대한 판단의 시선은 철저히 유보한 채, 그 현장만을 살리면서 인물의 언어를 그대로 노출시키는 방법을 구사한

---

85) 이문구, 앞의 책, 162면.
86) 이문구, 앞의 책, 165면.

다. 그들이 자기보존의 논리로 세계의 속악성을 체화하여 살아갈 때에 서술자는 뒤로 물러서며, 인물들의 육성을 그대로 노출시킬 뿐이다. 인물의 내적 심리 상태를 섬세하게 따라가야 할 때 역시 서술자의 모든 지위와 권력을 내려놓는다. 권위적 서술자는 자신의 목소리를 배제하고 자신에게 부여된 전지적 능력을 내려놓는다. 인물의 내면과 심리가 표현되어야 할 때에는 실제 등장인물들의 육성을 그대로 노출시킨다. 대표적인 예로 다음과 같은 '일기'의 형식을 들 수 있다.

> 우길은 곧 그 집을 나왔다. 돌아와서 가끔 쓰곤 하던 일기를 썼다. "돈을 빚준 건 애를 걱정해서가 아니다. 달리 돈을 내준 건 그만큼 이자가 큰 까닭이다. 나의 조물주도 고리대금업자. 사회는 연대 보증인. 저의 안전을 위해 구상권(求償權)도 없이 이토록 가혹하게 굴었다. 근저당으로 유치된 다리 한 짝은 이렇게 갚아가는 데도, 유질 계약(流質契約) 금지법까지 어겨가며 조물주는 변제 기간을 연장만 하고 있다. 이 고통을 덜려고 나도 채권자 흉내를 내는 게 아니랴. 약간의 얻어지는 희열로 상쇄시키려고 말이다."
>
> (이문구, 「생존허가원」, 91면)

혹은, 인물의 내부에 진입하지 않은 채 서술자는 상황에 대한 제시와 외부 상황에 묘사를 수행하면서 자신의 윤리적 판단이나 입장을 드러내지 않는다.

> 우길은 부지중에 말끝을 흐렸다. 울고 있었던 것이다. 최는 칼을 던지고 떨리는 손으로 우길의 결박부터 풀어주기 시작했다. 밖에는 계속 비가 내리고 있었다. 훨씬 줄기차게.
>
> (이문구, 「생존허가원」, 104면)

그녀는 매일 밤, 주인아주머니가 튼 라디오의 연속 방송극을 듣는 게

제일 재미있었다. (⋯) 김석양 작「눈물의 청계천」이라는 방송극이었다.
　시골처녀가 올라와, 자식 못 낳아 늙은이 내외뿐인 집에서 식모살이를
한다. 어느 날 밤, 주인 영감탱이한테 욕을 당한다. 마누라는 알면서도
모른 체 두고, 달이 차기만 기다린다. 애를 그것도 아들을 낳아놓자, 여태
이런 줄 몰랐었다는 듯, 아이만 뺏고는 실컷 두들겨 패서 내쫓았다. 늙은
것들 내외가, 그런 짓을 해서라도 자식을 두기로 미리 계획했던 거다.
내쫓긴 시골 색시는 결국 밤거리 여자로 전락하더니 얼마 후 청계천
다리 밑에서 자살해 버렸다. 들으면서 몇 번이고 혼자 울었다. 정말 슬픈
방송극이었다.

(이문구,「담배 한 대」, 219면)

　도시에서 나고 자란 박태순이 70년대에 이르러 '도시 속에' 머물면서
민중상을 발견했다면, 1960년대에 도시에서 이러한 탐색을 거친 이문구는
이제 이것을 바탕으로 70년대에 들어서 다시 농촌으로 돌아가 민중상을
발견한다. 70년대 이후 두 작가의 방향성의 차이는 있지만, 그들의 출발점이
동일하게 1960년대 도시적 삶에 대한 증언에서부터 있었다는 점은 매우
흥미롭다. 두 작가는 도시적 삶에 대한 리얼한 보여주기, 증언의 방식으로
자신들이 접한 근대의 도시 일상과 그 주변부의 모습을 적나라하게 고발하고
제시했던 것이다.

　1960년대 소설 속에 나타난 근대적 도시의 일상과 인물 등에 대한 서술은
박태순과 이문구의 60년대 소설에서 보여주듯 일정한 방향성을 가지고
서술되었다. 이러한 도시 속에서의 삶을 면밀히 관찰하고 그것을 객관화된
입장에서 증언하고 고발하는 형식은 이후의 리얼리즘의 문학을 개화시키는
하나의 중요한 밑거름이 된다. 물론, 문학이 어떤 선명한 방향성을 전제하고
있다면 이는 과연 예술인가 아닌가, 혹은 예술적 완성도가 있는가 아닌가에
대한 논란을 불러일으킬 수도 있다. 기록문학의 예술성과 정치성 간의

긴장, 혹은 경합관계에 대해서는 1932년 독일에서 있었던 루카치(Georg Lukács)와 오트발트(Ernnst Ottwalt)의 르포문학 논쟁, 이른바 반형상화(Antigestaltung) 논쟁[87]에서 상징적으로 확인해 볼 수 있다. 이 논쟁의 핵심은 정치성과 예술성 간의 우위관계에 관한 것이었다. 루카치는 르포문학을 들어 마르크스주의 변증법적 인식력 부족과 사회적 현실에 대한 총체적 묘사 능력 부족을 지적했다. 루카치에 따르면 르포문학은 그 특수성을 보편성과 연결시킬 수 있지만 그것은 예술적 방법론이 아닌 학문적 방법론으로 작업을 하기 때문에 주로 독자의 오성에 호소하게 된다. 이러한 과정에서는 구체적인 현실의 단면에 대한 인식이 이루어질 뿐 사회적인 연관관계 전체에 대한 예술적인 통찰, 곧 총체성의 인식이 이루어질 수 없다. 그렇기에 루카치는 르포문학은 예술로서의 그 취약성을 노출할 수밖에 없다고 본다. 르포문학은 구체적인 사례에 대해 충실하게 기술하는 부분과 이 구체적인 사례가 전형적인 것이라는 점을 증명하는 부분이라는 분리된 두 가지 과정으로 나뉘어져 있는데, 루카치는 이 두 번째 과정은 학문적인 과정이지 예술이나 문학적 과정이 아니라고 보았다. 이에 대해 오트발트는 이 두 번째 과정, 즉 그 정치적·선동적 관점이 오히려 르포문학의 핵심임을 지적하며 루카치의 의견에 비판적으로 대응했다. 그는 문학적 현실로는 단지 미적인 결론만을 이끌어 낼 수 있을 뿐 계급투쟁을 위한 실천적인 대안을 찾을 수 없다고 말하는 것이다. 오트발트의 이러한 주장은 르포문학의 핵심이란 루카치가 말한 현실에 대한 총체적 인식이 아니라 정치적 실천 쪽에 있었음을 의미한다.

1960년대 소설에서 보여준 르포소설 형식은 현실에 대한 '미적' 구성물로서의 완성도 측면에서 보았을 때 어느 정도의 한계점은 있다. 그러나 이들의 존재는 당시 소설이 사회의 현실 문제에 대하여 무기력한 방관자의 시선으로

---

87) 강태호, 앞의 글, 2006, 96면.

142

만 존재했던 것이 아니라 나름의 적극적인 방향성과 방법론을 가지고 대응해
나간 하나의 표지가 된다는 점에서 그 의의를 찾을 수 있다. 또한 이 의의는
전술(前述)한 바와 같이, 이후 즉 1970년대 이후 민중문학의 개화를 알리는
하나의 중요한 밑거름이 되고 탐색의 과정이 되었다는 점에서 더욱 그
존재가치가 있다. "1970년대의 민중적 리얼리즘이 가능했던 것은 1960년대
문학의 공로"[88]라는 평가는, 60년대의 세대가 당시의 정치적 격변을 체험하
고 4·19 혁명이라는 승리의 경험을 했다는 것 자체 때문만은 아니다. 그
체험과 경험을 어떻게 문학적 형식으로 적극적으로 반응하고 표현했는가,
그 현실의 문제를 작품을 통해 어떻게 굴절시키고 독자들에게 제시했는가가
더 중요한 것이다. 60년대 문학에서 이러한 의의가 탐색될 때 70년대의
민중적 리얼리즘 논의 또한, 연속적 관점에서 좀 더 풍부하게 고찰될 수
있을 것이다.

88) 민족문학사연구소 현대문학 분과, 앞의 책.

III. 전통의 재인식과 반동의 탈주선 그리기

1. 민족성에 대한 재인식과 탐구

1) 동양적 세계관과 감각학의 방법론

1960년대 문학에 있어 중요한 논쟁점 중의 하나는 전통 및 민족주의에 관한 관심인데, 이는 실제로 비평계의 전통 논쟁으로 나타난 바 있었다.[1] 김동리는 1960년대 이전에 이미 등단·활동한 중견 작가였다. 그런데 그의 전통에 대한 관심과 발언이 1960년대 비평계의 논쟁과 함께 다시 치열하게 나타나기 시작했다는 것은 주목할 만한 사실이다. 1936년 단편 「무녀도」를 『중앙』에 발표한 이래 김동리는 이 작품에 대해 여러 번의 개작[2]을 수행했다. 그는 1967년에 이르러서 마지막으로 개작을 마쳤고, 다음의 발언을 통해 「무녀도」에 관한 집필과 개작 의도를 확인시켜준다. 그는 '한국적인 것'을 세계문학의 차원에서 이해하고 그 당위성을 역설하고 있다.

첫째, 민족적인 것을 쓰고자 했다. 당시는 민족정신이라든가 민족적 개성에 해당되는 모든 것이 말살되어가는 일제 총독 치하의 암흑기였기 때문에 현실적으로 이에 맞설 수 없는 실정이라면 문학을 통해서나마

---

1) 1962년 『사상계』 심포지엄.
2) 「무녀도」는 1936년 『중앙』에 발표된 이래, 1947년 판 단편집 『무녀도』와 1967년 판 『김동리 대표작 선집』에서 각각 개작(改作)되었다. 이후 1978년 장편 『을화(乙火)』로 완전 개작되었다.

144

이를 구하고 지켜야 한다고 생각했던 것이다. 여기서 가장 근본적이며 핵심적인 민족의 얼이요 넋이 되는 것은 무엇일까 하는 문제를 생각하게 되었다. 그렇다고 그 해답으로서 당장 무속(巫俗)을 생각해 낸 것은 아니다. 나는 먼저 모든 민족에 있어서 각각 그 시대의 생(生)의 이념이 되고 그 가치의 기준이 되는 것을 훑어볼 때 서양에서는 기독교 동양에서는 유고 불교 따위란 것을 발견하고, 우리 한국의 경우를 생각해 보았다. 즉 우리 민족에 있어서 불교나 유교가 들어오기 이전, 이에 해당하는 민족고유의 종교적 기능을 담당한 것은 무엇일까 하는 문제였다. 내가 샤머니즘에 생각이 미치게 된 것은 이러한 과정을 거쳐서였고, 따라서 오늘날의 무속이란 것이 우리 민족에 있어서는 가장 원초적인 종교적 기능이라고 볼 때 그 가운데는 우리 민족고유의 정신적 가치의 핵심이 되는 그 무엇이 내재하여 있을 것이라고 생각했다. 이것을 찾고 지키고 나아가서 현대 속에 되살리는 길은, 곧 민족의 고유한 혼을 예술(문학)로서 구현시키는 일이라고 믿게 되었다.

둘째, 세계사적인 과제에 도전하고자 하였다. 이 문제는 간단히 설명하기가 어렵지만 그런대로 단적으로 언급한다면 그것은 소위 세기말의 과제를, 우리의 문학에서 특히 샤머니즘을 통하여 처리해보고자 하는, 야심적이라면 무척 야심적인 포부였다. 세기말의 과제라고 하면 대단히 광범하고 거창한 내용을 가리키게 되겠지만 그 가운데서도 가장 핵심적인 문제는, 신과 인간의 문제요 자연과 초자연의 문제라고 나는 생각했다. 이러한 '신과 인간', '자연과 초자연', '과학과 신비' 등등의 문제는 어디까지나 기독교를 전제한 유럽 사람들의 신관(神觀), 인간관, 자연관, 과학관, 신비관 등등에서 빚어진 문제인 만큼 같은 테두리 안에서 같은 대상을 두고는 아무리 새로운 분단을 시도해봐야 별로 신통한 대답이 나올 수 없다고 보았다. 여기서 나는 우리의 무속의 연원을 파헤쳐 그 속에 내재해 있는 신간, 인간관, 자연관 등으로 이 세기적인 과제에 대처할 수 있는 문학적 혈로를 찾아보기로 했다.[3]

---

3) 김동리, 「무속과 나의 문학」, 『월간문학』 8, 1978, 151면.

유교, 불교, 도교 및 기독교까지 소화해서 세계적인 대작이 나올 수 있다는 그의 발언은 일찍부터 자신의 작품과의 관련성을 모색하면서 발전한 것이다. 이에 그의 샤머니즘은 민족주의의 발현일 뿐 아니라 세계문학에 대한 도전이자 대항(對抗) 형식으로서 의미를 획득하게 되는 것이다.

한국 현대소설의 성립과 발전과정에 있어 리얼리즘의 감각은 작품에서의 사회와 현실의 총체성을 구현하는 데 있어 매우 중요한 요소로 작용해 왔다. 이에, 김동리의 경우 '반(反)리얼리즘'의 작가로 명명되며 근대성의 자장(磁場)범위 안에서는 폄하되어 온 것도 사실이다.4) 박상륭 역시 그는 너무나 '한국적'이어서, 신선한 도시성과 세련된 언어감각을 추구하던 1960년대의 문단에서는 극복되고 거부되어야 할 대상5)이기도 했다. 한무숙 역시 문학사 내부의 존재로 여겨지지 못했으며, 논의된다 하더라도 여류

---

4) 루카치의 소설론에 기대에 한국 현대소설의 지형도를 그리는 근대주의자로서의 김윤식은 이를 두고 근대소설의 미달 양식으로 상정하며 다음과 같이 다소 부정적으로 평가한 바 있다. "문협 정통파의 특질이란 무엇인가. 한 마디로 요약한다면 '삶의 구경적 형식'으로서의 문학관이라고 정의된다. 김동리 씨가 30년대 말기에 정립하고, 해방공간에서 조연현 씨가 복창한 것, 그리고 황순원, 유치환, 서정주, 조지훈 제씨가 이를 창작으로 뒷받침한 것. 그 후속세대에 바로 오영수, 이범선이 이어졌던 것. (중략) 이른바 삶의 구경적 형식으로서의 문학이란, 비록 역사에의 맹목성이지만, 가장 확실한 생명의 감각을 포착하는 것. 따라서 거기엔 삶의 과정(변증법)이 없고, 오직 운명만이 있는 것. 그들 대부분이 장편을 못 썼거나 실패하는 것은 당연한 일. 그러기에 근대시민사회가 안고 있는 삶과 적대관계에 놓이며, 반리얼리즘에 해당되는 것."
5) 김윤식은 "한국 소설이 가장 짙게 앓고 있는, 극복해야 될 질병"은 "한국적 허무주의 혹은 샤머니즘"이라고 지적하면서 박상륭의 「열명길」을 지적했다. 그는 박상륭의 작품을 허무주의와 샤머니즘에 입각한 예술주의 소산으로 보면서, 그 '전근대적 발상'에 대한 날카로운 비판을 가했다. 그러면서 "한국적 허무주의의 심연에서 예술주의를 건져낼 수 있다 하더라도 한국문학의 빈혈성은 그대로 남을 것"이라고 하였다.(김윤식, 「앓는 세대의 문학」, 『현대문학』10, 1969, 43면.) 이 외에도, 박상륭은 1960년대 나름의 왕성한 작품 활동을 벌였음에도 불구하고 60년대 작가의 계보 안에서 논의되지 못한 점이 많았다. 그의 많은 작품들은 4·19세대 작가와 비평가들의 문학관, 풀어 말한다면 계몽적 합리주의 세계관에 의거, 상당부분 '비평적 침묵'에 가려져 온 것이 사실이다. 시대와 역사를 소거하고, 현실세계를 외면한 공허한 신비주의의 소산으로 그의 작품세계를 폄하했던 것이다.

작가의 계보로 따로 분류되어 온 대상이었다.

　그러나 이들의 작품은 당시 모더니즘과 리얼리즘으로 양분·존재하고 있던 '근대적' 작가들의 '외부'에 존재하고 배치된다는 점에서 주목을 요한다. 이는 당시 '자연에 인습적으로 맹종'해온 작가들6)'이라는 혹평에도 불구하고 우리 문단의 근대성을 규정짓는 매우 중요한 의미를 지닌다. 이들은 당대 문단의 '외부'로서 중요한 의미를 갖기 때문이다. 들뢰즈·가타리는 "다양체는 외부에 의해 정의된다"7)(MP, p.15.)고 말했다. 여기에서 다양체는 외부를 향해 새로이 분기하는 선(탈주선, 탈영토화의 선)에 의해 정의되는 것이다. 내부의 존재는 외부의 존재에 의해 의미를 규정받는다. 내부와 외부는 어떤 위계질서나 우열의 관계가 아니다. 내부는 외부에 의해 그 의미가 규정될 뿐 아니라, 외부는 다시 내부가 되어 반대편(외부)에 의해 의미를 규정받는다. "하나의 지층은 오직 수직지층과 병렬지층들 속에서만 존재한다"(MP, p.68)라는 표현은 하나의 지층(독자적 대상)이 그것의 '외부'를 이루는 다른 지층과의 관계 속에서만 존재할 수 있다는 점을 강조하기 위한 것이다. 이 '외부'는 '변방'이 아니다. 변방은 그 상대적 개념, 즉 '중심'과 대(對)를 이루는 것이고, '중심'과 '변방'이라는 용어 자체는 이미 일종의 위계질서를 전제하는 것이기 때문이다. 1960년대 문단에서 김동리를 대표로 하는 소위 '문협 정통파'의 문학은 당대 근대성 논의에 있어 '변방'으로 평가 받고 의미를 부여받아온 것이 사실이다. 그러나 이에 대한 '변방'으로서의 관심은 '외부'8)로서의 관심과 논의로 그 시각의

---

6) 김주연, 「새 시대 문학의 성립」, 『6.8 문학』, 1968.
7) 들뢰즈·가타리, 앞의 책.
8) "진정으로 경험적인 세계는 외재성의 세계, 즉 사유 자체가 외부와의 근본적인 관계 속에서 존재하는 세계이며, 용어들이 진정한 원자들이며 관계들이 진정한 외부와의 통로인 세계, 접속사 '그리고'가 동사 '이다(있다)'의 내면성의 왕좌를 찬탈하는 세계이며, 의사소통이 외부와의 관계들을 통해 일어나는 다양한 색깔의 문양들과 총체화할 수 없는 단편들의 다채로운 세계이다."(정정호, 앞의 글, 89면.)

방향이 교정될 필요가 있겠다.

　이들의 존재는 호미 바바가 이야기했던 문화의 혼성성(hybridity) 개념9)을 환기시킨다. 혼성성(hybridity)이란 원래 서구문화의 잡종이라는 뜻이지만 호미 바바적 의미에서 풀이한다면 그것은 외래문화를 수용하면서 그간 일시적으로 단절·부정되었던 전통·고유문화를 부활시킨 것을 말한다. 이때 새롭게 부활·재고(再考)된 고유문화는 옛날의 전통문화를 단순히 계승하거나 반복한 것이 아니다. 그것은 외래문화를 타자로서 포함한 제3의 혼성적인 문화로 나타난다. 혼성성이란 원래 서구문화의 잡종이라는 뜻이지만 그것은 원래의 것이 파생물이 아니라 혼성을 통해 오히려 동일성의 문화의 한계를 넘어선 새로운 위치를 얻었음을 보여준다.10)

　「무녀도」가 발표된 것은 1936년이지만, 이 작품이 마지막으로 개작된 시기는 1960년대이다. 이 개작본은 스토리의 전개 면에서는 원작과 크게 달라진 점은 없으나, 개작 이전과 이후의 서사의 차이점을 살펴보면 다음과 같다.

---

　9) 문화의 혼성성, 혼혈성, 잡종성(hybridity)은 사이드, 데리다, 프로이트, 라캉 등의 이론을 탈식민주의 담론에 수용하여 발전시킨 호미 바바(Homi K. Bhabha)의 용어이다. 바바는 인도의 기독교 전파 양상을 분석하며, 원주민들은 기독교인이 되어도 그들의 미신을 깊이 간직하고 있었다는 사실을 보고, 이런 인도인들 사이에 위장하지 않은 기독교인은 없었다는 사실을 읽어냈다. 원주민들에게는 진실이지만, 식민지 담론에 위배되는 문화는 지식의 저장고에 양가적으로 새겨진다는 것이다. 그는 이 양가적인 새김에서 저항성을 읽어냈다. 이러한 혼성성의 개념은 문화로써 실현되는 신식민주의의 양상에도 동일하게 적용될 수 있다. 수많은 과거와 현재가 새겨지고 지워지며 흔적을 남긴다. 문화는 이 흔적 위에 다시 새겨지는 혼혈적인 것이다. 지배문화는 저항문화와 충돌하며 재해석되거나 덧칠해짐으로써 그 저항성을 드러내고 전복하고 전복된다.(권택영, 「탈식민주의와 문화비평-이론과 실천」, 『현대시사상』봄, 1996, 81~84면 참조.)

10) 호미 바바, 나병철 역, 『문화의 위치』, 소명출판, 2002, 225~229면 ; 나병철, 『탈식민주의와 근대문학』, 문예출판사, 2004, 119~129면 ; 나병철, 『가족 로망스와 성장소설』, 문예출판사, 2004, 134면, 각주 24번 참조.

　개작을 하기 이전, 이 작품에서 인물 간의 갈등은 이부동복(異父同腹) 남매의 근친상간에 초점이 맞추어져 있었다. 그러나 여러 번의 개작을 통해서는 이러한 점보다는 기독교와 무속의 갈등, 욱이와 모화-모자간의 갈등이 부각된다. 또한 이러한 과정에서 무속과 샤머니즘의 초월적·신비적 세계관이 부각된다. 이를 구체적으로 지적하자면, 소설의 도입부를 부분적으로 수정하고 사건의 중심축을 이루는 욱이의 살인전과자로서의 면모를 독실한 기독교인으로 바꾸는 한편, 이 소설의 중요 모티프였던 근친상간의 모티프의 무게를 지우는 것이다. 또한 원작에서 중시하지 않았던 무가(巫歌)와 주술(呪術)을 주요 장면마다 삽입한 것이다.

　가족사 안에서 문제되던 비극과 갈등이 전근대와 근대의 세계를 대표하는 이념적·세계관적 갈등으로 확장된 것이다. 여기에는 당대-시대성에 대한 김동리의 고민이 투사되어 있다. 무속으로 상징되는 전통문화와 기독교로 상징되는 외래문화의 대립 양상이 개작의 핵심이 된 것이다.「무녀도」에서 이러한 대립은 각 세계관을 대표하는 인물들로 상정된다. 일반적으로 서사에서 인물은 사유하고, 행동하는 존재로 제시된다. 사유와 행동은 서사에서 인물의 성격 및 사건의 방향성을 드러내는 표지가 된다. 신화나 전설, 민담으로부터 현대소설에 이르기까지 다양한 종류의 서사가 만들어지면서 시대에 따라 인물의 존재방식도 달라지게 되었는데, 가장 큰 변화는 '행동'하는 인물에서 '사유'하는 인물로의 변화이다.[11] 통상 서사에서 인물의 행동은

---

11) 행동을 통해 인물이 드러나는 경우는 신화나 전설, 고전소설과 같은 서사 양식이라고 볼 수 있다.「동명왕 신화」에 나오는 유화나 주몽과 같은 인물은 행동을 통해 자신의 생각을 실현하는 인물이며,「홍길동전」에 나오는 길동 역시 뚜렷한 행동의 변화를 보이는 인물이다. 반면 인물이 사유의 축을 중심으로 존재하는 경우도 있다.「소설가 구보씨의 일일」에 나오는 구보와 같은 인물에게 있어서 행동이란 것은 어떤 뚜렷한 목표를 갖고 이루어지지 않으며, 단지 사유의 전개를 위한 방편으로 작용한다. 인물이 자신이 속한 세계에 대한 전망을 갖지 못할 때 행동보다는 사유를 확장해 나가게 된다. 사유하는 인물에게 있어서 중요한 것은 사유를 촉발하는 대상이다. 인물은 사유를 촉발하는 대상을 통해 과거와 미래를 넘나들면서

사건을 발생시키는 계기가 된다. 그런데 이 작품에서는 이러한 구체적인 플롯을 발생시키는 인물의 역동적인 행동의 크기가 매우 극소화되어 나타난다. 근대소설의 발생과 발전론적 과정에서 보았을 때 이 '사유'는 갈등을 일으키게 한 사회와 환경에 대한 회의와 성찰과 연결된다. 이러한 관점에서 보았을 때 김동리 소설 속의 인물들은 근대소설의 미달 형식으로 파악될 수도 있다. 김동리 소설 속 인물들은 타락한 사회와 환경에 대한 사유와 성찰이 부족해 보이기 때문이다. 소설 양식사의 발전적 측면에서 보았을 때 김동리는 퇴보한 작가로서의 혐의를 덧입을 수밖에 없는 근거이다. 김동리 소설 속의 인물들은 대조되는 이념항으로써 구현되어 있다. 그 이념은 '초월적 기의'[12]로 명명될 수 있다. 일반적으로 근대소설의 주인공은 이 내면화된 '초월적 기의'에 대한 회의와 극복 열망을 표현한다. 그러나 김동리의 소설에서는 오히려 그것을 구현하는 인물들이 등장하는 것이다. 「무녀도」에서 등장하는 모화와 욱이는 전근대적 세계관과 근대적 세계관을 대표하는 인물들이지만, 소설 양식의 측면에서는 전통담론의 자장 안에 있다.[13] 그들은 공통적으로 초월적 기의로 구현된 인물들이기 때문이다.

사유를 확장해 나간다. 인물의 사유가 확장되면서 사건은 발생하지 않고 플롯은 정지된다.(우한용 외, 「서사 세계 이해하기」, 『실용과 실천의 문학교육』, 새문사, 2009, 157~158면.)

12) '초월적 기의'란 초월적인 힘을 가진 관념체계를 뜻한다. 구체적으로 송효섭은 "그것(초월적 기의)은 불교나 유교 혹은 기독교와 같은 신앙이나 이념 체계일 수도 있고, 양반 의식이나 서민 의식과 같은 계층 의식일 수도 있으며, 아니면 민족 혼이나 얼과 같은 낭만성을 띤 집단적인 개념일 수도 있다."고 말한다. 덧붙여, 송효섭은 이 '초월적 기의'에 의해 만들어진 기표가 이야기의 형식을 띨 때 그것을 '전통 서사 담론'이라고 이야기 한다.(송효섭, 『설화의 기호학』, 민음사, 1999, 290~291면.)

13) "근대 담론에서의 발신자는 '지금', '여기'에 있는 '나'로부터 모든 것이 시작된다. (…) 이러한 양상을 우리는 '초월적 기의의 파괴'라는 말로 요약할 수 있다. 초월적 기의 대신 개별적 기의가 그 자리를 대표하면서 다양한 개별적 기표들을 산출하는 것이다. 이러한 기의의 근원은 결국 개별화된 자아, 개별화된 세계, 혹은 개별화된 이들간의 관계이며, 이로 인해 근대 담론은 개별화된 담론의 공존으로 나타나게

모화는 전근대적 세계관을 대표하는 인물로서, 샤머니즘·전통의 세계에 속한다. 모화는 원작에 비하여 인물의 면모 면에서 극적인 변화·차이를 보이지는 않는다. 다만 개작 과정 중 여러 가지 서사적 장치로써 그 세계관의 내용과 분위기를 강화하여 보인다. 욱이는 근대적 세계관을 대표하는 인물로서, 개작과정을 통해 가장 많은 변화·차이의 폭을 보인 캐릭터이다. 원작에서 그는 어릴 때 절에 맡겨져 있다가 부처님의 법을 배우던 선사를 돌로 쳐 죽인 죄로 투옥이 되었고 출감을 계기로 집으로 돌아오는 것으로 그려졌다. 그러나 개작본에서는 욱이의 살인전과자로서의 행적은 삭제되었다. 더 나아가 독실한 기독교도로 되어 돌아오는 것으로 그려진다. 그에 대한 묘사나 소개 또한 달라진다.

> 욱이는 모화가 아직 모화 마을에 살 때, 귀신이 지피기 전 어떤 남자와의 사이에 생긴 사생아였다. 그는 어릴 적부터 무척 총명하여 신동이란 소문까지 났으나 근본이 워낙 미천하여 마을에서는 순조롭게 공부를 시킬 수가 없어 그가 아홉 살 되었을 때 아는 사람의 주선으로 어느 절간에 보낸 뒤, 그동안 한 십년간 까맣게 소식조차 묘연하다가 얼마 전 표연히 이 집에 나타난 것이었다. (중략)
> 그러나 욱이는 며칠을 가지 않아 모화와 낭이에게 알 수 없는 이상한 수수께끼와 같은 것이 되었다. 그는 음식을 받아놓거나, 밤에 잠을 자려고 할 때나, 또 아침에 자리에서 일어났을 때 반드시 한참 동안씩 주문(呪文) 같은 것을 외는 것이었다. 그러고는 틈틈이 품 속에서 조그만 책 한 권을 꺼내어 읽곤 하는 것이었다. 낭이가 그것을 수상스레 보고 있으려니까 욱이는 그 아름다운 얼굴에 미소를 지으며, "너도 이 책을 읽어라"하고 조그만 책을 낭이 앞에 펴보이곤 했다.
> (김동리, 「무녀도」, 409~410면)

된다."(송효섭, 위의 책, 299~300면.)

원작에서는 '눈에 모가 서고 세상이 비뚤어져 보여 불살라 버리고도 싶은, 불의를 보면 용서 못하는, 과격하며 행동적인' 욱이가 개작본에서는 '아름다운 얼굴에 미소를 지으며' 나타났다. 욱이의 이런 변화는 비(非)문명의 세계로부터 문명과 질서의 세계로의 편입을 의미한다. 이러한 욱이와 대조되는 모화는 반(反)문명, 전(前)근대, 원시와 무속의 세계를 상징한다. 이들은 작품 전반에서부터 후반에 걸쳐 팽팽한 긴장과 대립관계로 설정되어 있다. 다시 말하면 전근대와 근대의 대결을 인물 대결의 유비(analogy)를 통해 드러내고 있는 것이다. 리몬-케넌은 유비(analogy)를 인물 구성 강화의 한 방식으로 이해했다. 그는 인물 사이의 유비 관계는 인물의 특성을 두드러지게 한다고 이야기했다. 즉 동일한 환경 속에 두 사람의 작중인물이 제시되어 있을 때 그들 행동 사이의 유사성이나 대조는 양편 모두의 특성을 두드러지게 한다는 것이다.[14] 작품에서 이러한 대결의식은 작품 초반부터 후반까지 팽팽한 긴장관계를 형성하게 된다. 몰락할 수밖에 없는 전통적인 샤머니즘의 세계는 모화의 좌절과 죽음, 하강의 플롯으로 마무리된다.

여기에서 주목해야 할 것은 이러한 대결 구도 속에서 모화가 소개되는 방식이다.

이 마을 한 구석에 모화(毛火)라는 무당이 살고 있었다. 모화서 들어온 사람이라 하여 모화라 부르는 것이었다. 그것은 한 머리 찌그러져 가는 묵은 기와집으로, 지붕 위에는 기와 버섯이 퍼렇게 뻗어 올라 역한 흙냄새를 풍기고 집 주위는 앙상한 돌담이 군데군데 헐린 채 옛 성처럼 꼬불꼬불 에워싸고 있었다. 이 돌담이 에워싼 안의 공지같이 넓은 마당에 수채가 막힌 채, 빗물이 괴는 대로 일 년 내 시퍼런 물이끼가 뒤덮여, 늘쟁이, 명아주, 강아지풀 그리고 이름 모를 여러 가지 잡풀들이 사람의 키도 묻힐 만큼 거멓게 엉키어 있었다. 그 아래로 뱀같이 길게 늘어진 지렁이와 두꺼비같이 늙은 개구리들이 구물거리며 움칠거리며, 항시 밤이 들기만

14) S. 리몬-케넌, 『소설의 시학』, 문학과 지성사, 1992, 107면.

기다릴 뿐으로, 이미 수십 년 혹은 수백 년 전에 벌써 사람의 자취와는
인연이 끊어진 도깨비 굴 같기만 했다.

(김동리, 「무녀도」, 406~407면)

모화의 소개에 있어 서술자는 인물 그 자체를 이야기하기 보다는 그
주변부, 그녀가 살고 있는 자연 묘사를 통하여 그녀를 드러낸다. 이는
작품 전반부의 무녀도에 대한 소개와 유사한 서사적 효과를 발휘한다.
즉 작품의 전체 분위기이자 모화가 상징하는 샤머니즘적 세계관을 '분위기'
로써 드러내는 구실을 하는 것이다.

　　뒤에 물러 누운 어둑어둑한 산, 앞으로 폭이 넓게 흐르는 검은 강물,
산마루로 들판으로 검은 강물 위로 모두 쏟아져 내릴 듯한 파아란 별들,
바야흐로 숨이 고비에 찬, 이슥한 밤중이다. 강가 모랫벌에 큰 타일을
치고, 차일 속엔 마을 여인들이 자욱이 앉아 무당의 시나위가락에 취해
있다. 그녀들의 얼굴들은 분명히 슬픈 흥분과 새벽이 가까워 온 듯한
피곤에 젖어 있다. 무당은 바야흐로 청승에 자지러져 뼈도 살도 없는
혼령으로 화한 듯 가벼이 쾌자자락을 날리며 돌아간다.

(김동리, 「무녀도」, 405면)

김동리는 서구적인 것, 새로운 것, 대립적인 것으로서 동양적 세계에
주목하여 욱이와 모화를 대립적으로 드러낸다. 근대적 세계질서와 방법론에
대항하는 한국적인 것, 동양적인 것을 탐색하여 또한 그것을 '동양적 방법론'
으로 보여준다. 다시 말한다면 김동리는 이와 같은 의식을 신과 인간이
접한, 신접(神接)의 세계, 엑스터시(ecstacy) 즉 '몰입'의 방법론으로 보여주고
있는 것이다. 샤머니즘, 무속은 일반적으로 무당을 중심으로 민간에서 전승
되고 있는 종교를 일컫는데, 무당에게는 '신접(神接)'의 경험이 전제된다.
이 신접의 경험은 일종의 엑스터시(ecstacy), 황홀경의 상태를 구축한다.

그것은 또한 인격의 전이(trance)이기도 하다.[15] 그것은 천상계와 지상계, 신의 세계와 인간의 세계를 넘나드는 마술적 비상력(飛翔力)의 발현이다. 대상과 인격의 완전한 몰입과 넘나듦이다. 동양의 미학과 철학은 기본적으로 인식 대상에 대한 인식 주체의 명료한 분리 및 대상화와는 거리가 있다. 그것은 주체의 명료한 이성이 아니라, 대상과 주체의 '관계' 안에서 성립되는 것이기 때문이다.[16] 자신의 개성에 대한 파악이나 주체성의 인식은 홀로 저절로 생기는 것이 아니라 항상 상대적인 관계 속에서 발생한다. 이에 대상과 인간은 명쾌하게 구분되지 않은 채 존재한다. 이러한 '경계'로서의 동양미학은 주체와 객체의 자연스러운 넘나듦을 가능케 한다. 이는 구체적으로 '조화(harmony)'의 원리로 나타난다. 김형효는 조용한 아침의 나라 조선은 "까뮈가 제창한 정오의 투쟁적 균형도 아니요, 기도하는 저녁의 만종도 아니"[17]라고 보았다. 아침은 밤과 낮의 중간지대요, 밤의 어둠과 그 음(陰), 그리고 낮의 밝음과 그 양(陽)이 다 함께 갈등을 일으키지 않는, 공존하는

---

15) 무당의 이러한 신접 상태의 경험을 논자에 따라서, 엑스터시(ecstacy : 황홀경), 트랜스(trance), 빙의(憑依 : posession)이라고 표현한다.(최길성, 「한국 무속의 엑스타시 변천고」, 『아세아 연구』 22, 1969 ; 고려대 민족문화연구소, 『한국 무속의 종합적 고찰』, 1982 ; 오태환, 「서정주 시의 무속적 상상력 연구」, 고려대학교 박사학위논문, 2006.)

16) 이상우는 이를 '경계(境界)'의 미학으로 설명하였다. 공자와 노자, 장자의 사상을 근거로 '경계'로서의 동양 미학의 의미와 양상을 탐구하는데 다음과 같은 왕양명의 말은 동양적 사유의 기초를 제공한다고 지적한다.(이상우, 『동양미학론』, 시공사, 1999.)
　선생님께서 남진(南鎭)에 놀러갔을 때, 한 친구가 바위 사이의 꽃나무를 가리키며 물었다. "천하에 마음 밖의 물건이란 없다고 하셨는데, 이 꽃나무가 깊은 산중에서 스스로 피어나서 지고 있다면, 이 꽃나무는 나의 마음과 무슨 상관이 있습니까?" 선생께서 대답하셨다. "네가 이 꽃을 보지 않았을 때, 이 꽃은 너의 마음과 함께 적막(寂寞) 속에 있었다. 그러나 네가 와서 이 꽃을 보는 순간 이 꽃의 색깔이 명백(明白)해졌을 것이다. 그러니 이 꽃이 너의 마음 밖에 있지 않음을 알 수가 있는 것이다.(王陽明, 『王陽明 全集·傳習錄下』, 上海古籍出版社, 1992, 107~108면.)

17) 김형효, 『한국사상산고』, 일지사, 1976, 88면.

분위기인데 그것이 바로 한국적 정체성을 이룬다는 것이다. 밤과 낮을 대립자로 보는 이원적 세계가 아니라, 낮의 법칙과 밤의 정열이 음양의 태극적 원형을 이루는 상태의 조화로운 세계이다.

　김동리의 「무녀도」에서, 표면적으로는 '모화의 죽음'이 상정되기는 하지만 그것은 비극이 아니다. 왜냐하면 그녀는 이미 신과의 합일 상태에 이르러 있기 때문이다. 작품 전체의 분위기를 압도하는 신비로움의 분위기는 개작본의 무가(巫歌)와 주술(呪術)의 삽입으로 지지된다. 비록 인물의 최종 귀착점은 죽음이라고 할지라도 그것은 패배가 아니다. 그녀의 세계관이 작품 전체를 통해 지지 받고 있기 때문이다. 독자들은 개작본의 주요 장면마다 삽입된 무가를 통해 무녀로서의 생생한 모화의 모습에 빠져든다. 그리고 그녀의 세계관과 시선에 압도된다. 무가와 주술의 세계 속에 빠져 있는 모화로써 작품 전체의 분위기는 신령성과 신비로움으로 채워진다. 이는 주변의 모든 대상에 나름의 정령을 심어 그 대상을 파악하는 모화의 인식 체계와 상통한다.

　　　모화의 말을 들으면 낭이는 수국 꽃님의 화신(化身)으로, 그녀(모화)가 꿈에 용신(龍神)님을 만나 복숭아 하나를 얻어 먹고 꿈꾼 지 이레 만에 낭이를 낳은 것이라 했다.
　　　　　　　　　　　　　　　　　　　　(김동리, 「무녀도」, 408면)

　　　그녀의 눈에는 때때로 모든 것이 귀신으로만 비친다는 것이었다. 그것은 사람 뿐 아니라, 돼지, 고양이, 개구리, 지렁이, 고기, 나비, 감나무, 살구나무, 부지깽이, 항아리, 섬돌, 짚신, 대추 나뭇가지, 제비, 구름, 바람, 불, 밥, 연, 바가지, 다래끼, 솥, 숟가락, 호롱불… 이러한 모든 것이 그녀와 서로 보고, 부르고, 말하고, 미워하고, 시기하고, 성내고 할 수 있는 이웃사람같이 보여지곤 했다. 그리하여 그 모든 것을 '님'이라 불렀다.
　　　　　　　　　　　　　　　　　　　　(김동리, 「무녀도」, 408면)

김동리는 대상을 정취와 분위기, 몰입의 세계로 보여준다. 그것은 무녀가 보여주는 접신의 경지, 몰입의 상태와도 같다. 동양적 세계에서의 미학은 일종의 '분위기'의 형식을 띤다. 이는 대상과 주체가 독립적으로 분리되어 있지 않고, 경계에 접해 있기에 가능한 것이다. 이러한 세계는 1960년대에 발표된 그의 단편 소설들을 통해, 나름의 변모 양상을 보여주면서 지속된다. 1960년대에 발표된 소설들은 그의 작가적 생에 있어 후반기에 속하는데[18] 「까치소리」, 「심장 비 맞다」, 「늪」, 「꽃」, 「윤사월」, 「우물 속의 얼굴」, 「송추에서」 등이 그것이다.

「까치소리」는 「무녀도」에서 보여준, 서구문학과의 대결을 표방하는 가운데 상정한 우리의 전통과 민족성에 대한 의식을 좀 더 구체적인 일상과 현실적 차원에서 보여준 작품이다. 이 작품에서 김동리는 일상적인 삶이 나타나는 세계를 배경으로 하면서도, 이성적·논리적 사유와 힘으로는 설명될 수 없는 무교적 '분위기'를 조성한다. 그것은 바로 '까치소리'에 관련된 속신(俗信)인데, 이는 마치 신령이 스며있는 주술처럼 작용한다. 여기에는 사건의 계기를 설명할 만한 인과나 논리, 도덕적 옳고 그름의 기준이 작용하

---

18) 일반적으로 김동리의 작품세계는 3단계(혹은 4단계)로 구획되어 설명되어 왔다. 1단계는, 데뷔 이래 「황토기」, 「산화」, 「무녀도」 등의 작품을 선보인 1930년대까지의 초기 단편시대. 2단계는 해방 직후부터 6·25를 전후하여 4·19에 이르기까지 쓰인 「귀환장정」, 「흥남철수」, 「밀다원시대」, 「실존무」 등의, 전쟁 전후의 상황을 배경으로 한 작품들의 시대. 3단계는 「등신불」, 「사반의 십자가」 등 종교를 배경으로 하거나, 「악성」, 「원왕생가」 등 옛 신라를 그리는 작품들, 혹은 「당고개 무당」 등 무속 세계를 그린 작품의 시대. 4단계는 1960년대 중반의 「천사」로부터 마지막 발표작품이 되는 1979년의 「만자동경」에 이르기까지 쓰인 작품들의 시대이다. 이러한 그의 작품세계는 그의 작가적 생이 한국 현대사의 격랑의 중심에 놓여있음으로 인해서 다양한 자장 내 의미를 산출할 수 있는 계기를 갖는다. 그는 1913년 경주에서 출생, 1945년 해방 전까지, 유년·청년기를 일제 식민시기에 보냈으며, 해방공간의 혼란기에는 좌·우 대립의 이념투쟁을 겪었고, 6·25와 4·19, 5·16 등을 모두 경험했다. 문학이 역사와 현실의 구체적인 지반 위에서 탄생한다고 할 때, 그의 생 자체는 그 누구보다 치열한 문학적 토양 위에 뿌리박고 있었다고 볼 수 있다.

지 않는다. 이 작품에서 까치소리로 연유되는 토속적 조건들은 현대의 윤리적 이슈로 연결될 수 있는 아무런 실마리나 기준을 주지 못한다. 작품 전체는 '까치소리'의 주술적인 '분위기'에 압도된다. 이 분위기는 작품 전체를 지지하는데 이로써 작품 전체를 끌고가는 플롯의 인과성은 해체된다. 기본적으로 플롯은 일정한 인과관계를 상정한다. 그러나 이 작품에서 플롯, 사건의 인과 관계는 까치소리가 주는 힘에 의해 무화되는 것이다. 작품은 이 힘에 이끌려 맹목적이고도 신비스러운 마술적 세계에 압도된다.

이렇듯, 이성적 논리를 뛰어 넘은 원초적 공포의 세계는 「늪」, 「유혼설」 등에서도 동일하게 나타난다. 「송추에서」에 이르러서는 이전의 신계(神界)·샤먼의 세계가 인간계(일상)인 '대자연'의 힘으로 표현된다. 초기 「무녀도」 및 「을화」에서 보여주던 거대 담론의 문제가 생활과 일상의 차원, 즉 미시 담론의 영역으로 치환·변용되는 것이다. '신'에의 동화(同化) 경험은 '자연' 에의 동화와 몰입의 경험으로 변모된다. 자연을 김동리는 주술과 신령이 담긴 세계, '분위기'의 미학으로써 제시하는 것이다. 이러한 분위기의 미학은 칸트와 헤겔 이래 서구 미학의 중심을 이루어왔던 판단 미학(urteilsästhetik)에 대한 반성으로 제시된 뵈메(böhme)의 감각학으로서의 새로운 미학[19]을 상기시킨다. 그는 칸트와 헤겔 이래의 미학이 감각학이 아니라, 지적 판단의 이론이었음을 지적하며 미적 대상에 대한 '정서적(emotional)' 관계에 집중할 것을 요구한 바 있다. 이 때 제시되는 것이 '분위기'이다. 그에게 있어 인간의 가장 기본적인 지각은 현존, 즉 '그 자리에 있음의 감지'인데, 그것은 지각 주체인 나와 지각 객체인 대상이 분리되는 일 없이 그 자리에 '함께 있음'을 감지하는 것이다. 그때 지각의 최초 대상은 분위기, 혹은 분위기적인 것이다. 미학은 지각이 아니고 정서와 감각의 문제이며, 그 미적 경험은

---

19) 분위기의 감각학으로서의 뵈메의 새로운 미학에 관한 논의는 김산춘, 「뵈메의 새로운 미학 : 분위기의 감각학」, 『미학 예술학 연구』 30, 한국미학예술학회, 2009 참조.

그것은 '분위기'로써 되어야 한다는 것이다. 이러한 그의 관점은 김동리 소설을 독해할 수 있는 유의미한 가능성을 제시한다. 김동리의 소설은 주객이 서로 넘나드는 가운데 '분위기'의 미학을 통해 경험되기 때문이다. 가장 강력한 차원에서 이것은 대상에 대한 몰입을 통해 엑스터시, 황홀경을 경험하는 무당의 시도와도 같다. 김동리의 세계는 잃어버린 신화의 세계를 소환함으로써 그 마술적 힘으로 근대의 병폐를 해소하려는 의지를 보여준 것이다.

1963년 『사상계』 신인상에 「아겔다마」가 당선, 1964년 「장끼전」이 『사상계』에 추천되어 작가로 등단한 박상륭은 인간의 삶과 죽음, 육체와 정신, 인간의 원초적인 정신세계에 대한 탐구를 지속적으로 보여주었다.[20] 그는 비평계의 침묵 속에 가려진 작가였다고 볼 수 있는데, 이러한 상황은 당시 서구 문예사조가 대거 유입되어 온 한국 현대문학사의 전개과정 속에서 이해될 필요가 있을 것이다. 임우기의 지적[21]처럼, 서구 문예와 문화를 의식한 전통문화에 대한 당시의 열등의식은 박상륭 문학을 소외시켜 온 원인이 되었던 것이다. 그의 작품에서 외견상 풍기는 비합리적·신비주의적 분위기는, 실용주의적·합리주의적 가치 척도가 지배적이었던 당시의 지적 풍토에서는 너무나 동떨어져 있었기 때문이다.

박상륭의 데뷔작 「아겔다마」는 성서 속의 예수와 유다 이야기를 모티프로 하여 패러디 형식으로 보여주는 작품이다. 이 작품에서 유다와 예수는

---

20) 1963년 「아겔다마」 『사상계』 신인상 수상, 1964년 「장끼전」 『사상계』 추천. 이후 꾸준히 작품을 발표하여, 2편의 중편소설과 7편의 단편 소설이 담긴 『박상륭 소설집』(민음사, 1971)을 출간. 이후 작품집 『열명길』(삼성출판사, 1973), 『죽음의 한 연구』(한국문학사, 1975) 출간. 『칠조어론』(문학과 지성사, 1990~1994), 『평심』 (문학동네, 1999), 『잠의 열매를 매단 나무는 뿌리로 꿈을 꾼다』(문학동네, 2002), 『신을 죽인 자의 행로는 쓸쓸했도다』(문학동네, 2003), 『소설법』(현대문학사, 2005) 등을 출간했다.
21) 임우기, 「죽음의 현실과 생명성에의 희원」, 『문예중앙』 겨울, 1987.

성경에서 나타나는 본래적 의미를 벗게 된다. 새롭게 의미 부여되는 예수와 기독교의 의미는 다음과 같은 유다의 말을 통해서 확인해 볼 수 있다.

> 나는 결국 당신에게서 실망하고 말았습니다. 하여튼 당신은 왕이 아니고 미혹자라는 걸 맨 처음 안 것은 나였소.
> 하필 당신은 왜 나를 택했는지 지금도 의문이오. 하기야, 당신은 언제까지나 당신을 지속하기에는 너무도 벅참을 느꼈을지도 모르지요. 서른 셋의 나이로서는 너무나 피곤을 잘 느꼈고, 침묵이 많았습니다. 자, 이제는 제발 떠나주시오. 난 신경이 이상해졌습니다. 배반자들끼리의 회합이란 언제나 숨 막힐 듯 하다는 것을 알겠지요? 이제 우리의 거래는 끝났습니다. 당신의 시인적인 기질이 당신을 비극적인 인물로 만들기는 했지만, 하여튼 선지자 이사야에 의한 당신의 자기도취는 만족되고도 남았을 것입니다. 언젠가는 당신을 두른 두터운 껍질이 벗겨지고, 가난하고 비참한 한 알몸뚱이가 나타나긴 할 거요.
>
> (박상륭, 「아겔다마」, 22면)

이러한 유다의 항변 속에서 확인할 수 있는 것은 권위와 초월성을 가진 '종교'로서의 기독교에 대한 비판이다. 이는 다시 표현하면, 종교의 '세속화 과정'이기도 하다. 이러한 관점은 「열명길」을 통해서도 확인해 볼 수 있는데, 이 작품에서 어린 왕자는 기독교와 같은 종교적 상징물이나 인격적 유일신의 관념이 사람들에게 억압적인 이데올로기로 작용하고 있음을 지적하면서 기독교에 대한 비판적 시각을 보여준다. 그 비판의 방법은 앞선 작품과 마찬가지로 종교의 "세속화 과정"을 지향한다.

그렇다면 박상륭이 기독교의 세속화 과정을 통해서 수행하고자 한 바는 무엇이었을까? 일반적으로 종교가 세속화를 지향할 때 그것은 초월·피안의 '종교'가 아니라, '문화'의 형태를 띠게 된다. 결국 박상륭이 비판하고자 했던 것은 종교로서의 기독교 자체 보다는 기독교로 상징되는 '서구 문화'였던 것이다. 이에 대한 돌파구로서 박상륭은 우리 전통의 토속성과 샤머니즘을 그 대안으로 제시하는 것이다. 그러한 점에서 그의 작품이 "가장 현대적인 테마를, 전근대적인 형식과 전통적인 어법 속에서 풀어낸 것"[22]라고 한 지적은 매우 유의미하다. 이를 김동리에 견주어보았을 때 박상륭은 그보다 방법론적인 측면에서 조금 더 구체화, 객관화된 형식을 보여주었다고 할 수 있다. 이러한 관점에서, 박상륭 소설에 대한 박태순의 평가, 즉 "박상륭의 신화적 토속세계는 1960년대 당시의 서구화 바람과 신문학 사조에 대한 강력한 반발의 소산"[23]이라는 지적 또한 매우 유의미하다. 천이두 역시, 박상륭 문학의 1960년대적 의미를 적극적으로 부여하면서 "박상륭은 서구적인 지적 구조를 한국적 샤머니즘의 분위기 속에서 토착화시킴으로써 특수한 신화적 공간을 빚어내는 데 주력하여, 또한 60년대 문학의 새로운 국면을 열어주는 데 기여한 작가", "절망하는 현대인"[24]으로 명명한 바 있다. 이러한 관점들은 박상륭 소설이 갖는 60년대적 의미의 중요성을 다시 한번 확인시켜 준다.

박상륭은 세속화된 형태의 기독교, 다시 말한다면 근대 '문화'로 경험된 당대의 현실에 대한 돌파구로서 한국의 토속성과 샤머니즘 전통을 가지고 온다. 그것이 지향하는 세계는 화해와 재생의 세계이다. 박상륭은 그것을 샤머니즘의 논리화·현대화의 방법론으로 보여주었다. 「남도」의 경우, 작품 전면에 기독교, 혹은 기독교로 대표되는 서구문화에 대한 비판의식은 드러나지 않는다. 하지만 작품에 드러난 세계관과 그것을 드러내는 방법론 자체는

---

22) 변지연, 앞의 글.
23) 박태순, 「"죽음의 한 연구"에 관한 연구」, 『한국문학』 8, 1975.
24) 천이두는 박상륭을 "절망하는 현대인"으로 명명하면서 다음과 같이 그를 평가한다. "그가 폐쇄적인 신화적 공간을 빚어내려고 안간힘 쓰고 있는 것은 말하자면 그러한 현대적 절망을 극복하기 위한 몸부림의 발로라 할 수 있으리라. 박상륭이 자신의 현대인으로서의 아픔을 소설의 방법론적인 추구를 통하여 극복하고 안간힘 쓰고 있는 것처럼."(천이두, 「계승과 반역」, 『문학과 지성』 4, 1971.)

160

기존의 작가의 문제의식을 구체화하여 보여준 것이라고 할 수 있다.

「남도」는 인물-자연의 관계를 통해 그 생명의 의미를 은유적·상징적 방법으로 탐구하고 있는 작품이다. 김현은 박상륭의 소설이 기독교적인 사고방식인 죽음과 속죄의 정신적 편향을 주제로 하면서, 농촌을 배경으로 샤머니즘적인 세계로 확대되고 있다고 보았는데,25) 이것이 바로 '샤머니즘의 객관화·논리화'인 것이다. 또한 그 객관화와 논리화의 방식은 뛰어난 문학적 장치와 수사에 의해 뒷받침 되고 있다는 점에서 매우 중요한 의의를 지닌다.

「남도」는 일인칭 화자인 뱃사람 '영감'의 목소리로 서술되는 이야기로, 그는 과택인 '덕산댁(할마씨)'에 관한 이야기를 풀어낸다. 그녀는 산(山)사람의 딸로 자라 갯가 사람의 아들에게로 시집 와 석 달도 못 되어 과부가 되었다. 그렇게 평생을 주막을 하며 살아온 여자이다. 고자인 나(영감)는 그녀의 한스럽고 슬픈 이야기를 들어주며 그녀가 바라는 바를 이루어 주고 그녀가 이생을 떠나가는 길을 지켜준다.

이 작품은 현재(할마씨가 죽은 이후)로 시작하여 그녀와의 만남이 있었던 과거 회상으로 돌아갔다가 다시 현재로 돌아오는 순환적 시간 구조를 지니고 있다. 서술의 시점이 이동함에 따라 공간 역시 갯가와 바다, 다시 갯가로 이동한다. 이러한 구조 속에서 이야기의 소통 구조 또한 달라진다. 즉 현재 시점에서는 이야기의 '화자-청자'의 관계가 내포작가와(내포작가이면서 그것은 인물 시점이다) 내포독자이고, 회상(과거) 시점에서는 '화자-청자'의 관계가 인물들(영감과 할마씨) 간의 관계로 상정되어 이들의 소통 구조가 차이성을 보이고 있는 것이다.

작품 속에 등장하는 인물은 '영감'과 '할마씨'이다. 이들은 현실적 공간에 편입되지 못한 인물들로서, 현실적인 관점에서 보았을 때 '결핍'의 표지를

25) 김현, 「샤머니즘의 극복」, 『현대문학』 11, 1968, 296~306면.

가지고 있는 이들이다. 산에서 나고 자라 낯선 갯가로 시집을 왔으나 석달도 못되어 과택이 된 할마씨나, 남성으로서의 기능을 하지 못하는 '고자'인 영감의 특성을 보아도 그러하다. 그러나 이들은 그 결핍으로 인하여 '소외'를 겪지 않는다. 외견상으로는 소외된 듯 보이나 실상 소외되지 않음은 그들이 그들만의 자족적인 세계에 살고 있기 때문이다.

작품 속의 인물들의 성격과 행위의 측면에서 본다면 이들은 다분히 신화적 특성을 가지고 있다. 이들은 특정한 시공간과 구체적이고 현실적 상황에 처한 개성적 인물이라기 보다는 작가가 해석한 인간의 보편적 욕망과 이념을 구현한 상징물로 존재한다. 근대소설에서의 인물은 통상 '문제적 개인'으로 명명된다. 루카치에 의하면 문제적 개인은, '타락한 사회와 진정한 가치를 향한 내적 갈망 사이의 심연에 낀 존재'이며 '진정한 가치에 대한 그의 추구는 실패로 귀결될 수밖에 없는 모험'이다.26) 비슷한 맥락에서 골드만은 소설을 타락한 사회에서 타락된 형태로 진정한 가치를 추구하는 이야기로 규정하고 그 중심적인 요소를 '문제적 개인'으로 파악하였다. 여기서 문제적 개인은 바로 부르주아 시대의 인물이자 자신의 문제에 대해 항상 변죽만을 울리면서 결국 패배할 운명을 짊어지고 불 속에 뛰어들어 자신의 운명을 개척해 나가려는 무모한 개인이다.

이러한 문제적 개인으로서의 인물은 근대 부르주아 사회에 대한 숙고와 성찰의 결과물이며 그들의 소외는 그들이 경험한 근대 사회와 역사에 대한 반응태로서 나타나게 된다. 그런데 박상륭 소설에 나타난 '소외'된 두 인물,

---

26) 루카치는 여기에 덧붙여, 이 '문제적 개인'이 대개의 경우 광인이나 범죄자 등과 같은 악마적 성격을 지니거나, 사회의 보편적 가치 질서에 맞서는 이질적이고 소외된 인물로 나타냄을 지적한다. 왜냐하면, 그(문제적 개인)는 실패로 귀결될 수밖에 없는 모험의 여정, 그 길이 끝난 지점에서 다시 여행을 시작하기 때문이다. 이는, 조화로운 삶을 향한 가치를 갈망하고 추구하는 과정으로써 '당대 사회' 가치 부재 현상을 드러내는 문제적 개인이 갖는 특성이다.(게오르그 루카치, 반성완 역, 『소설의 이론』, 심설당, 1985, 110면.)

즉 영감과 할마씨는 근대 소설에서 보여주는 전형적 인물의 소외의 '외부'에 존재한다는 점에서 주목할 필요가 있다. 이들의 결핍은 사회의 가치질서와 반성물로서의 숙고의 대상이 아니다. 이들은 서로의 존재 가치를 확인하고 오히려 그 결핍을 서로가 채워 줌으로써 나름의 자기 충족과 충만함을 확보하는 존재들이다. 이에 할마씨의 죽음은 '패배'와 '절망'의 소산이 아닌, 새로운 재생의 표지가 될 수 있다.

> 꺼적대기라도 한 잎 깔았으면 싶었는디도 고것 가질로 간다고 할마씨 혼자만 띠놓고 가기도 싫어서 그냥 뱃바닥에 뉘웠구만. 그라고 서서 니려다 본개 메물꽃이 흐물시럽게도 또 피더라고. 그랴, 피었는디 고때는 워짠지, 찬 새복 이슬이라도 맞은 것맹이 차게 흔들거리데. 그라고 본개 참 그랬어. 괴롭은 것이 머신 중도 몰랐던 낸디 가만히 있어본개 괴롭은 것이라는 기 고런 것이등만. 그래 맘 한 번 크게 묵고는 외면해뻐리고, 뱃전에서 니려가갖고설랑 큰 독 하나 들어다 실었구만. 그라고 배를 밀어냈구만. 고때는 그랑개 내가 미리 할마씨의 죽음을 알고시나 묏자리 한 번 둘러보고 왔던 것맹이만 초저녁 일이 생각키등만. 달은 벌써 중천이었제.
>
> (박상륭, 「남도」, 101면)

> 그란디 말이라, 흐으으, 그란디 말여, 워떻게 워떻기 살다 문뜩 본 개 달이 또 밝덩만. 또 휘늘어지게 밝더라고. 흐으으, 그란디 보라고, 고 달빛 속, 할마씨 물질 떠난 저 먼 디녘 워디, 물 가운디서 메물꽃 피더라고, 메물꽃 피더라고. 봄불맹이 피더라고. 저슬(겨울) 눈맹이도 피고, 가실(가을) 구름맹이도 피고, 한여름 산 그리메맹이도 피었어. 그라더니 새복이 된 개 물 빛깔이 검푸러지기 시작한 개 말여, 고것은, 무신 그리메에 덮이기 시작하데. 그랍선 차차로 고것은 없어져 뻐렸어. 그래 나는 그 질(길)로 갯갓으로 니려가 봤구만. 행여나 꽃잎이라도 한 잎 흘러와 있으까, 그랬으이까 싶어 그랬제. 헌디 없등만. 그랬어도 새복이면 늘 나는 갯갓을 떠돌다 할마씨 앉아 울던 돌팍에 앉아 멍충하게 있어보는 버릇을 배왔구만. 아무튼지간에 고것은 달만 밝으면 늘 피었다고. 그래서는 고것이 다 늙어

머리 쉰 요것을 따스곤히 감싸주곤 하는구만. 고건 벌쎄 할마씨는 아닌지도 허긴 모를 일이제. 하기는 뉘기든지, 하기는 말이제, 메물밭 한 뙈기썩이사 부침선 살겄사 살겄제. 뉘기든지 말이여, 메물밭 한 뙤기썩이사 부침선 안 살겄는가.

(박상륭, 「남도」, 107면)

　이들은 바다라는 공간에서 서로의 짐과 아픔, 결핍을 지워낸다. 그것은 완전한 충만·충일의 세계, 생명력을 담보한 세계이다. 이러한 분위기는 작품 전체를 압도하며, 개인과 사회 환경의 갈등과 투쟁, 내적 갈등과 고뇌를 다룬 근대소설의 인물들이 재현하는 문법을 넘어선다.

　이것은 또한 강담사와 같은 1인칭 화자의 남도 방언에 의해서 구현됨으로써 그 극적 효과를 배가시키고 있다고 하겠다. 그것은 우리 말의 가락과 아름다움을 살린 언어이다. 이러한 방언의 사용을 통한 구술성의 극대화는 정형화된 표준어, 공식언어가 갖는 경직성으로부터 이탈하는 것이다. 담론의 주체가 행하는 모든 구체적인 발언은 구심적 힘들과 원심적 힘들이 동시에 작용을 가하는 한 지점[27]이다. 그렇기에 박상륭이 살린 남도의 방언은 일반 표준언어로 구현된 다른 작가들의 작품과 동시적으로 존재, 대화적 관계에 놓임으로써 다성성을 이룬다. 들뢰즈는 언어의 연속적인 변이를 문체(style)로 표현한 바 있었는데, 그는 작가의 개성적 차원[28]이 아니라, 언어 형식의 측면에서 이를 논하였다. 그는 파롤이 아닌 랑그의

---

27) 미하일 바흐친, 전승희 외 역, 『장편소설과 민중 언어』, 창작과 비평사, 1998, 76~82면.

28) 이는 통상 '문체는 인간이다'라는 말로 통용되는 뷔퐁의 표현과 상통한다. 전통적인 맥락에서 문체는 작가의 개성, 즉 그 작가만이 쓸 수 있는 완성된 품격으로서의 개성적 특성이다. 이는 문체가, 개별적인 작가의 독창적인 표시라는 점에서 개성과, 진정한 작가는 그의 개성적인 문체에 의해 인정된다는 점에서 작가성과 관련된다. 들뢰즈가 말하는 문체는 이러한 전통적인 의미에서의 문체, 즉 작가적 개성이라는 측면과는 관련이 없다. 들뢰즈의 언어관에 대한 논의는 김지영, 앞의 글 참조.

164

여러 형식에 관심을 갖는다. 그는 문체가, 기존의 통사론을 고수하는 것이 아니라 새로운 통사론을 창조하는 일이며, 이는 언어의 '더듬기'로 나타난다고 말한다. 이 더듬거리기의 언어는 파롤이 아니라 랑그이다. 랑그/파롤의 이분법에서 랑그는 상수였고 파롤은 변수이다. 고정된 언어형식, 랑그를 더듬게 함으로써 상수와 변수의 구별은 사라진다. 랑그 더듬기는 기존의 통사론을 전복하며 새로운 통사론을 창출하는 것이다. 박상륭 소설에 나타난 방언의 사용을 들뢰즈적 용어로 말한다면 랑그 더듬기이다. 이것은 기존의 언어를 전복하며 새로운 의미를 만들어 내는 과정이기 때문이다.

또한 작품의 인물이 자신의 경험을 풀어가는 구술성[29]은 그것을 듣는 이 뿐만 아니라 독자에게도 교감의 효과를 불러일으킨다. 이러한 구술성, 즉 문어(文語)에 의해 억압된 구어(口語)의 흔적을 포착하려는 시도는 제도로서의 근대소설의 담론의 허구성을 폭로하는 계기가 된다.[30] 그의 작품에서 구현된 남도 방언은 경험화자의 진술을 빌어 자신의 경험을 생생하게 전달된다. 이는 근대 언어로 재현할 수 없는 감성과 느낌, 교감의 세계로 작품의 청자와 독자들을 인도한다. 이러한 방법론은 서구 담론의 동일성 논리에

---

29) "(구술 언어는) 종속적이라기 보다는 첨가적이다. 분석적이라기 보다는 집합적이다. 장황하거나 다변적이다. 보수적이거나 전통적이다. 인간의 생활세계에 밀착된다. 논쟁적인 어조가 강하다. 객관적 거리 유지보다는 감정이입적 혹은 참여적이다. 항상성이 있어. 추상적이라기 보다는 상황의존적이다."(월터 J 옹, 이기우·임명진 역, 『구술문화와 문자문화』, 문예출판사, 1997, 62~92면.)

30) 권보드래는 근대소설 담론에서 구어(口語)가 문어(文語)화 되는 과정에 주목하며, 즉 언문일치의 허구성에 주목하며 다음과 같이 지적한다. "언문일치란 무엇보다 문장 언어의 공통된 규범을 만들어야 한다는 요구이다. 말과 글의 일치는 공통 규범을 마련할 때 중요하게 고려된 사항이었지만 유일한 고려 사항은 아니었다. 청각 영상으로서의 음성과 시각 영상으로서의 문자를 일치시키겠다는 시도 자체가 근본적으로는 달성될 수 없는 것이고, 공통의 언어규범을 만들어야 한다는 필요는 개별의 무수한 차이에서 눈을 돌리는 데로 이어지기 쉽다. 실제 구어는 발화 주체와 상황에 따라 숱한 변수를 만들어 내는 만큼 이를 일일이 통제하기는 불가능하다. 그러므로 이른바 문어는 실제로는 어떤 구어도 닮지 않은 인공의 언어이다. 어떤 실재와도 같지 않다는 점에서 보편성을 주장할 수 있는 역설적인 언어인 셈이다."(권보드래, 『한국 근대 소설의 기원』, 소명출판, 2000, 244면.)

동화되지 않는 유동성이다.

근대적 인물로서의 개성은 소거되고, 작가가 내세운 샤머니즘의 세계, 더 나아가 재생과 합일을 꿈꾸는 동양적 세계관은 작중 인물이 세계와 화합하고 재생을 꿈꾸는 공간인 '바다'를 통해 구체화된다. 바다는 영감과 할마씨의 만남이 이루어지는 장소이자 할마씨가 외롭고 고된 인생을 마감하고 안식하는 공간이다. 또한 성적 불구자인 영감이 자신의 존재 의미를 확인할 수 있는 공간이자 기능하지 못했던 자신의 남성성이 작동하는, 즉 다시금 생명력이 부여되는 공간이기도 하다. 바슐라르에 의하면[31] 물은 크게 세 가지 차원의 상징적 의미를 갖는다. 첫째, 물은 부정적·비극적 소멸의 성격을 갖는다. 이 때의 물은 인간의 죽음과 연관되며 여성의 죽음을 상징하기도 한다. 둘째, 물은 에로스적인 상징을 갖는다. 이는 자연 속의 나체, 즉 깨끗함을 지닐 수 있는 나체를 환기시킨다. 셋째, 물은 새로운 생명 창조의 모태의 의미를 갖는다. 박상륭의 소설에서는 이러한 물의 세 가지 의미가 원환(圓環)적으로 이어지며 작중 인물들이 갖는 세계관과 조응한다. 이러한 공간에서, '달빛'을 받은 영감은 또한, 피어나는 '메밀꽃' 속에서, 원초적인 합일의 세계를 경험한다. 이 공간은 크리스테바가 말한 코라(cora) 공간과도 같다. 코라는 어머니의 육체구조가 끝나고 태아의 육체구조가 시작하는, 최초의 거부와 의미화가 일어나는 공간[32]이다. 이 공간은 또한 사랑으로 타자를 품어서 자기화하고, 다시 타자로 분열시키는, 너와 나, 주체와 타자가 교차하는 여성적인 공간이다. 코라 공간에서는 모든 이분법적인 경계, 즉, 있음과 없음, 언어와 침묵, 드러남과 감춤, 우열과 열등, 맑음과 탁함, 음과 양, 아니마와 아니무스의 경계가 무너진다. 그리고 분리된 두 영역은 서로 넘나들게 된다.[33] 이 코라 공간은 모든 위계와

31) 가스통 바슐라르, 이가림 역, 『물과 꿈』, 문예출판사, 1980.
32) 김종미, 「곡신(谷神), 코라(Chora)를 통해 본 탈중심의 여성원리」, 『중국문학』, 2000.

166

지배 질서, 그로 인한 권력의 질서를 해체하고 새로운 생명과 재생을 가능케
한다. 이러한 공간은 앞서서 제시했던 뵈메의 '분위기'로서의 미적 경험을
극대화시킨다. 뵈메 및 슈미츠는 감정의 공간성, 혹은 공간성의 감정을
매우 강조한다. 뵈메는 지각의 최초 사실은 내가 어떤 공간 가운데서 '상태감
을 가지고 존재하고 있다(sich befinden)'는 것, 즉 나 자신이 일정한 '상태성
(befindlichkeit)'에 있다는 것이라고 본다. 나는 주위의 환경 가운데서 자신이
존재하는 것을 일종의 근원적인 정감(grundstimmung)으로 감지한다는 것이
다.34) 분위기, 혹은 '감각학'으로서의 미학은 공간을 통해 지각한다는 것을
의미한다.

　이와 같이, '전통'은 서구의 근대적 합리주의 세계가 낳은 부작용과
병폐를 해결하는 대안점으로도 작용할 수 있다. 그런데 그것이 태생적으로
갖는 비합리성의 측면은 그 해석이 놓인 문맥에 따라 긍정·부정의 상반된
평가를 동시적으로 발생시키는 계기가 된다. 전통이란, 범박하게 말한다면
근대 이전의 시기, 즉 전(前)근대가 지닌 고유한 성격이다. 근대의 진보
발전 사관에 따르면 전통은 근대의 서막을 이루는, 동결된 미진보(未進步),
즉 근대의 미달 상태에 해당된다. 그것은 '운명' 혹은 '숙명'이라는 이름으로
인간을 억압하는 기제가 될 수 있다. 여기에서 한무숙 소설에 집중해 볼
수 있다. 이러한 전통의 부정성을 한무숙은 다시 전통의 방법론으로 해결하
고 치유하고자 한다. 1948년『국제신문』에『역사는 흐른다』를 발표하면서
등단한 한무숙은 봉건문화와 근대문화를 직접 체험·경험하면서 자신만의
독특한 문학세계를 구축해 왔다. 특히 한무숙이 6·25 이후 본격적인 집필
활동을 시작하면서 동시대 남성 작가들과는 변별되는 지점에서 자신의
작품세계를 구축했다는 점은 주목해 볼 지점이다. 한무숙에게 있어 극복해야

33) 코라 공간의 원리에 관한 자세한 논의는 김종미, 위의 글 참조.
34) 뵈메와 슈미츠의 공간 및 분위기에 관한 논의는 김산춘, 앞의 글 참조.

할 대상은 여타 남성작가들과 비교해 보았을 때 이중적 면모를 갖는다고 할 수 있는데, 그녀에게 있어 극복의 대상은 전통과 근대 모두였기 때문이다. 1960년대에 발표된 그녀의 소설은 『빛의 계단』(1960), 「대열 속에서」(1961), 「축제와 운명의 장소」(1962), 『유수암』(1963) 등이다. 한무숙은 이러한 작품들을 통해 봉건적 신분 제도 및 가부장제의 억압적 측면을 드러냈다. 또한 당대 사회가 겪고 있던 근대성의 요소들을 체화, 모순적 대상들을 동시적으로 보여주었다.

　한무숙은 전통과 근대의 양 극단의 모순을 동시에 겪으며 그 해결의 통로로 다시 전통의 방법론을 내세운다. 한무숙의 소설 속에는 전근대 세계의 부정성에 고통을 당하는 인물들이 나온다. 그 고통은 가부장적 이데올로기와 봉건주의가 만들어낸 것이다. 한무숙 소설에는 등단작 『역사는 흐른다』에 나오는 필순과 비슷한 유형의 인물들이 자주 등장한다. 필순은 못난 외모 때문에 남편의 학대에 시달리면서도 아내와 며느리의 역할을 순종적으로 수행하는 인물이다. 가부장제의 희생양인 것이다. 한무숙 소설에서는 봉건 신분사회의 희생양 또한 등장한다. 이러한 인물들, 즉 노비 및 소작농과, 양반 및 지배층과의 갈등 구조에서 피지배 계층으로서의 인물들은 가부장 제도 아래의 수동적 여성들과 마찬가지로 자신들의 신분적 여건과 상황들을 숙명으로 받아들인다. 이러한 성향들은 이후의 작품, 가령 「램프」, 「수국」, 「아버지」, 「환희」 등에서 지속적으로 나타나게 되는데 1960년대에 이르러 이러한 의식들은 사회·역사적 경험의 반영과 더불어 어느 정도 서사적 완성도와 성취를 보이게 된다.

　소설 속 인물들은 순응적이고 체념적인 운명관과 세계관의 소유자들이다. 그들은 한무숙 소설의 주요 인물 유형으로 존재해 왔는데 이러한 점은 한무숙을 수동적이고 숙명론적인 세계관의 작가로 폄하하는 데 일정부분 기여하기도 했다. 그러나 한무숙은 전통의 부정성을 뛰어 넘는 방법으로써 다시 전통의 긍정성을 가져온다. 옳고 그름, 선과 악, 합리와 비합리의 이항대립의 구분과 경계에서 한무숙의 소설들은 그 상황을 인간적 선의(善意)와 내적 승화로써 그 대립적 구도를 넘어서는 것이다. 그것은 인간 본질에 대한 깊이 있는 통찰과 이해를 바탕으로 한 것이다. "(한무숙 소설은) 불행의 고통 속에서 행복의 절실함을 알아내는 힘을 가지고 있다. 이것이 바로 인간이 구원받는 조건이다."[35]라는 지적처럼 한무숙 소설은 불행이나 고통에 대해 저항으로써가 아니라 오히려 의연한 끌어안음, 포용으로써 대응해 나감으로써 그 소설적 흡입력을 확보한다. 한무숙은 전통의 긍정적 가치 영역, 다시 말해 공동체 의식과 화해의 방법론을 통하여 그 해결의 방향을 제시한다. 전통세계의 폐쇄성은 그것이 가지고 있는 끈끈한 유대와 공동체 의식으로 다시 극복되고 화해된다. 모든 상처와 고통 속에서도 자신의 핏줄을 지키려는 결연한 의지는 그 자체로 진실하다. 이는 생명에 대한 경이로움을 자아내며 삶에 대한 진실성을 확보케 한다.

> 뙤약볕에 양산도 없이 등에서 곤드라진 어린애를 업은 명옥이의 모습이 그날같이 비참하게, 그러기에 그날같이 훌륭하게 진실하게 보인 적은 없었다. 비참으로 말미암아 어린 것을 업은 그의 모습은 진실에 차 있는 것 같았다.
>
> (한무숙, 「명옥이」, 262면)

인간성에 대한 진실한 옹호와 전통 세계의 한없는 긍정성으로써 현실의 모순을 해결하려는 이러한 의지는 6·25전쟁과 4·19를 겪으면서 당시의 역사적·사회적 경험을 작품에 투영시키는 와중에도 시종일관 유지된다. 1960년대에 발표된 한무숙의 소설에는 4·19의 역사적인 의미와 사회·정치적인 문제 및 구조에 대해 회의하고 고민하는 지식인들이 등장한다.(『빛의

---

35) 구중서, 「한무숙의 문학세계」, 『한무숙 문학 연구』, 을유문화사, 1996 ; 이호규, 앞의 글 참조.

계단』, 「대열 속에서」) 이들은 근대화의 억압적 논리에 의해 소외되고
분열되는 인물들이다. 또한 한국전쟁 이후 첨단 의료 시설을 갖춘 근대의
상징물로서의 병원과 도시가 등장하는데(「축제와 운명의 장소」) 이는 근대
권력의 통제 장치로서의 권력 기관의 모순성을 상징한다. 한무숙 소설은
전통 세계의 부정적 측면들을 그 긍정적 의미들로 화해하고 극복하고자
한다. 주어진 운명에 투쟁하거나 저항함으로써 대응해 나가는 것이 아니라
있는 그대로 결연히 받아들임으로써 고통을 이겨낸다. 이로써 그들은 주어진
상황 속에서 삶에 대한 강렬한 의지와 진실성을 확보한다. 이는 삶에 대한
경이로움이기도 하다. 이로써 한무숙의 소설은 독자들을 깊이 있는 감동과
내적 성찰의 장으로 이끄는 것이다. 이러한 각성은 마치 "패배를 정당화함으
로써 인생을 긍정하려는 뜻이라기 보다는, 죽음 앞에 선 사람만이 가지는
하나의 깨우침"(「축제와 운명의 장소」, 242면)과 같다.

한무숙 소설의 이러한 방법론은 전아한 어투와 거리두기, 그 승화의
시선을 통해서 이루어지고 있다는 점에서 그 서사적 효과가 발휘된다.
한무숙 소설에는 고통 받는 인간들이 등장한다. 그런데 이들의 경험과
억압적 표지들은 서술자의 언어로 정제되고 세련화되어 표현되고 있다는
점에 주목해볼 필요가 있다. 그 서술자는 내적 승화의 단계에 이른 원숙한
세계관의 소유자이다. 1960년대에 발표된 「대열 속에서」, 「축제와 운명의
장소」, 『유수암』 등의 경우 이야기를 풀어가는 서술자는 대상에 대한 거리두
기의 시선을 견지한다. 그러면서도 그 서술자는 인간의 고통과 삶에 대한
내적 승화의 경지에 이르러 있는 듯 보인다. 그것은 경험자아와 서술자아의
시간적 거리 확보, 비교와 견줌이 가능한 여러 인물들의 관계적 배치,
서술자의 삶에 대한 태도와 달관의 자세 등을 통해 확인된다.

① "창수를 만났죠!"
　　"창수를?"

"네, 아버지가 육이오 때, 서울에 버리고 간 그 창수 말이에요."
아버지는 또 얽혀오는 아들이 겨웠던지 앞에 놓였던 신문을 우정 들어올린다. 그러나 아들은 끝까지 몰고 들어갔다. (중략)
"왜"
"창수가 너무 옳았기 때문이에요!"

(한무숙, 「대열 속에서」, 65~66면)

② 죽음이 두렵지 않았다. 어떤 뜻을 위하여 죽어간다면 삶이 한 번 지고(至高)의 표현을 가지게 되는 것이 아니겠는가.

(한무숙, 「대열 속에서」, 68면)

「대열 속에서」는 4·19를 배경으로 부패하고 타락한 당대 정권에 대한 청년들의 시위 장면을 생생하게 그린 소설이다. 정치적 격변의 현장을 다루고 있는 이 작품에서조차 서사의 핵심은 인간적 선의에 대한 긍정이 된다. ①의 인용문에서 보듯 주인공 명서 가족은 6·25 피난길에 집안 운전사, 즉 창수 가족을 버리고 떠났었다. 이에 대한 죄의식으로 괴로웠던 명서는 어릴 적 자신의 친구이자 운전사의 아들인 창수와 함께 의연한 죽음을 맞이한다. 순교자적 경지에 이른 듯한 그의 이러한 모습은 사회사적 통찰의 깊이에서 연원한 것이라기 보다는 인간적 도리와 선의를 지키고자 하는 의지에서 기인한 바가 크다. 그것은 ②의 인용문에서 보듯 개인적 자기보존으로써 타인을 배제했던 과거의 회오를 씻어내는 길이다. 이것은 또한 잃어버린 인간적 자존감을 회복하는 방법이다.

이러한 결연한 자세는 삶에 대한 깊이 있는 통찰로써 가능해지는데 서술 대상에 대한 거리두기를 통하여 작가는 이를 좀 더 원숙하고도 깊이있게 보여준다.

그러기에 인생이란 회오(悔悟)이다. 이미 해 버린 일에 대한 뉘우침과,

미처 하지 않았던 일에 대한 뉘우침-그것으로 차 있는 것이 인생이리라.
그러면 오십 년 가까이 살아온 자신의 행적과 체험의 총화(總和)는 회오란
한 마디로 요약(要約)해야 될 것인가?
　살아온 길이 스산하였다. 까닭 없는 오기에 차 있었던 날이 부끄러웠다.
　　　　　　　　　　　　　　　　　　　　(한무숙, 『유수암』, 128면)

　무료 환자로서 이곳에 처음 들어왔을 때의 굴욕감은 조금씩 사라지고
있었다. 저항(抵抗)을 잃은 마흔 아홉이라는 여자의 나이가, 체념이라기보
다 아무 감개도 없는 이완(弛緩)을 가지고 와, 그 이완 위에 치마끈을
풀은 채 누워버린 것이다.

　　　　　　　　　　　　　　(한무숙, 「축제와 운명의 장소」, 199~200면)

　『유수암』과 「축제와 운명의 장소」는 삶에 대한 강렬한 욕망이나 고통으
로부터 어느 정도 거리를 두고 있는 40대 여성 인물의 시선을 통해 인생과
세계에 대한 이해와 성찰을 보여주고 있는 작품들이다. 작품에서 여성인물들
은 자신의 과거를 반추하고 인생의 의미를 깨달아 간다. 사랑과 성, 그리고
자신들의 삶에 드리워졌던 명암을 관조적인 목소리로 그려내고 있는 것이다.
특히 한무숙은 『유수암』에서 화류계에서 명성을 떨치던 기생들의 이야기를
여성의 삶과 운명에 대한 공감과 연민의 시선으로 그려낸다. 이 작품은
성을 금기시했던 전통적 관념에서 탈피하여 여성의 성에 대한 관심을 긍정적
인 시각으로 부각시킨다. 더 나아가 성은 죄악이 아니라 인간이 지닌 가장
원초적인 순수 쾌락이라는 개방적인 성의식을 제시한 작품이라는 점에서
더욱 의의가 있다.[36)]
　성(性)에 대한 이러한 개방성은 보수적 전통성에 기반한 한무숙 소설의
세계관과 비교해 보았을 때 일견 모순돼 보일 수 있다. 그러나 그의 소설들이

36) 이러한 관점에서 한무숙 소설을 고찰하고 있는 글들로 다음을 참고할 수 있다.
　　강난경, 「한무숙 연구」, 숙명여자대학교 석사학위논문, 1989 ; 이호규, 「연꽃이
　　아름다운 이유」, 『저항과 자유의 서사』, 국학자료원, 2007.

전통세계의 '이데올로기' 자체를 끌어안는 데에 목적이 있는 것이 아니라 인간이 자신에게 주어진 고통을 끌어안고 해결해 나가는 방법에 맞추어져 있다는 점에서 본다면 충분히 이해될 수 있는 부분이다. 한무숙 소설 속 인물들이 가진 숙명론적 세계관은 인간 존재 자체에 대한 긍정에서 출발한 것이기 때문이다. 다시 말한다면 그것은 인간을 억압하기 위한 수단을 정당화하거나 수용하기 위한 차원이 아니라 인간 본성에 대한 존중이자 자존감의 회복이라는 차원에서 고안된 것이기에 현실의 고통을 씻어낼 수 있는 하나의 대안이자 방법론이 된다는 것이다. 그렇기 때문에 "성(性)이란 인간의 귀속(歸屬)을 확증하는 축제(祝祭)의 자리임에 틀림이 없을 것(241면)"이라 발언하는 개방적 세계관조차 그의 전통적 세계관과 양립되고 이해될 수 있는 것이다.

한무숙의 이러한 방법론은 근대적 소설이론을 구축해 가는데 있어 극복의 대상으로 여겨져 왔던 전근대적인 요소의 부정적 함의를 소거할 수 있는 가능성을 제시한다는 점에서 의의가 있다고 하겠다.

1960년대 소설에 나타난 한국적·동양적인 전통의 세계는 역사와 시대적 현실을 소거하고 과거, 역사 이전의 시대로 도피하는 부정적 의미로 해석될 여지가 있다. 통상, 한국 문학사에서 김동리와 박상륭은 근대성을 논하는 자리에서 제외되어 온 것도 사실이다. 여성작가로서의 한무숙 역시 '여류' 작가라는 점에서 문학사 내부의 기술 대상으로서는 그 입지점을 확보하지 못한 것도 사실이다. 그것은 아마도 그들이 가지고 있는 혐의, 즉 '전(前) 근대주의자', 혹은 '반(反) 근대주의자'로서 받는 혐의 때문일 것이다. 일찍이 김동리는 문협정통파의 대표로 불리면서 그 전근대성에 대해 날카로운 비판을 받아온 적이 있거니와, 박상륭 역시 1960년대 세련된 도시감각의 신세대 작가들에 밀려 주목을 받아오지 못한 것도 사실이다. 한무숙 역시 여류작가의 계보 안에서 소략된 형태로 논의된 것이 전부였다.

그러나 이들이 추구한 전통성은 도피가 아닌 새로운 대안과 소설적 응전의 양식을 찾아가는 '탈주선' 그리기의 한 방식으로 이해될 필요가 있다. 근대 동일성 담론의 불안정성은 '질적인 시간/시계의 시간, 망각의 시간/기억의 시간, 사투리와 개인언어/언문일치와 표준어' 간의 긴장에서 기원한다. 이러한 대립항에서 뒤의 항목을 반복하는 동시에 그로부터 이탈하는 앞의 항목을 활성화하는 것이 삶의 공간에서의 서사이다. 이러한 운동과정을 통해 근대 서사의 전근대적 요소는 자본주의의 이데올로기에 차이성으로 작용하며 탈영토화를 지향한다.[37] 이러한 동양적 세계관에 대한 '외부'로서의 의미부여는 서구의 문단 내에서도 동일하게 발견된다.[38] 그 내용의 골자는, 근대·이성 계몽의 시대에 새로이 환기된 '신화'에 대한 관심이다. 신화에 대한 관심은 근대 이성으로부터의 퇴보·도피가 아니라, 오히려 계몽이성에 대한 적극적인 반성과 성찰의 산물임을 증명한다. 계몽주의적인 주체가 신화를 비판한 토대 위에서 진보를 향해 나아갔음에도 불구하고 사실상 그 결과는 목표와는 반대로 가고 말았다. 이는 인간의 상상력과 관심에 대한 수정을 요하게 된다. 상상력과 이성을 매개할 수 있는 신화에 주목하게 된 것이다.

1960년대 한국 소설에 나타난 한국적·동양적 세계는 역사와 시대적 현실을 소거하고 역사 이전의 시대로 도피한다는 부정적 의미로 해석될 여지가 있다. 그러나 그것은 도피가 아닌 새로운 대안과 소설적 응전의 양식을 찾아가는 '탈주선' 그리기이다. 이들은 잊혀졌던 과거의 아득한 세계, 주술과 신화의 세계를 소환한다. 아도르노가 말한 미메시스와 주술의 시대·세계이다. 이러한 화해를 깨뜨리며 주체와 세계를 분리시킨 것은 계몽과 합리주의였다. 아도르노에 의하면 미메시스가 사라져버린 현실에서

37) 나병철, 『근대서사와 탈식민주의』, 문예출판사, 2001, 81~83면 참조.
38) 문석우, 「러시아 문학에 나타난 신화적 모티프 연구」, 『러시아 문학 연구논집』 13, 한국러시아문학회, 2003, 101면.

의 미메시스에 대한 시도는 가상, 즉 예술작품을 통해서만 가능해진다. 예술가들은 죽음의 유혹을 뿌리치고 화해의 표징인 미메시스를 시도한다. 그들은 화해가 불가능한 합리성의 세계에서 자연을 닮으려 한다.[39] 들뢰즈와 가타리는 '자연'은 언제나 '예술'이라 칭한다. 왜냐하면 자연만이 세계의 분절된 두 대상들을 조합하기 때문이다. 즉 자연은 집과 우주, 낯익은 것과 낯선 것, 영토와 탈영토화, 선율적 유한 구성물과 구성의 무한 구도, 작거나 큰 반복구조를 조합시킨다는 것이다.[40] 이는 예술가들의 탈주선 그리기로 설명될 수 있다. 그러나 예술가는 정치적 혁명가가 아니다. 그렇기에 오히려 새로운 역사의 변혁으로 나아가기보다는 자신이 버리고 온 현실로 돌아가 미메시스를 시도하는 것이다.

이러한 문제의식과 방법론은 김동리와 박상륭 및 한무숙 등이 보여주는 동양과 전통의 세계를 가장 적극적인 의미로 독해할 수 있는 가능성을 보여준다. 우리의 민족성의 핵심으로 내세운 동양적 전통은 역사의 진공 속에서 자폐적 의미항으로 구축된 것이 아니다. 오히려 당대의 폭압적인 서구적 근대 세계에 대한 하나의 대안으로 고안된 것이기에, 오히려 당대 문단의 상황에서 적극적으로 의미 부여되고 평가될 수 있다. 또한 한무숙의 소설들이 보여준 바처럼 다시 전통의 부정성을 전통의 긍정성으로 극복, 양자 간 화해의 가능성을 보여준다는 점은 주목을 요하는 지점이다. 이들은 다른 리얼리즘·모더니즘 작가들과 동시적으로 존재하고 비평행적 변화·발전의 양상을 보였다. 이들은 근대의 '외부'에 존재함으로써 역설적으로 당대의 미적 근대성의 한 영역을 이루었다는 점에서 그 현대적 의의를 찾을 수 있다. 이러한 관점은 이들이 지향하는 세계가 극복해야 할 전근대의

39) 논의의 바탕은 나병철, 「아도르노의 모더니즘 문학」, 『모더니즘과 포스트모더니즘을 넘어서』, 소명출판, 1999 참조.
40) Gilles Deleuze and Félix Guattari, Trans. by Hugh Tom Linson and Graham Burchell, *What Is Philosophy?*, New York : Columbia University Press, 1995, p.186 ; 장시기, 앞의 글, 54면.

세계가 아님을 보여준다. 도리어 '복수의 근대'[41]를 탐색하고, 다성성(多聲性)의 근대를 상정해 볼 수 있는 기반을 마련해 준다. 또한 한국의 근대가 서구의 이식(移植)의 영향관계 아래에 있었음을 감안해 볼 때 이들이 갖는 위치는 한층 더 의미심장해진다. 이들이 추구한 전통성은 우리 소설사에서 근대 미달의 양식으로서의 표지가 아니다. 오히려 한국 문학의 근대성이 갖는 맹점을 보완할 수 있는 계기가 될 수 있을 것이다.[42]

2) 한국적 인정(人情)과 조화의 미학

오영수와 황순원은 주로 '서정소설'의 대표작가로 명명된다. 이러한 서정성에 대하여 논자에 따라서는 부정적인 평가를 내리기도 하였다. 구체적으로 그것은 '산문 정신의 미달',[43] '산문 정신의 결여 상태', '서정성에의 함몰' 등으로 모아질 수 있을 것이다. 그러나 본서는 이들의 작품이 시대성을 무시한 진공 상태의 개념이 아니라는 점에 주목한다. 이들의 서사는 오히려 당시 시대와 문학에 대한 비판적 성찰과 고민으로부터 출발했다는 점[44]에서 그 존재의미를 적극적으로 탐색해볼 필요가 있다. 이 서정성은 또한 서구에

---

41) 하정일, 「탈식민주의 시대의 민족문제와 20세기 한국문학」, 『실천문학』봄, 1999, 156~168면.

42) 이러한 한국적 근대성의 특수성에 대하여 이광호는, 서구의 미적 근대성을 무비판적으로 수용하기 보다는 우리의 현실을 고려한 주체적인 미적 근대성이 추구되어야 한다는 입장에서 다음과 같이 지적한다.
   "한국에서의 미적 근대성의 문제는 서구의 그것과는 달리 단순히 사회적 근대성에 대립되는 수준의 것이 아니라, 서구 사회의 '근대성/미적 근대성'과 한국 사회의 '결핍된 근대성'에 복합적으로 대응되고 이것들과 동시에 투쟁해야 하는 이중적이고 중층적인 소명을 짊어지고 있다."(이광호, 『미적 근대성과 한국 문학사』, 민음사, 2001, 80~86면.)

43) 권영민, 『한국현대문학사』, 앞의 책, 161면.

44) 일례로, 1959년 영국의 Encounter지(誌)는 황순원의 단편 「소나기」에 주목한 바 있으며(김주현, 앞의 글.) 1950년대에 대체로 부정적으로 인식된 유교는 60년대에 전통에 준하는 긍정적인 지위를 획득하게 된다.

176

서의 서정소설의 발생과정과 견주어 보았을 때에도 중요한 의미를 지닌다. 프리드먼은 서구 문학사를 고찰하면서 서정소설의 등장 배경에 대해 논한 바 있다. 그는 서정소설은 산업화와 도시화로 인해 분열된 시계상을 표현하기 위해 '아이러니적으로 인간과 자연이 동화된 원초적 화합을 표현하는 형식'45)이라고 보았다. 즉 서구에서 서정소설은, 산업화와 근대화의 발생과정에서 주체의 결핍과 소외, 분열된 양상을 극복하고자 하는 시대적 열망의 소산에서 출발했다는 것이다. 이러한 관점은 황순원과 오영수의 소설을 평가하는 데 있어 중요한 참조점을 제시한다. 실제로 우리 문단의 상황을 비추어보았을 때, 1930년대 나타난 서정소설에 대한 관심은 일제 강점기의 파행적 근대화의 현실 속에서 사회현실에 대한 미적 근대성의 방법론으로 고안된 것이었기 때문이다.46) 1930년대의 이러한 서정소설에 대한 논의는 1960년대의 서정소설들을 파악하는 데 있어서도 유의미한 참조점을 제시한다. 실제로 1960년대에 들어서 이들에 대한 비평계의 관심이 새로이 증폭되었다는 사실은 이를 뒷받침한다. 1960년대에 이르러 황순원, 오영수 등에 대한 긍정적인 평가와 재조명47)이 가능해졌음을 생각해 볼 때 이 작품이

45) 랠프 프리드먼, 신동욱 역, 『서정소설론』, 현대문학, 1989.
46) 이러한 논의로 신동욱의 「황순원 소설에 있어서 한국적 삶의 인식 연구」(『삶의 투시로서의 문학』, 문학과 지성사, 1988)와 김해옥의 『현대서정소설론』(새미, 1999)을 들 수 있다. 신동욱은 황순원의 소설을 바탕으로, 1930년대 서정소설의 발생은 '서사문학의 객관주의적 미의식이 서정적 주관주의 미의식으로의 전환'에 의한 것이라고 밝히면서 역사현실에 대한 문학적 대응으로서의 서정성을 논의했다. 김해옥은 이효석의 소설을 바탕으로 1930년대 한국 서정소설은 객관현실과 예술의 심미성이 극단적으로 부조화한 상태에서 발생한 것으로 보고 있는데, 즉 1930년대 서정소설은 근대성에 대한 비판적 인식으로부터 출발한 것이라고 보았다. 이들의 논의는 1930년대 서정소설의 미적근대성을 논의하는 것으로서 본 논의와는 시대적 대상이 다르지만 한국 모더니즘의 대표적인 두 시기—1930년대와 1960년대를 견주어 논의하는 데 유의미한 참조점을 보여준다.
47) 신동욱, 「긍정하는 히로」, 『현대문학』 5, 1965 ; 김용운, 「오영수 작품론」, 『국문학』 5, 연세대, 1965 ; 천이두, 「한적·인정적 특질」, 『현대문학』 8, 1967 ; 김병걸, 「오영수의 양의성」, 『현대문학』 9, 1967.

놓인 당대적 의미와의 관계 속에서 그 긍정적인 의미를 찾아낼 수 있으리라 본다.

1960년대 발표된 김동리, 박상륭, 한무숙, 황순원, 오영수 등의 문학은 한국적인 고유성, 정서를 추구한다는 점에서 공통항을 갖는다.[48) 특히 오영수와 황순원의 소설은 세계 인식의 측면 및 작품 구조적인 차원에서 유사성을 보인다. 또한 오영수와 황순원의 작품 세계는 김동리, 박상륭 등이 보여준 세계에 대한 전망이나 작가의 이데올로기적 차원의 비극적 세계인식을 소거한다. 사회성과 역사성을 소거한 채 그 자체로 자족적인 세계를 구사하는 것이다. 이들의 소설은 천이두의 지적[49)대로, 한없는 한국적 낙천주의의 소산이며 포용과 긍정을 먼저 찾으려는 한국적 '인정(人情)'의 결정체이다. 이는 '화해'와 '용서'의 테마에 있어 선의적 평화를 추구하는 한국 소설의 전통이기도 하다. 한국문학의 전통은 징벌주의를 배제하며 대상과의 화해와 조화를 지양하기 때문이다.

서구의 권선징악은 언제나 냉혹하고 결정적인 징벌주의로 나타나 있지만, 우리 소설에 있어서의 권선징악은 대부분 선의적인 평화로 나타나 있다. 대부분의 고전소설에서는 심지어 춘원의 훨씬 후기의 소설에 있어서도

---

48) 천이두는 황순원과 오영수(및 하근찬, 오유권) 등의 소설을 언급하며 '인정'을 예로 들어 "모든 것을 긍정하고 무조건 선의로 받아들이는 우리나라의 특유한 체온"을 한국적인 인정으로 명명하고, 이것이 "현존하는 생명을 지니면서 한결같은 흐름으로 이어지는 한국문학의 전통이 된다"고 한 바 있다.(천이두, 「한국소설의 이율배반 – 한국적 인정과 산문문학」, 『현대문학』 3, 1964.)

49) 천이두는 서구의 문학 양식과 한국의 문학 양식의 차이를 대별하면서, 다음과 같이 지적한다. "서구인의 정신양식이 언제나 正·反의 첨예한 대립 모순을 전제로 하는 변증법적 인식방법을 취하고 있는데 비하여, 우리는 언제나 평화적 타협주의를 취해 왔던 것이다. 그리고 이러한 평화적 타협주의는 비판과 분석이라는 냉혹한 산문정신을 키워나감에 있어서는 결정적 장애가 되어왔던 것이다. 선인에게 뿐 아니라 악인에게조차 따뜻한 선의의 시선을 돌리는 것이 나쁘다는 것은 아니다. 비판과 긍정을 앞세우는 서구적 자세보다는 언제나 포용과 긍정을 먼저 찾으려는 한국적 '인정'이야말로 어쩔 수 없는 우리의 피요 생리적인 것이다."(천이두, 앞의 글.)

거기 나오는 악인들은 냉혹한 징벌이나 결정적인 파멸로써 종말을 고하는 게 아니고, 대부분 개과천선하여 재생의 길로 들어서게 되는 것이다. 마음씨 착한 흥부는 물론 부자가 되지만 그렇다고 만고의 패륜아인 놀부라 해서 지옥으로 떨어지는 게 아니다. 한 때는 비록 혹독한 벌을 받지만 결국에는 자신을 뉘우치고 착한 사람이 되고 마는 것이다.[50]

일반적으로 서사란 외부현상을 시간적 질서로써 인과적 플롯으로 유기적으로 구성하는 것이다. 그런데 오영수와 황순원의 소설들은 사건 구성으로서의 플롯은 약화되어 있다. 작품은 서사성보다는 서정성[51]을 확보하는 양상을 보여준다. 자연을 매개로 각 인물은 자아와 세계의 조화를 추구하며, 배경은 인간의 보편적이고 원형적인 대상물로서 존재한다. 서술자의 측면에서 보았을 때 '정보'는 극소화 되어 있으며, 정보 제공자로서의 화자는 대상에 대한 공감적 진술을 보여준다.

오영수는 1949년 서울신문에 「남이와 엿장수」가 입선된 뒤, 이듬 해 「머루」가 신춘문예에 당선되면서 등단했다. 이후 그는 30여 년간 작품 활동을 해 왔는데 그 활동은 주로 1950년대와 60년대에 정점을 이루었다. 그의 작품이 의미 있는 것은 6·25전쟁의 폐허 속에서 인간의 근본적인

---

50) 천이두, 위의 글.
51) 이러한 서정성은 다음과 같이 정리해볼 수 있다.

	서정성	서사성
자아와 세계의 관계	자아와 세계의 화합	자아와 세계의 대립
시·공간 의식	무시간성(공간의 동시성)	시간의 계기성 세계의 시공간
인식의 관점	세계의 자아화	자아의 세계화
지각 작용	순간의 상태성(정서적, 감각성, 직접성), 느낌	대상의 전체성(구성적, 논리성, 표상성), 사고
언어 특성	이미지, 감각 언어	논리적, 지시적 언어

서정성의 개념 및 서정소설에 관한 논의는 문화라, 「1950년대 서정 소설 연구」, 이화여자대학교 박사학위논문, 2001 ; 나병철, 『문학의 이해』, 문예출판사, 1994, 340~349면 참조.

생명성과 원시적 긍정성을 한국적 낙천주의의 세계관으로써 구축해 냈다는
점에 있다.52)

　1961년에 발표된 「은냇골 이야기」는 50년대부터 지속되어 왔던 오영수의
화해와 포용, 인정의 테마를 작가 특유의 서정적 언어로 형상화해 낸 작품이
다. 이 작품의 공간은 사회와 역사 현실과는 완전히 유리된, 신화와 전설과도
같은 '은내'(隱川谷)이다.

> ① 뼘질로 두 뼘이면 그만인 하늘 밖에는 어느 한 곳도 트인 데가 없다.
> 깎아세운 듯한 바위 벼랑이 동북을 둘렀고 서남으로는 물너울처럼
> 첩첩이 산이 가리었다. 여기가 국도에서 사십여 리 떨어진 태백산맥의
> 척추 바로 은내(隱川谷)라는 골짜기다. 날짐승도 망설인다는 이 은냇골에
> 도 오래 전부터 사람이 살아 왔고 지금도 칠팔 가호가 살고 있다.
> 넝쿨과 바위 사이로 숨었다 보였다 하는 조그만 개울을 사이하고 이쪽과
> 저쪽 비탈에 낮은 초가가 띄엄띄엄 제멋대로 놓였다. 이조 중엽, 임진란
> 을 피해 이 골짜기로 들어온 몇몇 가호가 평란 후에도 그대로 눌러
> 산 데서부터 이 은냇골 마을이 비롯된다고 한다.
>
> 　　　　　　　　　　　　　(오영수, 「은냇골 이야기」, 39면)

　개발과 인공의 산물인 '국도'로부터 40여 리나 떨어진 첩첩산중, 시간이
정지된 공간에 태곳적 같은 이야기가 「은냇골 이야기」의 중심이 된다.
작품의 시공간은 역사 이전의 것으로 설정되었다. 또한 작품 초반에 소개되
는 약초 캐는 형제의 설화는 이 작품의 분위기를 신화적 세계로 이끄는
역할을 한다.
　이곳에는 문명이나 이성, 삶의 현실적 질서가 전혀 개입되어 있지 않다.

---

52) "(오영수의 소설은) 모든 것이 파괴되고 상처 입은 폐허의 상황과 그것을 초래한
　　문명을 회의하고 비판하는 근본주의 문학이라는 점에서 근본주의가 상처입고
　　지친 영혼을 위무하는 모성성을 지녔다는 점에서 큰 의의를 갖는다."(김윤식·정호
　　웅, 앞의 책, 336~337면.)

은내 바깥의 세계에서는 도로개발 사업이 한창 진행 중이다. 그러나 이들의 삶에는 현실의 거센 입김이 구체적인 영향력을 끼치지 못한다. 손에 꼽을 만한 몇 가구가 마치 부족시대를 연상시키는 듯 자연과 동화되어 살아가고 있을 뿐이다.

이들에 대한 소개는 다음과 같은 서술을 통하여 확인해 볼 수 있다.

> ② 이토록 이 은냇골 사람들은 세상을 등지고 산다. 개울가를 발겨 손바닥만 큼씩한 논배미를 일구고, 산비탈과 골짜기를 뒤져 잡곡을 심는 외에 철따라 산나물을 뜯고 약초를 캔다. 바깥세상과 굳이 인연이 있다면 그것은 일 년에 한 번, 당귀나 천궁 같은 약재를 역촌장에 내다가 벳자치나 아니면 농사 연모, 소금들과 바꿔 오는 것뿐이다. 봄 아니면 가을에 한 번, 장을 다녀오는 것이 이 은냇골 사람들에게는 여간 큰 일이 아니다.
>
> (오영수, 「은냇골 이야기」, 41면)

위의 두 서술(①, ②)에서 대상에 대한 서술자의 태도는 차이성을 갖는다. 앞의 서술(①), 공간 즉 '은내'에 대한 진술에 있어 서술자는 객관적인 서술방법을 취한다. 서술자는 목소리를 최대한 낮추고, 제시(보여주기, showing), 장면(scene)화의 방법이 선택되었다. 한편, 인물들에 대한 소개(②)에 있어서는 화자의 정감을 담은 설명(말하기, telling), 요약(summary)의 방법이 선택되었다. 모더니즘 시대 이후 권위적인 저자가 사라진 이후 작가는 설명과 제시의 서술방식으로 허구적 서사체를 구현해왔는데, 작품의 의미를 구성하는 데에 있어 더욱 중요한 것은 서술자의 태도이다. 실제 작품 분석에서 '설명'과 '제시'를 구분하는 것은 부적절하다고 본 웨인부스의 지적처럼 더 중요한 것은 '내포작가'의 태도이다.[53] 오영수의 소설에서

---

53) 웨인부스는 자신이 내포작가라고 부르는 규범이나 형식을 가리키는 말로 세 가지 용어―① 문체(style), ② 어조(tone), ③ 기법(technique)―를 사용한다.

서술자는 인물에 대한 공감적 태도를 보여준다. 대상에 대한 공감적 태도는 자아와 세계에 대한 추상적, 간접적, 이성적 인식을 배제하고 구체적, 직접적, 감정적인 인식을 가능케 한다.

오영수의 소설은 장면 묘사에 있어서 서술자는 객관화된 태도를 보여주면서도, 인물들에 대한 서술에 있어서는 공감적인 태도를 지니고 있다는 서술상의 특징을 보여준다. 이러한 서술은 인물에 대해 투사된 긍정성이 객관적으로 제시된 자연에 동화되도록 만들면서 서술된 허구세계가 아름다운 시적 세계로 구현되는 데에 기여한다.

이들에게 있어 삶의 현실은 자연의 모습과 동궤의 것을 이룬다. 그렇기에 현실에 대한 갈등과 고뇌, 이로부터 비롯되는 비극은 마치 계절의 순환과도 같다.

또한 세계에 대한 대결의식이 없으므로 인물간의 투쟁이나 갈등은 극소화되어 나타난다. 이들은 경쟁하거나 갈등하지 않는다. 다만 주어진 삶의 원초적인 질서에 때로는 저항하며 때로는 순응하며 살아갈 뿐이다. 이들에게 가장 큰 시련이 있다면 오랜 가뭄과 흉년, 그로 인한 기근 정도이다. 그렇다고

---

① 문체(style) : 문체라는 말은 때때로 폭넓은 의미로 사용되어, 단어 하나하나 구절 하나하나의 의미를 전달해 주는 모든 것과 아울러, 작품 속에 제시된 작중인물보다 작가가 훨씬 더 깊은 통찰을 하고 심오한 판단을 한다는 것을 알려주는 모든 것을 망라한다.

② 어조(tone) : 어조는 작가의 외표적 제시의 배후에서 전달되는 암시적 평가를 가리키기 위해서 사용된다. 그러나 이 말은 불가피하게 언어적인 것에 국한된 것을 시사한다. 내포작가의 어떤 국면들은 어조의 변화에 의해 추측될 수도 있지만, 그의 주요 특성은 이야기된 소설 속에 나타나는 작중 인물의 성격과 행동이라는 구체적 사실에 의존한다.

③ 기법(technique) : 기법이란 용어는 때때로 식별 가능한 모든 작가의 예술적 기교의 표징을 의미하는 말로 뜻이 확대되어 사용되어왔다. 만약에 이 말을 작가의 선택 일체를 포함하는 말로 사용했다면 안성맞춤의 적용이 된다. 그러나 이 용어는 보통은 그보다는 좁은 뜻으로 간주되었기에 그러한 의미로는 쓸 수가 없다. 우리가 만족할 수 있는 용어는, 작품 자체만큼 넓은 의미를 지니면서도 그 작품이 자존적인 존재물이 아니라 선택과 평가를 하는 작가에 의한 산물이라는 점을 일깨워주는 용어이다.(노승욱, 앞의 책, Ⅰ-2장 ; 웨인 부스, 앞의 책 참조.)

해서 기근이 인물들의 갈등을 만들어 내지도 못한다. 서사 진행의 핵심이 된 '김씨'의 행동은 구황(救荒)을 위한 것일 뿐이다. 일시적 기근으로 인해 자기 충족적이었던 세계 은내는 잠시 폐허가 된 인상을 보이지만, 그것은 마치 계절의 순환처럼 다시금 회복된다. 그 안에서 인물들은 변함없이 밝고 따뜻한 세계를 살아간다. 가뭄과 흉년은 인간의 의지와 노력과는 상관없이 일어날 수 있는 것이다. 그렇기 때문에 마을 사람들이 위기를 넘어서기 위해 겪은 모든 시련들, 가령 고향을 떠난다든지, 죽음을 맞이한다든지, 심지어 정신을 잃고 자기가 낳은 자식까지 솥에 삶아 버리는 비극마저도 일시적·자연적 순환으로, 혹은 반드시 치러야 할 통과제의로 담담히 받아들여질 수 있는 것이다.

> "알라(어린애)가 없네?"
> 하고 김가를 바라봤다.
> 김가는 고개를 저어 모른다고 했다.
> 덕이는 김가가 누웠던 뒷구석까지 살펴보고는 또,
> "알라가 없네, 알라 어쨌소?" (중략)
> "지(문둥이)가 병 고칠라고 알라 가주 갔제."
> "아녀, 내가 오니까 아이가 죽었더라. 그래서 갖다 묻었다." (중략)
> 김가는 달래듯 덕이를 눕히고 포대기를 덮어 주었다. 덕이는 순순히 잠이 들었다. (중략) 밤새 내릴 눈이 한 자 가까이 쌓였다. 아궁이에 불을 지피는데 옥례가 넘어왔다. 아랫도리가 눈 투성이었다. 김가는 옥례에게, 별 수 없으니 눈이 더 쌓이기 전에 대강 아쉬운 것만 가지고 와서 같이 묵자고 했다. 그럴 수밖에 딴 도리가 없었다. 이래서 셋은 한 방에서 한겨울을 나기로 했다.
>
> (오영수, 「은냇골 이야기」, 60~61면)

흉년이 들어 폐허가 되고 돌봐줄 곳 없는 여인들에 대해 보여주는 김가의 따뜻한 심성, 이것이 오영수 문학이 관통하고 있는 포용과 인정, 화해의 세계이다. 서술자는 이러한 인물에 대한 공감적 진술을 보여주면서 독자로 하여금 그가 견지하고 있는 세계관에 서정적으로 동화되도록 만들어준다.

작품은 시적 세계를 지향한다. 자아와 세계는 화합한다. 인물 혹은 사상 간의 갈등과 투쟁이 제시되는 것이 아니다. 이때 역사적 시공간성은 무화(無化)된다.

이들에게 있었던 잠시의 고난은 계절의 순환과 더불어 해소된다. 해빙이 되고 봄이 오니 떠나갔던 이들도 돌아온다. 살아남은 자들은 살아남은 자들끼리 생명의 축복을 누리며 산다. 누가 누구의 씨인지 모른 채 살아가더라도 괜찮다. 확인해야 할 강박도 없다. 자연의 존재가 그 근원을 알 수 없음에도 그 생명력을 자랑하듯 이들도 자신의 근원을 묻지 않는 것이다.

> 사월 초순, 한창 진달래가 피고 산나물이 돋을 무렵해서 양 노인의 아들 내외가 돌아왔다. 양노인의 며느리는 갓난 계집아이를 업었다. 계집아이가 그의 아버지를 닮았는지, 박가를 닮았는지, 아니면 김가를 닮았는지는 꼭이 알 수 없었다. (중략) 이 해 초가을에 옥례는 팔삭동이를 낳았다. 그 아이가 지금의 만이다. 만이는 아무래도 박가보다는 김가를 더 닮아 갔다. 언젠가 김가가, 감자를 캐고 있는 박가네 밭머리를 지나면서,
> "그 알이 푸지게 달렸는데, 이게 강원도 그 씬가?" (중략)
> 그리고는 둘이서 마주 보고 웃은 일이 있었다.
>
> (오영수, 「은냇골 이야기」, 62면)

이들은 가부장적 질서가 성립되기 이전, 모계 중심의 사회의 평등하고 평화로운 세계를 보여준다. 이러한 원시적 생명성의 탐구는 일반적으로 몰역사적인 의미로 해석되어 전근대적 세계로의 '후퇴'의 표지로 해석되어 오기도 했다. 그러나 이 소설은 당시의 독자들에게 많은 호응을 받으며 나름의 시대적 호소력을 갖추고 있었음을 주목할 필요가 있다. 이 작품은 당대를 살아가는 독자들의 욕망을 읽어내는 하나의 기준점이 될 수 있다.

구체적으로 말한다면 이 작품은 근대적 사회에 대한 하나의 대안으로도 읽힐 수 있다는 것이다. 당대의 독자들은 나름의 시대적 감수성으로 이 작품에 반응했던 것으로 보인다. 오영수가 추구하는 이 자족적이고 화해로운 세계는 역사로부터의 퇴행의 표지가 아니다. 오히려 역사와 사회의 현실의 '외부'에 동시적으로 존재하면서, 그 긍정적 의의를 확보할 수 있게 해준다.

　서양의 서사와 문화는 '아버지 극복'의 과정, 즉 오이디푸스·반(反)오이디푸스적 서사에 근거한다. 즉 서구문화에서는 서사의 추동력이 차이와 대립에 근거한 서사이며, 여기에는 아버지와 아들, 신과 인간, 인간과 자연을 대립시키는 이원론적 사고가 나타난다. 그러한 모순과 대립의 과정에서 인간은 내면의 갈등과 투쟁을 통해 자아를 확립해 간다. 그렇기에 인물과 환경의 상호작용 및 갈등·대립, 내면의 형성과정과 자아의 문제가 중요해진다. 그러나 동양의 문화와 서사는 그 출발, 즉 신화에서부터 확인해 보건대 아버지의 절대권력의 형성과 그 극복의 과정이 아니다. 서구의 신, 하늘은 아버지의 절대권력에 대한 상징이지만, 동양의 신, 하늘은 자연 그 자체이기 때문이다. 이 자연은 자족적인 자기 세계를 구축하며 인간과 조화한다. 오영수에 의해 확보된, 자연과 합일된 이 서정성의 세계는 그 서정성이 마련한 내면적 동력으로써 암담한 현실을 버텨나가도록 만들어 준다.54)

　1962년부터 1964년까지 『현대문학』에 발표·연재된 황순원의 『일월』은

---

54) 나병철은 서정소설을 설명하면서 그 서정소설이 갖는 현실적인 힘의 가능성에 대하여 논하였다. 그는 서정소설의 중요한 특징으로 '내면적 전망'을 꼽는다. 서정소설은 인물들이 서정적 경험으로써 현실의 고통을 극복할 수 있는 내면적 힘을 부여받는다. 즉 서정소설은 서정적 경험에서 얻은 내면적 힘으로써 현실을 버텨나가는 힘을 제시하는 소설이다. 그 바탕은 주객합일의 지향이다. 서정적 전망은 자연과의 합일 속에서 신화적 힘을 부활시킴으로써 열악한 현실을 견디는 힘과 비판력을 드러낼 수 있다는 것이다.(나병철, 『문학의 이해』, 문예출판사, 1994, 340~349면 참조.)

황순원의 작가적 생애에 있어 비교적 후반기에 발표된 작품으로, 초기 작품 혹은 여타의 단편 작품에 비해 서정소설로서의 면모는 미약한 것이 사실이다. 초기 단편 소설들이 보여준 낭만성이 6·25라는 비극적 현실의 체험 이후 짙은 좌절감으로 바뀌어가고 있기 때문이다. 이는 60년대 이후 그의 일련의 장편 소설로부터 읽어낼 수 있는 특징55)이기도 하다. 6·25전쟁을 겪고 역사와 객관현실에 대한 변증법적 상호작용을 거치며 그의 소설적 흐름도 변모 양상을 보인 것이다. 초기 단편 소설에서 보여준 낭만적·서정적인 세계, 즉 순수한 것, 아름다운 것에의 경도로 나타나던 순정적 인간애는 6·25전쟁을 겪으면서 일시적으로 다소 밀려나는 듯 보인다. 그러나 다시 이러한 세계는 이후의 작품을 통해 다시 구현된다. 이러한 점은 작가가 1960년대 이후 쓰기 시작한 '장편 소설'이라는 장르적 속성에 기인한 것이기도 하다. 장편 소설은 기본적으로 서사성이 극대화된 장르이기 때문이다.

이러한 점을 감안하면서 황순원의 『일월』을 다시 한 번 살펴볼 필요가 있다. 이 작품은 당시의 객관 현실을 매개로 하면서도 황순원이 본래적으로 가지고 있던 서정성을 다시 구현한 것이라고 할 수 있다. 작품의 내용과 의미를 부여하여 규정해 구체적으로 표현한다면 그것은 성민엽의 지적대로 "존재론적 성찰과 구원에 대한 형상화로 승화되어 나타난 것"56)이다.

『일월』은 백정의 후손 인철이 자신에게 주어진 숙명적인 고독을 견디며 내적 성장을 이루어가는 이야기이다. 주인공 인철은 백정이자 자신의 가족과 친척(큰 아버지인 본돌 노인, 본돌 노인의 큰 아들이자 자신의 사촌형인 기룡, 백정의 이력을 숨기고 살아가는 아버지, 철저한 현실주의자 이복형 인호, 광신적으로 종교에 빠져있는 어머니 홍씨, 비정상적인 자기세계에

---

55) 성민엽은 여기에, 황순원의 장편소설사에 있어서, 『일월』은 『나무들 비탈에 서다』 (1960)의 좌절의 미학과 『움직이는 城』(1972)의 구원의 미학을 이어주는 교량역할을 하고 있음을 지적하고 있다.(성민엽, 「존재론적 고독의 성찰」, 『황순원 전집』 8, 문학과 지성사, 1993.)

56) 성민엽, 위의 글.

빠져 있는 동생 인문 등), 방황하는 젊은이들(소극적이지만 자신의 어려움을 극도의 인내로 견디고 있는 다혜, 철없는 연극배우 지망생 나미, 술과 사람들과의 만남을 통해 자신 만만한 삶을 사는 박해연 등)과의 관계 속에서, 자신에게 주어진 삶의 존재론적·숙명적 고독의 문제에 대한 내적 갈등과 성찰·성숙의 계기를 마련한다.

이 작품의 주인공 인철에게 주어진 고독의 계기는 다양하다. 자신의 의지나 의사와는 상관없이 주어진 혈연적인 조건 상황(백정 출신)이 일단 그러하다. 또한 가족 안에서 맺어지는 관계와 사고방식 및 기질적인 성향 면에서도 그러하다. 그는 자신이 만나는 친구들 사이에서도 항상 한 발 멀리 떨어져 존재한다. 하지만, 또한 그것은 인철의 문제이기도 하고 짐짓 발랄해 보이는 다혜나 나미 등에게도 주어진 숙제이기도 하다.

이 작품의 표면적 갈등은 전근대(봉건)의 세계와 근대적 세계의 긴장 축에 있지만, 의미 있게 보아야 할 부분은 작가가 문제 삼고 있는 서사의 주제인 '고독'의 문제가 다루어지는 방식이다. 인철은 자신이 스승으로 삼고 있는 지교수를 통하여 자신의 큰 아버지인 본돌 노인을 만나게 된다. 백정은 봉건 신분시대의 산물로 그 사회적 제약과 억압의 표지이다. 그러나 작품에서 이러한 사회적·역사적 구성물로서의 백정의 의미는 숙고되지 않는다. '백정'에 대한 작가적 관심이 봉건유습의 병폐를 고발하거나 문제점을 드러내기 위한 것이 아니기 때문이다. 다시 말한다면 이것은 그 역사·사회적 맥락에 놓여있지 않은 일종의 상징적 장치에 불과하다는 것이다. 자신이 어찌할 수 없는, '주어진' 조건, 즉 그 '숙명적' 조건을 드러내기 위하여 백정을 선택했을 뿐이다. 이렇듯 피해갈 수 없는 조건으로서의 고독은 그가 맺는 여타의 인물들과의 관계에서 더욱 증폭된다. 또한 여타의 인물들 역시 그가 겪고 느끼는 고독을 각자의 방법으로 느끼면서 이러한 의미는 더욱 확장된다. 그가 느끼는 고독은 '던져진' 존재로서의 고독이다. 하이데거는 현존재의 본질이 실존에 있다는 사실로부터 현존재를 이미 세계 안에 던져진 존재로서 파악한 바 있다. 인간 모두는 '피투성(被投性)'의 조건 속에 살고 있는, 다시 말하면 '던져진' 존재(geworfenheit)이다. '혼자있음 (einsamkeit)', '불안(angst)', '무서움(furcht)'이야말로 인간이 본래적으로 가지고 있는 모습이다.57)

이러한 상황은 인철을 통해 구현된다. 인물이 놓인 다양한 상황들은 그의 내면과 상황을 나타내기 위한 상징적 도구가 된다. 역사와 현실에 대한 의미해석은 지연된다. 그 자리에서 인간 근본에 대한 근원적인 탐색이 이루어지는 것이다.

인물은 자신에게 주어진 조건에 대한 내적 성찰로 침잠하여 들어간다. 이 과정에서 역사적 산물로서의 조건들은 모두 지워진다. 작품의 소재와 주변 상황들은 그 의미를 부각시키기 위한 '상징적' 보조 수단 정도로 작용한다. 황순원은 그의 단편에서 보여주었던 고도의 상징수법을 장편 소설에서도 매우 효과적으로 활용하고 있다. 대표적으로 이 작품의 제목 '일월'이 상징하는 바가 그러하다. 해와 달은 낮과 밤의 밝음의 표지라는 점에서 공통적이다. 그러나 둘은 같은 시공간에 공존할 수 없는 것들이다. 낮과 밤이라는 배타적 시간 속에서 경험될 수 있는 것이기 때문이다. 그럼에도 불구하고 그것은 인간의 일상적 시간을 구성하는 양면이다. 해가 뜨고 지고 달이 뜨고 지는 과정 속에서 인간의 시간과 상황 속에서 일상은 유지되는 것이다. 그러나 또한 해와 달은 서로 해후할 수 없는 숙명적인 거리를 안고 있는 존재이기도 하다. 유한한 시간 속에 던져진 현 존재로서의 일상적 삶의 조건이 바로 '고독'이라는 것을 작가는 작품의 제목 '일월'로써 상징하고 있는 것이다.

사물로서의 존재자나 도구적 존재자가 아닌 현존재는 세계 안의 다른 존재자들과 관계맺음을 통해 존재 양식을 갖는다. 그러나 여기서 현존재의

---

57) 하이데거의 철학에 관한 논의는 마르틴 하이데거, 소광희 역, 『존재와 시간』, 경문사, 1995 참조.

고유성은 타인들의 존재 양식 속으로 해체되어 버린다. 현존재는 이러한 비본래적(非本來的)인 존재 양식으로부터 불안과 공포를 느낀다. 하이데거는 현존재의 본래적인 존재 방식을 갖기 위해서는 자기 자신을 근원적으로 이해하고 스스로 본래적인 자기로 존재할 것을 결단해야 함을 이야기한 바 있다.58) 이러한 결단은『일월』의 마지막 장면을 장식하는 부분이기도 하다. 인철은 본돌 영감의 장남이자 자신의 사촌형인 기룡을 만나면서 자신의 문제에 대한 내적 전환을 맞이하게 되는 것인데, 그것은 주어진 조건에 대하여 회피하지 않고 직시하는 것에서부터 시작된다.

> 밖은 어둡고 추웠다. 훈훈한 방에 있던 몸이 으스스 떨렸다. 인철은 홀에 두고 나온 코트 생각이 났으나 그것을 가지러 되돌아 들어가지는 않았다. 이대로 나는 관객의 입장에서 다혜와 나미를 대해야 하는가. 나는 나, 너는 너라는 인간관계란 있을 수 없지 않은가. 인간이 소외당한 자기자신을 도루 찾으려면 우선 각자에 주어진 외로움을 참구 견뎌나가는 데서부터 시작해야 할 거야. 기룡이의 말이었다. (…) 그건 그렇다. 하지만 그 외로움이란 인간과 인간이 격리돼있는 상태에서만 오는 게 아니지 않는가. 서로 부딪칠 수 있는 데까지 부딪쳐본 다음에 처리돼야만 할 문제가 아닌가. 기룡을 만나야 한다. 만나 얘기해야 한다. 인철은 머리에서 고깔모자를 벗어 뜰에 서 있는 한 나뭇가지에다 걸었다.
>
> (황순원, 『일월』, 343면)

황순원의『일월』은 그의 초기 단편 소설, 혹은 오영수의 소설에 비하여 그 낭만적 서정성이 약화되어 있는 것이 사실이다. 이러한 데에는 그가 경험한 역사적 현실과 이에 대한 고뇌 및 성찰 등과 관련된 여건들이 있었을 것이다. 그럼에도 불구하고 이 작품은 작가가 시종일관 고수해왔던 인간 존재에 대한 긍정을 진지하게 재현하고 있다. 작품 내내 우유부단함의

---

58) 마르틴 하이데거, 위의 책.

상태로 머뭇거리던 인철은 작품 말미에 이르러 존재론적 각성에 이르게
된다. 그것도 가장 우직하고 순박한 형태로 자신의 신분을 인정하고 살아가
는 백정 기룡을 통해서 말이다. 기룡은 전근대를 대표하는 상징적 인물이자
소외와 기피의 대상이다. 그럼에도 불구하고 그는 가장 건강하다. 그렇기에
나약한 인철에게 삶의 건강함과 긍정성을 회복시켜주고 삶에 대한 새로운
의미를 깨닫게 해주는 자로 될 수 있다. 이 작품은 전근대와 근대의
대결적 구도를 상정하지 않는다. 서사의 포인트는 어느 한쪽의 승리가
아니다. 중요한 것은 대립·투쟁·대결이 아니라 모든 과정을 따뜻하게 감싸는
인간애에 있기 때문이다.

　1960년대에 발표된 오영수와 황순원의 소설이 보여준 공통점은 우리의
고유 사상 및 전통성의 의미를 근대/전근대, 문명/원시의 이분법적 구도를
초월하는 데에 있다. 그것은 인간애에 대한 호소이며 여기에서 그들의
소설은 문학적 보편성을 확보한다. 다만 그것이 오영수에게 있어서는 이성적
판단 이전의 무조건적인 긍정의 세계를 통해 추구되었다면, 황순원에게
있어서는 인간 실존에 대한 철학적인 물음을 통해 추구되었다. 이들의
작품은 이해와 포용의 한국적 인정(人情), 그 조화의 미학을 보여준다. 이들은
서구적 세계의 대립과 갈등이 보여준 징벌과 소외의 문제를 극복하게 해
주었다는 점에서 의의가 있다.
　들뢰즈와 가타리는 예술작품을 구성하고 있는 '감각'의 개념을 '비인간적
힘들의 복합물, 즉 인간의 비인간적 되기의 복합물'[59]이라 말했다. 이 '비인
간적인 힘'과 '비인간적 되기'라는 표현에 있어 '인간적'이라는 말은 휴머니

---

59) "감각의 존재는 살이 아니다. 그것은 우주의 비인간적 힘들의 복합물, 즉 인간의
　　비인간적 되기의 복합물이며, 그러한 힘들(forces)이나 되기들(becomings)을 상호
　　교류시켜 조절하며 바람처럼 소용돌이치게 만드는 애매모호한 집의 복합물이
　　다."(Gilles Deleuze and Félix Guattari, 1994, p.183.)

190

즘의 일부분을 의식한 것으로 보인다. 휴머니즘은 역사적 문맥에서 긍·부정의 의미로 사용되나, 여기에서는 서구적 근대의 일관된 이데올로기의 역할을 담당했던 휴머니즘의 폭력성을 의식하여 사용되었다.[60] 한편, 들뢰즈와 가타리가 이야기하는 예술의 구성물인 '감각'은, 루카치가『소설의 이론』에서 이야기했던 '감각의 총체성'의 개념을 상기시킨다. 그것은 근대 이전에는 존재했지만 근대 이후에는 사라졌기 때문에 인간 소외의 근본 원인이 되고 있는, 그래서 오직 추구해야만 하고 부활시켜야 할 대상이기도 하다. 그러면서 들뢰즈와 가타리는 예술과 자연의 유사성에 대하여 언급하며 그 중요성에 대해 역설[61]한 바 있는데, 이 때의 자연은 근대적 자연이 아니다. 근대적 자연은 항상 정신과 물질의 이분법에서 확대되어 인간과 자연이라는 인간중심적인 관점에서 대상화되는 자연이다. 영토화·탈영토화·재영토화되는 과정에서의 자연은 정신과 물질의 이분법에서 벗어나, 그 구성물인 인간을 포함하는 자연이다.[62] 이 자연 속에서 들뢰즈와 가타리는 무한히 열려있는 우주라는 자기생산의 구조에 대한 인식의 세계를 구성하고 있는 요소로서의 예술을 사유한다. 예술은 과학이 담당하고 있는 내재적 지시관계라는 상호

---

60) '인간적'이라는 역사적 휴머니즘을 의식하고 쓰인 말로 보이는데 휴머니즘은 그 역사적 문맥에 따라 긍·부정의 의미 모두를 함의한다. 르네상스 및 근대초기 휴머니즘은 플라톤의 이데아가 지녔던 선험성, 기독교의 신이 개입하는 초월성으로부터 벗어나는 사유의 긍정적 측면을 담당한다. 그러나 서구의 근대화 과정에서 보았을 때 휴머니즘은 서구 백인 국가 중심주의, 혹은 남성 중심의 지배 이데올로기를 정당화하는 도구로 사용되었다.

61) "언제나 자연이 예술인 까닭은 자연이 모든 방식을 동원하여 두 개의 살아있는 요소들을 조합시키기 때문이다. 즉, 자연은 집과 우주를, 낯익은 것(Heimlich)과 낯선 것(Unheimlich)을, 영토와 탈영토화를, 선율적 유한 구성물들과 구성의 무한 구도를, 그리고 작거나 큰 반복구들을 조합시킨다."(Gilles Deleuze and Félix Guattari, 1994, p.186.)

62) 넓은 의미에서 본다면 들뢰즈·가타리에게 자연은 인간과 함께 도시의 건축물까지 포함하기도 한다. 도시와 그 도시의 건축물은 넓은 의미에서 인간, 그리고 인간이 만들어 놓은 문명의 소산이기 때문에 '인간'이라는 말로써 그 내용과 대상을 포괄하기로 한다.

생산활동과, 철학이 담당하는 무한의 우주에 일관성을 부여하는 일관성의 장을 예술작품에 부여한다. 그럼으로써 무한의 우주를 복원시키는, '예술작품'이라는 유한의 세계를 창조한다는 것이다.63) 실재나 현실에 대한 '모방, 재현, 반영' 등을 주축으로 하는 근대의 예술론을 벗어나, 자연 속에 통합된 인간을 바라보는 들뢰즈의 철학은 동양적인 화해와 조화의 미학과 조우할 수 있다. 화해와 조화는 민족적이고 인간적인 것을 넘어선다. 인간과 자연 및 환경이 대립하거나 갈등하는 것이 아니라 조화롭게 '공존'한다. 그것은 인간 보편에 호소하는 것이다. 이는 대상과의 화해를 통해 새로운 의미를 만들어 갈 수 있는 잠재적 상태, 에너지가 충만한 상태로 인간의 인식과 상황의 조건을 되돌린다. 이러한 과정에서 들뢰즈의 이미지론은 풍부한 의미를 획득한다.64) 그의 논의에서 영화에 대한 관심이 부여되는 것은 이미지의 '운동성'이라는 차원인데, '생성', '되기'의 관심에서 그것은 필연적인 결과이기도 하다. 들뢰즈의 이러한 사유에 힘입어 오영수와 황순원이 추구하는 화해의 세계의 의미를 다시 숙고해 볼 수 있다. 1960년대 '자연'으로 돌아가, 그 자연과 화해하고 조화하는 인간, 그 인간을 포함하는 자연을 재사유 하는 것. 이는 들뢰즈가 말한 바대로 대상의 역동적인 해석의 장을 마련해주고 담론 형성의 조건들을 형성한다.

　이러한 관점은 당시 소설에 대한 서구 편향의 시각을 극복할 수 있는 가능성을 준다. 노벨문학상 수상자인 펄벅 여사는 1960년 한국을 방문하여, 경주 고적지의 한 장면을 보며 인상적이었던 장면을 다음과 같이 회고하기도

---

63) 자연과 예술의 관계에 관한 들뢰즈의 논의는 장시기, 앞의 글 참조.

64) 들뢰즈는 정치철학, 문학, 예술 일반에서부터 영화에 이르기까지 그 사고와 논의의 차원을 전방위적으로 보여주었는데, 그는 되기의 과정에서 '이미지'에 관해 상당부분 관심을 보였다. 이미지의 '운동성'은 영화와 여타 시각 예술을 구분하는 기준이 되는데, 들뢰즈는 영화가 갖는 순간적인 운동-이미지에 집중한다. 즉 영화가 부여하는 것은 '정지'된 단면들과 추상적 운동의 결합과정이 아니라 '동적'인 단면 그 자체라는 것이다.

192

했다.

　　황혼이 짙은 경주의 시골길이었다. 한 농부가 소달구지에 짐을 싣고 집으로 돌아가고 있었다. 달구지에 실은 짚단이 별로 많거나 무겁지 않아 보이는데도 농부는 지게에다 따로 짐을 지고 있었던 것이다.
　　"저 농부는 소를 두고 왜 힘들게 볏단을 지고 가나요?"
　　"소가 너무 힘들까봐 거들어 주는 거지요. 우리나라에서는 흔한 일이랍니다."
　　모든 것을 합리적으로 보는 서양 사람이 이 현상을 보았다면 농부를 바보이거나 비합리적인 사람이라고 비웃었을 것이다. 무겁게 짐을 따로 지고 갈 것 없이 달구지에 실어버리면 한결 편하고, 또 그렇게 하는 것이 합리적이기 때문이다. 짐뿐만 아니라 걸어갈 것도 없이 달구지를 타고 가는 편이 보다 편하고 합리적이라고 생각할 것이다. 서양 농부 같으면 지기는커녕 타고 가는 데 예외가 없을 것이다. (…)
　　'나는 한국에서 보고 싶은 것을 이미 다 보았다. 저 모습 하나만으로도 충분하다.'65)

　　이규태는 자신이 신입 기자 시절이던 때를 회고하며 여기에 설명을 덧붙이는데, 이러한 장면은 자연에 대한 한국의 인식, 더 나아가 한국인의 세계관을 보여준다고 본다. 이러한 의식은 한·중·일 세 나라에서 쓰는 어휘로도 확인할 수 있는데, 생구(生口)라는 말66)로써 확인할 수 있다는 것이다. 이 말은, 중국과 한국, 일본에서 '노비'를 뜻하는데, 사람과 짐승의 사이, 반인간(半人間)이라는 뜻이다. 그런데 동양 세 나라에서도 유독 한국에서만 '가축까지를 포함'해서 생구라고 불렀는데, 가축도 반인간이라 하여 노비처럼 인간 취급을 했다는 것이다. 한국인에게 인간과 동물, 그리고 자연은 서로 조응하고 화해하는 대상이다. 여기에는 우위와 구분의 개념이

<hr>

65) 이규태, 『한국인의 의식구조』, 신원문화사, 1983 참조.
66) 이규태, 위의 글.

없다는 뜻이다. 펄벅 여사의 눈에 비친 농부에 의해 대변된 동물, 그리고
자연에 대한 인식은 서양인과 구분되는 동양인의 자연관과 세계관을 가늠할
수 있는 통로가 되는 것이다.

전술(前述)한 바와 같이, 황순원의 작품이 실제로 서구 문단(영국의 Encount
誌)에 소개되고, 펄벅 여사의 한국 방문 등 서구의 한국에 대한 관심이
증폭되는 상황에서, 오영수와 황순원의 우리의 문학이 서구 중심의 문학에
대한 대타의식을 환기하는 것임을 상기해 볼 때에 이들의 존재의미는 더욱
의미심장해 진다. 오영수와 황순원의 서정성 또한 이러한 다양한 이미지들이
생성·중첩·운동하는 역동적인 장으로 이해될 수 있는 것이다. 들뢰즈는
문학이란 한 마디로 '정서(affect)'이며, "위대한 소설가는 무엇보다도 알려지
지 않은 또는 인식되지 않은 정서를 발명하여 그 정서들로 등장인물 모두의
되기(생성)를 만들어 내는 예술가이다"[67])라고 표현하였다. 여기에서 '정서'
는 되기(생성)에 도움이 될 뿐만 아니라, 오히려 필연적인 조건이자 바탕이다.
작품을 통해 구현된 사회와 현실의 세목보다는 오히려 그에 대한 감각과
정서, 그것이 환기할 수 있는 효과, 그 움직임과 운동의 과정이 중요하다는
것이다. 황순원과 오영수의 소설들에서는 구체적인 현실의 세목은 탈각되어
있다. 그렇다고 해서 그 작품의 시대적 문맥에서의 의미를 부여할 수 없는
것은 아니다. 이들은 격동하는 한국 근대사의 사회현실을 도피하고 시대를
외면한 것이 아니다. 혹은 정태적이고 폐쇄적인 공간과 인물을 형상화한
것이라고 폄하할 수도 없다. 오히려 이들은 1960년대 문단에서 '운동'의
장을 마련해 주는 중요한 계기를 마련해 주었다는 점에서 매우 중요하다.
이 운동의 장은 당시 소설의 존재 방식과 해석적 다양성을 생산해 내는
매우 적극적인 역할을 했기 때문이다.

---

67) 들뢰즈 외, 이정임·윤정임 역, 『철학이란 무엇인가』, 현대미학사, 1994, 174면.

2. 공동체의 재구와 병렬의 서사

1) 고향의 의미와 귀향 형식의 안과 밖

1960년대에 이르러 경험된 도시와 서울은 분열된 세계를 단적으로 경험케 하는 하나의 상징물이었다. 1960년대 소설은 이에 대한 자각이 깊을수록 그에 대한 대안으로서 '고향'[68]을 상정하고 이에 대한 의미를 추구하면서 현실의 문제를 다시 성찰하는 계기를 만들게 된다. 인간은 주체와 객체가 분열된 세계가 아니라, 분열된 세계를 극복하고 화해하여 이상적 현실을 추구해 보려는 노력을 지속하기 때문이다. 이러한 과정에서 나타난 고향은 구체적인 경험을 통해 이루어진 것이기 때문에, 허구적 낭만의 세계인 원형 공간과는 일정부분 차이성을 갖는다. 어느 정도의 현실적 지반 위에 놓여 있다는 것이다. 이것이 서사화 되었을 때 그것은 '귀향 형식'을 띤다. 이에 김윤식은 "60년대에서 70년대 소설의 상당수가 귀향형일 뿐 아니라, 우수한 작품의 상당수가 또한 이 유형이라는 점은 문학사적인 문제가 아닐 수 없다"[69]라고 지적하면서 1960년대 이래 우리 소설에서 가장 안정된 소설 유형으로 귀향형 소설을 들기도 하였다.

우리는 여기에서 더 나아가, 그 고향의 의미가 '탐색 중'에 있다는 점에 주목해볼 필요가 있다. 60년대 소설의 주요 모티브가 되는 '고향'의 의미는

---

68) 1960~70년대 소설에 나타난 고향의 다양한 의미에 대한 연구로는 「1960-70년대 소설의 고향 이미지 연구」를 참고할 수 있다.(박찬효, 앞의 글.) 이 연구에서 저자는 한국의 전쟁체험과 산업화 현실 속에서 다각도로 구체화되고 있음을 밝히며, 인간이 소망하는 근원적인 공간, 전쟁의 상흔을 치유할 수 있는 힘이 내재된 상상력의 장소, 인간 소외 현상 등을 발생시키는 도시화 등을 비판하고 해결을 모색하는 장으로서 설명하였다.
또한, '고향'의 상대항으로 상정되는 '도시'의 의미에 대한 연구로는 오창은의 논의(앞의 글)를 참고할 수 있다. 이 논문에서 저자는 근대의 충격이 발현되고 확산되는 장소로 도시를 상정하고 이러한 도시성에 대한 소설적 대응방식을 살피며 그 서사화 과정을 다각도로 검토하였다.

69) 김윤식, 「감동에 이르는 길」, 『이청준 문학 전집』 3, 홍성사, 1984.

그 의미가 고정·확정된 것이 아니라는 점이다. 미끄러짐의 과정 속에 있어 그 의미는 끊임없이 차연된다. 데리다에 의해 고안된 개념인 '차연'은 언어의 미결정성으로 인하여 끊임없이 지연되어 확정된 의미는 없다. 그 의미는 '미끄러지며' 불확정적인 상태로 남는 것이다. 바흐친은 이러한 '차연'으로서의 자의식을 미결정성, 최종적인 말의 연기, 자기 자신과 일치하지 않는 자신 등으로 표현하고 있다.[70] 1960년대 소설에 나타난 탐색 중의 고향은 그것은 '여로' 형식이며, '길 위에' 놓여 있다. 이는 그들이 도시에 안착하기에도 분열적일 수밖에 없는 현실과 동궤의 논리이다. 이것은 그들이 폭력적인 한국적 근대와 길항하면서도 동시에 끊임없이 공모[71]할 수밖에 없는 현실에 기인한다. 그들은 불안하다.[72] 그렇기에 그것을 해결해 줄 수 있는 고향의 의미를 상정하는 한편 끊임없이 그 불안함의 흔적을 남긴다. 그 표지가 탈향-귀향의 강박적 반복이라고 할 수 있다. 현실에 안착할 수 없기에 고향에 되돌아가보지만, 그들은 고향의 의미에 대해서도 확신할 수가 없는 것이다. 그것은 한없는 그리움의 대상이기도 하지만 또 한편으로는 배반의 대상이 되기도 하고 그 배반만큼의 죄의식과 부채의식을 동반하는 대상이기도 하는 것이다. 이러한 '탐색 중'의 고향에 대한 의미들이 1960년대에

---

70) 바흐친, 김근식 역, 앞의 책, 87~91면.

71) 이러한 이중적이고 분열적인 의식에 대하여는 졸고, 「김승옥 소설 연구 ─ 근대적 폭력성에 대한 동일화를 중심으로」, 이화여자대학교 석사학위논문, 2003 참조.

72) 김영찬은 1960년대 김승옥·최인훈·이청준 소설을 통하여, 1960년대 미적 주체의 정체성을 '불안'으로 규정하고, 이것의 표지로서 각 작가의 특성을 논하였다. 1960년대 소설의 미적 주체는 1960년대의 근대적 상징질서라는 큰 타자(the Other)의 응시에 대한 응답으로 구성되는 주체이다. 이 주체는 폭력적인 한국적 근대와 길항하면서도 동시에 공모하고 있다는 이중적이고 분열적인 조건에 의해 그 불안이 증폭되는 것이다. 김영찬은 이 세 작가들의 소설이, 1960년대 주변부 근대의 모순에 문학적으로 반응한 근대적 주체의 ('불안'으로서의)자기의식의 산물이면서, 동시에 그 내면성에 새겨진 한국적 근대의 그늘을 보여주는 하나의 뚜렷한 징후임을 지적하였다.(김영찬, 「불안한 주체와 근대」, 『1960년대 소설의 근대성과 주체』, 상허학회, 2004 참조.)

다양하게 추구되었기에 그 적극적이고 생산적인 고향의 의미는 1970년대에 이르러 정착이 될 수 있었다. 이청준 소설에 나타는 고향의 적극적인 의미를 규정해 볼 수 있는 작품들이 1970년대에 이르러서야 창작되었다는 점은 이를 뒷받침한다. 「어떤 귀향」(1972), 「귀향 연습」(1972), 「눈길」(1977), 「남도사람」(1978) 등이 그러하다. 또한 『관촌수필』(1972~1977)로 대표되는 이문구의 소설 세계 역시 70년대에 이르러서야 구축이 된 것이다. 안정적이고 활력 있는 그의 관촌이 그려지기까지 그 전제로서 1960년대의 도시 빈민 및 하류 계층을 대상으로 한 작품들이 있었다.(「백결」(1966), 「야훼의 무곡」(1967), 「지혈」(1967), 「부동행」(1967), 「두더지」(1968), 「몽금포 타령」(1969) 등) 이러한 작품의 주인공들은 대부분 탈향민이거나 실향민이었던 것이다.

아직 '탐색중', '미결정'의 상태에 있는 고향이기에, 그 고향의 의미는 '길 위에' 놓여 있다. 그것은 '떠나옴-돌아감-다시 돌아옴'의 구조를 갖는다.

그렇다면, 도시를 떠나게 하는 그들의 정체성은 무엇인가? 이는 현재 그들이 놓인 도시에 대한 감정을 통해 설명이 된다. 집약하여 말한다면 그것은 선망과 환멸의 양가 감정이다.

그들은 고향에서 나고 자라, 탈향을 마친 존재들이다. 이청준의 「별을 보여드립니다」의 주인공이나, 김승옥의 「무진기행」, 「누이를 이해하기 위하여」의 주인공들이 바로 그들이다.

5년 전 그가 S대학 천문기상학과를 졸업하던 때였다. 중학교와 고등학교의 졸업식을 두 번 다 참가하지 않은 편이 좋았을 만큼 답답한 자신의 처지를 가끔 한탄하면서도, 오히려 그러한 혹독한 사정이 자기를 대학까지 졸업하게 한 강인한 성격의 연원이었던 것처럼 은근한 자부를 갖고 있던 그가 이번에는 별나게 졸업식에 신경을 쓰고 있었다. 대학만은 남들처럼

'정식으로' 끝내고 싶으니 '아무쪼록' 많이 와서 '축하'를 해 달라는 것이다. (중략) 졸업을 하고 나서 그는 한 일 년 남짓 전공과는 달리 어떤 얼치기 토건회사를 나다녔다. 하면서도 그 사이 그는 안팎으로 자신의 힘에 겨운 생활을 하고 있었다. 몇 푼 안 되는 월급을 거의 털어 넣다시피 하면서 독방하숙을 했고, 자기가 좋아하는 여자는 결국 불행할 수밖에 없으리라면서 아예 여자 같은 건 제 편에서 먼저 도망을 치곤 하던 그가 점잖은 연애도 하고 있었다. 그러던 그가 어느 날인가는 학교 연구실로 나를 찾아와서 비실비실 웃어대며 기다리던 일이 겨우 이루어졌다고 했다. 시골에 계신 늙은 어머니가 돌아가셨으니 이제는 아주 홀가분하게 되었다면서, 집엘 좀 다녀와야겠노라고 차비를 꿔 달라고 했다.

(이청준, 「별을 보여드립니다」, 11면)

　　영국에서 천문학을 전공한다던 그, 이제는 세계에 대한 '자기 영혼의 문을 완강히 닫아버린' 그에 대한 이력이 소개된 부분이다. 1960년대를 살아가는 젊은이들에게 서울이라는 도시, 그리고 대학은 그들의 현실적 삶의 조건의 개선을 위한 하나의 중요한 통로이다. 김승옥의 『내가 훔친 여름』의 인물들이 '서울대학교 배지'에 집착하는 이유가 되기도 한다. 서울에서의 생활이라고 해 보았자 그것은 여전히 비주류의 삶에 불과하기에 그것은 늘 불만족스럽다. 그럼에도 불구하고 그들은 서울의 삶을 포기할 수 없는 분열적 상태에 놓여있다. 서울의 삶에 적응하고 살아남는 것만이 당대적 삶에 있어 '자기 보존'을 해 나갈 수 있는 유일한 방법이기 때문이다. 근대 사회는 자기 보존의 의지와 노력에 기반해 있다. 근대 부르주아는 개인의 자기 보존을 철학적 기반으로 하고 있으며 이는 근대 개인의 삶의 모랄이 되도록 요구한다. 그러한 자기 보존의 삶의 방식이 "유일하게 자연스럽고, 품위 있고, 합리적인 양식으로 개인의 뇌리에 박히"[73]도록 하는 것이다. 그것은 한 마디로 말해서 '출세'의 삶이다. 「무진기행」의 윤희중이,

---

73) 아도르노·호르크 하이머, 김유동 역, 『계몽의 변증법』, 문학과 지성사, 2001, 59면.

끝내는 자신의 무책임을 인정하며 서울로 돌아갈 수밖에 없는 이유도 그것이다. 자기파괴나 죽음의 극단적인 형태가 아니라, 이제 현실에서 살아남기가 근대적 일상인·소시민의 과제라면, 그 반대 항에는 그들이 떠나온 고향에 대한 죄의식과 부채의식을 가질 수밖에 없다.

다소 불완정할지언정, 60년대에는 이러한 고향의 의미에 대한 탐색적 시도가 이루어지고 있다는 점에 주목할 필요가 있다. 그것은 탐색의 형식이기 때문에, 길 위에 서 있는, 여로의 형식이 되는 것이다. 이러한 탐색이 1960년대 소설들을 통해 시도되었기에 1970년대에 이르러서는 귀향(혹은 고향의 의미가 탐색된) 소설들이 만개(滿開)할 수 있었던 것이다.

정도의 차이, 계층상의 차이는 있으나, 이러한 인물들은 도시에서 받은 상처와 고통들을 고향을 통해 위무 받고자 한다. 하지만, 이제 성인이 되어버린 그들에게 이미 떠나온 고향은 자신들이 나고 자라던 완벽한 '상상계'로서 재현불가능한 세계이다. 그렇기 때문에 60년대 소설에서 그들의 고향은 불완전한 형태를 띠게 된다. 아직 탐색 중에 있는 대상인 탓이다. 그 고향은 막연한 환상의 대상이거나, 작중 인물들이 자신의 상처를 씻는 곳, 막중한 죄의식을 상기하게 하는 대상으로 존재할 수밖에 없다. 이렇듯 분열적 고뇌의 대상이 될 수밖에 없는 60년대의 고향은 끊임없이 '탐색'된다. 그 탐색의 표지로 인물들은 끊임없는 탈향-귀향 강박적 반복을 보여준다.

60년대 소설 속의 '고향'은 그러한 점에서 문제적이다. 이 고향은 완전히 자족적인 세계, 상상계로서의 고향이 되지 못하며, 죄책감과 부채의식을 동시에 갖게 하는 대상이 된다. 세계에 대한 화해와 공동체 회복의 의지를 건강한 삶의 형태와 대안으로 제시하는 것은 1970년대에 이르러서야 가능해진다. 우리의 전통적인 세계, 고향의 건강성을 그린 이문구 소설과, 이청준 소설의 한 축인 귀향형 소설이 1970년대에 이르러서야 개화, 안정된 세계를 구축[74]했다는 점은 이를 뒷받침한다. 류보선은 "이청준의 모든 글은 고향에 바치는 헌사이며, 그의 글쓰기는 곧 귀향의 과정이라 해도 과언이 아니다"[75]

라고 밝히면서 이청준 소설이 갖는 고향의 의미를 적극적으로 부각시킨
바 있는데, 이를 설명하기 위한 작품들은 모두 70년대에 나온 작품임을
주목할 필요가 있다. 이렇듯 이청준을 규정하는 큰 축이 '귀향'임에는 의심의
여지가 없지만 그것은 1960년대의 고향에 대한 의미 탐색을 통해서 가능해졌
다. 그것은 아직 구축되지 못한 대상, 불완전한 대상이다.

　길 위에 놓인 '여로형' 구조는 끊임없이 반복된다. '불안'한 근대적 주체는
아무 것도 확신할 수 없기에, 그 대안으로서의 고향에 의미에 대해서까지
확신할 수 없다. 그렇기 때문에 그들의 고향은 길 위에 놓일 수밖에 없다.
의미는 확정되지 않는다. 확신할 수 없는 대상이기에 그것은 그리움과
동시에 죄의식과 부채의식을 동반한다.

> 　모든 것이, 흔히 여행자에게 주어지는 그 자유 때문이라고 아내의 전보는
> 말하고 있었다. 나는 아니라고 고개를 저었다. 모든 것이 세월에 의하여
> 내 마음 속에서 잊혀질 수 있다고 전보는 말하고 있었다. 그러나 상처가
> 남는다고, 나는 고개를 저었다. 오랫동안 우리는 다투었다. 그래서 전보와
> 나는 타협안을 만들었다. 한 번만, 마지막으로 한 번만 이 무진을, 안개를,
> 외롭게 미쳐가는 것을, 유행가를, 술집 여자의 자살을, 배반을, 무책임을
> 긍정하기로 하자. 마지막으로 한번 만이다. 꼭 한 번만. 그리고 나는 내게
> 주어진 한정된 책임 속에서만 살기로 약속한다. 전보여, 새끼 손가락을
> 내밀어라. 나는 거기에 내 새끼 손가락을 걸어서 약속한다. 우리는 약속했다.
> 　　　　　　　　　　　　　　　　　　　(김승옥, 「무진기행」, 152면)

---

74) 김윤식은 이청준의 소설을 두 가지 계보로 나눈 바 있다. 하나는 지식인(지적)
　　계보이며, 나머지 하나는 귀향형 계보이다.(김윤식·정호웅, 앞의 책) 이러한 분류를
　　바탕으로, 이청준의 소설에서 지식인 계보에 속하는 소설들은 주로 1960년대
　　작품이며, 귀향형 계보에 속하는 소설들은 70년대 이후에 창작되었다는 점을
　　감안해 본다면, 70년대에 이르러 개화한 그의 귀향형 소설은 60년대에 이루어진
　　고향의 의미 탐색에 기반한 것이라고 보인다.
75) 류보선, 「귀향의 변증법 : 이청준론을 위한 몇 개의 메모」, 『또 다른 목소리들』,
　　소명출판, 2006, 489면.

　김승옥의 「무진기행」에서, 주인공은 '무진'으로의 여행을 통해, 도시에서 받은 삶의 상처와 분열을 봉합하고 치유받으려 한다. 하지만 그 행위는 끝내 성공하지 못한다. 그는 다시 도시로 돌아가야 하는 존재임을 스스로 알고 있기 때문이다. 떠날 수밖에 없는 사실에 대한 죄책감은 다시 돌아가야 하는 현실 앞에서 '무책임'에 대한 긍정과 타협으로 해소된다. 그것이 설령 위장된 해소라고 할지언정 그것은 나름의 내적 합의를 거친 '합리적' 방법인 셈이다. 그러나 그것은 위장된 합리성, 자기 합리화일 뿐이다. 그렇기에 이들 소설 속의 고향은 이들에게 도시가 그러하듯 양가적이고 분열적 대상이 될 수밖에 없다. 안착할 수도 떠나버릴 수도 없는 대상이다. 1970년대에 이르러 비로소 건강한 삶의 의지와 방향성을 담지한 고향이 되기까지 1960년대의 고향은 아직 탐색 중에 있는 것이다. 그것은 탈향과 귀향의 이동과 반복 속에서 의미를 생성한다.

　한편 1960년대 소설의, '길 밖의' 고향은 어떤 모습인지 대비적으로 살펴볼 필요가 있다. 1960년대 소설의 고향은 아직 정착되지 않은 상태의 것이므로 아직 미완의 그것을 정착시켰을 때 그것은 '미완'과 '미성숙'의 형태를 띨 수밖에 없다. 방영웅의 『분례기』와 정한숙의 「이여도」가 그것이다. 이들의 고향은 길 위에 있지 않다. 인물과 세계는 고향에 정주한 모습을 보여준다. 이러한 고향은 도시·발전·성장의 세계와는 다른 질서와 생리를 가진, 자족적인 세계로 그려진다. 이들이 그린 고향, 그 자족적 세계의 서사화는 고향을 떠나 외로운 모험을 하는 근대소설의 운명에 있어 마지막으로 바쳐지는 하나의 헌사(獻詞)이자 추모가 된다. 그러면서도 그것은 도시와 병렬적으로 존재, 나란한 보편(lateral universal)76)의 관계를 이루면서 도시의

---

76) 메를로-퐁티(Merleau-Ponty)에 의하면 '나란한 보편(lateral universal)'이란, '지배적 보편(overarching universal)'과 대별되는 개념이다. 이는 타자를 통한 자아의 성찰과 끊임없는 검토, 그리고 민속기술학의 경험을 통해 얻어진 것이다. 다시 말한다면

생리로 치유할 수 없는 부분에 대한 하나의 대안적 세계관을 제시한다.

방영웅의 『분례기』는 1967년 『창작과 비평』 여름호에서 겨울호까지 3회에 걸쳐 발표[77]된 소설로 농촌을 배경으로 펼쳐지는 전통적인 삶의 방식을 생생하게 살아있는 언어와 필치로 드러내고 있는 작품이다. 이 소설은 비평적 침묵으로써 정당한 평가를 받지 못해온 작품임에 틀림없다. 전술(前述)한 바처럼, 1960년대의 고향의 의미가 아직 길 위에서 정착하지 못하고 있을 때 이 작품은 그 방향성 탐색에 있어 하나의 중요한 계기이자 표지가 되기 때문이다. 이는 1970년대의 민중·리얼리즘 문학의 개화를 위한 전사(前史)[78]로서가 아니라, 1960년대라는 당대적 의미에서 그러하다.

이 작품의 주인공 분례(똥례)는 한국의 농촌, 전통의 세계가 가지고 있는 생명성과 건강성을 가지고 있는 인물이다. 그녀는 '고자'로 알고 있던 용팔과

'나란한 보편'이란 우리 자신의 것을 남의 것으로 보고, 남의 것을 우리 자신의 것으로 보는 방법이다. 그것은 또한 남과 나를 구분하면서도 연결해주는 역할을 한다. 구분하면서 연결한다는 것은 타자를 나 자신과 관련된 단순한 연장체로서 간주하지 않고 자아와 타자의 차이를 식별한 상태에서 연결짓는 것을 말한다. 타자에 대한 자아의 우위성을 삭제하는 것이다. 여기에서 변형하는 행위와 변형되는 행위는 같은 과정의 두 측면이라고 할 수 있으며, 상호 전환되는 과정이다.(정화열, 박현모 역, 『몸의 정치』, 민음사, 1999, 219면 ; 고인환, 앞의 글, 2003, 128면.)

77) 이 작품에 대한 일반 독자들의 반응은 좋았던 것으로 술회되나, 실제 평단의 반응은 냉담했던 것으로 평가된다. 이 작품에 대한 당대의 논의로는 『창작과 비평』의 편집자였던 백낙청의 논의만이 유일하다. 혹은 백낙청과 뜻을 같이했던 염무웅이 민중문학적 입장에서 그 힘을 실어 주었다. 그러나 여전히 그에 대한 평가나 논의는 당대 평단에서 미미한 편이었고, 13년 후 구중서가 「방영웅론」을, 임헌영이 「농촌의 정서와 여인의 생태」를 쓰고 있지만, 이는 모두 단행본 『분례기』에 대한 소략한 해설문에 불과했다. 이후 송현호와 방민호 역시, 단행본 『분례기』가 출간되는 와중에 작품 해설의 차원에서 작품에 대한 논의를 진행한 정도일 뿐이다. (근대문학 100년 연구총서 편찬위원회, 『약전으로 읽는 문학사』 2, 소명출판, 2008 ; 송현호, 「체험의 소설화와 민중의 낙관주의」, 『한국소설문학대계』 64, 동아출판사, 1995 ; . 방민호, 「운명의 가면을 쓴 인습과 광기의 이름을 빌린 구원」, 『분례기』, 창작과 비평사, 1997 참조.)

78) 리얼리즘 문학과 민중성에 대하여 송기섭 등은 "이 작품(『분례기』)이 1970년대와 1980년대 전개될 리얼리즘 소설에 전위적으로 위치"하고 있음을 지적하였다.

나무를 하러 갔다가 겁탈을 당한 후 노름꾼 영철에게 시집을 간다. 영철은
노름에만 열중할 뿐 그녀를 거들떠보지도 않고, 외로운 똥례는 동병상련의
처지라 생각이 드는 '처녀 쥐'를 돌보는 것으로 마음의 위로를 받다가
서방질을 했다는 의심을 받고 쫓겨난다. 결국 그녀는 과수원에서 겁탈을
당하고 실성하여 집을 떠난다.

   똥례의 이러한 삶의 단면은 그녀가 맞이하는 '결국'을 생각했을 때는
비극적이다. 그러나 그 과정적인 면, 즉 그녀의 삶의 과정이 보여준 원초적
생명성을 생각했을 때는 전근대화된 세계, 전통적인 고향의 세계가 갖는
건강성과 긍정성을 확인할 수 있게 해 준다. 그녀는 동네 친구 봉순이가
혼인을 앞두고 겁탈을 당하는 것을 보고 자신도 죽어야 한다고 생각한다.
하지만 아름답게 피어난 자연 속에서 다시 삶에 대한 긍정성에 이끌린다.

     ─ 나 같은 년이 살아서 뭣 해여, 봉순인 짝이 있어두 죽었는디. 이
   세상에서 짝두 없는 년이… 저 세상에서나 짝을 골라야지
     똥례는 예의 총각과 죽어서나 혼인하겠다고 생각하며 발을 용감하게
   떼 놓는다. 그러나 무엇이 뒤에서 똥례를 꼭 붙잡고 있다. 용팔이 아니라
   찔레다. 찔레는 똥례에게 말한다.
     ─ 얘, 뭘 죽니, 죽지 마.
     찔레가 이렇게 속삭이자 그 주위에 있던 솜나무, 얼레지, 인동, 으름,
   놋동이, 때죽나무, 오리나무, 청미래, 가막살나무, 세잎양지, 개서나무,
   매자나무, 층층나무, 대사초, 고로쇠나무 등이 덩달아 똑같은 말을 하고
   있다.
     ─ 찔레 말이 옳아. 죽긴 왜 죽니, 이팔청춘에…
                                        (방영웅, 『분례기』, 120면)

   똥례는 방에서 나오며 관향상 옆에 있는 백씨네 과수원을 쳐다본다.
아카시아들은 퍼렇게 속잎을 터뜨렸고 하얀 배꽃, 분홍의 사과꽃과 복숭아
꽃이 자욱한 아지랑이 속에 만발하고 있다. 눈이 부시다. 아니 분실이가

부럽다. '호롱골에 두 처녀가 있었는디 하나는 신랑을 잘 얻어 갔고, 하나는 노름쟁이헌티 갔다 말여…' 저 만발한 꽃들은 저희끼리 옛날 얘기라도 주고 받는 것 같다.

(방영웅, 『분례기』, 196면)

그녀가 갖는 생명성·건강성은 자연의 날것 그대로가 갖는 생명성이다. 그녀는 계절의 변화를 따라 함께 변화하며, 꽃과 교감·성숙하고, 이성(異性)에 눈을 뜨고 남자를 그리워한다. 그런 그녀이기에 용팔에게 겁탈을 당한 후에도 그녀는 다시 삶을 지속시킬 수 있고 가난하고 외로운 삶 속에서도 그녀만의 건강성을 지켜나갈 수 있다. 또한 자신의 외로운 심정마저 변소의 '처녀 쥐'에 의탁하여 해소할 수 있는 것이다.

그러나 똥례는 답답하다. 누가 자기의 목을 조르는 것 같다. 숨을 몰아쉬며 쥐를 뒤에서 몰아댄다. 쥐는 펄쩍 뛰어 변소 바닥으로 올라온다. 그때서야 똥례의 숨통은 확 터진다. (중략) 뒷간에서 보았던 쥐의 모습이 다시 떠오른다. 이 좋은 봄날에 어디에 갇힌 짐승이 된 기분. 동평이 왜 기생이 되겠다는지 이해할 수 있을 것도 같다. 자신은 기생의 신세만도 못한 듯하다. 친정 식구들과 용팔 아저씨, 철봉이도 보고 싶다.

(방영웅, 『분례기』, 196~199면)

똥례는 하늘을 쳐다보며 처녀쥐를 목욕시킨다. 하늘엔 유난히 반짝이는 별들이 깔려 있다. 강변의 모래처럼 셀 수 없는 별들. 그중에서 무엇인가 하나를 똥례는 찾아낸 기분이다. 똥례는 제 몸뚱이를 닦듯 처녀쥐를 물로 깨끗이 목욕시키고 물에 젖은 몸뚱이를 치마로 훔쳐주며 뒤꼍으로 돌아간다. 거기 추녀 아래 굴뚝 위에 쥐덫을 놓았다. 철사로 망을 떠서 상자 모양으로 만든 쥐덫이다. 처녀쥐가 살기에 꼭 알맞을 것이다. 똥례는 어둠 속에서 그것을 찾아 처녀쥐를 그 속에 집어넣는다. 부엌으로 들어가 밥 한 덩어리를 떼어가지고 와서 그 속에 넣어 준다. 이것을 어디다 기를

것인가. 똥례는 사방을 둘러본다. 저 으슥한 사철나무 울타리 속이 좋을
것 같다. 똥례는 처녀쥐의 집을 들고 그곳으로 다가간다. 이곳은 비가
와도 염려 없을 것이다. 아늑하기 그지없다. 똥례는 그것을 울타리 속에
집어넣는다. 사람 눈에 띄지 않도록 마른 사철나무 잎새를 수북이 쌓아놓는다.

(방영웅, 『분례기』, 215~216면)

　　똥례는 처녀쥐를 어둠속에서 쳐다보며 그 앞에 쭈그리고 앉는다. 서방
생각 때문에 병이 난 처녀쥐가 가엾다. 자지도 않고 저렇게 앓고 있으니
얼마나 가련한가. 좀 자기나 했으면 좋을 성 싶다. 그러나 처녀쥐가 자는
것을 한 번도 못 보았다. 똥례가 한밤중에 깨는 것은 이제 버릇이 되었다.
지금은 승원이 때문에 억지로 깨었으나 처음 승원이 왔을 때쯤 똥례는
언제나 깬다. 살금살금 부엌으로 들어가서 밥을 갖다 준다. 똥례가 오는
것을 기다리려고 그러는지는 몰라도 처녀쥐는 자지 않고 언제나 울타리
밑에서 바스락댄다. 반갑다고 팔짝팔짝 뛰기도 한다. 똥례는 처녀쥐가
무척 귀엽다. 자지도 않고 저를 기다리는 작은 짐승이 귀여운 것이다.
그러나 제발 자줬으면 싶다. 그러면 저처럼 꿈을 꿀 지도 모르는 게 아닌가.
똥례는 지금 달콤한 꿈을 꾸었던 것이다.

(방영웅, 『분례기』, 288면)

　　이러한 생명성은 똥례뿐 아니라, 그 주변에 놓인 여타의 인물들, 가령
용팔, 석서방 부부, 노랑녀, 콩조지, 옥화 등에게 있어서도 마찬가지이다.
그들은 서로 물고 뜯으며 싸우기도 하지만 나름의 삶의 방식과 개성들을
날것 그대로 가지고 있다. 이러한 자연 속에 동화된 개인은 합리성의 기준에
의해 비합리성으로 구별되어 비판받고 제거된 역사의 주름들, 즉 합리적
체계 하에서 배척되거나 제외된 전통성과 문학성을 환기한다.79) 각 인물은

---

79) 이러한 관점에서 임우기는 이문구의 소설 문체를 분석하고 있다.(임우기, 「'매개'의
　　문법에서 '교감'의 문법으로─소설 문체에 대한 비판적 검토」, 『그늘에 대하여』,
　　강, 1996.) 이러한 논의는 방영웅과 관련하여 비슷한 시기에 농촌 공동체의 활력
　　있는 모습들을 형상화했다는 점에서 참조할 만한 가치가 있다. 그러나 그 차이성에

주어진 환경과 사회에 갈등하는 고독한 내면을 가진 근대적 개인이 아니라 자연 속의 '정황'에 포착된 전체이다. 이러한 소설 속의 정황은 현실이나 작가를 반영하거나 매개하는 것이 아니라 그 자체가 살아있는 생명체가 된다. 이러한 상황 속의 언어는 정황, 혹은 환경에 대한 반영체가 아니다. 정황과 상황 자체가 역동적인 에너지를 유발시켜 언어를 분출·유발시킨다. 정황과 언어는 서로 교감하고 그 언어를 구사하는 인물 또한 정황의 언어 속에서 어울리고 교감한다. 이것은 마치 원시적인 자연에 젖어들어 노래하는 똥례의 모습과도 같다.

또한 그의 작품 속에 나타난 개개의 인물들은 충청 지방의 구수한 사투리와 행동 등을 생동감 있게 드러낸다. 이러한 특성은 당대의 다른 작품들과의 관계 속에서 '일반언어(langue)'에 대별되는 '개별발언(parloe)'의 의미를 지닌다. 그것을 바흐친 식으로 표현한다면 단일 언어가 표상하는 구심적 힘들에 저항하는 개별 언어의 원심적 힘이라고 할 수 있다. 바흐친에 의하면 단일언어란 언어의 통합과 집중이라는 역사적 과정의 추상화된 표현, 즉 언어에 존재하는 구심적 힘들의 표현이다. 이러한 단일언어는 본질적으로 이미 주어진 어떤 것이라기 보다는 임의적으로 상정된 것으로, 그 언어학적 진화과정의 계기마다 언어적 다양성의 현실에 대립한다. 그러나 이러한 단일언어 속에 구현되어 있는 언어적 구심적 힘들은 어디까지나 언어적 다양성의 한 가운데에 작용하고 있다. 이러한 분화와 다양성은 일단 구체적인 모습을 갖추게 되면 언어의 삶 속에서 불변하는 상수(常數)로 존재하지 않고 일종의 역동성을 보장하는 힘이 된다. 이 말은 언어의 이념적 중심화 및 통일과 더불어 다중심화와 분열의 과정이 계속해서 진행된다는 것을

대해서도 면밀하게 생각해 볼 필요가 있다. 이문구가 전통과 근대의 현실이 교차하고 중첩되는 상황 속에서 농촌 공동체·고향의 세계를 탐색했다면, 방영웅의 경우 근대의 현실과는 절연된 상태로 마치 설화적 시공간과도 같은 상황 설정을 통해서 탐색하고 형상화했던 것이다.

뜻한다. 여기에서 중요한 것은, 담론의 주체가 행하는 모든 구체적인 발언은 구심적 힘들과 원심적 힘들이 동시에 가하는 한 지점이라는 것이다.[80] 방영웅의 소설은 당시 세련된 도시적 감각의 표준어로 구사된 다른 작가들과의 관계에서 일종의 '다성적(多聲的)' 관계를 불러일으키는 힘으로 작용한다. 표준어와 방언, 문어체와 구어체의 대비는 대화적 언어의 다양성을 보여준다. 방영웅은 일반언어와 개별언어들이 충돌하는 지점을 가시화하고, 원심적 언어가 갖는 에너지를 활성화함으로써 구심적 언어의 허구성을 폭로하는 역할을 한 것이다. 또한 이러한 다성성의 효과는 작품 외적 관계에서뿐 아니라, 작품 내적으로도 동일하게 나타난다. 개개의 인물들이 관념의 산물이라는 느낌을 전혀 주지 않고 마치 작가로부터 놓여나 제각기 삶을 꾸려가고 있는 인물들처럼 나타나는 것이다.[81] 이들은 어떤 초월적 기의에 의해서 움직이거나 발언하지도 않는다. 그들은 발전론적 사고나 가치관의 도정(道程)에 있지 않으며 위계에 의해 우열화 되지 않는다. 이들은 동시적으로 존재하며, 각자의 목소리를 자기의 색깔로 드러낸다.

또한, 이러한 서사는, '인물 중심의 서사'로 구현된다. 가장 크게는 '분례'라는 인물 및 기타 인물들의 서사로 표현된다. 이러한 인물중심의 서사는 현재와 과거를 이어주는 기능을 함으로써 화자와 인물 사이의 유대감을 형성하는 점에서 효과적이다. 작품에서 서술자는 인물에게 동정어린 시선을 던지고 있으며 이러한 감정은 독자에게 동일하게 적용된다. 이러한 집단적 유대감은 근대 서사가 억압한 직접적 의사소통 방식을 환기함으로써 서구 중심의 동일성 서사와 전통 서사 양식을 대화적 맥락으로 이끈다.[82] 그러면

---

80) 미하일 바흐친, 전승희 외 역(1998), 앞의 책, 260~275면 참조.
81) 방민호, 앞의 글 참조.
82) 이러한 '인물중심의 서사'의 탈근대적·탈식민주의적 가능성을 고인환은 이문구의 전(傳) 양식을 통해 논의하고 있어 본서의 논의에 참조점을 제시한다.(고인환, 「이문구 소설에 나타난 근대성과 탈식민성 연구」, 경희대학교 박사학위논문, 2003 ; 『이문구 소설에 나타난 근대성과 탈식민성 연구』, 청동거울, 2003.)

서도 이러한 인물중심의 서사는 '기(記)'라는 양식을 접목하여 이루어졌다는 점에서 그 서사적 효과를 배가시킨다. 기(記)란 '사실을 기록하는 글'[83]로 허구성을 배제하고 사실성을 극대화한 전통 서사양식[84]이다. 기(記)의 서술자는 사실성을 바탕으로 한 글을 쓰기 위해 자신이 직접 본 경험적 사실을 기록하고자 한다.[85] 직접적, 혹은 간접적 경험에 의해 지은 기(記)는 "만약 허황되게 서경(敍景)을 묘사하면 거짓이 되는 것이요, 수조자(修造者)의 치적을 극구 칭송하면 속(俗)되게 된다"[86]는 것이다. 이러한 전통 서사 방식은 전(傳)과는 일정의 차이성을 갖는데, 전(傳)은 일반적으로 서술자의 의식이나 관점이 기(記)에 비해 상대적으로 적극 개입된다고 할 수 있다. 『분례기』의 서술자는 인물 중심의 서사를 통하여 서술 대상에 대한 집단적 유대감을 확보하면서도, 기(記) 양식을 통하여 대상에 대한 연민의 감정을 쉽게 노출하

---

83) "記者, 紀事之文也.", 『文體明辯』 記條, 중문출판사, 1991, 145면.

84) 記는 사실을 그대로 기록한다는 '記事=紀事'의 의미이다. 記의 기원은 『書經』의 「禹貢」, 「誥」, 「命」에서 찾고 있으며, 실제로 명칭에 쓰인 예는 『學記』나 『樂記』에서 시작된다. 『서경』은 역사서이므로, 여기에서 記事體라는 역사서류의 記의 문체가 발달한다. 시원적 표본으로는 史記를 들 수 있다. 여기에서 人物에 집중하는 傳과 碑文 등의 문체가 갈라져 나오고, 개인이 하루의 일을 기록하는 日記, 인생을 담은 實記 등도 역시 여기에서 갈라져 나온 것이다. 『예기』나 『학기』 등은 그야말로 관련 분야 정보의 기록물이란 뜻인데, 뒷날 箚記, 文記, 記文 등의 갈래가 역시 여기에서 갈라져 나온다. 곧 記는 기본적 속성이 '事實의 記錄이나 事件의 敍述'이다. 문집에 기록된 많은 記文의 서사가 가급적 허구를 배제하고 사실성을 추구하는 이유가 여기에 있다. 이후 唐·宋에 이르면 人事나 山水의 기술을 중심으로 하되 變體로서 議論의 성격을 조금씩 가미하기도 하다가, 후반부에 의론이 가미되는 것이 일반적인 記(기문)의 형식으로 자리 잡는다. 遊記(遊山記), 臥遊記, 樓亭記 등도 모두 여기에서 파생되어 나온 것이다.

85) 이와 관련하여 霽亭 李達衷(1309~1384)은 記文을 청탁 받자, 霽亭 李達衷(1309~1384)은 "記라는 것은 그 일을 기록하는 것인데, 내가 일찍이 이 다락에 올라 지은 제도가 어떠한 것을 보지 못하였으니, 어찌 억측하여 글을 지을 수 있겠는가?"라 하였으며, 稼亭 李穀(1298~1351)도 "뒤에 서울에 가겠으니, 한 번 그 곳에 가서 구경한 뒤에 기를 지어도 늦지 않을 것이다."라고 하였다. 이는 記가 여러 서사 양식 중 허구성을 배제한 사실성에 기반한 양식임을 보여주는 것이다.(이주용, 「牧隱 李穡의 記에 관한 考察」, 『대동한문학』, 2006.)

86) 이주용, 위의 글, 147면.

208

지 않음으로써 독자로 하여금 대상에 대해 적극적으로 판단하고 공감하며 개입할 수 있도록 하고 있다.

그렇다면 이러한 서사적 전략 위에 구축된 세계는 어떤 것인지 다시 숙고해 볼 필요가 있다. 작품의 인물들은 자신들이 처한 상황에서의 극한적 대립을 피해 나간다. 갈등과 투쟁보다는 화해와 화합, 순응의 논리가 앞서는 것이다. 그들의 이러한 건강한 삶의 방식과 세계관은, 용팔 내외가 옥화의 아기를 본인들의 자식으로 받아들이는 과정에서도 실감 있게 드러난다.

> "어린애지유?"
> "지금 금방 난 애여." (중략)
> 여기는 원래 살덩이가 많이 드나드는 곳이다. 소나 돼지의 털은 말끔히 벗겨지고 번들번들한 살덩이로 변하는 곳이다. 용팔과 병춘은 그것을 닮아 그런지 홀랑 벗고 있다. 용팔은 미끈한 허리를 굽히고 치마폭에 싼 물건을 들여다본다. 병춘은 무서운 듯 한 팔로 서방의 몸뚱이를 부여안고 그것을 들여다본다. 갓난애는 사지를 움직이며 울고 있으나 순전한 살덩이다. 흡사 용팔과 병춘의 살덩이를 조금씩 떼어 금방 뭉쳐놓은 살덩이 같다. 용팔과 병춘은 살을 떼어내기 위하여 홀랑 벗고 있는 것 같다. 셋은 모두 살덩이다. 서방살덩이 계집살덩이 새끼살덩이… 세 몸뚱이는 아무 것도 걸치지 않았고 발바닥도 맨발이다.
>
> (방영웅, 『분례기』, 221~222면)

생명은 옳고 그름, 선과 악이 없다. 자연(自然)이기에 그녀의 욕망도 그것 자체로 존중될 만하다. 여기에는 어떠한 관념적인 재단 혹은 계산 따위는 없다. 이에 용팔 내외는 누가 아기를 낳았든 간에, 주어진 생명을 원초적인 긍정의 대상 그대로 받아들인다. 그것은 마치 동물적이고 자연적인 본능과도 같은 것이다. 그러한 점에서 『분례기』가 놓인 공간은 젠더적 관점에서 생명이 잉태되고, 생명 그 자체가 긍정되는 모성적 공간이 된다. 이러한 생명적 모성 공간에서 구사되는 문체는 여성적 글쓰기의 특성과 닮아있다. 이리가라이는 여성적 문체를 '촉각'과 '액체성'과의 관계를 통해 정의한 바 있다. 그녀는 여성적 공간과 그 특징적 양상을 '액체의 논리(mechanics of fluids)'로 정의하는데 여성 언어의 특징을 '생리학적' 관점으로 접근했다. 똥례와 그 주변을 통해 서사화된 이 세계는, 방영웅이 남성작가임에도 불구하고, 그 형상화된 세계에 있어서는 여성적 문체를 보여준다는 점에서 주목할 만하다. 작가는 똥례를 피고 지는 꽃이자 살아 움직이는 짐승으로 파악한다. 똥례는 순박하고도 질긴 생명력을 가진 존재이다. 그 존재의 삶의 방식 앞에서는 그 어떤 말이나 판단도 필요 없어진다. 이에 작품 말미에 용팔은 그녀의 비극적 말로를 보면서 자기 나름의 '수혼탑'을 세워주게 되는 것이다.

용팔은 말뚝처럼 서서 똥례를 바라본다. '수혼탑'이란 세 글자 외엔 아무 것도 씌어 있지 않은 싱거운 물건을 떠올린다. 그것은 장황한 비문도, 왜 세운다는 이유도, 언제 세웠다는 날짜도, '이놈아, 너희들을 왜 잡아 먹는지 아니?' 소나 돼지에 대한 저들의 변명도 없다. 그러나 그것을 가만히 보고 있으면 무엇인가 써주려고 애쓴 백정들의 흔적은 보인다. 그것은 보면 볼수록 더 뚜렷하게 보인다. 그러나 '수혼탑'이란 글자 외엔 더 못 쓰지 않았던가. 용팔도 마찬가지다. 아무리 생각해도 할 말이 없다. 다만 잘 가라는 말은 할 수 있다. 용팔은 까마아득하게 사라져가는 똥례를 마지막으로 쳐다보며 양손을 입에 가져간다. 이것은 똥례에게 세워주는 용팔의 '수혼탑'인지도 모른다.

"똥례야, 잘 가라."

용팔의 음성은 넓은 벌판에 울린다. 그러나 똥례는 벌써 보이지 않고 용팔은 수천리를 향하여 흥얼거리며 걸어간다.

달래야 달래야 진달래야
바위야 바위야 가새바위

구름 같은 말을 타고
수천리 고개를 넘어가서
곱사대야 문 열어라
춘향이 얼굴 다시 보자
너 죽어서 꽃이 되고
나 죽어서 나비 된다
나비 됐다 설워 마라
꽃밭으로 날아든다

(방영웅, 『분례기』, 327~328면)

　수혼탑은 백정들이 자신들이 죽인 짐승들을 위해 세운 것이다. 거기에는 어떤 말이나 설명이 없다. "장황한 비문도, 왜 세운다는 이유도, 언제 세웠다는 날짜도, '이놈아, 너희들을 왜 잡아먹는지 아니?' 소나 돼지에 대한 변명도 없다." 말이나 논리 따위는 필요 없지만 그것을 한없는 애정으로 감싸 안아주고 포용해 주는 데에 그 깊은 의미가 담겨 있는 것이다.

　똥례는 자연 속에 어울려 있는 한 마리의 순박한 짐승이다. 그러나 그녀가 비극적인 결말을 맞이할 수밖에 없음은, 그녀의 삶이 '인간'의 세계에 놓여있기 때문이다. 그녀가 살아가는 곳은 근대의 도시적 문명의 입김이 닿기 이전의 세계이기는 하다. 그러나 그곳은 '인간'의 손이 가는 세계인 이상, 그들의 가치관과 이데올로기가 작용할 수밖에 없는 것이다. 그것은 한 마디로 요약하면 남존여비(男尊女卑), 순결과 정절의 이데올로기이다. 이러한 이데올로기는 봉건사회의 개인을 억압했다. 이에 길들여지지 않는 존재인 똥례는 실성(失性)과 광기로써 자신의 삶을 마감할 수밖에 없는 것이다. 똥례의 생이 실패로 귀결될 수밖에 없음은 현실로서의 전통세계가 개인의 자유를 억압하는 전근대의 이데올로기를 함의하고 있기 때문이다. 그것은 전근대 세계가 갖는 한계이기도 하다. 이러한 한계에 대한 자각을 바탕으로 방영웅의 이후의 작품 세계가 '도시를 향해' 나아갔던 것은 의미심장한

일이라고 할 수 있다. 70년대에 이르러 방영웅은 소설집 『살아가는 이야기』 (창작과 비평사, 1974)를 출간하게 되는데, 이 작품의 주인공들은 도시에서 자신의 생활을 영위해 나가는 인물들이다. 그들은 술집 작부, 날품팔이, 공장 노동자, 배달원, 식당 종업원 등이다. 그들은 도시의 하류 계층을 이루며 자신들의 타락한 도덕성을 보여줌으로써 근대 도시의 타락성을 대변한다. 작품 흐름의 방향성을 따져본다면 이문구와는 반대이다. 이문구가 60년대 초기 단편 소설에서 도시 빈민을 형상화한 후 70년대에 이르러 전통과 토속의 세계로 나아갔던 방향과는 정 반대의 것이다. 그렇기에, 방영웅은 이문구와 함께 '농민(농촌) 작가'로 불리면서도, 이문구만이 탈근대 담론의 작가로 조명받을 수 있다. 그의 작품은 탈식민주의의 논리[87])로도 읽힐 수가 있는 것이다. 방영웅의 소설은 근대에 대한 밀도 있는 통찰을 계기로 그 대안의 방법론으로 성립된 것이 아니기에, 다시 말한다면 아직은 소박한 수준의 것이기 때문에 작품 속에 그려진 전통과 토속의 세계는 근대의 상처를 위무하고 해결하기에는 부족함과 미완됨이 있다는 것이다. 다만, 그의 작품이 놓인 1960년대의 소설사적 지형도에서 그것은 근대 현실의 광포한 현실 속에서 건강한 생명의 논리로서 하나의 대안으로 읽힐 수 있는 통로가 될 수 있다. 더불어 그의 작품이 비록 평단(評團)에서는 외면을 받았으나, 당대 독자들에게는 상당한 호응을 받았음을 생각해볼 때 그의 소설이 1960년대 소설 작품의 지형도에서 차지하는 비중은 자못 의미심장하다고 할 수 있다.

『분례기』는, 충만함 사라진 근대인의 고독한 운명을 직감한 이들이 지나 버린 서사시의 시대에 대하여 마지막으로 부르는 비가(悲歌)이다. 작가는 똥례라는 시골 처녀의 비극적 말로를 통해 더 이상 유지될 수 없는 유토피아 의 세계를 상정했다. 그것은 서사시의 충만한 세계, 고향의 세계를 떠나

---

87) 관련된 논의로, 고인환, 앞의 글.

212

고독한 모험을 떠나는 여행자의 쓸쓸한 회고[88]의 현장이다. 그것은 또한 어쩔 수 없이 받아들여야 하는 근대소설의 운명이다. 작가 방영웅은 떠나는 똥례에게 수혼탑을 세워주는 용팔처럼, 소설의 운명을 직감하고 그것을 서사화하여 보여주었다. 그러나 그 세계는 근대인의 고독하고 외로운 시선에 의해 침윤되어 있지 않다. 그 자체로 자족적인 세계를 구사하며, 그 자체의 건강성과 활기를 가지고 있다. 또한 그 서사의 방법은 '기(記)'라는 형식을 통해 가능했다. 그렇기에 그것이 가진 건강성은 다시 70년대의 민중문학에서 다시 활기를 가지고 부활할 수 있었던 것이다.

정한숙의 「이여도」는 성인이 된 화자가 유년시절, 환상의 섬 이여도를 찾아 떠났던 기억에 대한 이야기로, 한국전쟁이라는 시대적 격랑기를 배경으로 하고 있다. 이미 성인이 된 순복, 상운과 나는 같은 동네, 같은 해, 같은 날에 태어난 친구로 어린 시절 환상의 섬 이여도를 찾아 배를 타고 바다에 나간 일이 있다. 그 때 그들은 다만 바다 위를 표류하다가 돌아왔을 뿐이지만 그들에게 그 바다는 영원히 잊혀지지 않는 아름답고 행복한 기억으로 남아 있다.

작품의 화자(및 주인공)에게 유년 시절의 추억과 그 기억에 대한 회상이 의미 있는 것은, 그들이 현재 놓여있는 현실에 있다. 지금에 와서 상운은

---

88) "근대 소설의 주인공들은 본질적으로 고아이자 실향민이다. 선험적으로 그러하다. 생활과 정서의 낯익음 통합체로서의 고향, 인륜적 관계의 선험적인 안정성이 고요하게 보존되어 있는 아버지의 집에는 소설적 인물이 존재할 수 없다. 인물이 고향을 떠나는 순간, 혹은 고향이 낯선 곳으로 인식되는 순간, 아버지가 사라지거나 아버지가 더 이상 아버지질 수 없는 순간, 소설적 주인공은 출현한다. 그는 고향으로부터 분리되어, 고통스럽거나 경이로운 눈으로 낯선 세계와 접한다. 그에게는 더 이상 고향이 존재하지 않지만 그러나 여전히 고향은 기억으로서 존재한다. 낯선 세계와 만나는 순간순간 고향은 기억되고 끝없이 반추되는 것이다. 그는 자신으로부터 멀어져간, 혹은 멀어져가야만 했던 고향의 상태를 회복하고자 열망한다. 그러나 멀어져간 고향으로 돌아갈 수 있는 길은 차단되어 있다."(서영채,『소설의 운명』, 문학동네, 1996, 17~18면.)

전사(戰死)하였고 순복은 자살을 택했으며 나 역시 전쟁 중 관총상을 당해 다리를 절고 있다. 어른의 세계, 그것도 전쟁의 광포한 논리가 드리워져 있는 그들의 일상적 현실을 위무할 수 있는 것은 고향이라는 공간이다. 이에 화자는 어린 시절의 기억 속으로 침잠해 들어감으로써 자신이 가진 현실적 상처에 대한 위로를 받고자 한다. 그러나 그것은 명백한 한계가 있다. 성인의 세계, 이미 경험해 버린 근대의 시간은 불가역(不可逆性)의 세계이자 시간인 탓이다. 따라서 그것은 아련한 추억, 환상의 세계에 구축될 수밖에 없다. 이는 "이여도(IYEDO)란 판도상(版圖上)에 없는 섬으로 제주도 어부들이 마음에 그리고 있는 이상도(理想島)다"라는 설정과 진술에서 확인 된다.

다시 돌아온 고향, 그것이 현실 차원의 것이 될 수 없음은 이미 어른의 세계를 경험한 이들에게 이미 각인되어 있다. 작품의 서두가, 이여도란 현실에 없는 세계임을 확인하는 것으로 시작되는 것이다. 현재의 상처를 위무 받을 수 있는 고향이 '환상'임을 '아는' 이들에게만 현실을 살아갈 수 있는 자격이 주어진다. 현실 속에서 이여도를 찾으려 했던 순복이 결국 바다에 뛰어 드는 것, 그로써 죽음이라는 비극적 결말을 맞이할 수밖에 없음은 이를 대변한다.

정한숙이 구축한 고향의 세계는 돌아갈 수 없는 과거인 유년시절의 것이다. 그것은 또한 실제로 존재하지 않는 전설·환상의 세계이다. 그렇기에 이것은 1960년대 소설이 고민하고 견뎌내고자 했던 근대적 삶의 치유를 위한 근본적인 해결책은 되지 못한다. 그에게 있어 그 치유와 해결은 그 다음 세대의 것으로, 미지의 영역에 남겨진다.

> 어느 날 이여도를 찾던 시절의 내 나이와 같은 나이의 길남이가 나에게 물었다.
> "아저씨, 이여도가 어디 있지요?"

214

> "이여도는 저 수평선 끝에 있단다."
> "아저씨, 오늘 이여도란 섬에 가 봐요."
> "못 간다, 오늘은. 길남이가 어서 자라지 않으면 못 가."
> 나는 팔뚝에 힘을 주며 다시 노를 당겼다.
>
> (정한숙, 「이여도」, 349~340면)

현실 속에서 이여도를 찾다가 결국은 자살로 자신의 삶을 마감한 순복의 아들은 다시 '성장'하고, 현실의 삶을 살아야 한다. 그는 나와 내 친구들이 그러했듯 이여도를 찾는다. 하지만 결국 그 역시 어른이 되고 나면 그것이 결국 환상 속에 구축되어 있음을 확인해야 한다. 그렇지 않으면 현실 속에서 그는 그의 아버지와 같이 자기 보존 자체가 불가능해지기 때문이다.

정한숙의 고향 역시 문명과 질서, 이성과 현실에 눈뜬 어른의 눈, 근대인의 눈으로 보았을 때 그것은 현실의 아픔을 잊게 해 주는 하나의 통로가 될 수 있다. 그러나 이는 치열한 현실과의 대결 의식 속에서 구축된 것이 아니기에, 아련한 유년 속의 추억과 환상에 놓일 수밖에 없다. 1960년대의 현실적 질서 위에서는 아직 미완·미성숙의 것임을 다시 한 번 확인할 수 있는 것이다. 또한 그 세계는 방영웅이 형상화 했던 고향과 비교해 보았을 때 다소의 한계를 가진다. 방영웅의 세계가 가진 독자적 생명성과 그 자체의 활기가 정한숙의 소설에는 부재한 까닭이다. '이여도'라는 환상의 섬이 환기하는 바, 그것은 실재의 공간에 구축된 세계가 아니다. 완벽한 환상의 세계에 구축된 것이다. 또한 경험화자의 추억은 성인이 된 서술화자의 쓸쓸하고 아련한 시선 속에 침윤되어 있다. 그렇기에 이후 그 세계의 가능성과 활력을 확장시키는 데까지 연결되지 못하는 것이다.

1960년대는 도시화가 급격히 이루어진 시기이다. 당시의 귀향은 단순히 공간의 이동이 아니라 근대화의 문제이며, 그것은 소설 양식의 변화와 운명에 구체적으로 작용하는 힘이다. 소설은 그 정체성을 찾기 위한 방법으로 많은 부분 '귀향 형식'을 띤 것이다. 이때의 고향은 정착된 의미로 규정된 것이 아니라, 아직 '탐색 중'에 있었다. 그렇기에 고향은 '길 위에' 놓여 있으며, 인물은 고향과 도시를 강박적으로 오가며, 그 길 위에서 자신의 존재 의미를 찾아간다. 이러한 과정을 겪고난 후 1970년대에 이르러서야 고향의 모습은 구체성을 띠고 적극적으로 나타나게 된다.

한편 1960년대 '길 밖의' 고향은 도시와의 관계에서 '나란한 보편(lateral universal)'의 관계를 이루었다. 이 과정에서 반추된 고향은 아직 미성숙의 상태이거나 환상 속에 주조된 것일지언정, 이후의 귀향 소설이 갖는 적극적인 의미를 확보하는 데 하나의 탐색 과정이 될 수 있었다. 특히 방영웅의 소설은 서사시의 시대와 결별, 근대소설의 모험으로 나아가는 도정의 고독하고 비극적인 서사의 운명을 상징적으로 보여준다. 그것은 전근대 세계의 원초적 생명성이 깃든 한 인물의 운명을 통해 표현되었다. 그 세계는 이후, 근대적 삶에 대한 대안을 모색해 가는 과정의 하나의 실마리로 작용할 수 있었다는 점에서 중요한 의의를 지닌다.

탐색 중의 고향과, 그 탐색을 위한 과정에 미완의 고향이 놓였을 때 문학사적 생명력을 발휘하는 것은 이후의 평자, 혹은 작품의 구현된 양상을 통해서 확인된다. 이는, '농민소설'의 작가로서 방영웅과 짝을 이루어 논의되고 있는 이문구의 소설적 성과를 통해 확인할 수 있다. 이문구의 고향은 방영웅과 달리, 전근대적 사회로의 이행이 아니라, 근대성에 대한 하나의 대안으로 작용하고 있다. 구자황도 이문구의 『관촌수필』이 고향상실에서 끝나는 것이 아니라 "고향 '탐색'이 진행된다는 측면에서 그것은 복고 지향이 될 수 없다"[89]고 평가한 바 있다. 1960년대의 소설 속에서 구현된 고향은 이후의 우리의 고향에 대한 서사화가 근대의 동일성 담론에 적극적으

---

89) 구자황, 『이문구 문학의 전통과 근대』, 역락, 2006 참조.

로 반응하고 대응해 나가는 데에 있어서 적극적으로 기여할 수 있는 중요한 실마리를 제시한다는 점에서 의의가 있다. 또한 그 고향이 설령 전(前)근대의 향수와 낭만성을 담보할 것일지라도 그것은 발전론적 관점에서 극복·지양되어야 할 대상이 아니라, 다양한 탐색을 위한 과정적이고도 전략적인 후퇴였다는 점에서 중요한 의미가 있다고 하겠다.

2) 생활로서의 모성과 구조적 긴장

1960년대 작가들에게 탐색된 고향의 의미가 아직 탐색 중이거나 혹은 나름 고안된 그것이 미완·미성숙의 형태를 띠었을 때, 그것은 현실에 대한 구체적 힘을 발휘하지 못했다. 이에 그것을 현실적 차원의 힘으로 끌어낼 수 있는 동력으로 추구되고 모색될 수 있는 것이 '모성성'의 발현이라고 할 수 있다. 이때의 모성은 그것 자체로 고정되어 있는 것이 아니다.

모성성은 전후 문학에 있어서는 역사의 질곡을 감내하면서 일상적 삶을 지키는 현실적인 생명력으로 부각[90]되었는데, 60년대 문학에서 역시, 모성은 현실을 견디는 원초적인 힘이자 현실의 문제에 대한 하나의 대안으로 나타났다는 점에서 의의가 있다. 김주현은 이들의 소설에 구현된 모성성의 의미는 민족적으로 확대되어 휴머니즘으로서의 의미의 장으로 흡수될 수 있다고 평가했다. 그는 "전망 없는 고통에 신음하는 인간 군상 가운데 어머니를 포함시키고 있는 손창섭, 장용학 등의 소설에 비해 현실의 리얼리티는 떨어질지 모르나 모성성의 보편적 가치를 민족적이면서도 일상적인 차원에서 접근하고 있다는 점에서 전통의 계승이라고 이를 만하다"[91]고 평가한다.

이러한 모성성의 발현이 1960년대 소설에서는 구체적 현실적 지반 위에서

---

90) 유임하, 『분단현실과 서사적 상상력』, 태학사, 1998, 250면.
91) 김주현, 앞의 글.

가능했다는 점에서 주목해 볼 필요가 있다. 이 모성은, 부패한 부성과
대조되는 정직하고 선량한 생활인으로서의 모성, '이념'과 대별되는 지점,
즉 '생활'로서의 모성이다. 이러한 '생활'의 의미는 논자에 따라 매우 부정적
인 의미로 해석되기도 하였다. 홍사중은 박경리의 작품에 대하여, "사회적
관심이 그처럼 한정된 것이고 생활 자체가 현실성을 상실해 가며 있을
때에는 다시금 여류 작가로 되돌아 갈 수밖에 없다"[92]고 지적하기도 했다.
그러나 본서에서는 이 '생활'이 갖는 적극적이고 긍정적인 의미에 대하여
논하고자 한다. 또한 1960년대 소설에서 이러한 모성은 서사형식의 측면에
서 구조적 긴장의 형태로 제시된다는 점은 주목을 요한다.

  하근찬은 그의 대표작 「수난이대」의 작가로 알려져 상당부분 '50년대
작가'로서 평가를 받아온 것이 사실이다. 그의 작품 세계는 크게 세 부류로
나뉘게 되는데, 첫째 6·25를 소재로 한 작품들, 둘째 태평양 전쟁이 발발하여
일본 군국주의가 패망으로 치닫고 있던 전쟁의 암흑기를 배경으로 하는
작품들, 셋째 일상의 체험을 바탕으로 한 소설들이 그것이다. 그러나 셋째
부류에 속하는 작품은 주로 수필 형식의 신변잡기적인 이야기라는 점은
작가 스스로도 인정하고 있거니와[93] 실제로는 그의 문학적 정체성과 의미는

---

92) 홍사중, 「한정된 현실의 비극」, 『현대 한국 문학 전집』, 신구문화사, 1968.(김미현,
    「이브, 잔치는 끝났다」, 『여성문학을 넘어서』, 민음사, 2002, 29면에서 재인용.)
93) "그동안 발표한 내 작품들을 크게 두 갈래로 나눌 수가 있는데, 첫째는 6·25를
    소재로 한 것들이고, 둘째는 일제 말엽의 이야기들이다. 물론 그와는 성격이 다른
    것들도 없지 않으나, 대체로 그렇다는 얘기다. 6·25는 말할 것도 없고, 일제 말엽
    역시 태평양 전쟁이 발발하여 일본 군국주의가 패망으로 치닫고 있던 전쟁의
    암흑기이다. 6·25 때는 직접 우리 땅이 전쟁의 현장이 되었고, 태평양 전쟁 때는
    바다 밖의 싸움에 우리 백성들이 끌려 나갔다는 차이가 있을 뿐이다. 그러니까
    작품들을 두 갈래로 나눌 수가 있지만, 결국 그 뿌리는 하나라고 할 수 있다.
    전쟁이라는 역사의 회오리 바람 속에서 몸부림치는 백성들의 이야기, 즉 전쟁
    피해담인 것이다."(하근찬, 「전쟁의 아픔, 其他」, 『산울림』작가의 말, 한겨레, 1988,
    4면.)

218

첫째와 둘째 부류의 작품에 의해 구성되었다고 볼 수 있다. 그런데 이러한 작품들이 50년대가 아닌 60년대에 훨씬 더 의욕적으로 추구되고 발표되었다는 점은 주목을 요한다.[94] 그의 대표작으로 언급되는 「수난이대」(1957) 및 「흰종이 수염」(1959) 등은 그의 전 작가적 생애에 있어 비교적 초기작에 해당하는 것으로 하근찬 문학세계의 정체성은 오히려 60년대 이후 좀 더 구체화된다고 할 수 있다.

그가 60년대적인 작가로 재조명을 받을 수 있는 것은 그가 발표한 작품의 수와 비중이 60년대 이후에 놓여있다는 사실 외에, 그의 작품이 그리고 있는 전쟁의 세계 역시 여타의 전후 작가들과는 다른 양상을 보이고 있기 때문이기도 하다. 천이두의 다음 지적은 하근찬을 여타의 50년대의 작가들과 구분하고 60년대적인 의미에서 해석해 낼 수 있는 중요한 참조점을 제시한다.

50년대의 문학은 거의 예외 없이 참담한 6·25의 체험이 제재로 되는 그것이었다. 따라서 적극적이든 소극적이든 그 전쟁의 잔혹성에 대한 공분(公憤)을 전제로 하는 것이었다. 동시에 좋은 의미로든 나쁜 의미로든 고발문학적 요소를 바탕에 깔고 있던 것이다. (중략) 많은 50년대 작가들이 60년대 후반 이후에 이르러 갑자기 자취를 감추게 된 이유는 그들의 문학이 고발 문학 이상의 차원을 획득하지 못한 데에 결정적 이유가 있었다. 여기에 반하여 작가 하근찬이 전쟁에 대한 공분(公憤)이라는 이슈를 견지하면서도, 전쟁이라는 화제가 현장감을 상실한 이후에도 계속 살아남을 수 있었다는 것은 그의 문학이 고발 문학 이상의 본질적 차원을 획득하고 있었다는 사실에 기인하는 것이다.[95]

---

94) 「이지러진 입」, 「절규」, 「산까마귀」, 「위령제」, 「홍소」(1960), 「분」(1961), 「나무열매」, 「벽지행」(1962), 「왕릉과 주둔군」, 「두 아낙네」(1963), 「산울림」, 「승부」, 「도적」, 「그 욕된 시절」, 「붉은 언덕」(1964), 「낙도」(1965), 「삼각의 집」, 「바람 속에서」, 「봄타령」(1966), 「낙발」(1969) 등.
95) 천이두, 「전쟁의 공분(公憤)과 평화의 찬가」, 『산울림』, 한겨레, 1988, 414~415면.

천이두는 하근찬을 여타의 50년대 작가들과 비교하면서 하근찬 소설의 긍정성을 '장황하고 추상적인 요설이나 웅변과는 거리가 있음'이라고 평가했다. 이러한 입장은, '50년대와 70년대의 중간 지점에 서 있는'[96] 작가로서 그의 문학사적 위치를 다시 점검해 볼 필요성을 제기한다.

하근찬 문학의 출발과 문제의식은 상당부분 '전쟁'에 놓여있다. 전쟁은 근대 시민 사회가 일구어낸 계급갈등이, 지배-피지배의 역사를 정당화하고 그것이 민족적 이데올로기로 표출되어 충돌된 것이다. 그것은 근대가 가져다 준 개아(個我)와 개화(開化), 문명(文明)의 밝음 이면에 가려진 폭력이며 어둠이다. 그러한 근대의 상징으로서의 전쟁은 하근찬이 세계를 인식하고 문학적 형상화를 해 나가는 중요한 통로가 되는데 그는 여기에 그만의 독특한 세계를 주조한다. 그것은 관념과 추상적인 어휘로 채워진 여타의 전후문학 작가의 방법론과는 대별되는 것이다. 당시 많은 작가들은 근대의 이성과 합리의 세계를 비판하면서도 그 근대적 합리와 동일 논리의 방법, 가령 이성과 합리의 사유로써 그 대안을 찾으려 했다. 결국 그들의 일부는 도시를 배회하거나 추상적이고 환상의 고향의 세계에 귀환함으로써 자기 보존의 욕구를 유지해 나가기도 했다. 하근찬의 방법론은 이들과는 구분되는 지점에 있다. 그것은 구체적인 생활감각으로써 구현된 포용의 미학, 모성성의 세계이다. 그의 모성성은 근대적·이성적 사유체계, 다시 말한다면 남근적

---

96) 김복순은 하근찬 작품의 완성도를 50년대가 아닌 60년대에 적극적으로 부여하면서, 그를 리얼리즘의 소설사의 지형도를 그리는 데에 위치시킨다.(김복순, 「'이질적인 근대'체험의 비판적 사사화 ― 하근찬론」, 『1960년대 문학 연구』, 깊은샘, 1998.) 이러한 입장은 하근찬을 60년대 작가로서 새로운 의미를 적극적으로 의미를 부여한다는 점에서는 의의가 있다. 그러나 60년대 문학을, 70년대의 리얼리즘·민중문학의 전사(前史)로서 파악하는 민족문학사연구회의 입장을 일정 부분 대변한다는 점에서 아쉬움을 남긴다. 그럴 경우, 하근찬을 오히려 정 반대의 입장에서 평가하는, 즉 역사성이 결여된 '토속적인 소박성'을 지닌 작가로, 평가하는 입장(이보영, 「소박한 정한의 세계」, 『현대문학』, 1981.)을 포괄하지 못하기 때문이다. 본서는 리얼리즘·모더니즘의 양분 구도식 문학 해석의 방법을 지양한다.

지배이데올로기를 강화하기 위해 사용되는 모성과 변별된다. 일반적으로 이 시기 남성작가들에 의해 추구된 모성은 신비화의 옷을 덧입고 있었다. 다시 말해 당시의 남성작가들에 의해 추구된 모성은 남성들이 자신의 삶의 기반을 얻고 정체성을 얻기 위한 하나의 희생적 제물의 양상을 띠었던 것이다. 한 마디로 그것은 남근 이데올로기·지배 이데올로기를 강화하는 하나의 수단이었다. 그들에 의해 추구된 모성은 지극히 추상화·신비화된 형태의 것이었다.[97]

하근찬은 이념 대(對) 이념의 대결이 가져온 가장 처참하고도 잔혹한 결과인 전쟁에 대하여 여타의 작가들과는 다른 자신만의 방식을 내세운다.[98] 일단 그는 같은 방식의 '이념'으로 대항하지 않는다. 이념이란 무엇인가? 그것은 근대 이성이 발견하고 역사화 하여 제도화시킨 것이다. 이에 그는 이념으로 저항하지 않고 제3의 방식을 내세운다. 그것은 구체적인 '생활' 감각이다. 그 생활의 중요한 정서는 '모성'이다. 이를 다시 풀어서 말한다면 '포용'의 미학으로 설명할 수 있을 것이다. 논자에 따라서는 이를 가족주의의 일환으로 설명하기도 했다. 그러나 그의 감싸기 미학이 가족주의로 환원될 수 없는 것은 하근찬이 중점을 두었던 것은 가족 만들기, 혹은 가족 공동체의 유지 자체가 아니라 그것을 통해 구현할 수 있는 인간성에 대한 옹호와 삶과 생명에 대한 긍정이었기 때문이다. 가족주의는 그것이 제도화될 때 그것은 타 집단에 대한 지배-피지배의 억압 논리를 내장할 위험성을 가지고 있다. 이러한 억압과 배제의 논리의 극단적 형태가 제국주의에 동원되는

---

97) 박찬효는 1960~70년대 소설에 나타난 소설들의 고향 이미지를 분석하며, 이러한 방식으로 추구된 모성을 한계로 지적한다. 즉 고향의 재건이라는 당면 과제 속에서 남성은 희생적 인물로 그려지고 있으나, 그 속에서 여성은 더 억압적인 희생을 감수해야 하는 것으로 나타났다는 것이다.(박찬효, 앞의 글.)

98) 조남현은 그가 주조한 인물형에 대하여 6·25를 소재로 한 다른 소설, 가령 최인훈의 『광장』, 황순원의 『나무들 비탈에 서다』, 박경리의 『시장과 전장』에 나오는 주인공과 비교, 하근찬만의 독특한 개성을 지적한 바 있다.(조남현, 「상흔 속의 끈질긴 생명력」, 『산울림』, 한겨레, 1988 참조.)

모성담론일 것이다.99)

「분(糞)」은 어린 나이에 시집을 와 돌림병으로 남편을 잃고 열일곱 청상과 부가 된 덕이네가, 아들 호덕이를 장성시키면서 겪는 어려움을 강인한 모성으로 이겨내고 부조리한 현실을 민중적 해학으로 반응하는 모습을 그려낸 소설이다.

이 작품에서 문제가 되는 것은 분이가 겪는 역사 현실이다. 그녀가 첫 번째 남편을 잃는 것은 자연 재해(돌림병)로서의 성격이 강하지만, 이후 그녀의 삶을 균열하게 만드는 것은 역사적 폭력인 태평양 전쟁과 6·25전쟁이다. 남편은 징용에 나가고 애지중지 키운 아들 역시 징용에 나가게 되었다. 요행히 돈이나 권력이 있는 사람들은 뒷돈을 써서 면제 혹은 보류 자격을 받아낸다. 하지만 한낱 부엌데기로서 평생을 살아온 그녀가 할 수 있는 것은 애처로이 모은 푼돈을 뒷돈으로 대거나 그것도 안 되면 막무가내식의 항변을 내뱉는 것 정도이다.

그녀는 자신의 삶에 휘몰아 닥친 거대한 역사 현실 앞에서 아들 덕이에 대한 희망과 사랑으로 자신의 삶을 건강하게 버텨낸다.

　　고된 부엌살이였으나 별로 괴로운 줄을 몰랐다. 호덕이가 이발소에

---

99) 이러한 모성성이 근대화 담론과 관련, 지배 체제를 정당화하기 위한 수단으로 사용된 예로 1930년대 후반의 근대적 모성성 논의를 꼽을 수 있다. 당시 남성/지식인 주체들에 의해 호출된 '현대 여성'의 이름은 여성을 가정의 영역으로 소환한다. 그리고 이들을 다가올 전시 체제 하의 국가와 전쟁 수행을 위한 이세의 양육이라는 모성애의 원리에 포섭된다. 제국주의 담론에 의해 호출된 여성은 일상화된 전시체제의 일부로 재편된, 사적 영역의 담당자로 구성되었다. 여성에게 기대되는 것은 병사를 출산하고 기르는 역할과 경제적 전사로서의 역할이다. 아내와 어머니로서의 역할을 국가가 관리하는 것은 '가정의 국가화 전략'으로서 전시 종주국인 일본에서 시행되었던 '여성의 국민화'와 같은 것이다.(김경일, 「한국 근대사회 형성에서 전통과 근대」, 『사회와 역사』 54, 한국사회학회, 1998 ; 김양선, 「식민주의 담론과 여성 주체의 구성 : 『여성』지를 중심으로」, 『여성문학연구』 3, 한국여성문학회, 2000 ; 우에노 치즈코, 이선이 역, 『내셔널리즘과 젠더』, 박종철 출판사, 1999.)

222

일자리를 얻게 된 뒤부터는 한 번 씻어도 될 가마솥을 두 번 세 번 문지르고
닦았다. 아들이 이발소에서 손님의 머리를 씻어주고 받은 첫 월급을 들고
왔을 때, 그녀는 그만 저도 모르게 목멘 소리로 「관셈보살」하고 뇌었다.
그녀가 염불을 입에 담기는 이것이 처음이었다. 손님의 머리를 맡아 씻던
호덕이가 면도질을 담당하게 되자, 그녀의 손 씻는 가락도 더욱 신이
났다.

(하근찬, 「분」, 51면)

덕이네는 아직까지 닭의 목을 비틀어 본 일이 없었다. 그러나 오늘만은
어찌된 셈인지 비틀면 비틀 수 있을 것 같았다. 어금니를 물었다. 그리고
닭의 모가지를 거머쥐었다. 전장에 내보내다니 말이 되는가. 어떻게 해서든
지 빼내야 되고 말고. 덕이네의 손등에 푸른 힘줄이 발끈 솟아 올랐다.

(하근찬, 「분」, 53면)

어리고 힘 없던 청상과부 덕이네에게는 아들 호덕이만이 삶의 이유이자
신앙이다. 아들을 위해서라면 없던 힘과 용기도 기적처럼 솟아나는 것이다.
그런 그녀이기에 아들의 징용 사실이 확정되는 것을 아는 순간 그녀는
자신의 정신을 아예 놓아버린다.

"호덕아- 호덕아- 아이고 아이고- 호덕아-"
어찌나 급하게 달렸는지, 그만 신이 돌부리에 걸려 앞으로 나가 엎어지고
말았다. 그 바람에 손에 쥐었던 보자기와 지전뭉치가 보기 좋게 흩어져
깔렸다. 이발소에서 남의 수염을 밀어주고 받아 모은 10환 짜리, 남의
집 부엌에서 부지깽이를 쥐고 벌어 모든 10환 짜리, 그리고, 몇 장의
1백 환 짜리가 섞여 땅바닥에 흩어져 깔리자, 장정들을 따라 교문으로
쏟아져나가는 여러 사람들이 경황없이 가랑잎처럼 짓밟고 지나갔다.
"아이구야꼬! 우야꼬! 우야꼬- 호덕아, 호덕아-"
덕이네는 눈앞이 깜깜해지는 것만 같았다. 인솔병의 호각소리가 여기저
기서 요란하게 울렸다. 먼지가 자욱하게 일고 있었다. 해는 서천에 걸려

벌겋게 타고 있었다.

(하근찬, 「분」, 68면)

　모성은 존재하는 모든 생명이 잉태되고 이 땅에서의 존재 자체를 가능케 하는 것이기에 그 무엇보다 강력하고 절대적이다. 그것은 지식이나 이념, 권력, 선과 악, 옳고 그름을 넘어설 만큼 절대적인 것이다. 이러한 모성을 체현하고 있는 것이 바로 덕이네다. 아이러니컬하게도 그녀에게는 이데올로기로서의 모성성이 갖는 위대함, 신비성이 소거되어 있다. 그녀가 구현한 모성은 너무나 사소하며 속되어 보이기까지 하다. 그러나 그녀의 모성은, 전쟁으로 환원되는 근대적 폭력성과 혹은 '면장'이라는 인물로 환원되는 권력과 속물적 이기주의를 이겨내는 건강한 삶의 해법이 된다. 이에 그녀는 결국엔 권력의 상징인 면장실에 똥을 통쾌하게(하지만 몰래) 누고 나오면서 "히히히… 문둥이 자식, 내일 출근하다가 저걸 물컹 밟아야 될 낀데…"라며 건강하게 웃어넘길 수 있는 것이다.[100] 이러한 점은 하근찬 소설들을 '해학'의 코드로 읽을 수 있는 계기를 마련한다. 비루하고 낮은 것으로서의 전복과 해방, 바흐친 식으로 표현하자면 대상의 '카니발(carnival)'화라고 할 수 있다. 바흐친으로 대표되는 카니발 문학은 기존의 질서체계에서 높이 평가되었던 도덕이나 인습 등을 물질적인 육체의 차원으로 격하시킨다. 즉 높은 것, 영적인 것, 이상적인 것, 추상적인 것을 끌어내려, 먹는 것, 마시는 것, 성적(性的)인 것, 배설적인 것으로 간주한다. 면장실에 똥을 누고 나오는 「분(糞)」의 덕이네, 「붉은 언덕」에서 오줌을 갈기는 인수와 윤길이의 행동이 대표적이다. 이들의 언어 역시 거침이 없다. '개같은 연놈, 시러베 아들놈들, 호로 새끼'라는 말도 거침없이 쓴다. 중요한 것은 카니발의 궁극적 목적이

---

100) 이러한 웃음과 유머의 힘에 대하여 강진호는 하근찬 소설의 유머가 이상과 실재의 모순, 잘못된 현실에 대한 폭로, 또한 그러한 잘못된 현실로부터 회복과 해방을 꿈꾸는 것이라고 보았다.(강진호, 「민중의 근원적 힘과 유머」, 『현대소설사와 근대성의 아포리아』, 소명출판, 2004 참조.)

대상에 대한 파괴가 아니라 새로운 화해와 생성이라는 점이다. 같은 맥락에서, 「수난이대」의 부자(父子)는 함께 오줌을 누는 상징적 행위를 통해서 화해에 이르게 된다. 카니발 문학의 궁극적 목적이 대상에 대한 파괴가 아니라 새로운 화해와 생성에 있음을 증명하는 것이다. 덕이네가 면장실에 '똥을 싸고' 나오는 길에 유쾌하게 웃어젖힘으로써 자신의 상처를 위무하는 것과 같은 이치이다. 웃음은 기존의 코드를 부수는 것이다. 웃는다는 것은 몇 가지로 굳어진 도덕률과 불필요한 가책, 우울, 그리고 비극으로부터 해방되어, 도덕률이 포착하고 싶었던 더욱 근본적이고 본래적인 윤리를 매 순간 재정립하는 것을 뜻한다. 변증법으로 파악되지 않는 전체를 직관하고 이 직관에 근거해 매 순간 살아 움직이는 상황과 삶을 전체적으로 껴안고 긍정하는 것이다. 이것이 아마도 변증법적이고 비극적인 도덕에 대립된, 들뢰즈의 희극적 윤리[101]의 모습일 수 있을 것이다. 이러한 요소에 대하여, 들뢰즈는 '하강의 방법으로 도덕법칙을 전복하는 길'이라고 일컬었다.

> 잘 알려져 있는 바와 같이 도덕 법칙을 전복하는 데에는 두 가지 길이 있다. 하나는 원리들로 향하는 상승의 길이다. 여기서 법칙의 질서는 이차적이고 파생적인 질서로, 차용된 질서이자, '일반적인' 질서로 부인된다. 법칙 안에서 비난받는 것은 어떤 본연의 힘을 우회시키고 어떤 원천적인 역량을 참칭하는 이차적인 원리이다. 다른 하나는 거꾸로 하강하는 길이다. 법칙은 그 귀결들로 내려올수록, 또한 과도할 정도로 완벽한 세심함을 기울여 복종할수록, 더욱 전복되기 쉽다. 법칙을 그대로 따름으로 해서 허위로 복종한 영혼은 오히려 법칙을 뒤집고, 법칙이 금지한 쾌락을 맛보기에 이른다. (중략) 법칙을 뒤집는 첫 번째 방식이 반어적인 것이고, (중략) 두 번째 방식이 해학이다.[102]

---

101) 신지영, 『들뢰즈로 말할 수 있는 7가지 문제들』, 그린비, 2008, 129면.
102) 질 들뢰즈, 김상환 역, 『차이와 반복』, 민음사, 2004, 33~34면 ; 신지영, 앞의 책, 124~125면.

　이러한 해학의 의미를, 유종호·조동일은 '전통계승론'으로 확장시켜 해석했다. 즉 그의 해학을 "이조 후기 평민문학이 거둔 전통적 성과를 현재의 상황에 재투입시키고 발전시킨 결과"[103]로 해석함으로써 전통계승론의 근거로 삼고 있는 것이다. 이러한 효과의 측면에는 근대적 소설이 목표하는 '각성'이 아닌 '공감'의 요소가 개입되어 있다. 해학은 왜곡된 환경에서 고통 받는 인물을 동정한다. 그것은 왜곡된 환경을 희화화하면서 순박한 인물에게 공감의 시선을 던진다. 그 인물은 비록 그 왜곡된 환경에 적극적이고 논리적으로 맞서지는 못하지만, 그 스스로가 모순된 환경의 피해자이며 내면에는 타락하지 않은 순박함을 가지고 있다. 이러한 순박함에 대한 공감은 고통스러운 상황을 견디게 할 뿐 아니라, 그 상황을 전복시키는 활력을 제공한다.[104]

　또한 카니발에서는 성적(性的)인 것에 대한 표현 또한 두드러진다. 하근찬의 소설에서도 이러한 점이 발견되는데, 구체적으로 「산울림」속 공간은 건강한 성(性)과 생명이 추구되는 에로티즘의 공간이다. 이 공간은 이성간의 밀도 있는 성애(性愛)가 이루어지는 농밀한 것이라기보다는 건강 생명과 원시성을 추구하는 의미에서의 것이다. 도시 문명이 깃들지 않은 산골에서 개들(복실이와 누렁이)은 자연스럽게 짝짓기를 하고 그 개의 주인인 인물들(종덕이와 윤이) 또한 이들을 보며 뿌듯한 만족감에 젖는 것이다.

　하근찬에 의하여 추구·제시된 모성적 원리는 이데올로기적인 쟁취나 지배수단을 강화하기 위한 수단이 아니다. 그것은 통합과 조화의 원리이며 해방과 열림에 토대를 두는 가장 적극적 차원의 의미의 것이다. 한편 하근찬의 작품이 보여준 이러한 감싸주기, 모성성은 일정 부분 '소박한' 차원을 넘지는 못한다는 점에서는 나름의 한계가 지적될 수 있겠다.[105] 소설의

103) 유종호·조동일, 「고전과 전통계승과 현대」, 『문학』 9, 1966.
104) 나병철, 『소설의 이해』, 문예출판사, 1998, 300~301면.
105) 이러한 '순박함'은 사회환경에 대한 무지(無知)를 전제한다는 점에서 한계로도

226

인물이 무지와 가난으로 점철된 삶을 사는 바, 대상에 대한 문제의식을
'개인' 차원 이상의 것으로 인식하지 못하고 있기 때문이다. 모성성을 구현하
고 있는 인물들은 사회의 전체적인 구조와 모순의 양상들을 총체적으로
자각할 만한 시야를 갖지 못하고 있는 것이다.

박경리의『시장과 전장』(1964)은, 전쟁이라는 현실에 대한 해결책으로서
의 모성성의 의미를 조금 더 심도 있게 열어준 작품이다. 이 작품은 박경리
작품의 흐름 전체를 고찰함에 있어서도 중요한 의미를 갖는다. 즉 50년대의
작품들106)과 비교해서, 객관적인 세계인식과 그 형상화 방법에 있어 일정부
분의 성취를 보이고 있다는 점에서 그러하다. 그의 소설 세계의 원형을
그리고 있는 50년대의 작품들에 대해서는 문학사적으로 상반된 평가가
공존해 온 것이 사실이다. 긍정적인 입장에서 "소박한 휴머니즘을 넘어
인간 내면의 심부를 탐사함으로써 인간의 고귀함을 확인하는 새로운 출
발"107)로서의 평가를 받기도 했고, 부정적인 입장에서 "작가의 체험이
작품의 표면에 여과 없이 드러남으로써 작품의 구성력이 약화되거나 미적
거리감이 파괴되는 등의 부자연스러움"108)을 가진 작품, "작가의 단정적
진술, 타인의 목소리를 배제하는 배타성을 가진, 현실에 대한 거리감각을
확보하지 못한 채 쓰여진 작품들"109)로 평가되기도 하였다.

지적될 수 있지만, 나병철의 경우, 이러한 순박함과 그것에 대한 공감이야 말로,
상황을 전복시키는 저항적이고 활력적인 요소라고 보았다.(나병철(1998), 앞의
책.)
106) 박경리는 1955년「계산」, 1956년「흑흑백백(黑黑白白)」으로『현대문학』의 추천을
받아 등단했으며, 1950년대의 작품들은 그녀의 작가적 전 생애에 있어 초기작에
속하는 작품들로「불신시대」(1957),「영주와 고양이」(1957),「암흑시대」(1958)
등이 이에 속한다.
107) 김윤식·정호웅, 앞의 책.
108) 강진호,「주체 성립 과정과 서사적 거리 감각」, 앞의 책, 85면.
109) 강진호, 위의 글, 85면.

그러나 이러한 평가들은 1960년대에 이르러 장편 『시장과 전장』(1964)이 나오면서 '객관적 현실 감각'이라는 측면에서 긍정적인 평가로 모아지게 된다. 박경리의 초기 소설에 대하여 부정적인 평가를 내렸던 강진호도 "사적 담론의 수준에서 벗어나지 못했던 단계에서 벗어나 작가와 사회 현실로 담론을 돌리면서 산출한 대표적인 성과물"[110]로 평가하고 있으며, 다른 논자들 역시 1960년대의 기타 단편들에 대해서 역시 "이전의 자전적 사소설의 범주를 벗어나 점차 외부를 향해 열리는 발전적인 변화와 함께 대단한 시공간적인 확대"[111]를 보인다는 점에서 긍정적으로 평가했다. 또한 박경리의 1960년대 단편들은 세계의 속악성을 순결한 내면성의 관점에서 보여줌으로써 환멸과 증오로 나아간 1950년대의 단편들과는 달리, 타인의 삶에 대한 관심을 보여준다. 1960년대 박경리의 단편 소설들이 생활의 의미를 발견하는 방향으로 나아갔다면 1960년대 장편 소설들은 그러한 생활이 가족이나 사회라는 바탕 위에서 펼쳐지는 모습을 보여주고 있다는 것이다.[112] 1960년대에 박경리가 체득한 이러한 감각은 "박경리는 형식적인 선에서 악의 모습을, 거대한 담론질서에서 불길한 욕망을 읽어내는 것이 체질화된 상태였기에"[113] 가능한 것이라고 본 것이다.

『시장과 전장』은 6·25전쟁 상황을 배경으로 하여, 남편과 직장을 가진 평범한 소시민 여주인공과 그 주변 인물 및 상황을 그려내고 있는 소설이다.

작품의 제목이 상징하는 바와 같이 '시장'과 '전장'의 대결, 그 긴장의 축이 서사의 핵심이다. 여기에서 박경리의 작품이 의미 있는 것은 '시장'이 상징하는 일상적 생활의 논리가 '전장'을 만들어 낸 이념적·이데올로기의

---

110) 강진호, 위의 글, 97면.

111) 서은혜, 「박경리의 1960년대 단편소설」, 『토지와 박경리 문학』, 솔, 1996, 269면.

112) 구재진, 「1960년대 박경리 소설에 나타난 '생활'의 의미」, 『1960년대 문학 연구』, 깊은샘, 1998 참조.

113) 류보선, 「비극성에서 한으로, 운명에서 역사로」, 앞의 책, 585면.

논리를 비판하는 방법론이 된다는 데에 있다.[114]

> 시장은 축제(祝祭)같이 찬란한 빛이 출렁이고 시끄러운 소리가 기쁜 음악이 되어 가슴을 설레게 하는 곳이다. 동화의 나라로 데리고 가는 페르시아의 시장-그곳이 아니라도 어느 나라, 어느 곳, 어느 때, 시장이면 그런 음악은 다 있다. 그 즐거운 리듬과 감미로운 멜로디가 그곳에서는 모두 웃는다. 더러는 싸움이 벌어지지만 장을 거두어버리면 붉은 불빛이 내려앉은 목로점에서 화해하고 술을 마시느라고 떠들썩, 술상을 두들기며 흥겨워하고. 대천지 원수가 되어 무슨 이로움이 있겠는가. 오다가다 만난 정이 도리어 두터워지는 뜨내기 장사치들.
>
> (박경리, 『시장과 전장』1, 127면)

시장에서는 공허한 이데올로기의 대립이란 아무런 의미가 없다. 그저 현재를 떠들썩하게 살아가는 것만이 있을 뿐이다. 이에 지영에 의해 초점화 된 화자는 '대천지 원수가 되어 무슨 이로움이 있겠는가?'라고 묻는 것이다. 시장은 공허한 이념이 없는 곳이기에 지영은 그곳에서 기쁨을 느낀다. 하지만 그녀의 시선은 추상적 세계가 아니라, 구체적 현실 위에 놓여 있다. 그 '객관화'된 눈은 구체적인 현실을 구체적으로 바라보기에 그 '추함'까지 도 정확하게 꿰뚫어 볼 수 있다.

> 지영이 처음 연안에 왔을 때도 이 시장 길을 지나갔다. 낯선 도시, 낯선 거리, 그리고 낯선 사람들, 이 시장 길을 지나갈 때 지영은 안심하고 기쁨을 느꼈다. 시장 어귀로 되돌아 나온 지영은 잠시 걸음을 멈춘다. 국수 장수 떡 장수가 모여 있다. 사고 파는 일을 끝낸 농부와 아낙들이

---

114) 구재진은 이 작품의 의의를 최인훈의 『광장』과 비교하여 평가한다. 즉 최인훈의 전쟁이 이데올로기 간의 대립에서 나타난다는 것에 반하여, 박경리의 전쟁은 이데올로기의 대립을 넘어서서 이데올로기와 생활 사이의 대립으로 나타나게 된다는 것이다.(구재진, 앞의 글 참조.)

쭈그리고 앉아 요기를 하고 있었다. 수염에 묻혀 잘 보이지도 않는 입술 안으로 노인은 국수가락을 빨아들인다. 쭉쭉 소리를 내며 재미나게 빨려들어간다. 아이처럼 얼굴을 갸우뚱 기울이고 국물까지 다 마신 뒤 노인은 아쉬운 듯 대접의 바닥을 들여다 본다. 노파가 시루떡을 먹고 있다. 땀을 흘리면서 퀭하니 패인 두 눈, 가뭄에 갈라진 논바닥처럼 굵은 주름이 잡힌 검은 얼굴, 흙과 더불어 지내온 코끼리 가죽 같은 손, 노파는 시루떡을 입으로 가져다가 가만히 바라보고 서 있는 지영을 보면서 시루떡을 입으로 들여보내고 씽긋이 웃는다. 지영은 얼굴빛이 달라지면서 도망치듯 시장 밖으로 나간다. 노파의 얼굴이 자꾸만 뒤따라 오기라도 하듯 돌아보지도 못하고, 집념에 가득 찬, 굶주린 미소, 나이 먹어갈수록 사람은 음식을 먹는 모습이 추해진다. 남자보다 여자가 더 추해진다. 어릴 때, 젊을 때는 저절로 살지만 나이 들수록 발버둥 치듯 살아간다. 그래서 사는 것도 먹는 것도 추하게 보이는 것일까. 그런 것을 생각하는 데 지영은 구역질이 날 것 같았다.

(박경리, 『시장과 전장』 1, 128~129면)

  일상적 삶을 상징하는 시장은 기쁨의 대상이기도 하지만, 그것은 먹고 사는 원초적인 삶의 문제를 해결해 나가는 곳이기에 자세히 들여다보면 추하기 그지 없다. 생존의 논리가 이념의 논리에 선행하는 까닭이다. 이는 지영의 눈을 통해 그려진 노파에 대한 서술에서 확인된다. 삶의 현장이란 음식 앞에서 '집념에 가득찬, 굶주린 미소'를 짓는 곳이다. 그래서 추하다. 구역질이 날 것 같은 것이 일상적 삶의 논리인 까닭이다. 작가는 허구적 이데올로기에 대한 하나의 대안으로서 일상적 삶의 현장과 논리를 제시한다. 그러나 그것을 추상화·낭만화하지 않고 사실적이고 객관적으로 보여준다. 여기에서 소설적 진실성은 확보된다.

  일상이란 개체의 삶이 펼쳐지는 다양한 사회적 관계를 내장한 시공간적 지평이다. 다시 말해 일상은 제도화되고 고착화된 권력적 질서를 구성함으로써 근대성의 존재양태를 의미화 하는 매개적 장치이다. 이런 점에서 일상은 근대성과 더불어 서로를 드러내고 은폐하는 내밀한 관계를 맺는 근대성의 무의식이라 할 수 있다. 나아가 자본주의 사회에서 일상은 끊임없는 반복을 통해 자아를 길들이는 양식으로, 개체의 다양한 삶의 양식을 동일성의 원리에 포섭하는 지배 원리로 작동하게 된다. 따라서 일상을 사유하는 방식은 근대적 시간에 대한 성찰의 문제와 분리되어 이해할 수 없다.[115] 이러한 일상에 대한 사유와 성찰이 근대성의 핵심일진데, 박경리는 그러한 일상을 차갑고 무기력한 이성적 사유가 아닌, 삶 그 자체, 즉 '생활'로 포착하여 보여준다. 이 '생활'은 구체적 삶의 감각이다. 다소 부정적인 뉘앙스는 있으나, 김치수는 이러한 '생활'의 감각을 '풍속'이라는 말로 표현하면서, "전쟁을 겪은 여자의 신변이야기에 가깝지만 하나의 비극적 여인상을 창조하는 데 문학적 형상화를 상당한 수준에서 이룩하고 있다"[116] 는 평을 내렸다.

　그 생활을 화해롭게, 혹은 억척스럽게 견디고 이겨나갈 수 있게 해 주는 힘이 '모성'이다. 이러한 맥락에서 추구되는 모성은 신비화된 모성의 한계를 벗어나 그 구체적 현실성을 확보한다.

　그 생활을 지배하는 모성성 역시 현실적인 맥락에서 그려진다. 그것은 주인공 '지영'을 통해 구체화된다. 지영은 전쟁의 와중에서 남편과 가족을 살리기 위해 억척스럽게 몸부림친다.

---

115) 르페브르, 앞의 책, 59면 ; 이기성,『모더니즘의 심연을 건너는 시적 여정』, 소명출판, 2006, 229면.

116) 김치수는 박경리의 소설을 통해 당대의 '풍속'을 확인할 수 있다고 했다. 그러면서 그것의 문학적 형상화의 방법론의 가치와, 사회고발에의 가능성에 대해서도 설파한다. "박경리의 작품에서 보다 더 주목해야 할 것은 이처럼 피해의식에 사로잡힌 인간을 통해서 그때 그때의 사회의 풍속을 볼 수 있다는 것이다. (…) 종교의 허울을 쓰고 곗돈을 떼어먹고 돈놀이 하는 여자, 사주받은 쌀을 팔아서 돈으로 들고 가는 중, 돈의 액수에 따라 불공을 드려주는 절, 정확한 진단도 없이 돈만 보고 덤비는 가짜 주사약을 사용하는 의사 등 사회악의 표본에 대한 고발을 만나게 된다."(김치수, 「불행한 여인상－박경리의 단편」,『한국소설의 공간』, 열화당, 1969, 187~188면.)

　지영은 자기 눈시울에 흰 가루가 묻은 것처럼 눈을 껌벅껌벅한다. 눈을 끔벅거리긴 했으나 그이 눈에서 눈물이 흐르진 않는다. 지영은 다시 일어나서 밀가루 자루가 쌓인 곳으로 간다. 혹시 밀가루가 남아 있을지도 모른다는 생각에서. 밀가루 자루는 굉장히 많았다. 그는 밀가루 자루를 펴서 안을 들여다본다. 밀가루가 남아 있을 리가 없다. 지영은 그래도 희망을 버리지 않고 자루마다 다 펴 본다. 무슨 생각을 했는지 지영은 재빠른 손으로 밀가루 포대를 뒤집어 본다. 가루는 없다. 다 털어버린 자리에 습기 먹은 밀가루가 덩어리져서 자루에 더덕더덕 붙어 있다.

　"음"

　지영의 눈에 불이 확 켜진다.

　"옳지!"

　그는 외치며 부엌으로 달려간다. 조그마한 그릇을 들고 다시 광으로 달려온다. 그 덩어리를 빡빡 긁어낸다. 반 주발 정도는 된다. 손톱 밑이 아픈지 손을 들여다보다가 그는 다시 부엌으로 들어가 칼을 가지고 온다. 하나 남김없이 자루에 붙은 것을 칼로 밀어 낸다. 제법 묵직했던 자루가 가뿐하게 되어버렸다. 자루를 둘둘 말아 가마니 쌓인 곳에 던지고 부엌으로 가서 물이 끓고 있는 솥을 열고 더운 물을 퍼서 딱딱한 밀가루를 반죽하기 시작한다. 좀 망울이 지지만 훌륭한 양식이다. 그는 밀가루 반죽이 얼지 않게 따뜻한 부뚜막에 두고 그릇 하나를 들고 다시 광으로 돌아왔다. 그리고 밀가루 자루를 하나하나 뒤집어본다. 많이 붙은 것도 있고 적게 붙은 것도 있다. 습기를 많이 머금은 자루일수록 덩어리가 많다. 지영은 자루의 밀가루를 떨어낼 때 큰 덩어리에는 마치 사금 속에서 금덩어리를 골라낸 듯 흐뭇한 표정을 짓는다.

　(참 고마운 폭격이야. 이걸 가지고 며칠을 더 살 수 있다. 자루가 서른 개도 넘는데….)

　하다가 지영의 얼굴은 파아랗게 질린다. 칼과 밀가루 자루를 내동댕이치고 소리를 내어 운다. 끼룩끼룩 목구멍으로 넘어가는 흐느낌, 흙먼지를 뒤집어쓴 얼굴을 그 숱한 눈물이 씻어준다.

(박경리,『시장과 전장』2, 473~474면)

232

시장에서 음식을 먹는 노파를 보며 구역질을 느꼈던 지영은 이제 생계를 부양해야하는 어머니가 되었다. 그녀의 삶의 이유와 목적은 끈질기게 살아남는 것이다. 그것은 지영 스스로가 말한 '잡초'로서의 삶이다. 그렇기 때문에 그녀에게는 시장의 논리와 전장의 논리가 하나로 통합될 수 있다. 그녀가 의도하는 바는 화해, 희망, 활기, 안심 등의 상태이지 이데올로기의 대결 논리가 아니기 때문이다.

이에 대비되는 기훈과 그 주변에 놓인 인물들, 가령 아나키스트 석산 선생이나, 지식분자로서의 한계를 절감하는 공산주의자 장덕삼의 삶의 단면은 허위로 가득 찬 것일 뿐이다. 이념만을 끌어안고 있는 그들의 삶은 공허하다. 작품은 이러한 허위를 지영과 대비적으로 드러냄으로써 지영이 견지하는 삶의 논리를 더욱 부각시킨다.

하근찬과 박경리는 전쟁이라는 문제의식 속에서 그것을 해결해 가는 방식으로서 '생활'로서의 '모성'을 상정하고 있다. 그 모성은 추상적·비현실적이라거나 낭만화·신비화된 것이 아니다. 매우 구체적인 현실적 지반 위에 올려져 있다. 그래서 억척스럽고도 건강하다. 자식을 위해서 면장실 앞에 한 무더기의 '똥을 싸고'(하근찬, 「분」), 남은 삶을 위해 억척스럽게 살아갈(박경리, 『시장과 전장』) 뿐이다. 특히 박경리의 소설을 단순히 여성, 혹은 여류소설의 관점으로만 국한하여 설명할 수 없는 것은, 이러한 현실인식이 갖는 의미 때문이다.[117] 이 소설에서 보여준 현실감각은 이후(1960년대 후반부터) 박경리가 한국의 격동의 역사를 기록한 대하 소설 『토지』의 집필로 가게 되는 하나의 단초가 된다.

---

117) 이에 대해 유종호는 박경리를 두고 "당시의 여류 작가들과 다르게 이데올로기를 정면으로 다루었다"는 점에서 사회 비판과 관련하여 높은 평가를 내렸다.(유종호, 「여류다움의 거절」, 『박경리-한국문학의 현대적 해석』 8, 서강대학교 출판부, 1996.)

　이들의 모성은 허위와 추상적 이념 위에 구축된 것이 아니기에 생활의 장에 편입되어 있다. 그런데 여기에서 하근찬과 박경리, 두 작가는 정도의 차이는 있으나, 이러한 모성성을 객관적이고 팽팽한 긴장된 서사 구조 아래 보여주고 있다는 점에 집중해볼 필요가 있다.

　하근찬의 소설들은 다양한 이원대립항들을 제시한다. 「분」에서 보여주는 '이성의 폭력적 지배항으로서의 전쟁/생활로서의 덕이네의 삶'이 그러하고, 같은 생활인의 내부에서도 '대추나무댁 주인집/덕이네의 관계' 및 '주인집 아들 동철/덕이네의 아들 호덕이', '속악한 권력의 상징인 면장/소박한 민중의 상징인 덕이네'의 관계 또한 그러하다. 이러한 이항대립의 구조 속에서 작가는 서술자의 개입을 최대한 줄이고 객관화된 상태로 장면을 세밀하게 묘사하듯이 보여준다. 하근찬의 작품은 '보여주기(showing)'의 서술방법을 채택하고 있어 '작중인물에 대한 형이상학적 차원의 추구나 심도 있는 천착은 보류 해 두는'118) 효과를 가져오는 것이다. 이러한 보류는 새로운 의미를 형성해 나간다. 대상에 대한 상세한 디테일과 묘사를 바탕으로 작품을 보여줄 때 오히려 전쟁의 상흔은 더욱 핍진하게 확인된다. 이에 그가 제시한 감싸주기의 미학, 모성의 방법론은 더욱 의미가 있는 것이다. 또한 그를 이해하는 주요 키워드로 제시되어 왔던 '유머'와 '민중적 해학' 역시, 객관적 보여주기의 과정을 거친 후라야 갈등해소의 효과를 극대화시킬 수 있다. 카니발적 공간이란 규범적 질서의 상징계가 해체된 탈코드화된 공간인 동시에 지배권력의 몰적 담론이 전복된 탈영토화된 공간이다. 당시의 규범적·상징적 질서가 법과 규율 및 권력이었다면, 하근찬은 이를 생활로서의 모성성의 제시와 배설, 웃음과 해학의 방법론으로 풀어내고 있는 것이다.

　박경리 역시, '시장'과 '전장'의 논리를 그 서사적 긴장의 축으로써 보여주고 있다. 엄밀하게 말해서 이 두 항은 이원대립항은 아니다. '전장'의 논리가

---

118) 조남현, 「상흔 속의 끈질긴 생명력」, 『산울림』, 한겨레, 1988, 407면.

하나의 원인이 된다면, '시장'의 논리가 그 결과가 되는 셈이기 때문이다. 다시 말한다면 이념의 허구성과 폭력성이 낳은 것이 전쟁이라면 그 해결과 대안으로 고안된 것이 '시장'의 방법론이라는 것이다. 이러한 의식은 시장과 전장에 대해 의미를 부여하는 기훈과 지영의 입장 차이를 통해서 확인할 수 있다. 작가는 생활로서의 모성을 가지고 있는 지영의 삶에 대비되는 여러 인물들의 삶의 방식을 다양하게 주조하고 배치한다. 이로써 그에 대한 객관적인 성찰과 인식을 가능케 하는 것이다. 또한 자신이 현실에 대한 해결의 방법론으로 내세운 모성성을 막연히 추상화하거나 이상화하지 않고 있는 그대로 보여줌으로써 소설적 진실성을 확보할 수 있었다고 하겠다.119) 초기 소설에서 보여주었던 사소설적 경향의 한계를 극복하고 작가적 목소리를 배제, 인물이 자기 삶을 꾸려가는 방식을 객관화된 서술로 보여줌으로써 그 리얼리티와 핍진성을 확보하고 있는 것이다. 이 작품의 서술자는 뒤로 물러남으로써 오히려 독자의 참여를 유도한다. 이로써 독자로 하여금 객관적이면서도 원근법적인 시각을 확보하고 대상에 대한 판단을 하도록 돕는다.

들뢰즈에 의하면 모든 생성은 여성-되기를 거치거나 이로부터 시작된다고 볼 수 있다. 여성-되기의 특권적 지위에 대한 첫 번째 이유는, 여성이 인간이라는 폐쇄된 이미지로부터 벗어나는 개방의 이미지를 가진다는 데 있다. 설령 생성의 또 다른 양식이 존재한다고 하더라도, 그 생성은 어떤 근거나 주체도 결여하고 있을 것이다.120) 1960년대 소설에서 추구된 모성성

---

119) 조남현은 『시장과 전장』을 분석하면서 기훈과 지영에게 시장의 의미가 다르게 상정됨을 지적하였다. 기훈에게 있어서는 시장과 전장 모두 '소모'의 공간으로서의 동질적 공간이지만, 지영에게 있어서는 대립적·이질적 공간으로 인식되고 있다는 것이다.(조남현, 「시장과 전장 론」 『박경리-한국문학의 현대적 해석』 8, 서강대학교 출판부, 1996.)

120) 클레어 콜브룩, 백민정 역, 『질 들뢰즈』, 태학사, 2004, 229~230면.

은 남성성에 대항·경쟁하는 차원의 것이 아니다. 대상에 대한 반항과 저항의 위험성은, 저항하고자 하는 대상의 논리에 갇힌다는 한계에서 기인한다. 근본적으로 반동일화는 동일화의 논리에 포섭될 수 있는 가능성이 있는 까닭이다. 담론이론(theory of discourse)을 바탕으로 알튀세르의 이데올로기와 주체에 대한 논의를 수용한 페쉐(Pêcheux)는 이데올로기에 대한 주체의 구성방식을 '동일화(identification)', '반동일화(counter-identification)', '비동일화(dis-identification)'의 세 가지로 나누어 설명한 바 있다. 동일화는 이데올로기에 대한 맹목적인 순응을 의미하는데, 이때 담론의 주체는 보편적 주체인 대주체를 맹목적으로 받아들임으로써 지배적 담론을 재생산하는 결과를 낳는다. 반동일화는 거부와 부정을 의미하는데 이때 담론의 주체는 보편적 주체인 대주체의 결정을 거부한다. 그러나 반동일화란 단지 거부일 뿐, 동일화와 대칭을 이루며 여전히 지배적 담론의 동일한 구조를 지속시킬 뿐이라는 점에서 근본적인 비판과 대안으로까지 나아가지는 못한다. 비동일화는 이데올로기에 대한 변형과 전치를 통해서 새로운 주체를 형성하는 것을 의미한다.[121] 이러한 맥락에서 보았을 때 하근찬과 박경리에 의해

---

121) 라캉은 개인의 주체화, 즉 타자에 의한 개인의 주체화는 타자에 대한 동일화 (identification)를 통해 설명한다. 이는 '상상적 동일시(imaginary identification)'에서 시작하여 알튀세르의 이데올로기론에서 정교화 된다. 이에 동일화란 일차적으로 '주체가 어떤 이미지를 가정함으로써 주체 안에 생기는 변화'를 의미하고 알튀세르는 이 타자로서의 이미지를 이데올로기로 규정하는 것이다. 알튀세의 이데올로기론은 사회구조를 형성하는 하나의 심급으로 존재하는 이데올로기 일반의 구조적 존재와 존재형식, 그리고 작동 메커니즘을 밝히려는 이론이다. 이 이론은 다음 네 가지 테제에 의하여 구성된다. 첫째, 이데올로기는 역사를 가지지 않는다. 둘째 이데올로기는 개인들과 그들의 현실적 존재 조건과의 상상적 관계를 표상한다. 셋째, 이데올로기는 물질적 존재를 가진다. 넷째, 이데올로기는 개인을 주체로서 호명한다.(이진경, 「자크 라캉 : 무의식의 이중구조와 주체화」, 『철학의 탈주』, 새길, 1995. ; 김수정, 「L. 알튀세르의 이데올로기론의 성립과 발전과정에 대한 일고찰-L. Althusser의 이데올로기론에서 M. Pêcheux의 담화이론까지」, 서울대학교 석사학위논문, 1991 ; L. 알튀세르, 김동수 역, 『아미엥에서의 주장』, 솔출판사, 1991 ; 구재진, 『소설의 주체와 1960년대』, 삼지원, 2002.)

추구된 생활로서의 모성은 비동일화의 사고와 방법론을 제시한다. 또한, 그들의 모성은 역사적으로 보았을 때 1930년대 전시(戰時)체제 동원 하에서 추구된, 즉 지배체제 이데올로기를 정당화하는 수단에서의 모성도 아니다. 남성성과 경쟁하는 모성, 혹은 그 지배 이데올로기의 논리를 수행하는 모성은 특정한 목적에 의해 희생되고 호출된다는 점에서 공통적이다. 그것은 경직된 몰적 선분성을 추구한다는 점에서 동질적이기 때문이다. 1960년대 소설들은 전쟁과 근대화 현실에 대한 해결과 대안적 방법들을 현실과 일상의 차원에서 제시하고 있다. 이들이 추구했던 '생활'로서의 모성이 의미 있는 것은, 현실성을 소거한 모성의 경우 지배 이데올로기를 정당화하는 수단으로 사용될 위험성을 안고 있기 때문이다. 혹은 현실에 대한 도피나 현실의 논리를 공고화하기 위한 하나의 위안적 수단으로 전락할 위험성이 있기 때문이다. 하근찬과 박경리의 모성은 이러한 위험성으로부터 비껴 서 있다. 이들에 의해 추구된 모성은 구체적 현실이 탈각된 신화적·전설적 공간 속의 추상적인 이념이 아니다. 그들의 모성은 일상의 경험 차원에서 가능한 수준과 방법으로 구현되었다. 제3의 영역에서 추구되는 이러한 방법론은 근대의 이성적 질서를 체화하고 있는 여타의 작가들이 그 출구를 찾고 있지 못했을 때, 가령 김승옥이 자기 세계 안으로 유폐되었거나 혹은 최인훈이 관념으로 빠져들게 되었을 때 나름의 방향성을 가지고 이후의 진척된 소설쓰기를 가능케 하는 계기로 작용한다. 60년대 소설에서 확인할 수 있는 이들의 경향성은, 70년대에 들어 하근찬을 건강한 민중소설을 추구할 수 있는 작가로, 박경리를 『토지』와 같은 대하장편을 쓸 수 있는 작가로 변모·발전시키는 밑거름이 되었다고 할 수 있다.

IV. 입체적 세계 인식과 탐색의 탈주선 그리기

1. 역사 차용의 의미와 재발견

1) 역사 구성의 의미와 영웅의 소환

1960년대 소설에 있어 주목할 만한 것은 '역사'에 대한 재해석과 이를 차용한 문학 형식이라고 할 수 있다. 4·19로 개화되었던 민주주의에 대한 열망이 다시 군부독재에 의해 좌절되었을 때 지식인 사회에서의 민족적 민주주의는 대중적 공감을 얻게 된다. 이는 정부에 의한 굴욕적 한일회담에서 기인한 바가 크다. 4·19로 중단되었던 한일회담이 1962년 군사정부에 의해 재개되었을 때 대학가 및 사회의 반응은 매우 격렬했다. 대학가는 '민족적 민주주의' 장례식[1] 등 극심한 반대 운동을 벌였다. 학계 또한

---

1) 한일협정의 체결 과정에서 박정희 정권은 역대 정권에 비교해 볼 때 현저하게 일본에 대해서 저자세를 보였다. 당시 김종필 중앙정보부국장은 미국 국무장관이 독도가 어떠한 섬이냐고 질문하자 "갈매기가 똥 싸는 곳이다"라고 하면서 자신이 일본관리들에게 독도를 폭파해 버리자고 제안했다고 했다.(「대담 비망록(1962. 10.29)」 Department of State, Foreign Relation of the United States 1961~1963 (Washington D.C. : United States Government Printing Office, 1996), p.611.) 이와 같은 정부의 태도는 한일회담 반대운동을 불러일으켰다. 한일회담 반대 운동 과정에서 학생들이 '민족적 민주주의 장례식 및 성토대회'를 벌인 것은 의미 심장하다. 이 날 학생들은 "반민족적 비민주적 민족적 민주주의여!"라고 시작되는 조사를 읽어 내려갔고, 박정희 정권의 정책이 매판적 반민족적 자본을 후원하였다고 성토하였다.(홍석률, 「1960년대 한국 민족주의의 분화」, 『1960년대 한국의 근대화와 지식인』, 선인, 2004, 193~194면.)

대일(對日) 식민지 콤플렉스를 청산하고 민족의 주체성을 높이려는 의도를 가지고 다양한 활동과 움직임을 보였다. 이러한 시대의식을 바탕으로 1960년대 소설에 나타나는 '역사'와 역사소설의 의미에 대하여 논의해 볼 필요가 있다.

1960년대에 이르면 다양한 역사 인물들이 소설 속에 등장하고 그들의 의미들이 재해석되고 있음을 주목할 수 있다. 1960년대에 나타난 역사소설은 그 예술적(방법론)적인 면에 있어 정교한 완성도는 보이지 못한다는 점에서 아쉬움은 있다. 그러나 1960년대에 들어서면서 상당한 분량의 역사소설이 출간[2])되거나 창작되고 그 대중적 호응 또한 상당했다는 점을 감안할 때 1960년대 역사소설은 소설사적인 의미를 부여 받아야 하리라고 생각한다. 또한 비평계에서도 역사소설에 대한 논의가 심도 있게 이루어지기 시작했다는 점은 주목해 보아야 할 지점이다.

이를 논하기 이전에 먼저, 우리 소설사에 있어 역사에 대한 천착과 탐구는 민족적 위기의 순간마다 나타난 바 있음을 지적할 필요가 있겠다. 애국계몽기에는 신채호, 박은식, 장지연 등의 역사 전기물이나 번안·번역 전기물이 존재했고 1910년대에는 이해조의 『홍장군전』 등이 존재했다. 그 이전에도 역시, 멀리는 임·병 양란을 계기로 『임진록』, 『임경업전』, 『박씨전』 등의 군담류의 역사적 서사가 존재했다. 또한 중국에서 전래된 『삼국지연의』, 『수호지』 등도 근대소설의 맹아로 존재해 왔다. 그러던 것이 1920년대에 들어서면서 다시 이광수(『가실』, 『마의태자』), 박종화(「목 매이는 여자」) 등에 의해 다시 역사소설이 집필·발표되었으며 이에 대한 관심 또한 새롭게 환기되었다.

---

2) 1960년대에 이르러 김동인과 이광수의 작품이 전집으로 재출간되고 박종화, 유주현, 서기원 등의 중견 작가들이 일본과 관련된 과거사를 무대로 민족의 주체성과 자주성을 고양시키는 작품을 썼다는 점을 주목해볼 필요가 있다. 사학계의 고구려 관련 연구나 정부의 단군상 건립 계획 등도 같은 맥락에서 생각해 볼 수 있다.

일제시대, 신채호 등에 시도된 역사 구성은 '일본'이라는 타자에 의해 이식·파행된 근대에 대한 성찰로부터 시작된 것이었다. 그러나 이때 추구된 근대는 봉건의 잔재를 극복하고 새로운 문명을 향한 창(窓)이자 통로로 작용했기에, 그것을 역사로써 비판하는 데 있어서는 소극적인 경향을 보이게 된다. 이는 낭만적 '꿈'의 방식을 통해 구체화된다는 점에서 확인된다. 또한 그것은 소설 양식적인 면에 있어서도 근대적 형식을 갖추지 못했기 때문에 현실적 차원에서 발휘할 수 있는 가능성은 크지 않았다. 그렇기 때문에 역사에 대한 의식은 당대의 구체적 현실과 삶의 변화를 가져오는 계기로 작용하지 못했다. 다시 말한다면, 단재 신채호를 비롯한 민족사학의 선구자들은 일본인의 사관과 종래의 역사기록을 통렬히 비판했지만 민족사를 구체적으로 재현시키는 일에서는 만족할 만한 수확을 내지는 못한 것이다. 이 역사 군담 소설은 왕이나 장군을 역사적 주인공으로 하는 경우가 많았고, 일반 민중을 소재로 할 경우에도 그들을 영웅화하여 영웅 못지않은 뛰어난 인물로 형상화해 왔다. 이러한 전통과 사회적 상황에서 태동한 역사소설은 그 이후에도 그 특성을 물려받으며 발전하게 된다. 1910년대에 이르러, 민족주의적 성향이 강했던 이광수와 박종화 등이 그 영웅들을 소환하여 다시금 민족적 지도자로 변용·자리매김하게 만드는 것이다.

한편, 이광수 등에 의해서 시도된 역사소설은 조금 더 발전된 의미에서 '일본의 식민 통치 하에서 민족주의와 개화사상의 움틈에 일역'[3]을 했음을

---

3) "우리말 우리글로 된 본격적 문학을 창조하려는 노력은 당시 이러한 움직임의 중요한 일부였으며 그 문학적 성과는 바로 당시 민족주의 계몽운동의 특성과 한계를 반영하고 있는 것이기도 하다. 일제의 식민통치에 대한 우리 지식인과 민중의 반항은 어떤 의미에서 우리 역사상 처음 있는 새로운 움직임이었으나 동시에 그것은 확실한 방향감각도 실력의 밑받침도 모자라는 것이었다. 우리가 1945년의 타율적 해방을 기다리지 않을 수 없었던 것도 일제한 한국 민족주의 운동이 <항일·개화>의 목표에 미달하고 있었기 때문이다. 그 민족주의란 대부분 소박한 저항의 민족주의에 머물렀고 그 계몽정신 역시 六堂 최남선이 「청춘」지 창간호에 쓴 말대로 "빈 말 맙시다. 배우기만 합시다. 걱정 맙시다. 근심 맙시다.

지적할 수 있다. 또한 소설 양식의 측면에서 근대 소설의 완결된 형태, 즉 우리말 우리 글로써 세련된 형태로 형상화 되었다는 점에서 그 존재 의의가 있다. 그러나 한편 이들의 소설 역시 그것이 놓인 '이식된' 근대라는 환경에 놓인 바, 여전히 그 한계가 지적될 수 있겠다. 그것은 최남선이 보여주었던 것과 다르지 않으며 적극적인 의미를 부여한다 치더라도 '소박한 저항의 민족주의'[4]의 수준에 머물러 있던 것이었다. 그것은 다음과 같이 요약된다.

> 「단종애사」식의 무비판적인 사료 소개와 안이한 권선징악론의 문학은 비록 국사에 대한 대중의 관심을 높이고 우리말 우리글의 보급에 큰 공헌을 하였으나 抗日과 開化라는 그 원래의 의도에 역행하는 면도 있었다. 즉 왕조사 중심의 비분강개한 역사해설이 일인의 어용학설을 오히려 뒷받침 해주기 쉬웠고 그 감상적 복고주의와 윤리관은 진정한 지적 진보와 개현정신을 저해하는 것이었다.[5]

그러던 것이, 1960년대에 이르면, 과거의 '역사'에 대한 담론이 갖는 현재적 의미가 적극적으로 부각된다. 백낙청은 1967년, 『창작과 비평』 창간호에, 김동인과 이광수의 역사소설을 분석한다. 그 조건에는 '역사물의 전성시대, 역사의 격동기'로 규정되는 당대의 현실적 조건이 있었기 때문이다. 즉 근대 소설의 양식이 확립되고 우리말로 쓰여진 소설의 형태가 이제는 충분히 자리를 잡고 있었다는 객관적 현실 조건이 있었으며, 이는 또한 대중적인 인기를 얻으며 당시 중요한 소설의 존재 형태로 그 의미를 다하고 있었던 것이다. 이에 이미 중견작가로 자리잡고 있던 강무학, 유주현, 서기원

배우기만 합시다" 하는 식의 막연한 열의에 지나지 않았던 것이다."(백낙청, 「역사소설과 역사의식」, 『창작과 비평』봄호, 1967, 14면.)
4) 백낙청, 앞의 글, 14면.
5) 백낙청, 위의 글, 14면.

등의 작가들이 역사소설을 집필하고 이러한 작품들은 실제로 대중들에게 많은 인기를 얻었다.

작가들은 과거 역사 속의 영웅들을 1960년대의 자리로 소환한다. 1960년대 소설에서 주목해 보아야 할 것은 이러한 영웅들의 면모가 '당대적' 차원에서 나름의 개성적 면모를 가지고 서술되고 있다는 점이다. 역사소설을 '과거의 역사를 소재로 한 소설'이라고 범박하게나마 정의한다면, 이는 단순한 과거사에 대한 서술이 아니라, 오늘의 독자에게 지금, 여기에서의 관심거리를 주어야 한다는 것이다. 루카치는 이 점을 '현대사의 전사(前史)'라는 말로 표현한 바 있다.이는 과거와 현재를 잇는 역사적 원근법의 확보가 역사소설의 요체임을 지적하는 것이다.[6] 이러한 맥락에서 1960년대의 역사소설들에서는 당대의 사회사적 요청에 따라 이 영웅들이 나름의 편차를 가지고 기술된다. 당시의 상황을 과거의 역사의 경험과 대비시키는 이러한 소설들은 당대의 현실과 일종의 길항관계를 유지하며 존재했다. 이러한 의식은 다음을 통해서 확인해 볼 수 있다.

> 역사가들이 흔히 말하기를 역사는 항상 되풀이된다고 한다. 이로 미루어 볼 때 천여 년 이전에 있었던 일이 오늘 우리의 현실이 아니라고 누군들 감히 말할 수 있겠는가. 나는 지난 날의 역사적 사실을 오늘 우리의 현실로 받아들여 우리 민족의 현실과 장래로 보고 삼국의 정립 중에 고구려의 연개소문을 중심으로 각국의 안팎으로 파란만장했던 사실을 작품화하려는 것이다.[7]

이 시기 박용구, 강무학 등은 고구려를 배경으로 하는 영웅인 연개소문,

---

6) 강진호는 이러한 역사소설의 관점에서 1930년대에 발표된 『임꺽정』을 민중성의 긍정적 측면에 착안하여 그 서사원리와 의미를 확인하고 1930년대 민족문학사적 의의를 부여하였다.(강진호, 「역사소설과 임꺽정」, 『민족문학사 강좌』하, 창작과 비평사, 1995.)

7) 강무학, 「작가의 말」, 『연개소문』, 문예춘추, 2006.

242

을지문덕 등을 60년대의 현실 속으로 소환한다. 이는 당시 학계의 고구려 문화에 대한 관심과 상관관계를 이루는 것으로 당시의 정부의 정책과도 상통하는 바가 있었다. 그것은 국가 이데올로기를 정당화하는 차원에서 그 몰적 선분성에 기여한다는 점에서는 일정 부분의 한계를 노출한다. 그러나 그것은 또한 대외적으로는 당시 행해진 굴욕적 한일 회담에 저항하는 하나의 방식이기도 했다. 당시의 역사소설의 창작과 대두는 1960년대에 행해진 굴욕적인 한일 외교회담에 대한 사회적 관심과 비판담론의 소산이었다는 것이다. 그러면서도 그것은 민족적 자주성과 독립성을 강조하는 심정적 민족주의의 성향이 강했으므로 서사형식의 완성도 면에서는 한계 또한 보인다. 구체적으로 말한다면 고대 영웅의 전형적인 면모를 가지고 서술된다는 점이다. 하지만 그들에 대한 서사는 외세에 대한 저항의 방식이 '문화적' 차원이 되어야 함을 보여준다는 점에서 의의가 있다. 가령 『연개소문』에서 고구려의 연개소문은 신라의 김춘추에게, 삼국의 권력 다툼, 즉 민족 내부의 지엽적인 싸움과 권력 다툼에 관심을 둘 것이 아니라 민족적 차원에서 외세(당나라)에 대항할 것을 강조한다. 이에 연개소문과 그의 정치적 기반인 고구려의 위용 앞에 김춘추는 감화된다.

이러한 민족의식은 강무학의 『단군』에서도 좀 더 구체적이고 상세하게 나타난다. 상·중·하편으로 구성되어 있는 이 작품은 그 제목처럼 '단군'의 탄생과 활약상이 그 중심서사가 될 법도 하다. 하지만 실상을 보면 단군이 탄생하여 즉위하기까지의, 다시 말한다면 단군의 존재 기반이 되는 그 이전의 역사적 상황들과 맥락에 대한 정당성을 확보하는 데에 서사의 상당부분이 할애되고 있음을 확인할 수 있다. 작품의 상편과 중편에 이르기까지 단군이 아닌 그 아버지의 서사가 이어지는 것이다. 환웅의 탄생과 성장, 그의 결혼과 통치의 정당성을 증명하는 데에 서사의 상당부분이 할애되어 있다. 결국 서사의 중심은 단군이라기 보다는 그의 아버지인 환웅의 이야기가 된다. 이로써 단군의 존재는 그의 선조가 만들어 놓은 탄탄한 역사적·현실적 기반 위에 서 있게 된다. '단군신화'에서 기대될 만한 신화적인 요소 역시 모두 거세되어 있고 환인과 환웅의 역사적인 존재 맥락과 주변국과의 관계에 대한 서술이 이야기의 대부분을 이룬다. 웅녀의 이야기 또한 마찬가지이다. 이야기는 곰과 호랑이를 섬기는 두 부족처녀들, 즉 웅녀(熊女)와 호녀(虎女)의 경쟁관계에 초점을 둔다. 신화적 세계의 이야기를 일상적·현실적 차원에서 풀어내고 있는 것이다. 신화적 의미가 소거된 자리에는 단군이 탄생하게 된 배경과 맥락을 역사적인 차원에서의 서술과 충실한 사료(史料)들이 선택·제시된다. 작가는 이를 소설 부록에, '고증론(考證論)'을 덧붙임으로써 증명하고 있다. 이는 또한 작가의 전기적 차원의 사실, 즉 그가 유년시절부터 한학을 배워 동양고전을 연구해 왔다는 사실을 통해서도 확인이 된다. 그의 소설에서 단군은 단지 신화적·비현실적 맹목의 차원에서 서술되지 않는다. 역사적이고 현실적인 맥락에서 정당화되고 있는 것이다. 또한 그것은 세계사적인 문명의 역사의 흐름과의 관계 속에서 고찰되고 있다는 점에서 의의가 있다. 그렇기에 작가의 시야는 한반도에만 머물러 있지 않다.

　세계의 사학가들은 홍적세(洪績世) 시대를 지금부터 육십만년 전의 아득한 옛날이라 한다. 이 시대가 흘러가는 동안 빙하기(憑河期)도 지나가고 우주의 기류(氣類)도 변화했다. (중략) 세계의 최고문명이라 하는 당시 에집트 나일강 유역에는 원시적인 정주촌락(定住村落)이 이루어졌고 수렵채취로부터 식료 생산의 단계에 이르렀다. (중략) 이러한 사실은 에집트 구왕조인 제2의 분묘가 발굴됨에 따라 그 벽화에서 증명되고 이 증명으로써 사학가들은 기원전 오천 년대의 나일강 유역을 구왕조가 지배하던 것으로 추산한다. (중략) 이렇게 나일강의 문명은 발달을 거듭하여 기원전 사천삼백년대에는 나일강 계곡까지 통일하고 그후 백년이 못 되어 북부 에집트에서는 태양력을 사용했던 것이다. (중략) 백두산 천지에서 압록강, 두만강, 송화강 3강이 흘러 내려 교통로를 열어 주니 이 천연의 지역이 어찌

244

자급자족의 자립 경제를 토대로 한 도시경제로 발전하지 않으랴. 또 살수와 패수며 한수 등 비옥한 땅에 식료생산을 영위하는 사람들에게 천우(天佑)의 도움이 있었던 것이다.

(강무학, 『단군』, 13~16면)

강무학은 고조선을 세계 최대·최고의 문명의 흐름에 견준다. 고조선의 정당성은 신화적 세계에 기반한 것이 아니라 철저하게 현실적이고 역사적인 차원에 기반한 것임을 시사하고 있는 것이다.

또한 그는 단군의 통치 체제와 주변국과의 역학관계에 대한 관심뿐 아니라 문명·문화사적인 차원의 관심 역시 지속적으로 나타낸다. 그것은 왕후들(아사선녀, 웅녀)의 '베짜기·누에치기'와, 통치에 있어서의 '신앙'에 대한 강조에서 드러난다. 환웅이 외적으로, 즉 통치자로서의 정당성을 확보하고 그 능력을 갖추어 세상을 다스릴 때에 아사선녀(왕후)는 내적으로, 즉 자신의 기술을 사람들의 풍속의 차원에서 전파하고 보급하였다는 것을 강조하여 나타내는 것이다.

이렇게 되니 나라 안은 방방곡곡에 뽕나무가 무성하고 누에를 쳐서 피륙을 짜는 사람이 늘어가니 허술하게 옷 입은 백성이 없어지고 온 나라 안은 춘하추동 네 계절 따라 단정하고 깨끗한 옷을 갈아입게 되었다. 또한 온 나라의 백성들 중에는 아사왕후가 노심초사해서 가르친 베 짜는 법을 배워서 명주뿐 아니라 삼으로 짠 피륙이나 또 가느다란 모시를 짜서 왕후에게 진상으로 보내 온 것이 해마다 늘어가서 나라 국고에는 피륙이 가득 차 있었다.

(강무학, 『단군』, 159면)

이러한 행위는 단군이 왕위(王位)에 즉위한 이후 웅녀가 보여주는 태도에서도 동일하게 반복된다. 이러한 문물과 풍속, 문화성에 대한 강조는 단군왕

검의 아들 부루황제의 황후, 즉 가리낭자의 글과 음률에 대한 식견과 찬양을 통해서도 드러난다. 이러한 부분에 대한 강조는 권력의 문제라는 것이 거시적이거나 가시적인 것이 아니라, 미시적이거나 문화적인 차원에서 더 의미가 있음을 시사하는 것이다. 환웅과 단군의 통치는 단순히 권력 다툼의 관계라기보다는 각종 제도와 풍속의 교화 및 정비에서 그 의미를 획득하게 된다. 그것은 음률(音律)에 대한 정비, 씨명(氏名)의 제도화, 민간 신앙의 정비 등으로 구체화 된다. 고조선의 우월성은 '문화적' 차원에서 칭송된다.

> 우제는 생각했다. 조선나라 사신들의 예의며 질서가 정연하고 예절이 올바른 그들의 행동이며 또 의사표시를 하는 언어가 온순하고도 명랑하던 것 등은 자신들의 나라에 비할 바가 아니다. 이런 생각을 하게 되니 오늘까지 자신의 정치관으로 천하를 한 손에 잡고 흔들어 보려던 생각은 수포로 돌아가는 듯 했다.
>
> (강무학, 『단군』, 635면)

'문화'에 대한 정치학의 강조는 유주현의 『조선총독부』에서도 동일하게 확인된다. 이 소설은 구한말 조선이 일본에게 국권을 강탈당하는 시기로부터 제2차 세계 대전이 막을 내리는 1945년 해방기까지의 시기를 배경으로 하는 장편 역사소설로 출판 당시 많은 대중적 호응을 받았다. 뿐만 아니라, 1968년 한국출판문화상을 수상하였고, 이후 대한민국 문화예술상 본상 대통령상을 수상할 만큼 당대에 출판·문화·정치계에까지 커다란 반향을 불러 일으켰다. 이 소설은 근대소설의 양식적 면모에서 보았을 때는 다소의 형식적 결함을 가지고 있는 것은 사실이다. 등장하는 인물들이 루카치가 말한 '문제적 개인'[8]으로서의 인물에까지는 이르지 못한 까닭이다. 그의

---

8) 루카치에 의하면 개인과 사회 사이에는 좁힐 수 없는 거리가 존재하며, 이 문제적 개인은 사회가 요구하는 보편적 가치 질서에 맞선다. 조화로운 삶을 향한 가치를

246

소설은 문제적 개인의 갈등과 문제 상황을 중심으로 서사가 구성되는 것이 아니라 구한말에서 해방기까지의 모든 실제 인물들이 역사의 장 안에서 다양하게 등장했다가 사라지는 것들의 연쇄로 구성된다.9) 서사는 어떤 문제 상황이나 개인을 따라 움직이는 것이 아니라 다양한 사건과 인물 및 사료에 대한 보고(報告)형식으로 기술된다. 부각되는 것은 민족주의적인 시각을 견지한 서술자이다. 개성적인 면모를 가진 허구적 인물로 그려지는 인물이 아예 없는 것은 아니지만(배정자, 박충권, 윤정덕) 이들의 존재는 서사를 끌고 가는 핵심동력은 되지 못한다. 색(色)으로써 자신의 정치성과 우월성을 드러내는 배정자나, 격동의 정치적 이념의 공간에서 개인의 낭만적 사랑을 추구하는 박충권과 윤정덕의 존재는 소설 전체의 건조함을 어느 정도 완화시키는 역할을 하고 있는 것은 사실이다. 그러나 서사구성의 측면에서 보았을 때 이들의 존재와 이들이 만들어 내는 사건은 사건 구성의 필수 요소, 즉 구성적 사건(Constituent events, 중핵(Kernels))이 아닌 보충적 사건(Supplementary events, 위성(Satellites))에 해당한다.10)

갈망하고 추구하는 과정을 통해 그 가치의 부재를 드러내는 문제적 개인은 본질적으로 비극적 인물일 수밖에 없다. 루카치가 말하는 문제적 개인은 총체성(totality)을 회복하고자 노력하면서 역사적 전망을 개척해 나가는 전형적 인물이다. 또한 문제적 개인은 자아와 세계의 불화가 자본주의 물화에 있다고 보고 인류의 유년기인 그리스시대와 같은 총체성을 회복하고자 하는 인물이다. 하지만 그는 자유시민인 부르주아 민주주의와 프롤레타리아의 사회주의를 거쳐, 모든 사람이 평등하고 국가도 없는 사회주의적 전망을 실천하는 인물이기도 하다. 그런 점에서 문제적 개인은 총체성(總體性)을 지향하며 역사를 유물변증법으로 이해하는 사람이다. 이때 헤겔이 말한 것과 같이 인류는 보편의 역사를 걸어가야 하므로 예술가는 사회의 본질과 역사의 계기를 포착하는 것이 중요하다.(게오르그 루카치, 앞의 책.)

9)『조선총독부』의 한계는 이러한 형식적 측면 외에도, 반공이데올로기를 내면화하고 있다는 점에서도 지적할 수 있다. 소련 편 공산주의자를 민족단결을 방해하는 공산 세력으로 지목하고 그려내고 있다는 점에서 그러하다.

10) 구성적 사건과 보충적 사건(Constituent events, Supplementary events)이라는 개념은 서사에서 사건들을 두 가지 기본적인 종류로 구분한 것으로서, '고정(bound) 모티프' 와 '자유(free) 모티프'(토마체프스키), 핵과 위성(채트먼) 중핵과 촉매(바르트)로도

이 소설에서 작가가 중점적으로 다룬 것은 통치에 있어서의 '문화'의 의미이다. 그것은 3·1운동 이후에 나타난 문화정치의 의미에 대한 강조와, 여러 민족 지도자 중 교육과 언론 사업에 심혈을 기울였던 인촌 김성수에 대한 부각으로 증명된다.

> 제3대 조선총독, 해군대장, 남작 사이토 마코토는 알고 있었다. 치자(治者)가 총검의 위력을 믿을 때, 그는 이미 스스로의 묘혈을 파고 있다는 정치의 기본 상식을 알고 있었다. 그는 온유한 문화 정책을 표방했다. 그는 조선 민족을 결정적으로 완전히 병들게 할 수 있었던 역대 총독 중에서 가장 '신사적'인 지배자였다. 따라서 이 민족에겐 다시없는 범죄자이다.
>
> (유주현, 『조선총독부』 3, 33면)

지배 권력이 그 힘을 강력하게 행사하는 것은 물리적·가시적·폭력적인 방식으로 나타났을 때가 아니라 관계적·비가시적·비폭력적인 방식으로 나타났을 때이다. 미셸 푸코는 『감시와 처벌』에서 형벌제도의 변천과정을 통해 근대적 권력이 '폭력적인 배제의 방식'에서 '미세한 삶의 방식'으로 변화되었음을 논의한 바 있다. 파놉티콘(panopticon)은 간수가 자신의 모습은 보이지 않는 상태에서 독방 안의 죄수들을 감시하는 감옥장치인데, 이러한 감시장치의 감옥구조는 권력의 행사 방식이 '신체형(身體刑)의 폭력적 배제'에서 '규율에 순종시키는 전략'으로 변화되었음을 의미한다. 배제를 위해 '가시적인 잔인성'을 드러냈던 권력은 이제 '비가시적인 규율'의 논리로 '삶 자체'에 들어오게 된다. 이러한 규율의 방식은 대상을 더욱 효율적이면서도 은밀하게, 하지만 더욱 강력하게 통제하게 된다. 이러한 지배 권력의

불린다. 구성적 사건은 스토리의 진행에 필수적인 요소이다.(바르트는 이들을 '주요 기능 요소 cardinal function'라 불렀다.) 구성적 사건들은 스토리를 형성하는 사건 연쇄에서 본질적인 부분이 된다. 한편, 보충적 사건들은 스토리에서 필수적인 것은 아니며 부차적인 것으로 보인다.(H. 포터 애벗, 앞의 책, 445면 참조.)

속성을 작가는 간파하여 적극 드러낸다. 이에 서술자는 문화정치를 표방하는
사이토 총독을 묘사하며 "조선으로서는 가장 두려운 폭군을 맞이한 것이
다"(76면)라고 진술하고 있는 것이다.

이러한 지배 권력에 대한 저항 방법 역시 가시적이고 물리적 방법에
의한 것이 아니라 비가시적인 방법, 즉 문화와 교육의 방법으로 나타난다.
이는, 『조선총독부』에서의 언론의 역할과 통제, 이에 대한 일본인 학자의
증언과 기록이 매우 비중 있게 다루어지는 이유이기도 하다. 특히 민족
언론 기관을 자처하던 동아일보의 창간사건 및 핵심 멤버인 인촌 김성수에
대한 강조는 매우 두드러지게 나타난다.

> "김성수 씨요?"
> "중앙학교 교주 말입니다. 난 전부터 존경하고 있었지요. 그분의 피는
> 언제나 내연(內燃)하구 있습니다. 그분의 포부는 이 민족을 우해서 가장
> 온건하고 착실하고 실리적이더군요. 만나보구 더욱 존경하게 됐습니다.
> 당분간 조국을 떠나겠다니까 말없이 내 손목을 잡으며 고개만 끄덕이더군
> 요. 여비에 보태라고 많은 돈을 줍디다."
> "고마운 분이네요."
> "3·1운동의 실제적인 핵이었지요."
>
> (유주현, 『조선총독부』 3, 35면)

소설에서 김성수는 실제 3·1운동에 가담했던 어느 민족지도자보다도
칭송되어 있다. 익히 알려져 있는 안중근, 윤봉길 의사의 투척 사건이나,
여운형, 김구에 대한 서술조차 매우 담담하고 객관적인 필치로 그려져
있는데 반해 김성수에 대한 서술은 작가의 공감적·옹호적 태도가 상당부분
부각되어 기술된다.

같은 맥락에서 당시의 언론 체계 구도와 그 의미에 대한 서술 또한
상당부분을 차지하고 있음을 확인할 수 있다. 사상적인 면에서 가장 진보성

을 자처하고 있던 동아일보가 창간되는 순간은 마치 독립선언서가 낭독되는
듯 열광과 흥분의 도가니로 묘사된다.

> 4월 초하루의 창간일을 하루 앞둔 3월 31일 밤, 회동에 자리 잡은
> 「동아일보」사 편집국은 흥분의 도가니였다. 드디어 신문이 나왔다. 석간
> 4면, 타블로이든 배대판(倍大版)이다. 아직 윤전기를 입수 못해서 대동인쇄,
> 신대관, 박문관 세 군데 인쇄소에다 같은 연판을 나눠 줘 평판 인쇄로
> 찍어낸 것이지만 지면에서 물씬 풍기는 잉크 냄새에 동인들은 하늘을
> 날듯이 흥분했다. 어느 누가 그 선명치 못한 인쇄를 탓할 것이며, 어떤
> 사람이 그 활자가 투박하다고 불만스럽게 여길 것인가? 그리고 제1면의
> 논설을 보고 어느 누가 감격과 충동을 안 받겠는가?
>
> (유주현, 『조선총독부』 3, 151~152면)

 정치권력에 있어서의 문화와 예술에 대한 중요성은 일본의 예술학자
야나기 소에쓰의 예술론을 직접 원용하고, 당대의 상황과 진상을 요시노
교수의 기록과 증언에 바탕을 두어 보여주는 데에서도 확인이 된다. 소설의
관심은 통치권력에 있어 문화와 예술의 요소가 얼마나 핵심이 되고 중요한
것인지를 보여주는 것이다.
 이는 일본이 우리에게 행한 통치 방식을 직접적으로 비판한 것이기도
하다. 실제로 한반도에 대한 일본의 통치 방식은 크게 세 단계로 이루어
진 바 있었다.[11] 그 세 시기 중 '문화' 정치에 대한 부분을 이 소설의

---

11) 각 시기별 일제의 통치 방식의 변화를 정리하면 다음과 같다.
　① 제1기 : 무단통치시기(1910~1919) 독립운동 말살, 헌병이 경찰 업무 대행, 한국
　인의 언론, 출판 결사 자유 박탈, 식민지 경제 체제의 구축, 토지 조사 사업의
　실시, 광업령, 임야 조사 사업, 어업령, 회사령
　② 제2기 : 문화정치시기(1919~1931) 문관총독 임명약속, 보통 경찰제 실시, 민족
　계 신문 허가, 산미증식계획
　③ 제3기 : 병참기지화 및 전시동원시기(1931~1945) 군수 시설 설치, 내선일체,
　황국신민화, 우리말 사용과 국사교육 금지, 신사 참배, 궁성 요배, 정오 묵도,
　황국신민의 서사 암송, 창씨개명, 징용(징병) 실시

서사적 핵심으로 놓은 것은 주목을 요한다.

그것은 한편 1960년대적인 의미에서 당시의 통제 정치 상황을 우회적으로 되짚어 볼 수 있는 계기를 마련한다. 구체적으로 말한다면 그것은 박정희 정권의 역사영웅 만들기의 과제와 어느 정도의 상동관계를 이루면서도 길항했다는 점을 보여주었다. 당시 박정희 정권은 역사교육을 강화하고 역사적 영웅의 기념사업을 대대적으로 추진했다.[12] 1960년대에 접어들면서 박정희는 자신의 지배 이데올로기를 정당화하기 위해 다양한 문화정책을 펼쳤던 것이다. 구체적으로 박정희 정부는 5·16 쿠데타 직후인 1961년 6월 21일 정부조직 개편을 단행하였고 공보부(公報部)를 발족시켰다. 공보부는 법령과 조약의 공포, 보도, 정보, 정기간행물, 대내외 선전, 영화, 방송에 관한 업무를 담당하는 기관이었다. 공보부는 4·19 이후 축소되고 분산되었던 공보 관계 부서를 통합했다. 또한 예술문화업무의 중요성을 인식하여 문화선전국(선전과, 문화과, 출판과)과 공보국(보도과, 영화과, 등록과)을 편성했다. 여기에 1961년 10월 2일, 심리전을 담당하기 위해 조사국에 운영과를 신설하고 외무부로부터 대외선정업무, 문교부로부터 영화·연극·무용·음악 등의 문화예술업무를 이관받음으로써 더욱 확장되었다.[13] 박정희 정권은 문화공보부를 통하여 민족문화의 우수성과 국난극복의 역사를 전면으로 부각시켰을 뿐 아니라, 이를 위해 전통 문화 부문에 대해 체계적이고 종합적인 정책을 추진하게 된다. 이러한 문화정책의 집행을 통하여 지배 체제를 정당화하기 위한 정부시책을 홍보함으로써 조국 근대화 전략에 국민들을 적극 동원하고 동참케 한 것이다.[14] 이러한, 효과적 통치를 위한 전략으로서의 '문화' 정책은 결국 권력의 문제, 헤게모니 장악의 문제가 된다. 에드워드

---

12) 권오헌, 「역사적 인물의 영웅화와 기념의 문화정치 : 1960-1970년대를 중심으로」, 고려대학교 박사학위논문, 2010.
13) 문화공보부, 『문화공보부 30년』, 문화공보부, 1979.
14) 관련 내용은 문화공보부, 위의 책 참조 ; 권오헌, 앞의 글 참조.

사이드에 의하면 문화는 헤게모니의 문제이며, 배제의 체계이다. 문화는 합법화된 것의 우월한 입장에서 발휘된다. 따라서 문화가 사회나 국가에 대한 지배력을 획득하려면 '비문화'라고 믿고 있는 것과 스스로를 끊임없이 '차이화'하려는 실천에 두어야 한다. 이 '차이화'는 안정된 가치를 지닌 문화를 타자보다 상위에 둠으로써 달성된다.[15] 이러한 상황들은 당시의 지식인과 문인들에게 중요한 성찰의 대상이 되었다. 제시되는 역사적 인물들은 전형적인 영웅의 면모를 가지고 있다. 이들은 고대소설의 영웅과도 같다. 비범한 능력을 가지고, 온갖 어려움 속에서도 뛰어난 지략과 도덕성으로써 자신이 처한 어려움을 타개해 나간다. 이야기에는 우연성이 남발되고 비현실적인 것에 대한 호소가 나타난다. 서술에 있어서도 이념의 직접적 설파나 다양한 역사적 사실의 나열, 혹은 야담의 방식을 답습하는 등 그 한계점이 발견된다.

　루카치는 그의 저서 『역사소설론』에서 역사소설의 가장 중요한 기준점으로, '현재의 전사(前史)로서의 과거'라는 개념을 가져온 바 있다. 과거를 현재의 전사로서 생생하게 만드는 것, 긴 역사 발전의 도정에서 오늘날 우리의 삶을 현재 존재하고 우리 스스로 체험하는 대로 이루어낸 역사적, 사회적, 인간적인 힘들을 문학적으로 생동하게 하는 것[16]이야말로 역사소설의 목표가 된다는 것이다. 과거의 역사는 현재와 유기적 관련을 맺고 있고, 또 현재를 인식하는데 필수 불가결한 대상이기는 하다. 하지만 과거의 역사를 서술하거나 형상화할 때는 현재적 관점에서 바라보는 역사인식과 맞지 않거나 모순을 일으키는 시대착오적인 면이 엄연히 존재하고 있음

---

15) E. W. Said, *The world, the Text, and the Critic*, Cambridge : Havard University Press, 1983, pp.10~13.

16) 루카치는 '현재의 전사로서의 과거'라는 개념을 근대적 역사소설(진정한 역사소설)의 전제 조건으로 보면서 이를 가장 잘 구현하고 있는 작품으로 스코트의 역사소설을 들었다. 나아가 이 소설은 근대 역사소설의 출발점이라고 보았다.(게오르그 루카치, 이영욱 역, 『역사소설론』, 거름, 1987, 57면 참조.)

또한 인정하고 있는 셈이다. 루카치는 이러한 면을, 괴테와 헤겔의 말을 빌어 '역사인식의 아나크로니즘'이라 하였다. 과거 역사에 대한 이러한 현재적 관심은 과거와 현재를 잇는 다각적인 원근법의 확보가 역사소설의 핵심이 된다는 것을 확인시켜주는 것이라고 할 수 있다. 그렇지만 역사에 대한 시각은 심정적·추상적·일반적인 인식에 기반한 것이 아니라, 경제와 물질에서 역사의 근본 동력을 찾는 과학적 인식태도에 기반해야 한다. 그래야만 현재나 과거는 내적 동력에 의하여 상응하고 움직이며 계속적인 발전의 과정에 있을 수 있기 때문이다. 다시 말한다면 작가의 시각이 물적 토대와 그것에 바탕을 둔 사회적 관계를 고려하는 역사주의에 기초했을 때만이 인물의 성격과 운명은 역사성을 부여받고 동시에 당대 현실과의 필연적 연관성을 확보하게 된다. 루카치가 현실인식으로서의 역사의식을 강조하는 이유도 여기에 있다. 그러나 실제로 1960년대에 창작된 작품 속 역사는 이러한 사회적 물적 토대에 대한 엄밀하고도 과학적인 통찰과 의식 위에 존재하지 못했다. 물론 당시 소설 속 역사적 인물들은 다만 우리의 민족적 자부심을 고취하는 데에 일정 부분 기여를 했고 당시 역사소설은 대중적 차원에서 많은 인기와 호응을 얻었던 것도 사실이다. 그러나 학계나 문단에서 이에 대한 논의가 빈약했던 것은 당대의 역사소설들이 역사와 현실에 대한 냉철한 인식과 과학적 방법론을 제대로 갖추지 못한 까닭이다. 이에 70년대 이전의 역사소설에 대하여 김윤식·정호웅은 "전체적으로 점검하는 반성적 사고가 현저하게 제한되거나 거의 불가능하게 된다"[17]라고 지적했다. 객관 현실의 규정성에서 벗어난 작가의 주관적 진단과 제시가 '일방적으로' 부각되는 양상이 펼쳐진다는 것이다. 그럼에도 불구하고 1960년대의 역사소설들은 나름의 현실적인 맥락에서, 그 전대(前代)의 역사소설보다는 발전적 양상을 보였으며, 그 역사적 영웅들은 현실 차원에서 다양하게 형상화되었다

---

17) 김윤식·정호웅, 앞의 책, 499면.

는 점에서 중요하다. 또한 이는 당시의 민족주의 역사적 영웅 담론과의 일정한 상응관계를 형성했다는 점에서 그 존재 의의가 있다.

　한편 그것은 또 하나의 '아비 만들기'의 과정이기도 했다. 당시 박정희 정권이 고구려의 문화재건 및 다양한 문화사업을 통해 단군, 이순신 등을 재건시키며 지배 체제의 정당성을 부여했다는 점을 생각해 볼 때 그러하다. 국가주도의 문화사업과 당대의 역사소설의 영웅적 인물의 존재는, 구체적인 현실과 문학과의 관계에 있어 목적 선분성을 이룰 가능성을 가지고 있다는 것이다. 그럼에도 불구하고 당시 소설이 보여준 영웅 인물들은 현실과의 길항 관계를 이루면서 민족주의라는 차원에서 호응을 받았다는 것은 당대적 소설사적인 맥락에서 중요한 의의를 지닌다.

　이러한 한계점에 비추어 서기원이 1960년대에 그려준 역사소설『혁명』은 여타의 다른 소설들과의 변별되는 중요한 의미를 갖는다. 서기원은 1950년 대에 공군에서의 자전적 경험을 바탕으로 전쟁 체험을 형상화한 작품을 주로 썼으나 1960년대에 이르러 역사에 대한 관심을 보이기 시작한다.[18] 그것은 서기원이 전쟁의 상처로부터 어느 정도 벗어나 새로운 현실에 대한 의미를 찾아나가는 과정이기도 하다. 이를 상징적으로 대표할 수 있는 작품이 『혁명』(1964~1965)이다. 이 작품에서 소환된 역사적 영웅은 동학의 '전봉준'이다. 그런데 이 작품에서의 역사적 영웅의 의미와 형상화 방법은 여타의 작가들이 보여준 심정적 민족주의에 기반한 영웅 만들기와는 어느 정도 차별성을 갖는다. 서기원의『혁명』에서 작가는 전봉준을 우상화하지 않는다.

　이 작품의 서사는 크게 두 축으로 구성되어 있다. 하나는 역사적 인물로서의 전봉준의 동학 혁명 및 전쟁에 관한 공적(公的) 서사이고, 또 하나는

―――――――――

18) 1956년『현대문학』을 통하여「안락사론」,「암사지도」등을 발표하면서 등단,「이 성숙한 밤의 포옹」(1960년,『사상계』)「전야제」(1961~1962년,『사상계』) 등의 작품에 이르기까지 그의 초기작들은 주로 전쟁체험을 바탕으로 하고 있다.

허구적 인물로서의 김헌주 개인의 사적(私的) 서사이다. 전형적인 봉건 사회의 후손, 지주의 장남으로 태어난 김헌주는 봉건 지주로서의 권력을 가지고 있는 존재이다. 그러나 그는 천성적인 섬세함과 영민함을 가지고 자신의 아버지와 자신에게 부여된 사회적 제도의 모순을 인지한다. 루카치가 말한 '문제적 개인'인 것이다. 그는 역사적 현실로 다가온 동학 혁명에 스스로 가담하게 되면서 자신의 개인사를 사회적 역사에 통합한다.

> 아버지와 삼촌은 현재 지탱하고 있는 위치와 재물을 위태로와 하고 그 때문에 두려워했으나, 헌주의 두려움은 어쩌면 자신으로부터 비롯된 것인지도 몰랐다. 그의 상상 속엔 전봉준, 동학, 고부, 피에 젖은 죽창 따위가 제멋대로 활개를 쳤고, 농민들의 함성과 발자국 소리가 귓전을 울렸다. 때로는 닥치는 대로 온통 부셔버리고 싶은 파괴의 충격이었다. 반란의 불길이 확 퍼져서 이곳까지 타버리게 하라! 그는 어깨를 간즈런히 떨면서 안으로부터 솟구치는 발작을 억누르고 있었다.
>
> (서기원, 『혁명』, 236면)

그는 봉건사회의 모순을 간파하여 스스로 동학에 가담할 것을 결심한다. 이것은 그가 어렸을 때부터 보아왔던 봉건지주들의 부당함에 대한 저항이기도 하거니와, 자신이 항상 심정적으로 공감과 연민의 감정을 가져왔던 소작인의 아들이자 자신의 동무인 판석 등의 결단과 행동에 대한 동의이기도 하다. 그러면서도 그는 봉건사회의 모순을 해결하고자 일대 혁명을 일으킨 전봉준에 대해서도 적정 거리를 유지한다. 객관적 거리에서 그를 관찰할 뿐이다. 객관적이고도 비판적 거리를 확보함으로써 그는 전봉준의 영웅성에 가려진 개인적 욕망에 대해 짙은 분노와 실망감을 드러낸다.

> 헌주는 떨리는 손으로 화약 쌈지를 풀러 총에다 재었다.
> 전 장군, 우금치 골짜기의 송장들을 보셨습니까? 이곳까지 도망쳐 오시

다니 그들의 원한을 갚아줄 가망이라도 남아 있다는 것입니까? 그들 덕분으로 영웅이 되셨으면 그들과 같이 영웅답게 죽어야지요. 목숨을 구차하게 부지하다 생포되시렵니까? 싸움에 져도 버리지 못할 만큼, 아니 싸움터에서 내주지 못할 만큼 소중한 것입니까? 농민을 위해, 저 송장을 위해 그토록 당신의 생명이 소중하다는 것입니까?

(서기원, 『혁명』, 325~326면)

이러한 절망은, 비록 미수로 끝났을지언정 전봉준에 대한 저격 행위로 이어진다.

서기원은 과거의 영웅을 소환함으로써 1960년대 당대 현실의 문제를 심정 수준의 간단한 것으로 치환하지 않는다. 왜냐하면 막연한 심정적 민족주의는 그것이 갖는 '몰적 선분성', 즉 지배 이념 이데올로기를 정당화하는 위험성을 가지고 있기 때문이다. 이러한 위험성은 1960년대부터 행해진 박정희 정부의 역사적 인물에 대한 기념 정치 사업으로 표면화 된 바 있다. 근대 국가의 정치권력은 역사 서술을 통하여, 사회의 기원을 상술하고 규범을 신성화하는 자체의 신화를 생산하고 위인들을 중심으로 의미를 만들어 나간다. 이 과정에서 상징적으로 구조화된 의미망을 통해 주목할 만한 사건들을 중심으로 전통을 만들기도 한다.[19] 같은 맥락에서 박정희 정권은 역사적 영웅을 당대적 의미에서 소환하여 기념하며 그 담론을 생산해 냄으로써 근대국가의 정당성을 확보했다. 박정희 정권은 민족문화와 전통문화에 대한 깊은 관심을 나타낸 바 있으며, 5·16 쿠데타 초기부터 역사적 영웅에 대한 관심을 보이며 60년대를 통하여 이들에 대한 국가차원의 체계적인 관심을 표명했던 것이다. 그리고 그 결과는 각종 유적의 복원과 이들에 대한 기념사업으로 구체화되었다.[20]

---

19) Kertzer, David I, *Ritual, Politics & Power*, New Haven : Yale University Press, 1988.
20) 1960년대 정비된 공보부의 주관으로 박정희 정권은 1960~70년대에 전 국가차원의 역사 영웅 인물의 기념사업을 추진하였다. 이에, 이순신과 세종대왕은 당시의

256

당대의 지식인과 문인들은 당시 민족 영웅 담론이 지닐 수 있는 이러한 함정을 간파한다. 왜냐하면 이러한 역사적 인물들에 대한 소환과 찬양은, 파시즘적 논리를 내장한다는 위험성을 안고 있기 때문이다. 이러한 위험성은 근대국가가 '민족'개념을 원용하여 효율적인 정치적 통합과 지배를 위한 수단으로 활용될 가능성과 닿아 있다는 점에서 기인한다. 그렇기에 '혁명'은 시대를 바꿀 희망에 찬 시선으로만 그려지지 않는다. 이는 4·19로 개화되었던 민주주의의 열망이 5·16 군사 쿠데타로 좌절된 현실에 대한 당대 문인들의 자각인 셈이다. 이러한 의식 자각을 바탕으로 서기원은 심정적 민족주의의 열망 대신, 역사적 영웅에 대한 비관과 환멸을 드러낸다. 현실의 모순과 어려움을 극복하고 해결할 수 있는 존재는 과거의 역사에서 소환한 영웅이 아니라 지배 받는 민중 계층이다. 문제적 개인이라고 할 수 있는 헌주의 죽음, 그 마지막을 지켜주는 것은 동학 지도자 전봉준이 아니다. 자신의 집에서 소작인의 아들로 자란 종놈 판석이다.

> "송장 받아갈 사람은 없느냐?"
> 아직도 구경꾼이 멀찌감치 원을 그리고 있었다.
> "한 마을에 사는 사람이오. 내가 송장을 치겠소."
> 판석이 넋 잃은 눈으로 한 걸음 한 걸음 다가섰다. 핏자국이 판석이 걸어오는 쪽으로 길게 흐르고 있었다. 송장은 이미 헌주가 아니었다. 더욱 '서방님'은 아니었다. 희고 가는 손가락에 판석의 눈이 멈추었다. 그건 서방님의 손가락이 아니었다. 판석의 볼에 눈물이 흘렀다. 비통과 연민의 눈물이 아니었다. 어떤 기맥힌 희열이 메어진 가슴 속에 젖어들고 있었다.

> (서기원, 『혁명』, 329면)

판석의 눈물은 자신이 섬기던 서방님 헌주에 대한 개인적·감정적 차원의

거의 모든 기념문화의 하위장르들을 통하여 기념되었다.(권오헌, 앞의 글.)

눈물이 아니다. 그것은 혁명이라는 이름으로 낭만화 된 대상에 의해 희생된 한 개인(헌주)을 보면서 느끼는 뜨거운 자각이자 깨달음의 눈물이다. 이러한 깨달음은 현실에 대한 냉철한 시각과 자각을 가져 오게 된다. 이러한 사실들은 작가 서기원이, 당시에 경험한 '혁명'의 의미를 재고해 보려는 의도에서 작품을 집필했음을 시사해 준다. 그의 관심은 혁명이 이룩한 일시적인 기쁨과 환희의 상태가 아니라 그것이 일어난 이후의 혼란상과 이후의 현실적 과제에 있었기 때문이다.

이는 유주현의 『조선총독부』의 마지막 장면에서 보여주는 서술자의 진술을 통해서도 확인된다. 해방을 맞이한 순간은 온 민족이 염원하던 환희와 기쁨의 '광복'의 순간임에도 불구하고 작품의 말미는 대한의 민주주의, 미래에 대한 두려움과 우려로 끝맺는다.

> 할거된 군웅, 예견되는 혼란, 극복해야 할 시행착오, 밀어닥칠 데모크라시와 함께 이 땅을 휩쓸 방종의 물결, 당분간 그런 상황과 눈부신 태양빛 아래서 적응하려면, 너나 없이 새로운 눈과 의지와 슬기가 배양돼야 할 것이다. 그리고 용기도.
>
> (유주현, 『조선총독부』 5, 317면)

우리의 광복은 일제 강점의 굴욕의 역사를 청산하는 것이기도 하지만, 극심한 혼란상을 수습하고 새로운 세계를 만들어나가는 하나의 지난한 과제를 던져주는 계기가 되기도 했다. 이는 동학 혁명과 그것을 만들어낸 전봉준의 존재가 막연히 푸른 낭만을 기약하고 있지 않다는 것과 같은 맥락이다. 그것은 5·16 군사 쿠데타로 좌절된 4·19의 의지와 정신을 다시 일으켜 세워야 하는 당대 과제의 핵심이기도 했다.

1960년대에 창작된 역사소설들은 이러한 지점에서 의미를 갖는다. 비록 이 소설들은 근대소설의 형식적 완성도에 있어서는 어느 정도의 미완의 형태를 갖추고 있었으나, 이러한 소설들이 보여준 문제의식들은 당대 우리 민중·지식인들이 가지고 있던 시대적인 고민과 연관되어 있는 것이다. 역사소설에 대한 그들의 관심은 당시 정치현실에 대한 관심의 또 다른 이름이기 때문이다.

비슷한 맥락에서 최정희의 『인간사』를 살펴볼 수 있다. 이 소설은 일제말에서부터 해방과 분단, 6·25와 4·19까지의 시대·역사적인 상황을 배경으로 그 사회·역사적인 변천사를 '강문오'를 통해 보여주고 있는 작품이다. 각 역사적 배경을 바탕으로 해서 작가의 관심사는 크게 세 단계를 거쳐 발전·확장되고 있는데, 그것은 ① 8·15 해방 이전, ② 8·15 해방 이후, ③ 6·25전쟁이다. 각 시기별로 작가의 관심은 한 '개인'에서 '사회'로, 나아가 '민족'으로 확대되고 있다. 이것은 한 개인의 체험적 인생주의가 객관적 리얼리즘에서 민족적 역사의식으로 확대되어 나아가는 과정이라고 할 수 있다. 이 작품 역시, 한 개인의 문제적 상황을 통해 사회전체의 조망을 가늠케 하는, 즉 작품전체를 통괄하는 서사성은 부족한 것은 사실이다. 그러나 장대한 우리나라의 역사적 질곡의 시기를 바탕으로 하여 개인 및 사회의 관심과 가치지향이 어떻게 확대되어 나아가고 있는지를 보여주고 있다는 점에서는 의의가 있다. 작품의 주인공 강문오는 중도적 인물로서의 문제적 개인이다. 그러나 앞서 말한 작가들의 주인공들에 비해서 영웅성은 부각되어 있지 않다. 루카치는 현실인식으로서의 역사인식을 들며 역사극의 주인공과 역사소설의 주인공의 차이성과 관련성에 대하여 이야기한 바 있는데 그는 역사극의 주인공은 역사적·사회적 제세력을 집중적으로 체현하고 있는 역사상의 주요 인물이어야 한다고 했다.[21] 루카치는 역사상 가장 중요한 역할을 한 인물을 헤겔적 개념을 빌어 '세계사적 개인'이라고 부르는데,

---

21) 게오르그 루카치, 이영욱 역(1987), 앞의 책.

역사소설의 주인공은 상대적으로 반드시 '세계사적 개인'일 필요가 없다고
말한다. 그것은 소설이 극의 형식에 비해 보다 포괄적인 측면을 가지고
있기 때문이다. 그리고 역사소설은 역사극에 비해 역사적 사건을 드라마적
진행 속에 완전히 수렴시킬 필요가 없기 때문에 꼭 형식의 완벽한 통일성을
기할 필요도 없다고 할 수 있다.22) 덧붙여 루카치는, 역사소설의 주인공의
형상화 속에서 보여지는 자질구레한 삶의 일상성과 주인공의 집중적 의미
사이의 대립, 인간과 행동, 내면과 외부 사이의 서로 일치하지 않는 편이
소설과 역사소설의 매력이라고까지 말한다. 이러한 의미에서 루카치는
역사소설의 주인공은 역사상의 중요한 인물보다는 '중도적' 인물이 더
적합하다고 말하고 있는 것이다. 최정희의『인간사』의 경우, 앞선 작가들의
소설에서 나오는 영웅적 면모는 다소 거세되어 있으나, 강문오라는 한
인물을 통해 그를 주변으로 관통하는 한국 역사의 질곡의 흔적이 다각도로
검토되고 있다는 점에서 의의가 있다. 이는 루카치가 말한 중도적 인물이
갖는 특성과 상통한다. 그가 말하는 중도적 인물은 평범한 필부필부, 혹은
평균치로서의 인물이 아니라, 삶의 총체적 양상이나 민중적 삶을 포괄적으로
제시해줄 수 있는 전형적 인물을 뜻하기 때문이다. 그러한 점에서 최정희의
작품은 당대의 여타 작가에 비해 근대 역사소설이 구현하는 인물상을 좀
더 치밀하고 발전된 방법으로 보여준 것이라고 할 수 있다.

　이 시기의 역사소설들은 예술적 형식으로서의 완성도에 있어서 어느
정도의 부족함을 인정할 수밖에 없다. 그럼에도 불구하고, 이 시기에 집중적
으로 발표되고 인기를 끌었던 역사소설들이 갖는 중요한 의미는 그것이
당대 현실에 대한 일종의 관계망을 형성하면서 일종의 비판적·대안적 방법

---

22) 역사극의 주인공과 역사소설의 주인공의 차이에 대해서는 반성완, 「루카치의
　　역사소설이론과 우리의 역사소설」,『외국문학』3, 열음사, 1984, 48~53면(3장)
　　참조.

으로 구체화되었다는 점, 또한 그것이 일군의 명백한 경향성으로 나타났다는 점에 있다. 또한 그들은 박정희가 추구했던 역사적 영웅 만들기 담론의 자장 안에 있으면서도 일종의 길항관계를 이루며 존재했다. 공모와 저항의 양가적 성격을 모두 갖고 존재했다는 것이다. 그것은 일정부분 국가의 문화사업과 상응하는 측면, 즉 몰적 선분성에 봉사하는 측면도 있었으나 오히려 이에 대한 비판적 성찰의 계기로 작용한 바 또한 많았다. 또한 그것은 그 전대(前代)에 나타났던 역사소설의 형식과 비교해 보았을 때 상당부분 발전을 이룩한 것이었다. 또한 당시 모더니즘 계열의 도시적 감수성의 작가들이 자기 속으로 빠져들거나 극도의 회의로 파편화되었다는 한계를 지적받을 때, 다소 거칠지언정 이러한 소설적 대응은 그 반대편의 소설 경향을 형성하면서 당시의 문단을 풍요롭게 하였다. 이들의 긴장 관계는 1960년대 한국 소설계의 양감과 활력을 불어넣었던 것이다. 또한 모더니즘 계열의 작가들이 주로 중·단편 중심의 작품을 썼다면, 역사소설 작가들은 장편 중심의 서사를 써 나가면서 대하 장편 역사소설23)의 시대로서의 70년대를 준비했다. 70년대에 쓰여진 황석영의 『장길산』의 경우도, 역사소설의 필수불가결한 아나크로니즘24)이라는 면에서 보았을 때 어느 정도 소기의 성과를 이룩한 것으로 볼 수 있다. 이러한 소설적 성취가

---

23) 박경리의 『토지』, 황석영의 『장길산』, 김주영의 『객주』 등이 이에 해당한다.

24) 현실의 시각이나 현실을 파악하는 현재적 인식에서 바라보는 과거의 역사가 불가피하게 갖게 마련인 과거와 현재 사이의 불협화음 내지 시대착오적인 면을 말한다. 반성완은 황석영 소설의 아나크로니즘과 더불어, 역사소설로서의 완성도에 대하여 다음과 같이 말한다.

"이 역사소설에서 나타나는 무수한 속담, 민요, 무가와 이에 바탕한 언어의 리듬은 시대의 분위기를 재현하는 데 매우 적합한 수단이 되고 있을 뿐 아니라 현재의 우리가 갖는 언어감각이나 생활 감정과도 잘 조화를 이루고 있다. 그것은 아마 이 작가가 시대의 풍속사 연구나 고어의 발굴에 가장 큰 역점을 두었다기 보다는 아직도 생생히 살아 숨쉬고 있는 현재의 민중적 언어나 노래, 그리고 풍속 속에서 역사의 숨결과 분위기를 찾아내는 데 더 많은 노력을 기울였기 때문일 것이다."(반성완, 앞의 글, 48면)

가능했던 것은 그 전대의 역사소설에서 이미 다양한 탐색과 시도가 있었기 때문이다. 1960년대 강무학, 유주현, 서기원, 최정희 등에 의해서 쓰인 역사소설의 경우, 사회적·물적 토대에 대한 과학적 인식의 방법론, 현재와 과거를 조망하는 다각적인 원근법의 시각, 역사의식을 체화한 중도적 인물로서의 문제적 개인 등의 설정에 있어 다소의 빈약함을 보이는 것은 사실이다. 그러나 70년대 대하 장편 소설이 본격적인 개화를 이루고 그 역사의식의 체현과 과학적 형상화의 방법론을 구현할 수 있게 하는 데에는 이 시기 작가들의 다양한 모험과 시도가 전제되었음을 인정할 필요가 있다. 그렇기에 이들에 대한 소설사적인 가치평가와 의미부여는 응당 이루어져야 할 것이다.

2) 민족담론의 가능성과 사제관계의 구조층[25]

과거 역사 속의 영웅을 비현실적 차원에서 소환하는 계열의 이러한 작품 이외에, 우리의 민중사를 그려낸 소설의 흐름 또한 감지된다. 1970년대에 이르러 본격적인 개화를 이룬 민족담론과 민중담론의 가능성이 1960년대의 소설적 경향에서 확인되는 것이다.[26] 70년대에 쓰인 완성도 있는 많은 역사소설들은 1960년대 안수길과 김정한 등에 의해 쓰인 민중생활사와 리얼리즘의 방법론에 의한 형상화로서 구체화된 작품들의 바탕 위에서

25) 김윤식·정호웅은 『한국 소설사』(문학동네, 2000)에서 이광수의 장편 『무정』을 분석하며, "이 사제관계의 압도적 확실성이야말로 『무정』이 갖추고 있는 시대적 진취성이자 작품 구성의 원리이며 또한 그 이상의 것(75면)"이라고 표현한 바 있다. 근대 초기, 이광수가 상징하는 "계몽성"의 내용적 측면이 작품 구조 면에서 "사제관계"의 형식으로 구체화되었다는 것이다. 본서에서는 1960년대 나타난 심정적 민족주의로서의 계몽성이 이와 비슷한 맥락에서 "사제관계"로 구체화되었다고 보고, 이 용어를 차용하기로 한다.
26) 이러한 관점에서, 민족문학사연구소에서 간행한 『1960년대 문학연구』(깊은샘, 1998)는 중요한 의미를 갖는다. 이 연구서는 1960년대의 소설을 "1970년대의 민중적인 리얼리즘이 가능했던 것도 기실 4·19와 5·16의 정치적 격변을 한 몸에 껴안아야 했던 1960년대 문학의 공로"라고 평가한다.

가능했다고 볼 수 있다.

　민족·민중 담론은 1970년대 이후의 리얼리즘 방법론에 입각한 역사소설의 '작품화' 경향에서도 두드러지지만 비평계에서 또한 이에 대한 논의가 심도 있게 이루어졌다. 백낙청, 염무웅, 구중서, 김병걸, 임헌영 등은 1970년대에 들어서면서 민족문학론과 리얼리즘론에 대한 깊이 있는 탐구를 시도하며 민족문학의 이념적·방법적 기초를 닦는다. 이러한 상황에서 1972년 염무웅에 의해 '민중' 개념 또한 민족문학론의 역사적 지평에 등장하게 된다. 또한 1974년 '자유실천문인협의회'의 결성은 당시의 유신체제에 대해 조직적인 대응을 해나가는데 있어서 중요한 계기이자 통로가 되었다는 점에서 의미하는 바가 크다. 이러한 1970년대의 민족문학론의 기초는 1960년대 순수·참여 논쟁의 과정을 통해 그 기반이 마련되었다. 논쟁을 거치면서 이론은 정교화 되기 시작하였고 소설사적인 면에서는 민족문학론의 가능성의 씨앗들이 1960년대의 소설적 성과로 나타나고 있었던 것이다. 이들은 당위로서의 심정적 민족주의의 관념을 그대로 설파하는 것이 아니라 일정한 소설적 형식, 즉 리얼리즘의 방법론으로 구체화하여 보여주었다. 이들은 고대소설에서 보여주는 영웅성을 완전히 탈피한다. 그러면서 민중적 전망에 기초한 리얼리즘 소설을 생산해내기 시작한다. 그 본격적인 개화는 70년대 황석영 등에 의해서 이루어지지만 이에 대한 방법론적 시도가 1960년대에 이미 배태되어 있었던 것이다.

　안수길의 『북간도』는 개척사를 그린 당시의 대표적인 역사소설이다. 『북간도』는 1870년부터 1945년까지의 민족사를 배경으로 이한복 일가 4대의 삶을 그린, 유랑민의 신세로 살아온 조선인 이주민으로서의 삶의 양상을 구체적으로 보여준 작품이다. 또한 작가 안수길의 작가적 생애에 있어서는 자신의 간도 체험과 역사에 대한 자기반성의 산물로 규정될 수 있다.[27] 이 작품은 여타의 여러 역사소설에 비하여 소설적인 완성도를 가지고 있고 실제 문단에 있어서도 상당부분 호응을 얻은 바 있다. 이는 1960년대의 역사소설을 논함에 있어 매우 중요한 의미를 갖는다. 구체적으로는 '리얼리즘'의 방법론으로 구체화된 장편 소설이라는 점에서 그러하다. 덧붙여 이 소설은 조선 말부터 일제하까지 조선 농민의 만주 개척사를 다루면서 그 과정의 민족정신의 발현 과정이나 민족의식교육의 현장, 독립운동의 실상 등을 세밀하게 담아냈다는 점에서도 의의가 있다.

이 작품에는 크게 두 개의 서사적 축이 존재한다. 여기에는 작품의 시·공간상의 차이뿐 아니라, 작품의 중심적인 갈등 및 서사적 특성에 있어서도 뚜렷한 차이가 있다.

작품의 전반부는 『사상계』에 연재(1959~1961)된 부분으로 작품의 1부에서 3부까지에 해당한다. 배경은 시간적으로는 1870년부터 일제 침탈을 하게 되는 1910년으로, 공간적으로는 만주 비봉촌이다. '이한복ー이장손ー이창윤'으로 연결되는 이씨 세대 중, 서사의 핵심이 되는 인물은 창윤이다. 그의 정체성을 이루는 것은 '땅'이다. 또한 그의 삶의 목표도 진정한 '농부'가 되는 것에 있었다. 이에 그는 농토를 개척하고 그것을 지켜나가는 데에 노력을 기울이며, 그것을 통해 자신의 정체성을 확보하게 된다.

작품의 후반부는 1967년 단행본으로 간행되면서 작품이 완결된 4부에서

27) 안수길은 고향인 함흥에서 소학교를 다니다가 1924년에 간도에 처음으로 가게 된다. 이후 다시 자신의 고향 및 서울에서 학교를 마친 후 1932년 간도로 다시 돌아가 소학교 교사 역할을 하면서 문학공부에 전념했다. 해방과 더불어 다시 돌아오기까지 약 15년의 시간을 만주에서 보냈다. 이에 그에게 있어 '간도'라는 공간은 그의 문학적 정체성의 전체를 이룬다고 해도 과언이 아니다. 그러나 『북간도』가 의미 있는 것은 간도 및 한국 역사에 대한 그의 정체성이, 이 작품에서는 여타의 작품들과 '다르게' 표현되어 있기 때문이다. 즉 그의 이전 작품 『북향보』(1944~1945) 등은 일제의 개척문학과 연결된 것으로서(일제는 1932년 만주 건국으로 만주 개척의 필요성을 인식하고 국책문학의 하나로 농민문학, 생산문학, 대륙개척문학을 강조하였다.) 당시 일제의 정치적 요구를 일정하게 수용하면서 쓴 작품이라는 점에서 한계를 갖는다는 것이다.(김윤식 편, 『안수길』, 지학사, 1985 ; 강진호, 「추상적 민족주의와 간도문학」, 앞의 책 참조.)

5부까지이다. 이 작품의 배경은 시간적으로는 1910년부터 1945년으로, 공간적으로는 용정과 훈춘이다. 이제 창윤은 땅을 지키고 농부가 되는 것을 포기하고 기와를 만들다가 훈춘에서 국수장수로 생을 마감한다. 이제 그 다음 세대인 정수의 서사가 이 후반부를 이루게 된다. 그는 교사(주인태)를 통하여 독립운동에 적극적으로 투신하게 된다.

이 작품은 4대에 걸친 이야기이기는 하나, 전반부로 대표되는 '창윤', 후반부로 대표되는 '정수'의 세대적 변모과정이 이야기의 핵심을 이룬다. 창윤의 삶의 방식은 우리 민족의 전통적인 삶의 방식―'농부'로서의 삶으로부터 시작하여 현실적인 삶의 질서를 받아들이고 체화한 '장사치'로서의 삶으로 마무리 지어진다. 그것은 봉건 시대를 청산하고, 새로운 시대의 흐름을 받아들여야 하는 당대 민중들의 현실적 조건을 대변한다고 할 수 있다. 그러나 인물은 그것을 자신의 시각과 판단으로 비판하거나 성찰할 능력을 갖추지 못했다. 다만 어렸을 때 보았던 경험, 즉 백두산 정계비와 관련된 이야기는 그의 무의식의 저변을 형성하고 있다. 그는 백두산 정계비를 근거 삼아 사잇섬이 우리 땅임을 주장하는 것이다. 그러나 그것은 엄밀한 의미에서 본다면, 역사와 민족의식에 대한 객관적인 성찰과 사명의 산물이라기보다는 심정적 민족주의의 소산이다. 19세기 말 국제 정세 변화에 대한 전체적인 조망이나 이에 대한 정치한 통찰 없이 이 신념은 지속된다. 그는 여타의 다른 인물들에 비하여는 투철한 민족의식을 가지고 있기는 하다. 그러나 당대 정세에 대한 객관적이고 총체적인 안목은 결여되어 있다.

간도 협약 후, 개방지 안의 토지는 조선 사람의 명의로 소유권을 낼 수 있었다. 대교동은 이 무렵 개방지는 아니나, 조선 사람만이 개간한 곳이다. 개방지처럼 토지 소유권을 낼 수 있었다. 그것은 창윤이의 이름으로는 처음 가져보는 정식 토지 소유권이었다. (중략) 이제 처음 법이 책임지는 토지문권을 이창윤 자신의 이름으로 가지게 된 것이었다. 일본 법률을

좇는 것이 내키는 일이 아니면서도 자신의 명의인 토지 문권은 대견하지
않을 수 없었다. 비봉촌에서 여기로 이사하게 된 동기의 하나가 법이
보장하는 토지를 가질 수 있다는 점임에 틀림이 없었다. 그리고 그것은
비봉촌에 비겨 생활에 심리적인 안정감을 줄 수도 있었다.

(안수길, 『북간도』 1, 375~376면)

이창윤에 의해 구현된 민족주의는 심정 차원의 것이었으므로, 그에게
간도협약이 갖는 역사적 의미는 깊이 있게 통찰되지 못한다. 간도협약은
일본의 대륙 침략을 위한, 강대국 간(조선을 제외한 청-일 양국)의 협의였다.
이로써 일본은 만주 침략을 위한 기지를 마련하는 동시에 남만주에서의
이권을 장악하고 조선통감부 임시간도파출소를 폐쇄하는 대신, 일본총영사
관을 두어 한국인의 민족적 항쟁운동을 방해하는 등의 일을 수행하게 된다.
하지만 이창윤은 이러한 의미를 객관적 눈으로 통찰하고 있지 못하다.
그저, 평범한 농민의 입장에서 자신의 이름으로 된 땅을 얻었음에 만족할
뿐이다. 자신의 민족주의가 심정적으로 형성된 것이기 때문이다. 일본은
내키지 않는 대상이지만 본인은 토지 문건을 갖게 되었으니 마음은 뿌듯하고
대견하다.

이러한 심정적 민족주의는 그의 아들 정수 대(代)에 이르러 객관적 현실
감각을 획득하며 변화·발전을 보인다. 그리고 이는 작품의 후반부에서
집중적으로 표현된다. 그에게 이르러서야 사회의 구조와 물적 토대는 총체적
안목에서 파악되고 묘사된다. 정수는 학교에서 만난 교사(주인태)를 자신의
사상적 모델로 삼아 독립운동에 투신한다. 이러한 민족주의는 역사와 사회에
대한 통찰을 바탕으로 형성된 것이다. 객관화된 현실을 파악하는 데 있어
냉철한 리얼리즘의 감각을 가지고 있다는 점에서는 이전의 소설 속 인물들에
비한다면 진일보한 것이다.

그러나 한편, 민족주의란 하나의 당위의 개념이자 이념이기도 한 바,

266

이는 서사의 '형식'에까지 과도하게 영향을 미치기도 했다. 각 세대와 계급을 대표하는 각 인물간의 갈등이, 후반부로 갈수록 약화되고, 대상에 대한 화자의 비평적 서술과 개입이 극대화 됨으로써 그 긴장감이 떨어지게 된다는 것이 하나의 한계로 지적될 수 있는 것이다.

> 용정에서의 독립 선언은 그대로 실천에 옮겨지고 있었다. 간도 각지의 지사들이 각각 자신들의 종래의 단체를 정비 강화해 일본과의 무력 항쟁 태세를 갖추고 있었다. 국내와는 다른 투쟁 방법이었다. 맨주먹이 아니었다. 실력 투쟁이다. 무기를 가지고 일본을 상대로 싸워 이긴다. 우선 간도를 근거지로 삼고 국내로 밀고 들어간다. 실력으로 한반도에서 일본을 몰아낸 다는 것이었다. 일경이 경관을 증원하고 밀정의 그물을 물샐 틈 없이 치고 있었다.
>
> (안수길, 『북간도』 2, 119면)

사건에 대한 진술 역시, 장면화나 보여주기에 의거하는 것이 아니라, 서술자의 논평이나 요약 중심으로 나타난다. 작품 후반부에 가면서는 작가 안수길이 북간도에 갖는 심정과 생각들이 작가의 목소리를 통해 그대로 표출된다.

> 그러나 북간도는 어두워 가고 있었던 것이다. 언제 봉웃골 싸움이 있었던 가? 청산리 싸움이 무언가? 기억에 생생한 사람은 안타깝기만 했다. 그러나 그런 걸 즐겨 이야기하는 사람도 없었으나 듣고 싶어하지도 않았다. 북간도 는 점점 밝아지고 있었다. 동경 유학생도 많아졌고, 정보의 고관이 되는 사람도 늘어났다. 군인 기사들도 배출됐다. 밝아진 북간도를 찾아 조선 내지에서 많은 사람들이 두만강을 건너 망명의 숨어 넘는 두만강이 아니었 다. 급행을 타고 담배 한 모금에 넘는 두만강이었다. 한두 호의 가족들이 말 등에 솥을 싣고 눈보라에 휘몰리면서 넘는 두만강이 아니었다. 지도원의 인솔 밑에 개척민이라는 거룩한 이룸으로 집단을 이루어 넘어오는 두만강

건너였다. 그러나 북간도는 어둠 속에 잠겨 가고 있었다.

(안수길, 『북간도』 2, 320면)

이렇듯, 극대화된 서술자의 역할은 점차 증가하여, 대상에 대한 진술에 있어 일정 부분의 평가와 논평이 이루어진다. 서술자는 민족의식이 투철한 독립투사 역할을 하게 된다.

> 장강호는 악질분자 중의 하나였다. 일본 낭인(狼咽)과 연줄을 달고 있는 그는 일본 군경으로부터 무기의 공급을 받는 대가로 독립군의 활동을 악착하게 방해하고 있었다. 독립운동자를 체포 또는 살해해 일본 군경에 넘겨주고 현상금을 받아먹는 일. 때로는 일본 장교를 끌어들여 마적으로 변장시킨 후, 그 지휘 밑에 한인들의 혁명 부락을 습격하는 일. 그의 손에 유인되어 혹독한 사형(私刑) 끝에 참살당한 독립 운동자의 수도 동삼성 일대에 걸쳐 무송의 전상규 등 십여 명이 넘고 있었다.

(안수길, 『북간도』 2, 194면)

대상에 대한 서술에서 서술자는 투철한 항일 독립투사의 이념을 담지하고 있다. 이에 친일 세력에 대한 묘사에 있어 단죄의 언어를 사용하고, 일정의 가치 판단을 하고 있는 것이다. 이러한 서술자의 관념은 작품에서 내적 초점화의 서술 방식으로 옮겨 가며 더욱 강화된다. 이는 가변적·다성적 초점화의 방식이 고정적 초점화로 실현되는 양상으로 증명된다. 초점화 방식은 작중인물의 심리나 갈등 상황을 나타낼 뿐만 아니라 내포작가의 관념과 서술자의 태도를 나타내는 데 유리한 방식이다. 초점화는 서술자(narrating agent)와 초점화자(focalizer), 그리고 초점화 대상(focalized)에 의해 형성되는 삼각관계로 이루어진다. 주네트는 초점화 서술을 세 가지 유형으로 구분하고 있는데 그것은 ① 비(non)초점화 ② 내적(internal) 초점화, ③ 외적(external) 초점화이다. 여기에서 내적 초점화 서술은 다시 세 가지 유형으로 나뉘는데, 그것은 ① 고정적(fixed) 초점화, ② 가변적(variable) 초점화, ③ 다중적(multiple) 초점화이다.

　작중인물에 대한 화자의 내적 초점화가 진행되면서, 작가의 목소리는 이념을 담지하는 인물의 목소리에 동화되고, 내포독자에 대한 이념성과 사상성을 일방적으로 주입하는 양상을 취한다. 이 작품에서 내적 초점화의 대상은 이정수이다. 그에게는 서사적 권력이 부여되어 있다. 이정수가 세계에 대한 인식을 충분히 갖추지 못했을 때에는 민족 이념을 갖춘 인물들 그를 이끄는 인물들, 가령 훈장 조선생, 황선생, 혁명운동가 왕선생 등에 의해 그 권력은 부여되어온 터이며, 그를 이끄는 주인태 교사에게 있어서도 마찬가지이다. 그것은 한 인물에 집중되지는 않았다. 그러나 이정수가 다양한 경험을 하고 교육을 받고 새로운 세계와 사상을 접하며 성장하는 동안 서서히 그 민족 이념은 한 인물, 즉 이정수에게 투사된다. 후반부로 갈수록 그에 의한 내적 초점화는 더욱 선명해지면서 서사적 권력 역시 그에게 이양된다. 다양한 목소리로 부딪히던 목소리들은 이념성을 담지한 하나의 당위적 목소리로 결합되면서 다성적 대화의 장은 단일한 목소리의 장으로 축소된다.

　이러한 단성적 목소리를 떠받치고 있는 것이 바로 사제관계의 구조층이라고 할 수 있다. 이 작품에서 중요한 의미로 부각된 것은 '교육'의 의미, 그리고 '교사'의 역할이다. 비록, 이정수 이외의 여타의 인물들은 근대적 교육은 받지는 못했으나, 이들은 모두 교육에 대한 신념만은 가지고 있다. 또한 창윤은 자신의 아들을 가르치기 위해 주인태 교사를 자신의 집에 하숙하도록 만든다.

　주인태와 이정수의 사제관계는 이정수가 결국 독립투사로 변모하는 데에 있어 결정적인 역할을 하게 된다.

　　그러나, 머리를 **빡빡** 깎은 주인태 선생의 모습은 정수에게 강렬한 인상을 주었다. 우선 얼굴이 달라져 보였다. (중략) 딴 사람 같은 건 얼굴 모양 뿐 아니었다. 그 얼굴에 나타나는 표정도 그랬다. 창윤이의 물음에 웃음과 익살로 응수하면서도 얼굴에는 부드럽지 않은 것이 숨겨져 있는 것이라고 정수는 어린 눈으로 보았다.

    (무슨 일이 있었던가?)

    공연히 정수는 마음이 무거웠다. 더욱 마음을 무겁게 만들어 주는 것은 주 교사의 눈이었다. 머리 깎기 전에는 눈이 그렇게 우묵하고 시선이 그토록 날카로운 줄 몰랐다. 올백 머리의 풍부한 부드러움에 가려 있었기 때문일까? 그런 것만도 아닌 성 싶었다. 어떻든 정수에겐 머리 깎은 주인태 선생의 인상은 강렬하게 왔다. 그리고 까닭 없이 가슴이 뭉클해졌다.

(안수길, 『북간도』 2, 43~44면)

경찰서에 불려갔다가 돌아온 주인태 교사를 보면서, 어린 정수는 무언지 모를 뭉클함을 느끼며, 이후 그를 자신의 사상적 모델로 삼게 된다. 결국 그는 주인태를 따라서 독립운동에 가담하는 투사로 변모하게 된다.

정수는 그의 연인 영애와의 관계에 있어서도 "달콤한 대화 대신 이념의 대결"(2권 234면)로써 화제를 삼는다, 그리고는 "실력 행사만이 광복의 방법이다."(2권 234면)라며, 자신의 사상과 이념을 그녀에게 설파한다. 애인 관계에서마저 교사로서의 역할로써 자신의 의미를 확인하는 것이다.

이는 실제로 만주에서 교사 생활을 했던 안수길의 자전적 체험에 대한 반영이기도 하다. 더 중요한 것은 그가 작품을 통해 독자들에게 설파하려고 했던 민족주의의 의미를 재고시킨다는 점이다. 이것은 현실적 영향력이 없는 영웅과는 다르다. 과거로부터 소환된 역사 속의 '영웅'들은 하나의 우상이기는 하지만, 현실을 구체적으로 바꾸고 어떤 영향 있는 인물로 작용하지 못하기 때문에 한낱 공상으로 전락할 위험이 있다. 그러나 교사는 그가 가진 지식으로써 세상에 대한 하나의 비전을 제시하고 이끌어 줄 수가 있기 때문에 일정부분의 현실적 효과를 발휘할 수 있는 것이다.

민족주의에 기반한, 이러한 사제관계의 구조층은 지극히 개인적, 사적 영역이라고 할 수 있는 남녀 관계에 있어서도 동일하게 적용된다. 유주현의 『조선총독부』에 나타난 남녀의 사랑—박충권과 윤정덕의 애정 관계도 조국과 민족의 문제 앞에서 무화(無化)된다.

> "그동안 고생만 시켜서 미안해. 여자는 사랑이나 할 것이지 독립 운동 따위는 아예 할 게 아냐."
> "여자두 조국은 사랑해요. 나는 남자두 사랑하구 조국도 사랑해요. 난 행복해요." (중략)
> "당신은 내 조국!"
> 사나이의 말에,
> "당신은 내 아버지!"
>
> (유주현, 『조선총독부』 4, 155면)

이러한 민족주의에 기반한 사제관계의 구조층에서 '교사'는 근대적 지식을 갖춘 지식인으로서, 몽매한 민중을 이끌어나갈 수 있는 '지도자'가 된다. 이러한 구조층은 민족문학을 논함에 있어, 민중을 이끌어갈 지식인, 지도자에 대한 선망으로 표출될 수가 있다. 이에 김정한 소설 속의 민족 지도자의 의미를 생각해 볼 수 있게 되는 것이다.

김정한은 1928년, 카프(KAPF) 활동이 본격화될 무렵부터 시를 발표하면서 문단에 발을 들여 놓았으나, 한동안 공백기를 맞이한다.[28] 그러던 그가

---

28) 김정한은 본래 시를 통해 문단에 등단하였으나, 주요 활동은 소설을 통해 보여주었다. 1932년 『문학건설』에 처녀작 「그물」을 발표하고 1936년 단편 「사하촌」이 조선일보 신춘문예에 당선됨으로써 소설가로서의 입지를 마련했다. 그러나 그가 가진 체제 비판적인 좌익 성향으로 인해 문단 내·외적으로 많은 굴곡을 겪는다. 「사하촌」이 사찰을 비방한다는 이유로 장학사로부터 조사를 받는가 하면, 귀향시에 기습 테러를 당하기도 했다. 이후 교사생활을 그만 두고 언론사 및 정치활동을 하면서 두 번의 옥고를 치른 그는 사실상 절필 상태에 이르게 된다. 그러던 그가 1966년

1960년대에 들어서면서, 그간(20여 년)의 공백을 깨고 「모래톱 이야기」(1966)를 발표하면서 문단활동을 재개한 것이다.29) 이에 앞서 그는 카프(KAPF)의 영향력이 막강하던 때 작품 활동을 시작했지만, 그에 경도되지 않고 나름의 균형 감각을 가지고 작품 활동에 임한 바 있었다.30) 한국전쟁과 분단은 그때까지 우리 근대 문학이 걸어온 도정, 특히 진보적 근대 문학이 걸어온 도정을 표면적으로는 거의 전적으로 무화시켜 놓았고, 대신에 이들은 서양으로부터 받아들인 모더니즘과 실존주의에 스스로를 의탁하지 않을 수 없는 상황이었다.31) 이러한 상황에서 김정한은 당대의 민족문학의 새로운 가능성을 열어준 작가로 부상할 수 있었다.

「모래톱 이야기」는 일제시대부터 1960년대까지를 시간적 배경으로, 낙동강 하류의 어느 외진 모래톱을 공간적 배경으로 하여 우리 근대사의 질곡을 보여 주는 작품이다. 소외 지대 사람들의 비참한 생활과 갈밭새 영감의 삶의 형상화를 통해 농촌 사회의 부조리를 고발하고 묘사하는 것이 이 소설의 핵심이다.

　　오랫동안 교원 노릇을 해 오던 탓으로 우연히 알게 된 한 소년과, 그의 젊은 홀어머니, 할아버지, 그리고 그들이 살아오던 낙동강 하류의 어떤

　　10월 『문학』에 「모래톱 이야기」를 발표하며 거의 20년 만에 중앙 문단에 복귀한 것이다.

29) 「모래톱 이야기」를 발표하면서 거의 20년 만에 문학에 복귀한 김정한은 「축생도」(1968), 「수라도」(1969), 「뒷기미 나루」(1969), 「인간 단지」(1970), 「산거족」(1971), 「사밧재」(1971) 등 그의 대표작이라고 할 만한 작품들을 다수 남겼다.

30) "김정한은 사회주의자라기 보다는 진보적 민족주의자였던 것으로 드러난다. 김정한의 사회주의에 대한 관심은 민족적 양심에서 비롯되었고, 그래서 카프의 자장 속에서 문학을 시작했음에도 불구하고 이념에 경도되지 않은 작품을 쓸 수 있었던 것이다." 강진호, 「근대화의 부정성과 본원적 인간의 추구」, 『1960년대 문학 연구』, 깊은샘, 1998, 253면.

31) 홍정선, 「4·19와 한국문학의 방향」, 『민족문학사 연구』 8, 창작과 비평사, 1995, 50~51면 ; 강진호 위의 글, 254면.

외진 모래톱— 이들에 관한 기막힌 사연들조차, 마치 지나가는 남의 땅
이야기나, 아득한 옛날 이야기처럼 세상에서 버려져 있는 데 대해서까지는
차마 묵묵할 도리가 없었다.

(김정한, 「모래톱 이야기」, 189면)

작품의 프롤로그에 해당하는 이 부분은 이야기의 개연성을 이끌어 가는
하나의 계기가 되기도 하지만 이 서술자의 목소리는 다름 아닌 김정한
자신이 이 작품을 쓰게 된 의도와 상동관계를 이룬다. 1인칭 관찰자 시점을
취하고 있는 이 소설은 조마이섬의 토지 소유의 역사를 통해 해방 이전과
해방 이후에 걸쳐 여전히 계속되는 민중의 고통을 증언하고 있다. 작품의
공간적 배경이 되고 있는 조마이섬의 역사는 우리 근대사의 축소판이라고
볼 수 있다. 일본인에서부터 시작하여, 국회의원, 유력자, 기업인 등으로
땅의 법적, 제도적 지배자가 바뀌어온 경로와 그 소유권의 이탈 과정을
보면 권력자들에 의해 자행된 그대로 근대화의 폭력성을 확인케 된다.
이러한 폭력성은 이 작품이 놓인 1960년대, 당대적 의미에서 다시 의미를
부여받는다. 일제 수탈기로부터 땅의 진정한 주인이었던 민중들은 배제된
채 힘 있는 자들이 그 소유권을 건네주고 받은 것처럼 박정희 정권이
추진한 자본주의적 근대화는 소수의 특권층의 치부(致富)에만 기여하고
대다수 민중의 안정적인 삶에는 기여하지 못했기 때문이다. 실제로 근대화와
발전의 전략은 산술적·종합적 경제성장과 이윤 창출에 성공했을지언정
그 이윤의 공정한 분배를 전제하지 않았기 때문이다. 또한 그러한 이윤
창출은 노동자에 대한 저임금 정책, 도농·농공 차별, 저곡가(低穀價) 정책
등의 전략을 볼모로 가능했다.[32] 근대적 삶의 척박함과 피폐함은 서사의

---

32) 당시 정부는 수출업체에 대한 재정·금융·조세 특혜와 저곡가-임금 구조, 노동
운동 탄압 중을 통해 기업을 단기간에 독점재벌로 키운 반면, 저곡가정책과 이를
위한 미국 잉여 농산물 수입 확대 등을 실시했다. 이로써 전체 인구의 70% 가까이
이르는 농촌인구는 점차 도시로 유입되어 일부는 산업노동자로, 대부분은 도시빈민

출발점인 일제시대로부터 그것이 읽히는 1960년대에 이르기까지, 자신의 땅에서 유리된 민중의 고달픈 운명으로 공통적으로 대변된다. 시대를 달리해도 민중의 소외와 수탈은 동일하게 반복·재생산됨으로써 당대 독자들에게 더욱 의미 있는 작품으로 읽힐 수 있는 것이다. 이 작품은 주제적인 면에서 의미가 있을 뿐 아니라, 그것의 서사적 방법론에 있어서도 일정 부분의 완성도를 보여준다. 작품에서, 교사인 '내'가, 객관화된 시선으로 그들의 고통을 담담하면서도 치밀하게 보여주고 있다는 점이 그것이다. 증언은 그에 대한 선동적 고발의 방법이 아닌, 객관화된 보고(報告)로써 수행될 때 그 서사적 효과를 극대화할 수 있다. 그럴 때에 대상에 대한 객관적이고도 다각적인 성찰이 가능해질 것이며, 심정적이고도 소박한 당위로서의 민족주의가 아닌 리얼리즘의 정신에 입각한 사회사적 통찰이 가능해질 것이다.

김정한이 1936년에 발표한 「사하촌」을 보면 이 작품과 비슷하게도, 가난한 민중이 권력과 외부현실에 대항하는 이야기로 구성되어 있음을 확인할 수 있다. 고통과 모순의 한 가운데를 살아가는 주인공이 더 이상 참을 수 없는 상황에서 결연히 일어서는 과정이 김정한 소설의 주된 모티프인 것이다. 한편 이는 김정한을 매우 부정적인 의미에서 평가하는 계기, 즉 「사하촌」에서 제시된 가능성을 더 이상 심화하지 못하고 비슷하게 반복해왔다[33]는 평가를 받게 한 근거가 되기도 했다.

김정한의 소설에 민중적 각성을 이룬 존재들이 있다는 점에 주목할 필요가 있다. 이것이 「모래톱 이야기」에서는 '갈밭새 영감'으로 형상화되어 나타났는데 그는 수난 당하는 민중이면서도 그에 저항하는 자이다. 갈밭새 영감은 조마이섬이 홍수로 인해 완전히 잠길 위기에 처하자 둑을 무너뜨릴

으로 전락했다. 이는 당시 국가주도의 경제개발은 대규모의 농민층 분해를 본격화시켰음을 의미한다.(한상범, 이철호, 『법은 어떻게 독재의 도구가 되었나』, 삼인, 2012 ; 김윤태, 「4·19 혁명과 민족현실의 발견」, 『민족문학사 강좌』하, 창작과비평사, 1995 참조.)

33) 강진호, 앞의 글, 269면.

것을 선동한다. 그 와중에 이에 반대하는 이를 탁류 속에 빠뜨려 결국은 살인죄로 구속된다. 그는 권력에 저항하는 인물이며, 양심과 인간적 선의로서 살아가는 깨어있는 인물이다. 김정한 소설 속에서 공통적으로 발견되는 것은 이와 같은 민중적 지도자이다. 다시 말하면, 민중적 전망을 가진 인물들인 것이다. 「수라도」의 가야부인과 오봉선생, 「뒷기미 나루」의 속득이, 「지옥변」의 울산이 아저씨, 「유채」의 허생원 등도 마찬가지이다.

그러나 이러한 지도자는 그가 가진 민중적 기반으로 인해 더욱 고독해질 수밖에 없다. 한편으로는 낭만성에 근거한 민중적 전망을 가지고 있으면서도 또 한편으로는 현실성에 근거한 리얼리즘의 정신을 체화하고 있기 때문이다. 민중적 전망이 일종의 낭만성을 함의한다면, 리얼리즘은 현실성이자 비극성을 함의한다. 그의 양심과 인간적 선의가 현실적인 힘을 발휘하기 위해서는 그것을 받아들일 만한 현실이 뒷받침되어야 한다. 그러나 이미 현실은 속악한 것으로서 구조적인 병폐를 내장하고 있다. 그래서 그는 결국 고독한 개인이 될 수밖에 없고 그가 가진 저항성은 민중적 저항성으로 결집되어 분출되지는 못한다. 그것은 「유채」의 허생원이 스스로를 '시지프스'로 인식하는 것과 같은 이치이다. 이제 모래톱 조마이섬에는 또 다른 권력의 표상인 군대가 들어서게 될 것이고 또 다시 민중 수난의 역사가 이어질 것이 예고된다. 2학기가 시작되었으나 서술자의 학생이었던 건우의 행방은 묘연하고 교사인 '나'는 무기력하고 씁쓸하게 이러한 현실을 목도할 수밖에 없다.

결국 갈밭새 영감 등으로 표상된 민중적 저항의 대표자는 사회라는 객관적 현실에 대한 총체적인 인식과 행동양식을 지닌 지식인이 되지 못한다. 그렇기 때문에 현실의 구조적인 모순 때문에 고독하게 항거하다가 비극적 결말을 맞이할 수밖에 없다. 이러한 인물의 비극성은 현실의 모순을 증명하는 것이기도 하다.

1960년대 소설에서 나타난 민중적 각성을 이룬 지도자로서의 인물은 미지각 상태의 인물들에게 개안(開眼)과 각성의 계기를 마련해 준다. 그들은 여타의 인물들이 세계를 인지하고 파악하는 수준 이상의 것을 알고 있으며, 그 속악한 현실이 괴로운 것일지언정 깨닫고 알아가며 그에 대항하게 하는 데에 일정부분 기여를 한다. 그들은 스스로 스승이 되고 무지한 제자들을 깨닫게 한다. 그것이 작가의 이념을 설파하는 인물이나 서술자의 일방적인 목소리로서만이 아니라 '사제관계의 구조층'이라는 형식적 관계로 일정 부분 실현되었다는 점은 이 시기 소설들의 방법론적 완성도를 확인케 한다. 그리고 그 스승적 면모는 영웅적·선도자적 길을 보여주기 보다는 현실의 다각적인 부분을 통찰하는 계기이자 통로로 작용한다는 점에서 주목을 요한다. 여기에서 근대 초기, 이광수의 소설에서 보여준 '사제관계'의 구조층 과의 변별성이 확보된다. 1960년대의 소설 속 스승들은 새로운 세계에 대한 앎, 근대적 세계와 지식에 대한 허상을 알고 있기 때문에 그 세계에 대한 낭만적 희망을 갖지 않는다. 그리하여 그들의 앎은 낭만적 계몽성의 신화로 제자들을 인도하지 않는다. 오히려 그들은 그 앎으로 인하여 파괴되고 마모되기까지 한다. 계몽신화의 허상을 이미 간파했기 때문이다. 철저한 리얼리스트들인 탓이다. 그러한 점에서 이 시기의 사제관계의 구조층은 이광수로 대표되던 1920년대의 그것과는 상당부분 차이성을 이룬다. 계몽적 근대주의에 대한 신화를 믿고 있던 이광수는 문명의 세계, 지식과 앎의 세계를 무지몽매한 조선의 현실을 구원하는 통로로 믿고 있었다. 그가 신봉하는 근대 세계의 지식과 계몽성은 모든 속악한 현실과 갈등의 문제를 소거한다. 그는 리얼리스트라기보다는 로맨티스트였기 때문이다. 그러나 60년대의 작품에서 스승들은 그들이 알고 있는 그 사실과 지식 때문에 스스로를 파괴하기도 하고 파괴되기도 하며 마모된다. 김정한의 소설에서 교사인 '내'가 조마이섬이 파괴되어가는 과정을 보면서도 안타까움과 자괴감에 빠질 수 없다는 사실, 갈밭새 영감의 비극적 결말은 이러한 리얼리즘의 감각이 작품 안에 체현된 까닭이다. 그것은 계몽지식의 세계와 허상을 깨달은 그것은 파우스트 박사의 고뇌와 괴로움이자 시지프의 운명인 것이다.

2. 언어적 실험 형식과 서사성의 해체

1) 지식인적 정체성 탐색과 과학의 서사화

1960년대 당대 문인들의 세계인식이 '황무지'와 같은 것이었다면, 그 태초와 같은 어둠[34]의 빈 자리를 채워줄 수 있는 것은 새롭게 유입되고 학습된 지식(과학으로서의 지식)일 것이다. 실제로 당대의 많은 작가들이 지식을 매개로 하여 문학적 형상화의 방법을 취했다는 점에 주목할 필요가 있다. 1960년대 소설에 있어 지식은 많은 작가들에게 있어 세계를 인식하는 통로이자 현실에 대한 비판과 대안의 계기로 자리했다.[35] 이러한 지식들은 근대적 고등교육기관인 대학 및 대학생 수의 팽창과도 밀접한 관련이 있다. 해방이후 교육기관의 설립이 전면적으로 확대되면서 1960년에는 총인구의 5분의 1에 해당하는 학령기의 청(소)년들이 교육제도 안에 편입되었고 고등교육 수혜자도 그 수효로 세계 9위에 랭크되었다.[36] 양적으로도 해방 직후 8천 명에 불과했던 대학생 수가 1960년대에 접어들면서 15만 명에

---

34) 『산문시대』(1962년, 여름) 창간사.

35) 당시의 지식인 담론은 당대 문단의 중요한 화두였다. 관련된 비평계의 논의는 다음과 같다.
「특집 인텔리겐차론」, 『세계』 1, 1960 ; 「현대·지성·지식인」, 『사상계』 4, 1956 ; 「인텔리겐챠」, 『사상계』 5, 1959 ; 「한국의 지식층」, 『사상계』 9, 1961 ; 「현실타협자가 된 인텔리겐챠」, 『동아춘추』 4, 1963 ; 「이것이 매판이다」, 『청맥』 10, 1965 ; 「한국의 지식인」, 『청맥』 3, 1966 ; 「어떻게 되어가고 있나」, 『청맥』 3, 1967 ; 「한국적인 것의 모색-젊은 지성인들의 고백적 평가서」, 『아세아』 창간호, 1969.

36) 동아일보 1960년 1월 4일자 ; 소영현, 「대학생 담론을 보라」, 우찬제·이광호 엮음, 『4·19와 모더니티』, 문학과 지성사, 2010, 209~210면 참조.

가까울 정도의 비약적 증가율을 보이면서 예비적 지식인으로서의 대학생은 수적으로 대량 양산되었다. 당시의 대학생과 대학 출신자를 합하면 38만 명에 이르렀다.[37] 이 시기에 이르러 상이한 계층 출신의 청년들은 학교(대학교)라는 공간을 통해 운집할 수 있었고, 또 단일한 그룹으로서의 특질을 형성할 수 있는 조건이 마련되었다.[38]

동시에, 지식인들은 하나의 계층을 형성하기 시작했다. 또한 이들은 다양한 문단 그룹을 형성하면서 지식인으로서의 사명과 사회적 역할에 대해 고심했다. 그리고 문학적 형식을 통해 그 사회적 대응의 일면을 보여주었다. 그렇기에 지식인 그룹은 1960년대를 설명하는 중요한 키워드로 작용할 수 있었던 것이다. 비평계에서는 지식인 담론이 활기를 띠고 진행되었으며 이들의 논의는 당시의 비평 이론을 강화시키면서 1960년대 한국 사회의 아카데미즘의 기반이 되었다.

근대적 인식론은 대상에 대한 관찰과 실험을 일삼는 자연과학뿐 아니라, 인간과 사회에 관한 인문사회학의 영역에서도 과학이 지배력을 갖게 하였다. 18세기 말에 출현한 서구의 인문과학은 인간을 대상으로 삼아 조사하고 검증하는 방법을 사용한다. 자연과학이 자연을 대상으로 과학적 법칙을 찾아낸 것처럼 인문과학은 인간의 삶을 관찰대상으로 학문적 규율을 만들어 낸 것이다.

근대의 인식론에서 특권적인 권위를 지닌 과학담론은 담론과 지시대상 간의 일치에 따라 진리를 판단하는 형식을 가지고 있다. 그러나 그 지식은 지시적 진술의 집합에만 그치지 않는다. 지식은 그밖에 인생을 살아가는 방법이나 정의와 행복에 관한 윤리적 지혜, 미학적인 감수성의 기준을 결정하는 능력 등을 포함한다.[39] 근대 이후(과학과 사실의 형식이 등장한

---

37) 임대식, 「1950년대 미국의 교육 원조와 친미 엘리트의 형성」, 『1950년대 남북한의 선택과 굴절』, 역사비평사, 1998, 139면.

38) 소영현, 위의 글, 210면.

이후부터) '사실'과 '서사'는 분리되었고, 이는 1910년대의 경우 논설(기사)과 서사의 분화, 지식과 문학(서사)의 분화를 가져온 바 있다.

1960년대의 작가들은 과학으로서의 지식을 문학(서사)으로서 통합하고 있다는 점에 주목할 필요가 있다. 새로운 지식과 문화는 문학(서사)으로 통합되면서, 사실(점)이 아니라 사건(선)으로 이해될 수 있게 된다. 여기에서 '사실'이란 지시대상을 담론에 일체되는 '점(點)'으로 보는 형식이다. 반면 '사건'이란 지시대상을 공동체 내에서 의미를 갖는 '선(線)'의 생성으로 보는 형식이다. 사실은 사물을 점의 상태로 고립시키지만 사건은 어떤 사물을 다른 사물들과 달리 접속되는 선의 관계 속에서 파악한다. 사건의 선이 만들어내는 공동체 내에서 '의미'란, 어떤 사물들을 어떻게 접속시키느냐에 따라 달라지며, 그것은 선의 기울기의 방향과 궤적으로 나타난다.[40]

이러한 과학적 지식은 서사화 되면서 다양한 '의미'를 획득하게 만든다. 작가들은 지식이나 관념 자체를 소설적 형상화의 소재 및 방법론으로 삼아 구체적인 작품으로 제시한다. 세계는 구체적인 현실 대상이거나 현실을 변혁시키는 직접적인 근거로 작용하지는 못한다. 그것은 관념적 지식으로 존재하며, 이는 그 다양한 서사적 방식이 시도되는 가운데 구현된다.

1960년대에는 지식인 작품들이 하나의 유형으로 나타나게 된다. 일반적으로 지식인 소설의 요건[41]으로는 ① 지식인이 주요 인물로 나타날 것,

39) 리오타르, 앞의 책, 71~72면 참조.

40) "점들(과학적 사실의 형식)을 연결해 만들어낸 선(서사적 사건)은 점들 사이를 가장 효과적으로 잇기 위해 경직된 목적론적 서사를 낳게 된다. 반면에 사물(지시대상)을 점(사실)로 고립시키지 않고 점을 지나는 선(사건)으로 파악하게 되면 가변적이고 유연한 선으로 된 서사가 만들어진다. 이 경우 점(사실)로 고착되지 않은 어떤 사물(지시대상)의 의미는 그 점을 지나는 선의 미분계수가 된다. 미분계수로서의 사물의 의미는 점(사실)이 아닌 선(사건)의 형식을 통해서만 얻어질 수 있다."(나병철(2006), 앞의 책, 37~41면 참조.)

41) 물론, 이전에도 소위 '지식인 소설'의 계보라고 할 수 있는 소설들이 다수 존재했다. 조남현은 위와 같은 기준에 근거하여, 식민지 지식인 소설을 논하였고, 비슷한 기준을 바탕으로 이은자는 1950년대의 지식인 작가층을 다루었다.(조남현, 『한국

② 현실적 욕구와 이상 사이의 갈등이 메인 플롯이 되어야 할 것, ③ 지식인의 본질과 역할 등에 대한 사유와 각성이 포함되어야 할 것 등이 포함된다.

　대개의 지식인 소설에서 화자는 내적 초점화의 대상으로서 역사와 세계에 대한 총체적 인식이 가능한 지식인을 설정한다. 초점화 대상의 인물은 정보나 세계인식의 능력이 부족한 이들에 대한 정보와 새로운 정보를 마련해 주고 새로운 인식과 깨달음에 이르도록 도움을 준다. 그 적극성의 차원에서 작가마다 편차는 있으나 이들의 존재 자체는 당대 문인들이 지식인으로서의 사명을 인식하고 있었다는 것을 증명하는 셈이다.

　이병주는 그가 가지고 있는 지식과 이념적 편력42)을 바탕으로 지식인 소설로서의 독자적인 세계를 구축한다. 그가 습득한 방대한 '지식'들은 서사의 추동력을 이루게 되며, 이러한 지식과 이념을 설파하는 '계몽성'은 서사의 핵심을 이룬다.43) 이러한 계몽성에 대한 평가는 다소 부정적으로 이루어져 오기도 했는데, 김윤식은 이병주의 작품을 이광수의 『흙』의 연장 선상에 있는 교육 소설, 혹은 계몽 소설로 규정하고 "일제의 근대교육의

지식인 소설 연구』, 일지사, 1984 ; 이은자, 『1950년대 한국 지식인 소설 연구』, 태학사, 1995.)

42) 이병주(1921~1992)는 경남 하동에서 출생하여 일본 메이지 대학 문예과와 와세다 대학 불문과에서 수학했으며, 전주농과대학과 혜인대학 교수를 역임하고, 부산 『국제신보』 주필 겸 편집국장을 지냈다. 44세의 나이로 작가의 길에 들어선 그는 27년간 한 달 평균 1천여 매를 써내는 초인적인 집필 활동으로 80여 권의 방대한 작품을 남겼다.(『이병주 전집』 작가 소개의 말, 한길사, 2006.)

43) 이러한 점에 대하여 김윤식은 이병주의 자질과 한계를 매우 비판적으로 평가했다. '만석꾼이며, 동경유학생이고, 수많은 장서를 갖추어 놓고, 교사의 정점에 서서, 코흘리개들에게 황당무계한 설교를 자랑처럼 일삼는 하영근(작중 인물)이야말로 갈 데 없는 허무주의자'라고 평하고, 여타의 작품에 대해서도 비슷한 관점을 내 놓았다.(김윤식, 『한국문학의 근대성과 이데올로기 비판』, 서울대학교 출판부, 1987 참조.)

더도 덜도 아닌 수준에서 멈춘 진짜 허수아비"에 불과하다고 혹평하였다.[44]

또한, 한편에서는 푸코 및 신역사주의(new historicism)[45]에 근거하여, 그가 가지고 있는 계몽성은 "일제 식민지 지배 논리와 군사 독재의 냉전·억압 논리를 수용하는 모습"[46]을 보이고 있음을 지적하며 그를 비판적으로 고찰 하기도 했다. 즉 지나친 편견에 기초한 작가의 서구편향성과 자기도취적 성격은 현재적 평가 관점에 있어(신역사주의의 관점에서 보았을 때) 비판적 으로 평가 받아야 마땅하다는 것이다.

물론 그가 가진 계몽성은 비록 현재적 관점에서는 비판받을 만한 여지를 남기는 것은 사실이다. 그러나 그것은 작가 개인의 문제를 넘어서서 일면 당대(1960년대) 지식인이 가지고 있는 허약성의 일면과 이중성을 증명한다 는 점에서 고찰의 의의가 있음을 지적하고자 한다. 1960년대 지식인들은 4·19를 통한 시민 혁명의 기쁨을 채 맛보기도 전에 5·16을 통해 다시 좌절할 수밖에 없었다. 이러한 과정에서 지식인 계층은 급속도로 분화·재편의 양상을 띠게 된다.[47] 5·16 쿠데타는 지식인의 존재조건과 의식에 심대한 영향을 끼쳤는데 흥미로운 것은 5·16 쿠데타 직후 지식인들의 쿠데타에 대한 반응이다. 당시 지식인들은 5·16 쿠데타에 대해 의외로 긍정적인

---

44) 김윤식, 위의 글.

45) 미셸 푸코에 의하면 역사란 다양한 담론들의 복잡한 상호관계이며, 이 담론들은 인식(에피스테메(episteme))이라고 불리는 통합원리나 유형에 의존하고 있다고 한 다. 각 시대는 저마다 자체의 고유한 인식을 가지고 있기 때문에 실제로 다른 시대의 역사인식은 편차가 있을 수 있으며, 우리의 역사적 관점은 동시대의 인식에 의해 영향을 받고 편견이 개입될 수밖에 없다는 것을 인정해야 한다는 것이다. 이러한 관점을 이어받은 신역사주의는 기존 역사주의자들의 자율적인 역사관을 거부하면서, 역사란 많은 담론(discourse)들 즉, 세계를 바라보고 생각하는 방법들 중의 하나라고 주장한다.(브레슬러, 윤여복·송홍한 역, 『문학비평』, 형설출판사, 1998, 201면 ; 용정훈, 「이병주론」, 중앙대학교 석사학위논문, 2001, 11~12면.)

46) 용정훈, 위의 글.

47) 정용욱, 「5·16 쿠데타 이후 지식인의 분화와 재편」, 『1960년대 한국의 근대화와 지식인』, 선인, 2004 참조.

반응을 보이기도 했는데 5·16 군사정권은 군정 수행을 위해 지식인을 광범위하게 동원하였다.[48] 실제로 경제개발이 본격적으로 추진되면서 군정의 권력과 지식인의 결합은 더욱 가속화되었다.[49] 당시의 지식인은 체제에 대한 비판의 목소리를 높이는 역할뿐 아니라, 체제와 권력에 순응하는 두 가지 분열적 양상을 보였다. 이러한 당대 '지식인'의 이중적 의미 위에 이병주의 작품들이 가로 놓여 있다. 이병주 소설은 1960년대 한국 지식인들의 허약성을 여실히 반영·증명해 주는 하나의 중요한 표지가 될 수 있는 것이다.

이병주의 「소설 알렉산드리아」는 1960년대 소설사적 맥락에서 매우 중요한 의미를 갖는다. 그것은 바로, 그의 지식인으로서의 정체성과 근대적 제도에 대한 비판이 그의 내용적·형식적 면에서 매우 독특하게 드러나고 있기 때문이다. 또한 이 작품은 그의 개인사적 측면에서 보았을 때, 여러 번의 구속과 사상범으로서의 옥고를 치른 후의 성과물이기도 하다.[50] 이병

---

48) 홍석률, 「1960년대 지성계의 동향」, 『1960년대 사회변화 연구』, 백산서당, 1999, 197~198면 ; 한국 군사혁명사 편찬위원회, 『한국 군사 혁명사 제1집(상)』, 1963, 272~293면.

49) "1960년대 중반에 진행된 전문성과 기능성을 강조하는 지식인관의 대두와 신중산층 육성론은 5·16쿠데타 이후 지식인의 분화 양상을 잘 보여준다. 박정희 정권이 경제개발에 나서면서 전문적 기능인상을 중시하는 지식인론이 위세를 떨쳤고, 당시 일부 지식인들은 '조국 근대화'를 위해 지식인들의 전문성과 기능성을 가지고 적극 동참해야 한다고 주장했다. 이러한 전문적, 기능적 지식인상의 부각에 대해서는 총체적 지식인상을 옹호하는 반론도 없지 않았지만 전체적으로 볼 때 1960년대 군사정권의 조국 근대화 정책과 지식·권력관계의 재편과정에서 투여된 지식인관은 지식인의 전문성과 기능성을 강조하고, 총체적인 현실비판적 지식을 철저하게 배제하는 것이었다."(정용욱, 앞의 글, 182면.)

50) 이병주는 몇 차례에 걸쳐 투옥·수감되었다. 첫 번째는 해방 이후 좌익혐의로 구속된 것, 두 번째는 한국전쟁 중, 연극 동맹에 관계한 '부역행위'로 진주 경찰서에 자수해 불기소처분을 받은 것이다. 마지막으로 '중립통일론'과 '교원노조지지'에 대한 의견 표명으로 5·16 군사정권이 급조한 소급법에 의해, 필화사건으로 혁명재판소에서 10년 선고를 받고 수감된 것이다. 필화사건 복역 중 2년 7개월 후에 출감하였다.(『이병주 전집』 작가연보, 한길사, 2006 ; 용정훈, 앞의 글, 60면 참조.)

주는 1961년 5·16 때 필화사건으로 혁명재판소에서 10년 형을 선고 받고, 복역 중 2년 7개월 후에 출감하였다. 이러한 체험을 바탕으로 약 2년 후 『세대』를 통해 「소설·알렉산드리아」로 등단한 그는 자신의 체제에 대한 비판적 성향을 매우 실험적인 방법과 내용으로 보여주었다.

「소설 알렉산드리아」는 작가 이병주의 사상과 지식·이념의 투사체라고 할 수 있는 '형'의 편지와, 작중화자인 '나'에 의해 관찰된 한스와 사라의 이야기가 서사의 큰 축을 이룬다. 작중 화자인 '나'는 '알렉산드리아'라는 이국적 공간에 존재하면서 카바레 안드로메다에서 플루트 부는 일을 직업으로 삼고 있다.

그의 관찰에 의해 그려지는 첫 번째 서사의 축은 '형'이다. 형은 '나'와는 달리 어려서부터 책을 좋아했으며 나에게 있어 우상이자 교사였다. 그 뛰어난 형이 현재는 사상범으로 체포되어 불행한 삶을 살고 있다. 그러나 나는 그 형을 선망의 눈으로만 볼 수 있을 뿐이다. 지식인으로서의 형의 고뇌와 불행의 구체적인 이유와 의미들은 동생인 나로서는 면밀히 보지도 파악할 수도 없다.

형의 학문은 부모가 기대하는 입신과 출세와는 너무나 먼 방향으로 가고 있었다. 판사나 검사 또는 어떤 관리가 될 수 있는 그러한 학문이 아니었다. 의사나 교사나 기술자가 될 수 있는 그러한 학문도 아니었다. 내가 보기엔 그저 아무런 뚜렷한 방향도 없는 책 읽기 같았다. 세속적인 눈으로 보면 스스로의 묘혈을 파는 것 같은 학문. 스스로의 불행을 보다 민감하게, 보다 심각하게 느끼기 위해서 하는 것 같은 학문. 말하자면 자학의 수단으로써 밖엔 볼 수 없는 학문인 것 같았다. (중략)

강한 힘이 누르면 움츠러들 일이다. 폭력이 덤비면 당하고 있을 일이다. 죽이면 죽을 따름이다. 내겐 최후의 순간까지 피리와 피리를 불 수 있는 장소만 있으면 그만이다. 그런데 사상은 그렇게는 안 되는 모양이다. 형의 불행은 사상을 가진 자의 불행이다. 형은 만인이 불행할 때 나 혼자

행복할 수 없다고 했다. 나는 그런 말을 거짓이라고 생각한다. 세계가
멸망하더라도 나 혼자 살아남으면 된다는 것이 인간의 자연스런 생각이라
고 나는 믿기 때문이다. 나는 형이 고의로 그런 거짓말을 했다고 생각하질
않는다. 형이 지니고 있는 사상이란 것이 그러한 거짓말을 시킨 것이라고
생각한다. (중략) 형의 불행은 따지고 보면 천재가 아닌 사람이 천재적인
역군이 되려고 하는 데 있는지도 몰라. 그러나 그것이 운명이라면 도리가
없다. 형의 불행은 형의 운명이니까.

(이병주, 「소설 알렉산드리아」, 19~20면)

이 작품 속에 나타난 '형'은 이병주 그 자신이기도 하다. 조남현이 지식인
소설의 요건[51]으로 지적한 바대로 그는 '현실적 욕구와 이상 사이의 갈등
사이에서 고뇌'한다. 하지만 그 갈등을 내적으로 해결하고 합의하지 않으면
안 된다. 이에 스스로를 '황제'라 칭하며 스스로를 버티고 견디어 낸다.
또한 니체의 아포리즘을 인용하여 지식인으로서의 자신의 고뇌를 받아들인
다. "스스로의 힘에 겨운 뭔가를 시도하다가 파멸한 자를 나는 사랑한다"는
것이다. 그러면서도, 형은 형무소에서 기껏해야 동생인 나에게 편지 정도만
쓸 뿐, 현실적으로는 너무나 무능한 존재이다. 그를 통제하는 규율과 억압의
세계질서가 너무나 강력한 탓이다. 지식인 소설의 또 다른 요건으로 지적된
바, '지식인의 본질과 역능에 대한 사유과 각성을 하고' 있으나 실제 작품에서
이는 현실을 구체적으로 추동하고 움직이는 힘으로까지는 발산되지 못하는
것이다.

두 번째 서사의 축은 한스와 사라이다. 이들은 제2차 세계대전에서 피해를
입은 인물들이다. 한스는 본인이 독일인이면서도 독일 게슈타포 앤드류에
의해 동생을 잃은 후 독일군에 대한 복수를 꿈꾸고 있다. 사라는 안드로메다

---

51) 조남현에 의하면, 지식인 소설의 개념은 '지식인이 주요 인물로 등장하면서 또
  중심 사건으로 지식인의 삶의 방법, 지식인 특유의 문제제기나 해결과정이 다루어는
  소설'이라는 의미에서 성립될 수 있다고 본다.(조남현, 앞의 책, 5~16면.)

의 무희이자 한스의 애인인데 그녀 역시 어렸을 적 고향에서 독일인에 의한 학살을 경험한 바 있다. 그들은 결국 앤드류에 대한 복수전을 공모·수행하고 자신들이 꿈꾸던 이상 세계 태평양으로 떠난다. 이 과정에서 한스는 히틀러에 대한 비판과 분노를 자신의 직접적인 발언으로써 명확하게 표명한다.

> 내가 히틀러의 죄상을 한번 이야기할까. 히틀러가 정권을 잡고 독재 체제를 만들기 위해서 행사한 그 야비한 수단, 또 정권을 유지하기 위해서 쓴 그 잔인한 수법은 그만두고라도 그가 만든 강제 수용소를 이야기하지. 1940년에서 1945년까지 히틀러가 죽인 사람의 수는 1천 2백만 명 이상이 된다. 이건 전투에서 죽은 것, 제법 재판이라도 받고 죽은 것을 포함하지 않은 수다. 그러니 순전히 무저항 상태에 있는 시민을 1,200만 명이나 죽인 거다. 물론 독일 사람만을 죽인 것은 아니지. 유럽 전역에 걸쳐 히틀러가 점령한 지대의 시민들을 정치범, 또는 유태인이란 명목으로 강제 수용소에 잡아넣어선 집단살육을 한 거야. 독일의 과학이 발달했다고들 하지? 그 발달한 과학적 기술로써 눈 깜짝할 시간에 인격적 주체인 인간을 한 킬로그램의 재로 만들었으니 독일의 과학도 자랑할 만하잖아? 요컨대 인류의 역사 가운데 이렇게 조직화한 악이란 게 이때까지 있어본 일이 있는가. (중략) 가장 악명이 높은 곳이 아우슈비츠의 수용소다. 희생자들을 먼저 가스실로 통하는 지하의 탈의실로 데리고 가지. 거기서 옷이며 장신구들을 모조리 벗겨 놓고 목욕탕으로 데리고 간다면서 가스실에 처넣는 거야. 그런 시간의 지옥을 한 번 생각해 봐.
> (이병주, 「소설 알렉산드리아」, 70~71면)

이러한 시각을 가지고 있는 한스를 스페인 출신의 무희 사라는 사랑한다. 그녀 역시 전쟁의 폭력을, 고향(게르니카)의 폭격으로 경험한 바 있기 때문이다. 그렇기에 두 사람은 독일의 폭력성, 나아가 '2차 세계 대전'의 폭력성을 상징하는 독일군의 살해에 공모할 수 있었던 것이다.

　이러한 두 서사의 축을 바탕으로, 작가는 세계의 폭력성과 지식인의 의미와 사명에 대하여 서술해 나가고 있는데 가장 특징적인 것이라고 한다면 그것은 '관념적' 서술이라고 할 수 있다. 그것은 형의 직접적인 목소리로 서술되는 14통의 편지를 통해 확인된다. 동생인 나는 형에 대한 이해가 부족하기에 형의 생각을 자신의 언어로 풀어낼 수가 없다. 동생은 자신의 서술과 목소리로는 형의 면모를 표면적·단편적으로만 기술할 뿐이다. 형의 관념이자 작가의 관념, 즉 이데올로그로서의 생각과 입장은 형의 직접적인 고백과도 같은 편지 형식을 통해 전달된다. 그는 지식인으로서의 사명과 고뇌를 잘 알고 있다.

　　지식인은 한 사람이 겪는 고통을 두 사람이 나누어 견디는 셈인데 무식자는 모든 고통을 혼자서 견디어야 하는 셈이다. 지식인이 난관을 견디어가는 정도가 무식자보다 낫다는 사실을 이렇게 이해할 수 없을까?

　　　　　　　　　　　　　　(이병주, 「소설 알렉산드리아」, 33면)

　　역사는 어떤 인간의 자의 때문에 돌연 그 방향을 바꿀 수가 있다. 크게 보면 방향이 바꾸어진다고 해도 일시적인 우로를 취할 뿐이지 전체의 흐름은 그대로라고 할 수 있을는지 모른다. 개인을 어떠한 사회 현상 속에서 설명할 수 있을는지는 모르나 개인이 또한 역사나 사회현상에 결정적인 영향을 끼친다는 것을 우리는 등한히 할 수 없다. 불란서 대혁명이 나폴레옹적인 인간을 낳은 게 필연적 사실일지는 몰라도 바로 나폴레옹이 등장했기 때문에 생겨난 현상을 무시하지 못할 것이 아닌가.

　　　　　　　　　　　　　　(이병주, 「소설 알렉산드리아」, 61면)

　이러한 형의 관념적 서술은 그의 다소 '영웅주의'적인 면모와 맞물려 행해지고 있는데 이는 작가가 자신의 철학과 이념을 그에게 투사하여 직접적으로 기술한 데서 기인한다. 형이 보낸 편지는 자신이 경험하고 있는 감옥 생활뿐 아니라 정치, 역사, 철학, 종교에 이르기까지 심도 있는 통찰과 기술을 보여주고 있다. 편지의 구체적인 주제는 고독한 지식인으로서의 사명(편지 1)및 자신의 개인적인 욕구와 생활(편지 2, 3, 5, 6), 자유와 진리의 문제(편지 4), 하나님의 금지 규정과 권력(편지 3, 7), 자유와 절대성(편지 8), 기독교의 본질과 권력(편지 9), 케네디 암살 문제(편지 6, 10), 죄의 문제(편지 11), 사형제도(편지 12), 종교의 교리 문제(편지 13) 등이다. 이 편지는 논설의 그릇이자 사유의 공간이 되고 있다.

　이러한 관념적 서술은 형의 이야기에서 뿐 아니라, 사라와 한스가 살인 사건을 저지른 이후 그들의 입장을 대변하는 장면에서도 이루어지고 있다. 그들의 살인 사건에 대한 법정에서의 검사의 논고, 변호사의 변론 진술 내용, 그 판결문의 내용들은 소설에서 모두 원문 그대로 직접적으로 제시되어 있다. 검사의 논고와 변론의 다양한 입장들이 원용됨으로써 대상에 대한 각각의 목소리들은 그대로 중첩되고 견주어진다. 이러한 과정에서 개인적이면서도 가장 공적인 사건에 대한 작가의 관념적 목소리는 매우 다각적으로 제시된다. 작가의 사상과 이념을 대변하는 '형'이 감옥 안에 존재하기에 감옥 밖의 현실에 대한 사상과 관점을 피력하기에는 역부족이다. 또한 여러 사건과 상황들을 관찰하고 있는 서술자 '나'는 대상에 대한 심도 있고 깊이 있는 통찰에까지 이르지는 못하는 존재이다. 이에 작가는 자신의 이념을 대변해 줄 수 있는 서사적 공간이자 방법이 필요해진다. 결국 작가는 법정 토론에서 구사된 내용들을 그대로 원용하여 보여주는 것을 택한 것이다. 이러한 설정은 독자는 대상에 대한 핍진하고도 입체적인 목소리와 현장들을 체험케 하는 서사적 효과를 낳는다.

　　법률이 보장해 주지 않는 인권은 개인 스스로가 보장해야 하지 않겠습니까. 법이 처리하지 못하는 불법, 혹은 고의로 처리해주지 않는 불법은, 그것이 결정적으로는 불법이라는 단정이 내린 것이라면 당사자 개인이 이를 처리할 수 있다는 어떤 모럴이 허용되어야 하지 않겠습니까. 법률은 자체의 미급함을 항상 반성하고 법률에 우선하는, 그러나 법률화할 수 없는 이러한 도의를 인정해야 옳지 않겠습니까. 법률만이 모든 것을 처리하고, 법에 위배한 일체의 처리는 그것이 인정에 패반(悖反)됨이 없고, 공의에 어긋나는 점이 없음에도 부당하다고 생각하는 건 법률의 오만이 아니겠습니까. 그러한 오만이, 법률이 본래 존귀하게 보장해야 할 인간의 가치를 하락시킴으로써 법률 본래의 목적에 위배하는 결과가 되지 않겠습니까. 불법이지만 정당하고, 합법이지만 부당한 인간행위가 있는 것입니다. 이런 복잡 미묘한 인생에의 이해에 입각해서, 한정되고 불안한 법률의 능력을 인식할 때 비로소 인간을 위한 법률운용이 가능한 것이라고 본 변호인은 믿고 있습니다.

(이병주, 「소설 알렉산드리아」, 113~114면)

소급법에 의거, 실제 사법제도의 모순에 의해 옥고를 치른 이병주의 비판이 변호사의 목소리를 통해 나타나고 있는 부분이다. 소설의 방식, 즉 서사를 통해 작가의 이러한 지식과 세계에 대한 의식을 드러내는 방식은 지식인인 이병주가 자신의 사상과 관념을 가장 적극적으로 드러낼 수 있는 방법이었을 것이다. 이는 미국에서 일어난 법학부문에서의 스토리텔링 (storytelling)운동이 갖는 믿음과 상통한다.

> 서사는 개인과 사회의 구체적인 경험을 구현하며, 타자의 목소리를 들리게 하고, 법적 판단의 가정 자체를 문제시하는 특별한 능력을 갖고 있다. 따라서 서사는 반다수결주의적 논쟁의 형식이고 일상적인 법률 업무에서 발생하는 배제를 폭로하고자 하는 이의 신청자의 의도를 위한 장르이며, 우리의 이야기를 듣고 나서야 비로소 이해할 수 있는 하나의 말하기 방식이다.52)

---

52) H. 포터 애벗, 앞의 책, 2010, 358면에서 재인용.(Brooks Peter, & Paul Gewirtz(eds.), *Law's Stories : Narrative and Rhetoric in the Law*, New Haven : Yale University Press, 1996, p.16.)

288

사법제도에 대한 이러한 비판은 이후의 작품, 『철학적 살인』, 『행복어 사전』, 『去年의 曲』 등을 통해서도 지속적으로 나타나게 된다.

이병주 소설에는 지식인적 정체성을 드러내는, 작가의 분신이라고 할 수 있는 여러 인물들이 공통적으로 나타나고 있는데, 그들 대부분은 당시의 정치·역사·사회 현실에 대해 의견을 개진하고 토론하는 모습을 보여준다. 「쥘부채」의 동식, 「지리산」의 이규, 「산하」의 이동식, 『관부연락선』의 이선생 등이 그러하다. 이들 인물들은 「소설 알렉산드리아」에 나오는 형과 같이, 작가 이병주의 분신으로서, 작가 자신이 가지고 있는 사상과 이념적 편력을 그대로 재현하고 있는 인물들이다.

정을병 역시 비슷한 관점에서 역사의 다양한 소재들을 가져와 그 철학적 사변과 사상을 작품으로 형상화했다. 「반모랄」, 「아테나이의 비명」 등이 그것이다. 이 작품은 작중인물 정석의 필화 사건을 다룸으로써 당시 지식인 의 고뇌를 다루면서 '자기세계'의 실존적 고찰을 다각적으로 보여 주었다.

이들의 서사를 이끌고 가는 것은 그들이 가지고 있는 사상과 철학 및 지식으로서 습득된 세계 경험이다. 그들이 구축한 세계는, 구체적인 역사와 현실 경험에 근거하지 못했기에 다소 사변적이며 그들의 세계 역시 구체적인 현실성을 갖지 못한다. 그렇기에 이들은 '수준 낮은 계몽주의자', 혹은 '책상물림 지식인'[53]이라는 혹평을 받기도 했다. 하지만 이들 소설이 우리 문학사에서 차지하는 위치 자체를 무시할 수는 없을 것이다. 즉 이들의 소설은 우리의 격동적인 근현대사의 문제를 지식인의 문제와 관련하여 심도 있게 보여주었다는 점에서 그 의의를 찾을 수 있는 것이다. 그들의 허약성은 당대 우리나라 지식들이 가질 수밖에 없었던 허약성의 다른 이름인 까닭이다. 비록 소설적 기법 면에서 완결된 성과를 내지는 못했지만, 1960년

---

53) 김윤식, 앞의 글, 171~197면.

대에 이르러 부각된 지식인의 의미와 사회·역사적 역할에 대한 의미를
통찰하게 하는 하나의 통로가 되기도 한다는 점에서 이들의 존재 의의가
있다고 하겠다.

　한편, 그의 사상적 경향성을 보았을 때, 발전 이데올로기에 대한 순응과
동일화의 시선은 그가 가진 계몽성에 대한 비판적 고찰을 요구하는 부분이기
도 하다.

> 　지식인 치고 서양 문명의 숭배자가 아닌 사람이 있겠습니까? 나는
> 우리가 가지고 있는 가장 소중한 것을 간직하고 가꾸기 위해서는 서양문명
> 을 진지하게 배워야 한다고 생각하니까요. 지금 사방에서 하는 근대화란
> 일단은 서구화를 말 하는 것 아니겠습니까?
> (이병주,『그 테러리스트를 위한 만사』, 115면)

　이는 작가의 한계이기도 하지만, 앞서 살핀 바대로, 5·16을 거치면서
분열된 당대의 지식인의 한계이자 이중적 양상의 한 측면으로 볼 수 있다.
계몽과 발전, 진보의 개념을 모토로 하는 당대의 지식인의 친(親)체제적인
경향성과 보수주의의 일면을 그의 작품을 통해 확인할 수 있는 것이다.

　이병주와 정을병은 '지식' 자체로서 작품의 서사를 구성하면서 이에
대한 신뢰와 가능성을 보여준다. 이러한 전망은 '상승'이라는 말로 표현할
수 있을 것이다. 그러나 또 다른 한편, 이러한 전망에 대한 불신, 즉 '전락'의
시선을 담은 소설들이 발견된다. 서사화된 지식과 과학에 대한 불신을
지적하고 그 허상의 실체를 드러내는 것이다. 이는 서정인의 초기 소설에서
도 확인이 되는데 그는 이러한 지식인의 좌절감과 회의감을 세련된 언어감각
으로 보여주었다. 1962년「후송」이『사상계』에 당선되어 왕성한 작품
활동을 해 온 서정인에게 1960년대는 그의 작품 세계를 구성하는 시기중

비교적 초기54)이다. 이 초기소설을 통해 그는 작품을 통해 관념적인 지식인적 정체성과 자의식을 보여주었다고 볼 수 있다. 서정인은 「산문시대」 동인을 거치며 김승옥, 이청준, 최인훈 등과 함께 4·19세대를 형성한 작가로서, '단편 소설의 고전적 성취의 단아한 보기'55)라는 수사로 대표될 만큼 뛰어난 감각과 소설적 형식에 대한 성취를 보여주었다. 등단 및 초기작 「후송」(1962)과 「미로」(1967)를 거쳐 「강」(1968)에 이르면서, 그는 지식인적 회의와 고뇌를 작품으로 투사하여 형상화한다.

　　"그런데 왜 박사를 만나려 하오?"
　　"첫째, 내가 박사에게 무엇을 물어보았으면 좋겠는지 물어보기 위해서. 둘째, 내가 도대체 여기서 무얼 하고 있는지 알아보기 위해서. 셋째, 혹시 나에게 박사가 되고 싶은 생각이 있는지 없는지 물어보기 위해서." (중략)
　　"… 박사는 죽었소. 벌써 오래 전의 일이오. 너무 오래되었기 때문에 오래되었다는 말까지가 오래되어버렸을 정도요. 그렇지만 만나보고 싶다면 이 뒤로 돌아가 보시오." (중략)
　　나는 그들을 그렇게 두고 그가 가리켰던 대로 집 뒤로 갔다. 집 뒤는 빈 벌판이었다. 그 벌판에는 아주 퇴락한 고총이 하나 있을 뿐 아무 것도 보이지 않았다. 그러나 나는 별로 당혹하지 않았다. 둘째 문제는 이미 해결이 되었었고 첫째 문제도 어느 사이에 해결이 되어 있었다. 즉 나는 박사에게 아무 것도 묻지 않는 것이 좋았다. 남은 것은 셋째 문제뿐이었는데 셋째 문제라면 나의 생각에 관한 것이었고 사실 내 자신의 생각에 관한

---

54) 논자들에 따라 차이는 있으나, 약 50여 년에 걸친 그의 작품 세계는 주로 『달궁』연작 시리즈(1987~1990)를 기준으로 구분, 논의되어 왔다. 『달궁』은 서정인을 리얼리스트에서 스타일리스트로, 단편 중심 작가에서, 중·장편의 작가로 이행·자리바꿈 하게 하는 계기이자 기준으로 읽혀왔다.
　　김만수, 「근대소설의 관습에 대한 부정과 반성 ─ 서정인의 문학세계」, 『물치』, 솔, 1996 ; 우찬제, 「소설성의 탐색, 탐색의 소설성」, 『달궁가는 길』, 서해문집, 2003 ; 이윤경, 「속악한 현실 세계의 인식과 출구 찾기」, 『1960년대 문학 지평 탐구』, 역락, 2011.
55) 유종호, 「삭막한 삶과 압축의 미학」, 『사회역사적 상상력』, 민음사, 1987, 271면.

일이라면 내가 박사보다 더 잘 알는지도 모를 일이었다.

(서정인, 「미로」, 122면)

정거장에서 기차를 기다리는 '나'의 장면 제시와 서술로 시작되는 「미로」는 기차역, 학교, 학교 운동장, 거리 등을 이동하며 다양한 사람들을 만나면서 경험한 시야의 변화 과정과 그 양상을 보여주는 작품이다. 이러한 과정을 거친 후 주인공은 작품 말미에서 그간 만나고 싶어 고대하던 박사를 만난다. 그러나 나는 결국 박사를 통해 자신과 세계에 대한 궁금증을 해결하고 싶어 했던 자신의 기대가 무용한 것임을 깨닫게 된다. 세계 변혁에 대한 열망과 기대가 균열하는 현실인식을 통해 굴절되면서 그 지식이 허상이었음을 깨달은 까닭이다. 그렇기에 그토록 본인이 기다렸던 박사가 죽었다는 사실을 깨닫고 난 뒤에도 그는 당혹스러워하지 않는다. 오히려 스스로 "박사에게 아무 것도 묻지 않는 것이 좋았다"라고까지 자위할 수 있는 것이다. 「미로」는 작품의 제목이 암시하는 바와 같이 모호한 공간과 시간, 인물들을 제시하면서 현실과 세계에 대한 명료한 앎에 대한 기대가 결국 허상인 것임을 알려준다. 이러한 회의와 고뇌는 「강」에 있어서도 비슷한 방식으로 드러나게 되는데 「강」은 대학생 김씨, 세무서 직원 이씨, 전직 초등학교 선생 박씨 등의 인물들이 군하리로 가는 여정의 이야기이다. 이들은 나름의 방법으로 현실에 뿌리를 박고 소시민의 삶을 살아가고 있지만 그들의 삶에 대한 시선은 다소 무미건조하다. 작품에서 서술자와 가장 가까운 거리에서 초점화되고 서술되고 있는 인물은 지식인 김씨이다. 그는 시골 천재 출신으로, 한 때는 자신의 삶을 바꾸어 놓을 천재로서의 가능성과 그것이 가져다 줄 장밋빛 미래에 대한 믿음으로 부풀어 있었다. 그러나 그는 이제 그 믿음이 한낱 허상임을 알고 있다. 이에 잠시 머무르게 된 여관집 소년과의 대화를 통해 이러한 자조감과 회의감을 적나라하게 드러낸다.

너는 아마도 너희 학교의 천재일 테지. 중학교에 가선 수재가 되고, 고등학교에 가선 우등생이 된다. 대학에 가선 보통이다가 차츰 열등생이 되어서 세상으로 나온다. 결국 이 열등생이 되기 위해서 꾸준히 고생해온 셈이다. 차라리 천재이었을 때 삼십 리 산골짝으로 들어가서 땔나무꾼이 되었던 것이 훨씬 더 나았다. (중략) 그러다 보면 천재는 간 곳이 없고, 비굴하고 피곤하고 오만한 낙오자가 남는다.

(서정인, 「강」, 138~139면)

1960년대에 들어와 우리 사회에 크게 부각되기 시작한 것은 발전의 개념이었다. 1960년대는 개발의 연대(development decade)로 호칭하고 전세계적으로 사회발전을 촉진하려던 시대였다. 우리나라에 있어서도 국민공동사회를 주축으로 하는 사회발전, 즉 국가발전을 계획적으로 촉진하려는 움직임이 크게 강화되었다. 근대화를 촉진하고 민족중흥을 도모함으로써 남북통일에의 기반을 조성하려는 국가목표가 보다 선명하게 부각되었으며 그것을 위한 계획이 강화되었다. 근대화라는 개념은 정치면에 있어서 주권화의 강화, 경제면에 있어서의 공업화의 촉진, 사회면에 있어서의 개방화의 추진 등 다양한 목표와 방향을 지향하였으며 정신적인 면에서 본다면 합리화, 효율화를 강조하는 데 그 특징이 있었다. 이에 교육이 근대화의 관건이며 국가 발전의 원동력이 되어야 한다는 사조가 크게 일어났으며 국민교육제도의 장점을 차지하는 대학교육의 중요성 또한 크게 강화되었다. 이러한 교육제도를 통한 기대치는 국가정책 차원에서 뿐 아니라, 그러한 제도적 환경 속에서 살아가는 국가 구성원들의 개별적 삶에 대해서도 발전에 대한 신화를 만들어갈 수 있게 해준다. 대학진학은 신분이동 및 입신출세의 한 방편이자 경제적 부의 획득의 통로가 되었다. 금전추구와 신분이동을 보장하는 '출세'로의 수단이 교육으로써 기대됨에 따라 대학진학은 빈곤으로부터 탈출을 감행하게 하는 유일한 가능성으로 비추어지는 것이다.[56] 위의 인용문에서 보듯 이제 입신과 출세를 위한 한낱 도구로 전락한

'지식'은 계몽주의의 낭만성이 담지하는 세계사적 변혁에 대한 열망은커녕, 개인의 발전 신화조차도 믿을 수 없게 만든다. 이미 타락한 현실은, 원대한 세계는커녕 세속적인 개인의 삶의 발전에 대한 기대나 열망까지도 여지없이 잘라내 버리는 것이다. 이러한 김씨의 좌절은 근대를 뒷받침하던 '지식'의 실체와 허약성을 여실히 드러낸다고 하겠다. 그것은 또한 당대 지식인들의 허약성을 드러낸 것이기도 하다. 만하임은 관료제의 발전과 산업사회의 발전을 지식인 논의의 중요한 사회적 배경으로 삼았는데, 그는 지식인이 기능화·표준화·파편화 되어 가는 모습을 지적하였다. 이러한 만하임의 지식 인론은 엘리트적·계몽주의적 성격에 바탕을 두고 있는 것인데, 푸코 역시 지금까지의 지식인이 가져왔던 허상에 대해 지적하였다. 대중은 자신들의 대변자로서 지식인을 더 이상 필요로 하지 않는다는 것이다. 여기에 푸코는 대중의 지식 담론 및 담론을 금지·봉쇄·무효화시키는 권력 체계가 존재함과 동시에 지식인은 이러한 권력 체계의 대리인 역할을 수행한다고 지적했다. 서정인의 소설은 당대의 도구화된 지식 및 그것을 자신의 사회·경제·문회적 기반으로 삼고 있는 지식인들의 취약성, 그들이 믿고 있는 신화의 취약성을 선명하게 간파·지적하고 있다.

  이러한 지식에 대한 '상승'과 '전락'의 양 극단 사이에서 절묘한 긴장 상태를 유지하고 소설적 기법 면에서 세련된 방법론을 보여준 것이 바로 최인훈이라고 할 것이다. 최인훈의 소설에는 지식인으로서의 이념과 철학을 가지고 있는 인물들이 등장한다. 지식인으로서의 작가가 작중 인물로 투사[57] 된 『광장』의 이명준은 철학과 대학생으로 정치와 역사, 세계에 대한 고뇌와 성찰을 보여주는 인물이다. 그는 세계를 직접적인 경험이 아닌 책 속의

---

56) 1960년대 근대화와 교육제도 간의 관련성 논의는 졸고, 앞의 글 참조.
57) 이러한 관점, 즉 작가의 '자기 반영성'에 초점을 둔 연구로, 연남경, 앞의 글 참조.

세계를 통해 이념과 사상으로 경험한다. 그는 칸트나 헤겔 식, 혹은 데카르트 식의 명징한 이성적 사고를 추구한다. 데카르트는 생각하는 나(언표행위의 주체)와 존재하는 나(언표 주체)를 하나의 동일한 자로 만듦으로써, 즉 두 개의 주체·두 개의 '나'를 하나로 포갬으로써 '나'라는 존재의 확실성을 보여준다. 그것은 코기토적 주체이다. 또한 「라울전」의 라울 역시 자신의 경험과 실제로서가 아니라 이성적 지식으로 신(神)을 추구한다. 그는 예수를 믿기 위해 경전과 사료를 통해 계보학적인 검토를 하는 자이다. 라울 역시 근대적·데카르트적인 지식인의 전형이라고 볼 수 있다. 그들의 세계 인식의 통로는 지식과 철학이다. 이에 그들은 독서 행위에 대한 강박적인 습관을 보여주기도 한다. 지식은 그들의 세계 인식의 통로이자 그들 삶을 규정짓는 나름의 존재기반이 되는 까닭이다.

그러나 최인훈에 의해 구축된 지식인 인물은 그 서사화의 방법에서 여타의 지식인 소설들이 보여준 소설과의 나름의 차별성을 갖는다는 점에서 주목을 요한다. 그는 대상에 대한 비판적 성찰을 보여주되 그것을 끊임없는 긴장의 축 위에 놓고 있다는 것이다. 「라울전」의 '라울'과 '바울'의 대비적 배치가 그러하며, 『광장』의 이명준이 남과 북, 밀실과 광장의 대립항 사이에서 팽팽하게 긴장하고 회의하고 있다는 점이 이를 뒷받침해 준다. 이 작품에서 결국 라울은 죽음을 통하여 비극적 결말을 맞이하게 되는데, 이는 『광장』의 이명준이 끝내 남과 북, 이데올로기의 어느 영역도 아닌 자신의 삶, 생활의 장인 중립국을 선택하는 방식과 흡사하다. 이러한 과정은 일거에 선명하게 이루어지지 않으며 또한 그 선택된 구체적 현실에서의 방향성과 모습 또한 '미결정'의 상태로 남겨진다는 점에서 중요한 의미를 갖는다. 데카르트는 명징한 이성으로써 근대적 주체를 확립하려고 했지만 거기에는 주체의 이중적 분열의 문제가 포함되어 있는 까닭이다.

인류는 슬프다. 역사가 뒤집어 씌우는 핸디캡. 굵직한 사람들은 인민을

들러리로 잠깐 세워주고는 달콤하고 씩씩한 주역을 차지한 계면쩍음을
감추려 한다. 대중은 오래 흥분하지 못한다. 그의 감격은 그때뿐이다.
평생 가는 감정의 지속은 한 사람 몫의 심장에서만 이루어진다. 광장에는
플래카드와 구호가 있을 뿐, 피 묻은 셔츠와 울부짖은 외침은 없다. 그건
혁명의 광장이 아니었다. 따분한 매스게임에 파묻힌 운동장. 이런 조건에서
만들어내야 할 행동의 방식이란 어떤 것인가. 괴로운 일은 아무한테도
이런 말을 할 수 없다는 사정이었다. 혼자 앓아야했다. 꾸준히 공부를
했다. 그런데 이번에는 '남'에게 탓을 돌릴 수 없는 진짜 절망이 찾아왔다.
신문사와 중앙도서실의 책을 가지고 마르크시즘의 밀림 속을 헤매면서
이명준은 처음 지적 절망을 느꼈다.

(최인훈, 『광장』, 137면)

　　그렇다면? 남녘을 택할 것인가? 명준의 눈에는 남한이란 키에르케고르
선생 식으로 말하면, 실존하지 않는 사람들의 광장 아닌 광장이었다.
미친 믿음이 무섭다면 숫제 믿음조차 없는 것은 허망하다. 다만 좋은
데가 있다면, 그곳에는, 타락할 수 있는 자유와, 게으를 수 있는 자유가
있었다.

(최인훈, 『광장』, 169면)

　이들의 서사형식, 그 플롯은 완벽하게 해결되지 않는 끊임없는 긴장
위에 구축되어 있다. 이는 지식인의 존재 방식, 끊임없이 회의하는 과정
상에 있다는 점과 상관관계를 이루고 있다.

　이명준은 남한과 북한 모두를 경험한 바 있으며, 그 경험을 통해 결국
이데올로기라는 것은 한낱 허상에 불과하다는 깨달음을 얻는다. 그는 이데올
로기(광장)로서의 남한과 북한을 각각의 그 공간에서 만난 여성들인 은혜와
은애(밀실)로써 매우 구체적으로 경험하는데, 결국 그는 어느 쪽도 선택하지
않는 것이다. 그는 '중립국'행을 원하지만 이 또한 어떤 근본적인 해결
방법이 될 수 없을 것임을 알고 있다. 그래서 그는 결국 자살한다.

296

　　"중립국" (중략)

　　"동무의 심정도 잘 알겠소 오랜 포로 생활에서, 제국주의자들의 간사한 꾀임수에 유혹을 받지 않을 수 없었다는 것도 용서할 수 있소 그런 염려는 하지 마시오. 공화국은 동무의 하찮은 잘못을 탓하기보다도, 동무가 조국과 인민에게 바친 충성을 더 높이 평가하오. 일체의 보복 행위는 없을 것을 약속하오, 동무는…"

　　"중립국." (중략)

　　"중립국이라지만, 막연한 얘기요. (중략) 대한민국이 과도기적인 여러 가지 모순을 가지고 있는 걸 누가 부인합니까? 그러나 대한민국엔 자유가 있습니다. 인간은 무엇보다도 자유가 소중한 것입니다. 당신은 북한 생활과 포로 생활을 통해서 이중으로 그걸 느꼈을 겁니다. 인간은…"

　　"중립국." (중략)

　　"당신은 고등 교육까지 받은 지식인입니다. 조국은 지금 당신을 요구하고 있습니다. 당신은 위기에 처한 조국을 버리고 떠나버리렵니까?"

　　"중립국."

　　"지식인일수록 불만이 많은 법입니다. 그러나, 그렇다고 제 몸을 없애 버리겠습니까? 종기가 났다고 말이지요. 당신 한 사람을 잃는 것, 무식한 사람 열을 잃는 것보다 더 큰 민족의 손실입니다. 당신은 아직 젊습니다. 우리 사회에는 할 일이 태산 같습니다.…" (중략)

　　"중립국."

(최인훈, 『광장』, 170~172면)

　　명준은 자신이 가지고 있는 지식과 철학을 바탕으로 사회를 성찰할 뿐 아니라, 그 이념과 이데올로기의 실체가 사실은 허상에 불과하다는 것을 경험을 통해 알고 있다. 이성의 산물인 지식의 허망함 또한 알고 있기에 이성에 대한 맹목과 계몽주의가 가질 수 있는 함정까지도 꿰뚫어 보고 있는 것이다. 세상을 성찰하는 도구로 지식을 활용하지만, 또한 그 자체가 허상의 것임을 알고 있다. 이러한 점은 이명준이 이성과 문명, 진보에 대한 신뢰와 계몽성에 대한 천착으로 기울어진 지식인으로부터 한발 더 나아가 있었음을 의미한다. 이명준을 통해 구현된 지식인은 자신이 정체성의 기반으로 삼고 있는 지식 자체의 공허함을 알고 있다. 그렇기에 결국엔 아무 선택도 하지 않음으로써 자신이 할 수 있는 최선의 선택을 한 것이다.

한편, 이러한 선택은 현실을 움직일 만한 구체적인 힘을 발휘하지 못한다는 점에서 당대의 지식인의 한계를 드러내기도 한다. 명준은 중립국으로서의 이념이 아닌 '현실'을 택했으나, 그에 대한 명확한 답을 내리지 못한 채 자살을 택한다. 이러한 점은 당대의 지식인들의 존립 기반이, 서구의 지식인 논의에서 거론58)되는 이상(理想)과 전망을 확고히 가지지는 못했다는 점에서 기인한다. 자기시대의 문제에 대한 새로운 해결책을 제시해 주는 예술가와 이상제시자로서의 지식인을 강조하는 것59)이 서구의 주된 지식인 논의였다면, 1960년대의 한국의 지식인과 문인들은 이러한 조건들을 충분히 갖추지 못했던 것이다. 이는 60년대 지식인에게 던져진 환경적 여건에서 기인한다. 지식인이 보편적인 자기추구를 하기 위해서는 일차적으로 그들이 근거할 계급적 기반이 필요하다. 그러나 60년대는 전후(戰後) 경제적 극복이 시작 단계에 머물러 있었기 때문에 지식인이 근거할 계급적 기반이 충분하지 못했다. 또한 분단과 더불어 대거 월북한 문인 및 지식인 계층을 생각해 보았을 때, '비판적' 지식인들의 전통은 일정 부분 단절되어 있었다고 볼

---

58) "진정한 지식인이라면 대중의 현실주의와는 공식적으로 대립되는 방향에서 이상적인 것에 충성을 다해야 한다. 따라서 지식인은 국가나 정치, 계급 등의 현실과 일정한 거리를 유지함으로써 자신들의 이상을 지켜 나가고, 일체의 현실적 목적이나 관심으로부터 초월하여 예술이나 학문 등 형이상적 분야에서 활동하는 자이다."(이인호, 『지식인과 저항』, 문학과 지성사, 1984, 12~13면.)

59) 만하임(Karl Mannheim)은 현실을 변형시킬 수 있는 유토피아적 구상을 지켜가는 사람들이 바로 '자유부동하는 인텔리겐챠(free floating intelligentia)'라고 했다. 이 자유부동 하는 인텔리겐챠는 어느 한 계층에 속하지 않으므로 사회를 전체적으로 전망하는 것이 가능하며, 이상과 현실 사이에 일정한 거리를 유지함으로써 (생산적 긴장관계를 지킴으로써) 비판정신의 수호가 가능한 존재가 되는 것이다.(칼 만하임, 황성모 역, 『이데올로기와 유토피아』, 삼성출판사, 1980, 221~223면 참조.)

수 있다. 또한 국가적으로 주도된 반공 이데올로기와 파시즘적 정치 이념의 구현은 비판적이고도 체계적인 세계해석을 위한 통로를 봉쇄하고 있었다[60]는 점은 일정 부분의 한계를 노정할 수밖에 없는 조건이 된다. 혹은 국가 주도에 의해 지식인은 국가의 발전과 성장 이데올로기를 지지하는 세력으로 성장하기도 했던 것이다. 그렇기에 회의하는 지식인으로서의 면모만이 부각되는 것이다. 또한 그것은 당대의 지식인이 보여줄 수 있는 최선의 적극적인 선택이 될 수밖에 없었다. 그래서 끝내 이명준은 중립국을 선택할 수밖에 없었던 것이다. 그리고 그것이 그에게는 최선의 방법이었다. 이는 이후의 최인훈의 작품이 구체적인 현실을 소거하는 가운데 고립과 관념의 세계에 천착하게 되는 이유 중의 하나가 되기도 한다.[61] 이는 최인훈 개인의 문제일 뿐 아니라, 당대 우리나라 지식인이 가질 수밖에 없는 한계의 일면이 기도 하다.

  그러나 한편, 명준의 자살이 과연 패배나 무력함으로만 해석될 수 있을까 에 대하여는 다양한 재고(再考)의 여지를 남긴다. 그는 '중립'을 선택함으로 써 아무 것도 선택하지 않았다. 또한 죽음을 선택함으로써 즉, 아무 것도 말하지 않음으로써 자신의 입장을 가장 구체적으로 드러낸 것이다. 작품 말미에서 그가 선택한 자살은 다양한 해석의 여지를 남긴다. 이는 그의 여러 번의 작품 개작 과정을 통해서도 확인해 볼 수 있다. 이 작품은 1960년 잡지 『개벽』을 통해 발표된 이후 총 일곱 번의 개작 과정을 거쳤다.[62]

---

60) 이러한 혼돈 속의 지식인의 이중적 괴뇌를 인정하면서 1960년대 소설의 주체를 논의한 것으로 임경순, 「1960년대 소설의 주체와 지식인적 정체성」(상허학회 편, 『1960년대 소설의 근대성과 주체』, 깊은샘, 2004)의 논의를 참조할 수 있다.

61) 보통 최인훈의 작품군 중에서 '비사실주의계열'로 분류되는 작품들은 그의 후기작 들이다. 이러한 작품들은 세계에 대한 작가의 회의가 '형식'으로 나타난 것들이라고 볼 수 있다.

62) 이에 대한 연구는 다음과 같은 글을 참고할 수 있다.
김현, 「사랑의 재확인-광장' 개작에 관하여」, 『최인훈 전집』 1, 문학과 지성사, 1976 ; 김욱동, 『'광장'을 읽는 일곱 가지 방법』, 문학과 지성사, 1996 ; 김인호,

이 과정을 통하여 작품의 의미는 새로운 의미를 획득해 나가게 된다. 다시 말한다면, 초판에서 '미결정(未決定)'의 상태로 남겨놓음으로써 그것은 한편으로는 현실적 추동력을 갖지 못하는 무력함으로 해석될 수도 있지만, 그것은 또한 독자들에게 다양한 해석의 여지를 주는 중요한 단초가 될 수 있다는 것이다. 이러한 단초를 계기로 작가는 구체적인 개작 행위를 통해 의미의 다양한 생성 과정을 확인하고 획득한 것이다. 이러한 '미결정'의 형식은 이청준 소설이 보이는 '열린' 결말과도 상통한다. 이청준은 세계에 대한 거대한 불안과 공포 앞에, 그 원인을 천착하여 들어가지 않는다. 「씌어지지 않은 자서전」이라는 작품명이 보여주듯 자서전은 '씌어지지 않았으며' 실제 서사의 내용에 있어서도, 왕에 대한 탐색과 신문관의 판결도 미결정의 상태로 남긴 것이다.

1960년대의 소설에서 등장하는 지식인 유형의 인물과 작가의 근대적 세계에 대한 지식에 대한 서사화는, 당시의 새로운 소설적 경향을 보여주는 하나의 중요한 지표가 되었다. 당대 사회에서 '지식'에 대한 믿음과 열망은 당대의 시대정신을 포괄하는 개념이었다. 칸트의 선험적 이성, 뉴턴의 자연과학, 다윈의 진화론으로 대표되는 계몽주의를 바탕으로 근대의 인간은 세계의 중심이자 주체로 서게 되었다. 그리고 이에 대한 믿음은 근대사회를 지지하고 지탱하는 바탕이 되었다. 덧붙여, 식민지 경험과 전쟁 중 신분제도 및 현실적 어려움에 얽매여 있던 교육에 대한 열망은 1960년대에 이르러서야 집중적으로 분출되게 되어 근대적인 교육기관으로 집중되었다는 점을 생각해 볼 필요가 있다. 우리나라의 근대적 교육에 대한 열망은 이미 19세기 말에서 20세기 초에 걸쳐 고등교육제도 및 조직 속에서 싹튼 바 있다.

「'광장' 개작에 나타난 변화의 양상들」, 『해체와 저항의 서사』, 문학과 지성사, 2004 ; 지덕상, 「'광장' 개작에 나타난 작가 의식」, 고려대학교 석사학위논문, 1982 ; 배수진, 「최인훈 '광장'의 개작 연구」, 단국대학교 석사학위논문, 2001.

300

그러나 일제 식민 시대라는 억압적 상황 하에서 제대로 된 성장은 이루지 못했다. 해방이후에는 전쟁의 혼란으로 학교제도의 기능이 제대로 발휘되지 못했다. 그러다가 전쟁의 혼란이 어느 정도 수습된 1960년대에 이르자 근대적인 학교제도는 미국의 제도를 본받으면서 새로운 사회 문화적 풍토 속에서 비약적인 양적 성장을 이룩한 것이다.

이러한 1960년대의 상황들은 당대의 작품 속에서 다양한 스펙트럼을 가지고 나타났다. 그것은 이병주, 정을병 등이 보여주듯 지식에 대한 신념과 열망으로 서사화되기도 하였으며, 서정인과 같이 그에 대한 극심한 회의로, 혹은 최인훈과 같이 그에 대한 긴장의 축으로써 서사화되기도 하였다. 이에 대한 전망들이 작가별로 나름의 긴장과 편차를 가지고 존재해 왔다는 점에서 당시 작품 속에서 나타난 지식으로서의 과학의 서사화 경향은 문학사적으로 매우 중요한 의의를 지닌다고 하겠다.

2) 파편적 현실 인식과 언어유희

1960년대의 현실에 대한 비판 의식은 그 내용적 측면, 지식인의 구체적인 사명과 의식으로 나타나지 못했다. 이러한 의식의 구체화는 1970년대에 이르러 소위 '민중문학'의 개화로 이루어지며, 전술(前述)한 바대로 1960년 대의 근대에 대한 '내용'적 비판성은 아직 충분히 갖추어지지 못했던 것으로 보인다.

1960년대 소설에서 주목할 부분은 근대에 대한 비판성이 '형식'적 측면, 즉 새로운 언어 실험의 형식을 통해 시도되고 나타났다는 점이다. 아도르노 는 "예술은 사회의 안티테제이며 외부 세계의 반영을 형식에서 찾는다"[63]고 말한 바 있거니와 지젝 역시 '진실이란 형식 속에 있는 것'이라 보았다. 1960년대 소설에 나타난 형식성에 대해서는 많은 연구자들에 의해 '심미적

---

63) 김유동, 『아도르노 사상』, 문예출판사, 1993, 189면.

모더니티'(미적 근대성)로서 상당부분 제시된 바 있다. 서정인이 "사회를 가득 채우고 있는 병리를 고치는 길은 사물들을 있는 그대로 보는 진리이며, 따라서 예술이 사물의 이름을 제대로 불러줌으로써 세상을 바로잡을 수 있다"[64]고 지적한 것은, 언어와 예술에 대한 자각이야말로 1960년대 새로이 등장한 작가들에게 있어 가장 두드러진 특징이었음을 확인시켜준다.

완결되고 통합적인 세계에 대한 회의는 그것을 형상화하는 매개인 언어에 대한 회의로 구체화된다. 이에 작가들은 기존의 문학 언어에 대한 방법적 회의를 드러내고 새로운 방법을 모색한다.

> 아버지, 도대체 소설이란 무엇입니까. 한 인간의 상상력의 소산물이 아니겠습니까? 픽션. 그리하여 재미가 난다는 거겠지요. 그런데 한 인간의 상상력을 가지고는 도저히 추정할 수 없는, 그렇게 기이하고도 엉뚱한 일들이 출몰하는 이 땅의 현실과 충돌했을 때 저는 당황했습니다. (중략)
> 현실에 참패한 픽션.
> 픽션을 제압한 현실.
> 이것이 곧 카오스의 세계요, 또한 이 땅의 생생한 리얼리즘이 아니겠습니까.
>
> (남정현, 「부주전상서」, 311면)

1960년대 박정희 정권이 들어서면서 본격화된 근대화는 외세와의 관계를 통해 더욱 본격적으로 추진되었다. 박정희 정권에 의해 본격화된 근대화는 경제구조의 측면에서 대외의존도를 심화시키면서 친미적인 성향을 강화시켰다. 또한 그것은 반공논리와 결합하면서 사회전반의 분위기를 경직되게 만들었다. 남정현의 「분지(糞地)」 필화사건[65]은 당시의 이러한 폭력적 국가

---

64) 서정인, 「상업화시대의 예술」, 『달궁 가는 길』, 서해문집, 2003, 373~375면.
65) 1965년 남정현에 의해 쓰여진 단편 소설 「분지」가 반공법에 저촉되었다는 이유로 작가는 구속 기소되어 7년의 징역형을 언도받았다. 사건의 구체적인 내용은 한승헌, 「남정현의 필화, 분지 사건」, 『남정현 문학전집』 3, 국학자료원, 2002 참조.

권력과 경직된 사회 분위기를 상징적으로 보여준다. 이러한 현실 속에서 소설가는 '허구'로서의 소설보다 더 가짜 같고 허구 같은 현실에 대해 고민한다. 총체적 인식이 가능한 세계에 대한 믿음은 사라지고 그것을 나타내는 언어와 그것이 만들어낸 소설적 형식에 관심을 갖게 되는 것이다. 중요한 것은 유기적 구성을 지향하는 총체성이 아니라는 점이다. 총체성에 대한 추구는 하나의, 일자(一者)로서의 유기적 구조를 전제하는 인식이기 때문이다.

파편화된 세계에 대한 현실 인식은 파편화된 형태의, 의미의 완결성을 지니지 못하는 어휘나 말장난으로 연결되고, 이는 언어유희의 방식으로 나타난다. 세계에 대한 비판 의식 의식은 독자적인 영역으로서의 '미(美)'와 '예술'에 대한 의식을 자각하게 만든다. 예술 그 자체로서의 의미와 형식에 대한 시도와 탐색이 구체적인 소설작품으로 나오게 되는 것이다. 이에 작가들은 글쓰기 방식과 과정에 관심을 나타내고 이를 서사화하는가 하면 (이청준, 최인훈 등), 더 나아가 자기반영성을 드러내는 메타픽션에 대한 천착과 탐구를 보여주기도 한다.(박태순, 허윤석, 최인훈 등) 또한 예술의 고유 의미와 가치, 그 방법적 탐색과 형상화의 의미에 대한 회의와 문제의식을 작품으로써 드러내기도 한다.(허윤석, 이제하, 김승옥 등)

논리적으로 이해될 수도, 합리적으로 설명될 수도 없는 현실 상황 앞에서 작가들은 자신의 언어에 집중하고 그것이 소설로 구축되어가는 과정에 주목하게 된다. 자기 자신에 대한 다층적 사고는 '쓰기'로써 자기 정체성을 규명하는 예술가의 행위에 대한 다층적 사고로 전이된다. 현실을 '재현'하는 도구로서의 예술 작품의 의미가 아니라 언어 그 자체, 소설을 쓰고 있는 과정 자체에 관심을 두는 것이다.

이청준의 소설에서는 '전짓불의 공포'로 대변되는 근대의 불안 앞에 그것을 해결하고자 하는 노력으로 '쓰기'의 방법이 선택된다. 이 공포는 이청준 작품의 주된 무의식을 형성[66]하면서 그 불안을 증폭시킨다. 그것을 견뎌내기 위한 방법이 '자기 진술'이다. 「병신과 머저리」의 형은 소설 쓰기를 하고 동생은 그림을 그린다. 또한 「씌어지지 않은 자서전」에서의 '나' 역시 끊임없는 자기 진술을 시도한다. 그러나 그것 역시 자유롭지 못하다. 그것은 또한 강요된 것이기 때문이다. 「씌어지지 않은 자서전」에서 '쓰기'를 업으로 삼고 있는 잡지사 직원 '나'는 환상 속에서 신문관을 만난다. 그는 일방적으로 나에게 사형 선고를 하고 그 결정을 번복할 수 없게끔 자기 진술을 강요한다. 정체를 알 수 없는 상대에게 계속적인 압력을 받으며 나는 계속해서 자기 자신에 대한 진술을 수행해 나간다. 이 자기 진술은 너무나 고통스럽고 불안하지만 어쩔 수 없이 그가 고통과 불안을 견뎌 나갈 수 있는 유일한 방법이다. 이것은 공포스럽고 불안한 근대를 살아가는 소설가의 존재방식이다. 공포와 불안의 대상 앞에 그것을 견디어 내고자 이야기하기를 하지만, 그것 또한 근대라는 구조와 현실 내에서 강요된 것이다. 그럼에도 소설가는 불구하고 쓰기와 이야기하기를 멈출 수 없다. 왜냐하면 그것만이 현실을 영위해 나가고 나름 견디어내는 유일한 방식이 되었기 때문이다. 여기에 끊임없이 자기 존재의 의미를 탐구하고 물음을 해 나가야 하는 예술가의 사명이 놓여있다. 그는 지식인으로서의 확정된 답을 말하는 자가 아니다. 이야기 하기 과정 자체에 존재 의미가 있기 때문이다.

이러한 관심은 포스트모더니즘에서 구현하는 메타픽션(metafiction)의 가능성을 보여준다. 과거에는 질서정연한 리얼리티의 세계에 대한 믿음이 있었다. 이 믿음은 '잘 짜여진 플롯, 연대기적 순서, 권위를 가진 전지적 작가, 등장인물의 행위와 그들의 존재 양상 사이의 이성적인 관계, 표면적인 묘사와 심층 사이의 인과 관계, 존재의 과학적 법칙'[67] 등의 문학적 형식을

---

66) 이 전짓불에 대한 체험과 공포는 「퇴원」, 「소문의 벽」, 「씌어지지 않은 자서전」 등에서 반복적으로 나타난다.

낳았다. 그러나 이제 소설이 실제의 삶을 모방할 수 없다는 회의와 절망은 언어에 대한 회의와 새로운 관심을 촉발시킨다. 그리고 그것은 언어 행위 자체에 대한 관심으로 발전한다. 이러한 것들은 '메타픽션(metafiction)'의 특징들로 설명이 될 수 있다. 메타픽션이란 "픽션과 현실과의 관계에 의문을 제기하기 위해 픽션 자체에 자의식적이고 체계적으로 관심을 갖는 허구적인 글쓰기"[68]이다. 현실을 재현하는 언어의 투명성, 현실을 모사(模寫)하는 기능으로서의 언어적 특성을 거부하는 이 메타픽션은 문학 텍스트가 만들어 지는 과정과 모습, 다른 텍스트들로부터의 영향, 텍스트 수용, 작가의 개인적 언술을 텍스트 전면에 드러내는 과정[69]으로 나타난다. 소설 장르의 새로운 가능성을 모색하는 메타픽션의 텍스트적 전략의 특징으로는 패러디, 희화 화, 자기반성(self-reflection), 자기반영성(self-reflexivity), 종래의 관습 드러내 기, 삽입된 소설이론(inetercalated theories of fiction), 신화와 친숙한 이야기의 사용, 박식한 위트, 소설 속 소설(novel-within-the-novel), 미니멀리스트/메가 소설(minimalist/mega novel), 독자참여(reader participation), 장르확산과 탈장 르화[70] 등을 들 수 있다.

1960년대에 '메타픽션'이라는 소설적 장르를 의식적으로 자각하며 그 의식을 구체적인 작품으로 내 놓은 작가는 박태순이라고 할 수 있다. 그는 자신이 경험한 4·19와 5·16의 현장을 르포소설로써 증언했을 뿐(Ⅲ장 1절) 뿐 아니라, 이러한 현실 속 예술가들의 존재 방식과 글쓰기의 과정을 '메타소 설(메타픽션)'의 형식으로 보여주었던 것이다. 메타소설은 소설 쓰기 과정 자체에 대한 소설이다. 세계에 대한 포착이 불가능해졌음을 깨닫게 되었을

---

67) 퍼트리샤 워, 김상구 역, 『메타픽션』, 열음사, 1992 ; 연남경, 앞의 글.
68) 위의 글.
69) 로버트 스탬, 오세필·구종상 역, 『자기반영의 언어와 문학』, 한나래, 1998, 12면.
70) 배만호, 「John Fowls의 메타픽션적 전략」, 부산대학교 박사학위논문, 1993 ; Imhof Rudiger, *Contemporary Metafiction*, Carl Winer : Heidelberg, 1986 참조.

때 결국 작가는 소설 쓰기의 대상인 현실이 아닌 소설을 쓰는 자신, 소설가의 행위 자체로 시선을 돌릴 수밖에 없음을 인지한다. 이 때 나올 수 있는 소설 형식이 바로 메타픽션이다. 박태순은 1960년대에 보여준 르포 형식의 글쓰기와 메타소설 쓰기의 극단적 실험적 방식을 거쳐 1970년대에 이르러 그의 작가적 정체성을 확립하게 된다. 그 정체성이란 바로 '민중문학에 대한 지식인적 사명'에의 천착이라고 할 것인데, 그의 60년대 소설은 이러한 정체성을 확립해 나가는 도정에서 확인해 볼 수 있을 것이다. 즉 현실의 세밀한 모습을 그대로 보여주는 '르포소설'과, 그 현실의 문제를 완전히 거세한 '메타소설'의, 다시 말한다면 현실 반영에 대한 양 극단의 형식이 동시적으로 드러나는 것이 그의 60년대의 소설의 존재 방식이자 양상이다.

> 「뜨거운 물」은 아마도 나의 문학 세계에서 처음이자 마지막으로 써본 '소설가 소설'이 될 것이다. 예술지상주의 문학에서 탈출해야 한다는 자각을 토설하고자 하는 메타소설이라 하겠는데 그 미적 판단이 얼마나 적합하며 진솔한 것이었던가 하는 데 대해서는 의문이 남는다.
>
> (박태순, 「작가의 말 : 세 가지 질문과 답변」, 11~12면)

「뜨거운 물」은 박태순이 의식적으로 메타소설의 실험적 시도로 내놓은 작품이다. 서사의 중심은 소설쓰기를 꿈꾸는 '나'와 비슷한 처지에 놓여 있는 '정'이다. 작중화자 나는 친구 '정'과의 관계를 통해 세상을 인식하고 경험한다. 그가 인식한 세계는 어떠한가?

> 여전히 세계는 커다란 무질서 속에 싸여 있었다. 도리어 우리는 이 세계의 혼란함에 대하여 어떤 질서를 부여하기를 거절했다. 왜냐하면 혼란은 그것 자체로서 완성된 상태인 것이며, 거기에 어떤 질서가 있다면 다만 그것은 소시민의 초라한 안정과 같은 것에 불과한 것이리라.
>
> (박태순, 「뜨거운 물」, 140면)

작품 속 '나'는 소설 쓰기에 대한 무력감을 경험한다. 그러면서도 '정'을 통하여 절망도 하고 희망도 얻는다. 정은 나처럼 소설 쓰기를 꿈꾸기도 하지만 가장 세속적이면서도 소시민적인 삶을 사는 사람이다. 하지만 그마저도 정주하지 못한다. 끊임없는 염증과 불만을 느끼며 도망치는 것이다. 그러면서 또 다시 그 삶으로 돌아가고자 한다. 세속적 욕망과 예술적 고독 사이를 강박적으로 오가는 것이다. 이에 나에게 관찰된 정은 현실인식의 통로가 되는데 이러한 현실이 어떻게 인식되느냐에 따라 소설 쓰기가 가능해지기도 하고 불가능해지기도 한다.

① 나는 그에게서 어떤 거리감을 느꼈다. 둘 중의 누군가 하나는 너무도 변해버린 것이다. 그는 변해 있었다. 하지만 나도 변해 있었다. 과연 누구가 더 많이 변했는지 나는 알 수가 없었다. 그는 인생이란 것이 이런 식으로 전개되는 것이 아니냐, 그런 당연스런 표정을 하고 있었다. 그러나 나로 말할 것 같으면, 막연한 질문들, 쉬임 없이 생기는 의문들, 또는 인생이란 것이 과연 이따위밖에는 안 되는가 따위의 의심만 더하여 놓고 있었다. 거기에서 우리는 서로 멀어져 간 것임을 나는 깨달았다. 그리고 어쩌면 나는 내가 소설을 진심으로 쓰기로 작정한, 저 막연한 마음의 결정을 다시 따져보고 있기도 하였다. 바로 정의 얼굴을 통하여 나는 내가 소설가이어야 하리라는 그런 확인을 발견해냈는데, 그것이 여간만 불편하고 서운스러운 것이 아니었다.

(박태순, 「뜨거운 물」, 141~142면)

② 그리고 나는 다시 일기를 쓰기로 작정했다. 이틀인가 일기를 썼다. 그러고는 안 썼다. 게을러서가 아니라 쓰여지지가 않았다. (중략) 나는 그를 까마득하게 잊어먹고 있었고, 그리고 그 겨울철 나는 지루했다. 소설은 쓰여지지가 않았고, 쓰여진 것은 죄다 낙선이 되었다. 나는 다시 소설을 써야겠다고 생각을 하는 데에 그 겨울철을 모두 소비해버렸다.

(박태순, 「뜨거운 물」, 144면)

나는 친구인 정을 통해 세상을 바라본다(①). 하지만 그가 현실에 대해 타협하지 않고 그 현실 문제를 정확히 목도하려 하면 할수록 그가 느끼는 것은 소설 쓰기의 불가능성뿐이다(②). 그가 경험한 파편화된 현실 속에서는 소설은 그 힘을 발휘하지 못한다. 불신의 대상이다. 소시민적 삶에 대한 타협을 완수한 사람만이 소설을 믿을 수 있다. 그렇지 않고는 소설 '쓰기'만이 반복될 뿐이다.

> 그러고 나서 우리는 방으로 들어갔다. 방에서는 여자 화장품 냄새가 났으며, 그는 그 냄새가 싫다는 듯이 얼굴을 찡그렸다. "결국 난 이런 인간이란 말이야. 제기랄, 난 망했어. 난 병신이야. 난 아무 일두 못해. 난 죽어야 해. 난…" 하고 말했다. 아마 나로부터 위로의 말을 듣고 싶어하는 것 같아서, 그래서 나는 그의 주책 바가지 위선의 영혼에다 대고 위로의 말을 던졌다. 그의 허튼 소리는 계속되었는데 아마도 그것을 막을 수는 없을 것이었다. 그리고 이렇게 하여 정의 얘기는 끝이 나는 것인데, 정은 아마 소설이라는 것을 믿고 있는 최후의 사람이 아닐까 생각되는 것이었다.
> (박태순, 「뜨거운 물」, 148면)

이 시대에 소설의 힘을 믿을 수 있는 것은 '정'과 같이 세속적 삶에 뿌리박고 있을 때라야 가능한 것이다. 그것이 설령 감상적이고 유치한 소시민의 생리일지언정 말이다. 그러려면 현실과의 적당한 타협이 필요하다. 세계는 이미 속악한 것이 되었기 때문이다. 그러나 이러한 세계와 현실에 타협하지 않고 나올 수 있는 결론이란 '쓰기 불가(不可)'일 뿐이다. 나의 소설 쓰기'에 대한 시도와 실패는 이러한 당대 현실의 불가해성과 그것의 문학적 대응방식을 보여준다는 점에서 의의가 있다.

소설 쓰기에 대한 쓰기를 서사의 중심으로 삼는 메타소설은 근대성에

308

대한 성찰과 반성의 형식이다. 박태순은 이러한 점을 의식하며 레슬리 피들러의 말을 인용한다. 그러면서 메타소설의 존재와 한국 소설의 존재 방식에 대한 질문을 던진다.

> 그래서 만일 소설이 사라진다면, 그것은 두 가지 다른 이유 때문이다. 첫째로 작가를 지탱해 주던 예술적 신념이 죽었기 때문이고, 둘째는 소설이 만족시켜오던 청중들의 요구가 이제 다른 것들, 곧 TV·영화·만화에 의해 충족되고 있기 때문이다. (중략)
> 이미 60년대로부터 세계 문학은 '소설의 죽음'을 예견하면서 이에 대처 해왔다고 하겠는데 비근한 예를 몇 가지 들어본다. 트루먼 캐포티는 '뉴저 널리즘 문학'을 내세워 『냉혹』이란 팩션(팩트+픽션)을 발표했고, 영국 소설가 파울즈는 '메타픽션'으로 그의 소설 『콜렉터』를 썼다. '메타픽션'이 라는 용어는 로버트 스콜스가 명명한 것이었다. 소설은 더 이상 리얼리티를 반영하지 못하고 진실도 제시할 수 없다는 위기의식으로부터 출발하여 픽션으로서의 소설을 거부하는 '비사실주의적 사실주의 소설'이 메타픽션 이라고 했다. 한국문학은 거대 서사담론 문학의 쇠퇴현상에 대해 어떠한 도전과 응전의 태세를 갖추어온 것일까.71)

엄밀한 의미에서 본다면 박태순이 시도한 메타소설적 면모는 일반적으로 '포스트모더니즘'에서 구현되는 정신과는 어느 정도 거리가 있다. '정'이라 는 인물과 그와의 경험 및 에피소드를 끌어들임으로써 소설 쓰기 과정뿐 아니라 여타의 사건과 그 사건과 관련된 서사를 연쇄적으로 개입시키고 있기 때문이다. 리얼리스트로서의 면모를 어느 정도 함의하고 있는 것이다.

비록 단편적인 시도이며 예술의 존재방식에 대한 심도 있는 통찰은 아니었지만, 박태순의 메타소설은 현실적 문제에 대응해 가는 문학적 방식의 다양성을 확인할 수 있는 계기를 제시해준다. 1960년대의 메타픽션은 전세

---

71) 박태순, 「세 가지 질문과 답변」, 『무너진 극장』 작가의 말, 책세상, 2007, 13~14면.

계적으로도 유행한 문학 형태이기도 했다. 우리나라의 1960년대 소설 속에 나타난 메타픽션적 단초들은 이러한 맥락에서, 즉 세계문학의 연결선 상에서 논의될 수 있다는 점에서도 하나의 존재 가치를 지닌다.

최인훈 역시 소설 쓰기 과정 자체에 대한 관심을 지속적으로 보여주며 메타픽션으로서의 글쓰기의 가능성을 보여주었다.[72] 최인훈에게 있어 메타 픽션적 특징은 1990년대 구소련의 붕괴와 더불어 쓰여진 『화두』에서 본격적 으로 드러난다. 다만 1960년대에는 이러한 형식에 이르기까지 그 단초와 가능성들이 예비적인 단계에서 나타났다고 볼 수 있다. 최인훈은 제국주의의 여파로 놓이게 된 한국의 식민지적 상황과 6·25전쟁, 그리고 전후의 상황, 분단 상태에 놓인 한국 역사의 특수성을 인식했고 그에 대응하는 문학적 방법론도 특수해야 함을 자각했다.[73] 이에 한국 현실에 맞는 소설을 탐색하 고 문학이론에 대한 자신만의 논리를 확보하고 노력하려는 시도를 보여주었 다. 그의 소설은 1960년대에 쓰여진 『광장』으로부터 1990년대에 쓰여진 『화두』에 이르기까지 그 작품화 경향을 통시적으로 보았을 때, 외부현실로 부터 자아(자기)로, 그 시선의 방향이 옮겨져 왔음을 확인해 볼 수 있다.[74] 그의 작품들에는 작가적 분신과도 같은 인물들이 자주 등장하는데 이들은 언어와 문학·예술 행위에 대한 천착을 보여준다. 1969년부터 1972년까지 『월간 중앙』에 발표·연재된 「소설가 구보씨의 일일」은 박태원의 동명(同名) 소설을 의식하면서 쓴 작품으로 이 둘은 '상호텍스트(inter-text)'의 관계에

---

72) 연남경, 앞의 글 참조.
73) "문학 작품을 쓴다는 것은 작가의 의식과 언어와의 싸움이라는 형식을 통해 작가가 자기가 살고 있는 사회에 대하여 비평을 하는 것이다."(최인훈, 「문학과 현실」, 『문학과 이데올로기』, 문학과 지성사, 1994, 32면.)
74) 이러한 부분에 대한 형식적 표현은 소설의 화자의 시점변화로도 확인이 되는데, 그의 소설속 화자는 통시적 관점에서 보았을 때 3인칭에서 1인칭으로의 변화를 보이고 있다.

놓인다. 메타픽션에서 '상호텍스트성(inter-textuality)'이란 서로 교차하는 두 개 이상의 텍스트가 서로를 상대화시키면서 동일 문학 작품 속에서 동시에 존재하는 것을 말한다. 이 작품에는 최인훈 자신을 상징하는 소설가 '구보 씨'가 등장한다. 그는 사회의 제도와 체제에 적응하지 못하지만 사회에 대한 관심에서도 벗어나지 못한다. 아니 오히려 그 사회 제도와 체제를 끊임없이 탐구하고 탐색한다. 돈벌이는 되지 못할지언정 그는 소설 쓰기를 멈추지 않는다. 그러면서 시대에 대응하는 소설가의 의미에 대해 끊임없이 질문하며 당대의 거리를 배회한다. 이러한 특징은 1930년대, 일제 식민지의 시기에 도시를 배회하던 박태원의 구보와 동일하다. 전대(前代)의 작품과 상호 텍스트적 관계에 놓이게 함으로써 작가의 인공적 조성물로서의 작품의 의미를 독자로 하여금 생각하게 하는 것이다. 최인훈 소설의 메타픽션적 특징은 1990년대에 쓰여진 『화두』에 이르러 본격적으로 개화했다고 할 수 있다. 그러나 본서에서는 이러한 것들의 단초들이 그의 1960년대 소설에서 이미 나타났음을 지적하고자 한다.

한편, 예술적 방법론에 대한 천착은 선(線)적인 서사를 해체하고 그것을 공간화하는 방식으로 나타나게 된다. 1960년대 소설에서 그것은 '몽타주'의 방식으로 실현되었다. 일반적으로 소설에서 스토리는 시간의 흐름을 따라 일어나는 일련의 사건이라고 볼 수 있다. 또한 소설의 본문은 담론이 스토리로부터 비롯되는 여러 가능성을 두고 벌이는 선택을 통해 이루어진다.[75] 그런데 통상 '모더니즘'의 소설로 불리는 소설들의 경우 이러한 시간성은 붕괴되고, 다양한 공간화의 방식이 시도된다는 것을 확인할 수 있다. 유진 런은 모더니즘의 미학적 형태와 사회적 전망의 지향으로서 ① 미학적 자의식 또는 자기반영성, ② 동시성과 몽타주, ③ 패러독스와 모호성, ④

---

75) 강헌국, 「목적론적 서사담론」, 『한국근대문학연구』, 한국근대문학회, 2002, 33면.

비인간화, ⑤ 통합적인 개인의 붕괴 등을 든 바 있다.[76] 이 중 공시성에 바탕을 둔 시간의 몽타주는 동일한 시간대에 발생하지 않은 사건과 기억들을 동일한 시간대로 제시하는 것이다. 이러한 몽타주의 미학은 현실에서의 통일성 해체에 상응하여 예술작품에서의 통일성 역시 파괴함으로써 균열된 현실을 반영하려는 미적 형식[77]이다. 원래 몽타주(Montage)란 영화이론에서 쓰이는 말로서 장면 전환을 위해 쇼트(short)와 쇼트 사이를 잇는 것을 지칭한다. 끌레쇼프는 쇼트란 단지 몽타주를 위한 알파벳일 뿐이라고 말한다. 또한 영화에서는 각각의 묘사보다는 그것들의 배합과 하나의 조각을 다른 것으로 바꾸는 성질과 그 교체 체계가 의미를 가진다고 말하면서 '끌레쇼프 효과'라 불리는 몽타주의 기본 개념을 세운 바 있다.[78] 그런데 영화뿐 아니라 다양한 재현 예술 양식들은 기본적으로 몽타주성(性)을 지닌다고 볼 수 있다. 문학에서 특히 몽타주의 방법론은 19세기 후반부터 회화 영역에서 주로 창작 기법으로 등장한 반(反)자동화의 기법과, 1920년대 러시아 형식주의자들에 의해 얻은 이론적 체계와 함께 탄력을 받게 된다. 아이젠슈타인은 몽타주 이론에 변증법을 도입하여 급작스러운 '전환'이나 '비약'에 의한 몽타주, 자동화가 제거된 형태의 몽타주를 강조했다. 그의 몽타주론은 문학, 회화, 음악 등을 종합하는 영화에서 집중적으로 논의되었다. 그는 예술이 새로운 매체와 결합하는 과정에서 시·공간(작품의 질료적 측면에서의)이 중요하다는 것을 강조했는데, 전통적 예술 기법을 거스르는 현대 예술의 가장 뚜렷한 특징으로 몽타주를 꼽았다.[79] 결국 몽타주는

76) 유진 런, 김병익 역, 『마르크시즘과 모더니즘』, 1986, 45~60면.

77) 김명찬, 『몽타주의 미학─하이너 뮐러의 70년대 작품을 중심으로』, 서울대학교 박사학위논문, 1996, 20~31면.

78) 김홍중, 「러시아 모더니즘 문학과 모더니즘 이론」, 『슬라브학보』 22권 33호, 슬라보학회, 2007, 54면.

79) 러시아에서의 몽타주 이론이 아이젠슈타인으로 대표된다면, 프랑스와 독일에서는 회화 영역에서 발전된 여러 모더니즘적 성과들을 응용하면서 인상주의적 몽타주, 표현주의적 몽타주가 등장한다.

312

전통적인 형태의 자연스럽고 개연성 있는 재현 수단으로서의 방법론이
아니라, 전환과 비약, 불일치와 부조리로서의 방법론이다.

　몽타주 이론은 영화 이론의 발전과 밀접한 연관을 맺고 있다. 들뢰즈도
『영화1』, 『영화2』등의 저술을 통해 세계 인식을 위한 철학적 방법론의
대상으로 영화를 택하여 자신의 관점을 드러내기도 하였다.[80] 영화라는
매체를 통한 이론이라는 점에서 1960년대 한국 '소설'의 방법론을 논함에
있어 이 이론은 어느 정도의 거리는 인정할 수밖에 없다. 그러나 매체의
상이성에도 불구하고 몽타주 이론의 핵심은 공통적으로 예술 작품에 있어서
의 시공간을 새롭게 구성한다는 점에 있다. 이로 보건대 1960년대 한국
소설에서 활용된 몽타주 기법은 실제 '영화'라는 서사물과의 직접적 관계성
이 없다고 하더라도, 예술 양식에 대한 새로운 각성을 촉구하는 하나의
인식의 계기, 혹은 표지로서의 의미를 갖는다.

　이런 몽타주적 구성방식은 시간과 공간의 양 측면에서 일어날 수 있다.
허윤석의 『구관조』는 '시간'의 몽타주 수법이라는 구조를 가지고 있다.

　　그러니까, 한에게는 두 가지의 현상이 나타나고 있는 것이었다. 고혈압으
　로 해서 오는 항거의 세계가 있었고, 저혈압이 될 때의 이완에서 오는
　긍정의 세계가 있었다. 전자는 갑수와의 분신의 시간이었고, 후자는 박기자
　와의 분신의 시간이었다.

(허윤석, 『구관조』, 53면)

　작품의 주인공이자 초점화자인 '한'에 의해 서술되고 있는 이 작품은
한의 의식 속에서 과거와 현재가 넘나들며 파편적으로 제시되고 있다.
허윤석의 『구관조』는 시간의 몽타주로써 전체의 소설이 구성되고 있는데,
이 병치는 구관조에 대한 '꿈'에 의해서이다. 이 꿈은 과거와 현재를 연결시켜

---

　80) 김홍중, 위의 글, 55~56면 참조.

주고 동일화한다. 꿈이라는 연결고리에 의해 모든 사건이 전개되고, 내적인 인간 본연의 세계를 찾는 열쇠가 되는 것이다. 과거와 현재, 미래에 대한 시간과 그 경험에 대한 태도를 표현하기 위해 작가는 시간 몽타주 기법을 사용한다. 그러면서 고정된 공간 안에서 한 인물의 의식을 쫓아간다. 시간의 몽타주를 통해 인물은 다양한 시간 속을 왕래하며 인간 열쇠를 찾고자 하는데 이러한 시간의 넘나듦은 구관조의 꿈을 통해서만 가능하다. 작품에서 꿈은 한갑수를 현재의 삶뿐 아니라, 미래를 향한 이상적 세계, 혹은 퇴행적 과거의 시공간으로 옮기는 역할을 하면서 그 세계 인식의 범위를 다양하게 확장시켜 놓는다. 그 시공간의 변화는 한이 가지고 있는 사상과 인식, 세계에 대한 다양한 관점의 병치이기도 하다. 아도르노는 초현실주의의 몽타주 방법론을 '낡은 것을 합성해 내면서 죽은 자연을 창조하는, 양식상의 새롭고 독특한 기법'으로 보았다. 초현실주의의 변증법적 이미지들은 객관적인 부자유 상태에 놓인 주관적인 자유의 변증법적 이미지들이라는 것이다.[81]

　한은 이 교량을 건너면서 많은 변신을 해 왔다. 즉 철학과 사상의 마찰이었다. 자신의 증언이 사실성의 소외라고 해도 좋았고, 거짓말이라고 해도 좋았다. 리얼리티한 것은 한에게 있어서는 아무런 도움도 되지 않았다. 도리어 거추장스럽기만 했다. 리얼리티의 과잉처럼 싱거운 거짓말은 더는 없었기 때문이었다. 현실이라는 그 말 자체가 그러했다. 현실과 인간 핵심과는 너무나 먼 거리에 앉아 있었다. 다만 있다고 하면 공통된 개념으로 해서 하나의 대열에 참여하는 것뿐이다. 그러니까 시류적으로 오는 인간

---

81) 이러한 효과에 대하여 아도르노는 "이질적인 경험의 형상화를 통하여 예술이 사회적 질서와 타협했다고 하더라도, 작품이 진실되고 거짓없는 경험의 파편들을 불연속적으로 병렬시키고 그 파편을 인정하고 미학적 효과를 발휘하도록 함으로써 예술의 가상은 파괴된다. 또 몽타주 원리는 부정한 수단으로 얻은 유기적 통일에 대항하는 행위로서 충격을 목표로 한다"고 말한다.(아도르노, 홍승용 역, 앞의 책, 245~246면 ; 김주연, 『아도르노의 문학이론』, 민음사, 1985, 186면 참조.)

314

데모 현상 같은 것이다.

(허윤석, 『구관조』, 45면)

세계에 대한 열망과 자신감, 그 변혁에 대한 믿음이 좌절되었을 때 할 수 있는 것은 무엇인가? 4·19가 이루어놓은 세계 변혁에 대한 꿈이 5·16으로 좌절되었을 때 이제 관심은 내적인 천착으로 들어갈 수밖에 없게 된다. 새로운 세계에 대한 절망은 현실에 대한 절망이며 그것이 문학의 형식으로 치환되었을 때 그것은 리얼리티에 대한 질문으로 구현될 수 있다. 허윤석은 '꿈'이라는 환상의 세계를 매개로 하여 과거와 현재의 시간을 병치하는 동시에, 각 시공간과 각 인물이 함의하고 있는 파편화된 인식과 사상을 동시적으로 보여준 것이다.

허윤석의 소설이 그리고 있는 세계는 삶의 구체적인 리얼리티가 탈각된 추상의 세계이다. '리얼리티한 것은 한에게 있어서는 아무런 도움도 되지 않았다. 도리어 거추장스럽기만 했다'(45면)라는 진술처럼 그의 현실과 세계는 '꿈'이라는 환상을 계기로 구성된 세계이다. 이렇게 구체적인 현실을 제거한 그의 상상력은 '언어 자체'에 대한 관심을 불러일으킨다. 그는 문학의 과제로서 먼저 독자에게 '인간 열쇠'를 찾아주어야 한다고 말한다. 그리고 그것은 기존의 문학이 추구해 오던 방식, 즉 '사실주의(寫實主義) 혹은 사실주의(事實主義)' 일변도의 문학을 탈피함으로써 가능하다는 것을 강조한다. 그가 보는 리얼리즘의 세계와 그것이 구현된 문학은 그의 말대로 '시정문학(市井文學)'으로의 전락에 불과하다. 그것은 '선(善)과 일방(一方)의 문학'이라는 것이다. 그는 선(善)과 악(惡)을 동시에 영위하고 있는 것이 인간의 본질임을 지적하면서 사실주의의 일변도의 문학을 '허위(虛僞)'로 규정하고 있다.

나는 이 작품을 小說을 쓴다고 쓰지 않았다. 더욱 詩를 쓴다고 쓰지도 않았다. 野人으로 돌아가서 내 얘기를 내가 쓰는 투로 씀으로 해서 現代文學

習性을 탈피해 봤으면 했다. (중략) 모든 文學作品에서 하듯이 言語의 技能限界線까지만 응해줄 뿐 그 이상은 표현을 해주지 않았다. 언어의 演技力이 모자랐는지는 모르지만… 인간은 空間을 벗어나 보지 못하듯이 언어의 울타리를 영원히 벗어나 보지 못하는 것으로 되어 있다. 문학도 마찬가지다. 남이 쓰다 버린 타인의 언어를 주어다 놓고 오늘도 대행사무를 열심히 보고 있는 중이다.

(허윤석, 『구관조』 집필 후기, 438면)

허윤석은 소설 언어가 추구하는 리얼리티의 세계에 대해 회의한다. 또한 문학의 본질로서의 언어와 그것이 이루는 서사의 세계, 소설의 세계 자체에 대한 회의를 나타낸다. 그리고는 ‘언어’의 ‘기능 한계선’에 대한 천착을 드러낸다. 그것은 그의 지적대로 ‘현대문학의 습성을 탈피’해 보려는 행위인 것이다. 이러한 언어에 대한 자의식과 실험의식은 당대의 소위 ‘4·19세대’ 작가들에게 두드러지게 나타난 것이기도 하다. 이들은 한글을 모국어로 교육 받고 작품화한 한글 1세대[82]로서의 자의식을 공유할 수 있었기 때문이었다.

이제하의 소설은 이러한 예술 자체에 대한 천착이 더욱 두드러진다. 그 방법 또한 매우 정교하게 나타난다. 이제하의 소설 속 인물들은 전쟁의 폭력성을 경험하며 그에 대한 탈주를 꿈꾼다. ‘전쟁’으로서의 아버지 세계의 폭력성을 경험한 소년은 그에 저항할 현실적 힘을 가지지 못했는데, 그 폭력성의 계기와 정도가 너무나 큰 까닭이다. 이성과 논리, 지배-피지배의 억압적 구조에서는 기존의 논리를 반복·재생산하는 논리를 반복할 뿐이기 때문이다. 이러한 과정에서 그는 정치가나 혁명가로서의 방법이 아닌 ‘예술

82) 김승옥, 서정인, 이청준, 박태순, 박상륭 등은 모두 한글을 모국어로 교육을 받고 사용한 ‘한글 1세대’로 지칭된다. 이에 이들을 “자국어로 사물을 익히고 공부했으며, 모국어로 사고하고 느끼고 책을 읽었고, 조국의 언어로 역사와 현실을 인식하고 표현하여 전달한 최초의 세대”로 규정한다.(김병익, 「4·19와 한글 세대의 문화」, 『열림과 일굼』, 문학과 지성사, 1988.)

가'로서의 방법으로 그 폭력적 질서를 넘어서고자 한다.

「조(朝)」의 주인공은 사진찍기를 통하여 자신의 내면에 새겨진 상처와 폭력성을 지우려고 한다. 이 역시 몽타주의 방식으로 이루어지는데 앞의 허윤석의 경우, 시간의 몽타주로써 그 방법론을 시도하였다면 이제하의 경우는 공간의 몽타주로써 그 방법론을 시도한다.

> 나는 찍는다… 침몰하는 기선을… 격침되는 구조선을… 화재의 현장을… 바퀴 밑에 구르는 머리를… 집행당하는 자의 모가지를… 그을리는 중을… 가랑이 벌린 간부를… 순경의 결박을… 훔친 놈의 보따리를… 수상(首相)의 안경을… 의원의 똥구멍을… 도야지의 별을… 무너지는 건물을… 풍경의 내부를… 처박히는 캡슐을… 설사 카메라가 아니라 내 직업이 양복 짜깁기였다고 하더라도 나는 나의 도피와 증오의 바늘로써 온 세상을, 뿐만 아니라 네가 지키고 있는 그 위대한 사상마저도 통째로 꿰매버릴 수가 있으리라. 대뇌 한복판에 깊이 박혀 스며들어, 그 누구도 뺄 수 없고 지울 수 없는 이 증오로운 도피의 집념의 빛의 인장(印章)은, 설사 내가 버섯형의 폭음에 썩어문드러져 한 줌의 재로 스러진다 하더라도 그 한복판에, 큰 왕못(大釘)처럼 남아 떨어져 있으리라 누가 나의 이 역(逆)의 명령을 중지시킬 수가 있으랴. 정지해라!… 정지해라!… 정지해라!… 카메라를 들어 나는 말라깽이의 얼굴 위에다 플래시를 터뜨리고, 관과 휘장과 꺼져드는 초와 방 속에 가득찬 그 모든 이상한 냄새를 향해 계속 셔터를 눌러댔다….
>
> (이제하, 「초식」, 119~120면)

그것은 또한 「유원지의 거울」의 주인공(조각가)의 예술행위를 통해서도 확인된다.

> 속에서 타오르기 시작한 정욕을 잃지 않으려고 긴장하면서 나는 여체와 마주 선다. 정욕이란 성욕 따위를 말하는 것이 아니다. 그보다도 강한

것, 그 모든 것을 포함해 더 근본적인 것이다. 나는 여체를 주시하면서 벌써 내 몸에서 어디론가 빠져나가기 시작한 그 정욕을 그대로 가둬두려고 필사적인 힘을 다하면서 흙을 쌓아올린다. 어떻게 해서든지 흙 속에다 가둬보려고, 가장 가볍고 가장 신경질적이고 가장 밝은 부분－즉 여체의 사타구니, 겨드랑, 배꼽, 그리고 유방－들을 나는 우선 흙 속에 묻는다. 그리고 비교적 중후하고 어두운 부분－배, 허리, 어깨, 팔, 손발－들을 차례로 흙 속에 묻는다. 흙은 차츰 두루뭉수리가 되어간다. 그러나 결과는 벌써 반 이상이나 김이 빠져버린 '작품'이란 것이 남을 뿐이다. 등빛의 몸이란 모델과 흙과 나 사이에 아무 불순물도 아무 거리감도 아무 저항도 없음을 직감했을 때, 그대로 바로 통해버리는 전류 같은 예감을 감지했을 때, 내가 느낀 빛의 인상이었다. 그것은 탁한 정욕이 없는 빛깔, 순결한 애정의 빛깔-그것이었다. 흙을 팽개치고 나는 아내에게 구혼했던 것이다.

(이제하, 「초식」, 154~155면)

공허한 일상의 상태에서 작품에 첫 손을 대기까지의 그 사이에는 기묘한 긴장의 시간이 있는데 사람들마다 그 괴로움은 대동소이하지만, 그 시간을 견디는 버릇은 각양각색이다. 정신없이 거리를 헤매는 자가 있고, 방구석에 틀어박혀 자빠져서 멍하니 심연을 바라보며 형편없이 말라빠지는 자가 있고, 반갑지도 않은 친구들을 쉴 새 없이 방문하지 않으면 못 배기는 자가 있고, 끝없이 지껄이지 않으면 안 되는 자가 있고, 창녀를 찾지 않으면 안 되는 자가 있다. 음악에 귀를 기울이고 긴장을 풀어버리는 자, 아무도 만나지 않고 조용히 그것을 삭여버리는 자, 오밤중에 산에 올라 상념 속에 녹아드는 자, 몇 잔의 막걸리 속에 그것을 용해시켜버리는 자들은 현명한 자들이다. 아틀리에 시절의 서형과 나는 별별 짓도 다 해보았지만 결국 대개, 주로 동물원에서 그 괴로운 긴장감을 풀어버리곤 했었다.

(이제하, 「초식」, 156~157면)

근대성을 비판하는 소위 포스트모더니즘의 소설에서는 배우나 작가,

318

화가 등의 전문 예술인 인물이 자주 등장한다.[83] 이는 최인훈의 소설에서
나타난 극작가(「가면고」), 기자(『광장』), 화가(「하늘의 다리」), 소설가(「소
설가 구보씨의 일일」) 등으로도 확인된다. 이청준에 의해 고민되고 시도되었
던 '쓰기', 즉 문자화된 예술의 방식은 최인훈을 통해 좀더 다각화 되었다가,
이제 이제하에 이르면 회화와 영상(그림과 사진), 나아가 행위예술에까지
이르는 것이다. 이는 로트만이 지적한 현대 문화의 방향성과 관심과도
상통한다. 그는 현대 문화의 지배적 관심이 분절적(discrete) 방식에서 연속적
(continuous) 형식으로 옮아가는 현상에 주목하였다. 그는 문자에서 그림으로,
텍스트에서 이미지로, 문학에서 영화로 기호가 전이되는 양상을 고찰하는
데, 구체적으로 그는 언어적 표상과 회화적 표상, 도상과 상징, 분절적
기호와 비분절적 기호 등 다양한 방식으로 표현되는 대립항의 존재와 경계
허물기를 지적하였다.[84] 로고스의 상징인 문자는 회화에서 사진으로 옮겨가
며 기존의 대립항을 소거한다는 것이 그 논의의 핵심이다. 또한 그러한
과정에서 다양한 예술 양식은 서로 접합한다. 이러한 현대예술의 경향성이
이제하의 소설 속에서 발견된다. 더욱이 이제하의 소설에서 보여주는 예술은
'행위'로까지 나아간다. 이러한 예술의 '전이' 현상은 개별 예술이 갖는
표현의 한계를 넘어 그 예술 표현의 확대를 지향하는 창작의 '경계넘기'
경향이다. 이러한 전이현상은 열려진 기호예술의 다원적 독해방식과 의미성
에 대한 파악을 가능케 한다. 복수화된 예술에 대한 이해는 해석적 유희공간
의 확장을 가져 온다.[85] 이제하의 소설은 근대적 억압질서에 대한 '반동일화'
가 결국, 같은 구조 안에서 재생산되는 담론임을 인식하고, 그에 저항하고
비판하는 제3의 논리, 탈주의 방식을 '예술'의 형태로 보여주었다는 점,

83) 퍼트리샤 워, 앞의 책, 156면.
84) IU. M. 로트만, 유재천 역, 『예술 텍스트의 구조』, 고려원, 1991, 112~113면.
85) 고위공, 「문학과 조형예술의 관계에 대한 이론적 고찰」, 『미학예술학연구』 10,
한국미학예술학회, 1999 참조.

그 예술의 형태를 다양하게 보여주었다는 점에 의의가 있다.

　예술에 대한 이러한 관심과 천착과 표현의 결정판은 「유자약전」이라고 할 수 있다. 시골 무명화가의 외동딸 유자는 서울에서 미술대학을 나와 결혼을 하고 평범한 듯 세속적이고 일상적인 삶의 제도에 편입하려 노력한다. 하지만 그녀는 결혼 일 년 만에 이혼을 하고 다시 그림을 그리다가 27세의 나이에 위암으로 짧은 생을 마감한다. 광기 어린 세계에서 미친 예술가로서 살 수밖에 없던 그녀는 실패자 혹은 낙오자일 뿐이다. 그렇기에 예술로써 자신의 비정상을 정당화할 수밖에 없다. 거부할 수 없는 광기에의 천착이 그녀의 삶에 드리워진 운명이다. 제도 밖의 세계, 제3의 영역에서 자신의 순수 세계를 그릴 수밖에 없는 그녀의 삶은 당대의 예술가들이 놓인 사회와 삶의 방법론을 상징적으로 보여준다.

　이런 언어에 대한 회의, 예술에 대한 자각과 그 다각적인 시도는 이제 대상에 대한 지적이고 논리적인 방법으로서의 접근이 아닌 감성과 유희의 방법으로서의 접근을 가능하도록 만들어 주기도 한다. 이러한 맥락에서 강신재 소설의 새로움과 감각성[86]을 읽을 수 있다. 강신재 소설은 몸과 성, 감각과 서정에 대한 관심을 보여준다.

> 　그에게는 언제나 비누냄새가 난다. 아니, 그렇지는 않다. 언제라고나 할 수 없다. 그가 학교에서 돌아와 욕실로 뛰어가서 물을 뒤집어 쓰고 나오는 때면 비누냄새가 난다.
>
> 　　　　　　　　　　　　　　　　　　　　(강신재, 「젊은 느티나무」, 13면)

> 　그 안 넓은 방에 깔린 자색 양탄자, 여기저기에 놓인 육중한 가구, 그 속에 깃들인 신비한 정적, 이런 것들을 넘겨다보면―그리고 주위에

---

86) 김미현, 「서정성·감각성·여성성」, 『페미니즘과 소설비평』, 한길사, 1997.

만발한 작약, 라일락의 향기, 짙어진 풀내가 한데 뒤엉켜 뭉큿한 이곳에
와서 서면ー나는 내 존재의 의미가 별안간 아프도록 뚜렷이 보랏빛 공기
속에 떠 있는 것을 보는 것이다.

(강신재, 「젊은 느티나무」, 21면)

    삶의 기쁨이란 말을 나는 이제야 이해한다.
    이 집의 공기는 안락하고 쾌적하고 엄마와 무슈 리와의 관계로 하여
약간 로맨틱한 색채가 감돌고 있기도 하다. 서울의 중심에서 떨어진 S촌의
숲속의 환경도 내 마음에 들고 무슈 리가 오래 전부터 혼자 살아 왔다는
담쟁이덩굴로 온통 뒤덮인 낡은 벽돌집도 기분에 맞는다.

(강신재, 「젊은 느티나무」, 25면)

    강신재의 소설에 나타나는 이러한 감각성은 대상을 이해, 경험, 인지하는
과정에서 지속적으로 일어난다. 「파도」에서도 역시, 자연물(바다)의 변화
양상과 과정, 그리고 그것이 주는 감상과 느낌은 인물의 심리 상태를 그대로
대변하는 객관적 상관물로 나타나는데, 이러한 '대상의 내면화'는 일정의
서정성을 확보하게 하는 계기가 되기도 한다.[87] 또한 1960년대 쓰여진
강신재의 「파도」와 「젊은 느티나무」의 경우 「안개」와 더불어 여성 성장소
설의 범주에서 근대성과 여성성이 교차하는 지점을 찾을 수 있게 해준다는
점에서 중요한 의의를 지닌다.[88] 강신재의 소설은 섬세하고 감각적인 서정

---

87) 볼프강 카이저, 김윤섭 역, 『언어예술작품론』, 시인사, 1998, 521면 ; 김미현, 위의
    글, 117면.
88) "강신재의 여성성장소설은 근대의 긴장과 균형, 대립과 조화, 반성과 발전이라는
    모순적이고도 양면적인 특성이 여성성장주체가 지닌 특성과 쉽게 맞물릴 수 있음을
    보여준다. 그럼으로써 근대적인 성장소설을 문제삼을 때는 개인의 자유와 사회의
    행복, 지속과 변모, 안정과 변화 등의 대립 개념을 '둘 중 하나(either/or)'가 아니라,
    '둘 다(as well as)'의 관점에서 접근해야 한다는 사실을 강조한다. 이런 모순의
    내면화(interiorization of contradiction) 자체가 바로 근대성과 여성성이 결합할 수
    있는 토대임을 강조하고 있기 때문이다."(김미현, 「강신재의 여성성장소설 연구」,
    『국제어문』 2, 국제어문학회, 2003, 229면.)

소설로 여류 소설의 한계를 지니는 것으로, 말하자면 비역사적이고 비현실적인 영역에 존재하는 것으로서 부정적 평가를 받아오기도 했다.[89] 그러나 이러한 비사회적고도 몰역사적인 그녀의 소설은 아이러니컬하게도, 1960년대 발표 당시 독자들의 엄청난 호응과 관심을 받았다. 그것은 관습적 제도와 윤리에 저항하는 것이면서도 전쟁과 도시로 대변되는 근대적 삶에 대한 새로운 방법론의 성찰의 한 일면을 보여준 것이기 때문이다. 강신재에게 있어 '감각'은 '인식'의 다른 이름이다. 그녀의 작품을 통해 구현된 감각은 들뢰즈가 『감각의 논리』[90]에서 이야기했던 감각의 의미를 상기시킨다. 들뢰즈에게 감각(sensation)이란, 근대미학의 지각(perception)과는 구분되는 것이다. 들뢰즈의 감각 이론은 '아이스테시스(aisthēsis, 감각)에 대한 이성의 우위'라는 수천 년 묵은 도식을 뒤집는 극적 반전이다. 들뢰즈에게 아이스테시스는 이성에 선행하는 것으로 그 바탕에서 그것을 비로소 가능케 해주는 어떤 근원적인 능력을 의미한다. 지각(perception)이 감관을 통해 받아들인 정보를 정신으로 퍼 올리는 인식론적 현상이라면, 감각(sensation)은 감관에서 직접 몸으로 내려가는 존재론적 사건이다. 들뢰즈의 감각이론은 현상학적 미학, 특히 메를로퐁티의 '지각의 현상학'을 포스트-프로이트적으로 재해석한 것으로서 감각은 인식(정신)을 위해서가 아니라 그 이전에 욕망(몸)을 위해 존재하는 것임을 의미한다. 1960년대 소설에서 보여준 강신재의 인식과 방법론은 코기토적 주체들의 이성적 사유와 거대 담론의 무게 속에서 대상을 새롭게 인식하고 감각하는 방법론을 보여준다는 점에서 의의가 있다. 그것은 강신재 개인의 기법의 차원의 문제이기도 하지만, 그녀의 작품이 당대 독자들의 상당한 호응을 불러일으켰음을 생각할 때 그의 작품이 놓인 문학사적 위치는 새롭게 의의를 부여받아야 하겠다.

---

89) 조연현, 「강신재 단상」, 『현대문학』 2, 1960, 94면 ; 고은, 「강신재론」, 『월간문학』 11, 1969, 158면.

90) 질 들뢰즈, 하태환 역, 『감각의 논리』, 민음사, 1999.

한편, 동물적 살육과 억압이 상징하는 사회에서, 그것은 채식(菜食), 혹은 '초식(草食)'하기로 나타나기도 한다. 다시 말한다면 '식물-되기'의 방법론이다. 그것은 들뢰즈와 가타리가 『천개의 고원』에서 언급한 '자신의 존재 여건을 자발적으로 바꾸어가는' '동물-되기'[91]의 방식에서 한 발 더 나아가는 것이다. 들뢰즈·가타리가 『천개의 고원』에서 말한 동물-되기는 신체가 내재화 하고 있는 힘과 의지, 욕망의 구조를 재편함으로써 이전의 주체를 다른 선으로 탈주하게 만드는 과정이다. 그러나 '동물-되기'는 이성적 존재로서의 '인간-이기'로부터 탈주하는 것이지만, 더 나아가 식물성의 세계와 비교했을 때는 여전히 강력한 힘의 세계가 될 수 있다. 식물성과 대비되는 동물성이 가지고 있는 포획과 폭력성을 상정했을 때에 그러하다.

근대의 세계는 물어뜯고 씹고 삼키는 폭력적인 동물성의 세계로 나타난다. 그것은 폭력과 힘의 세계, 이성과 문명, 지배와 살육의 세계이다. 이러한 세계에 대하여 60년대의 소설들은 인간-이기에서 동물-되기로, 더 나아가 식물-되기로 대응해 나간다. 이는 '식물성'[92]에의 천착으로 구체화된다.

---

91) 카프카의 「변신」은 이를 상징적으로 보여준다고 할 수 있다. 주인공 그레고르는 가부장적 내부에서 작동하는 권력의 위계질서에서 그것의 바깥으로 탈주하는 영혼의 기표이다. 그것은 주체의 탈주에 대한 무의식의 욕망, 즉 무의식에서 일어난 자발성의 산물이다. 동물-되기는 역설적으로 가족 부양의 의무로부터 해방, 노동의 면제라는 효과를 발생시킨다. 들뢰즈·가타리는 동물-되기가 다음의 세 가지 원리로 작동한다고 본다. ① 동물-되기는 무리 및 무리의 감염을 통과한다. ② 그러한 다양체에는 언제나 별종이, 모비딕 같은 별종이 있다. ③ 동물-되기에서 다른 되기(여성-되기, 어린이-되기, 분자-되기 등)로의 변환이 문턱이 있다. 이는 결국 일관성의 구도로 이어진다.(장석주, 『들뢰즈, 카프카, 김훈』, 작가정신, 2006, 146~150면 참조.)

92) "식물들의 지혜. 식물들은 뿌리를 갖고 있을지라도 언제가 바깥을 가지며, 거기서 식물들은 항상 다른 어떤 것, 예컨대 바람, 동물, 사람과 더불어 리좀 관계를 이룬다. 식물이 우리 안으로 의기양양하게 침입할 때의 도취. 항상 단절을 통해 리좀을 따라가라. (중략) 식물들을 따르라. 우선 너의 오랜 친구인 식물에게 가서 빗물이 파놓은 물길을 주의 깊게 관찰하라. 비가 씨앗들을 멀리까지 운반해 갔음에 틀림없다. 그 물길들을 따라 가 보면 너는 흐름이 펼쳐지는 방향을 알게 될 것이다. 그 다음에 그 방향을 따라 너의 식물에서 가장 멀리 떨어진 곳에서 발견되는

이제하의 「초식」[93]에는 세 번째 국회의원 출마 준비로 채식(菜食)하는 아버지가 나온다. 육식성으로서의 정치권력 세계에 진입하고자 도리어 그는 초식의 방법론을 구사하는 것이다. 그는 자전거로 얼음 배달 일하는 평범한 소시민이다. 그런 그가 4년마다 큰 병에 걸리는 것인데 그것은 국회의원 출마 병(病)이다.

> 부친은 자신이 속해 있으면서 그렇게나 미워하던 한 세계가 머지않아 붕괴하리라는 희미한 예감의 공포 앞에, 오로지 떨고 있었던 것이다. 체면 불구하고 부친이 출마했던 것은 아마 그 때문인 듯하다. 그 멸망이 상말로 시계 무엇처럼 점점 느려져서, 설령 일곱 번이고 여덟 번이고 재출마해야 하는 그런 기우가 설마 부친에게 눈곱만큼이나 있었다고 가정한다 하더라도.
>
> (이제하, 「초식」, 150면)

아버지의 국회의원 출마 병은 국회의원이라는 권력을 획득하고 모방하고자 하는 수단이 아니다. 소시민인 그는 4·19가 일어나고 다시 5·16으로 굴절되는 격변의 현실 속에서 공포의 감정을 경험한다. 그 폭압적 현실은 살육이 자행되는 도살장의 무자비성으로 상징화되어 표현된다. 또한 그것은 그 안에서 살아가고 있는 개인의 삶마저 기괴한 양식으로 바꾸어 놓는다.

식물을 찾아라. 거기 두 식물 사이에서 자라는 모든 아가의 잡초들이 네 것이다. 나중에 이 마지막 식물들이 자기 씨를 퍼뜨릴 것이기에 너는 이 식물들 각각에서 시작해서 물길을 따라가며 너의 영토를 넓힐 수 있을 것이다."(Gilles Deleuze and Félix Guattari, 1980.)

93) 이 작품은 1972년에 발표된 작품이지만, 그의 작품의 상당수가 1960년대에 놓여있으며, 1960년대에 발표된 그의 소설들(「기적」, 「태평양」, 「유원지의 거울」, 「임금님의 귀」, 「조」, 「스미스 씨의 약초」, 「비」, 「소경 눈뜨다」, 「한양고무고무공업사」, 「손」 등)이 보여준 문제의식과 방법론이 이 작품을 통해 집약적으로 확인될 수 있다고 볼 수 있다. 따라서 본서는 이 작품의 의미를 1960년대의 연장선상에서 파악하고자 한다.

　　4·19의 여파로 집안에는 끊임없이 크고 작은 싸움이 일어나고 있었다. 외할머니와 모친의 불타와 예수와의 싸움, 모친과 누이의 반찬 싸움, 당숙과 시동생의, 고모와 이모의, 삼촌과 조카와 다시 외할머니의(90세가 넘었으면서도 외할머니는 어이없게도 너무나 정정하셨다.) 그 모든 분쟁은 모두가 4·19 탓처럼 보였다. 그들은 민중의 봉기를 새로운 선거 대목으로 착각하고 있었으며, 석 달이 넘도록 시골로 돌아갈 염을 않고 있었던 것이다. (중략) 61년 5월, 군사 쿠데타가 일어난 그 사나흘 뒤 한낮에, 갑자기 요란스럽게 두들겨지기 시작한 대문 소리에 질겁해서 식구들이 부지중 대항의 태세를 갖춘 것은 전혀 우리들 탓이 아니다. 병역 의무에 뛰어들고 싶으면서도 군사 혁명 때문에 나는 그것을 망설이고 있었으며, 나로서는 누구나 방아쇠를 당길 수 있다는 그 사실이, 하찮게만 생각되고 있었던 것이다.

(이제하, 「초식」, 163면)

　　집안의 사소한 싸움과 혼란마저 마치 격변하는 시대와 그것이 주는 혼란의 결과로 인식된다. 작중 인물들은 그것의 총체적인 의미를 파악하지 못한다. 현실의 무자비성은 도수장 주인의 특성으로 치환되고, 아버지는 도수장 주인 앞에서 일말의 불안 감정을 느낄 뿐이다. 공포와 불안을 견디는 최후 방법은 그에 대항하는 것이다. 그러나 소설 속 인물(아버지)는 그 권력자의 논리, 도살과 육식의 논리로 저항할 수 없음을 안다. 이에 택하는 방식이 바로 '초식'인 것이다. 그는 국회의원 선거 출마를 대비하며 '초식'을 택한다. 그것은 구약성서 「다니엘서」에 등장하는 예언자 다니엘이 보여준 섭생의 방법이다. 다니엘은 간신들의 모함으로 온갖 고초를 겪으며 권력자들의 간계와 술수를 지혜롭게 헤쳐나간 인물이다. 초식을 행하는 아버지의 모습은 자못 숭고해 보이기까지 하다. 선거결과 비록 '무표(無表)'니 '3표'니 하는 우스꽝스러운 상황을 맞이한다 할지라도, 그것을 준비하는 초식의 과정은 그를 어리석은 소시민의 존재에서 일시적이나마 숭고한 예언자적 존재로 부상시킨다.

> 어쩐지 부친은 봄장마가 깨진 아스팔트 틈서리의 흙탕물을 튀기는 을씨년스런 한밤중에도 청명한 구름 속을 혼자 걷고 있는 듯했으며, 고독감에 몸을 떨며 내가 뒷간에 홀로 움치고 앉아 있을 때에도 그는 갓 벌어진 무슨 커다란 꽃봉오리 속에 의젓이 또아리를 틀고 있는 듯했던 것이다. 서너 달의 채식으로 부친의 얼굴은 불그레해졌으며, 반백의 머리는 갈기처럼 이마 곁으로 비끼고, 눈알은 비길 데 없이 반짝였다. 이 사람의 직업이 얼음 도매 운반인이라고 어떻게 믿으며 도대체 누가, 미친 듯이 헐떡이는 기적(汽笛) 속에 귀성객들을 상대로 부친이 새벽마다 역으로 유세를 하러 달려나가지 않으리라고 장담할 수가 있단 말인가.
>
> (이제하, 「초식」, 152면)

채식을 행한 후의 아버지는 세계의 폭력성에 공포와 불안을 느끼는 소시민적 존재가 아니라, 그것을 의연히 뛰어넘을 수 있는 존재로 거듭난다. 그것은 '동물-되기'의 방법론에서 한 발 더 나아간 '식물-되기'의 방법론을 통해 가능하다.

동물성의 세계에 저항하는 식물성의 세계는 독특한 미적 영역을 구축하게 된다. 이러한 식물성의 세계는 '초록'의 색상으로 구체화된다.[94] 김승옥의 소설에서 식물성의 세계는 도시에서 훼손되고 상처받은 인물들이 위안과 위무를 경험하는 세계이다.

> 국민학교 사학년 때였던가? 나는 토끼 사육장에서 아카시아 잎을 먹이고 있었다. 사육장의 당번은 아니었지만, 토끼들이 마른 풀에 몸을 부비는 바스락 소리밖엔 아무 소리도 들리지 않는 사육장에서, 나는 하학 후의

---

94) 김승옥 소설에 나타난 색채어 및 문체에 관한 논의는 졸고, 앞의 글 참조.

낮시간을 거기서 보내는 게 아주 즐거웠다. (중략)

"내일부턴 사육장에 들어오지 마. 그 대신 학교 파하면 해가 질 때까지 운동장에서 축구를 해야 한다. 내가 감독할 테니 잊어버리지 마. 사내 자식이 싸움도 하고 그래라, 원."

선생님이 말씀하시는 동안, 나는 고개를 숙이고 햇볕이 눈부시게 쨍쨍 비치는 땅바닥에 내가 들고 서 있는 아카시아 잎에 연초록색 그림자를 드리우고 있는 것만 보고 있다가 선생님이 나가시자, 저 귀여운 토끼들은 부드러운 아카시아 잎이나 먹고 새빨간 눈알로 푸른 하늘이나 바라보고 때때로 사랑이나 하고 살면 그만인데 난 주먹을 쥐고 싸움을 해야 하고… 그런 생각을 하다가 토끼울의 나무 칸 살에 이마를 대고 소리를 죽여 울어버렸다.

(김승옥, 「환상수첩」, 22면)

아득한 그리움의 세계, 때가 묻지 않은 유년시절의 나는 푸른 하늘이나 바라보고 사랑을 하면 그만일 뿐인 토끼들의 모습을 보며 푸른 아카시아 잎을 먹이는 것을 좋아했다. 그러나 선생님은 그러한 나에게 경쟁과 룰이 지배하는 게임, 축구경기를 하고 싸움 또한 할 줄 알아야 한다고 이야기한다.

물이 가득한 강물이 흐르고 잔디로 덮인 방죽이 시오리 밖의 바닷가까지 뻗어나가 있고 작은 숲이 있고 다리가 많고 골목이 많고 흙담이 많고 포플러가 에워싼 운동장을 가진 학교들이 있고 (중략) 그것은 무진이었다.

(김승옥, 「무진기행」, 129면)

푸른색이 환기하는 전근대의 세계는 「무진기행」의 윤희중이 떠올리는 고향의 이미지에서도 특징적으로 나타난다. 이는 또한 「재룡이」의 재룡이가 6·25전쟁을 겪은 후 돌아온 고향에서 처음으로 맞닥뜨린 인상과도 같다. 그는 고향의 첫 모습을 '한 뼘쯤 자란 초록빛 보리들'로 인지하는 것이다. 이렇듯 김승옥의 소설에서 초록빛의 세계는 외부세계의 냉혹한 경쟁과 질서가 개입하지 않은 사랑과 낭만의 세계이다. 이러한 초록빛의 세계는 근대적 도시인들이 경험하고 인식한 파편화된 세계에 대한 회의와 자기분열감을 위무하고 위로한다. 이러한 대안적 세계의 제시를 김승옥은 미학적 방법론으로 구사하고 있는 것이다. 김승옥을 60년대적 작가의 기표로 내세울 수 있는 주된 근거로 표현되는 것이 바로 '감수성의 혁명'[95]이라고 할 것인데, 이는 그가 보여준 언어형식의 중요성, 문체적 특성을 언급한 것이라고 할 수 있다. 문체론을 표방한 제프리 리치와 마이클 쇼트(Geoffrey N. Leech & Michael. M. Short)는 한 작가의 독특한 문체를 만들어 내는 '문체 표지' 목록을 제시한 바 있다.[96] 파편화된 현실을 총체적으로 파악할 수 없을 때, 혹은 현실에 저항하지도 도피하지도 못한다면, 그 현실 위에서 그 현실을 가장 비판적으로 조망할 수 있는 방법은 '유희'이다. 근대에 대한 비판성은 그의 언어적 형식 속에 녹아 있음을 확인할 수 있다.

이로써 1960년대의 작가들은 그 어느 때보다도 입체적이고 다각적인 언어 형식과 글쓰기의 양상을 보였다고 할 수 있다. 4·19와 함께 '자유'의 시대를 표방한 1960년대는, 적어도 가시적이고도 외부적인 여건상 그 전대에 비하여 작가들로 하여금 훨씬 더 자유롭고 세계에 대한 객관적 성찰이 가능한 시기였다. 오랜 시간 지배-피지배의 정치 제도적 형식에서 벗어나고 (일제 식민지로부터의 해방), 제국주의의 폭압적 사건으로부터 벗어남으로써(세계 제2차 세계대전과 그 연장선상으로서의 6·25의 종결) 근대적 세계의 억압적 상황은 표면적으로 한층 완화된 듯 보였다. 그러나 4·19로 표명된 자유에의 의지는 곧바로 5·16 군사 쿠데타로 좌절되고, 외세의 식민적

---

95) 유종호, 「감수성의 혁명」, 『유종호 전집』 1, 민음사, 1995.
96) 이때 문체표지로서 제시되는 여러 범주들은 ① 어휘 범주, ② 문법 범주, ③ 비유, ④ 문맥과 긴밀성 이다.(Geoffrey N. Leech and Michael H. Short, *Style in Fiction*, London : Longman, 1981, pp.74~111.)

지배 상황은 이제 '보이지 않는' 비가시적 형태로 실현됨으로써 그 지배적 폭력성을 더욱 정교하게 구축하게 된다. 표면적으로 세계의 폭력성은 거세된 듯 보이지만 그것은 가시적인 정치 체제로서가 아니라 미시적인 방법론으로 실현됨으로써 지배체제를 더욱 공고화하는 것이다. 이때 1960년대의 작가들은 이러한 현실에 대한 좌절과 절망에 유폐되어 있는 것이 아니라, 그들이 느끼는 파편적 현실을 구축하는 언어 형식에 천착함으로써 그들이 발 딛고 있는 세계의 부조리함과 폭력성을 드러냈다. 이러한 방법적 탐색과 실험적 글쓰기의 다양성이 그 전대(前代)의 어느 시기보다 활발하고 다각적으로 나타난 것이 바로 1960년대라고 할 수 있다.

V. 생성의 측면에서 본 1960년대 소설의 문학사적 의의와 한계

본서는 1960년대의 소설의 장(場)을 들뢰즈·가타리가 상정한 '생성(devenir ; becoming)'으로 읽어 냈다. 1960년대는 한국의 근대화가 본격적으로 추진된 시기였으며, 이에 대응한 미적 근대성의 양상 또한 다각도로 펼쳐진 시기였다. 본서는 '근대성'과 '미적 근대성'이라는 개념 범주 하에서 포괄하지 못했던 당대의 여러 문학 작품들과 현상을 포괄하는 맥락에서 새로운 문학사적 '배치(agencement ; assemblage)'를 시도해 보았다. '근대성, 혹은 미적 근대성'이라는 용어 자체가, '지배-저항'을 거친 '변화·발전' 개념을 함의한다는 점에서 일종의 진화론적·발전론적 인식과 틀을 전제하고 있기에, 이러한 도식에서 벗어나 논의를 전개하기 위함이었다.

이에 본서에서는 들뢰즈·가타리가 '생성(devenir ; becoming 되기)'의 방법론으로 1960년대 소설들과 서사화과정의 배경이 되었던 비평 담론을 포괄하여 고찰하였다. 당대의 소설은 근대현실과 '미세 균열의 접선 그리기'의 양식으로 존재했을 뿐 아니라, 소설의 영역과 가능성을 다양하게 표현하고 확장한 '탈주선 그리기'의 방식으로 존재했다. 이러한 관점에서 1960년대 소설은 다음과 같은 점에서 의의를 지닌다.

첫째, 1960년대의 소설은 시대 및 환경과 역동적인 관계를 이루며 서사화되었다. 본서에서는 이를 현실과의 관계에서 '미세 균열의 접선 그리기'의 방법론으로 설명하였다. 여기에서 작동하는 미적 형상화의 원리는 '사실주의적 상상력'이다. 소설은 근대성의 운명을 가늠하는 척도이다. 루카치가 환기한 바대로 소설이란 타락한 시대에 타락한 방법으로 진실성을 추구하는 양식이자 영혼을 증명하기 위해 떠나는 주인공의 모험의 방식이라면, 1960년대에 발표된 소설들은 그 어느 때보다도 다양하고도 깊이 있는 성찰을 현실과의 균열을 통해 보여주었음을 확인할 수 있다. 이는 당시 현실로 경험한 전쟁과 도시적 삶에 대한 성찰로 나타났는데, 그들은 성장과 저항의 양 극단을 오가며 소설과 인간의 삶의 방식에 대해 탐구하였다. 이러한 과정에서 개인과 사회의 윤리적 물음을 던지는 이들이 나타났다. 이들은 그 성찰을 계기로 그 어느 때보다도 내적 성숙과 깊이를 더해갔다고 볼 수 있다. 이러한 자기인식과 세계인식의 방법론은 이전세대와 비교해 보았을 때, 그 근대적 삶에 대한 인식과 방법론에 있어 상당한 질적 차이를 이룬다. 1930년대의 지식인들에 의해 추구된 근대성의 서사는 이식된 근대 식민지 지식인으로서의 패배감을 지울 수 없는 바, 그 한계와 그 빈틈을 노정한다. 그러나 1960년대는 식민지 상황이라는 커다란 민족사적 과제가 일단락된 후이기 때문에 세계 및 개인에 대한 자율적 성찰과 사고가 가능했다.[1] 이러한 상황에는 모국어화자로서의 한글세대의 등장, 세계사적 열망과 자신감을 가진 4·19세대의 부상, 활력을 띠기 시작한 새로운 비평가 그룹의 형성 등이 중요한 배경으로 작용하였다. 이러한 상황들은 진정한 의미에서의 자율적·미적 주체들이 등장할 수 있는 자발적 여건을 마련했다. 이 과정에서 세계와 개인에 대한 성숙하고 심도 있는 성찰 또한 이루어질 수 있었다. 이러한 성찰은 1950년대 전쟁의 상처로 인해 객관 현실의 탐구가 불가능했던

---

1) 엄밀하게 본다면 이식된 근대로서의 자괴감은 이 시기에 완전히 청산된 것은 아니다. 일본에 의해서 수행된 근대화는 다시 서구에 의해서, 혹은 국가 주도의 이데올로기에 의해서 다시 추진되었기 때문이다. 그러나 본서에서는, 일단 외부적 '통치'라는 강력하고도 제도화된 수단을 통해 수행된 근대화로부터 일단 해방되었다는 점에 주목하여 본 것이다.

전후(戰後)문학과의 변별적 차이를 이룬다. 이러한 현실과의 미세 균열의 접선 그리기의 방식은 하나의 저항이기도 하였으나 그것은 완전한 탈주가 되지 못한다. 이제 '삶'으로 경험되는 현재와 미래의 현실은 근대적 삶의 '자기보존'의 논리를 체화한 개인들에게 나름의 정당화의 논리를 요구하기 때문이다. 공모와 저항의 양가감정을 가진 근대인들은 무력함과 나약함을 드러낸다. 이러한 허약성은 개인으로 하여금 분열된 자아로, 혹은 윤리적 물음을 던지는 존재로, 혹은 일정한 방향성을 탐색하는 존재로 나아가게 만들었다. 현실과의 미세 균열의 접선 그리기의 서사는 이러한 다양한 서사의 양태를 배태하였다.

둘째, 1960년대는 소설의 존재 양식에 대한 새로운 가능성에 대한 모색의 시기이기도 했다. 본서에서는 이것을 '탈주선 그리기'라는 방법으로 표현했는데, 그것은 방향성으로 보았을 때 상반된 것으로 표현될 수 있다. 앞서 언급한 대로, 사건의 선(線)이 만들어내는 공동체 내에서 의미란 어떤 사물들을 어떻게 접속시키느냐에 따라 달라지며 그것은 선의 기울기의 방향과 궤적으로 나타난다. 이 기울기의 방향성이 음(−)의 방향으로 나타난 것이 '반동의 탈주선'이라면, 또 다른 방향성, 양(+)의 방향으로 나타난 것이 '탐색의 탈주선'이라고 할 수 있다. 전자의 작품 형상화의 미적 원리는 '보편주의적 상상력'이라고 할 수 있으며, 후자의 작품 형상화의 미적 원리는 '비판주의적 상상력'이라고 할 수 있다. 보편주의와 비판주의는 탈주선 이라는 범주 안에 있는 미적 근대성의 가장 대립적인 양태라고 할 수 있다.

보편주의적 상상력에 의거한 반동의 탈주선 그리기에서는 한국적인 전통의 가능성과 신화적 세계, 그것이 추구하는 온정과 화합, 화해의 세계의 작품을 살펴볼 수 있었다. 이러한 작가들에 대한 의미부여는, 도달해야 할 목표로서의 소설의 '근대적' 양식이라는 목적론적 관점에서 벗어날 수 있는 가능성을 마련해 준다. 왜냐하면 이러한 항목 하에 거론된 작가들의

332

경우 '근대 미달'의 양식의 작품으로 그 가치평가에 있어 제외되거나 폄하되는 경우가 많았기 때문이다. 그러나 이들은 일찍이 문단에 데뷔하여 왕성한 작품활동을 하고 있었으며, 실제 당대 독자들에게 많은 호응과 관심을 받아온 것이 사실이다. 또한 그들의 작품은 서구의 근대성에 대한 하나의 대안으로 자리하고 있었다는 점에서 중요한 의미를 갖는다. 이들에 대한 가치평가는 자율적 근대의 환경 속에서도 여전히 이식된 서구 편향의 문단을 비판적으로 검토해볼 수 있는 계기를 제공하기 때문이다. 그들은 세계관과 방법론적인 면에서 당대의 서구 편향의 근대성을 극복하고 그 빈틈을 메울 수 있는 가능성을 보여주었다고 할 수 있다. 이들의 존재는 문화의 혼성성을 환기시킨다. 또한 도시적이고 발전론적 시각 하에서 평가된 근대성의 작가들과 함께 '나란한 보편(lateral universal)'의 관계를 구축한다. 이들의 존재는 우리 소설의 미적 근대성의 미완, 혹은 미달의 표지가 아니라, 오히려 역설적으로 한국 문학의 미적 근대성의 영역을 확장한다는 점에서 중요한 의의가 있다.

　비판주의적 상상력에 의거한 탐색의 탈주선 그리기에서는 서사화의 방법론에 있어서 새로운 시도와 양식의 형태들을 살펴볼 수 있었다. 1960년대에 들어서 새로이 부상한 지식인들은 지식으로 존재하던 과학, 즉 역사에 관한 지식과 전망을 서사화하여 표현할 뿐만 아니라, 과거의 영웅들을 소환하여 당시의 민족주의 담론과 연계시킨다. 그러나 그것은 일정부분 당시 국가가 주도하던 영웅 만들기의 사업과도 몰적 선분성을 이루는 바, 비판적 읽기의 대상이 되기도 하였다. 이것은 당대 지식인들의 모순성을 비추어볼 수 있는 거울이 된다. 당대의 지식인들은 그들이 가지고 있는 지식을 기반으로 세계에 대한 저항성을 가지고 있는 동시에 지배 이데올로기에 의해 전유되고 이용될 가능성을 가지고 있기도 했기 때문이다. 이렇듯 당대의 지식인들이 가지고 있는 취약성을 당대의 지식인 소설들을 통해 가늠해볼 수 있는 것이다. 역사소설과 지식인 소설의 이중적 분열 상태에 대한 고찰을 전제로 1960년대 말 혹은 70년대에 이르러 좀 더 완결되고 성숙한 형태의 역사소설과 민중문학이 나올 수 있었다는 것은 의미심장한 일이다. 또한 60년대 소설에서는 파편적 현실인식을 바탕으로 다양한 형태의 언어와 예술에 대한 실험형식이 나타났음을 확인할 수 있다. 그것은 '쓰기'에 대한 자의식으로부터 출발하여, 예술에 대한 천착과 물음, 더 나아가 언어유희의 방식으로 나타난다. 이에 60년대에 이미, 포스트모더니즘의 상징물이라고 할 수 있는 메타소설에 대한 관심과 단초가 발견되며, 시간과 공간의 몽타주 형식이 시도되고, 예술가 소설의 일면이 시도되었음을 확인할 수 있었다. 그것은 일정한 미학적 효과를 발산하여, 이후 다양한 소설 형태가 자리하는 데에 하나의 단초가 되었다.

이러한 논의는 다음과 같은 면에서 문학사 기술과 시각의 확장에 그 의의를 더해줄 수 있을 것이다.

첫째, 당대의 소설들을 통해, 문학을 통해 표현되고 굴절된 다양한 사회사적 맥락과 양상들을 가늠하게 해 준다. 1960년대는 한국 근대사의 압축적 발전과 민주주의의 맹점을 그 어느 때보다도 여실히 보여준 시기였다. 사회적 환경의 측면에서 보았을 때 1960년대는 전후(戰後)의 혼란 상황과 국가 기획으로서의 근대와 문물로서의 근대, 그리고 성찰·사유의 대상으로서의 미적 근대를 포함하여 시대와 사회의 복잡다단한 현실들이 그 어느 때보다도 압축적이고 다양하게 중첩되고 경험된 시기였다. 새로운 도시와 일상으로 경험되는 근대의 현실은 사회와 현실에 대해, 진정한 미적 주체의 탄생을 가능케 한 시기이기도 하였다. 이러한 시기에 1960년대 소설은 예술로서의 문학의 자기반성 및 성찰을 그 어느 때보다도 다각적이고도 구체적으로 보여주었다. 1960년대는, 전후(前後)시대에 활동하던 작가들뿐 아니라, 새롭게 부상한 신세대 작가 및 비평가 그룹이 다양한 활동과 논의를 개진한 시대였다. 또한 근대라는 현실의 문제를 일상의 차원으로 경험하면서 현실에 대한 작가들의 고민과 모색이 다각도로 이루어진 시기였다. 뿐만 아니라 새로운 문단을 중심으로 본격적인 비평그룹의 활동과 논쟁이 그 어느 시기보다도 다양하고 첨예하게 일어난 시기이기도 했다. 그것은 '새로움'을 추구하던 4·19세대의 작가들과 비평가들에게는 '태초와 같은 어둠'과 '백지'의 시대이지만, 민족과 민중의 대(大)서사를 기대하는 민족주의 문인들에게는 이후 진정한 리얼리즘의 민중 문학사를 가능케 하는 '예비'의 시대이기도 하다. 또한 이 시대는 한글세대와 비(非)한글세대의 작가들이 각자의 문학과 언어관을 견지하고 신·구세대의 작가가 동시적으로 존재하던 시기이기도 했다. 뿐만 아니라, 현실의 문제를 타개해 가는 가운데 역사와 전통의 문제가 논쟁론의 형태로 첨예하게 나타나고, 문학의 대사회적 역할을 두고 순수·참여 논쟁 또한 치열하게 벌어진 시기이기도 했다. 이 밖에도 전통 논쟁, 역사소설 논쟁, 소시민 논쟁, 지식인 논쟁 등 다양한 형태의 논쟁이 벌어진 시기이기도 했다. 본서는 이러한 사회적인 상황과 그에 반응하는 소설의 양태들을 총체적이고 종합적으로 이해하는 데에 기여하고자 하였다. 그것은 들뢰즈가 강조했던 새로운 '배치'를 통해 가능했다.

둘째, 문학사 기술의 단절과 이분법을 지양하고, 연속과 변화·발전의 양상을 가능하게 해 준다. 1960년대를 보는 대표적인 시각은 크게 1960년대의 독자성을 주축에 두는 입장과, 1970년대 문학사의 전사(前史)로서 그 과도기성을 주축에 두는 입장이 있다. 전자의 경우 모더니즘의 인식과 방법론에 방점을 두는 경우이고, 후자의 경우는 리얼리즘의 인식과 방법론에 방점을 두는 경우일 것이다. 이러한 저항과 극복이라는 차원에서의 근대성에 대한 당위론적 입장은 동일한 작품조차 상반되게 평가하도록 만든다. 그러면서도 리얼리즘과 모더니즘의 시각은 소설의 존재 양식에 대한 하나의 '발전론적 시각'을 담고 있다는 점에서 동질적이다. 이에 어떤 입장을 견지하느냐에 따라 동일한 작품을 두고 근대 미달의 작품으로 평가절하를 할 수 있을 것이며 혹은 탈근대주의적인 작품으로도 평가절상도 할 수 있을 것이다. 본서는 이러한 발전론적 시각을 거부하였다. 문학사 서술의 연속성을 견지하면서도 그 시대, 혹은 그 작가가 가질 수 있는 특수성에 주목하였다. 또한 문학작품과 현상과 양식 등을 고찰하는 데에 있어서 발전론적 시각, 혹은 당위론적 시각을 지양하고 각 작품과 작가의 존재 의의를 각기 작품이 존재하는 문학 장(場)에서 파악하고자 하였다. 들뢰즈·가타리가 제시하는 탈주의 개념을 따르면 그 배치와 작품들이 놓여있는 관계에서 의미는 생성된다. 본서에서 탈주의 두 방향으로 상정되는 보편주의적 상상력과 비판주의적 상상력은 발전론적 관계에 있는 개념이 아니라 각기 다른 방향의 비평행적 진화의 관계에 있는 개념이다. 이러한 관점은 당시에 동시적으로 존재한 여러 가지 문학작품과 작가적 성향 및 방법론을 균형적·포괄적으로 고찰·설명할 수 있는 계기를 마련한다.

셋째, 내용과 방법론의 종합과, 비평사와 소설 작품 간의 연계성을 추구할 수 있는 계기를 마련해 준다. 본서는 문학사 서술에 있어, 작가보다는 '작품' 중심으로 논의를 진행하였고, 형식과 내용의 이분법이 아니라 어떤 내용이 서사화된 형식, 다시 말하면 서사의 내적 형식을 중심으로 논의를 진행했다. 또한 비평사의 논쟁과정 및 평가와 실제 작품과의 균열과 공백을 메울 수 있는 작품에 의의를 부여함으로써 한 시대에 대한 균형적 시선의 가치평가를 도모할 수 있도록 하였다. 1960년대 비평 담론의 경우 상당부분 소수의 지식인 엘리트 계층에 의해서 진행된 바가 많았고, 이에 실제 작품 경향과 비평 논쟁과정과 합치되지 않음으로써 빈 공백으로 존재하는 영역들이 있었다. 한편 구체적인 작품으로 많은 독자들에게 호응을 받고 당대 독자들에게 중요한 대상으로 의미 있었던 작품들의 의미를 추출해 보고자 하였다. 작품 중심의 논의는 이러한 비평사와 소설사 사이의 간극을 메우는 데 기여할 뿐만 아니라, 예술이라는 형식의 보편성을 다시 한 번 환기시켜준다. 이러한 관점은 이후의 문학사에서도 사유·성찰·변용되는 양상을 고찰할

336

수 있는 계기를 마련해 줄 수 있을 것이다.

이러한 과정이 전제되었을 때, 문학사 해석의 새로운 가능성이 모색될 수 있을 것이며, 이러한 가능성을 씨앗으로 이후 문학사 기술은 나름의 활력을 얻을 것으로 기대된다.

그러나 본 연구는 다음과 같은 점에서 한계를 지니며, 후속 연구의 필요성을 제기한다.

첫째, 본서에서 문학사 기술의 방법론에 대한 최종 심급으로서 의미의 생성을 목적으로 한다고 하였는데 그것은 하나의 소수되기이다. 여기에는 결정된 하나의 목적과 답, 고정된 의미가 전제되지 않는다. 그러나 엄밀하게 말하면 역사 기술은 기본적으로 언어화의 과정이며 다수의 합의에 대한 결과물이기에 방법론과 그 결과물, 즉 최종 심급의 규정에 있어 다소의 모순성을 노정할 수밖에 없다. 역사로서의 의미를 부여하는 데에는 다른 것(역사가 아닌 것)과의 위계를 인정하는 논리와 기준이 따르기 때문이다. 가능한 한 최대치의 다양성을 인정한다고 하더라도 어느 정도의 선택과 배제의 논리를 따를 수밖에 없다는 것이다. 이는 들뢰즈와 가타리가 제시하는 소수되기의 방법론과는 이율배반적으로 보인다. 들뢰즈와 가타리는 문학을 '정신 분열증'[2]과 같다고 표현하였다. 그들에게 있어 문학과 철학은 결과가 아닌 '과정'이며 생산으로서의 '정신분열증'이다. 그들에게 문학사를 쓴다는 것은 그 분열증의 영역을 정신의학, 즉 규범과 정착의 영역으로 이동시키는 것이기에 일정부분의 모순을 노정할 수밖에 없는 것이다. 덧붙여

---

[2] "언어가 더 이상 그것이 말하는 것에 의해 그리고 나아가 언어가 의미화 작용을 하는 것으로 만드는 것에 의해 정의내려지지 않고 언어를 움직이고 흐르고, 그리고 폭발하게 만드는 것, 즉 욕망에 의해서 정의 내려지는 순간에 문학은 정신 분열증과 같다. 그것은 과정이지 하나의 목표가 아니며, 하나의 생산이지 표현이 아니기 때문이다."(Deleuze·Guattari, Trans, Martin Joughin, *Anti-Oidipus*, New York : Zone Books, 1992, p.133. ; 정정호, 앞의 글, 86면.)

생성되는 모든 차이가 과연 균일하게 동일한 지위를 갖는다는 것에 대한 회의 또한 생길 수밖에 없다. 그러나 이에 대해 그들은 "문학적 궁극적 목표는 정신착란 속에서 건강의 창조, 혹은 민족의 발명, 즉 삶의 가능성을 해방시키는 것이다"[3]라는 표현을 함으로써 모든 의미화와 규정의 방향성을 완전히 배제하지는 않았다. 이러한 점을 참조했을 때, 들뢰즈 철학의 방법론과 최종 의미화 과정 및 방향성 사이에서 좀 더 정치한 의미관계를 구성하고 그것을 적용하는 것이 필요하리라고 본다.

둘째, 여성문학사 기술과의 연관성이다. 여성문학사는 여성의 언어로 다시 쓰여지는 바[4]이기에 남성의 언어로서 기술되어 온 문학사와 비교하여 그 연구의 집적 성과 면에서 어느 정도 차이를 이루는 것이 사실이다. 본서에서는 최정희, 강신재, 박경리, 한무숙 등 기존의 연구 성과가 어느 정도 마련된 작가들을 전체 문학사 기술(記述) 안에 담아내려고 하였으나 좀 더 면밀하고 정치한 논리와 구체적인 방법론이 필요할 것으로 보인다. 남성의 언어와 여성의 언어, 그리고 그것을 기술해내는 방법은 다를 수밖에 없기 때문이다. 일단 쓰인 언어가 다르고 문학사적 측면에서 축적된 결과물의 양이 다르다. 적어도 역사, 공적 차원의 기술에서는 그러하다. 또한 1960년대는 여성 문학사에서도 침체기 혹은 소강기로 간주된다.[5] 이러한

---

3) Deleuze·Guattari, Trans. by W. Smith and Michael A. Greco, *Essays Critical and Clinical*, Minneapolis : Univ. of Minesota Press, 1997, p.4. ; 김지영, 앞의 글, 134면.

4) "페미니즘 문학은 기존의 문학을 다시 읽고 쓰기를 요청한다. '교정(revision)'이란 단어를 '다시-보기(re-vision)로 변형시키는 태도나, '동의하는 독자'가 아닌, '저항하는 독자'를 중시하는 태도는 모두 이러한 특성을 강조한 것이다."(김미현, 『한국 여성소설과 페미니즘』, 민음사, 1996, 30면.)

5) 기존의 문학을 여성문학사로서 새로 쓰는 관점에서 김미현은 그 시기를 셋으로 나누고, 1920~30년대를 제1기로, 1950~60년대를 제2기로, 1980~90년대를 제3기로 나누어 설명한다. 그러면서, 여성문학사에 제2기, 즉 1960년대가 침체기나 소강기로 간주되는 이유는 그 시기가 모든 인간이 타자이고 주변인이며 소외되었던 총체적 비극의 시대이기 때문이며 제2기 여성 문학은 제1기 때보다 가부장적 이데올로기를 기반으로 한 지배 이데올로기가 여성들을 더욱 억압해왔다는 사실을

338

조건들을 고려했을 때 여성문학과 남성문학을 함께 아우르며 기술할 수 있는 언어와 방법론에 대한 고찰이 심도 있게 탐색되어야 할 필요성이 제기된다. 이러한 인식을 바탕으로 좀 더 총체적이고도 균형감각 있는 논의가 수행되어야 할 것이다. 남성의 문학과 여성의 언어가 상생과 조화로써 함께 기술될 수 있는 방법론이 더 면밀하게 고안될 필요가 있다. 그렇다면 그것은 문학사 전체에 대한 회의가 될 것이며, 언어 자체에 대한 회의이자 재판(再版)짜기일 수 있다.

들뢰즈와 가타리는 노마디즘(nomadism)의 핵심개념의 하나로서, 국가로 상징되는 고착된 가치에 맞서 새로운 가치를 창조하는 도구인 '전쟁기계'를 내세웠다.[6] 전쟁기계란 기존의 지배적 가치에서 벗어나는 탈주선을 그리는 집합적 배치를 뜻한다. 새로운 가치의 창안을 통해서 기존 가치·지배적 장치와 결합된 가치에서 탈주하지만 많은 경우 그것과 충돌하게 된다. 국가장치나 지배적 가치가 탈주선을 가로막으며 충돌과 전쟁이 시작되는데, 전쟁기계는 그 전쟁을 목적으로 하지 않지만 피하지도 않는다. 유목민들의 전쟁 역시 마찬가지이다. 유목하며 자유로이 이동한다. 그러나 땅을 소유한 정착민들은 울타리를 침으로써 그들의 행로를 차단하고 방해한다. 전쟁이 시작되는 지점이다.[7] 동일성의 철학에 대한 차이의 철학, 존재의 철학에 대한 생성의 철학, 국가의 과학에 대한 소수자의 과학, 다수자의 문학에 대한 소수자의 문학, 왕립예술에 대한 소수자의 예술이 수행한 전쟁에서 동원된 것 모두가 전쟁기계가 된다.[8]

이러한 점에서 볼 때 '소설'은 그 형식 자체가 사회적 이데올로기와

지적한다.(김미현, 「이브 잔치는 끝났다」, 『여성문학을 넘어서』, 2002 참조.)
6) 들뢰즈·가타리(2001), 앞의 책, 726면.
7) 장윤수, 『노마디즘과 코리안 디아스포라 문학』, 북코리아, 2011, 30~31면 참조.
8) 장윤수, 앞의 책 ; 이진경, 「유목주의란 무엇이며, 무엇이 아닌가」, 『미술세계』 195, 2001.

중심으로부터의 탈주이며, 작가로서의 역할을 수행하는 모든 예술가들은 모두 탈주선을 그려나가는 전쟁기계이자 유목민이라고 할 수 있다. 그럼에도 불구하고 본서는 모든 작가와 작품의 경향성을 '탈주선' 그리기의 방식으로 설명하지 않았다. 본서에서 '미세 균열의 접선' 그리기를 따로 상정하여 본 것은, 근대문학의 중요한 기준점으로서 '리얼리즘' 논의의 중요성을 인정하고 존중하기 위함이었다. 즉 현실과의 관계선 상에서 어떠한 교호관계와 균열관계를 이루느냐가 한국 근대 문학의 정체성을 가름하는 기준이 되기도 하기 때문에 이러한 부분에 대한 무게를 부여하여 독립된 장으로 논의하기 위함이었다. 또한 리얼리즘과 모더니즘으로 양분되는 당시의 문학적 경향을 수용함에 '탈주'의 의미가 너무 포괄적인 의미로 확산되는 것을 방지하고자 함이었다.

VI. 결론

　본서는 '1960년대'를 들뢰즈·가타리가 제시한 '생성(devenir ; becoming)'
의 시대로 상정했다. 그리고 당대의 문학적 다양한 현상과 사건 및 작품들을
다양한 강밀도(intensité ; intensity)에 따라 '배치(agencement ; assemblage)'
되는 장(場)으로 파악하였다. 이를 바탕으로 1960년대 소설의 다양한 문학적
현상들을 검토함으로써 우리 소설 문학의 가치와 의미를 재조명해 보았다.

　총체적이고도 다양한 문학의 현실은 구체적인 작가의 구체적인 작품으로
고찰될 필요가 있었다. 또한 정치성이나 이념성 편향의, 혹은 분절적인
당위의 관점에서 문학사를 기술하는 관점을 탈피할 필요가 있었다. 이에
본서는 1960년대 한국 현대소설 문학사에 나타난 다양성과 복합성을 고찰함
으로써 총체적인 문학사 기술에 기여함을 목표로 하였다.

　이 때 작품 형상화의 주요원리는 '상상력'으로 상정하였다. 이 상상력의
개념은 기존의 '근대성'의 개념을 작가별로 포괄하여 그 시대성을 담지하면
서도 작가별 개성과 특징을 드러낼 수 있는 개념이었다.

　본서는 1960년대에 발표된 구체적인 작품을 대상으로 하여 신세대 작가뿐
아니라 구세대 작가 및 기존의 근대성 중심의 논의에서 조명 받지 못한
작가까지 포괄하여 그 문학사적 의의를 고찰하고자 하였다. 논의의 주요
대상은 소설의 이념성이 작품으로 구체적으로 형상화된 '내적 형식'이었으
며, 소설의 요체라 할 수 있는 서사성이었다.

　본서는 1960년대에 발표된 작품 전반을 논의 대상으로 삼았다. 이로써

기존 논의에서 비평적 힘의 관계, 혹은 문학사적 논쟁의 구도 하에서 충분히 평가되지 못했던 많은 작품들과 작가들을 포괄하고자 하였다. 이를 전제로 당시 소설의 다양한 문학적 방법론에 대해 새로운 배치를 시도하고 그 지형도를 그려냈다. 들뢰즈·가타리에 의하면 모든 서사화·예술하기는 경직된 몰적 선분성에 대항하는 미세 균열의 접선 그리기, 혹은 탈주선 그리기이다. 경직된 몰적 선분성이 주어진 권력과 담론 및 이데올로기를 공고화하고 동일화하는 것이라면 미세 균열의 접선은 그 현실에 접하면서 의미를 만들어 가는 선이다. 또한 탈주선은 경직된 몰(혹은 점)로서의 사건과 이데올로기에 대하여 새로운 제3의 영역으로 나아가는 선이다. 의미는 대상에 대한 미세 균열의 접선 그리기와 탈주선 그리기의 과정에서 생산될 수 있는 것이다. 본서는 현실과 접합하면서 의미를 생산해 내는 작품군을 '미세한 균열의 접선 그리기'의 방법론을 구현한 작품들로 보았다. 여기에서 작동되는 미적 형상화의 원리는 사실주의적 상상력이다. 그리고 그 현실과의 어느 정도의 거리두기를 통해 새로운 대안 혹은 방법론을 제시하는 작품군을 '탈주선 그리기'의 방법론을 구현한 작품들로 보았다. 탈주선 그리기의 방식은 현실에 대한 기울기의 방향과 궤적으로 나타난다. 현실의 세목을 탈각하고 그 기울기의 방향을 음(-)의 방향으로 나타낸 것이 '반동'의 탈주선 이라면, 현실에 대한 비판으로부터 새로운 형식에 대한 천착을 드러내고 그 기울기의 방향을 양(+)의 방향으로 나타낸 것이 '탐색'의 탈주선이다. 전자의 경우 보편주의적 상상력이, 후자의 경우 비판주의적 상상력이 미적 형상화의 작동 원리로 작용하였다.

먼저, 세계의 성찰을 통해 현실과 접합하며 미세한 균열의 접선을 그리는 문학 형식을 살펴보았다. 그것은 '세계의 성찰과 미세 균열의 접선 그리기'로 규정된다. 이 경우 미적 형상화의 원리는 '사실주의적 상상력'이다.

1960년대의 소설들에서 근대의 현실과 접합하며 그 당시 경험하는 현실은 먼저 '전쟁'으로 나타났다. 전쟁은 즉각적인 경험의 실체라기보다는 현재적 삶에 개입하는 성찰의 대상이 되어 현실의 문제와 교호 관계를 맺으며 사유되었다. 이러한 전쟁은 현재적 삶을 보존하고 유지해 나가는 집단적 제의의 표상으로서 회상의 한 형식인 액자 형식을 통해 구현되었다. 이러한 전쟁은 또한 현실 속에서 다양한 의미로 치환·상징되어 나타났다. 그것은 오이디푸스화에 저항하는 방식이기도 했다.

당대의 작품에서 경험하는 근대는 또한 '도시'로도 나타났다. 많은 작품들에는 그 도시의 일상을 관찰하고 응시하는 관찰자 인물이 등장했다. 그들은 도시의 경험을 탐정의 시선으로 응시하면서 관찰자적 논리를 띠면서 등장했다. 그러나 그 객관화된 시선은 근대에 대한 공모와 저항의 양가 감정 아래에서 소설적 주체를 무력한 존재로 만들기도 했다. 이러한 상황은 소설적 주체에게 윤리적 방법론을 요청했다. 이들이 도시 속에서 행동하지 못하는 무력한 인물들이라면, 또 다른 축에서는 근대적 세계와 도시의 질서에 평행적으로 자신들의 전망과 적극적 방향성을 드러내는 작품의 경향이 나타났다. 이들은 도시적 삶의 모순과 현실을 직접적으로 증언했다. 이로써 독자들에게 최대의 정보를 제공하고 그것을 판단·숙고하게 하고 현실에 대한 독자들의 판단과 참여적 시선을 유도하였다.

다음으로 탈주선 그리기의 방식을 살펴보았다. 그것은 먼저 '전통의 재인식과 반동의 탈주선 그리기'의 방법론으로 나타났다. 이 경우의 미적 형상화의 원리는 '보편주의적 상상력'이다.

구체적으로는 근대성의 측면에서 보았을 때 소위 반근대주의의 작가 혹은 탈역사주의·몰역사주의로 평가받는 작가들이 놓인 위치와 그 작품이 주는 효과를 살펴보았다. 이들은 들뢰즈·가타리가 제시하는 제3의 영역, 근대의 '외부'에 존재하면서 서구적인 것, 남성적인 것, 이성적인 것, 발전과 진보의 방향성 등이 전제하는 근대의 논리에 대한 대안으로 작용할 수 있었다. 실제로 이들이 보여준 방법론은 소수-되기의 방법론이다. 이들은 서구중심의 문학과 세계관에 대한 대타, 혹은 대안적 의식으로 민족성과 전통성에 대한 사유와 성찰을 보여주었다.

다음으로 단자화(單者化)되고 개인화된 근대적 삶의 논리에 대항하는, 공동체 회복에 대한 하나의 방법론을 보여주는 작품들을 살펴보았다. 이들은 소수자 되기를 통하여 인간의 보편성에 호소하고 구체적인 생활로서의 모성을 통해 근대의 균열과 상처에 대한 근원적 화해를 시도했다. 또한 이들은 도시와 근대로 대표되는 세계와 병렬적으로 존재하면서 '나란한 보편(lateral universal)'의 관계를 이루었다. 이는 역사와 시대에 대한 도피가 아니라, 그에 대한 건강한 해법의 방법론이다.

탈주선 그리기의 또 한 방식으로 문학 형식의 다양한 가능성을 탐색한 문학적 대응의 방법과 양상을 살펴보았다. 그것은 '입체적 세계 인식과 탐색의 탈주선 그리기'의 방법론이다. 이 경우의 미적 형상화의 원리는 '비판주의적 상상력'이다. 이러한 작품화의 한 축은 민족주의에 기반한 역사소설의 창작 및 민족담론의 대두이고, 또 한 축은 지식인 소설 및 언어적 실험형식으로서의 소설들의 등장이다.

소설적 완성도에 있어서 어느 정도의 편차는 있으나 1960년대에는 역사소설이 대거 집필되고 독자들의 호응 또한 상당부분 얻었다. 그것은 국가지배체제 이데올로기에 일정부분 봉사하는 측면도 있었으나 1960년대 한국사회가 겪었던 현실의 문제를 해결하고 하나의 대안적 방법론을 제시하는 계기로 작용했다. 또한 역사소설의 양식사적인 면에서 진일보한 모습을 보여주기도 했다. 그것은 70년대의 역사소설의 가능성과 민중문학의 개화를 위한 밑거름으로 작용했다.

또한 새로이 유입된 과학적 지식과, 그것을 자신의 정체성으로 삼는 지식인 계층이 등장하면서 그들은 자신들의 지식을 서사화했다. 이들의 존재는 당대의 역사와 지식이 지배 이데올로기로 작용할 수 있다는 허약성을 일정 부분 노출시키면서도 현실과의 길항관계를 이루며 존재했다는 점에서

의의가 있다.

또한 언어 예술의 다양한 방법론을 구사하며 이러한 것들을 구체적인 서사화로 보여주는 작품들도 존재했다. 이들은 파편적인 현실 인식을 바탕으로 그것을 언어화하면서 그 존재 양식, 그 형식에 대한 다양한 탐색과 시도를 보여주었다. 그것은 '쓰기'에 대한 회의로부터 출발하여 기존의 서사성을 해체하는 전략에 이르기까지 다양한 방식으로 나타났는데 이는 한국 문학의 포스트모더니즘적 징후를 읽게 해 주는 계기로도 작용할 수 있다.

본서는 리좀적 다양성의 배치를 통해 1960년대 소설들을 고찰해 보았다. 그러나 이러한 고찰이 기존의 모든 논의들에 대해 저항·극복하려는 것만은 아니다. 즉 본서의 내용들이 기존의 연구들과 서로 대립·배타적인 관계를 이루는 것은 아님을 지적해 둘 필요가 있겠다. "리좀 안에는 수목적인 마디들이 있으며, 뿌리 안에는 리좀적인 압력이 있다"(MP, p.30)고 하였듯이 핵심은 나무-뿌리와 리좀-운하라는 두 모델의 대립이 아니다. '끊임없이 세워지고 부숴지는 모델의 관계'가 중요한 것이다. 본서의 의의는 '끊임없이 연장되고 파괴되며 다시 세워지는 과정'의 관계를 재확인하는 것에 있다. 결국 이러한 고찰은 1960년대 문학을 새롭게 논의함으로써 그 의미를 풍부하게 생성해나가는 과정의 하나일 뿐이다. "리좀은 출발점이나 끝이 아니다. 그것은 언제나 중간에 있으며, 사물들 사이에 있는 간(間)존재요 간주곡"(MP, p.36)인 탓이다. 이러한 관점은 이후의 문학사 기술을 지속적으로 이루어지도록 함으로써 현재와 과거의 대화를 마련하는 하나의 계기를 마련해 줄 수 있으리라고 본다.

이러한 1960년대 소설 문학의 다양성에 대한 의미부여는 1970년대 이후의 문학사와의 연계 선상에서 그 깊이와 양감을 더욱 선명하게 획득할 수 있을 것이다. 리얼리즘과 모더니즘은 서로 대결하는 양상이 아니라 비평행적 진화를 겪으면서 상응한다. 그것은 또한 각기의 배치를 통해 새로운 의미를 획득할 수 있게 해 준다. 또한 본서는 비평사의 논의와 논쟁 과정을 구체적인 작품화 경향과 함께 아우르려는 시도를 했다. 비평문학사에 있어 1960년대는 창비파와 문지파(혹은 '산문시대')로 대표되는 전문 비평가 그룹 및 해외파 전문 비평가 그룹의 등장이 표면화되고 이들의 논쟁과정과 이론의 충돌이 어느 때보다도 두드러진 시기였다. 본서는 이러한 논의가 실제 작품에 기반한 것이 되도록 하였으며 각 작품의 개별적 의미를 전대와 후대의 연결선상에서 파악하고자 하였다.

들뢰즈와 가타리는 예술의 '현재진행성'에 대해 강조한다. 예술작품은 끊임없이 '형성되어 가고 있는' 과정에서 의미가 있다는 것이다. 이러한 과정에서 문학은 삶을 풍요롭게 만든다.

> 우리는 투쟁하고 글을 쓰는 공감만을 가지고 있다고 D. H. 로렌스는 말해 왔다. 그러나 (…) 공감은 삶을 위협하고 오염시키는 것을 미워하고 공감이 확산되는 곳을 사랑하는 신체적 투쟁이다. (…) 되기(becoming)는 알코올이나 마약이나 광기 없이 사랑하는 것이다. 점점 더 풍요로워지는 삶을 위해 제정신이 되는 것이다. 이것이 공감이며 배치이다.[1]

이러한 의미에서 본다면 본서에서 제시하고 구성하는 배치의 관점과 방법론 역시 다시 고찰되고 만들어져야 하는 과정이다. 문학사는 기본적으로 다수의 합의에 의해 다시 쓰이는 것이기 때문이다.

---

1) 질 들뢰즈, 김종호 역, 『대담 1972-1990』, 솔출판사, 1993.

부록_ 1960년대 발표작품 목록[*]

작가	작품명	발표지	발표시기
강신재	젊은 느티나무	사상계 78	1960. 1
황순원	나무들 비탈에 서다	사상계 78-84	1960. 1-7
최인훈	우상의 집	자유문학 35	1960. 2
오상원	황선지대	사상계 81	1960. 4
서기원	이 거룩한 밤의 포옹	사상계 83	1960. 6
강용준	철조망	사상계 84	1960. 7
전광용	충매화	사상계 85	1960. 8
최정희	인간사	사상계 85-89	1960. 8-12
장용학	요한시집	새벽 36	1960. 8
최인훈	광장	새벽 39-	1960. 11-
정한숙	이여도	자유문학 45	1960. 12
안수길	북간도	사상계 90	1961. 1
이호철	판문점	사상계 92	1961. 3
남정현	너는 뭐냐	자유문학 48	1961. 3
서기원	전야제	사상계 93	1961. 4
오영수	은냇골 이야기	현대문학 76	1961. 4
손창섭	신의 희작	현대문학 77	1961. 5
유주현	밀고자	사상계 95	1961. 6
채만식	처자	자유문학 51	1961. 7
구인환	판자집 그늘	현대문학 80	1961. 8
이문희	하모니카의 계절	사상계 100	1961. 11
유승휴	세농들	자유문학 55	1961. 11
김동리	등신불	사상계 101(증)	1961. 11
황순원	일월(1부)	현대문학 85-89	1962. 1-5
장용학	원형의 전설	사상계 105-13	1962. 3-11
최인훈	구운몽	자유문학 58	1962. 4
이호철	닳아지는 살들	사상계 109	1962. 7
전광용	꺼삐딴 리	사상계 109	1962. 7
황순원	일월(2부)	현대문학 94-100	1962. 10-1963. 5

---

* 목록은 김윤식·정호웅, 『한국 소설사』, 예하, 1993(증보판 ; 문학동네, 2000) 부록
  참조.

이정호	영원한 평행	현대문학 95	1962. 11
서정인	후송	사상계 114(증)	1962. 11
황석영	입석부근	사상계 114(증)	1962. 11
박순녀	아이러브·유	사상계 114(증)	1962. 11
안수길	북간도(3부)	사상계 116	1963. 1
정을병	반모랄	현대문학 98	1963. 2
최인훈	회색의 의자	세대 1-13	1963. 6-1964. 6
최인훈	크리스마스·캐럴	자유문학 70	1963. 6
구인환	벽에 갇힌 절규	현대문학 102	1963. 6
이호철	무너 앉는 소리	현대문학 103	1963. 7
강호무	번지식물	세대 3	1963. 8
선우휘	싸릿골의 신화	신세계 15-16	1963. 8-9
김용익	꽃신	현대문학 104	1963. 8
최정희	인간사	신사조 22-26	1963. 11-1964. 3
이호철	마지막 찬연	사상계 128(증)	1963. 11
이문희	흑맥	현대문학 108-120	1963. 11-1964. 12
전상국	광망	현대문학 110	1964. 2
안수길	이라크에서 온 불온문서	문학춘추 1	1964. 4
오유권	대지의 학대	문학춘추 3-12	1964. 6-1965. 3
남정현	부주전상서	사상계 135	1964. 6
김승옥	역사	문학춘추 4	1964. 7
이호철	추운 저녁의 무더움	문학춘추 4	1964. 7
이호철	소시민	세대 14-25	1964. 7-1965. 8
홍성원	기관차와 송아지	세대 15	1964. 8
황순원	일월(3부)	현대문학 116-121	1964. 3-1965. 1
서기원	혁명	신동아 1-15	1964. 9-1965. 11
유주현	조선총독부	신동아 1-34	1964. 9-1976. 6
김승옥	무진기행	사상계 139	1964. 10
홍성원	중복	사상계 139	1964. 10
김승옥	차나 한 잔	세대 17	1964. 10
박상륭	장끼전	사상계 140	1964. 11
이제하	태평양	현대문학 120	1964. 12
이호철	부시장 부임지로 안 가다	사상계 142	1965. 1
김승옥	건	청맥 6	1965. 3
남정현	분지	현대문학 123	1965. 3
박영준	종각	현대문학 123-132	1965. 3-12
송상옥	찢어진 홍포	세대 21	1965. 4
김승옥	서울, 1964년 겨울	사상계 147	1965. 6
정을병	개새끼들	현대문학 126	1965. 6
선우휘	십자가 없는 골고다	신동아 11	1965. 7

송상옥	흑색 그리스도	현대문학 128	1965. 8
이문구	다갈라 불망비	현대문학 129	1965. 9
이제하	소경 눈뜨다	현대문학 129	1965. 9
안수길	효수	신동아 14	1965. 10
이청준	퇴원	사상계 154	1965. 12
김승옥	다산성·1	창작과 비평 1	1965. 12
손장순	한국인	현대문학 133-151	1966. 1-1967. 7
이병주	매화나무의 인과	신동아 19	1966. 3
이동하	콤포지션·1	현대문학 136	1966. 4
최인훈	서유기	문학 1 -	1966. 5
손장순	알피니스트	신동아 21	1966. 5
박태순	형성	세대 35	1966. 6
전광용	젊은 소용돌이	현대문학 138-158	1966. 6-1968. 2
김승옥	다산성·2	창작과 비평	1966. 6
홍성원	동행	신동아 23	1966. 7
이문구	백결	현대문학 139	1966. 7
이청준	무서운 토요일	문학 4	1966. 8
이청준	줄	사상계 160	1966. 8
박태순	정든 땅 언덕 위	문학 5	1966. 9
정을병	까토의 자유	현대문학 141	1966. 9
이청준	병신과 머저리	창작과 비평 4	1966. 9
김정한	모래톱 이야기	문학 6	1966. 10
김동리	까치 소리	현대문학 142	1966. 10
송기숙	대리복무	현대문학 143	1966. 11
강호무	항간의 신	문학춘추 24	1966. 12
서정인	미로	창작과 비평 5	1967. 3
송 영	투계	창작과 비평 5	1967. 3
방영웅	분례기(제1부)	창작과 비평 6	1967. 6
최인훈	춘향뎐	창작과 비평 6	1967. 6
이동하	우울한 귀향	현대문학 151	1967. 7
김원일	어둠의 축제	현대문학 151	1967. 7
이동주	이상	현대문학 157	1968. 1
서정인	강	창작과 비평 9	1968. 3
유주현	대한제국	신동아 44-69	1968. 4-1970. 5
이병주	관부연락선	월간중앙 1-24	1968. 4-1970. 3
최인훈	총독의 소리(2)	월간중앙 1	1968. 4
황순원	움직이는 성	현대문학 161-166	1968. 5-10
신상웅	히포크라테스의 흉상	세대 59	1968. 6
김정한	평지(유채)	창작과 비평 10	1968. 6
이청준	매잡이	신동아 47	1968. 7

박태순	무너진 극장	월간중앙 5	1968. 8
박상륭	열명길	사상계 185	1968. 9
서정인	나주댁	창작과 비평 11	1968. 9
최창학	창	창작과 비평 11	1968. 9
최인호	2와 1/2	사상계 186	1968. 10
서영은	교	사상계 186	1968. 10
김정한	축생도	세대 63	1968. 10
천승세	포대령	세대 63	1968. 10
최인훈	총독의 소리(3)	창작과 비평 12	1968. 12
박경수	동토	신동아 53-64	1969. 1-12
이청준	선고유예	문화비평 1-5	1969. 3-1970. 3
서정인	원무	창작과 비평 13	1969. 3
김정한	수라도	월간문학 8	1969. 6
최인훈	주석의 소리	월간중앙 15	1969. 6
방영웅	달	창작과 비평 14	1969. 6
송기숙	백의 민족·1968년	현대문학 175	1969. 7
홍성원	주말여행	세대 73	1969. 8
최인훈	옹고집던	월간문학 10	1969. 8
김문수	囚	월간문학 11	1969. 9
박경리	토지	현대문학 177-	1969. 9-
김정한	뒷기미 나루	창작과 비평 15	1969. 9
홍성원	폭군	창작과 비평 15	1969. 9
이문구	몽금포 타령	창작과 비평 15	1969. 9
김주영	여름 사냥	월간문학 13	1969. 11
박상륭	남도	현대문학 179	1969. 11
이제하	유자약전	현대문학 179	1969. 11
이병주	쥘부채	세대 77	1969. 12

350

참고문헌

1. 작품 텍스트

강무학, 『연개소문』, 문예춘추, 2006.
강무학, 『단군』, 배영사, 1967.
강신재, 『강신재 소설선』, 신원문화사, 1995.
김동리, 『김동리 작품집 : 정통한국문학대계』 11, 어문각, 1994.
김승옥, 『김승옥 소설 전집』, 문학동네, 2001.
김정한, 『김정한 소설집』, 지식을 만드는 지식, 2010.
남정현, 『남정현 문학전집』, 국학자료원, 2002.
박경리, 『시장과 전장』, 나남, 1993.
박상륭, 『박상륭 소설집 : 20세기 한국 소설』 26, 창비, 2005.
박용구, 『연개소문』, 철리문화사, 1960.
박태순, 『박태순 소설집 : 무너진 극장』, 책세상, 2007.
방영웅, 『분례기』, 창작과 비평사, 1997.
서기원, 『한국대표문학전집 : 혁명』, 삼중당, 1970.
서정인, 『달궁 가는 길』, 서해문집, 2003.
서정인, 『서정인 소설집』, 문학과 지성사, 2007.
안수길, 『북간도』, 미래의 창, 2004.
오영수, 『오영수 소설집』, 학원사, 1994.
유주현, 『조선총독부』 1~5권, 배영사, 1993.
이문구, 『이문구 전집』, 중앙 M&B, 2004.
이병주, 『이병주 전집』, 한길사, 2006.
이제하, 『이제하 소설 전집』, 문학동네, 1997.
이청준, 『이청준 전집』, 홍성사, 1984.
이호철, 『이호철 문학 앨범』, 웅진출판, 1993.
이호철, 『소시민』, 동아출판사, 1995.
장용학, 『장용학 소설 전집』, 지식을 만드는 지식, 2010.
정을병, 『정을병 전집』, 범우사, 1984.
정한숙, 『이여도』, 학원출판공사, 1997.
최인훈, 『최인훈 전집』, 문학과 지성사, 1994.

최인훈, 『문학과 이데올로기』, 문학과 지성사, 1994.

최정희, 『인간사』, 신사조사, 1964.

하근찬, 『하근찬 소설집 : 산울림』, 한겨레, 1988.

한무숙, 『한무숙 작품집』, 지식을 만드는 지식, 2010.

허윤석, 『구관조』, 문학과 지성사, 1979.

황순원, 『황순원 전집』, 문학과 지성사, 1990.

2. 국내 논저 및 연구서

강난경, 「한무숙 연구」, 숙명여자대학교 석사학위논문, 1989.

강소연, 『1960년대 사회와 비평문학의 모더니티』, 역락, 2006.

강유정, 「1960년대 소설의 나르시시즘」, 고려대학교 박사학위논문, 2006.

강진호, 『현대소설사와 근대성의 아포리아』, 소명출판, 2004.

강태호, 「기록문학과 기록영화의 장르 특성 비교 연구 – 독일의 르포문학과 르포
다큐멘터리를 중심으로」, 『독어교육』 43, 한국독어독문학교육학회, 2008.

강태호, 「독일 기록문학 개관」, 『독일 현대문학의 이해』, 서울대학교 출판부, 2006.

강헌국, 「목적론적 서사담론」, 『한국근대문학연구』, 한국근대문학회, 2002.

고부응, 「문화와 민족 정체성」, 『비평과 이론』 가을, 2000.

고위공, 「문학과 조형예술의 관계에 대한 이론적 고찰」, 『미학예술학연구』 10, 한국미
학예술학회, 1999.

고은, 「강신재론」, 『월간문학』 11, 1969.

고인환, 『이문구 소설에 나타난 근대성과 탈식민성 연구』, 청동거울, 2003.

고인환, 「이문구 소설에 나타난 근대성과 탈식민성 연구」, 경희대학교 박사학위논문,
2003.

곽승미, 『1930년대 후반 한국 문학과 근대성』, 푸른사상사, 2003.

곽정식, 「한국 소설에서의 여성 중간자 인물의 서사적 기능과 사회적 의미」, 『한국문학
논집』 17호, 한국문학회, 1995.

구자황, 『이문구 문학의 전통과 근대』, 역락, 2006.

구재진, 「1960년대 장편 소설 연구」, 서울대학교 박사학위논문, 1999.

구재진, 『소설의 주체와 1960년대』, 삼지원, 2002.

구중서, 「역사의식과 소시민의식 – 60년대의 문예비평」, 『사상계』 12, 1969.

구중서, 『한무숙 문학 연구』, 을유문화사, 1996.

권보드래, 『한국 근대 소설의 기원』, 소명출판, 2000.

권영민, 『한국근대작가연구』, 문학사상사, 1991.

권영민, 『한국현대문학사』, 민음사, 2002.

권오현, 「역사적 인물의 영웅화와 기념의 문화정치 : 1960-1970년대를 중심으로」,
고려대학교 박사학위논문, 2010.

권오현,「1960년대 소설의 현실 변형 방법 연구」, 계명대학교 박사학위논문, 1997.

근대문학 100년 연구총서 편찬위원회,『약전으로 읽는 문학사』 2, 소명출판, 2008.

김경수,『소설·농담·사다리』, 역락, 2001.

김경수,「구조주의적 소설 연구의 반성과 전망」,『한국현대소설연구』 19호, 2003.

김경일,「한국 근대사회 형성에서 전통과 근대」,『사회와 역사』 54, 한국사회학회,
      1998.

김동리,「무속과 나의 문학」,『월간문학』 8, 1978.

김만수,「근대소설의 관습에 대한 부정과 반성 ─ 서정인의 문학세계」,『물치』, 솔,
      1996.

김명찬,『몽타주의 미학 ─ 하이너 뮐러의 70년대 작품을 중심으로』, 서울대학교 박사학
      위논문, 1996.

김미영 외『현대소설의 여성성과 근대성 연구』, 깊은샘, 2000.

김미영,「강신재의 여성성장소설 연구」,『국제어문』 28, 국제어문학회, 2003.

김미영,「서정성·감각성·여성성」,『페미니즘과 소설비평』, 한길사, 1997.

김미영,『여성문학을 넘어서』, 민음사, 2002.

김미영,『한국 여성소설과 페미니즘』, 민음사, 1996.

김민수,「1960년대 소설의 미적 근대성 연구」, 중앙대학교 박사학위논문, 1999.

김병걸,「60년대 문학의 이슈」,『월간문학』 12, 1969.

김병걸,「오영수의 양의성」,『현대문학』 9, 1967.

김병익,「60년대 문학의 가능성」,『현대 한국문학의 이론』, 민음사, 1978.

김병익,『열림과 일굼』, 문학과 지성사, 1988.

김복순,「'이질적인 근대' 체험의 비판적 사사화 ─ 하근찬론」,『1960년대 문학 연구』,
      깊은샘, 1998.

김산춘,「뵈메의 새로운 미학 : 분위기의 감각학」,『미학 예술학 연구』 30, 한국미학예
      술학회, 2009.

김상환,『예술가를 위한 형이상학』, 민음사, 1999.

김성기 편,『모더니티란 무엇인가』, 민음사, 1994.

김수정,「L. Althusse 이데올로기론의 성립과 발전과정에 대한 일고찰 ─ L. Althusser의
      이데올로기론에서 M. Pêcheux의 담화이론까지」, 서울대학교 석사학위논문,
      1991.

김양선,「식민주의 담론과 여성 주체의 구성 :『여성』지를 중심으로」,『여성문학연구』
      3, 한국여성문학회, 2000.

김영찬,『근대의 불안과 모더니즘』, 소명출판, 2006.

김영찬,「불안한 주체와 근대」,『1960년대 소설의 근대성과 주체』, 상허학회, 2004.

김영찬,「1960년대 한국 모더니즘 소설연구」, 성균관대학교 박사학위논문, 2001.

김용운,「오영수 작품론」,『국문학』 5, 연세대, 1965.

김욱동,『'광장'을 읽는 일곱 가지 방법』, 문학과 지성사, 1996.

김유동, 『아도르노 사상』, 문예출판사, 1993.

김윤식, 「감동에 이르는 길」, 『이청준 문학 전집』 3, 홍성사, 1984.

김윤식, 「우리 문학의 샤머니즘적 체질 비판」, 『김윤식 전집』 2, 솔, 1996.

김윤식, 「작가와 내면 풍경」, 『김윤식 소설론집』, 동서문화사, 1991.

김윤식, 「앓는 세대의 문학」, 『현대문학』 10, 1969.

김윤식, 『한국문학의 근대성과 이데올로기 비판』, 서울대학교 출판부, 1987.

김윤식, 『한국현대문학비평사』, 서울대학교 출판부, 1988.

김윤식 편, 『안수길』, 지학사, 1985.

김윤식·정호웅, 『한국소설사』, 문학동네, 2000.

김윤정, 「남정현 소설의 탈식민주의적 담론 연구」, 이화여자대학교 석사학위논문, 2005.

김윤정, 『황순원 문학 연구』, 새미, 2003.

김인호, 『해체와 저항의 서사』, 문학과 지성사, 2004.

김정남, 『한국소설과 근대성 담론』, 국학자료원, 2003.

김종미, 「곡신(谷神), 코라(Chora)를 통해 본 탈중심의 여성원리」, 『중국문학』 2000.

김주연, 「계승의 문학적 인식 – '소시민 의식' 파악이 갖는 방법론적 의미」, 『월간문학』, 1969.

김주연, 「새 시대 문학의 성립 – 인식의 출발로서 60년대」, 『아세아』 창간호, 1968.

김주연, 「새 시대 문학의 성립」, 『6.8 문학』, 1968.

김주연, 「서민 생활의 요설록(饒舌錄)」, 『한국문학 대전집』 22, 태극출판사, 1976.

김주연, 『아도르노의 문학이론』, 민음사, 1985.

김주연, 「60년대의 시인 의식 – 소시민과 낭만주의의 가능성」, 『상황과 인간』, 박우사, 1969.

김주현, 「1960년대 소설의 전통 인식 연구」, 중앙대학교 박사학위논문, 2007.

김지혜, 「최인훈, 김승옥, 이청준 소설의 몸 인식과 서사 구조 연구」, 이화여자대학교 박사학위논문, 2010.

김천혜, 『소설 구조의 이론』, 문학과 지성사, 1990.

김치수, 「구도자의 세계」, 『작가세계』 가을, 1997.

김치수, 「반속주의 문학과 그 전통 – 60년대 문학의 성격, 역사적 위치 규명」, 『한국 소설의 공간』, 열화당, 1969.

김치수, 「'소시민'의 의미 – 69년 作壇의 문제작」, 『월간문학』 12, 1969.

김치수 외, 『한국소설의 공간』, 열화당, 1969.

김현, 「사랑의 재확인 – 광장 개작에 대하여」, 『광장 / 구운몽』, 문학과 지성사, 1994.

김현, 「사랑의 재확인 – '광장' 개작에 관하여」, 『최인훈 전집』 1, 문학과 지성사, 1976.

김현, 「샤머니즘의 극복」, 『현대문학』 11, 1968.

김현, 「오히려 그의 문학작품을 – 서기원 씨의 '대변인들이 준 약간의 실망'의 실망」,

354

『서울신문』, 1969.5.29.

김현,「테러리즘의 문학」,『현대 한국 문학의 이론, 사회와 윤리』, 문학과 지성사, 1991.

김현 외,『한국현대문학의 이론』, 형설출판사, 1974.

김형효,『한국사상산고』, 일지사, 1976.

김흥중,「러시아 모더니즘 문학과 모더니즘 이론」,『슬라브학보』22권 33호, 슬라보학회, 2007.

나병철,『가족 로망스와 성장소설』, 문예출판사, 2004.

나병철,『근대서사와 탈식민주의』, 문예출판사, 2001.

나병철,『모더니즘과 포스트모더니즘을 넘어서』, 소명출판, 1999.

나병철,『문학의 이해』, 문예출판사, 1994.

나병철,『소설과 서사문화』, 소명출판, 2006.

나병철,『소설의 이해』, 문예출판사, 1998.

나병철,『탈식민주의와 근대문학』, 문예출판사, 2004.

노승욱,『황순원 문학의 수사학과 서사학』, 지식과교양, 2010.

노영기 외,『1960년대 한국의 근대화와 지식인』, 선인, 2004.

류보선,『또 다른 목소리들』, 소명출판, 2006.

문석우,「러시아 문학에 나타난 신화적 모티프 연구」,『러시아 문학 연구논집』13, 한국러시아문학회, 2003.

문학사와 비평연구회 편,『1960년대 문학연구』, 예하, 1993.

문화공보부,『문화공보부 30년』, 문화공보부, 1979.

문흥술,『한국 모더니즘 소설』, 청동거울, 2003.

민족문학사 연구소 편,『민족문학사 연구』, 창작과 비평사, 1995.

민족문학사 연구소 편,『1960년대 문학 연구』, 깊은샘, 1998.

박영준,『장편미학의 주류와 속류』, 고려대학교 출판부, 2008.

박영준,「1960년대 한국 장편 소설 연구」, 고려대학교 박사학위논문, 2006.

박진,『서사학과 텍스트 이론』, 랜덤하우스 중앙, 2005.

박찬효,「1960-70년대 소설에 나타난 고향의 의미 연구」, 이화여자대학교 박사학위논문, 2010.

박태순,「젊은이는 무엇인가」,『아세아』2호, 1969.

박태순,「"죽음의 한 연구"에 관한 연구」,『한국문학』8, 1975.

박필현,「1960년대 소설의 탈식민주의적 양상 연구－김승옥·박태순·이청준을 중심으로－」, 이화여자대학교 석사학위논문, 2004.

반성완,「루카치의 역사소설이론과 우리의 역사소설」,『외국문학』3, 열음사, 1984.

방민호,「운명의 가면을 쓴 인습과 광기의 이름을 빌린 구원」,『분례기』, 창작과 비평사, 1997.

방민호,『한국 전후문학과 세대』, 향연, 2003.

배만호, 「John Fowls의 메타픽션적 전략」, 부산대학교 박사학위논문, 1993.

배수진, 「최인훈 '광장'의 개작 연구」, 단국대학교 석사학위논문, 2001.

백낙청, 「새로운 창작과 비평의 자세」, 『창작과 비평』창간호, 1966.

백낙청, 「시민문학론」, 『창작과 비평』여름호, 1969.

백낙청, 「역사소설과 역사의식」, 『창작과 비평』봄호, 1967.

백지연, 「1960년대 한국 소설에 나타난 도시공간과 주체의 관련 양상 연구」, 경희대학교
　　　　박사학위논문, 2008.

변지연, 「박상륭 소설 연구」, 동국대학교 박사학위논문, 2002.

상허학회 편, 『1960년대 소설의 근대성과 주체』, 깊은샘, 2004.

서동욱, 「들뢰즈의 주체 개념」, 『현대비평과 이론』가을, 1997.

서영채, 『소설의 운명』, 문학동네, 1996.

서영채, 「알레고리의 내적 형식과 그 의미 — 장용학의 『원형의 전설』론」, 『민족문학연
　　　　구』 3, 민족문학사연구소, 창작과 비평사, 1993.

서은혜 외, 『토지와 박경리 문학』, 솔, 1996.

성민엽, 「존재론적 고독의 성찰」, 『황순원 전집』 8, 문학과 지성사, 1993.

손운산, 『용서와 치료』, 이화여자대학교 출판부, 2008.

송주현, 「김승옥 소설 연구 — 근대적 폭력성에 대한 동일화를 중심으로」, 이화여자대학
　　　　교 석사학위논문, 2003.

송현호, 「체험의 소설화와 민중의 낙관주의」, 『한국소설문학대계』 64, 동아출판사,
　　　　1995.

송효섭, 『설화의 기호학』, 민음사, 1999.

신동욱, 「긍정하는 히로」, 『현대문학』 5, 1965.

신형기, 「정치 현실에 대한 윤리적 대응의 한 양상」, 『작가세계』겨울, 1992.

신지영, 『들뢰즈로 말할 수 있는 7가지 문제들』, 그린비, 2008.

역사문제 연구소, 『1950년대 남북한의 선택과 굴절』, 역사비평사, 1998.

연남경, 「최인훈 소설의 자기 반영적 글쓰기 연구」, 이화여자대학교 박사학위논문,
　　　　2009.

오양진, 「1960년대 한국 소설의 비인간화 연구」, 고려대학교 박사학위논문, 2005.

오양호, 「순수, 참여의 대립기」, 『현대문학』 2, 1989.

오은엽, 「이청준 소설의 공간 연구」, 이화여자대학교 박사학위논문, 2008.

오창은, 「한국 도시소설 연구 : 1960-70년대 작품을 중심으로」, 중앙대학교 박사학위
　　　　논문, 2005.

용정훈, 「이병주론」, 중앙대학교 석사학위논문, 2001.

우찬제, 「배제의 논쟁, 포괄적 영향」, 『문학사상』 7, 1995.

우찬제, 「소설성의 탐색, 탐색의 소설성」, 『달궁가는 길』, 서해문집, 2003.

우찬제·이광호 엮음, 『4·19와 모더니티』, 문학과 지성사, 2010.

우한용 외, 『실용과 실천의 문학교육』, 새문사, 2009.

356

원은주, 「박상륭 소설의 비극성 연구」, 이화여자대학교 박사학위논문, 2012.

유임하, 『분단현실과 서사적 상상력』, 태학사, 1998.

유종호, 『사회역사적 상상력』, 민음사, 1987.

유종호, 『유종호 전집』, 민음사, 1995.

유종호·조동일, 「고전과 전통계승과 현대」, 『문학』 9, 1966.

윤효녕 외, 『주체 개념의 비판』, 서울대학교 출판부, 1999.

이규태, 『한국인의 의식구조』, 신원문화사, 1983.

이광호, 『도시인의 탄생』, 서강대학교 출판부, 2010.

이광호, 『미적 근대성과 한국 문학사』, 민음사, 2001.

이기성, 『모더니즘의 심연을 건너는 시적 여정』, 소명출판, 2006.

이명귀, 「1960년대 여성 소설에 나타난 몸과 근대성 연구」, 경희대학교 박사학위논문,
　　　2005.

이문구, 「장한몽에 대한 짧은 꿈」, 『지금은 꽃이 아니라도 좋아라』, 전예원, 1979.

이보영, 「소박한 정한의 세계」, 『현대문학』, 1981.

이상우, 『동양미학론』, 시공사, 1999.

이성욱, 「한국 근대문학과 도시성 문제」, 연세대학교 박사학위논문, 2002.

이수형, 「이청준 소설에 나타난 교환 관계 양상 연구」, 서울대학교 박사학위논문,
　　　2007.

이승훈, 『시론』, 고려원, 1992.

이승훈, 『시작법』, 문학과 비평사, 1988.

이은자, 『1950년대 한국 지식인 소설 연구』, 태학사, 1995.

이인호, 『지식인과 저항』, 문학과 지성사, 1984.

이재선, 『한국 단편소설 연구』, 일조각, 1993.

이재선, 『한국문학의 원근법』, 민음사, 1996.

이재선, 『한국소설사 : 1945-1990』, 민음사, 2000.

이재선, 『한국현대소설사』, 홍성사, 1979.

이주용, 「牧隱 李穡의 記에 관한 考察」, 『대동 한문학』, 대동한문학회, 2006.

이진경, 『근대적 시공간의 탄생』, 푸른숲, 1997.

이진경, 『노마디즘』, 휴머니스트, 2002.

이진경, 「문학-기계와 횡단적 문학」, 『문학과 경계』, 2001.

이진경, 「유목주의란 무엇이며, 무엇이 아닌가」, 『미술세계』 195, 2001.

이호규, 『저항과 자유의 서사』, 국학자료원, 2007.

이호규, 『1960년대 소설 연구-일상, 주체 생산, 그리고 자유』, 새미, 2001.

이호규, 「1960년대 소설의 주체 생산 연구」, 연세대학교 박사학위논문, 1999.

이화비평연구모임, 『1960년대 문학 지평 탐구』, 역락, 2011.

임경순, 「1960년대 지식인 소설 연구」, 성균관대학교 박사학위논문, 2000.

임우기, 「매개의 문법에서 교감의 문법으로」, 『문예중앙』 여름, 1993.

임우기, 「죽음의 현실과 생명성에의 희원」, 『문예중앙』겨울, 1987.

임환모, 『한국 현대소설의 서사성과 근대성』, 태학사, 2008.

장석주, 『들뢰즈, 카프카, 김훈』, 작가정신, 2006.

장윤수, 『노마디즘과 코리안 디아스포라 문학』, 북코리아, 2011.

정주일, 「1960년대 소설에 나타난 근대화 담론 연구」, 공주대학교 박사학위논문, 2009.

정화열, 박현모 역, 『몸의 정치』, 민음사, 1999.

정한숙, 『한국현대문학사』, 고려대학교 출판부, 1982.

정호웅, 「서늘한 맑음, 감각의 문학」, 『이호철 문학 앨범 : 탈향에서 귀향까지』, 웅진출판, 1993.

조남현, 「나무들 비탈에 서다, 그 외연과 내포」, 『문학정신』, 1989.

조남현, 「상흔 속의 끈질긴 생명력」, 『산울림』, 한겨레, 1988.

조남현, 『한국 지식인 소설 연구』, 일지사, 1984.

조남현 편, 『박경리-한국문학의 현대적 해석』 8, 서강대학교 출판부, 1996.

조동숙, 「1950, 60년대 소설에 나타난 이데올로기 연구」, 고려대학교 박사학위논문」, 1993.

지덕상, 「'광장' 개작에 나타난 작가 의식」, 고려대학교 석사학위논문, 1982.

진기행, 「근대성의 역사 철학적 탐구」, 『새한철학회 논문집』 19호, 1999.

진정석, 『김동리 전집』해설, 민음사, 1995.

조연현, 「강신재 단상」, 『현대문학』 2, 1960.

주은우, 「현대성의 시각 체계에 관한 연구」, 서울대학교 박사학위논문, 1998.

천이두, 「계승과 반역」, 『문학과 지성』 4, 1971.

천이두, 「문학사적 위치-교훈과 유희」, 『월간문학』 12, 1969.

천이두, 「전쟁에의 공분(公憤)과 평화의 찬가」, 『산울림』, 한겨레, 1988.

천이두, 「한국소설의 이율배반-한국적 인정과 산문문학」, 『현대문학』 3, 1964.

천이두, 「한적·인정적 특질」, 『현대문학』, 1967.

차미령, 「김승옥 소설의 탈식민주의적 연구」, 서울대학교 석사학위논문, 2002.

차미령, 「최인훈 소설에 나타난 정치성의 의미연구」, 서울대학교 박사학위논문, 2010.

최문규 외, 『기억과 망각』, 책세상, 2003.

최인훈, 「문학과 현실」, 『문학과 이데올로기』, 문학과 지성사, 1994.

최혜실, 「한국 현대 모더니즘 소설에 나타나는 산책자의 주제」, 『한국문학과 모더니즘』, 한국현대문학연구회, 1994.

하영선, 「문학적 상상력 신장을 위한 소설 지도 방법 연구」, 중앙대학교 석사학위논문, 2006.

하정일, 「탈식민주의 시대의 민족문제와 20세기 한국문학」, 『실천문학』봄, 1999.

한국 군사혁명사 편찬위원회, 『한국 군사 혁명사 제1집(상)』, 1963.

한국소설학회 편, 『현대소설 시점의 시학』, 새문사, 1996.

한국이론비평학회, 『들뢰즈와 그 적들』, 우물이 있는 집, 2006.

한상범·이철호, 『법은 어떻게 독재의 도구가 되었나』, 삼인, 2012.

한수영, 「'일상성'을 중심으로 본 김수영의 시와 사유 방법」, 『작가연구』 5, 1998.

한승헌, 「남정현의 필화, 분지 사건」, 『남정현 문학전집』 3, 국학자료원, 2002.

한용환, 『소설학 사전』, 문예출판사, 1999.

홍석률, 「1960년대 한국 민족주의의 분화」, 『1960년대 한국의 근대화와 지식인』, 선인, 2004.

홍석률 외, 「1960년대 지성계의 동향」, 『1960년대 사회변화 연구』, 백산서당, 1999.

홍혜원, 「이광수 소설의 서사성 연구」, 이화여자대학교 박사학위논문, 2000.

홍혜원, 『이광수 소설의 이야기와 담론』, 이화여자대학교 출판부, 2002.

3. 국외 논저 및 연구서

Aleida Assmann, 변학수 외 역, 『기억의 공간』, 경북대학교 출판부, 2003.

Bressler, Charles E, 윤여복·송홍한 역, 『문학비평』, 형설출판사, 1998.

Brooks Peter, & Paul Gewirtz(eds.), *Law's Stories : Narrative and Rhetoric in the Law*, New Haven : Yale University Press, 1996.

Claire Colebrook, 백민정 역, 『질 들뢰즈』, 태학사, 2004.

Duraund, G, 진형준 역, 『상상력의 과학과 철학』, 살림, 1997

E. W. Said, *The world, the Text, and the Critic,* Cambridge : Havard University Press, 1983.

Elder Olson, *Critics and Criticism,* Chicago : University of Chicago Press, 1970.

Eugene Lunn, 김병익 역, 『마르크시즘과 모더니즘』, 문학과 지성사, 1986.

F. K. Stanzel, 김정신 역, 『소설의 이론』, 문학과비평사, 1990.

Gaston Bachelard, 이가림 역, 『물과 꿈』, 문예출판사, 1980.

Georg Lukacs, 반성완 역, 『소설의 이론』, 심설당, 1985.

Georg Lukacs, 이영욱 역, 『역사소설론』, 거름, 1987.

Gerard Genette, 권택영 역, 『서사담론』, 교보문고, 1992.

Gerald Joseph Prince, 최상규 역, 『서사학』, 문학과 지성사, 1988.

Geoffrey N. Leech and Michael H. Short, *Style in Fiction,* London : Longman, 1981.

Gilles Deleuze, 김상환 역, 『차이와 반복』, 민음사, 2004.

Gilles Deleuze, 김종호 역, 『대담 1972-1990』, 솔 출판사, 1993.

Gilles Deleuze, 하태환 역 『감각의 논리』, 민음사, 1999.

Gilles Deleuze 외, 이정임·윤정임 역, 『철학이란 무엇인가』, 현대미학사, 1994.

Gilles Deleuze and Félix Guattari, 김재인 역, 『천개의 고원』, 새물결, 2001.

Gilles Deleuze and Félix Guattari, 이진경·권혜원 외 역, 『천개의 고원』, 연구공간 너머 자료실, 2000.

Gilles Deleuze and Félix Guattari, 최명관 역, 『앙티 오이디푸스』 민음사, 1994.

Gilles Deleuze and Félix Guattari, *Mille Plateaux : Capitalisme et schizophrénie*, paris : Minuit, 1980.

Gilles Deleuze and Félix Guattari, Trans. by Brian Massumi, *A thousand plateaus : capitalism and schzophrenia*, Minneapolis : University of Minnesota Press, 1987.

Gilles Deleuze and Félix Guattari, Trans. by Hugh Tom Linson and Graham Burchell, *What Is Philosophy*, New York : Columbia University Press, 1995.

Gilles Deleuze and Félix Guattari, Trans. by W. Smith and Michael A. Greco, *Essays Critical and Clinical*, Minneapolis : Univ. of Minesota Press, 1997.

Gilles Deleuze and Félix Guattari, Trans. by Martin Joughin, *Anti-Oidipus*, New York : Zone Books, 1992.

H. Porter Abbott, 우찬제 외 역, 『서사학 강의 : 이야기에 대한 모든 것』, 문학과 지성사, 2010.

Hannah Arendt, 김선욱 역, 『칸트 정치 철학 강의』, 푸른숲, 2002.

Henri Lefebvre, 박정자 역, 『현대사회와 일상성』, 세계일보사, 1990.

Homi K. Bhadha, 나병철 역, 『문화의 위치』, 소명출판, 2002.

Homi K. Bhadha, *The Location of Culture*, London ; New York : Routledge, 1994.

Imhof Rudiger, *Contemporary Metafiction*, Carl Winer : Heidelberg, 1986.

IU, M. Lotman, 유재천 역, 『예술 텍스트의 구조』, 고려원, 1991.

Jacques Derrida, *Positions*, Paris : Minuit, 1972.

Jacques Lacan, 민승기 외 역, 『욕망이론』, 문예출판사, 1994.

Juergen Schramke, 원당희·박병화 역, 『현대소설의 이론』, 문예출판사, 1995.

Karl Mannheim, 황성모 역, 『이데올로기와 유토피아』, 삼성출판사, 1980.

Kertzer, David I, *Ritual, Politics & Power*, New Haven : Yale University Press, 1988.

L. Althusser, 김동수 역, 『아미엥에서의 주장』, 솔출판사, 1991.

L. Gandhi, 이영욱 역, 『포스트식민주의란 무엇인가』, 현실문화연구, 2000.

Lyotard, 유정완 외 역, 『포스트모던의 조건』, 민음사, 1992.

M. H. Abrams, 최상규 역, 『문학용어사전』, 대방출판사, 1985.

M. Pêcheux, H. Trans. by Nagpal, *Language, Semantics, Ideology*, New York : St. martin's Press, 1982.

Martin Heidegger, 소광희 역, 『존재와 시간』, 경문사, 1995.

Michael Ryan, 나병철·이경훈 역, 『해체론과 변증법』, 평민사, 1994.

Mikhail Mikhailovich Bakhtin, 김근식 역, 『도스토예프스키 시학』, 정음사, 1988.

Mikhail Mikhailovich Bakhtin, 전승희 외 역, 『장편소설과 민중언어』, 창작과 비평사, 1998.

Mikel Dufrenne, 김채연 역, 『미적 체험 현상학』, 이화여자대학교 출판부, 1991.

N. Freedman, 최상규 역, 『현대소설의 이론』, 대방출판사, 1983.

Northrop Frye, 이상우 역, 『문학의 구조와 상상력』, 집문당, 2000.

O'Neil, *Fictions of discourse : reading narration theory*, Toronto : University of Toronto Press, 1994.

Patricia Waugh, 김상구 역, 『메타픽션』, 열음사, 1992.

R. Freedman,, 신동욱 역, 『서정소설론』, 현대문학, 1989.

R. L Bett, 심명호 역, 『공상과 상상력(*Fancy and Imagination*)』, 서울대학교 출판부, 1979.

Robert Stam, 오세필·구종상 역, 『자기반영의 언어와 문학』, 한나래, 1998.

S. Rimmon-Kenan, 최상규 역, 『소설의 현대 시학』, 예림기획, 1999.

S. Rimmon-Kenan, 최상규 역, 『소설의 시학』, 문학과 지성사, 1996.

Seymour Benjamin Chatman, 김경수 역, 『영화와 소설의 서사구조』, 민음사, 1990.

Seymour Benjamin Chatman, 한용환 역, 『이야기와 담론』, 푸른사상, 2003.

Seymour Chatman, *Story and Discourse*, Ithaca, N.Y. : Cornell University Press, 1978.

Sigmund Freud, 김인순 외 역, 『프로이트 전집』, 열린책들. 2003.

Susan Sniader Lancer, *The narrative act : point of view in prose fiction*, Princeton University Press, 1981.

Theodor W. Adorno, 홍승용 역, 『미학 이론』, 문학과 지성사, 1984.

Theodor W. Adorno·Max Horkheimer, 김유동 역, 『계몽의 변증법』, 문학과 지성사, 2001.

Walter Benjamin, 조형준 역, 『도시의 산책자』, 새물결, 2008.

Walter Benjamin, 이태동 역, 『문예비평과 이론』, 문예출판사, 1987.

Walter J. Ong, 이기우·임명진 역, 『구술문화와 문자문화』, 문예출판사, 1997.

Wayne C. Booth, *The Rhetoric of Fiction*, Chicago : The University of Chicago Press, 1983.

Wolfgang Kayser, 김윤섭 역, 『언어예술작품론』, 시인사, 1998.

우에노 치즈코(上野千鶴子), 이선이 역, 『내셔널리즘과 젠더』, 박종철 출판사, 1999.

찾아보기

_ㄱ

가타리 30, 42, 146, 189, 329, 336, 338
감각 101, 189, 190, 320
감각학 143, 166
강무학 53, 242
강밀도(intensité) 30
강신재 53, 319, 320
고향 199
공동체 37, 198
구세대 26
구세대 문학 24
구세대 작가 84
귀향 형식 194, 215
근대성 17, 47, 175, 229, 307, 320
김동리 53, 143, 145, 152
김승옥 53, 99, 113, 120, 199, 325, 326
김정한 54, 270, 272, 273

_ㄴ

나란한 보편(lateral universal) 200, 215,
    332
남정현 54
노마디즘(nomadism) 338

_ㄷ

도시 123, 125, 140, 330
도시성 103
도시화 103
동일화 235, 289

-되기 30, 83, 191, 322
들뢰즈 30, 37, 42, 50, 125, 146, 189,
    193, 224, 234, 321, 329, 336, 338

_ㄹ

루카치 33, 36, 141, 190, 245, 251, 258
르포 128, 135, 141
리얼리즘 17, 25, 52, 146
리좀 32

_ㅁ

메타픽션(metafiction) 22, 303, 304, 310
모더니즘 17, 25, 52, 146, 310
모성 209, 216, 230, 232
모성담론 221
모성성 216, 219
몰적 선분 42
몰적 선분성 236, 260
몽타주(Montage) 310, 311, 316
문제적 개인 245
문학사 20, 24, 52, 145, 334
문화 147, 244, 245, 332
미세 균열의 접선 42, 134
미세 균열의 접선 그리기 329
민족담론 261
민족문학론 262

_ㅂ

박경리 54, 226, 233

박상륭 54, 157, 159
박용구 54, 241
박태순 54, 106, 118, 122, 128, 304, 307
반(反)근대주의자 26, 172
반동 331
반동일화 133, 235, 318
반(反)오이디푸스 85, 88, 101, 184
방영웅 54, 200, 201
배치 30, 34, 57, 83, 334
보편주의적 상상력 45, 331
비동일화 235
비판주의적 상상력 45, 332

_ㅅ

사실주의적 상상력 45, 330
4·19세대 20, 23, 38, 330, 334
4·19세대 작가 51, 84
사제관계의 구조층 261, 268
상상력 38
생성(devenir) 27, 30, 57, 191, 329
생활 216, 217, 220, 227, 232
서기원 54, 253, 255
서사 35, 37, 43, 48, 87, 178, 206, 246,
    287, 307
서사성 46, 110, 178, 276
서사화 48, 278, 289, 294, 329, 335
서정성 178
서정인 54, 289
세대론 14, 23, 38
소설사 25, 45, 238, 261
소시민 논쟁 51, 84
신세대 14, 26
신세대 작가 38, 333

_ㅇ

안수길 54, 262
앙티 오이디푸스 101
액자 63, 66

언어유희 300, 302, 333
역사소설 238, 252, 259, 332
역사 속의 영웅 241
역사적 영웅 252
오영수 54, 175, 178, 181, 183
외부 146, 184
유목민 27, 338
유비 151
유연한 분자적 선분 42
유주현 54, 245, 257
윤리 124, 125
윤리학 103
이문구 54, 134
이병주 54, 279, 281
이야기하기(narrating) 60, 67, 303
이제하 54, 94, 98, 315, 316, 323, 325
이청준 54, 63, 197, 199
이호철 55, 76, 78
일자(一者) 30. 302

_ㅈ

장(場) 26, 49, 57, 335
장용학 55, 85, 90
전(前)근대주의자 172
전쟁 58, 70, 83, 85, 91, 102, 309, 315,
    330
전통 20, 26, 143, 166, 172
전후문학 24
전후(戰後)세대 14, 26, 76
정을병 55, 288
정한숙 55, 212, 213
지식인 17, 276, 277, 288, 299, 332
지식인 소설 278, 332
직선적 시간 126

_ㅊ

차연 65, 83, 195
『천개의 고원』 31, 34, 322

1960년대 13, 27, 30, 56, 69, 101, 131,
    214, 272, 278, 292, 327, 334
최인훈 55, 70, 293, 294, 309
최정희 55, 258

_ㅋ

칸트 38, 156, 299

_ㅌ

탈주 32
탈주선 42, 134, 173, 331
탐색 198, 215, 332

_ㅍ

파편적 현실 300
포스트모더니즘 22, 308, 317
푸코 30, 247, 293

플롯 42, 87, 156, 279, 295, 303
픽션 301, 304
필화사건 301

_ㅎ

하근찬 55, 217, 220, 233
한국적 인정(人情) 175, 177, 189
한글세대 26
한글 1세대 315
한무숙 55, 166, 171
해체 43, 65, 100, 156, 166, 276, 310,
    311
해학 223, 225
허윤석 55, 312, 314, 315
혼성성 147, 332
황순원 55, 61, 175, 185

송 주 현

이화여자대학교 국어국문학과를 졸업하고 동대학원에서 문학박사학위를 받았다. 서울예대, 서울과기대,
이화여대 강사 등을 거쳐 현재 한신대학교 교수로 재직중이다.

이화연구총서 20
1960년대 한국 현대소설의 유목민적 상상력

송 주 현 지음

2014년 11월 10일 초판 1쇄 발행

펴낸이 · 오일주
펴낸곳 · 도서출판 혜안

등록번호 · 제22-471호
등록일자 · 1993년 7월 30일

⑨ 121-836 서울시 마포구 서교동 326-26번지 102호
전화 · 3141-3711~2 / 팩시밀리 · 3141-3710
E-Mail hyeanpub@hanmail.net

ISBN 978-89-8494-518-0 93810

값 28,000 원